HET SIGMA PROTOCOL

D1387561

Robert Ludlum

HET SIGMA
PROTOCOL

Uitgeverij Luitingh ~ Sijthoff

Voor meer informatie: kijk op **www.boekenwereld.com**

First published in the United States as *The Sigma Protocol* written by Robert
Ludlum. © 2001 Myn Pyn LLC. Published by arrangement with Myn Pyn
LLC c/o Baror International Inc.
All rights reserved
© 2002 Nederlandse vertaling
Uitgeverij Luitingh ~ Sijthoff B.V., Amsterdam
Alle rechten voorbehouden
Oorspronkelijke titel: *The Sigma Protocol*
Vertaling: Jan Smit
Omslagontwerp: Rob van Middendorp

CIP/ISBN 90 245 3518 2
NUGI 331

I

Zürich

'Wilt u nog iets drinken terwijl u wacht?'

De *Hotelpage* was een kleine, gedrongen man die goed Engels sprak, met maar een licht accent. Zijn koperen naamplaatje glom tegen de loden stof van zijn groene uniform.

'Nee, dank u,' zei Ben Hartman met een bleek lachje.

'Weet u het zeker? Misschien een kop thee? Koffie? Een glas mineraalwater?' De piccolo keek hem aan met de enthousiaste gretigheid van iemand die nog maar een paar minuten heeft om zijn fooi op te drijven. 'Het spijt me heel erg dat uw auto zo laat is.'

'Geeft niet. Bedankt.'

Ben stond in de lobby van het St. Gotthard, een stijlvol negentiende-eeuws hotel voor rijke internationale zakenmensen. *En eerlijk gezegd ben ik dat nu ook*, dacht Ben een beetje spottend. Nu hij zich had uitgeschreven, vroeg hij zich af of hij de piccolo een fooi kon geven om zijn koffers níet te dragen, níet constant achter hem aan te dribbelen als een Bengaalse bruid en zich níet voortdurend te verontschuldigen omdat de auto die Ben naar het vliegveld moest brengen te laat was. Luxehotels overal ter wereld lieten zich voorstaan op persoonlijke service, maar Ben, die veel reisde, vond dat juist opdringerig en irritant. Het had hem genoeg tijd gekost om uit de cocon te breken, nietwaar? Maar die cocon – het banale ritueel van de bevoorrechte klasse – was uiteindelijk toch sterker gebleken. De *Hotelpage* wist precies wie hij voor zich had: gewoon zo'n rijke, verwende Amerikaan.

Ben Hartman was zesendertig, maar op dit moment voelde hij zich veel ouder. Dat kwam niet alleen door de jetlag, hoewel hij pas de vorige dag uit New York was aangekomen en zich nog wat gedesoriënteerd voelde. Het had ook te maken met zijn terugkeer in Zwitserland en de herinnering aan gelukkiger tijden, toen hij hier nog vaak kwam om roekeloos te rijden en te skiën. Hij had zich hier vrijgevochten gevoeld tussen al die nuchtere, gezagsgetrouwe Zwitsers. Graag zou hij die sfeer van vroeger weer hebben opgeroepen, maar dat lukte hem niet. Hij was niet meer in Zwitserland terug geweest sinds Peter – zijn eeneiige tweelingbroer en beste vriend – vier jaar geleden hier was omgekomen. Ben had wel verwacht dat de reis herinneringen boven zou brengen, maar niet zo hevig. Nu pas besefte hij dat het een vergissing was geweest om terug te komen. Vanaf het moment dat hij op het vliegveld Kloten was geland had hij zich verward en emotioneel gevoeld, ten prooi aan woede, verdriet en eenzaamheid.

Hij was echter zo verstandig om dat niet te laten blijken. De vorige middag had hij nog zaken gedaan en die ochtend had hij een hartelijke ontmoeting gehad met dr. Rolf Grendelmeier van de Zwitserse Union Bank. Nutteloos natuurlijk, maar je moest de klanten tevreden houden. Sociale contacten hoorden bij het werk. Eerlijk gezegd wás dat nu zijn werk en soms had Ben er moeite mee hoe gemakkelijk hij in de rol was gestapt van enig overgebleven zoon van de legendarische Max Hartman, de toekomstige erfgenaam van het familiefortuin en de hoogste functie binnen Hartman Capital Management, het miljardenbedrijf dat was opgericht door zijn vader.

Ben beschikte nu over het hele repertoire van het internationale geldwezen: de kast met Brioni- en Kiton-pakken, de snelle glimlach, de stevige handdruk en vooral de blik – die open, eerlijke, betrokken oogopslag. Het was een blik die verantwoordelijkheid, betrouwbaarheid en wijsheid moest uitstralen, maar vaak ook een ongelooflijke verveling verborg.

Eigenlijk was hij niet naar Zwitserland gekomen om zaken te doen. Vanaf Kloten zou een klein vliegtuig hem naar St. Moritz brengen voor een skivakantie met een bijzonder rijke, oudere cliënt, zijn vrouw en hun kleindochter, die volgens de verhalen een mooie meid moest zijn. De cliënt had hem behoorlijk onder druk gezet en Ben begreep ook wel dat hij werd gekoppeld. Dat hoorde er nu eenmaal bij als je een niet onknappe, welgestelde, 'gewilde' vrijgezel was in Manhattan. Zijn klanten probeerden hem voortdurend in contact te brengen met hun dochters, kleindochters of nichtjes. En het was moeilijk om beleefd te weigeren. Bovendien kwam hij soms vrouwen tegen met wie het klikte. Je wist het nooit. En Max wilde kleinkinderen.

Max Hartman, filantroop, schrik van de zakenwereld en oprichter van Hartman Capital Management. De immigrant die uit nazi-Duitsland was gevlucht met de spreekwoordelijke tien dollar op zak, was kort na de oorlog met zijn beleggingsfonds begonnen en had het op eigen kracht opgebouwd tot de miljardenonderneming die het nu was. De oude Max, inmiddels in de tachtig, woonde nu in luxe afzondering in Bedford, New York, maar had nog altijd de leiding van het bedrijf. Geen mens die daaraan twijfelde.

Het was niet makkelijk om voor je eigen vader te werken en nog moeilijker als je maar weinig belangstelling had voor bankzaken, voor 'asset allocation', 'risk management' en al die andere wezenloze kreten. Of als geld je geen steek interesseerde – een luxe die alleen was weggelegd voor mensen die er genoeg van hadden, besefte hij. Zoals de Hartmans, met hun trustfunds, hun dure privéscholen en hun uitgestrekte landgoed in Westchester County. Om nog maar te zwijgen over die lap grond van achtduizend hectare bij de Greenbriar, en de rest.

Tot het moment waarop Peters vliegtuig uit de lucht was gevallen, had Ben altijd kunnen doen wat hij wilde. Zoals lesgeven, vooral aan kinderen die door de meeste leraren al waren opgegeven. Hij had voor een vijfde klas gestaan in een lastige uithoek van Brooklyn, die bekendstond als East New York. Daar vond je aardig wat probleemkinderen, zelfs jeugdbendes met agressieve jochies van tien, die net zo zwaarbewapend waren als Colombiaanse drugsbaronnen. Dus hadden ze een leraar nodig die echt bij hen betrokken was. Dat wás Ben, en soms kon hij werkelijk iets betekenen in hun leven.

Na Peters dood echter was Ben min of meer gedwongen geweest zijn rol in het familiebedrijf over te nemen. Dat had hij zijn moeder op haar sterfbed beloofd, zoals hij tegen zijn vrienden zei. Kanker of niet, hij had zich nooit tegen zijn moeder kunnen verzetten. Hij herinnerde zich haar uitgemergelde gezicht, haar asgrauwe huid na de zoveelste chemotherapie en de rode vlekken onder haar ogen, als bloeduitstortingen. Ze was bijna twintig jaar jonger geweest dan hun vader en hij had er nooit rekening mee gehouden dat zij als eerste zou gaan. *Werken, want de avond naakt*, had ze gezegd, met een dappere glimlach. De rest liet ze grotendeels onuitgesproken. Max had Dachau overleefd maar een zoon verloren, en nu zou hij ook zijn vrouw kwijtraken. Hoeveel kon een man verdragen, hoe sterk hij ook was?

'En is hij jou nu ook kwijt?' had zij hem fluisterend gevraagd. Op dat moment woonde Ben tien straten van zijn school, op de vijfde verdieping van een vervallen huurkazerne, waar de gangen naar kattenpis stonken en het zeil omkrulde op de vloer. Uit principe nam hij nooit geld van zijn ouders aan.

'Hoor je wat ik zeg, Ben?'

'Mijn leerlingen...' begon Ben, maar hij hoorde de gelatenheid in zijn eigen stem. 'Ze hebben me nodig.'

'Híj heeft je nodig,' had ze geantwoord, heel zacht. En dat was het einde van de discussie.

Daarom lunchte hij nu met grote cliënten en gaf hun het gevoel dat ze belangrijk waren, zodat ze zich gevleid voelden door de aandacht van Hartmans zoon. Hij moest zich beperken tot wat heimelijk vrijwilligerswerk bij een centrum voor 'probleemkinderen' bij wie vergeleken zijn vijfdeklassers een stelletje koorknapen waren. En verder probeerde hij zoveel mogelijk tijd vrij te maken voor reizen, skiën, parasailen, snowboarden, bergbeklimmen en uitgaan met een hele rits vrouwen, zonder ook maar één gedachte aan een vaste relatie. Oude Max zou nog even moeten wachten.

Opeens kreeg hij het benauwd in de lobby van het St. Gotthard Hotel, met al dat roze damast en die zware, donkere Weense meubels. 'Weet je, ik geloof dat ik liever buiten wacht,' zei Ben tegen de *Hotelpage*.

'Maar natuurlijk, meneer. Wat u maar wilt,' zei de man in de groene loden jas zalvend.

Ben knipperde met zijn ogen toen hij de felle middagzon in stapte. Zijn blik gleed over de voorbijgangers in de Bahnhofstrasse, een statige laan met lindebomen, dure winkels, cafés en een reeks financiële instellingen die kantoor hielden in kleine kalkstenen herenhuizen. De piccolo kwam haastig achter hem aan met zijn bagage en bleef staan wachten tot Ben een briefje van vijftig frank te voorschijn haalde en hem een teken gaf weg te wezen.

'Ach, dank u zéér beleefd, meneer,' riep de *Hotelpage* met gespeelde verbazing.

De portier zou hem wel waarschuwen als de auto arriveerde in het klinkerstraatje links van het hotel. Ben had geen haast. De bries vanaf het Meer van Zürich was verfrissend na die bedompte, veel te warme kamers waar altijd de geur hing van koffie en de zwakkere maar onmiskenbare lucht van sigarenrook.

Ben zette zijn splinternieuwe ski's, Volant Ti Supers, tegen een van de Corinthische zuilen van het hotel, naast zijn tassen, en keek de drukke straat langs, met al die anonieme mensen. Een jonge zakenman die onaangenaam in een mobieltje stond te blaffen. Een dikke vrouw in een rode parka achter een kinderwagen. Een groepje Japanse toeristen die opgewonden liepen te kwetteren. Een lange man van middelbare leeftijd in een pak, met zijn grijzende haar in een staartje. Een besteller in het karakteristieke oranje-zwarte uniform van de *Blümchengallerie*, de dure bloemistenketen, die een doos lelies kwam afleveren. En een opvallende, duur geklede, jonge blondine met een boodschappentas van Festiner. Ze keek vaag Bens kant op, toen nog een keer – heel kort, maar met een vonkje van interesse voordat ze haar ogen neersloeg. *Hadden we maar plaats en tijd...* dacht Ben. Zijn blik gleed weer verder. Vanaf de Löwenstrasse, honderd meter verderop, klonken verkeersgeluiden, gedempt maar ononderbroken. Ergens in de buurt kefte een nerveuze hond. Een man van middelbare leeftijd in een blazer met een vreemde paarse tint, een beetje te modieus voor Zürich. En daarna een man van zijn eigen leeftijd, die met doelbewuste tred langs de *Koss Konditorei* kwam. Hij had iets bekends... Iets héél bekends.

Ben geloofde zijn ogen niet. Hij keek nog eens goed. Kon dat... was dat echt... zijn oude studievriend Jimmy Cavanaugh? Er gleed een verbaasde lach over Bens gezicht.

Jimmy Cavanaugh, die hij al kende sinds zijn eerste jaar aan Princeton. Jimmy, die zo luxueus buiten de campus had gewoond en zware shag rookte waar een gewone sterveling in gestikt zou zijn. Jimmy, die iedereen onder de tafel kon drinken, zelfs Ben, die toch een zekere reputatie had op dat gebied. Hij kwam uit Homer, een klein stadje in het westen van de staat New York, en kon daar smakelijk over vertellen. Op een avond, nadat hij Ben had geleerd hoe je tequila met bier moest drinken, had Ben in een deuk gelegen om Jimmy's verhalen over 'koetje wippen', de plaatselijke sport waar hij vandaan kwam. Jimmy was lang, slim en wereldwijs, had een ongelooflijk repertoire aan grappen, was goed van de tongriem gesneden en zat nooit om een antwoord verlegen. Het leek wel of hij veel meer uit het leven haalde dan de meeste andere studenten die Ben kende: serieuze types die nerveus en met klamme handen tips over rechtententamens uitwisselden; pretentieuze studenten Frans met hun Gauloises en hun zwarte sjaals; of verongelijkte losers die zich tegen de maatschappij afzetten door hun haar groen te verven. Jimmy leek zich daar verre van te houden en Ben, die hem benijdde om zijn ontspannen, zelfverzekerde houding, was blij en zelfs gevleid hem als vriend te hebben. Zoals zo vaak gebeurt, waren ze elkaar na hun studietijd uit het oog verloren. Jimmy was naar Washington vertrokken om een opleiding te volgen voor de buitenlandse dienst, Ben was in New York gebleven. Geen van beiden hadden ze heimwee naar hun studententijd, en afstand en tijd hadden de rest gedaan. Toch, bedacht Ben, was Jimmy Cavanaugh een van de weinige mensen met wie hij op dit moment graag zou willen praten.

Jimmy Cavanaugh – het was absoluut Jimmy – was nu zo dichtbij dat Ben kon zien dat hij een duur pak droeg onder een lichtbruine regenjas. Hij rookte een sigaret en zijn postuur was veranderd. Hij had bredere schouders gekregen, maar het was Jimmy Cavanaugh, dat stond wel vast.

'Jezus,' zei Ben hardop. Hij liep al de Bahnhofstrasse door, naar Jimmy toe, maar herinnerde zich toen zijn Volants, die hij liever niet onbeheerd achterliet, portier of geen portier. Hij pakte zijn ski's, legde ze over zijn schouder en liep toen Cavanaugh tegemoet. Het rode haar was wat dunner en grijzer geworden, het ooit zo sproetige gezicht had wat meer rimpels gekregen en hij droeg een Armani-pak van tweeduizend dollar. Ben vroeg zich af wat Cavanaugh in Zürich te zoeken had, maar op dat moment kruisten hun blikken elkaar.

Jimmy grijnsde breed en kwam snel op Ben toe. Hij stak zijn hand uit en hield de andere in de zak van zijn regenjas.

'Hartman, ouwe reus!' riep Jimmy al van een paar meter afstand. 'Kerel! Wat leuk om je te zien.'

'Verdomd, je bent het echt!' zei Ben. Op hetzelfde moment zag hij tot zijn verbazing een metalen buis uit de regenjas van zijn oude vriend steken. Een *geluiddemper*, besefte hij – een geluiddemper die recht op hem gericht was, ter hoogte van zijn middel.

Het moest een bizarre grap zijn. Jimmy was altijd dol geweest op practical jokes. Maar op het moment dat Ben voor de grap zijn armen in de lucht stak en een denkbeeldige kogel ontweek, zag hij dat Cavanaughs hand een beweging maakte die maar één ding kon betekenen: het overhalen van een trekker.

Wat er daarna gebeurde, speelde zich af in een fractie van een seconde, maar het leek alsof de tijd in elkaar schoof en tot stilstand kwam. In een snelle reflex zwaaide Ben de ski's vanaf zijn rechterschouder in een scherpe bocht omlaag om zijn oude vriend het wapen uit de hand te slaan. In plaats daarvan raakte hij Jimmy met een harde klap in zijn nek.

Het volgende – of hetzelfde? – moment hoorde hij een explosie en voelde een fontein van glas tegen zijn rug slaan toen een allerminst denkbeeldige kogel een etalageruit verbrijzelde, nog geen meter bij hem vandaan. *Dit kon toch niet waar zijn?*

Totaal verrast verloor Jimmy zijn evenwicht en brulde van de pijn. Hij struikelde half en stak een hand uit om de ski's te grijpen. *Eén hand maar.* De linker. Ben had een gevoel alsof hij een brok ijs had ingeslikt. Het instinct om je ergens aan vast te grijpen als je valt is sterk. Je zwaait met je armen en laat alles los wat je in je handen hebt: een koffer, een pen of een krant. Er zijn maar een paar dingen die je niet loslaat, zelfs niet als je valt. *Dat pistool was echt.*

Ben hoorde de ski's tegen de grond kletteren en zag een dun straaltje bloed aan de zijkant van Jimmy's gezicht toen hij probeerde zijn evenwicht te herstellen. Ben draaide zich om en vluchtte de straat door, zo snel als hij kon.

Het pistool was echt, en Jimmy had ermee geschoten. Op hém.

Bens pad werd versperd door mensen die boodschappen deden of zich naar zakelijke afspraken haastten. Hij botste tegen wat voorbijgangers op, die nijdig protesteerden. Maar hij rende verder, op volle snelheid, zigzaggend in de hoop dat hij daardoor een lastiger doelwit zou vormen.

Wat was er in godsnaam aan de hand? Dit was waanzin, absolute waanzin!

Hij maakte de fout om onder het lopen even om te kijken, waardoor hij onbedoeld zijn pas vertraagde en zijn gezicht tot een doelwit maakte voor zijn voormalige vriend die om een onbegrijpelijke reden vastbesloten leek hem te vermoorden. Opeens, nog geen halve meter naast hem, explodeerde het voorhoofd van een jonge vrouw in een rode nevel.

Ben slaakte een kreet van schrik. *Jezus christus!*

Nee, dit kon niet echt gebeuren. Dit was onmogelijk. Het moest een bizarre nachtmerrie zijn...

Hij zag wat steensplinters opspatten toen een kogel de marmeren gevel raakte van het kantoor waar hij voorbij rende. Cavanaugh was weer overeind gekrabbeld en had de achtervolging ingezet. Hij had maar een achterstand van een meter of vijftien, en hoewel hij onder het lopen moest vuren, kwamen zijn kogels angstig dicht in de buurt. *Hij wil me vermoorden, en dat gaat hem lukken ook...*

Ben maakte een schijnbeweging naar rechts, zwenkte toen naar links en sprong naar voren. Hij rende voor wat hij waard was. In de atletiekploeg van Princeton had hij de achthonderd meter gelopen en nu, vijftien jaar later, wist hij dat hij ergens in zichzelf een nog overgebleven reserve moest aanspreken om dit te overleven. Zijn gympen waren geen sportschoenen maar hij had niets anders. Hij moest zich een doel stellen, een duidelijk eindpunt, dat was de truc. *Denk na, verdomme!* Er klikte iets in zijn hoofd. Hij was maar één straat verwijderd van het grootste ondergrondse winkelcentrum van Europa, een bontgekleurde onderaardse tempel van consumptie, bekend als Shopville. Het lag onder en naast het Hauptbahnhof en in gedachten zag Ben de ingang en de roltrappen op de Bahnhofplatz. Het was sneller om die trappen te nemen en het plein ondergronds over te steken dan door de dichte menigte erboven. En misschien zou hij een schuilplaats kunnen vinden in het winkelcentrum. Alleen een krankzinnige zou hem daar nog durven achtervolgen. Ben sprintte met hoog opgetrokken knieën en lange passen van zijn roffelende voeten. De discipline van al die trainingen van vroeger kwam weer bij hem boven en hij was zich alleen nog bewust van de wind in zijn gezicht. Had hij Cavanaugh afgeschud? Hij hoorde geen voetstappen meer, maar hij kon zich geen valse hoop permitteren. Vastberaden en wanhopig rende hij door.

De blonde vrouw met de boodschappentas van Festiner klapte haar kleine mobieltje weer dicht, stak het in een zak van haar azuurblauwe Chanel-pakje en kneep wat geërgerd haar bleke, glanzende lippen samen. In het begin was alles goed gegaan. Op rolletjes. Ze had maar een paar seconden nodig gehad om te bepalen dat de man die voor het St. Gotthard stond degene moest zijn die ze zochten. Hij was halverwege de dertig, met een hoekig gezicht, een krachtige kaak, krullend bruin haar met wat grijs, en groenbruine ogen. Een aantrekkelijke man, misschien zelfs knap, als ze erover nadacht, maar niet zo opvallend dat ze hem van die afstand met honderd procent zekerheid had kunnen herkennen. Dat gaf ook niet. De schutter die ze hadden uitgekozen zou wel weten wie hij moest hebben. Daar hadden ze hem op geselecteerd.

Maar opeens liep het niet meer volgens plan. Het doelwit was een amateur. Hij had niet veel kans om een confrontatie met een professional te overleven. Toch hield ze niet van amateurs. Ze maakten fouten, onvoorspelbare fouten, onlogisch en naïef, zoals de reactie van dit doelwit weer had bewezen. Zijn wilde, lange vlucht zou weinig aan de uitkomst veranderen, maar het kostte wel tijd, en tijd hadden ze juist niet. Sigma Eén zou hier niet blij mee zijn. Ze keek snel op haar kleine, met juwelen ingelegde horloge, klapte het mobieltje weer open en toetste een nummer.

Buiten adem en met spieren die om zuurstof schreeuwden hield Ben Hartman zijn pas in bij de roltrappen naar het winkelcentrum. Hij moest bliksemsnel beslissen. 1. UNTERGESCHOSS SHOPVILLE stond er op het blauwe bordje boven zijn hoofd. De roltrap naar beneden was afgeladen met mensen met boodschappentassen en buggy's. Hij moest de trap omhoog nemen, die veel minder druk was. Tegen de richting in stormde hij de trap af en duwde een jong stel opzij dat hand in hand stond en hem de doorgang versperde. Hij zag hun geschrokken reactie, een mengeling van verontwaardiging en spot.

Het volgende moment rende hij door de centrale galerij van het ondergrondse winkelcentrum, half slippend over de zwartrubberen tegels. Hij begon al wat hoop te krijgen voordat hij besefte dat hij een fout gemaakt had. Overal om zich heen hoorde hij mensen roepen, angstig en in paniek. Cavanaugh was hem gevolgd naar binnen, tot in deze besloten ruimte. In de spiegelruit van een juwelier ving Ben een glimp op van een vuurflits, een geelwitte vlam. Een kogel sloeg in de glimmende mahoniehouten panelen van een reisboekenwinkel en legde de goedkope vezelplaat eronder bloot. De hel brak los. Een oude man in een slobberig pak, een meter bij Ben vandaan, greep naar zijn keel en ging als een kegel neer. Bloed kleurde zijn overhemd rood.

Ben dook weg achter een langwerpig inlichtingenbord van glas en beton, misschien anderhalve meter breed, met een lijst van winkels in witte sierletters tegen een zwarte achtergrond en een uitleg in drie talen. Een holle klap van brekend glas vertelde hem dat het bord was geraakt. Een halve seconde later klonk er een scherpe knal en landde een brok beton van het bord vlak voor zijn voeten. *Dat scheelde maar een haar!*

Een andere man, lang en forsgebouwd, in een cameljas en een vrolijke grijze pet, wankelde een halve meter langs hem heen voordat hij in elkaar zakte. Dood. Hij was in zijn borst geschoten.

In de chaos was het voor Ben onmogelijk om Cavanaughs voetstappen nog te horen, maar te zien aan de weerspiegeling van de vuurflitsen in de etalageruiten kon het niet lang meer duren voordat Jimmy hem had ingehaald. Ben bleef achter het betonnen eiland staan, verhief zich tot zijn volle lengte van een meter tachtig en keek koortsachtig om zich heen of hij ergens een schuilplaats kon ontdekken.

Het geluid van de gillende menigte zwol aan. Voor hem uit werd de winkelgalerij geblokkeerd door mensen die zich hysterisch schreeuwend tegen de grond wierpen, de meesten met hun armen over hun hoofd.

Zes meter verderop zag hij de volgende roltrappen, met het bordje 2. UNTERGESCHOSS. Als hij die afstand wist te overbruggen zonder te worden neergeschoten, zou hij een verdieping lager kunnen komen. Misschien had hij daar meer geluk. Erger kon het niet worden, dacht hij. Maar meteen veranderde hij van gedachten toen hij de uitdijende bloedplas onder de man in de cameljas zag, een meter bij hem vandaan. Verdomme, hij moest nádenken! Hij zou onmogelijk die roltrap kunnen bereiken. Tenzij...

Hij greep de dode man bij zijn arm en sleepte hem naar zich toe. Nog een paar seconden... Haastig trok hij de man zijn geelbruine jas uit en griste hem de grijze pet van zijn hoofd, zich bewust van de verontwaardigde blikken van de mensen die waren weggekropen bij de gevel van Western Union. Maar dit was niet het moment voor fijngevoeligheid. Hij trok de wijde overjas aan en zette de pet op, met de klep diep in zijn ogen. Als hij dit wilde overleven, moest hij nu de aanvechting bedwingen om als een haas naar de roltrappen te rennen. Hij was vaak genoeg op jacht geweest om te weten dat alles wat zich te abrupt bewoog groot gevaar liep te worden neergeknald door een schietgrage jager. Daarom kwam hij rustig overeind, een beetje in elkaar gedoken, en strompelde verder, als een oude man die veel bloed verloren heeft. Hij was nu goed te zien en kwetsbaar, maar de list hoefde maar lang genoeg te werken om hem naar de roltrap te brengen. Tien seconden, misschien. Zolang Cavanaugh hem voor een gewonde voorbijganger aanzag, zou hij niet nog een kogel aan hem verspillen.

Bens hart bonsde in zijn keel. Al zijn instincten schreeuwden hem toe om te rénnen! *Nee, nog niet.* Met gebogen rug en afzakkende schouders sleepte hij zich verder, met niet te lange passen, om geen achterdocht te wekken. Nog vijf seconden, vier... Nog drie...

Bij de roltrap, die verlaten was door het doodsbange publiek, leek de man in de bebloede cameljas voorover te storten voordat hij door de trap werd meegenomen, uit het zicht. *Nu!*

Zijn zelfbeheersing had hem net zoveel inspanning gekost als de lange sprint. Ben voelde zijn spieren trillen. Hij had zijn val gebroken met zijn handen, richtte zich nu weer op en rende zo geruisloos mogelijk de rest van de roltrap af.

Boven hoorde hij een luide brul van frustratie. Cavanaugh kwam weer achter hem aan. Elke seconde telde.

Ben zette het op een lopen, maar de tweede verdieping van het winkelcentrum was een waar labyrint. Nergens zag hij een route naar de uitgang aan de overkant van de Bahnhofplatz, alleen een opeenvolging van zijgangen. De centrale galerij werd overal versperd door kiosken van hout en glas die mobieltjes, sigaretten, horloges en posters verkochten. Voor iemand die gezellig wilde winkelen waren ze een leuke onderbreking, voor Ben niets anders dan obstakels op een hindernisbaan.

In elk geval belemmerden ze Cavanaugh het zicht. Hij zou niet van grote afstand kunnen vuren. En dat betekende tijdwinst. Misschien voldoende voor Ben om te vinden wat hij zocht: een schild.

Hij rende langs een rij boetieks: *Foto Video Ganz; Restseller Buchhandlung; Presensende Stickler; Microspot; Kinderboutique.* De etalage van die laatste winkel lag vol met knuffelbeesten, omlijst door een groen- en goudgeschilderde houten rand waarin klimop was uitgesneden. Verderop zag hij het chroom en plastic van een Swisscom-vestiging... Allemaal prezen ze hun goederen en diensten aan, maar Ben kon er weinig mee beginnen. Toen, recht voor hem uit aan de rechterkant, naast een filiaal van de Credit Suisse/Volksbank, ontdekte hij een kofferwinkel. Hij keek door de etalage, waar hele stapels zachtleren stonden. Nee, dat was het niet. Wat hij zocht, was binnen: een grote metalen diplomatenkoffer. De glimmende stalen buitenkant was waarschijnlijk meer cosmetisch dan functioneel bedoeld, maar hij zou zich er wel mee redden. Toen Ben de winkel binnenstormde, het koffertje greep en weer naar buiten rende, zag hij dat de eigenaar bleek en zwetend in het *Schweizerdeutsch* in de telefoon stond te ratelen. Er kwam niemand achter Ben aan. Het nieuws over deze waanzinnige jacht had zich al verspreid.

Ben had nu het schild dat hij zocht, maar hij had ook kostbare tijd verloren. Op het moment dat hij weer naar buiten sprong, zag hij de etalage van de kofferwinkel in een vreemd maar prachtig spinnenweb veranderen voordat de ruit in scherven uiteenspatte. Cavanaugh was dichtbij, zo dichtbij dat Ben niet eens durfde om te kijken om te zien waar hij was. Hij stortte zich naar voren tussen een groep mensen die net uit Franscati – een groot warenhuis aan het einde van de kruisvormige plaza – kwamen. Met het koffertje achter zijn hoofd dook Ben tussen het winkelende publiek door, struikelde half over een been, herstelde met moeite zijn evenwicht en verloor weer twee kostbare seconden.

Een explosie op centimeters van zijn hoofd. Het geluid van een kogel die in het stalen koffertje sloeg. Het werd bijna uit zijn handen gerukt, deels door de inslag, deels door zijn eigen spierreflex. Het staal vertoonde een flinke deuk, alsof het een klap met een hamer had gehad. De kogel was door de eerste laag heen gedrongen en had bijna de tweede doorboord. Het schild had hem het leven gered, maar veel had het niet gescheeld.

De omgeving was nu een waas, maar hij wist dat hij het drukke Halle Landesmuseum had bereikt. Hij wist ook dat de moordenaar hem nog steeds op de hielen zat.

Mensen gilden, schreeuwden, renden, doken ineen of klampten

zich aan elkaar vast toen de hel van kogels en bloedvergieten dichterbij kwam.

Ben wrong zich door de paniekerige menigte heen en werd erdoor opgeslokt. Heel even leek het schieten op te houden. Ben smeet het koffertje weg. Het had zijn nut bewezen, maar nu zou het glimmende metaal hem alleen maar tot een makkelijk doelwit maken in de mensenmassa.

Was het voorbij? Was Cavanaugh door zijn munitie heen? Of stak hij een nieuw magazijn in zijn wapen?

Ben zigzagde, botste tegen mensen op en tuurde door het labyrint of hij ergens een uitgang zag waardoor hij ongezien zou kunnen ontkomen. Misschien had hij zijn achtervolger afgeschud, maar hij durfde nog steeds niet achterom te kijken. Er was geen weg terug, alleen vooruit.

Langs de galerij naar Franscati ontdekte hij een imitatie roestig bord van donker hout en vergulde letters: KATZKELLER-BIERHALLE. Het hing boven een nis, de ingang van een verlaten restaurant. GESCHLOSSEN stond er op een kleiner bordje. Gesloten.

Hij rende ernaar toe, enigszins aan het oog onttrokken door een paniekerige vlucht van een grote groep andere mensen die kant op. Via de nep-middeleeuwse poort onder het bord kwam hij in een grote, verlaten eetzaal. Enorme houten kroonluchters hingen aan gietijzeren kettingen aan het plafond; middeleeuwse hellebaarden en gravures van oude edellieden sierden de muren. Het thema werd voortgezet in de zware ronde tafels, grof bewerkt in de stijl van iemands persoonlijke fantasie over een vijftiende-eeuwse wapenzaal.

Aan de rechterkant van de zaal stond een lange bar. Ben dook erachter, luid hijgend, en probeerde zich zo stil mogelijk te houden. Zijn kleren waren kletsnat van het zweet. Hij kon niet geloven hoe heftig zijn hart tekeerging; het deed daadwerkelijk pijn in zijn borst.

Hij tikte tegen de bar naast zich. Een hol geluid. Gewoon plastic met een laagje fineer, geen enkele bescherming tegen een kogel. Gehurkt kroop hij om een hoek naar een stenen nis die wat meer beschutting bood en waar hij rechtop kon staan om weer op adem te komen. Toen hij tegen een pilaar leunde, stootte hij zijn hoofd tegen een smeedijzeren lantaarn aan de muur. Hij kreunde onwillekeurig en inspecteerde toen de lamp waarmee zijn hoofd onzacht in aanraking was gekomen. Het hele ding – een zware arm van zwart ijzer, bevestigd aan een ornamenteel huis dat de lamp bevatte – kon uit de beugel aan de muur worden getild.

Het ijzer piepte toen hij de lamp omhoogtilde. Hij greep de zware arm stevig in zijn hand en hield hem tegen zijn borst.

Zo wachtte hij, terwijl het bonzen van zijn hart wat afnam. Hij had genoeg oefening gehad in wachten. Hij dacht terug aan al die Thanksgiving-feestjes op de Greenbriar. Max Hartman had erop gestaan dat zijn zonen leerden jagen en Hank McGee, een ervaren, grijze jager uit White Sulfur Springs, was hun leermeester geweest. *Hoe moeilijk kan dat nou zijn?* had Ben toen gedacht. Hij was een goede kleiduivenschieter en had een uitstekende coördinatie tussen oog en hand. Dat zei hij ook tegen McGee, die hem donker aankeek. 'Dacht je dat jagen iets met schieten te maken heeft? Wáchten, daar gaat het om.' En hij keek hem nog eens doordringend aan. Natuurlijk had McGee gelijk gehad. Het wachten was het moeilijkste en Ben had daar totaal niet het karakter voor.

Samen met Hank McGee had hij uren op hun prooi liggen wachten. Nu was hij zelf de prooi. Tenzij hij dat... op de een of andere manier... zou kunnen veranderen.

Een paar seconden later hoorde Ben voetstappen naderen. Jimmy Cavanaugh kwam voorzichtig en behoedzaam het restaurant binnen en keek om zich heen. Het boord van zijn overhemd was vuil, gescheurd en besmeurd met bloed uit een snee aan de rechterkant van zijn hals. Zijn regenjas was smerig. Zijn rood aangelopen gezicht stond grimmig en vastberaden, met een wilde blik in zijn ogen.

Kon dit echt zijn vriend zijn? Wat was er met Cavanaugh gebeurd in de vijftien jaar sinds Ben hem voor het laatst gezien had? Wat had een moordenaar van hem gemaakt? *Wat stak hierachter?*

In zijn rechterhand hield Cavanaugh zijn blauwzwarte pistool, met een vijfentwintig centimeter lange geluiddemper op de loop geschroefd. Bens herinneringen aan zijn eigen schietoefeningen van twintig jaar geleden kwamen weer boven en hij zag dat het een Walther PPK was, een .32.

Ben hield zijn adem in, bang dat zijn gehijg hem zou verraden. Hij trok zich terug in de nis en klemde de zware lamp die hij van de muur had gehaald, in zijn vuist. Hij drukte zich tegen de muur toen Cavanaugh het restaurant begon te doorzoeken. Toen, met een onverwachte maar trefzekere beweging, smeet hij de ijzeren lamp naar Cavanaugh toe en raakte zijn schedel met een hoorbare klap.

Jimmy Cavanaugh slaakte een kreet van pijn, hoog en hard als van een dier. Hij zakte half door zijn knieën en haalde de trekker over.

Ben voelde de hitte langs zijn oor suizen. Maar in plaats van zich nog verder terug te trekken of te vluchten deed hij een sprong naar voren, viel zijn achtervolger aan en werkte hem tegen de grond. Cavanaughs hoofd sloeg krakend tegen de stenen vloer.

De man was zo sterk als een beer, ook al was hij nu ernstig gewond. Hij verspreidde een zure zweetlucht toen hij overeind veerde, een zware arm om Bens nek klemde en zijn halsslagader dichtkneep. Wanhopig tastte Ben naar het pistool en probeerde het te grijpen, maar hij slaagde er enkel in de lange geluiddemper omhoog te wrikken, terug naar Cavanaugh. Met een onverwachte knal ging het pistool weer af. Ben hoorde een lang aangehouden schreeuw en voelde de pijnlijke terugslag van het wapen in zijn gezicht.

Toen verslapte de greep om zijn keel. Hij draaide zich half om en wrong zich los. Cavanaugh lag ineengezakt op de grond. Met een schok zag Ben het donkerrode gat vlak boven de wenkbrauwen van zijn oude vriend, als een luguber derde oog. Hij werd overmand door een mengeling van opluchting en walging, en het plotselinge besef dat zijn leven nooit meer hetzelfde zou zijn.

2

Halifax, Nova Scotia, Canada
Het was nog vroeg in de avond, maar het werd al donker en een ijzige wind loeide door de smalle straat, de steile heuvel af, naar het kolkende water van de Atlantische Oceaan. Over de grijze straten van de havenstad hing een deken van mist die alles bedekte. Een troosteloze motregen daalde neer en de lucht had een zilte geur.

Een zwavelig geel licht scheen over de vervallen veranda en het uitgesleten trapje van een groot, grijs, houten huis. Een donkere gedaante in een geel regenjack met capuchon stond onder de gele lamp en drukte hard en onophoudelijk met zijn vinger op de bel naast de voordeur, steeds opnieuw. Eindelijk klonk het geluid van grendels die werden teruggeschoven en de voordeur ging langzaam open.

Achter de kier verscheen het gezicht van een heel oude man, die nijdig naar buiten tuurde. Hij droeg een smerige blauwe ochtendjas over een gekreukte witte pyjama. Zijn mond was ingevallen en zijn ogen waren grauw en waterig in de slappe huid van zijn bleke gezicht.

'Ja?' vroeg de oude man met een hoge, krassende stem. 'Wat moet je?' Hij sprak met een Bretons accent, een erfenis van zijn Frans-

Acadische voorouders, die vissers waren geweest op de zee bij Nova Scotia.

'U móét me helpen!' riep de gedaante in het gele regenjack. Hij hipte nerveus van de ene voet op de andere. 'Alstublieft. O, god! U móét me helpen!'

De oude man keek verbaasd. De bezoeker was een lange jongen van nog geen twintig. 'Waar heb je het over?' vroeg hij. 'Wie ben je?'

'Er is een verschrikkelijk ongeluk gebeurd. O, gód! O, jezus! Mijn vader! Ik denk dat hij dóód is!'

De oude man kneep zijn dunne lippen samen. 'En wat wil je van mij?'

De vreemdeling stak een gehandschoende hand uit naar de kruk van de stormdeur, maar liet hem weer zakken. 'Alstublieft, mag ik even telefoneren? Mag ik een ziekenwagen bellen? We hebben een ongeluk gehad, een verschrikkelijk ongeluk. De auto is total loss. Mijn zus... zwaargewond. Mijn vader reed. O, god, mijn *ouders*!' De stem van de jongen brak. Hij leek nu meer een kind dan een jonge volwassene. 'O, god, ik denk dat hij dood is.'

De oude man keek wat vriendelijker. Langzaam duwde hij de stormdeur open om de vreemdeling binnen te laten. 'Goed dan,' zei hij. 'Kom maar binnen.'

'Dank u,' riep de jongen toen hij naar binnen stapte. 'Ik ben zo weer weg. Heel erg bedankt.'

De oude man draaide zich om en ging hem voor naar een donkere voorkamer, waar hij het licht aandeed. Hij draaide zich weer om en wilde iets zeggen, juist op het moment dat de jongen in het jack met de capuchon op hem af stapte en de hand van de oude man in zijn beide handen greep, als in een onbeholpen gebaar van dankbaarheid. Water druppelde van de mouw van zijn gele regenjack op de ochtendjas van de oude man. De jongen maakte een onverwachte, schokkerige beweging. 'Hé!' protesteerde de oude man verbaasd. Hij deed een stap terug en zakte in elkaar.

De jongen keek even naar het ineengezakte lichaam op de grond. Toen schoof hij het kleine apparaatje van zijn pols, voorzien van een kleine, uitschuifbare injectienaald, en borg het in een binnenzak van zijn jack.

Haastig keek hij de kamer door, zag de oude televisie en zette het toestel aan. Er draaide een oude zwart-witfilm. Daarna ging hij aan het werk met de zekerheid van een veel ouder iemand.

Hij liep terug naar het lichaam, legde het zorgvuldig in een versleten oranje leunstoel, met de armen en het hoofd in een houding alsof de oude man in slaap was gevallen bij de televisie.

Toen haalde hij een rol tissues uit zijn regenjack en depte snel het regenwater op dat een plas had gevormd op de brede vurenhouten planken in de gang. Daarna liep hij naar de voordeur, die nog open stond, keek snel of er niemand te zien was, stapte de veranda op en trok de deur achter zich dicht.

De Oostenrijkse Alpen
De zilverkleurige Mercedes s430 reed de bochtige, steile bergweg op naar het hek van de kliniek. Een bewaker in het wachthuisje bij de poort kwam naar buiten, zag wie er in de auto zat en zei eerbiedig: 'Welkom thuis, meneer.' Hij vroeg niet naar papieren. De directeur van de kliniek werd meteen doorgelaten. De auto draaide een ringweg op over een glooiende campus, waar het levendige groen van het goed verzorgde gras en de gesnoeide coniferen contrasteerde met de slordige bergjes poedersneeuw. In de verte verhief zich de hoge top van de Schneeberg met zijn prachtige witte hellingen en rotswanden. De auto reed om een paar dichte, hoge taxushagen heen die een volgende controlepost aan het oog onttrokken. De bewaker, die al gewaarschuwd was dat de directeur er aankwam, drukte op een knop en de stalen slagboom ging omhoog. Tegelijkertijd verdwenen de scherpe tanden in het wegdek die de banden aan flarden moesten scheuren van elke auto die zonder toestemming probeerde binnen te komen.

De Mercedes volgde de lange smalle weg die maar naar één plaats leidde: een oude klokkenfabriek, een voormalig *Schloss* van twee eeuwen oud. De afstandsbediening verstuurde een codesignaal, een garagedeur ging elektronisch open en de auto stopte op de gereserveerde parkeerplaats. De chauffeur stapte uit en hield het portier open voor zijn passagier, die snel naar de voordeur liep. Daar zat weer een bewaker, achter een ruit van kogelvrij glas. De man knikte en liet de directeur met een glimlach binnen.

De directeur liep naar de lift, die pas veel later in dit oude alpenkasteel was aangelegd, stak zijn digitale pasje in het slot en liet zich naar de tweede verdieping brengen, de hoogste van het gebouw. Daar passeerde hij drie deuren, weer met behulp van een elektronische kaartlezer, tot hij de vergaderzaal binnenkwam waar de anderen al om de lange, glimmende, mahoniehouten tafel zaten. Hij nam zijn plaats in aan het hoofd en liet zijn blik over de andere aanwezigen glijden.

'Heren,' begon hij, 'we hebben nog maar een paar dagen de tijd tot aan de vervulling van onze lang gekoesterde droom. De lange voorbereiding is bijna voorbij. Eindelijk zal uw geduld worden beloond, op een wijze die onze stichters zelfs in hun stoutste dromen nooit hadden kunnen vermoeden.'

Tevreden luisterde hij naar de instemmende geluiden rond de tafel. Hij wachtte tot het weer stil was voordat hij verder ging: 'Wat de veiligheid betreft, heb ik de verzekering gekregen dat er nog maar heel weinig *angeli rebelli* over zijn. Binnenkort zullen we ook van de laatste zijn verlost. Maar er is nog één klein probleem.'

Zürich

Ben probeerde rechtop te gaan staan, maar zijn benen weigerden. Hij zakte weer op de grond, kotsmisselijk, en kreeg het tegelijk koud en snikheet. Het bloed gonsde in zijn oren. In zijn maag voelde hij een ijzige angst.

Wat was er in godsnaam gebeurd daarnet? vroeg hij zich af. Waarom had Jimmy Cavanaugh geprobeerd hem te vermoorden? Wat was dit voor waanzin? Was de man gek geworden? Was er door het onverwachte weerzien na vijftien jaar iets geknapt in Jimmy's hoofd? Was er een verwrongen herinnering bij hem boven gekomen waardoor hij in een vlaag van waanzin een aanslag op Bens leven had gepleegd?

Ben proefde iets vochtigs, zilt en metaalachtig, en legde een vinger tegen zijn lippen. Bloed droop uit zijn neus. Dat moest in de vechtpartij zijn gebeurd. Hij had een bloedneus. En Jimmy Cavanaugh had een kogel door zijn hoofd.

De geluiden van de winkelgalerij buiten begonnen weg te ebben. Hij hoorde nog wel mensen roepen, zo nu en dan een ontstelde schreeuw, maar de chaos loste zich op. Ben steunde met zijn handen op de vloer, duwde zich omhoog en wist op de been te blijven. Hij voelde zich misselijk en duizelig – niet door bloedverlies, wist hij, maar door de schok.

Hij dwong zich naar Cavanaughs lichaam te kijken. Hij was nu voldoende gekalmeerd om te kunnen nadenken.

Iemand die ik sinds mijn eenentwintigste niet meer heb gezien, duikt in Zürich op, wordt opeens krankzinnig en probeert me te vermoorden. En nu ligt hij daar, dood, in een goedkoop restaurant met een nep-middeleeuws decor. Waarom? Geen idee. Misschien zal het altijd een raadsel blijven.

Zorgvuldig meed hij de plas bloed rond het hoofd toen hij Cavanaughs zakken doorzocht, eerst het jasje van het pak, toen de broek en ten slotte de zakken van de regenjas. Helemaal niets. Geen legitimatie, geen creditcards. Bizar. Het leek wel of Cavanaugh zijn zakken had leeggehaald omdat hij wist wat er ging gebeuren. Het was dus opzet geweest. *Een vooropgezet plan.*

Hij keek naar de blauwzwarte Walther PPK die de dode man nog in zijn hand geklemd hield, en overwoog het magazijn te inspecteren om te zien hoeveel patronen er nog in zaten. Hij dacht erover om het slanke pistool in zijn eigen zak te steken. Stel dat Cavanaugh niet alleen was. *Stel dat hij helpers had?*

Ben aarzelde. Dit was de plek van een misdrijf, min of meer. Hij moest alles maar laten zoals het was, voor het geval er later nog problemen kwamen.

Langzaam richtte hij zich op en liep versuft in de richting van de grote hal. De galerij was bijna verlaten, afgezien van een paar groepjes hulpverleners die de gewonden verzorgden. Er werd iemand weggedragen op een brancard. Ben moest een politieman vinden.

De twee agenten, de één jong en onervaren, de ander van middelbare leeftijd, keken hem weifelend aan. Hij had hen gevonden bij de kiosk van *Bijoux Suisse,* niet ver van de levensmiddelenmarkt. Ze droegen marineblauwe truien met rode schouderstukken met het opschrift *Zürichpolizei.* Ze hadden allebei een portofoon en een pistoolholster aan hun riem.

'Mag ik uw paspoort even zien, alstublieft?' vroeg de jongste van het tweetal toen Ben zijn verhaal had gedaan. De oudste sprak blijkbaar geen Engels of deed dat liever niet.

'Jezus,' snauwde Ben gefrustreerd. 'Er zijn slachtoffers gevallen. Er ligt een dode daar in het restaurant, een man die heeft geprobeerd...'

'*Ihren Pass, bitte,*' herhaalde de jongste streng. 'Kunt u zich legitimeren?'

'Natuurlijk,' zei Ben. Hij haalde zijn portefeuille uit zijn zak en gaf hem aan de politieman.

De agent inspecteerde hem argwanend en gaf hem toen aan zijn oudere collega, die er een ongeïnteresseerde blik op wierp en hem Ben weer toestak.

'Waar was u toen dat gebeurde?' vroeg de jongste.

'Ik stond te wachten voor het Hotel St. Gotthard. Een auto zou me naar het vliegveld brengen.'

De agent deed een stap naar voren en kwam onheilspellend dichtbij. De neutrale uitdrukking op zijn gezicht maakte plaats voor een wantrouwende blik. 'U wilde naar het vliegveld?'

'Ik moest naar St. Moritz.'

'En opeens begon die man op u te schieten?'

'Hij is een oude vriend. Wás een oude vriend.'

De agent trok een wenkbrauw op.

'Ik had hem in geen vijftien jaar gezien,' vervolgde Ben. 'Hij herkende me, kwam naar me toe alsof hij blij was me te zien, en trok opeens een pistool.'

'Kreeg u ruzie?'

'We hebben geen twee woorden gewisseld!'

De jonge agent kneep zijn ogen tot spleetjes. 'Had u daar samen afgesproken?'

'Nee. Het was zuiver toeval.'

'En toch had hij een pistool bij zich, een geladen pistool?' De jongste van de twee keek zijn oudere collega aan en draaide zich weer om naar Ben. 'En voorzien van een geluiddemper, zei u? Dan moet hij hebben geweten dat u daar was.'

Ben schudde vermoeid zijn hoofd. 'Ik had hem al jaren niet meer gesproken! Hij kon onmogelijk weten waar ik zou zijn.'

'U bent het toch met me eens dat mensen niet met pistolen met geluiddempers rondlopen als ze niet van plan zijn die te gebruiken?'

Ben aarzelde. 'Daar hebt u wel gelijk in.'

De oudere politieman schraapte zijn keel. 'En wat voor pistool had u zelf?' vroeg hij in verrassend vloeiend Engels.

'Wat bedoelt u?' vroeg Ben op verontwaardigde toon. 'Ik hád geen pistool.'

'Neem me niet kwalijk, dan begrijp ik het verkeerd. U zegt dat uw vriend een pistool had, maar u niet. Waarom is hij dan dood, in plaats van u?'

Goede vraag. Ben schudde zijn hoofd en dacht weer terug aan het moment waarop Jimmy Cavanaugh de stalen loop op hem had gericht. Een deel van hem – zijn nuchtere verstand – had verondersteld dat het een rare grap moest zijn. Maar een ander deel had dat blijkbaar niet geloofd. Waarom had hij anders zo bliksemsnel gereageerd? Hij zag Jimmy weer naar zich toe komen, heel ontspannen, met een brede grijns om hem te begroeten... en een kille blik in zijn oplettende ogen die niet paste bij die grijns. Een heel klein detail dat niet klopte. En blijkbaar had zijn onderbewustzijn daarop gereageerd.

'Kom, dan zullen we het lichaam van die moordenaar eens gaan bekijken,' zei de oudere politieman en hij legde een hand op Bens schouder – geen gebaar van vriendschap, maar een duidelijk teken dat Ben niet langer een vrij man was.

Ben liep voorop de galerij door, waar het nu wemelde van politiemensen en persfotografen die hun werk deden. Hij daalde af naar de tweede verdieping, met de twee agenten op zijn hielen. Bij het bordje van de Katzkeller stapte Ben naar binnen, liep door de eetzaal naar de nis en wees.

'Nou?' vroeg de jongste agent nijdig.

Stomverbaasd staarde Ben met grote ogen naar de plek waar Cavanaughs lichaam had gelegen. Door de schok voelde hij zich opeens licht in het hoofd. Het lijk was verdwenen.

Geen bloedplas meer, geen lichaam en geen pistool. De arm van de lamp zat weer op zijn plaats alsof hij nooit van de muur was gerukt. De vloer was kaal en schoon. Het leek alsof hier niets bijzonders was gebeurd.

'Godsamme,' hijgde Ben. Was hij bezweken onder de druk? Had hij het zich allemaal ingebeeld? Maar hij voelde de hardheid van de vloer, de bar en de tafels nog in zijn botten. *Als dit een krankzinnige stunt was...* maar dat was het niet. Op de een of andere manier was hij in een onbegrijpelijke en beangstigende situatie terechtgekomen.

De agenten staarden hem aan met hernieuwde achterdocht.

'Hoor nou eens,' zei Ben, met een stem die niet verder kwam dan een schor gefluister, 'ik kan dit ook niet verklaren. Ik ben hier geweest. En híj was er ook.'

De oudste van de twee politiemensen zei snel iets in zijn portofoon en even later kregen ze gezelschap van een zwaargebouwde collega met het postuur van een kleerkast. 'Misschien ben ik traag van begrip, dus laat het me nog eens herhalen. U rent een drukke straat door en duikt een ondergronds winkelcentrum binnen. Overal om u heen worden mensen neergeschoten, terwijl u zelf op de hielen wordt gezeten door een maniak. U wilt ons die man... die Amerikaan... laten zien. Maar er is geen spoor van de maniak te bekennen. Er is niemand anders dan u zelf: een vreemde Amerikaan die sprookjes vertelt.'

'Wel verdomme, het is de waarheid!'

'U zegt dat een of andere gek uit uw verleden verantwoordelijk is voor dit bloedbad,' zei de jongste agent op zachte maar onverbiddelijke toon. 'Ik zie eigenlijk maar één gek en die staat recht voor me.'

24

De oudere politieman overlegde in het *Schweizerdeutsch* met zijn collega. 'U logeert in het Hotel St. Gotthard, zei u?' vroeg hij ten slotte aan Ben. 'Kunt u ons daarheen brengen?'

In het gezelschap van de drie politiemannen – de kleerkast achter hem, de jonge agent voor hem uit en de oudste vlak naast hem – liep Ben terug door de ondergrondse galerij, de roltrap op en door de Bahnhofstrasse naar zijn hotel. Hoewel ze hem nog geen handboeien hadden omgedaan, was dat slechts een formaliteit, wist hij.

Voor het hotel hield een agente die kennelijk door de anderen was opgetrommeld, de wacht bij zijn bagage. Haar bruine haar was kortgeknipt, bijna mannelijk, en haar gezicht stond uitdrukkingsloos.

Door de ramen van de lobby ving hij een glimp op van de zalvende piccolo die hem bij zijn vertrek had geassisteerd. Hun blikken kruisten elkaar en de man draaide zich geschrokken om, alsof hij zojuist had gehoord dat hij de koffers van Lee Harvey Oswald had gedragen.

'Dit is uw bagage?' vroeg de jongste agent aan Ben.

'Ja ja,' zei Ben. 'En?' Wat nu? Wat kon er verder nog misgaan?

De agente opende de bruinleren tassen. De anderen inspecteerden de inhoud en draaiden zich toen om naar Ben. 'Dus dit is uw bagage?' vroeg de jongste politieman nog eens.

'Dat zei ik toch al?' zei Ben.

De oudste agent haalde een zakdoek uit zijn broekzak en bukte zich om een voorwerp uit de weekendtas te pakken. Het was een pistool. Cavanaughs Walther PPK.

3

Washington D.C.

Een ernstige jonge vrouw liep energiek door de lange gang op de vierde verdieping van het Amerikaanse ministerie van Justitie, het grote gebouw in Classical-Revival-stijl dat de hele straat tussen Ninth en Tenth Street in beslag nam. Ze had glanzend donkerbruin haar, karamelbruine ogen en een scherpe neus. Op het eerste gezicht leek ze half-Aziatisch of misschien Zuid-Amerikaans. Ze droeg een lichtbruine regenjas en had een leren koffertje in haar hand. Ze had een advocate kunnen zijn, een lobbyiste, of misschien een ambtenaar op weg naar de top.

Haar naam was Anna Navarro. Ze was drieëndertig en ze werkte bij het Office of Special Investigations, een weinig bekende afdeling van Justitie die zich met bijzondere zaken bezighield.

Toen ze de bedompte vergaderkamer binnenkwam, zag ze dat de wekelijkse afdelingsvergadering allang begonnen was. Arliss Dupree, die bij een wit planbord op een ezel stond, draaide zich om toen ze arriveerde en zweeg midden in een zin. Ze voelde dat iedereen haar aanstaarde en begon onwillekeurig te blozen, wat precies Duprees bedoeling was. Ze ging op de eerste vrije stoel zitten en werd verblind door de zon.

'Daar is ze dan. Leuk dat u nog even langskomt,' zei Dupree. Zelfs zijn beledigingen waren voorspelbaar. Anna knikte slechts, vastbesloten zich niet te laten provoceren. Hij had haar gezegd dat de vergadering om kwart over acht zou beginnen. Blijkbaar was dat acht uur geweest. Hij zou natuurlijk ontkennen dat hij haar een verkeerde tijd had genoemd. Een kleinzielige manier om kantoorpolitiek te bedrijven. Ze wisten allebei waarom ze te laat was, ook al zou niemand anders dat ooit weten.

Voordat Dupree was benoemd tot hoofd van het Office of Special Investigations werd er maar zelden vergaderd. Nu was het elke week raak. Voor Dupree was het een manier om zijn gezag te vestigen. Hij was een kleine, brede man van halverwege de veertig, met het lichaam van een gewichtheffer in een te strak lichtgrijs confectiepak, waarvan hij er drie bezat. Zelfs van die afstand rook ze zijn goedkope aftershave. Hij had een rood vollemaansgezicht met een huid als klonterige pap.

Er was een tijd geweest dat ze zich nog iets had aangetrokken van wat mannen als Arliss Dupree van haar vonden en had geprobeerd hen voor zich te winnen. Nu zou dat haar een zorg zijn. Ze had haar eigen vrienden en Dupree hoorde daar niet bij. Vanaf de andere kant van de tafel grijnsde David Denneen, een man met een vierkante kaak en zandkleurig haar, haar bemoedigend toe.

'Zoals sommigen van u misschien al weten, heeft Internal Compliance ons gevraagd of wij onze collega hier tijdelijk aan hen willen uitlenen.' Dupree keek haar aan met een harde blik in zijn ogen. 'Gezien de enorme achterstand in uw werk, agent Navarro, lijkt het me bijzonder onverstandig om op een uitnodiging van een andere afdeling in te gaan. Hebt u daar zelf op aangestuurd? Zeg het maar eerlijk.'

'Het is voor het eerst dat ik ervan hoor,' antwoordde ze naar waarheid.

'O ja? Nou, dan heb ik misschien te snel mijn conclusies getrokken,' zei hij, wat milder nu.

'Niet onmogelijk,' antwoordde ze droog.

'Ik ging ervan uit dat ze u nodig hadden voor een opdracht. Misschien bént u de opdracht.'

'Pardon?'

'Misschien stellen ze een onderzoek naar u in,' zei Dupree, steeds vrolijker. Dat idee sprak hem blijkbaar aan. 'Het zou me niets verbazen. Stille wateren, agent Navarro...' Een paar van zijn kroegmaten grinnikten.

Ze schoof haar stoel wat opzij om niet recht tegen de zon in te kijken.

Sinds die keer in Detroit, toen ze samen op dezelfde verdieping van het Westin hadden gelogeerd en ze (heel vriendelijk, vond ze zelf) Duprees dronken en bijzonder expliciete voorstel had afgewezen, had hij voortdurend van die kleine insinuaties in haar beoordelingsstaten genoteerd, als rattenkeutels: ... *naar haar beste vermogen, gezien haar beperkte interesses... vergissingen als gevolg van onoplettendheid, geen incompetentie...*

Ze had eens gehoord dat hij haar tegenover een mannelijke collega beschreef als 'een wandelende aanklacht wegens ongewenste intimiteiten'. Hij had haar de meest beledigende kwalificatie opgeplakt die je bij de FBI kon krijgen: *geen teamgeest.* Geen teamgeest betekende dat ze niet ging zuipen met de jongens, ook niet met Dupree, en dat ze haar privéleven strikt gescheiden hield van haar werk. Hij had ook de gewoonte om in haar dossiers steeds te verwijzen naar fouten die ze had gemaakt – een paar kleine procedurele vergissingen, niets ernstigs. Eén keer, toen ze een corrupte DEA-agent op het spoor was die was verraden door een drugsbaron en bij verschillende moorden betrokken bleek te zijn, was ze vergeten om binnen zeven dagen een FD-460 in te dienen, zoals het hoorde.

Ook de beste agenten maken fouten. Ze was ervan overtuigd dat de besten zelfs meer kleine vergissingen begingen dan de gemiddelde agent, omdat ze meer met de opsporing bezig waren dan met regeltjes en voorschriften. Je kon je slaafs aan al die belachelijke procedures houden en nooit een zaak oplossen.

Ze merkte dat hij haar aanstaarde. Ze keek op en hun blikken kruisten elkaar.

'We hebben heel wat werk op ons bordje liggen,' vervolgde Dupree. 'Als iemand zijn aandeel niet levert, betekent dat meer werk voor de anderen. We zijn bezig met een belastinginspecteur die ervan wordt verdacht een paar heel ingewikkelde belastingfraudes te hebben georganiseerd. We zitten met een foute FBI-agent die zijn functie schijnt te misbruiken om een persoonlijke vete uit te vechten. En we hebben een klootzak van de ATF die munitie verkoopt uit de bewijzenkluis.' Dat was een karakteristieke opsomming van het werk van het OSI. Het ging vooral om het onderzoeken ('auditeren' was de term) van misstappen van leden van andere overheidsinstellingen. In feite was het de federale versie van interne zaken.

'Misschien groeit het werk hier u een beetje boven het hoofd,' zei Dupree. 'Is dat het?'

Ze deed alsof ze iets noteerde en gaf geen antwoord. Het bloed steeg naar haar wangen. Ze haalde langzaam adem en probeerde zich te beheersen. Ze wilde zich niet uit haar tent laten lokken. 'Hoor eens,' zei ze ten slotte, 'als het niet goed uitkomt, kunt u zo'n aanvraag voor een interdepartementale overplaatsing toch gewoon weigeren?' Anna vroeg het op heel redelijke toon, maar het was geen onschuldige vraag. Dupree had niet het gezag om de streng geheime en machtige Internal Compliance Unit iets in de weg te leggen, en zo'n verwijzing naar zijn ondergeschikte positie was voldoende om hem kwaad te maken.

Duprees kleine oortjes werden rood. 'Ik verwacht dat er nog overlegd zal worden. Als die spionnenjagers van de ICU echt zoveel weten als ze beweren, zullen ze wel beseffen dat u niet geschikt bent voor dat soort werk.'

Hij probeerde zoveel mogelijk minachting in zijn blik te leggen.

Anna hield van haar werk en wist dat ze er goed in was. Ze had geen behoefte aan complimentjes. Maar ze had geen zin om al haar tijd en energie te moeten besteden om haar baantje te houden omdat Dupree aan haar stoelpoten zaagde. Weer keek ze hem uitdrukkingsloos aan. De stress concentreerde zich in haar maag, merkte ze. 'U hebt uw best gedaan om hen daarvan te overtuigen, neem ik aan?'

Een korte stilte. Anna zag dat Dupree aarzelde over zijn antwoord. Hij keek naar zijn geliefde planbord en het volgende punt op de agenda. 'We zullen u missen,' zei hij.

Kort na het einde van de vergadering kwam David Denneen naar haar toe in haar bezemkast van een kantoortje. 'De ICU heeft naar je gevraagd omdat je de beste bent,' zei hij. 'Dat weet je toch ook wel?'

Anna schudde vermoeid haar hoofd. 'Ik was verbaasd dat jij bij die vergadering was. Je zit nu toch bij Operaties? En dat gaat prima, heb ik gehoord.' Het gerucht ging dat hij op de nominatie stond voor een benoeming op het bureau van de minister van Justitie.

'Dankzij jou,' zei Denneen. 'Ik was erbij als afgevaardigde van de andere departementen. Dat doen we bij toerbeurt. We moeten een oogje op de budgetten houden. En op jou.' Vriendelijk legde hij zijn hand op de hare. Anna zag de warmte in zijn ogen, maar ook zijn bezorgdheid.

'Ik was blij dat je erbij was,' zei Anna. 'En doe mijn groeten aan Ramon.'

'Dat zal ik doen,' zei hij. 'Je moet weer eens paella komen eten.'

'Maar er zit je nog iets dwars, volgens mij.'

Denneen keek haar nog steeds aan. 'Luister, Anna, die nieuwe opdracht van je, wat het ook is... het zal niet zomaar een onderzoekje worden. Het is waar wat de mensen hier zeggen: De wegen van de Geest zijn ondoorgrondelijk.' Het was een oude grap, maar hij lachte er niet bij. De Geest was de bijnaam van de directeur van de Internal Compliance Unit, Alan Bartlett, die al sinds mensenheugenis die post bekleedde. Tijdens besloten hoorzittingen van de Senaatscommissie voor de inlichtingendiensten in de jaren zeventig had een staatssecretaris van Justitie hem eens hooghartig 'de geest in de machine' genoemd en die titel was blijven hangen. De legendarische Bartlett was inderdaad zo ongrijpbaar als een geest. Hij vertoonde zich maar zelden, hij had de reputatie van een genie, hij heerste over een onaantastbare afdeling die streng geheime onderzoeken verrichtte en hij was zelf een soort kluizenaar die precies in de sfeer van zijn eigen organisatie paste.

Anna haalde haar schouders op. 'Ik zou het niet weten. Ik heb hem nooit ontmoet en ik ken ook niemand die hem ooit gesproken heeft. Geruchten komen voort uit onwetendheid, Dave. Dat zou jij toch moeten weten.'

'Neem dan een goede raad aan van een onnozele hals die veel om je geeft,' zei hij. 'Ik weet niet waarvoor de ICU je heeft ingehuurd, maar wees voorzichtig, oké?'

'In welk opzicht?'

Denneen schudde aarzelend zijn hoofd. 'Het is daar een heel andere wereld,' zei hij.

Later die ochtend liep Anna door de immense marmeren lobby van een kantoorgebouw aan M Street, op weg naar haar afspraak bij de Internal Compliance Unit. De operaties van de ICU waren zelfs binnen het departement totaal onbekend en hun operationele taakomschrijving was – zoals enkele senatoren al eens kritisch hadden opgemerkt – gevaarlijk vaag. *Het is daar een heel andere wereld*, had Denneen gezegd, en zo leek het wel.

De ICU was gevestigd op de negende verdieping van dit moderne kantoorcomplex in Washington, op veilige afstand van de bureaucratie die ze soms zelf moest doorlichten. Anna probeerde niet te staren bij het zien van de sprankelende fontein en de groene marmeren vloeren en wanden. Wat voor overheidsinstantie kon zich al die luxe permitteren? Ze kwam bij de liftdeuren. Zelfs de lift was met marmer afgewerkt.

De enige andere passagier was een veel te knappe man van haar eigen leeftijd, in een veel te duur pak. Een advocaat, besloot ze. Zoals bijna iedereen in deze stad. In de spiegelende liftwand zag ze dat hij haar uitvoerig inspecteerde. Als ze hem betrapte, zou hij waarschijnlijk glimlachen, goedemorgen zeggen en een onnozel liftpraatje beginnen. Hoewel hij ongetwijfeld goede bedoelingen had en alleen maar beleefd met haar wilde flirten, vond Anna het toch irritant. Ze reageerde ook nooit vriendelijk als mannen haar vroegen waarom zo'n knappe vrouw als zij rechercheur bij Justitie was geworden. Alsof dat werk alleen geschikt zou zijn voor onaantrekkelijke mensen.

Normaal lette ze er niet zo op, maar nu draaide ze zich om en keek hem vernietigend aan. Haastig sloeg hij zijn ogen neer.

Wat het ook was dat de ICU van haar wilde, het kwam wel op een heel ongelukkig moment. Daar had Dupree gelijk in. *Misschien ben je zélf de opdracht*, had hij gezegd, en hoewel Anna haar schouders had opgehaald, bleef het vreemd genoeg toch knagen. Wat bedoelde hij daar in godsnaam mee? Ze twijfelde er niet aan dat Arliss Dupree op dit moment op kantoor met veel genoegen zijn theorieën zat te bespreken met zijn kroegmaten binnen de staf.

De lift stopte bij een luxueuze, met marmer beklede gang die Anna deed denken aan de directieverdieping van een duur advocatenkantoor. Aan de rechterkant zag ze het zegel van het ministerie van Justitie tegen de muur. Bezoekers moesten op een knop drukken om te worden toegelaten, las ze op een bordje. Dat deed ze. Het was vijf voor halftwaalf 's ochtends en ze had nog vijf minuten de tijd tot aan haar afspraak. Anna was graag punctueel.

Een vrouwenstem vroeg haar naam en even later werd de deur automatisch geopend door een knappe donkere vrouw met een recht kapsel – bijna te chic voor een ambtenaar, vond Anna.

De receptioniste nam haar koeltjes op en wees haar toen een stoel.

Anna bespeurde een zweem van een Jamaicaans accent.

In het kantoor zelf maakte de luxe van het gebouw plaats voor een opvallend steriele inrichting. Het parelgrijze tapijt was smetteloos, veel schoner dan ze ooit in een overheidskantoor had gezien. De receptie werd helder verlicht door halogeenlampen die bijna geen schaduwen wierpen. Aan de muur hingen foto's van de president en de minister van Justitie in lijsten van gelakt staal. De stoelen en de koffietafel waren van lichtgekleurd hardhout. Alles leek splinternieuw, alsof het er net een uurtje stond, nog niet bezoedeld door menselijk gebruik.

Ze zag de hologramstickers van metaalfolie op de fax en de telefoon op het bureau van de receptioniste – officiële labels die betekenden dat dit beveiligde lijnen waren waarvoor een speciale code nodig was.

De telefoon zoemde regelmatig en de vrouw antwoordde met zachte stem, via een headset. De eerste twee gesprekken waren in het Engels, het derde in het Frans, want in die taal gaf de receptioniste antwoord. Toen nog twee telefoontjes in het Engels, waarbij de vrouw voorzichtig om een identificatie vroeg. Daarna een gesprek in een taal met veel sis- en keelklanken. Het duurde even voordat Anna iets herkende. Ze keek weer op haar horloge, schoof wat heen en weer tegen de harde rugleuning van haar stoel en keek de receptioniste aan. 'Dat was Baskisch, zeker?' vroeg ze. Het was meer dan een gok, minder dan een zekerheid.

De vrouw antwoordde met een licht knikje en een zedige glimlach. 'Nog heel even, mevrouw Navarro.'

Anna's blik werd getrokken naar de hoge houten wand achter de receptioniste, die helemaal doorliep tot aan de muur. Het wettelijk verplichte uitgangsbordje verried dat het de toegang tot een trap moest zijn. Het was handig gedaan en het gaf ICU-agenten of bezoekers de kans om binnen te komen en weer te vertrekken zonder dat ze vanuit de officiële wachtkamer te zien waren. Wat wás dit voor een departement?

Weer verstreken er vijf minuten.

'Weet meneer Bartlett dat ik er ben?' vroeg Anna.

De receptioniste keek haar onverstoorbaar aan. 'Hij is nog even met iemand in gesprek.'

Anna, die was opgestaan, ging weer op haar stoel zitten en had spijt dat ze niet iets te lezen had meegebracht. Ze had niet eens de *Post* bij zich en het was wel duidelijk dat er in deze maagdelijke wachtruimte geen plaats was voor tijdschriften. Ze haalde een organizer te voorschijn en begon een lijstje te maken van dingen die ze nog moest doen.

De receptioniste drukte een vinger tegen haar oor en knikte. 'Meneer Bartlett zegt dat hij u kan ontvangen.' Ze kwam overeind en ging Anna voor door een serie deuren. Er stonden nergens namen op, alleen maar nummers. Ten slotte, aan het einde van een gang, opende ze een deur met het opschrift DIRECTEUR en liet haar binnen in het keurigste kantoor dat ze ooit had gezien. Op een tafeltje in de hoek lagen papieren gerangschikt in stapeltjes op exact gelijke afstanden van elkaar.

Een kleine man met wit haar en een goedgesneden marineblauw pak kwam achter een groot notenhouten bureau vandaan en stak een kleine, fijngevormde hand uit. Anna zag de bleke roze maantjes van zijn perfect gemanicuurde nagels en was verbaasd over zijn krachtige handdruk. Ze zag dat het bureau leeg was, afgezien van een handvol groene dossiermappen en een slanke zwarte telefoon. Tegen de muur achter het bureau hing een met fluweel gevoerde glazen vitrine met twee antieke zakhorloges erin. Het was het enige excentrieke accent in de hele kamer.

'Het spijt me heel erg dat ik u heb laten wachten,' zei hij. Zijn leeftijd was niet duidelijk, maar hij moest ergens voor in de zestig zijn. Hij had uilenogen achter een bril met grote ronde glazen en een vleeskleurig montuur. 'Ik weet hoe druk u het hebt, dus het is bijzonder vriendelijk van u om hier naar toe te komen.' Hij sprak zacht, zo zacht zelfs dat Anna moeite had hem te verstaan boven het geruis van de airco uit. 'We zijn heel blij dat u tijd voor ons wilt vrijmaken.'

'Eerlijk gezegd wist ik niet dat we een keus hadden als de ICU belde,' zei ze pinnig.

Hij glimlachte alsof ze iets grappigs had gezegd. 'Gaat u toch zitten.'

Tegenover het bureau stond een stoel met een hoge rugleuning. Anna ging zitten. 'Ik moet u bekennen, meneer Bartlett, dat ik heel nieuwsgierig ben waarom u me gevraagd hebt hier te komen.'

'We hebben u toch niet in een moeilijk parket gebracht, hoop ik?' vroeg Bartlett, die zijn vingers tegen elkaar legde in een vrome piramide.

'Daar gaat het niet om,' antwoordde Anna, en met krachtige stem vervolgde ze: 'Ik zal graag alle vragen beantwoorden die u me wilt stellen.'

Bartlett knikte bemoedigend. 'Dat hoopte ik al. Maar ik vrees dat die antwoorden niet zo eenvoudig zullen zijn. Sterker nog, als we de vragen konden formuleren, zouden we al een aardig eind op weg zijn. Kunt u me nog volgen?'

'Ik kom maar weer terug op mijn eigen vraag,' zei Anna, die haar ongeduld onderdrukte. 'Waarvoor ben ik hier?'

'Neem me niet kwalijk. U vindt me natuurlijk irritant ontwijkend. Daar hebt u gelijk in en ik vraag u om excuus. Het is een beroepsdeformatie. Te lang opgesloten gezeten met papieren en nog meer papieren, zonder de verfrissende ervaring van de praktijk. Maar dat zou úw bijdrage moeten worden. Mag ik u iets vragen, mevrouw Navarro? Weet u wat wij hier doen?'

'De ICU? Heel vaag. Intergouvernementeel onderzoek met een strikt vertrouwelijk karakter.' Dat antwoord moest voldoende zijn, besloot Anna. In werkelijkheid wist ze wel wat meer dan ze nu zei. Bijvoorbeeld dat er achter die neutrale naam een streng geheime, machtige en invloedrijke inlichtingendienst schuilging die belast was met uiterst vertrouwelijke onderzoeken naar andere Amerikaanse overheidsdiensten die niet binnenshuis konden worden uitgevoerd en betrekking hadden op heel gevoelige kwesties. Agenten van de ICU zouden een belangrijke rol hebben gespeeld, zo werd beweerd, in het onderzoek naar het Aldrich-Ames-fiasco van de CIA, het onderzoek naar de Iran-Contra-affaire van het Witte Huis ten tijde van Reagan en het onderzoek naar talloze aankoopschandalen binnen het ministerie van Defensie. Het was de ICU geweest, fluisterden de mensen, die het eerst de verdachte activiteiten van Robert Philip Hanssen, de contraspion van de FBI, had ontdekt. Zelfs ging het gerucht dat de ICU achter de lekken van 'Deep Throat' had gezeten die tot de val van Richard Nixon hadden geleid.

Bartlett keek vaag voor zich uit. 'Onderzoekstechnieken zijn in principe overal hetzelfde,' zei hij eindelijk. 'Wat verandert is slechts het werkterrein, de omgeving van de operatie. Waar wij ons mee bezighouden zijn zaken die de nationale veiligheid raken.'

'Zo'n hoge veiligheidsstatus heb ik niet,' zei Anna snel.

'Nou...' Bartlett veroorloofde zich een klein lachje, 'die hebt u inmiddels dus wel.'

Hadden ze haar doorgelicht zonder dat ze het zelf wist? 'Hoe dan ook, het is mijn terrein niet.'

'Ook dat is niet helemaal waar, is het wel?' zei Bartlett. 'Ik denk bijvoorbeeld aan iemand van de Nationale Veiligheidsraad tegen wie u vorig jaar een Code-33 hebt ingesteld.'

'Hoe weet u dat, in vredesnaam?' vloog Anna op. Ze greep de

leuningen van haar stoel vast. 'Neem me niet kwalijk. Maar hoe...? Dat was een streng geheime operatie, op rechtstreeks verzoek van de minister van Justitie.'

'Het was geheim binnen úw afdeling, inderdaad,' zei Bartlett. 'Maar wij hebben onze eigen bronnen. Het ging toch om Joseph Nesbett? Afkomstig van het Centrum voor Economische Ontwikkeling in Harvard. Daarna kreeg hij een hoge functie bij Buitenlandse Zaken en kwam hij bij de Nationale Veiligheidsraad. Niet slecht geboerd, zullen we maar zeggen. Als ze hem met rust hadden gelaten, was het waarschijnlijk nooit gebeurd, maar zijn jonge vrouw had een gat in haar hand en kon geen maat houden. Een veel te dure smaak voor een ambtenaar. En dat leidde tot die betreurenswaardige zaak met buitenlandse rekeningen, het wegsluizen van fondsen en noem maar op.'

'Het zou een ramp zijn geweest als het was uitgekomen,' zei Anna. 'Heel schadelijk voor onze buitenlandse betrekkingen, op een bijzonder vervelend moment.'

'Om nog maar te zwijgen over de pijnlijke situatie voor de regering.'

'Dat was niet de belangrijkste overweging,' reageerde Anna fel. 'Politiek interesseert me niet – niet op die manier. Als u iets anders denkt, dan kent u me niet.'

'U en uw collega's hebben het heel goed aangepakt, mevrouw Navarro. We hadden daar veel waardering voor. Handig, heel handig.'

'Dank u,' zei Anna. 'Maar als u zoveel weet, weet u ook dat het buiten mijn normale terrein viel.'

'Toch houd ik staande dat u heel gevoelige zaken hebt behandeld en daar bijzonder discreet in bent geweest. Maar ik weet natuurlijk wat uw dagelijkse werk is. Die belastinginspecteur die fraude pleegt. De FBI-agent die buiten zijn boekje gaat. Die onplezierige zaak met het getuigebeschermingsprogramma... heel interessant, trouwens. Daar kwam uw achtergrond bij de technische recherche goed van pas. Een getuige van de maffia werd vermoord en u hebt eigenhandig de schuld aangetoond van de Justitieambtenaar die hem begeleidde.'

'Een gelukje,' zei Anna stoïcijns.

'Geluk moet je afdwingen, mevrouw Navarro,' zei Bartlett, en zijn ogen lachten niet. 'We weten een heleboel over u. Meer dan u denkt. We kennen de bankafschriften in de organizer waar u op zat te werken. We weten wie uw vrienden zijn en wanneer u voor het laatst naar huis hebt gebeld. We weten dat u in uw hele carrière nog nooit met een reis- of onkostendeclaratie hebt geknoeid, wat de meesten van ons niet kunnen zeggen.' Hij wachtte even en keek haar onderzoekend aan. 'Het spijt me als dat u een onrustig gevoel geeft, maar u weet dat u uw privacy verspeelde toen u bij het osi kwam en de bijbehorende verklaringen ondertekende. Dat geeft niet. Het staat vast dat u al die tijd uitstekend werk hebt gedaan. Meer dan uitstekend, zo nu en dan.'

Ze trok een wenkbrauw op, maar zei niets.

'Ach, u kijkt verbaasd. Ik zei u al dat we onze eigen bronnen hebben. En we hebben uw conduitestaten, mevrouw Navarro. Wat u, vanuit ons standpunt bezien, onmiddellijk onderscheidt is uw bijzondere combinatie van talenten. U komt uit een achtergrond van gewone onderzoeksprocedures, maar u hebt ook ervaring met moordzaken. Dat maakt u... uniek, zou ik zeggen. Maar laten we ons beperken tot de zaak waar het om gaat. Het is alleen maar eerlijk om u te vertellen dat we u op alle denkbare manieren hebben doorgelicht. Alles wat ik u zal zeggen – wat ik hier verklaar, beweer, vermoed, suggereer of impliceer – valt onder het staatsgeheim. Strengste categorie. Is dat goed begrepen?'

Anna knikte. 'Ik luister.'

'Heel goed, mevrouw Navarro.' Bartlett gaf haar een vel papier met een lijst namen erop, gevolgd door geboortedata en nationaliteiten.

'Ik begrijp het niet. Moet ik contact opnemen met deze mannen?'

'Nee. Tenzij u een ouija-bord hebt. Deze elf mannen zijn allemaal overleden. In de afgelopen twee maanden zijn ze dit aardse tranendal ontstegen. Een paar in de Verenigde Staten, zoals u ziet, anderen in Zwitserland, Engeland, Italië, Zweden, Griekenland... Ogenschijnlijk allemaal door natuurlijk oorzaken.'

Anna las de lijst door. Van de elf waren er twee namen die ze herkende. Een van hen behoorde tot de Lancasters, een familie die ooit de meeste staalfabrieken van het land had bezeten, maar nu beter bekend was om haar stichtingen, beurzen en andere vormen van liefdadigheid. Anna had gedacht dat Philip Lancaster al veel langer dood was. De ander was Nico Xenakis, vermoedelijk afkomstig uit de Griekse redersfamilie. Eerlijk gezegd kende ze de naam vooral in verband met een ander belangrijk lid van de familie, iemand die in de jaren zestig vaak als playboy in de roddelbladen had gestaan, toen hij met jonge Hollywood-sterretjes uitging. Geen van de andere namen kwam haar bekend voor. Toen ze naar de geboortedata keek, zag ze dat het allemaal oude mannen waren, eind zeventig tot eind tachtig.

'Misschien is het nieuws nog niet tot de bollebozen van de icu doorgedrongen,' zei ze, 'maar als je boven de zeventig komt... worden je kansen steeds kleiner.'

'In geen van deze gevallen kan het lijk nog worden opgegraven, ben ik bang,' vervolgde Bartlett onverstoorbaar. 'Misschien hebt u wel gelijk. Oude mannen doen wat oude mannen doen. In die gevallen kunnen we het tegendeel niet bewijzen. Maar de afgelopen dagen hebben we geluk gehad. Voor de vorm hadden we een lijst van namen op de 'wachtlijst' gezet, een van die internationale afspraken waar niemand zich aan lijkt te houden. Het meest recente sterfgeval was een gepensioneerde in Nova Scotia, Canada. Onze Canadese vrienden doen alles graag volgens het boekje en daardoor werd er op tijd alarm geslagen. In dit geval hebben we dus een lichaam om mee te werken. Ik zeg "we", maar ik bedoel eigenlijk "u".'

'Er is natuurlijk iets wat u me niet vertelt. Wat is de connectie tussen de mannen op die lijst?'

'Op elke vraag is een oppervlakkig en een dieper antwoord mogelijk. Ik zal u het oppervlakkige antwoord geven, omdat het alles is wat ik heb. Een paar jaar geleden werd er een intern onderzoek gedaan naar geheime documenten van de cia. Hadden we een tip gekregen? Laten we zeggen van wel. Het ging om non-operationele dossiers, begrijpt u me goed. Er stond niets in over agenten of rechtstreekse contacten. In feite waren het statusrapporten. En allemaal droegen ze het opschrift "Sigma", waarschijnlijk de codenaam van een operatie – waarvan geen spoor is terug te vinden in de archieven van de cia. We hebben dus geen enkele aanwijzing over de aard van die operatie.'

'Statusrapporten...?' herhaalde Anna.

'Dat betekent dat lang geleden elk van die mannen uitvoerig was doorgelicht en een veiligheidsstatus had gekregen. Voor een project dat we niet kennen.'

'En de bron van die informatie was een archivaris van de cia?'

Hij gaf niet onmiddellijk antwoord. 'Elk dossier is op echtheid getest door onze belangrijkste documentalisten. Het zijn heel oude dossiers. Ze gaan terug tot halverwege de jaren veertig, nog voordat de cia bestond.'

'U bedoelt dat ze nog uit de tijd van de oss afkomstig zijn?'

'Precies,' zei Bartlett. 'De voorloper van de cia. Veel van deze dossiers zijn aangelegd omstreeks het einde van de oorlog en het begin van de koude oorlog. De laatste dateren uit halverwege de jaren vijftig. Maar ik dwaal af. Zoals gezegd, zitten we nu met die lijst van vreemde sterfgevallen. Niemand zou er lang over hebben nagedacht. Het was een vraagteken in een zee van andere vraagtekens. Maar op een gegeven moment zagen we een patroon, haalden die Sigma-dossiers erbij en ontdekten een overeenkomst. Ik geloof niet in toeval, u wel, mevrouw Navarro? Elf van de mannen die in de Sigma-dossiers worden genoemd, zijn kort na elkaar gestorven. De statistische kans dat zoiets gebeurt is... nou, heel erg klein, en dan druk ik me nog voorzichtig uit.'

Anna knikte ongeduldig. Volgens haar zag de Geest spoken. 'Hoe lang duurt deze opdracht? Ik heb ook nog een echte baan, weet u.'

'Dit ís uw "echte baan" op dit moment. U bent officieel overgeplaatst. Alles is geregeld. U begrijpt uw opdracht dus?' Zijn ogen stonden wat vriendelijker. 'U wordt er niet heet of koud van, zo te zien, mevrouw Navarro.'

Anna haalde haar schouders op. 'Ik herhaal nog maar eens dat deze mannen allemaal op een... gevaarlijke leeftijd waren, zal ik maar zeggen. Oude mensen sterven nu eenmaal. En deze mannen waren al behoorlijk oud.'

'En in het Parijs van de negentiende eeuw was de kans groot dat je door een koets werd overreden,' zei Bartlett.

Anna fronste haar voorhoofd. 'Pardon?'

Bartlett leunde naar achteren in zijn stoel. 'Hebt u ooit gehoord van de Fransman Claude Rochat? Nee? Dat is iemand over wie ik heel veel nadenk. Een saaie, fantasieloze, zwoegende, koppige man die in de jaren zestig en zeventig van de negentiende eeuw als boekhouder werkte bij de *Directoire*, de Franse inlichtingendienst. In 1867 hoorde hij dat twee lagere ambtenaren van de *Directoire*, blijkbaar zonder enig verband, binnen veertien dagen na elkaar waren omgekomen, de één zogenaamd als slachtoffer van een straatroof, de ander overreden door een postkoets. Dat soort dingen gebeurden wel vaker. Niets bijzonders. Maar het liet hem niet meer los, vooral niet toen hij ontdekte dat deze twee eenvoudige klerken op het moment van hun dood allebei een duur gouden zakhorloge bij zich hadden. De horloges bleken zelfs identiek te zijn, allebei versierd met een mooi landschap in cloisonné aan de binnenkant van de kast. Een merkwaardig klein detail, maar het trok zijn aandacht en tot wanhoop van zijn superieuren was hij vervolgens vier jaar bezig om de reden te vinden voor dat vreemde kleine detail. Ten slotte ontmaskerde hij een bijzonder ingewikkelde spionagecel. De *Directoire* was geïnfiltreerd en gemanipuleerd door hun Pruisische tegenpolen.' Hij zag haar snelle blik en glimlachte. 'Inderdaad, dat zijn de zakhorloges in die vitrine daar. Prachtig vakmanschap. Ik heb ze een jaar of twintig geleden bij een veiling op de kop getikt. Ik heb ze graag dicht in de buurt. Om dat verhaal nooit meer te vergeten.'

Bartlett sloot een moment zijn ogen en dacht na. 'Tegen de tijd dat Rochat klaar was met zijn onderzoek was het natuurlijk te laat,' vervolgde hij. 'Door voortdurend valse informatie naar de *Directoire* te lekken hadden Bismarcks agenten Frankrijk tot een oorlog geprovoceerd. *Op naar Berlijn!* was de Franse leuze in die dagen. De uitkomst was rampzalig voor de Fransen. Het militaire overwicht waar Frankrijk sinds de Slag bij Rocroi in 1643 over had beschikt, werd totaal weggevaagd. Binnen een paar maanden. Kunt u het zich voorstellen? Het Franse leger, met de keizer aan het hoofd, werd bij Sedan in een hinderlaag gelokt. Daarna was het afgelopen met Napoleon III. Frankrijk verloor Elzas-Lotharingen, het werd gedwongen tot gigantische herstelbetalingen en het moest twee jaar lang een bezettingsmacht tolereren. Het was een ongelooflijke klap, die de hele loop van de Europese geschiedenis onherroepelijk zou veranderen. En een paar jaar daarvoor had Claude Rochat aan dat losse draadje getrokken, zonder te weten wat er allemaal aan vast zat. Twee lagere ambtenaren met twee identieke zakhorloges.' Bartlett maakte een geluid dat net geen lach was. 'De meeste details zijn gewoon wat ze lijken: details. Maar niet altijd. Het is mijn taak daarop te letten. Op losse draadjes. Onnozele feitjes die niet kloppen. Kleine aanwijzingen waarachter een heel complot schuilgaat. Het belangrijkste werk dat ik doe, is dodelijk saai.' Hij trok een wenkbrauw op. 'Ik zoek naar identieke zakhorloges.'

Anna zweeg een paar seconden. De Geest deed zijn reputatie eer aan. Hij bleef cryptisch en ondoorgrondelijk. 'Bedankt voor de geschiedenisles,' zei ze toen langzaam, 'maar ik hou me liever bezig met het hier en nu. Als u echt denkt dat die oude dossiers nog belangrijk zijn, waarom stuurt u de CIA er dan niet op af?'

Bartlett haalde een keurig opgevouwen zijden zakdoekje uit de zak van zijn jasje en begon zijn bril te poetsen. 'Dat ligt nogal ingewikkeld,' zei hij. 'De ICU houdt zich uitsluitend bezig met zaken waarin de mogelijkheid van interne bemoeienis bestaat – de kans dat een onderzoek zal worden gedwarsboomd. Meer kan ik er niet over zeggen.' Zijn toon was enigszins neerbuigend.

'Doe geen moeite,' zei Anna scherp. Dat was niet de manier om een directeur toe te spreken, zeker niet zo'n machtig man als het hoofd van de ICU, maar Anna had geen grammetje kruiperigheid in haar karakter en Bartlett moest maar weten wie hij had ingehuurd. 'Met alle respect, maar u bedoelt dus dat een CIA-agent of iemand die vroeger bij de CIA heeft gewerkt achter die moordaanslagen kan zitten?'

De directeur van de Internal Compliance Unit knipperde even met zijn ogen. 'Dat zei ik niet.'

'Maar u ontkent het evenmin.'

Bartlett zuchtte. 'Uit het kromme hout der mensheid is nooit iets rechts gesneden.' Een strak lachje.

'Als u de CIA niet vertrouwt, zou u naar de FBI kunnen gaan.'

Bartlett snoof even. 'Dan kunnen we beter een persbericht uitgeven. Het Federal Bureau of Investigation heeft veel verdiensten, maar discretie hoort daar niet bij. En u begrijpt wel dat deze zaak heel gevoelig ligt. Hoe minder mensen er vanaf weten, des te beter. Daarom heb ik geen team ingehuurd, maar één enkele agent. En ik hoop dat ik de juiste keuze heb gedaan, mevrouw Navarro.'

'Zelfs áls het moordaanslagen waren,' zei ze, 'is de kans maar klein dat u ooit de moordenaar zult vinden. Dat beseft u toch ook wel?'

'Het antwoord van een typische bureaucraat,' zei Bartlett, 'en daar zie ik u niet voor aan. Volgens directeur Dupree bent u koppig en "ontbreekt het u aan teamgeest". Precies wat ik zoek.'

Anna waagde de sprong. 'U vraagt me dus een onderzoek te beginnen naar de CIA. U wilt dat ik een serie sterfgevallen onderzoek om vast stellen dat het moorden waren en daarna...'

'En daarna de bewijzen verzamelt waarmee we officieel aan het werk kunnen.' Bartletts ogen glinsterden achter zijn met plastic omrande brillenglazen. 'Ongeacht wie erbij betrokken zijn. Helder?'

'Helder is het woord niet,' zei Anna. Als ervaren rechercheur was ze gewend aan gesprekken met getuigen en verdachten. Soms hoefde je niets anders te doen dan luisteren. Maar soms moest je iemand prikkelen om een reactie uit te lokken. Uit ervaring wist ze wanneer. Bartletts verhaal was doorspekt met uitvluchten en omissies. Ze begreep ook wel dat hij als slimme oude bureaucraat niet het achterste van zijn tong liet zien, maar om haar werk te kunnen doen had Anna zoveel mogelijk informatie nodig – ook dingen die ze niet strikt noodzakelijk hoefde te weten. 'Ik speel geen blindemannetje,' verklaarde ze.

Bartlett knipperde met zijn ogen. 'Pardon?'

'U hebt natuurlijk kopieën van die Sigma-dossiers. U hebt ze uitvoerig bestudeerd. En toch beweert u dat u niet weet wat Sigma was?'

'Waar wilt u heen?' vroeg hij koeltjes.

'Kunt u me die dossiers laten zien?'

Een geforceerd lachje. 'Nee. Dat zal helaas niet gaan.'

'Waarom niet?'

Bartlett zette zijn bril weer op. 'Ik ben niet de verdachte hier, hoewel ik waardering heb voor uw ondervragingstechniek. De belangrijkste punten heb ik u verteld.'

'Dat is niet genoeg, verdorie! U kent die dossiers van A tot Z. U hebt misschien geen zekerheid, maar wel een vermoeden, een hypothese, wat dan ook. Bewaar uw pokerface maar voor uw kaartavondjes op dinsdag, ik doe hier niet aan mee.'

Eindelijk verloor Bartlett zijn geduld. 'Allemachtig, u begrijpt toch wel dat de reputatie van een paar van de belangrijkste figuren van na de oorlog op het spel staat? Dit zijn *statusrapporten*. Op zichzelf bewijzen ze helemaal niets. Ik heb u laten doorlichten voor ons gesprek. Maakt u dat medeplichtig aan mijn plannen? Ik vertrouw op uw discretie. Uiteraard. We praten hier over vooraanstaande personen die altijd in de schaduw hebben geopereerd. Dus moeten we heel voorzichtig zijn om niet op lange tenen te trappen.'

Anna luisterde goed, vooral naar de ondertoon van spanning in zijn stem. 'U hebt het over reputaties, maar daar gaat het eigenlijk niet om, is het wel?' drong ze aan. 'U zult me toch echt meer moeten vertellen.'

Hij schudde zijn hoofd. 'Het is alsof je een touwladder probeert te maken van spinrag. We krijgen er gewoon geen vinger achter. Een halve eeuw geleden heeft iemand een plan uitgebroed. *Iets.* Iets dat van groot belang was. Op die Sigma-lijst staat een merkwaardige verzameling namen – industriëlen, maar ook mensen van wie we de identiteit nog steeds niet kennen. Wat ze gemeen hebben, is dat een grondlegger van de CIA, iemand met een geweldige macht in de jaren veertig en vijftig, grote belangstelling voor hen had. Heeft hij ze gerekruteerd? Of waren ze een doelwit? We spelen allemaal blindemannetje, agent Navarro. Maar het moet een streng geheime operatie zijn geweest. U vraagt wat de connectie is tussen die mannen. Eerlijk gezegd, we hebben geen idee.' Hij trok zijn manchetten recht, de zenuwtic van een onberispelijk geklede man. 'We zijn nog in het stadium van de zakhorloges, zou je kunnen zeggen.'

'Neem me niet kwalijk, maar die Sigma-lijst is dus een halve eeuw oud!'

'Bent u ooit bij de Somme geweest, in Frankrijk?' vroeg Bartlett abrupt, met een verdachte glinstering in zijn ogen. 'Daar moet u echt eens naar toe. Gewoon om de klaprozen te zien tussen het koren. Zo nu en dan hakt een boer daar een eikenboom om, gaat op de stam zitten, wordt ziek en sterft. Weet u waarom? Omdat er in de Eerste Wereldoorlog een veldslag heeft plaatsgevonden op dat weiland, waarbij mosterdgas is gebruikt. Dat gif is door de jonge boom opgenomen en is tientallen jaren later nog sterk genoeg om een mens te doden.'

'En dat geldt ook voor Sigma, denkt u?'

Bartlett keek haar strak aan. 'Hoe meer je weet, des te minder je begrijpt, zeggen ze weleens. Hoe meer je weet, des te vervelender het is om dingen tegen te komen die je helemáál niet begrijpt, dat is mijn ervaring. Noem het ijdelheid, of voorzichtigheid. Ik ben bezorgd hoe het verder gaat met zulke onzichtbare jonge boompjes.' Een bleek lachje. 'Het kromme hout van de mensheid... daar komt het altijd weer op neer. U denkt dat het allemaal verleden tijd is, agent Navarro, en misschien hebt u gelijk. Als dat zo is, kom het me dan vertellen.'

'Ik twijfel gewoon,' zei ze.

'U zult moeten samenwerken met verschillende diensten, maar voor de buitenwereld bent u gewoon bezig met een moordonderzoek waar niets geheimzinnigs aan is. Waarom hebben ze dat onderzoek dan opgedragen aan een OSI-agent? Daar kunt u kort over zijn. Omdat deze namen zijn opgedoken in een lopend onderzoek naar de frauduleuze overheveling van fondsen. Niemand zal dan verder vragen. Een eenvoudige dekmantel, geen moeilijke verhalen.'

'Ik zal een onderzoek instellen zoals ik dat gewend ben,' zei Anna voorzichtig. 'Meer kan ik niet beloven.'

'Meer vraag ik ook niet,' antwoordde Bartlett onverstoorbaar. 'Uw scepsis is misschien terecht. Maar ik wil graag zekerheid. Ga naar Nova Scotia en kom me vertellen dat Robert Mailhot inderdaad een natuurlijke dood is gestorven. Of overtuig me van het tegendeel.'

4

Ben werd naar het hoofdbureau van de *Kantonspolizei* gebracht, waar de politie van het kanton Zürich zetelde. Het was een oud stenen gebouw, vuil maar sierlijk, in de Zeughausstrasse. Twee zwijgende jonge agenten namen hem mee via een ondergrondse parkeergarage, een paar lange trappen op, naar een betrekkelijk modern gebouw dat tegen het oude bureau was aangebouwd. Het interieur leek op dat van een doorsnee Amerikaanse middelbare school uit 1975. Op al zijn vragen haalden zijn twee begeleiders slechts hun schouders op.

De gedachten tolden door zijn hoofd. Het was dus geen toeval geweest dat Cavanaugh hem had ontmoet in de Bahnhofstrasse. Jimmy was naar Zürich gekomen met de vooropgezette bedoeling hem te doden. Iemand had snel en efficiënt zijn lijk weggehaald en Cavanaughs pistool in zijn eigen bagage verborgen. Het was duidelijk dat Cavanaugh professionele handlangers had gehad. Maar wie... en vooral: waaróm?

Ben werd eerst naar kamertje met tl-lampen gebracht, waar ze hem op een stoel aan een roestvrijstalen tafel zetten. De twee agenten bleven achter hem staan toen er een man in een korte witte jas binnenkwam. Zonder Ben aan te kijken zei hij: '*Ihre Hände, bitte.*' Ben stak zijn handen uit. Protesteren had geen zin, wist hij. De technicus spoot een nevel uit een plastic spuitbus op beide kanten van zijn handen en wreef toen met een wattenstaafje licht maar grondig over de rug van zijn rechterhand. Daarna stak hij het staafje in een plastic buisje. Dat herhaalde hij met Bens handpalm en vervolgens met Bens andere hand. De technicus had nu vier buisjes met wattenstaafjes en etiketten. Hij nam ze mee de kamer uit.

Een paar minuten later zat Ben in een prettig, spaarzaam gemeubileerd kantoor op de tweede verdieping, waar een breedgeschouderde, gedrongen man in burger zich voorstelde als Thomas Schmid, rechercheur bij moordzaken. Hij had een breed, pokdalig gezicht en kortgeknipt haar dat over zijn voorhoofd viel. Om een of andere reden herinnerde Ben zich dat een Zwitserse vrouw in Gstaad hem eens had verteld dat agenten in Zwitserland *Bullen*, 'stieren', werden genoemd. Deze man maakte duidelijk waarom.

Schmid stelde Ben eerst een serie vragen: naam, geboortedatum, paspoortnummer, hotel in Zürich, enzovoort. Hij zat achter een computerterminal en toetste de antwoorden met één vinger in. Een leesbril hing aan een koordje om zijn nek.

Ben was kwaad, moe en gefrustreerd. Zijn geduld was op. Het kostte hem de grootste moeite om een luchtige toon aan te slaan. 'Rechercheur,' vroeg hij, 'sta ik nu onder arrest of niet?'

'Nee, meneer.'

'Nou, ik vond het heel gezellig, maar als ik niet onder arrest sta, ga ik maar weer terug naar mijn hotel.'

'We willen u wel arresteren als u dat liever hebt,' antwoordde de rechercheur onverschillig, met maar een zweem van dreiging in zijn glimlach. 'We hebben een mooie cel voor u klaarstaan. Maar we kunnen het beter vriendelijk oplossen.'

'Ik heb recht op één telefoontje, neem ik aan?'

Schmid spreidde zijn handen, met de handpalmen omhoog, en knikte naar de beige telefoon op de hoek van zijn rommelige bureau. 'U mag het Amerikaanse consulaat bellen, of een advocaat. Ga uw gang.'

'Dank u,' zei Ben. Hij pakte de telefoon en keek op zijn horloge. In New York was het nu vroeg in de middag. Bij Hartman Capital Management werkten alleen maar juristen die in belastingen en beleggingen waren gespecialiseerd, dus besloot hij een vriend te bellen die iets wist van internationaal recht.

Hij had met Howie Rubin in de skiploeg van Deerfield gezeten en ze waren bevriend geraakt. Howie was een paar keer met Thanksgiving in Bedford geweest en was meteen gevallen voor Bens moeder, zoals al zijn vrienden.

De advocaat was lunchen, maar Ben werd doorgeschakeld naar zijn mobieltje. Howie was moeilijk te verstaan door de achtergrondgeluiden van het restaurant.

'Jezus, Ben,' zei Howie halverwege Bens samenvatting. Iemand naast hem zat luid te praten. 'Ik zal je zeggen wat ik tegen al mijn cliënten zeg die op skivakantie in Zwitserland worden gearresteerd. Volhouden en blijven grijnzen. Niet hoog van de toren blazen. Niet de verontwaardigde Amerikaan uithangen. Niemand kan je zo lang met regeltjes en voorschriften aan het lijntje houden als de Zwitsers.'

Ben keek eens naar Schmid, die op zijn toetsenbord zat te hameren en ongetwijfeld meeluisterde. 'Dat begin ik te begrijpen, ja. Maar wat moet ik nu?'

'In Zwitserland kunnen ze je vierentwintig uur vasthouden zonder je formeel te arresteren.'

'Dat meen je niet.'

'En als je hen kwaad maakt, kunnen ze je de hele nacht in een kleine cel zetten. Dus hou je rustig.'

'Wat raad je me dan aan?'

'Hartman, jij kunt nog een ijsbeer versieren, dus doe maar gewoon zoals je bent. Als je problemen krijgt, bel je me, dan zal ik hen dreigen met een internationaal incident. Een van mijn partners doet veel zaken die met bedrijfsspionage te maken hebben, daarom hebben we toegang tot heel speciale databases. Ik zal Cavanaughs dossier opvragen om te zien wat we kunnen vinden. Geef me even het telefoonnummer waar je nu zit.'

Toen Ben had neergelegd, nam Schmid hem mee naar een aangrenzende kamer en zette hem achter een bureau naast nog een computer. 'Bent u al eerder in Zwitserland geweest?' vroeg hij vriendelijk, als een toeristische gids.

'Een paar keer,' zei Ben. 'Meestal om te skiën.'

Schmid knikte afwezig. 'Dat is heel populair, ja. Goed tegen de stress, denk ik. Om stoom af te blazen.' Hij kneep zijn ogen tot spleetjes. 'U zult wel veel last hebben van stress in uw werk.'

'Dat wil ik niet zeggen.'

'Stress kan mensen tot de raarste dingen brengen. Ze kroppen het veel te lang op, en dan opeens... boem! Dan exploderen ze. Tot verbazing van iedereen, ook van zichzelf.'

'Zoals ik al zei, dat pistool is door iemand anders in mijn bagage verstopt. Ik heb het nog nooit gebruikt.' Ben was woedend, maar hij bleef zo rustig als hij kon. Het had geen zin de politieman te provoceren.

'Maar toch beweert u dat u iemand hebt vermoord. Hoort dat normaal ook bij uw werk?'

'Dit was geen normale situatie.'

'Als ik het aan uw vrienden zou vragen, meneer Hartman, wat zouden ze dan zeggen? Dat u nogal opvliegend bent?' Hij keek Ben aan met een vreemde, peinzende blik. 'Zouden ze zeggen dat u een... gewelddadig mens bent?'

'Ze zouden u vertellen dat ik een keurige, gezagsgetrouwe burger ben,' zei Ben. 'Waar wilt u heen met al die vragen?' Hij keek naar zijn eigen handen – de handen die een zware lamp tegen Cavanaughs hoofd hadden gegooid. Was hij misschien toch gewelddadig? De insinuaties van de rechercheur waren belachelijk – Ben had gewoon uit zelfverdediging gehandeld – maar onwillekeurig ging hij in gedachten een paar jaar terug.

Darnells gezicht doemde weer voor hem op. Darnell, een van zijn vijfdeklassers in East New York, was een beste jongen. Een goede leerling, intelligent en leergierig, de beste van de klas. Totdat er iets met hem gebeurde. Zijn cijfers zakten en niet veel later leverde hij zijn huiswerk niet meer in. Darnell vocht nooit met de andere jongens, maar van tijd tot tijd had hij wel striemen in zijn gezicht. Op een dag nam Ben hem na de les apart. Darnell wilde hem niet recht aankijken. Zijn ogen stonden doodsbang. Ten slotte vertelde hij dat Orlando, de nieuwe vriend van zijn moeder, hem had verboden om nog tijd te verspillen aan zijn schoolwerk. Hij moest geld verdienen. 'Geld verdienen? Waarmee?' vroeg Ben, maar Darnell gaf geen antwoord. Toen hij Darnells moeder, Joyce Stuart, belde, praatte ze er omheen en ontweek zijn vragen. Ze wilde niet naar school komen, ze had geen zin in een gesprek en ze weigerde toe te geven dat er iets aan de hand was. Ook zij klonk bang. Een paar dagen later zocht hij Darnells adres op in de administratie en ging naar zijn huis.

Darnell woonde op de eerste verdieping van een gebouw met een vervallen gevel en een trap die was volgekladderd met graffiti. De bel deed het niet, maar de deur stond open, dus liep hij de trap op naar appartement 2B. Toen hij aanklopte, moest hij een hele tijd wachten voordat Darnells moeder opendeed. Ze was duidelijk mishandeld. Ze had bloeduitstortingen op haar wangen en haar lippen waren gezwollen. Hij stelde zich voor en vroeg of hij binnen mocht komen. Joyce aarzelde, maar ging hem toen voor naar een kleine keuken, met een gekrast aanrechtblad van beige formica en gele katoenen gordijnen die wapperden in de tocht.

Ben hoorde iemand schreeuwen op de achtergrond voordat de vriend van de moeder verscheen. 'Wie ben jij, verdomme?' vroeg Orlando, een lange, stevig gebouwde vent in een rode tanktop en wijde jeans. Ben herkende het postuur van een bajesklant: een bovenlijf dat zo overdreven was ontwikkeld dat de spieren als een reddingsvest over zijn borst en schouders lagen.

'Hij is de schoolmeester van Darnell,' zei Joyce, die moeite had met spreken door haar gezwollen lippen.

'En u bent... Darnells voogd?' vroeg Ben aan Orlando.

'Nou, je zou kunnen zeggen dat ík nou zijn schoolmeester ben. Alleen leer ik hem dingen waar hij wat aan heeft. Dingen die hij op dat schooltje niet leert.'

Ben zag Darnell voorzichtig de keuken binnenkomen. Hij keek zo angstig dat hij veel jonger leek dan zijn tien jaar. 'Ga weg, Darnell,' zei zijn moeder, half fluisterend.

'Darnell heeft niks aan dat gezeik op school. Darnell moet leren dealen.' Orlando grijnsde zijn gouden kronen bloot.

Ben voelde een steek in zijn hart. Dealen, crack verkopen. 'Hij zit pas in de vijfde! Hij is een jochie van tien.'

'Precies. Minderjarig. Dus laten de smerissen hem wel met rust.' Hij lachte. 'Ik heb hem de keus gegeven: dealen of de hoer spelen.'

Ben voelde zijn bloed koken bij die woorden en de nonchalante wreedheid van de man, maar hij dwong zichzelf kalm te blijven. 'Darnell kan beter leren dan wie ook in zijn klas. U hebt de plicht hem die kans te geven.'

Orlando snoof. 'Hij kan zijn geld op straat verdienen, net als ik.'

Opeens hoorde hij Darnells hoge, trillende maar vastberaden stem: 'Ik wil het niet meer,' zei hij tegen Orlando. 'Meneer Hartman weet wat het beste is.' Toen, luider en dapper: 'Ik wil niet worden zoals jij.'

Het gezicht van Joyce Stuart verstrakte en ze kromp bij voorbaat in elkaar. 'Niet doen, Darnell.'

Het was al te laat. Orlando hief zijn hand op en raakte de kleine jongen zo hard tegen zijn kaak dat hij hem letterlijk de keuken uit sloeg. Toen draaide hij zich om naar Ben. 'En nou wegwezen! Of zal ik je even helpen?'

Ben verstijfde van woede. Orlando legde zijn handpalm tegen Bens borst, maar in plaats van achteruit te wankelen dook Ben op de man af, sloeg hem tegen zijn slaap, en toen nog eens, alsof zijn hoofd een boksbal was. Verbijsterd bleef Orlando even staan en verspeelde een paar kostbare seconden voordat hij zijn sterke vuisten nutteloos tegen Bens lichaam liet neerdalen. Ben stond zo dichtbij dat Orlando's slagen kracht misten. Bovendien werkte Bens woede als een verdoving. Hij voelde de klappen niet eens en ging door, tot Orlando in elkaar zakte. Hij was neer, maar nog niet uitgeteld.

Orlando keek hem met knipperende ogen aan. Zijn agressiviteit had plaatsgemaakt voor angst. 'Je bent gek, man,' mompelde hij.

Was dat zo? Had hij zich door zijn woede laten meeslepen? 'Als je Darnell ooit nog met één vinger aanraakt,' zei Ben, met een nadrukkelijke kalmte die hij niet voelde, 'maak ik je helemaal kapot.' Hij zweeg tussen de woorden, om ze nog meer nadruk te geven. 'Is dat goed begrepen?'

Later hoorde hij van zijn vriendin Carmen, die bij de sociale dienst werkte, dat Orlando nog diezelfde dag bij Joyce en Darnell was weggegaan en nooit meer was teruggekomen. Maar zelfs als Carmen hem dat niet had verteld, zou Ben het wel hebben gemerkt aan Darnells betere cijfers en de verandering in zijn houding.

'Goed, man,' had Orlando gedwee geantwoord, toen hij naar hem opkeek vanaf de keukenvloer. 'Het was een misverstand, dat is alles.' Hij hoestte. 'Ik zoek geen moeilijkheden.' Hij rochelde nog eens en mompelde toen: 'Je bent gek, man. Gestoord.'

'Meneer Hartman, wilt u uw rechterduim tegen dit scherm drukken?' Schmid wees naar een kleine witte rechthoek met de tekst IDENTIX TOUCHVIEW. Erboven brandde een klein rood venstertje.

Ben legde eerst zijn rechterduim tegen het ovale schermpje, en daarna zijn linker. Onmiddellijk verschenen zijn duimafdrukken, sterk vergroot, op een computerscherm dat schuin naar hem toe stond. Schmid toetste een paar getallen in, drukte op Enter, en ze hoorden het hoge gieren van een modem. Hij draaide zich om naar Ben en zei verontschuldigend: 'Dit gaat rechtstreeks naar Bern. We weten het binnen vijf tot tien minuten.'

'Wát weten we?'

De rechercheur stond op en gaf Ben een teken om hem te volgen naar het eerste kamertje. 'Of er al een arrestatiebevel tegen u loopt in Zwitserland.'

'Dat zou ik me toch moeten herinneren.'

Schmid keek hem een hele tijd aan voordat hij antwoordde: 'Ik ken uw soort, meneer Hartman. Voor rijke Amerikanen zoals u is Zwitserland het land van chocolade, banken, koekoeksklokken en skivakanties. U denkt zeker dat elke Zwitser uw *Hausdiener*, uw bediende, is? Maar u kent onze geschiedenis. Eeuwenlang hebben de andere Europese landen stuk voor stuk geprobeerd Zwitserland als hertogdom in te lijven. Dat is nooit gelukt. Uw land, met al zijn macht en rijkdom, denkt nu misschien hetzelfde. Maar u maakt hier de dienst niet uit, meneer. Geen chocola voor u in dit kantoor. Wij zullen zélf wel bepalen wanneer en of u wordt vrijgelaten.' Hij leunde naar achteren in zijn stoel en lachte ernstig. 'Welkom in Zwitserland, Herr Hartman.'

Als op een teken stapte een andere man, lang en mager, in een zwaargesteven witte laboratoriumjas, het kantoor binnen. Hij droeg een bril met een draadmontuur en had een klein borstelsnorretje. Zonder zich voor te stellen wees hij naar een vlak van witte tegels tegen de muur, voorzien van een schaalverdeling. 'Gaat u daar even staan, alstublieft,' beval hij.

Ben probeerde zijn ongeduld te verbergen en ging met zijn rug plat tegen de tegels staan. De technicus mat zijn lengte en bracht hem toen naar een witte spoelbak, waar hij op een hefboom drukte die een witte pasta produceerde. Ben kreeg opdracht zijn handen te wassen. De zeep was romig maar ook korrelig en rook naar lavendel. Op een andere plek rolde de technicus wat kleverige zwarte inkt op een glasplaat en vroeg Ben zijn handen erin te drukken. Met lange, gemanicuurde vingers rolde hij Bens vingers een voor een op vloeipapier en daarna zorgvuldig op de afzonderlijke vlakjes van een formulier.

Terwijl de laborant bezig was, kwam Schmid overeind en liep naar de aangrenzende kamer. Even later kwam hij terug. 'Nou, meneer Hartman, het antwoord is negatief. U wordt niet door de politie gezocht.'

'Daar sta ik van te kijken,' mompelde Ben, maar vreemd genoeg voelde hij zich toch opgelucht.

'Maar we hebben nog wel wat vragen. Over een paar dagen krijgen we de ballistische gegevens van de *Wissenschaftlicher Dienst der Stadtpolizei Zürich*, het ballistisch lab, maar we weten al dat de kogels uit het platform .765 Brownings waren.'

'Is dat een soort munitie?' vroeg Ben onschuldig.

'Het is het soort munitie dat gebruikt wordt in het wapen dat in uw bagage is aangetroffen.'

'Hoe is het mogelijk,' zei Ben met een geforceerd lachje. Toen gooide hij het over een andere boeg: openheid. 'Hoor eens, iedereen weet dat die kogels door dat pistool zijn afgevuurd. Dat pistool is door iemand in mijn bagage verborgen. Dus test mijn handen nou maar op kruitsporen, dan weet u of ik een pistool heb afgevuurd.'

'Kruitsporen, inderdaad. Dat hebben we al gedaan.' Schmid maakte een beweging alsof hij een wattenstaafje gebruikte.

'En de uitslag?'

'Die komt eraan. Nadat we uw foto hebben genomen.'

'En u zult mijn vingerafdrukken ook niet vinden op dat pistool. *Goddank heb ik het niet aangeraakt*, dacht Ben.

De politieman haalde theatraal zijn schouders op. 'Vingerafdrukken kun je wegvegen.'

'Maar de getuigen...'

'De getuigen hebben het over een goedgeklede man van ongeveer uw leeftijd. Er was grote verwarring. Er zijn vijf doden gevallen, en zeven zwaargewonden. U zegt dat u de moordenaar hebt gedood. Maar het lichaam is nergens te vinden.'

'Dat... dat kan ik wel uitleggen,' gaf Ben toe, zich ervan bewust hoe bizar zijn verklaring moest klinken. 'Het lichaam is weggehaald en de omgeving schoongemaakt. Cavanaugh moet dus handlangers hebben gehad.'

'Om u te doden.' Schmid keek hem geamuseerd aan, maar hij was niet vrolijk.

'Blijkbaar.'

'Maar u hebt geen idee waarom. U zegt dat u goede vrienden was.'

'U begrijpt het niet helemaal,' zei Ben rustig. 'Ik had hem in vijftien jaar niet gezien.'

De telefoon op Schmids bureau ging. Hij nam op. 'Schmid.' Hij luisterde en zei toen in het Engels: 'Eén momentje, alstublieft.' Hij gaf de hoorn aan Ben.

Het was Howie. 'Ben, kerel,' zei hij, nu zo helder alsof hij uit de aangrenzende kamer belde, 'je zei toch dat Jimmy Cavanaugh uit Homer kwam? Homer, New York?'

'Een klein stadje halverwege Syracuse en Binghamton,' zei Ben.

'Juist,' zei Howie. 'En hij zat in jouw jaar op Princeton?'

'Precies.'

'Ik zal je wat vertellen. Jouw Jimmy Cavanaugh bestaat niet.'

'Vertel me wat nieuws,' zei Ben. *Hij is zo dood als een pier.*

'Nee, Ben, luister. Ik bedoel dat jouw Jimmy Cavanaugh nooit bestaan hééft. Dat er nooit een Jimmy Cavanaugh is gewéést. Ik heb de bestanden van Princeton erop nagezocht. Geen Cavanaugh met de voorletter J. heeft daar ooit gestudeerd, tenminste niet binnen de tien jaar toen jij daar zat. En er hebben ook nooit Cavanaughs in Homer gewoond. Zelfs niet in de buurt. En niet in Georgetown. En, luister, we hebben de vreemdste databases doorzocht. Als er een James Cavanaugh was die enigszins aan jouw signalement voldeed, zouden we hem hebben gevonden. En we hebben alle spellingvarianten geprobeerd. Je hebt geen idee van de mogelijkheden van die databases tegenwoordig. Iedereen laat sporen na, als een slak. Creditcards, sofinummer, diensttijd, noem maar op. Deze vent is helemaal nergens te vinden. Vreemd, vind je niet?'

'Er moet een fout in het spel zijn. Ik wéét dat hij aan Princeton studeerde.'

'Je dénkt dat je dat weet. Ongelooflijk, niet?'

Ben voelde zich misselijk worden. 'Als dat zo is, heb ik een probleem.'

'Ja,' beaamde Howie. 'Maar ik blijf het proberen. Ondertussen heb je het nummer van mijn mobieltje. Oké?'

Ben legde neer, totaal verbijsterd. 'Meneer Hartman,' ging Schmid verder, 'was u hier voor zaken of vakantie?'

Hij probeerde zich te concentreren en antwoordde zo beleefd mogelijk: 'Een skivakantie, zoals ik al zei. Ik heb nog wat mensen gesproken van de bank, maar alleen omdat ik toevallig in Zürich was.'

Jimmy Cavanaugh had nooit bestaan.

Schmid vouwde zijn handen. 'Het is vier jaar geleden dat u voor het laatst in Zwitserland was, klopt dat? Om het lichaam van uw broer op te halen?'

Ben zweeg een moment. Hij had geen verweer tegen de stroom van herinneringen. *Het telefoontje midden in de nacht: nooit goed nieuws. Hij had liggen slapen naast Karen, een collega van school, in zijn armoedige appartement in East New York. Mopperend had hij zich op zijn zij gedraaid en de telefoon opgenomen voor het bericht dat zijn leven voorgoed zou veranderen.*

Een klein gehuurd vliegtuig waarin Peter solo had gevlogen, was een paar dagen eerder te pletter geslagen in een ravijn bij het Meer van Luzern. Bens naam stond in de papieren van het verhuurbedrijf als naaste familie. Het had tijd gekost om het lichaam te identificeren, maar het gebit had zekerheid gegeven. De Zwitserse autoriteiten beschouwden het als een ongeluk. Ben vloog naar het Meer van Luzern om het lichaam op te halen en bracht zijn broer naar huis – tenminste, wat er van hem over was nadat de romp van het vliegtuigje was geëxplodeerd – in een kleine kartonnen doos, niet veel groter dan een taartdoos.

De hele reis naar huis huilde hij niet één keer. Dat kwam pas later, toen de schok was uitgewerkt. Zijn vader was jammerend in elkaar gezakt toen hij het bericht hoorde. Zijn moeder, die al bedlegerig was met kanker, had gegild, zo hard als ze kon.

'Ja,' zei Ben zacht. 'Dat was de laatste keer dat ik hier was.'

'Merkwaardig. Als u naar Zwitserland komt, schijnt de dood met u mee te reizen.'

'Wat bedoelt u?'

'Meneer Hartman,' zei Schmid, wat zakelijker nu, 'denkt u dat er verband bestaat tussen de dood van uw broer en wat er vandaag hier is gebeurd?'

In Bern, op het hoofdkwartier van de Zwitserse nationale politie, de *Staatspolizei*, keek een mollige vrouw van middelbare leeftijd met een bril met een zwaar, zwarthoornen montuur naar haar computerscherm en zag tot haar verbazing een tekst verschijnen. Ze staarde er een paar seconden naar, herinnerde zich haar instructies van lang geleden en noteerde de naam en de lange reeks cijfers die volgden. Toen klopte ze op de glazen deur van haar directe chef.

'Meneer,' zei ze, 'er is een naam uit de RIPOL-wachtlijst geactiveerd. RIPOL was een afkorting van *Recherche Informations Policier*, de nationale database van de politie, die namen, vingerafdrukken en kentekennummers bevatte – een uitgebreid bestand van gegevens dat door de federale, regionale en plaatselijke politie kon worden geraadpleegd.

Haar chef, een varkensachtige man van halverwege de veertig, die snel carrière maakte bij de *Staatspolizei*, pakte het papiertje aan, bedankte zijn trouwe secretaresse en stuurde haar weer weg. Zodra ze de deur van het kantoor achter zich had gesloten, pakte hij een beveiligde telefoon met een buitenlijn die niet via de centrale liep, en toetste een nummer dat hij maar zelden belde.

Een oude, haveloze, grijze sedan van een onbestemd merk stond met draaiende motor niet ver van het hoofdbureau van de *Kantonspolizei* in de Zeughausstrasse. De twee mannen in de auto zaten te roken en zeiden niets, moe van het lange wachten. Ze schrokken toen de autotelefoon op de middenconsole opeens overging. De man naast de bestuurder nam op en luisterde. 'Ja, *danke*,' zei hij, en hing op.

'De Amerikaan komt naar buiten,' zei hij.

Een paar minuten later zagen ze de Amerikaan uit de zijdeur komen en in een taxi stappen. Toen de taxi halverwege de straat was, draaide de bestuurder zijn auto de vroege avondspits in.

5

Halifax, Nova Scotia

Toen de piloot van Air Canada aankondigde dat ze gingen landen, pakte Anna Navarro de dossiers van het klaptafeltje voor zich, sloeg het dicht en probeerde zich te concentreren op de zaak die voor haar lag. Ze was doodsbang om te vliegen en het enige dat nog erger was dan het landen was het opstijgen. Ze voelde haar maag omhoogkomen. Zoals altijd vocht ze tegen de irrationele zekerheid dat het vliegtuig zou neerstorten en zijzelf zou omkomen in een zee van vuur.

Haar lievelingsoom, Manuel, was verongelukt toen het rammelende oude sproeivliegtuig waar hij mee vloog een motor verloor en neerstortte. Maar dat was al zo lang geleden. Ze was toen tien of elf geweest, en zo'n onbetrouwbaar vliegtuigje was niet te vergelijken met de gestroomlijnde 747 waarin ze nu zat.

Ze had haar osi-collega's nooit over haar vliegangst verteld, omdat ze vond dat je je kwetsbaarheden niet moest etaleren. Maar ze was ervan overtuigd dat Arliss Dupree het op de een of andere manier toch wist, zoals ook een hond angst kan ruiken. De laatste zes maanden had hij haar gedwongen om zo'n beetje in vliegtuigen te wónen door haar van de ene lullige opdracht naar de volgende te sturen.

De enige manier om kalm te blijven was zich de hele vlucht in haar dossiers te verdiepen. Die fascineerden haar altijd en slokten al haar aandacht op. De gortdroge sectierapporten daagden haar uit hun mysterie op te lossen.

Als kind was ze al dol geweest op de legpuzzels van vijfhonderd stukjes die haar moeder meenam – gekregen van een vrouw bij wie haar moeder schoonmaakte, omdat haar eigen kinderen geen geduld hadden voor legpuzzels. Ze genoot eigenlijk minder van het mooie plaatje dat langzaam ontstond dan van het geluid en het gevoel als ze een passend stukje op zijn plaats drukte. Vaak ontbraken er stukjes van de oude puzzels, zoekgeraakt door de slordigheid van de eerste eigenaren, en dat irriteerde haar. Zelfs als kind was ze een perfectionist geweest.

In zekere zin was deze zaak een legpuzzel van duizend stukjes die voor haar op het kleed lagen uitgespreid.

Tijdens de vlucht van Washington naar Halifax had ze een dossier gelezen dat was gefaxt door de RCMP in Ottawa. Ondanks zijn ouderwetse naam was de Royal Canadian Mounted Police, de Canadese versie van de FBI, een ultramoderne politieorganisatie. En het Amerikaanse ministerie van Justitie had altijd goed met de RCMP samengewerkt.

Wie ben je? dacht ze, terwijl ze de foto van de oude man nog eens bekeek. Robert Mailhot, uit Halifax, Nova Scotia, een vriendelijke rentenier, toegewijd lid van de Kerk van onze Vrouwe van Genade. Niet iemand van wie je zou verwachten dat er een statusrapport over hem bestond bij de CIA, hoe diep verborgen ook.

Wat was zijn connectie met de nevelige machinaties van de allang overleden geheim agenten en zakenmensen waarop Bartlett was gestuit? Ze wist zeker dat Bartlett een dossier over hem had, maar hij had het haar niet gegeven. Hij wilde dat ze de relevante feiten op eigen houtje zou ontdekken.

Een kantonrechter in Nova Scotia had voor haar een opsporingsbevel uitgeschreven. Binnen een paar uur waren de stukken die ze zocht – gegevens over telefoongesprekken en creditcards – naar Washington gefaxt. Ze werkte voor het OSI. Niemand twijfelde aan haar vage verhaal over een lopend onderzoek naar de frauduleuze internationale overheveling van fondsen.

Het dossier leverde echter weinig op. De doodsoorzaak, genoteerd op de overlijdensverklaring in de bijna onleesbare hanenpoten van een dokter – waarschijnlijk de huisarts van de oude man – vermeldde 'natuurlijke oorzaken', met als toevoeging tussen haakjes 'hartinfarct'. Misschien klopte dat.

De overledene had geen ongewone aankopen gedaan. Hij belde alleen interlokaal met Newfoundland en Toronto. Doodnormaal. Misschien zou ze het antwoord vinden in Halifax. Misschien ook niet.

Ze voelde zich bedwelmd door die vreemde mengeling van hoop en wanhoop die haar altijd vervulde aan het begin van een onderzoek. Het ene moment wist ze absoluut zeker dat ze de zaak tot een goed einde zou brengen, het volgende moment leek dat onmogelijk. Eén ding wist ze wel: de eerste moord in een serie die ze onderzocht was altijd de belangrijkste. Dat was de basis. Alleen als je grondig te werk ging, in alle hoeken en gaten speurde, had je een kans het juiste verband te leggen. Je kon nooit alle puntjes met elkaar verbinden als je niet wist waar die puntjes lagen.

Anna droeg haar reispakje, een marineblauwe Donna Karan (niet de duurste lijn) en een witte blouse van Ralph Lauren (geen couture, uiteraard). Op haar werk stond ze erom bekend dat ze zich onberispelijk kleedde. Met haar salaris kon ze zich eigenlijk geen designerlabels veroorloven, maar die kocht ze toch. Ze woonde in een donkere eenkamerflat in een onaantrekkelijk deel van Washington en ze ging nooit op vakantie omdat al haar geld aan kleren opging.

Iedereen veronderstelde dat ze zich zo goed kleedde om aantrekkelijk te zijn voor mannen, omdat veel jonge alleenstaande vrouwen dat deden. Maar ze vergisten zich. Haar kleren waren een pantser. Hoe mooier de kleren, des te veiliger ze zich voelde. Ze gebruikte designercosmetica en droeg dure kleren om niet langer de dochter te zijn van straatarme Mexicaanse immigranten die als werkster of tuinman werkten. In die kleren kon ze zijn wie ze wilde. Ze was intelligent genoeg om te weten hoe belachelijk dat was, rationeel gezien, maar toch deed ze het.

Ze vroeg zich af wat Arliss Dupree het meest aan haar irriteerde: dat ze een aantrekkelijke vrouw was die hem had afgewezen of dat ze een Mexicaanse was. Misschien wel allebei. In de wereld van Dupree was een Mexicaans-Amerikaanse waarschijnlijk inferieur en had daarom het recht niet hem een blauwtje te laten lopen.

Ze was opgegroeid in een kleine stad in het zuiden van Californië. Allebei haar ouders waren Mexicanen, die aan de troosteloosheid, de ziekten en de wanhoop ten zuiden van de grens waren ontsnapt. Haar moeder, een lieve vrouw met een zachte stem, werkte als schoonmaakster. Haar vader, stil en introvert, was tuinman.

Op de basisschool droeg ze jurken die waren genaaid door haar moeder, die ook haar bruine haar vlocht en opstak. Ze wist wel dat ze andere kleren droeg dan de rest en er niet bij hoorde, maar daar kreeg ze pas last van toen ze tien of elf was en de andere meisjes kliekjes begonnen te vormen die haar buitensloten. Ze wilden niets met de dochter van de werkster te maken hebben. Ze was *uncool*, een buitenstaander, een zielig geval. Ze was onzichtbaar.

Niet dat ze in de minderheid was – de middelbare school was half-Latino, half-blank en die grens werd zelden overschreden. Ze raakte gewend aan de scheldwoorden die sommige blanke meisjes en jongens haar toevoegden. Maar ook onder de Latino's waren er rangen en standen en zij stond helemaal onderaan. De Latino-meisjes kleedden zich altijd goed en dreven nog erger de spot met haar kleren dan de blanke meisjes.

De enige oplossing, besloot ze, was dezelfde kleren te dragen als de anderen. Ze klaagde tegen haar moeder, die haar eerst niet serieus nam en haar toen uitlegde dat ze zulke kleren niet konden betalen. En wat maakte het ook uit? Vond ze de kleren die haar moeder naaide dan niet mooi? 'Nee!' snauwde Anna dan. 'Nee! Ik haat ze!' Hoewel ze wist hoeveel pijn ze haar moeder daarmee deed. Zelfs nu nog, twintig jaar later, kon Anna bijna niet aan die tijd terugdenken zonder een groot schuldgevoel.

Haar moeder was geliefd bij iedereen voor wie ze werkte. Een van hen, een echt rijke vrouw, gaf haar de afdankertjes van haar eigen dochters. Anna was er blij mee – ze kon zich niet voorstellen dat iemand zulke mooie kleren wegdeed! – tot het langzaam tot haar doordrong dat ze uit de mode waren. Toen keek ze er anders tegenaan. Op een dag liep ze door de gang op school en werd geroepen door een meisje uit een groepje waar ze heel graag bij wilde horen. 'Hé!' riep het meisje. 'Dat is mijn rok!' Anna ontkende het blozend. Maar het meisje pakte de zoom, draaide hem om en liet haar de initialen op het merkje zien.

Anna wist dat de RCMP-officier die haar op het vliegveld opwachtte, een jaar op de FBI-academie had gezeten om een cursus te volgen in de technieken van het moordonderzoek. Hij had het buskruit niet uitgevonden, hoorde ze, maar hij was een aardige vent.

De Canadees stond achter het hek, een lange, knappe man van in de dertig, met een blauwe blazer en een rode das. Hij lachte zijn parelwitte tanden bloot en leek oprecht blij haar te zien. 'Welkom in Nova Scotia,' zei hij. 'Ik ben Ron Arsenault.' Donker haar, bruine ogen, een vierkante kaak en een hoog voorhoofd. Een brave diender, dacht ze.

'Anna Navarro,' zei ze en gaf hem een stevige hand. Mannen verwachtten altijd een slap handje van een vrouw, dus begroette ze hen met een krachtige handdruk. Dat bepaalde de sfeer. Zo liet ze blijken dat ze 'een van de jongens' was. 'Hoe gaat het?'

Hij stak zijn hand uit naar haar handkoffer, maar ze schudde haar hoofd. 'Niet nodig. Bedankt.'

'Uw eerste keer in Halifax?' Hij nam haar waarderend op.

'Ja. Het ziet er mooi uit, van boven.'

Hij grinnikte beleefd toen hij haar meenam door de aankomsthal. 'Ik ben uw contact met de mensen hier. Hebt u het dossier nog gekregen?'

'Ja, bedankt. Alleen de bankafschriften zaten er niet bij.'

'Die zijn er nu wel, denk ik. Zodra ik ze heb, zal ik ze bij uw hotel afgeven.'

'Bedankt.'

'Geen punt.' Hij kneep zijn ogen tot spleetjes. Contactlenzen, begreep Anna. 'Eerlijk gezegd, mevrouw Navarro... Anna?... begrijpen ze in Ottawa niet erg waarom u zo'n belangstelling hebt voor die oude man. Hij was zevenentachtig. Hij is thuis gestorven, een natuurlijke dood. Wat kun je anders verwachten?'

Ze kwamen bij de parkeerplaats.

'Ligt het lichaam nog in het mortuarium van de politie?' vroeg ze.

'Het mortuarium van het plaatselijke ziekenhuis. Het ligt in een koelcel op je te wachten. Je hebt ons gewaarschuwd voordat de oude man kon worden begraven, dat is het goede nieuws.'

'En het slechte nieuws?'

'Hij was al gebalsemd voor de begrafenis.'

Ze maakte een grimas. 'Dat kan het toxicologisch onderzoek beïnvloeden.'

Ze bleven staan bij een blauwe, nieuwe Chevrolet sedan, die de onmiskenbare uitstraling had van een anonieme politiewagen. Hij opende de achterklep en legde haar tas erin.

Ze reden een tijdje in stilte.

'Wie is de weduwe?' vroeg ze. Dat stond niet in het dossier. 'Ook een Frans-Canadese?'

'Een vrouw van hier. Een ex-schooljuffrouw. Een taaie oude dame. Ik bedoel, ik heb met haar te doen. Ze heeft net haar man verloren en morgen zou hij worden begraven. We moesten haar vragen om het uit te stellen. Er kwam familie uit Newfoundland. Toen we het over een sectie hadden, viel ze flauw.' Hij keek even naar haar en toen weer naar de weg. 'Het is avond. Ik dacht dat je je maar moest gaan installeren, dan kunnen we morgenochtend vroeg beginnen. Om zeven uur spreken we de patholoog-anatoom.'

Ze voelde iets van teleurstelling. Ze was het liefst meteen aan het werk gegaan. 'Mij best,' zei ze.

Weer een stilte. Het was prettig om met een collega te werken die geen bezwaar leek te hebben tegen een agente van de Amerikaanse regering. Arsenault was de vriendelijkheid zelf. Bijna verdacht.

'Hier is je hotel. Je hebt geen gigantische reiskostenvergoeding, begrijp ik?'

Het was een lelijk Victoriaans huis in Barrington Street, een groot, witgeschilderd, houten gebouw met groene luiken. De witte verf was verkleurd tot vuilgrijs.

'Als je geen andere plannen hebt, kunnen we een hapje gaan eten. De Clipper Clay misschien, als je van vis houdt. En daarna nog wat jazz in de Middle Deck...?' Hij parkeerde.

'Bedankt, maar het is een lange dag geweest,' zei ze.

Hij haalde zijn schouders op, duidelijk teleurgesteld.

Het hotel had een beetje een muffe geur, alsof de muren permanent vochtig waren. Van haar creditcard werd een ouderwetse kopie gemaakt, waarna ze een koperen sleutel kreeg. Ze stond al klaar om de zware man achter de balie te zeggen dat ze geen hulp nodig had met haar koffers, maar niemand bood het aan. In haar kamer op de eerste verdieping hing dezelfde muffe lucht. Het behang had een bloemetjesmotief en de meubels waren niet nieuw, maar ook niet echt armoedig. Ze hing haar kleren in de kast, deed de gordijnen dicht en trok een grijs joggingpak aan. Een eind joggen zou haar goed doen, dacht ze.

Ze rende over de Grand Parade, het plein ten westen van Barrington Street, en via George Street naar de stervormige vesting die de Citadel werd genoemd. Daar bleef ze hijgend staan bij een kiosk en kocht een plattegrond van de stad. Het adres was snel gevonden; het was niet ver van haar eigen hotel. Ze kon er meteen wel een kijkje nemen.

Het huis van Robert Mailhot was onopvallend maar comfortabel, een grijs houten huis van twee verdiepingen met een puntgevel, half verborgen achter bomen en een ijzeren hek.

Het blauwe licht van een televisie flakkerde achter de vitrage van de voorkamer. De weduwe zat tv te kijken, veronderstelde Anna. Ze bleef even staan aan de overkant van de straat en verkende de omgeving.

Ze besloot de straat over te steken om het huis van dichtbij te bekijken. Ze wilde weten of het inderdaad de weduwe was, en hoe ze zich gedroeg. Leek ze te rouwen om de dood van haar man of niet? Dat was misschien moeilijk te zien van een afstand, maar je wist nooit wat je nog ontdekte. En als Anna zich verborg in de schaduw van het huis, kon ze niet worden opgemerkt door achterdochtige buren.

De straat was verlaten, hoewel ze muziek hoorde uit een van de huizen en het geluid van een televisie uit een ander huis. In de verte klonk een misthoorn. Ze stak over naar het huis...

Onverwachts doken er twee felle koplampen op, zomaar uit het niets. Ze verblindden haar en werden snel groter toen de auto op haar af stormde. Met een gil dook Anna naar de stoeprand, zonder iets te zien, in een wanhopige poging om uit de baan te komen van de wagen, die als een losgeslagen projectiel op haar afkwam. Blijkbaar was hij met gedoofde lampen de straat door gereden en was het zoemen van de motor door de omgevingsgeluiden overstemd totdat hij vlak bij haar was. Pas op het laatste moment had hij zijn koplampen ingeschakeld.

En hij had het op haar voorzien. Daar was geen twijfel over mogelijk. Hij reed niet alleen veel te hard en maakte geen aanstalten om te remmen, maar hij zwenkte ook naar de stoep, recht op haar af. Anna herkende de verticale verchroomde grille van een Lincoln Town Car. Met zijn platte, rechthoekige koplampen deed hij denken aan een hongerige haai. *Weg hier!*

De banden piepten en de motor loeide toen de maniak op haar af stormde. Ze draaide zich om en zag dat hij nog maar drie of vier meter bij haar vandaan was. De koplampen schenen recht in haar ogen. In blinde paniek, een halve seconde van de dood vandaan, wierp ze zich met een schreeuw in de buxushaag van het huis naast dat van de weduwe. De stugge, scherpe takken rukten aan haar joggingbroek voordat ze op het kleine grasveld terechtkwam en doorrolde.

Ze hoorde de klap waarmee de auto de buxushaag raakte, en het

piepen van banden. Toen ze omkeek, zag ze dat de wagen zich los-
maakte uit de haag. De wielen deden een fontein van aarde opspatten toen de auto met brullende motor de smalle donkere straat
in draaide. Het volgende moment waren de koplampen net zo snel
verdwenen als ze verschenen waren. Het was weer stil. *Wat was er
in godsnaam gebeurd?*

Ze sprong overeind. Haar hart bonsde in haar keel, de adrenaline golfde door haar lichaam en ze wankelde nog op haar benen van
de schrik. *Wat had dat te betekenen?*

De auto was recht op haar afgekomen, heel bewust, alsof hij haar
had willen raken. En toen... was hij zomaar weer verdwenen!

Ze zag gezichten verschijnen achter de ramen aan weerskanten
van de straat. Hier en daar werd het gordijn haastig weer dichtgetrokken toen ze opkeek.

Als de bestuurder het werkelijk op haar had voorzien, als hij haar
echt had willen doden, waarom had hij het karwei dan niet afge-
maakt?

Het sloeg nergens op. Het was om gek van te worden.

Hijgend en met een pijnlijke hoest liep ze weer verder, zwetend
over haar hele lichaam. Ze probeerde na te denken, maar de angst
wilde niet wijken en ze kon geen logische verklaring vinden voor
het bizarre incident.

Had iemand nu geprobeerd haar te vermoorden of niet? En als
dat zo was... waarom? Was de bestuurder misschien dronken geweest? Of een joyrider? Nee, daarvoor leek het gedrag van de auto veel te opzettelijk, veel te doelgericht.

Het enige logische antwoord vroeg om een paranoïde houding
en Anna weigerde pertinent om in die richting te gaan denken. *Daar
loert de waanzin.* Ze dacht aan Bartletts onheilspellende woorden
over plannen uit een ver verleden, uitgebroed in het diepste geheim,
oude mannen met gevaarlijke geheimen, machtige figuren die wanhopig hun reputatie probeerden te beschermen. Maar zoals hij zelf
al had toegegeven, was Bartlett een man die op een kantoor zat,
omringd door vergeeld papier, ver van de werkelijkheid – een omgeving waarin je al snel de meest bizarre samenzweringen ging zien.

Maar was het toch niet mogelijk dat het incident met de auto een
poging was geweest om haar angst aan te jagen, zodat ze de zaak
zou laten rusten? Als dat zo was, hadden ze zich in haar vergist.
Want voor Anna was het nog een extra reden om achter de waarheid te komen van dit verhaal.

Londen

De pub heette The Albion en stond in Garrick Street, aan de rand van Covent Garden. Hij had lage plafonds, ruwhouten tafels en zaagsel op de vloer; zo'n kroeg die twintig echte Engelse bieren onder de tap had en typisch Engelse gerechten serveerde, zoals *bangers-and-mash*, *kidney pudding* en *spotted dick*. Omstreeks lunchtijd stroomde de pub dan ook vol met een modieus publiek uit de reclamewereld en het bankwezen.

Jean-Luc Passard, een veiligheidsman van het consortium, kwam de kroeg binnen en zag meteen waarom de Engelsman deze plaats had gekozen voor hun ontmoeting. Het was er zo vol dat niemand op hen zou letten.

De Engelsman zat in zijn eentje in een nis. Hij beantwoordde aan het signalement: een onopvallende man van een jaar of veertig, met borstelig haar dat te vroeg grijs was geworden. Van dichtbij leek zijn gezicht bijzonder glad, alsof hij plastische chirurgie had ondergaan. Hij droeg een blauwe blazer met een witte coltrui. Hij had brede schouders en een smalle taille. Zelfs van een afstand maakte hij een fysiek sterke indruk. Maar je zou moeite hebben om hem bij een politieconfrontatie tussen een rij anderen te herkennen.

Passard ging tegenover hem zitten en stak zijn hand uit. 'Ik ben Jean-Luc.'

'Trevor Griffiths,' zei de Engelsman. Hij had een slappe handdruk, alsof het hem niets kon schelen wat anderen van hem dachten. Zijn hand was groot, glad en droog.

'Het is een eer u te ontmoeten,' zei Passard. 'Uw werk voor het consortium in de loop van de jaren is legendarisch.'

Trevors dode grijze ogen toonden geen reactie.

'Ik weet dat u... met pensioen bent. We zouden u niet hebben teruggehaald als dat niet absoluut noodzakelijk was geweest.'

'Jullie hebben er een puinhoop van gemaakt.'

'We hebben pech gehad.'

'En nu willen jullie zekerheid.'

'Een verzekeringspolis, zo gezegd. Een extra garantie. We kunnen ons geen mislukking meer permitteren.'

'Ik werk alleen. Dat weet je.'

'Natuurlijk. We twijfelen geen moment aan uw methoden, gezien uw staat van dienst. We laten het helemaal aan u over.'

'Goed. Weten we waar het doelwit zich bevindt?'

'Hij is voor het laatst in Zürich gezien. We weten niet zeker waar hij nu naar toe zal gaan.'

Trevor trok een wenkbrauw op.

Passard bloosde. 'Hij is een amateur. Zo nu en dan duikt hij ergens op. We krijgen zijn spoor wel weer te pakken.'

'Ik heb een serie goede foto's van hem nodig, uit zoveel mogelijk verschillende hoeken.'

Passard schoof een grote bruine envelop over de tafel. 'Akkoord. En hier zijn de instructies, in code. De zaak moet snel worden afgewikkeld, zonder sporen na te laten, zoals u zult begrijpen.'

Trevor Griffith keek hem aan met de blik van een boa constrictor. 'Jullie hebben mensen van de tweede garnituur gebruikt. Dat heeft geld en tijd gekost en bovendien is het doelwit nu gewaarschuwd. Hij is angstig en voorzichtig geworden. Ik neem aan dat hij documenten bij zijn advocaten heeft achtergelaten die ze moeten opsturen als hem iets overkomt, of iets dergelijks. Daarom zal het veel moeilijker zijn hem te elimineren. U en uw superieuren hoeven mij niet te vertellen hoe ik mijn werk moet doen.'

'Maar u denkt dat het lukt?'

'Daarvoor bent u toch bij mij gekomen?'

'Ja.'

'Stel dan geen domme vragen. Dat was het? Ik heb nog een drukke middag voor de boeg.'

Terug op haar hotelkamer schonk Anna een klein schroefdopflesje witte wijn in een plastic bekertje, dronk het leeg en liet een bad vollopen, zo heet als ze kon verdragen. Ze lag een kwartier te weken en probeerde tot rust te komen, maar steeds doemde de verticale verchroomde grille van de Lincoln weer voor haar op. En ze herinnerde zich de zachte woorden van de Geest: *Ik geloof niet in toeval, u wel, mevrouw Navarro?*

Langzaam keerde haar kalmte weer terug. Dit soort dingen gebeurde nu eenmaal. Het behoorde tot haar werk om te weten wat belangrijk was en wat niet. Het kon gevaarlijk zijn om betekenis te hechten aan dingen die er niet toe deden.

Even later trok ze een badjas aan. Ze voelde zich een heel stuk rustiger en merkte nu pas dat ze rammelde van de honger. Er was een bruine envelop onder haar deur door geschoven. Ze raapte hem op en liet zich in een fauteuil met bloemetjesbekleding vallen. Het waren kopieën van Mailhots bankafschriften van de afgelopen vier jaar.

De telefoon ging. Het was brigadier Arsenault.

'Morgenochtend om halfelf hebben we een afspraak met de weduwe. Komt dat uit?' Op de achtergrond hoorde ze de avonddrukte van een politiebureau.

'Dan zie ik je daar om halfelf,' antwoordde Anna energiek. 'Bedankt voor de bevestiging.' Ze vroeg zich af of ze hem iets moest vertellen over de Lincoln en haar hachelijke avontuur, maar ze deed het niet. Ze was bang dat het haar gezag zou aantasten – dat hij haar zou zien als een angstig, kwetsbaar vrouwtje dat zich meteen van haar stuk liet brengen.

'Goed,' zei Arsenault, met een aarzeling in zijn stem. 'Dan ga ik ook maar eens naar huis. Als je... ik rij toch langs je hotel, dus als je je hebt bedacht over het eten...' Hij viel over zijn woorden. 'Of misschien kunnen we iets gaan drinken?' Hij probeerde het luchtig te houden. 'Wat dan ook.'

Anna gaf niet meteen antwoord. Eigenlijk had ze wel behoefte aan gezelschap. 'Dat is heel aardig van je,' zei ze ten slotte, 'maar ik ben vreselijk moe.'

'Ik ook,' zei hij snel. 'Het is een lange dag geweest. Ik zie je morgen.' Zijn toon was subtiel veranderd: niet langer van een man tegen een vrouw maar van collega's onder elkaar.

Ze hing op met een leeg gevoel. Toen trok ze de gordijnen dicht en begon haar papieren uit te zoeken. Er was nog genoeg te doen.

De werkelijke reden waarom ze nooit was getrouwd en was teruggedeinsd voor elke relatie die te serieus dreigde te worden, besefte ze, was haar verlangen om haar eigen omgeving te bepalen. Als je trouwde, was je verantwoording schuldig aan iemand anders. Als je iets wilde kopen, moest je dat bespreken. Je kon niet laat van je werk thuiskomen zonder je schuldig te voelen, je excuses te maken, te onderhandelen. Je kon niet meer over je eigen tijd beschikken.

Mensen op kantoor die haar niet goed kenden, noemden haar de 'IJskoningin', en waarschijnlijk nog wel erger, vooral omdat ze zo zelden uitging. Het was niet alleen Dupree. Mensen hielden er niet van dat aantrekkelijke vrouwen vrij rondliepen. Dat was tegennatuurlijk. Wat ze niet beseften, was dat Anna een echte workaholic was, nauwelijks een sociaal leven had en dus ook geen tijd om mannen te ontmoeten. De enige mannen met wie ze omging, werkten bij het OSI en het was heel onverstandig om iets met een collega te beginnen.

Tenminste, dat hield ze zichzelf voor. Ze dacht liever niet terug aan het incident op de middelbare school dat nog steeds een schaduw over haar leven wierp. Toch ging er bijna geen dag voorbij dat ze niet aan Brad Reedy dacht, met een allesverzengende haat. Als ze in de metro een vleugje opving van het citrusluchtje dat Brad altijd droeg, voelde ze een steek in haar hart van angst, gevolgd door een enorme woede. Als ze op straat een lange, blonde jongen zag in een rood-witgestreept rugbyshirt, doemde Brad weer voor haar op.

Ze was zestien, toen, en lichamelijk volwassen. Mensen zeiden dat ze mooi was hoewel ze dat zelf nog niet wist of geloofde. Ze had nog steeds niet veel vrienden, maar ze voelde zich geen buitenstaander meer. Bijna iedere dag maakte ze ruzie met haar ouders omdat ze het niet kon verdragen nog langer in hun kleine huisje te wonen, waar ze zich opgesloten voelde en geen lucht kon krijgen.

Brad Reedy zat een klas hoger, speelde in het ijshockeyteam en behoorde tot de elite van de school. Daarom kon Anna het niet geloven toen Brad Reedy, dé Brad Reedy, op een dag bij haar kastje had gestaan en haar had gevraagd of ze met hem uit wilde. Ze dacht eerst dat het een grapje was, een weddenschap of zoiets, en ze had zich nijdig omgedraaid. Ze begon al een muur van sarcasme op te bouwen om zich te beschermen.

Maar hij hield vol. Ze bloosde, raakte in de war en zei: 'Oké... misschien... een keer.'

Brad bood aan om haar thuis te komen ophalen, maar ze wilde niet dat hij zou zien hoe armoedig ze woonde, dus deed ze alsof ze toch in de stad moest zijn, zodat ze beter bij de bioscoop konden afspreken. Dagenlang zat ze in *Mademoiselle* en *Glamour* te bladeren. In *Seventeen* vond ze een artikeltje, 'Hoe trek ik zijn aandacht?', geïllustreerd met de perfecte kleren, precies wat een rijk, stijlvol meisje zou dragen en wat Brads ouders zouden kunnen waarderen.

Het werd een jurk met een klein bloemetjesmotief en een hoge plooikraag van Laura Ashley die ze bij Goodwill kocht. Pas achteraf vond ze het toch niet de juiste keus. Met haar bijpassende limoengroene espadrilles, haar groene Pappagallo-Bermudatas en haar groene haarband voelde ze zich opeens belachelijk, alsof ze zich had verkleed voor Halloween. Toen Brad naar haar toe kwam bij de bioscoop, in een gescheurde jeans en een gestreept rugbyshirt, besefte ze dat ze zich veel te overdreven had gekleed. Het lag er te dik bovenop.

Ze had het gevoel dat de hele zaal naar haar keek toen ze binnenkwam: een opgetutte bimbo met haar blonde held.

Na de film wilde hij nog naar de Ship's Pub voor een pizza en een pilsje. Ze nam een Tab en probeerde zich mysterieus en afstandelijk voor te doen, maar ze was als een blok gevallen voor deze jonge Adonis en kon nog steeds niet geloven dat ze werkelijk met hem uit was.

Na drie, vier biertjes werd hij vervelend. Hij trok haar in de nis tegen zich aan en begon haar te betasten. Ze zei dat ze hoofdpijn had – het enige wat ze zo gauw kon bedenken – en vroeg hem om haar thuis te brengen. Hij bracht haar naar de Porsche, reed als een gek en nam een 'verkeerde afslag' naar het park.

Hij woog negentig kilo, hij was ongelooflijk sterk en hij had genoeg gedronken om gevaarlijk te worden. Hij rukte de kleren van haar lijf, drukte zijn hand over haar mond om haar kreten te dempen en hijgde maar steeds: 'Je hebt er zelf om gevraagd, bruine teef...' Het was haar eerste keer geweest.

Nog tot een jaar daarna ging ze regelmatig naar de kerk. Schuldgevoel brandde in haar ziel. Als haar moeder het ooit ontdekte, zou dat haar dood worden, dat wist ze zeker. Het bleef haar jaren achtervolgen. En haar moeder bleef gewoon werkster bij de Reedy's.

Ze belde roomservice en herinnerde zich de bankafschriften, verspreid over de leunstoel. Beter leesvoer kon je je niet wensen onder het eten.

Na een paar minuten viel haar een reeks getallen op. Ze keek nog eens goed. Dat kon toch niet kloppen? Vier maanden geleden was er telefonisch een miljoen dollar op Robert Mailhots rekening overgemaakt.

Ze ging in de stoel zitten en bestudeerde het afschrift, terwijl de adrenaline weer begon te stromen. Een hele tijd keek ze naar de kolom met getallen en haar opwinding nam toe. In gedachten zag ze Mailhots eenvoudige houten huis weer voor zich.

Een miljoen dollar. Dit zou interessant kunnen worden.

Zürich

De straatlantaarns flitsten voorbij en verlichtten de achterbank van de taxi als een stroboscoop. Ben staarde recht voor zich uit, zonder iets te zien, verdiept in zijn gedachten.

De rechercheur van moordzaken leek teleurgesteld toen de uitslagen van het lab aantoonden dat Ben het wapen niet had afgevuurd. Met kennelijke tegenzin had hij de papieren voor Bens vrijlating ondertekend. Het was duidelijk dat Howie zijn invloed had aangewend om Ben zijn paspoort terug te bezorgen.

'Ik laat u gaan, maar op één voorwaarde, meneer Hartman – dat u onmiddellijk uit mijn kanton verdwijnt,' had Schmid tegen hem gezegd. 'Ik wil u niet meer in Zürich zien. Als ik u hier ooit nog tegenkom, ziet het er niet best voor u uit. Het onderzoek naar de schietpartij op de Bahnhofplatz is nog steeds open en er blijven zoveel vragen over dat ik ieder moment een arrestatiebevel voor u kan uitschrijven. En als onze immigratiedienst, de *Einwanderungsbehörde*, erbij betrokken raakt, onthoud dan goed dat we u een jaar in administratieve hechtenis kunnen houden voordat de zaak voor de rechter komt. U hebt vrienden en relaties, machtige connecties, maar die zullen u niet nog eens kunnen helpen.'

Maar meer dan die dreigementen was het de nonchalante vraag van de politieman die Ben nog steeds bezighield. Zou de nachtmerrie van de Bahnhofplatz iets te maken kunnen hebben met Peters dood?

Of anders gezegd: wat was de kans dat er géén verband bestond met Peters dood? Ben was nooit vergeten wat zijn mentor aan de universiteit van Princeton, de historicus John Barnes Godwin, ooit had gezegd: 'Bereken de kansen, en dan nog eens, en opnieuw. En volg dan je intuïtie.' Zijn intuïtie zei hem dat dit geen toeval kon zijn.

En dan was er het mysterie rond Jimmy Cavanaugh – niet alleen de verdwijning van zijn lichaam, maar het feit dat hij officieel nooit had bestaan. Hoe was dat in godsnaam mogelijk? En hoe had de schutter kunnen weten waar Ben logeerde? Het werd steeds raadselachtiger.

Dat het lichaam was verdwenen en het pistool in zijn bagage was opgedoken, bevestigde dat de man die hij als Cavanaugh kende handlangers had gehad. Maar wie? En wat stak hierachter? Wat voor belang kon iemand erbij hebben om Ben Hartman te vermoorden? Hoe zou hij een gevaar kunnen vormen, voor wie dan ook?

Natuurlijk hield het verband met Peter. Dat kon niet anders.

Als je maar genoeg films ziet, weet je dat lijken alleen 'onherkenbaar verbrand' zijn als er iets te verbergen valt. Een van Bens eerste reacties toen hij het verschrikkelijke nieuws hoorde, was dat het een vergissing moest zijn, dat iemand anders in dat vliegtuig was verongelukt. De autoriteiten hadden een fout gemaakt. Peter was nog in leven en zou hem wel bellen. Dan konden ze zich op een grimmige manier vrolijk maken over de verwisseling. Ben had die gedachte niet durven uitspreken tegenover zijn vader, omdat hij hem geen valse hoop wilde geven. En daarna kwamen de medische bewijzen, die onweerlegbaar waren.

Maar nu concentreerde Ben zich op de werkelijke vraag: niet óf het Peter was, maar hóé hij precies was gestorven. Een vliegtuigongeluk was een goede manier om de bewijzen voor een moord te verdoezelen.

Aan de andere kant, misschien was het toch een ongeluk geweest. Immers, wie had nu Peter willen doden? Iemand vermoorden en dan de bewijzen vernietigen met een vliegtuigongeluk? Dat was wel een belachelijk ingewikkelde manier om je van iemand te ontdoen.

Sinds vanmiddag had hij echter heel andere ideeën over wat er in deze wereld mogelijk was. Want als Cavanaugh... of wie hij ook was... inderdaad had geprobeerd hem te doden, om welke raadselachtige reden dan ook, zouden hij en zijn handlangers dan ook niet verantwoordelijk zijn voor de dood van Peter, vier jaar geleden?

Howie had het gehad over een collega van hem die zaken behandelde die verband hielden met bedrijfsspionage, en daarom toegang had tot bepaalde databases. Ben bedacht dat Frederic McCallan, de oude cliënt met wie hij een afspraak had in St. Moritz, hem op dat punt misschien zou kunnen helpen. Niet alleen was McCallan een belangrijke figuur op Wall Street, maar hij had ook in verschillende regeringen gezeten. Dus moest hij over genoeg contacten beschikken. Ben pakte zijn multistandard Nokia en belde het Carlton Hotel in St. Moritz. Het Carlton was een rustig en charmant hotel, luxueus zonder protserig te worden, en met een bijzonder zwembad met glazen wanden en uitzicht over het meer.

Hij werd meteen doorverbonden met McCallans kamer.

'Je laat ons toch niet zitten, hoop ik?' riep de oude Frederic joviaal. 'Louise zou ontroostbaar zijn.' Louise moest de mooie kleindochter zijn.

'Natuurlijk niet. Maar in alle drukte hier heb ik de laatste vlucht naar Chur gemist.' Strikt genomen was dat waar.

'We hadden ze gevraagd om met het diner rekening met je te houden. We dachten dat je nog wel zou verschijnen. Wanneer kunnen we je verwachten?'

'Ik huur wel een auto. Dan kom ik vanavond nog.'

'Een auto? Man, dat is uren rijden!'

'Een mooie rit,' zei Ben. Een lange autorit was precies wat hij nodig had om weer helder te kunnen denken.

'Je kunt toch wel een toestel charteren?'

'Nee, dat gaat niet,' zei hij, zonder nadere uitleg. In werkelijkheid wilde hij het vliegveld mijden, waar Cavanaughs handlangers

– áls die bestonden – hem misschien zouden opwachten. 'Ik zie je aan het ontbijt, Freddie.'

De taxi bracht Ben naar het Avis-kantoor in de Gartenhofstrasse, waar hij een Opel Omega huurde, een routebeschrijving kreeg en zonder probleem de A3 op draaide naar het zuidoosten, bij Zürich vandaan. Het duurde even voordat hij aan het verkeer gewend was. De Zwitsers reden behoorlijk hard op hun snelwegen en als ze je wilden inhalen gingen ze op je bumper zitten en gaven je groot licht.

Eén of twee keer had hij een aanval van paranoia – een groene Audi leek hem te volgen, maar verdween toen weer. Na een tijdje kreeg hij het gevoel dat hij al die waanzin in Zürich achter zich had gelaten. Straks zat hij in het Carlton in St. Moritz, dat zo onneembaar was als een vesting.

Hij dacht aan Peter, zoals hij de afgelopen vier jaar zo vaak aan hem had gedacht. En weer kwam dat oude schuldgevoel bij hem boven, dat hem als een steen op de maag lag. Hij voelde zich schuldig omdat hij zijn broer zo eenzaam had laten sterven en hem de laatste paar jaar van zijn leven nauwelijks had gesproken.

Hij wist echter dat Peter uiteindelijk niet eenzaam was geweest. Hij had samengewoond met een Zwitserse, een medisch studente op wie hij verliefd was geworden. Peter had het hem over de telefoon verteld, een paar maanden voor zijn dood.

Sinds hun studententijd had Ben hem precies twee keer gezien. Twee keer.

Als kinderen, voordat Max hen naar verschillende kostscholen had gestuurd, waren ze onafscheidelijk geweest. Ze vochten en worstelden altijd, totdat een van hen riep: *Jij bent goed, man, maar ik ben beter!* Ze haatten elkaar, ze hielden van elkaar en ze waren altijd samen.

Na de universiteit was Peter echter bij het Peace Corps gegaan en naar Kenia vertrokken. Hij had geen interesse gehad in Hartman Capital Management, evenmin als Ben. En hij wilde ook geen geld uit zijn trustfund gebruiken. 'Waar heb ik dat voor nodig, in Afrika?' had hij gevraagd.

De waarheid was dat Peter niet alleen iets nuttigs deed met zijn leven, maar op die manier ook aan hun vader kon ontsnappen. Max en hij hadden nooit goed met elkaar overweg gekund. 'Jezus!' had Ben een keer tegen hem geroepen. 'Als je pa wilt ontlopen, kun je toch ook in Manhattan blijven wonen en hem gewoon niet bellen? Ga eens in de week met mam lunchen of zoiets. Je hoeft je toch niet terug te trekken in een lemen hutje?'

Maar nee. Peter was nog twee keer in Amerika terug geweest, één keer toen hun moeder haar borstoperatie had, en wat later toen Ben hem had gebeld met het bericht dat er uitzaaiingen waren en ze niet lang meer te leven had.

Tegen die tijd woonde Peter al in Zwitserland. In Kenia had hij een Zwitsers meisje ontmoet. 'Ze is mooi, ze is briljant en ze heeft me nog niet door,' had Peter tegen hem gezegd over de telefoon. 'Raar maar waar.' Dat was de favoriete kreet uit zijn jeugd geweest.

Zijn vriendin wilde haar studie afmaken en Peter was met haar meegegaan naar Zürich. Dat was de reden geweest voor een lang gesprek. 'Laat je je nou op sleeptouw nemen door een meid die je hebt ontmoet?' had Ben minachtend gevraagd. In werkelijkheid was hij jaloers geweest, jaloers dat Peter verliefd was en dat hij als tweelingbroer misschien van zijn centrale plaats in Peters leven was verdrongen, hoe krankzinnig dat ook klonk.

Nee, antwoordde Peter, dat was niet het enige. Hij had ook een artikel gelezen in de internationale editie van *Time* over een oude vrouw die de holocaust had overleefd en nu straatarm in Frankrijk woonde. Ze had tevergeefs bij een van de grote Zwitserse banken aangeklopt om het bescheiden bedrag op te eisen dat haar vader voor haar opzij had gezet voordat hij in de kampen was gecrepeerd. De bank had een overlijdensakte gevraagd.

Ze had geantwoord dat de nazi's geen overlijdensakten uitgeschreven hadden voor de zes miljoen joden die ze hadden vermoord.

Peter wilde de oude vrouw het geld bezorgen waar ze recht op had. Verdomme, zei hij, als een Hartman dat bedragje niet aan de hebzuchtige klauwen van een Zwitserse bankier kan ontfutselen voor die vrouw, wie dan wel?

Niemand was zo koppig als Peter. Afgezien van oude Max, misschien. Ben twijfelde er niet aan dat Peter de strijd gewonnen had.

Hij begon moe te worden. De snelweg was monotoon en slaapverwekkend. Hij had zijn rijstijl aangepast aan het andere verkeer en hij werd niet meer zo vaak ingehaald. Zijn ogen dreigden dicht te vallen.

Opeens hoorde hij een luid getoeter en werd hij verblind door een paar koplampen. Geschrokken realiseerde hij zich dat hij een moment in slaap was gevallen achter het stuur. Hij reageerde in een reflex, rukte het stuur naar rechts en wist nog net een frontale botsing te vermijden.

Met bonzend hart zette hij de auto langs de weg. Daar haalde hij diep en opgelucht adem. Het was de jetlag. Zijn lichaam gehoorzaamde nog aan de Amerikaanse tijd. Bovendien was het een lange dag geweest en merkte hij nu de gevolgen van die krankzinnige episode op de Bahnhofplatz.

Het werd tijd om de snelweg te verlaten. St. Moritz was nog een paar uur rijden, maar hij durfde het niet te riskeren. Hij kon beter een hotelletje zoeken.

Twee auto's passeerden hem, maar Ben zag ze niet. De ene was een groene Audi, roestig en gedeukt, van tien jaar oud. De bestuurder en enige inzittende, een lange man van een jaar of vijftig met lang grijs haar in een staartje, keek even om naar Bens auto die op de vluchtstrook stond. Ongeveer honderd meter voorbij Bens auto draaide de Audi ook de berm in.

Even later reed er nog een auto Bens Opel voorbij: een grijze sedan met twee mannen erin. '*Glaubst du, er hat uns entdeckt?*' vroeg de bestuurder in het Zwitserduits aan de man naast hem. 'Denk je dat hij ons in de gaten heeft?'

'Zou kunnen,' antwoordde de andere man. 'Waarom zou hij anders zijn gestopt?'

'Misschien is hij verdwaald. Hij zat op een kaart te kijken.'

'Het kan een list zijn. Laten we maar stoppen.'

De bestuurder zag de groene Audi staan. 'Verwachten we gezelschap?' vroeg hij.

6

Halifax, Nova Scotia
De volgende morgen reden Anna en brigadier Arsenault naar het huis van Mailhots weduwe en belden aan.

De vrouw opende de deur op een kier en staarde hen achterdochtig aan vanuit de donkere gang. Ze was een kleine vrouw van negenenzeventig met sneeuwwit haar in een keurige bouffant, een groot rond hoofd en een open gezicht met behoedzame bruine ogen. Haar brede platte neus was rood – een bewijs dat ze veel had gehuild of gedronken.

'Ja?' Het klonk vijandig, wat heel begrijpelijk was.

'Mevrouw Mailhot, ik ben Ron Arsenault van de RCMP en dit is Anna Navarro van het Amerikaanse ministerie van Justitie,' zei Arsenault, op onverwacht meelevende toon. 'We wilden u een paar dingen vragen. Mogen we binnenkomen?'

'Waarvoor?'

'We hebben wat vragen. Dat is alles.'

De kleine bruine ogen van de weduwe schoten vuur. 'Ik praat niet met de politie. Mijn man is dood. Waarom laten jullie me niet met rúst?'

Anna hoorde de wanhoop in de stem van de oude vrouw. Volgens de papieren was haar meisjesnaam Marie LeBlanc en was ze een jaar of acht jonger dan haar man. Ze was niet verplicht met hen te praten, hoewel ze dat waarschijnlijk niet wist. Alles hing nu af van de juiste woorden, de juiste toon.

Anna vond het vreselijk om met de familie te praten als er iemand was vermoord. Mensen lastig vallen met vragen op zo'n afschuwelijk moment, dagen of soms zelfs uren na de dood van een geliefde, was onverdraaglijk zwaar.

'Mevrouw Mailhot,' zei Anna op officiële toon, 'we hebben reden om aan te nemen dat uw man is vermoord.'

De weduwe staarde hen even aan. 'Dat is belachelijk,' zei ze toen. De kier van de deur werd smaller.

'Misschien hebt u gelijk,' zei Anna zacht, 'maar als iemand hem werkelijk iets heeft aangedaan, willen we dat weten.'

De vrouw aarzelde. Na een paar seconden zei ze nors: 'Hij was oud. Hij had een zwak hart. Laat me met rust.'

Anna had medelijden met de oude vrouw, die op zo'n verdrietig moment nog vragen moest beantwoorden. Maar de weduwe stond op het punt de deur in hun gezicht dicht te gooien en dat mocht niet gebeuren. Zo vriendelijk mogelijk zei ze: 'Uw man had misschien langer kunnen leven dan hij nu heeft gedaan. U had nog meer tijd samen kunnen hebben. Wij denken dat iemand u die tijd heeft afgenomen. Niemand had daar het recht toe. Als het zo is gegaan, moeten we erachter komen wie dat was.'

De ogen van de weduwe stonden nu iets milder.

'Zonder uw hulp zullen we nooit weten wie uw man van u heeft weggenomen.'

Langzaam werd de kier wat breder. De hordeur ging open.

Het was donker in de voorkamer. Mevrouw Mailhot deed een lamp aan die een geel licht verspreidde. Ze had brede heupen en ze was nog kleiner dan ze bij de deur had geleken. Ze droeg een keurige grijze plooirok en een ivoorwitte visserstrui.

De kamer was somber maar heel netjes en rook naar citroenolie.

Hij was pas schoongemaakt, misschien omdat mevrouw Mailhot familie verwachtte op de begrafenis van haar man. Haren en vezels zouden dus moeilijk te vinden zijn. De plaats van het misdrijf – als je het zo kon noemen – was ernstig verstoord.

De kamer was ingericht met veel oog voor detail, zag Anna. Er lagen kanten kleedjes op de armleuningen van de met tweedstof beklede divan en fauteuils, die pasten bij de witte franje van de zijden lampenkapjes. Op bijzettafeltjes stonden foto's in zilveren lijstjes. Er was een trouwfoto bij in zwart-wit: een onaantrekkelijke, kwetsbare bruid met een donkerharige, trotse bruidegom met een scherp gezicht.

Op de notenhouten televisiekast stond een rij identieke ivoren olifantjes. Kitsch, maar toch wel roerend.

'O, die zijn mooi!' zei Anna en ze wees Arsenault op de olifantjes.

'Ja, zeker,' beaamde Arsenault niet erg overtuigend.

'Lenox?' vroeg Anna.

De weduwe keek verbaasd maar glimlachte toen trots. 'Verzamelt u ze?'

'Mijn moeder,' zei Anna. Haar moeder had nooit het geld of de tijd gehad om iets anders te verzamelen dan karige loonzakjes.

De oude vrouw wees. 'Gaat u zitten.'

Anna ging op de bank zitten, Arsenault in de fauteuil ernaast. Ze bedacht dat dit de kamer was waarin Mailhot dood was aangetroffen.

Mevrouw Mailhot koos een ongemakkelijke stoel met een lattenrug, helemaal aan de andere kant van de kamer. 'Ik was er niet toen mijn man stierf,' zei ze droevig. 'Ik was naar mijn zuster, zoals elke dinsdagavond. Ik vind het zo vreselijk dat hij is doodgegaan zonder dat ik bij hem was.'

Anna knikte begripvol. 'Misschien kunt u me wat meer vertellen over de manier waarop hij is gestorven...'

'Hij is overleden aan een hartaanval,' zei ze. 'Dat zei de dokter.'

'Misschien is dat ook zo,' zei Anna. 'Maar soms kan iemand worden vermoord op een manier die helemaal niet opvalt.'

'Waarom zou iemand Robert willen vermoorden?'

Arsenault wierp Anna een snelle, bijna onmerkbare blik toe. Het ging hem om de intonatie van de vrouw. Het was geen retorische vraag. Het klonk alsof ze het echt wilde weten. Nu moesten ze de juiste aanpak vinden. Het echtpaar was getrouwd in 1951. Ze hadden een halve eeuw alles gedeeld. Natuurlijk had de vrouw een vermoeden van de zaak waarbij haar man betrokken kon zijn geweest.

'U bent hier een paar jaar geleden komen wonen, is het niet?'

'Ja,' zei de oude vrouw. 'Maar wat heeft dat met zijn dood te maken?'

'En u leefde van het pensioen van uw man?'

Mevrouw Mailhot stak uitdagend haar kin vooruit. 'Robert regelde alle geldzaken. Hij zei dat ik me daar niet mee bezig hoefde te houden.'

'Maar wist u waar het geld vandaan kwam?'

'Robert regelde alles, dat zei ik toch?'

'Heeft uw man u ook verteld dat hij anderhalf miljoen dollar op de bank had?'

'We kunnen u de afschriften laten zien, als u wilt,' zei Arsenault.

De ogen van de weduwe verrieden niets. 'Ik zei al dat ik weinig van onze geldzaken wist.'

'Heeft hij u nooit gezegd dat hij geld van iemand kreeg?' vroeg Arsenault.

'Meneer Highsmith was een vrijgevig mens,' zei ze langzaam. 'Hij is de gewone mensen nooit vergeten. De mensen die hem hadden geholpen.'

'Dus dat geld kwam van Charles Highsmith?' drong Arsenault aan. Charles Highsmith was een beroemde – volgens sommigen beruchte – mediatycoon. Zijn imperium, nog groter dan dat van zijn concurrent Conrad Black, omvatte kranten, radiostations en kabelmaatschappijen in heel Noord-Amerika. Drie jaar geleden was Highsmith om het leven gekomen. Volgens de officiële lezing was hij op zijn jacht overboord geslagen, maar de juiste omstandigheden van het ongeluk waren nooit helemaal duidelijk geworden.

De weduwe knikte. 'Mijn man heeft bijna zijn hele leven voor hem gewerkt.'

'Maar Charles Highsmith is drie jaar geleden verongelukt,' zei Arsenault.

'Hij zal wel instructies hebben nagelaten voor zijn erfenis. Mijn man praatte daar nooit over. Meneer Highsmith heeft ervoor gezorgd dat het ons aan niets ontbrak. Zo was hij nu eenmaal.'

'En wat heeft uw man gedaan om die erkentelijkheid te verdienen?' vroeg Anna.

'Dat is geen geheim,' antwoordde de weduwe.

'Voordat hij vijftien jaar geleden met pensioen ging, werkte hij voor Highsmith als lijfwacht,' zei Arsenault. 'En als manusje-van-alles. Iemand die speciale karweitjes deed.'

'Hij was een man op wie meneer Highsmith blindelings kon vertrouwen,' zei de oude vrouw, alsof ze een compliment herhaalde dat ze eens had gehoord.

'U bent dus kort na de dood van Charles Highsmith van Toronto hierheen verhuisd,' zei Anna met een blik op haar dossier.

'Mijn man... had bepaalde ideeën.'

'Over de dood van Charles Highsmith?'

'Hij had zijn twijfels, zoals zoveel mensen,' antwoordde de oude vrouw met kennelijke tegenzin. 'Of het wel een ongeluk was geweest. Natuurlijk was Robert toen al met pensioen, maar hij gaf nog wel beveiligingsadviezen. Soms gaf hij zichzelf de schuld van wat er was gebeurd. Daarom deed hij er zo... vreemd over, denk ik. Als het geen ongeluk was, dacht hij, dan zouden Highsmith' vijanden op een dag misschien ook achter hem aan komen. Het klinkt idioot. Maar hij was mijn man, begrijpt u? Ik ben nooit tegen zijn beslissingen ingegaan.'

'Dus daarom bent u hier naar toe verhuisd,' zei Anna, half bij zichzelf. Na tientallen jaren in grote steden als Londen en Toronto had Mailhot zich hier teruggetrokken – zich hier feitelijk verborgen. Hij was teruggekomen naar de plaats van zijn eigen voorouders en die van zijn vrouw, een plaats waar ze alle buren kenden, waar ze niet opvielen en waar ze zich veilig waanden.

De weduwe zweeg een tijdje. 'Ik heb het nooit echt geloofd,' zei ze toen. 'Mijn man had zijn verdenkingen, dat was alles. Toen hij ouder werd, ging hij zich steeds meer zorgen maken. Sommige mannen zijn zo.'

'Maar u vond het vreemd.'

'We zijn allemaal vreemd in sommige dingen.'

'En wat vindt u er nu van?' vroeg Anna vriendelijk.

'Ik weet niet meer wat ik ervan moet denken.' De ogen van de oude vrouw werden vochtig.

'Weet u waar hij zijn financiële zaken bewaarde?'

'Boven staat een doos met chequeboekjes en dat soort dingen.' Ze haalde haar schouders op. 'U mag wel even kijken, als u wilt.'

'Dank u,' zei Anna. 'En we willen graag met u praten over de laatste week uit het leven van uw man. De details. Zijn gewoonten. Waar hij naar toe ging, wie hij belde of door wie hij werd gebeld. Brieven die hij kreeg, restaurants waar u ging eten. Onderhoudsmensen die misschien aan huis kwamen – loodgieters, telefoonmonteurs, tapijtreinigers, meteropnemers. Alles wat u zich maar kunt herinneren.'

Ze ondervroegen haar twee uur lang, met alleen een pauze om naar de wc te gaan. Zelfs toen ze zagen dat de weduwe moe werd, gingen ze door, vastbesloten vol te houden tot ze niet meer kon. Als ze nu stopten en de volgende morgen zouden terugkomen om verder te gaan, was de kans groot dat ze in de tussentijd van gedachten zou zijn veranderd, wist Anna. Dan had ze misschien met een vriendin overlegd, of met een advocaat. Dan zou ze hen de deur kunnen wijzen.

Twee uur later wisten ze echter niet veel meer dan toen ze begonnen waren. De weduwe gaf hun toestemming het huis te doorzoeken, maar ze vonden geen sporen van braak bij de voordeur of de ramen. Als de oude man inderdaad was vermoord, moest de moordenaar met een smoes zijn binnengekomen, of was het een bekende geweest.

Anna vond een oude Electrolux-stofzuiger in een kast en haalde de stofzak eruit. Hij was vol, wat waarschijnlijk betekende dat hij niet meer was vervangen sinds Mailhots dood. Mooi zo. Ze zou de technische recherche opdracht geven het huis te stofzuigen met een nieuwe zak. Misschien waren er toch nog bewijzen te vinden.

Ze zouden voetsporen of bandensporen kunnen ontdekken. Het hele huis moest op vingerafdrukken worden doorzocht en iedereen die er regelmatig kwam zou zijn of haar vingerafdrukken moeten geven.

Toen ze weer terugkwamen in de voorkamer, wachtte Anna tot de weduwe was gaan zitten en nam een stoel naast haar. 'Mevrouw Mailhot,' begon ze voorzichtig, 'heeft uw man u ooit verteld waaróm hij dacht dat Charles Highsmith misschien was vermoord?'

De weduwe keek haar een hele tijd aan, alsof ze probeerde te besluiten wat ze haar kon vertellen. *Les grands hommes ont leur ennemis*,' zei ze toen onheilspellend. 'Grote mannen hebben hun vijanden.'

'Wat bedoelt u daarmee?'

Mevrouw Mailhot keek haar niet aan. 'Dat zei mijn man altijd,' antwoordde ze.

Zwitserland

Ben nam de eerste afslag die hij tegenkwam.

De weg liep een tijdje rechtuit, door vlak akkerland, stak toen een spoorlijn over en begon zich door heuvelachtig terrein te slingeren. Om de twintig minuten stopte hij om de kaart te raadplegen.

Hij naderde Chur aan de A3, ten zuiden van Bad Ragaz, toen zijn aandacht werd getrokken door de donkerblauwe Saab achter hem. Hij had de weg niet voor zichzelf en dat verwachtte hij ook niet. Misschien zaten er skiërs in de Saab, die ook op vakantie waren. Maar er was iets met de auto. Hij leek zijn snelheid precies aan te passen aan die van Ben. Ten slotte stopte Ben weer langs de weg en de Saab reed hem voorbij. Zie je wel, hij had het zich maar verbeeld.

Hij reed weer verder. Hij begon spoken te zien. Maar wie kon hem dat kwalijk nemen, na wat hij had doorgemaakt? Hij dacht nog eens aan Jimmy Cavanaugh, maar zette dat beeld meteen weer uit zijn hoofd. Hij werd er duizelig van, alsof hij in een afgrond staarde – het ene mysterie op het andere gestapeld. Het was niet goed voor zijn gemoedsrust om er te lang bij stil te staan. Later was er nog genoeg tijd om zich in die zaak te verdiepen. Nu moest hij gewoon in beweging blijven.

Tien minuten later kwamen de beelden van het bloedbad in de Shopville weer bij hem boven. Hij stak zijn hand uit naar de radio voor wat afleiding. Snelheid hielp ook, besloot hij, en dus trapte hij het gaspedaal wat verder in. Hij voelde de motor soepel schakelen, en de auto stormde de hellende hoofdweg op. Toen hij in zijn spiegeltje keek, zag hij een blauwe Saab – dezelfde blauwe Saab, daar was hij zeker van. En toen hij zijn snelheid verhoogde, deed de Saab dat ook.

Hij voelde een ijsklomp in zijn maag. Bij hogere snelheden houden automobilisten instinctief meer afstand tot hun voorligger, maar de Saab bleef vlak achter hem zitten. Als hij hem had willen inhalen, had hij daar alle kans toe gehad. Blijkbaar hadden de inzittenden dus andere plannen. Ben keek weer in het spiegeltje en probeerde door de voorruit van de andere auto te zien, maar hij kon alleen wat schimmen onderscheiden. In elk geval zaten er twee mensen voorin, dat was duidelijk. *Wat wilden ze, in godsnaam?* Ben concentreerde zich weer op de weg voor hem uit. Hij wilde hun niet laten merken dat hij hen had gezien. Maar hij moest die Saab wel lozen.

Er zouden genoeg kansen komen op de wegen rondom Chur. Daar was hij zelf ook al verdwaald toen hij de vorige keer hier was. Op het laatste moment draaide hij met een scherpe bocht de afslag naar de smallere Hoofdweg Nummer 3 op, naar het zuiden, in de richting van St. Moritz. Een paar minuten later zag hij de bekende blauwe Saab weer opduiken in het midden van zijn spiegeltje. Met veel te hoge snelheid stormde Ben langs Malix en Churwalden. Bij onverwachte hellingen – omhoog, en dan weer omlaag – voelde hij zijn maag opspelen. Hij draaide slecht geplaveide zijwegen in met snelheden waar ze niet voor bedoeld waren. De Opel schokte en trilde door de combinatie van het slechte wegdek en de overbelaste ophanging. Eén keer hoorde hij het chassis luid over een hobbel in de weg schrapen en zag de vonken in zijn spiegeltje.

Was hij zijn achtervolgers eindelijk kwijt? De Saab verdween soms een hele tijd, maar nooit voorgoed. Steeds dook hij weer op, alsof de wagens door een sterk maar onzichtbaar koord met elkaar verbonden waren. Ben reed door een aantal tunnels die in de bergwanden waren uitgehakt, langs kalksteenwanden en oude stenen bruggen over diepe ravijnen. Hij reed roekeloos, maar zijn angst was sterker dan zijn voorzichtigheid. Hij rekende op de behoedzaamheid en overlevingsdrang van zijn achtervolgers. Dat was zijn enige kans.

Op het moment dat hij de ingang van een smalle tunnel naderde, schoot de Saab opeens langs hem heen en verdween in de tunnel. Ben begreep er niets van. Had de Saab soms al die tijd een andere auto gevolgd? Pas aan het einde van de korte tunnel zag Ben in het licht van de gele kwiklampen wat de bedoeling was.

Vijftien meter verderop stond de Saab dwars op de smalle weg geparkeerd en versperde hem de doorgang. De bestuurder, een man in een donkere overjas en hoed, hield een hand omhoog om hem te laten stoppen. Het was een barricade, een wegversperring.

Toen pas merkte Ben dat er nog een andere auto achter hem aan zat. Een grijze Renault sedan, een wagen die hij al eerder had gezien, zonder erop te letten. Die hoorde dus ook bij hen – wie ze ook waren.

Denk goed na, verdomme! Ze probeerden hem klem te zetten in die tunnel. Jezus, dat mocht niet gebeuren! De normale voorzichtigheid dwong hem op de rem te trappen om de Saab niet te raken, maar dit was geen normale situatie. In een krankzinnige opwelling gaf Ben daarom plankgas en stormde vooruit. De Opel ramde de linkerkant van de stilstaande tweedeurs Saab. De Saab was een sportwagen, gebouwd voor snelheid, wist Ben, en waarschijnlijk zo'n driehonderd kilo lichter dan zijn eigen auto. Hij zag de bestuurder wegspringen vlak voordat de Saab door de botsing opzij werd gesmeten. Door de klap werd Ben tegen zijn gordel gedrukt. De strakke stof sneed als een stalen kabel in zijn vlees, maar door de botsing had hij wel een opening geforceerd die groot genoeg was om er zich doorheen te wringen, met een afgrijselijk geknars van metaal tegen metaal. De auto waar hij nu in reed – de neus was half ingedeukt en vreselijk toegetakeld – leek niet langer op de glimmende Opel dat hij had gehuurd, maar de wielen draaiden nog en dus reed hij verder en gaf weer gas. Hij durfde niet om te kijken.

Achter zich hoorde hij een explosie van geweervuur. *O, jezus! Het was nog niet voorbij. Er zou nooit een eind aan komen!*

Opgejaagd door een verse dosis adrenaline concentreerde Ben zich met al zijn zintuigen, scherp als een laser. De oude grijze Renault, die achter hem was opgedoken toen hij de tunnel in reed, wist ook langs de brokstukken van de wegversperring te komen. In zijn spiegeltje zag hij dat er door het rechterraampje een vuurwapen naar buiten was gestoken, gericht op hém. Het was een machinepistool. Een paar seconden later volgde een aanhoudend salvo van automatisch vuur. *Rijden!*

Ben stormde naar een oude stenen brug over een ravijn. De brug was zo smal dat er nauwelijks ruimte was voor twee tegenliggers om elkaar te passeren. Opeens hoorde hij een holle klap, gevolgd door een explosie van glas, vlak bij hem. Zijn spiegeltje was kapotgeschoten. De achterruit was een spinnenweb van gebroken glas. Ze wisten precies wat ze deden. Dit zou hij niet overleven.

Weer een gedempte explosie, een doffe klap, en de auto slingerde opeens naar links. Een van de banden was lek geschoten.

Ze vuurden op zijn banden om hem tot stilstand te brengen. Ben herinnerde zich de beveiligingsexpert die de hoogste bazen van Hartman Capital Management een cursus had gegeven over de gevaren van ontvoering in derdewereldlanden. Hij had hen allerlei tegenmaatregelen laten oefenen. Die leken toen al belachelijk in een werkelijke situatie, en dat bleken ze nu ook te zijn. *Nooit je auto verlaten*, was een van de adviezen, herinnerde Ben zich. Hij zou niet veel keus krijgen, dacht hij.

Juist op dat moment hoorde hij het onmiskenbare geluid van een politiesirene. Door een grillig gat in de ondoorzichtige achterruit zag hij een derde auto opduiken, die de grijze sedan op de hielen zat – een onopvallende wagen, maar met een blauw zwaailicht op het dak. Meer kon hij niet zien. De afstand was te groot om het model te herkennen. Ben probeerde koortsachtig te bedenken wat hij moest doen, maar opeens verstomde het geweervuur.

Hij zag dat de grijze sedan een u-bocht maakte door de berm en weer terugreed over de smalle weg, langs de politiewagen heen. De Renault met zijn achtervolgers was ontkomen!

Ben stopte vlak achter de stenen brug, liet zijn hoofd slap tegen de stoel zakken, verdoofd en uitgeput, en wachtte op de komst van de *Polizei*. Een minuut verstreek, toen nog een. Hij draaide zijn hoofd om naar de dodenweg. Maar ook de politiewagen was verdwenen. Het wrak van de Saab leek verlaten.

Hij was moederziel alleen. Het enige geluid was het getik van de motor van zijn eigen Opel en het bonzen van zijn hart. Hij haalde zijn Nokia uit zijn zak, herinnerde zich het gesprek met Schmid en nam een besluit. *Ze kunnen je vierentwintig uur opsluiten zonder je in staat van beschuldiging te stellen*, had Howie tegen hem gezegd. Schmid had hem duidelijk gemaakt dat hij op die kans zat te wachten. Hij kon dus niet de politie bellen. Hij wist het niet meer.

Toen de adrenaline wegebde, maakte zijn paniek plaats voor een gevoel van totale leegte. Hij moest slapen. Een plek vinden om op verhaal te komen en alles rustig te overdenken.

Hij reed weer verder met zijn gehavende Opel. De motor loeide en de lekke banden maakten het rijden er niet prettiger op. De weg liep omhoog naar een stadje, niet meer dan een groot dorp, een paar kilometer verderop. Hij reed door smalle straatjes met oude stenen schuren aan weerskanten, toen wat vervallen huisjes en ten slotte een paar grote vakwerkhuizen. Hier en daar brandde nog licht, maar de meeste ramen waren donker. Het wegdek was hobbelig en de onderkant van de auto, die nu nog lager boven de grond hing, stootte en schraapte regelmatig over de keitjes.

Maar al gauw verbreedde het smalle weggetje zich tot een hoofdstraat met mooie stenen huizen met puntgevels en leien daken. Een groot klinkerplein – de Rathausplatz volgens het bordje – werd gedomineerd door een oude gotische kathedraal. Midden op het plein stond een stenen fontein. Het leek hem een zeventiende-eeuws dorp op veel oudere fundamenten. De gebouwen vormden een vreemde mengeling van architectonische stijlen.

Aan het plein, tegenover de kathedraal, stond een zeventiende-eeuws herenhuis met een trapgevel en een klein houten bordje met de naam *Altes Gebäude*, het Oude Gebouw – hoewel het nieuwer leek dan de meeste andere huizen in het stadje. Er brandde nog volop licht achter de kleine vensterruitjes. Het was een restaurant, een plek om te eten, te drinken, uit te rusten en na te denken. Ben parkeerde zijn wrak naast een oude landbouwtruck, waar hij grotendeels uit het zicht stond, en stapte naar binnen op trillende benen die nauwelijks zijn gewicht meer konden dragen.

Binnen was het warm en gezellig. Er brandde een knapperend houtvuur in een grote open haard. Het rook er naar brandend hout, gebakken uien en gebraden vlees, en er hing een prettige, uitnodigende sfeer. Het leek Ben een traditionele Zwitserse *Stübli*, een ouderwetse herberg. De ronde houten tafel was ongetwijfeld de *Stammtisch* voor de stamgasten die daar elke avond urenlang zaten te kaarten en een biertje dronken. Vijf of zes mannen – boeren en arbeiders, zo te zien – keken hem wat achterdochtig en vijandig aan, maar richtten hun aandacht weer op hun kaarten. Verspreid door de zaal zaten andere mensen te eten of te drinken.

Nu pas besefte Ben dat hij uitgehongerd was. Hij keek of hij ergens een ober of dienster kon vinden en ging aan een leeg tafeltje zitten. Toen de ober kwam, een kleine, mollige man van middelbare leeftijd, bestelde Ben een stevig en betrouwbaar Zwitsers gerecht: *Rösti*, gebakken aardappels, met *Geschnetzeltes*, stukjes kalfsvlees in roomsaus, en een *Viertel*, een kwartliterkaraf plaatselijke rode wijn. Tien minuten later kwam de ober terug met de schotels balancerend op zijn arm. 'Weet u ook een goed hotel ergens in de buurt?' vroeg Ben in het Engels.

De ober fronste en zette zwijgend de borden neer. Toen schoof hij de glazen asbak en het rode luciferboekje van het Altes Gebäude opzij en schonk de dieprode wijn in een glas op een voet. 'Het Langasthof,' zei hij met een zwaar Romaans accent. 'Dat is het enige hotel binnen twintig kilometer.'

Terwijl de ober hem uitlegde hoe hij moest rijden, viel Ben op de rösti aan. De aardappeltjes waren bruin en knapperig, met een aroma van uien. Heerlijk. Hij schrokte zijn eten naar binnen en wierp zo nu en dan een blik door de half beslagen ruiten naar de kleine parkeerplaats. Er stond nog een auto naast de zijne, die hem het zicht benam. Een groene Audi.

Opeens herinnerde hij zich iets. Had er het eerste stuk van de A3 vanuit Zürich niet een groene Audi achter hem gezeten? Hij was bang geweest dat hij werd gevolgd, maar had toen nog gedacht dat hij spoken zag.

Toen hij zijn hoofd half omdraaide, meende hij uit zijn ooghoek te zien dat iemand hem in de gaten hield. Hij keek nu openlijk de eetzaal rond, maar niemand scheen op hem te letten. Ben zette zijn wijnglas neer. Wat hij nodig had was zwarte koffie, dacht hij. Geen wijn meer. Hij begon zich van alles in zijn hoofd te halen.

Hij had veel te snel gegeten en de rösti lag hem zwaar op de maag – een kleffe bal van vette aardappels en roomsaus. Hij zocht de ober om sterke koffie te bestellen. Weer kreeg hij dat onheilspellende gevoel dat er iemand tersluiks naar hem keek. Hij draaide zich naar links. De ruwhouten tafeltjes aan die kant waren grotendeels leeg, maar hij zag wel een paar mensen in donkere nissen, diep in de schaduw, naast een lange, fraai bewerkte bar waar niemand zat. Het enige voorwerp op de bar was een ouderwetse witte draaischijftelefoon. Een van de nissen werd bezet door een man alleen, die koffie dronk en een sigaret rookte. Hij was van middelbare leeftijd, droeg een versleten bruinleren pilotenjack en had zijn lange grijzende haar in een staartje gebonden. *Ik heb hem eerder gezien*, dacht Ben. *Ik weet zeker dat ik hem al eerder heb gezien.* Maar waar? De man zette nonchalant zijn elleboog op het tafeltje, boog zich wat naar voren en steunde zijn hoofd op zijn hand, waardoor zijn gezicht niet meer te zien was.

Het was een bestudeerd gebaar. De man probeerde zijn gezicht te verbergen, maar deed dat net iets te nonchalant.

Opeens herinnerde Ben zich een lange man in een pak, met een bleek gezicht en lang haar in een staartje. Maar waar? Het was maar een glimp geweest. Hij wist het nog omdat hij vond dat je als zakenman echt niet meer met een paardenstaart kon rondlopen. Dat hoorde bij de jaren tachtig...

De Bahnhofstrasse! Hij had Paardenstaart in die mensenmenigte bij het winkelcentrum gezien, vlak voordat hij Jimmy Cavanaugh ontdekte. Hij wist het nu zeker. De man had in de buurt van het St. Gotthard Hotel rondgehangen. Later was hij Ben gevolgd in een groene Audi en nu zat hij hier, waar hij duidelijk niet thuishoorde.

Jezus, dus hij zit ook al achter me aan, dacht Ben. *Hij houdt me al in de gaten sinds vanmiddag.* Die gedachte gaf hem kramp in zijn maag.

Wie was de man en wat deed hij hier? Als hij Ben wilde vermoorden, net als Jimmy Cavanaugh, om welke reden ook, had hij daar alle kans toe gehad. Waarom had hij het dan niet gedaan? Cavanaugh had op klaarlichte dag een pistool getrokken in de Bahnhofstrasse. Waarom zou Paardenstaart dan aarzelen om hem neer te schieten in een bijna verlaten restaurant?

Hij wenkte de ober, die vragend naar hem toekwam. 'Mag ik een koffie?' vroeg Ben.

'Natuurlijk, meneer.'

'En waar zijn de toiletten, de wc?'

De ober wees naar een schemerige hoek, waar Ben vaag een gangetje kon onderscheiden. Ben wees ook die kant op, met een duidelijk gebaar om zijn bedoeling te onderstrepen. Paardenstaart wist dus waar hij naar toe ging.

Ben legde wat geld onder zijn bord, stak een van de luciferboekjes van het restaurant in zijn zak, stond langzaam op en liep naar de toiletten. Ze lagen aan het gangetje naast de eetzaal, aan de andere kant van de keuken. Restaurantkeukens hadden meestal een dienstingang, wist Ben, en vormden dus een goede ontsnappingsroute. Hij wilde Paardenstaart niet het idee geven dat hij via de keuken probeerde weg te komen. De wc was klein en had geen ramen. Zo kon hij niet naar buiten. Paardenstaart zou wel een professional zijn en alle vluchtroutes hebben verkend.

Ben deed de wc-deur op slot. Het was een antieke toiletpot met een even antiek marmeren fonteintje en er hing een frisse geur van schoonmaakmiddelen. Hij pakte zijn mobieltje en toetste het nummer van het Altes Gebäude. Vaag hoorde hij ergens in het restaurant een telefoon overgaan, waarschijnlijk het oude draaischijftoestel dat hij vlak bij het tafeltje van Paardenstaart had gezien, of misschien in de keuken, als er daar een stond. Of allebei.

Iemand nam op en een mannenstem meldde zich: '*Altes Gebäude, guten Abend*.' Ben wist bijna zeker dat het de ober was.

Met een diepe, schorre stem zei Ben: 'Ik wilde een van uw gasten spreken, als dat kan. Iemand die bij u zit te eten. Het is dringend.'

'Ja? Wie bedoelt u?'

'Iemand die u waarschijnlijk niet kent. Geen vaste gast. Een meneer met lang grijs haar in een staartje. Hij zal wel een leren jack dragen, dat draagt hij altijd.'

'O, juist. Ik geloof dat ik weet wie u bedoelt. Een meneer van een jaar of vijftig?'

'Ja, die is het. Wilt u hem vragen of hij naar de telefoon wil komen, alstublieft? Het is dringend, zoals ik al zei. Een noodgeval.'

'Natuurlijk, meneer. Eén moment,' zei de ober, reagerend op Bens gespannen toon. Hij legde de hoorn neer.

Ben liet de lijn open, stak de telefoon in het borstzakje van zijn sportjasje en liep van de toiletten terug naar de eetzaal. Paardenstaart zat niet meer aan zijn tafeltje. De telefoon stond op de bar, waar hij vanaf de ingang niet te zien was. Ben had hem ook pas ontdekt toen hij aan zijn tafeltje zat. Iemand die daar stond te bellen had geen zicht op de uitgang en het gedeelte van de eetzaal tussen de toiletten en de uitgang. Ben liep haastig naar de deur en stapte naar buiten. Hij had misschien vijftien seconden voorsprong om te vertrekken, onopgemerkt door Paardenstaart, die op dat moment met een zwijgende telefoon aan zijn oor stond en zich afvroeg waar de beller gebleven was die zo'n goed signalement van hem had gegeven.

Ben griste zijn koffers uit het wrak van de Opel en rende naar de groene Audi. Het sleuteltje zat nog in het contact, alsof de bestuurder er rekening mee had gehouden dat hij snel zou moeten vertrekken. Autodiefstal zou wel niet voorkomen in dit slaperige dorp, maar één keer moest de eerste zijn. Bovendien had Ben het sterke vermoeden dat Paardenstaart niet in een positie was om de diefstal bij de politie aan te geven. Op deze manier had Ben weer een goede auto en kon hij zijn achtervolger een wrak in de maag splitsen. Hij sprong achter het stuur en startte. Paardenstaart zou ongetwijfeld het geluid van de motor horen, maar dat maakte nu niet veel uit. Ben schakelde naar zijn achteruit. Het volgende moment stormde hij de Rathausplatz af, met piepende banden over de keitjes.

Een kwartier later stopte hij bij een vakwerkgebouw aan een kleine landweg, op een afgelegen punt in de bossen. Op een bordje las hij de naam Langasthof.

Hij parkeerde de auto discreet achter een dichte dennenhaag en liep terug naar de *Empfang*, de receptie van het hotel.

Hij belde aan en wachtte een paar minuten totdat het licht aanging. Het was al middernacht en blijkbaar had hij de eigenaar uit zijn bed gebeld.

Een oude man met een gegroefd gezicht deed open en ging Ben een beetje korzelig voor door een lange, donkere gang, terwijl hij onderweg een serie kleine lampjes aandeed. Ten slotte kwamen ze bij een eikenhouten deur met het nummer 7. Met een oude loper opende hij de deur en deed het licht aan. Het was een gezellige kamer, gedomineerd door een tweepersoonsbed waarop een keurig opgevouwen wit dekbed lag. Het behang had een ruitjespatroon en begon hier en daar om te krullen.

'Dit is de enige kamer die we nog hebben,' zei de man nors.

'Goed.'

'Ik zal de verwarming aanzetten. Dat duurt een minuut of tien.'

Een paar minuten later had Ben de noodzakelijke spullen voor de nacht uitgepakt en liep naar de badkamer voor een douche. De installatie leek nogal ingewikkeld en ouderwets – vier of vijf knoppen en hendels en een douche die als een telefoonhoorn aan een haak hing. Het leek Ben te veel werk. Hij plensde wat koud water over zijn gezicht omdat hij geen zin had om te wachten tot het warme water hem had bereikt door al die buizen. Daarna poetste hij zijn tanden en kleedde zich uit.

Het dikke dekbed was gevuld met luchtig dons. Hij viel bijna onmiddellijk in slaap.

Een tijdje later – het leek al uren, maar hij wist het niet zeker, omdat zijn reiswekker nog in zijn koffer zat – hoorde hij een geluid. Hij schoot overeind, met bonzend hart.

Ja, daar was het weer: een zacht, maar onmiskenbaar kraken van de vloerplanken onder het kleed. Ergens bij de deur.

Hij stak zijn hand uit naar het nachtkastje en greep de voet van de koperen lamp. Met zijn andere hand trok hij langzaam het snoer uit het stopcontact en maakte de lamp los.

Ben slikte een paar keer en voelde zijn hart in zijn keel kloppen. Geruisloos zwaaide hij zijn benen onder het dekbed vandaan en zette zijn voeten op de vloer.

Langzaam hief hij de lamp op, zonder iets anders op het nachtkastje aan te raken. Toen hij hem stevig in zijn vuist had, tilde hij hem hoog boven zijn hoofd. En sprong van het bed af.

Een sterke arm schoot uit het donker naar voren, greep de lamp en wrong hem uit Bens hand. Ben deed een uitval naar de donkere schim en ramde zijn schouder tegen de borst van de indringer.

Maar op hetzelfde moment zwaaide zijn tegenstander met zijn voet naar Bens enkels en schopte hem onderuit. Ben probeerde met al zijn kracht weer overeind te komen en de aanvaller met zijn ellebogen te bewerken, maar hij kreeg een knie tegen zijn borst en zijn middenrif, waardoor hij naar adem snakte. Voordat hij zich kon herstellen, schoten de handen van de andere man naar voren, drukten Bens schouders tegen de grond en hielden hem daar vast. Zodra Ben weer wat lucht had, liet hij een gebrul horen, maar een grote hand sloot zich over zijn mond en Ben staarde in het gespannen gezicht van zijn broer.

'Je bent goed, man,' zei Peter, 'maar ik ben nog altijd beter.'

7

Asunción, Paraguay
De rijke Corsicaan lag op sterven. Maar hij was al drie of vier jaar stervende en had waarschijnlijk nog minstens een jaar of twee te gaan. Hij woonde in een grote Spaanse koloniale villa in een rijke buitenwijk van Asunción, aan het eind van een lange oprijlaan met

palmbomen, omgeven door een prachtig onderhouden tuin van een paar hectare.

De slaapkamer van señor Prosperi lag op de eerste verdieping. Het was een lichte kamer, maar met al die medische apparatuur leek het wel een polikliniek. Zijn veel jongere vrouw Consuela sliep al jaren in haar eigen kamer.

Toen hij die ochtend zijn ogen opsloeg, herkende hij de verpleegster niet.

'U bent niet de vaste zuster,' zei hij, en hoestte wat slijm op.

'Uw vaste zuster is ziek,' zei de aantrekkelijke jonge blondine. Ze stond naast het bed en stelde het infuus bij.

'Wie heeft u gestuurd?' vroeg Marcel Prosperi.

'Het uitzendbureau,' antwoordde ze. 'Maar u moet rustig blijven. Opwinding is niet goed.' Ze draaide de klep van het infuus helemaal open.

'Jullie pompen me maar vol met allerlei rommel,' mopperde señor Prosperi. Dat was alles wat hij nog kon zeggen voordat zijn ogen dichtvielen en hij het bewustzijn verloor.

Een paar minuten later voelde de vervangende verpleegster zijn pols. Hij had geen hartslag meer. Nonchalant zette ze de klep van het infuus weer in de oorspronkelijke stand.

Toen, met een gezicht dat opeens verwrongen leek van verdriet, rende ze de kamer uit om het verschrikkelijke nieuws aan de weduwe van de oude man te vertellen.

Ben hees zich overeind op het vloerkleed, voelde het bloed uit zijn gezicht wegtrekken en viel voorover op zijn knieën. Hij voelde zich duizelig, alsof zijn hoofd snel in de rondte draaide en zijn lichaam doodstil bleef, alsof ze los van elkaar stonden.

Hij werd overspoeld door herinneringen, aan de begrafenis en de ceremonie op de kleine begraafplaats in Bedford. De rabbi had de kaddish gezegd, het gebed voor de doden: '*Yisgadal v'yiskadash shmei shmay rabbo...*' Toen de kleine houten kist met de stoffelijke resten in de kuil werd neergelaten, was zijn vader ingestort. Hij had zich op de grond laten zakken, zijn vuisten gebald en een schor gejammer voortgebracht.

Ben kneep zijn ogen stijf op elkaar. De herinneringen sloegen als een vloedgolf door zijn overbelaste brein. Het telefoontje midden in de nacht. De rit naar Westchester County om zijn ouders het droeve nieuws te brengen. Dat had hij onmogelijk telefonisch kunnen doen: *Mam, pa, ik heb slecht nieuws over Peter...* Een korte stilte.

Moest hij werkelijk doorgaan? Wat viel er nog te zeggen?

Zijn vader sliep natuurlijk nog, in het reusachtige bed. Het was vier uur in de ochtend, een uur voordat de oude man gewoonlijk wakker werd. Zijn moeder had in haar speciale ziekenhuisbed gelegen, in de kamer ernaast. De nachtzuster was half in slaap gevallen op de divan.

Eerst zijn moeder. Dat leek hem het beste. Haar liefde voor haar jongens was simpel en onvoorwaardelijk.

'Wat is er?' had ze fluisterend gevraagd. Meer niet. Ze had hem niet-begrijpend aangestaard. Het leek of hij haar uit een diepe droom had gewekt. Ze was verward, nog half gevangen in haar droomwereld. 'Ik heb een telefoontje gekregen uit Zwitserland, mam...' Ben was bij haar neergeknield en had voorzichtig zijn hand tegen haar zachte wang gelegd, als om de klap te verzachten.

Haar lange, hese schreeuw wekte Max, die naar binnen stormde met uitgestoken hand. Ben wilde hem omhelzen, maar zijn vader had zulke intimiteiten nooit aangemoedigd. Max rook uit zijn mond en zijn schaarse grijze haren zaten warrig tegen zijn schedel geplakt. 'Er is een ongeluk gebeurd. Met Peter...' Op zulke momenten spreken we in clichés, maar dat is niet erg. Clichés bieden troost. Het zijn de platgetreden paden die we blindelings en zonder nadenken kunnen volgen.

Aanvankelijk had Max heel anders gereageerd dan Ben had verwacht. De oude man had hem streng aangekeken. In zijn ogen stond een geweldige woede te lezen, geen verdriet, en zijn mond opende zich in een geluidloze O. Toen had hij langzaam zijn hoofd geschud en zijn ogen gesloten. Tranen stroomden over zijn bleke, rimpelige wangen toen hij opnieuw zijn hoofd schudde en in elkaar zeeg. Opeens leek hij kwetsbaar, klein en weerloos, niet langer de machtige, imponerende figuur in perfect gesneden pakken, altijd beheerst, altijd oppermachtig.

Max liep niet naar zijn vrouw toe om haar te troosten. Ze huilden apart, als twee eilanden van verdriet.

Net als zijn vader op de begrafenis kneep Ben nu zijn ogen dicht en voelde de kracht uit zijn benen sijpelen, tot ze hem niet meer konden dragen. Hij viel voorover, in de armen van zijn broer, en strekte zijn handen uit om Peter te betasten, zich ervan te overtuigen dat dit geen spookbeeld was.

'Hé, broertje,' zei Peter.

'O, mijn god,' fluisterde Ben. 'O, mijn god.' Het was alsof hij een geest zag.

Ben haalde heel diep adem, omhelsde zijn broer en klemde hem tegen zich aan. 'Smerige klootzak... vuile schoft!'

'Nou, zeg,' zei Peter.

Ben liet hem weer los. 'Verdomme! Wat...'

Maar Peter keek hem streng aan. 'Je moet hier weg. Het land uit, zo snel als je kunt. Nu meteen.'

Ben merkte dat zijn ogen vol tranen stonden, zodat hij alles door een waas zag. 'Klootzak,' zei hij nog eens.

'Je moet uit Zwitserland weg. Ze hebben geprobeerd mij te vermoorden. Nu hebben ze het op jou gemunt.'

'Maar wat...' begon Ben toonloos. 'Hoe heb je...? Wat is dit voor een zieke grap? Mam is gestorven... ze wilde niet meer. Jij hebt haar vermoord!' Een geweldige woede golfde door zijn lichaam, door zijn aderen en vaten. Hij liep rood aan. Ze zaten op het vloerkleed en staarden elkaar aan – een onbewuste herhaling van hun kindertijd, toen ze als peuters urenlang tegenover elkaar konden zitten brabbelen in hun eigen taaltje, een geheime code die niemand anders begreep. 'Wat heeft dit godverdomme te betekenen?'

'Je lijkt niet blij me te zien, Benno,' zei Peter.

Peter was de enige die hem Benno noemde. Ben stond op. Peter ook.

Het was altijd vreemd om in het gezicht van zijn tweelingbroer te kijken. Het enige dat hij zag waren de verschillen. Een van Peters ogen was wat groter dan het andere. En zijn wenkbrauwen waren niet gelijk. Hij had een bredere mond dan Ben, met de mondhoeken wat meer omlaag. En zijn gezicht was wat ernstiger, wat saaier. In Bens ogen leek Peter totaal niet op hem. Voor de buitenwereld waren de verschillen nauwelijks waarneembaar.

Hij werd bijna overweldigd door het plotselinge besef hoe vreselijk hij zijn broer gemist had en wat een diepe wond Peters vermeende dood had geslagen. Onwillekeurig had hij Peters verlies als een fysieke verminking gevoeld, als een amputatie.

Jarenlang, hun hele jeugd, waren ze tegenstanders geweest, concurrenten, tegenstrevers. Hun vader had hen zo opgevoed. Max was bang geweest dat zijn rijkdom de jongens zwak zou maken. Daarom had hij hen naar alle denkbare cursussen en opleidingen gestuurd om stoere kerels van hen te maken – overlevingskampen waar je drie dagen van water en gras moest leven, waar je leerde bergbeklimmen en kajak- of kanovaren. En of hij wilde of niet, zo had Max zijn twee zoons ook gedwongen met elkaar te wedijveren.

Pas toen ze op de middelbare school van elkaar werden gescheiden verdween die concurrentie. De afstand tot elkaar en tot hun ouders gaf de jongens eindelijk de kans zich aan die strijd te ontworstelen.

'We moeten hier weg,' zei Peter nog eens. 'Als je je onder je eigen naam hebt ingeschreven, zijn we de klos.'

Peters pick-up, een roestige Toyota, zat onder de modder. De cabine lag vol met rotzooi, er zaten vlekken op de stoelen en de auto stonk naar honden. Hij stond verdekt opgesteld in een bosje op een meter of vijftig van het hotel.

Ben vertelde hem over de zenuwslopende achtervolging bij Chur. 'Maar dat is nog niet alles,' ging hij verder. 'Volgens mij werd ik ook nog gevolgd door een andere vent. Helemaal vanaf Zürich.'

'Iemand in een groene Audi?' vroeg Peter, terwijl hij de reumatische motor van de oude Toyota de zweep gaf en de donkere landweg opdraaide.

'Ja.'

'Een man van een jaar of vijftig, met lang haar in een staartje, een soort oude hippie?'

'Precies.'

'Dat is Dieter, mijn verkenner. Mijn antenne.' Hij keek Ben even aan en glimlachte. 'En mijn zwager, min of meer.'

'Wat?'

'Liesls oudere broer en beschermer. Hij heeft pas kortgeleden besloten dat ik goed genoeg ben voor zijn zus.'

'Nou, hij moet nog veel leren. Ik had hem meteen in de gaten en ik heb ook nog zijn auto gestolen. Terwijl ik maar een amateur ben.'

Peter haalde zijn schouders op en keek achterom. 'Je moet Dieter niet onderschatten. Hij heeft dertien jaar bij de contraspionagedienst van het Zwitserse leger in Genève gezeten. Bovendien probeerde hij zich niet onzichtbaar te maken voor jóú. Hij hield iemand anders in de gaten. Voor alle zekerheid, toen we hoorden dat jij in het land was. Hij moest zien of je werd gevolgd en ervoor zorgen dat je niet werd ontvoerd of vermoord. Het was geen politiewagen die je het leven heeft gered op Hoofdweg Nummer 3. Dieter heeft die politiesirene gebruikt om hen af te schrikken. Dat was de enige manier. We hebben te maken met keiharde professionals.'

Ben zuchtte. ' "Keiharde professionals"? "Ze hebben het op mij gemunt"? Jezus. Die "ze", wie zijn dat eigenlijk?'

'Het consortium.' Peter keek weer in zijn spiegeltje. 'Maar god mag weten wie het werkelijk zijn.'

Ben schudde zijn hoofd. 'En ik dacht nog wel dat ík een levendige fantasie had. Je bent niet goed wijs, man.' Hij merkte dat hij weer rood aanliep van woede. 'Vuile klootzak. Dat zogenaamde ongeluk... ik heb altijd gedacht dat er een luchtje aan zat.'

Het duurde even voordat Peter antwoord gaf. Zijn stem klonk afwezig, met haperingen tussen de woorden. 'Ik was bang dat je naar Zwitserland zou komen. Ik heb altijd zo voorzichtig moeten zijn. Volgens mij zijn ze er nooit van overtuigd geweest dat ik echt dood was.'

'Wil je me nou alsjeblieft vertellen wat er aan de hand is?' viel Ben uit.

Peter staarde naar de weg. 'Ik weet dat het iets verschrikkelijks was wat ik deed, maar ik had geen keus.'

'Pa is nooit meer de oude geworden daarna, en mam...'

Peter reed een tijdje zwijgend verder. 'Ik weet het van mam. Zeg het maar niet...' En toen, op staalharde toon: 'Wat Max ervan vindt zal me een rotzorg zijn.'

Verbaasd keek Ben zijn broer aan. 'Ja, dat heb je wel duidelijk gemaakt.'

'Maar voor jou en mam vond ik het vreselijk. Ik wist hoe jullie zouden reageren. Je hebt geen idee hoe graag ik contact had willen opnemen, jullie de waarheid had willen vertellen, jullie had willen zeggen dat ik nog leefde.'

'Vertel je me nou eindelijk waarom?'

'Ik probeerde je te beschermen, Benno. Anders zou ik het nooit hebben gedaan. Als ik had gedacht dat ze alleen mij zouden vermoorden en het daarbij zouden laten, zou ik het niet erg hebben gevonden. Maar ik wist dat ze ook mijn familie te pakken zouden nemen. Jou en mam, bedoel ik. Pa... wat mij betreft is pa al vier jaar geleden gestorven.'

Ben was tegelijk dolblij om Peter te zien, maar ook woedend om het bedrog. Hij had moeite om logisch na te denken. 'Waar heb je het over? Wees nou eens duidelijk, man!'

Peter keek even in de richting van een hotelletje, op enige afstand van de weg. Een halogeenlamp verlichtte de ingang.

'Hoe laat is het? Vijf uur in de nacht? Zo te zien is er nog iemand wakker daar.'

Hij parkeerde de truck op een beschutte plek tussen de bomen bij de auberge en zette de motor af. De twee mannen stapten uit. Het was koud en stil, vlak voor het aanbreken van de ochtend, met alleen het zachte geritsel van een klein knaagdier of een vogel in de bossen achter het hotel. Peter opende de voordeur en ze kwamen in een kleine lobby. De receptie werd verlicht door een flakkerende tl-buis, maar er was geen mens te zien. 'Het licht brandt, maar er is niemand thuis,' zei Peter. Ben grijnsde even. Dat was een van de favoriete beledigingen van hun vader. Hij stak zijn hand uit naar de kleine metalen bel op de balie, maar op dat moment ging de deur van het kantoortje open en verscheen er een mollige vrouw die een badjas om haar middel dichtknoopte. Ze knipperde met haar ogen tegen het licht, kwaad dat iemand haar uit bed had gehaald. 'Ja?'

'*Es tut mir sehr leid Sie zu stören,*' zei Peter haastig in vloeiend Duits, '*aber wir hätten gerne Kaffee.*' Zijn excuses dat hij haar stoorde, maar ze wilden graag koffie.

'*Kaffee?*' vroeg de oude vrouw nors. '*Sie haben mich geweckt, weil Sie Kaffee wollen?*' Ze hadden haar wakker gemaakt voor koffie?

'*Wir werden Sie für ihre Bemühungen bezahlen, Madame. Zwei Kaffee bitte. Wir werden uns einfach da, in Ihrem Esszimmer, hinsetzen.*' Ze zouden haar betalen voor de moeite, verzekerde Peter haar. Twee koffie. Ze namen wel een tafeltje in de eetkamer.

De hotelhoudster schudde verontwaardigd haar hoofd terwijl ze naar een nis naast de kleine, donkere eetzaal hobbelde, het licht aandeed en een groot roodmetalen koffiezetapparaat inschakelde.

De eetzaal was klein, maar comfortabel. De grote ramen zonder gordijnen, die overdag ongetwijfeld een prachtig uitzicht boden op het bos rond de auberge, waren nu inktzwart. Er stonden vijf of zes ronde tafeltjes met gesteven witte tafelkleden, al gedekt voor het ontbijt met glazen voor sinaasappelsap, koffiekopjes en metalen schaaltjes, hoog opgetast met kandijsuiker. Peter ging aan een tafeltje voor twee zitten, tegen de muur bij het raam. Ben nam de stoel tegenover hem. De hotelhoudster, die een kan melk liet schuimen in haar nis, staarde hen aan, zoals mensen vaak naar eeneiige tweelingen staren.

Peter schoof het bord en bestek opzij om ruimte te maken voor zijn ellebogen. 'Herinner je je nog die commotie over de Zwitserse banken en het nazi-goud?'

'Natuurlijk.' *Dus daar ging het allemaal om.*

'Dat was vlak voordat ik hier naar toe kwam, uit Afrika. Ik had het daar al uitvoerig in de pers gevolgd. Ik was natuurlijk extra geïnteresseerd omdat pa in Dachau had gezeten.' Er gleed een ironisch lachje om zijn mond. 'Nou ja, er ontstond opeens een heleboel huisvlijt. Advocaten en ander tuig kregen het lumineuze idee om misbruik te maken van bejaarde overlevenden van de holocaust die op zoek waren naar het verdwenen kapitaal van hun familie. Ik geloof dat ik je verteld heb dat ik een verhaal had gelezen over een oude vrouw in Frankrijk, die het concentratiekamp had overleefd. Het bleek dat al haar spaarcentjes haar afhandig waren gemaakt door een onbetrouwbare Franse advocaat die informatie had over een slapende Zwitserse bankrekening van haar vader. Maar die advocaat had wel een voorschot nodig om een onderzoek in te stellen, de Zwitserse bank aan te klagen en dat soort onzin. Natuurlijk betaalde die oude dame hem – ongeveer vijfentwintigduizend dollar, al haar spaargeld dat ze nodig had om van te leven. Die advocaat en haar vijfentwintigduizend dollar heeft ze nooit meer teruggezien. Daar werd ik nogal pissig over. Ik vind het gewoon niet leuk als weerloze oude dametjes op zo'n manier worden belazerd. Dus nam ik contact met haar op en bood haar aan om gratis op zoek te gaan naar die Zwitserse bankrekening van haar vader. Ze vertrouwde me natuurlijk niet omdat ze net bedrogen was, maar na een lang gesprek gaf ze me toch toestemming om op verkenning te gaan. Ik moest haar er eerst van overtuigen dat ik niet geïnteresseerd was in haar geld.'

Peter, die naar het tafellaken had zitten staren terwijl hij dat vertelde, keek Ben plotseling strak aan. 'Je moet goed begrijpen dat die overlevenden niet uit hebzucht handelden. Ze wilden de zaak eindelijk afsluiten. Ze wilden gerechtigheid, een schakel met hun overleden ouders, met het verleden. En wat geld om van te leven.' Hij draaide zich om en keek naar een van de ramen. 'Zelfs als wettige vertegenwoordiger van de oude dame kostte het me grote moeite om met die Zwitserse bank in gesprek te komen. Ze hadden geen documenten over die bankrekening, beweerden ze. Het bekende verhaal. Die godgeklaagde Zwitserse bankiers... Dat geloof je toch niet? Het zijn anaal gefixeerde boekhouders, ze hebben elk bonnetje bewaard sinds het begin der tijden, maar nu opeens is het: o jee, we zijn een rekening kwijt. Ja hoor. Maar toen hoorde ik een verhaal over een beveiligingsman bij de bank waar de vader van de oude dame zijn rekening had lopen. Die bewaker was ontslagen omdat hij toevallig op een snipperfeestje was gestuit: bankmedewerkers die midden in de nacht grote stapels documenten uit de jaren veertig door de papierversnipperaar haalden. De bewaker had een voorraadje mappen en dossiers uit de versnipperaar kunnen redden.'

'Ik herinner het me vaag,' zei Ben. De hotelhoudster kwam met een blad en zette nors een metalen kan espresso en een andere met dampende melk neer en verdween toen weer.

'Dat zat de Zwitserse autoriteiten niet lekker. Schending van het bankgeheim en dat soort hypocriet gelul. Over het versnipperen van documenten hoor je hen niet. Ik spoorde die bewaker op, niet ver van Genève. Hij had al die stukken nog bewaard, hoewel de bank probeerde ze terug te krijgen, en ik mocht ze doorwerken om te zien of er iets bij zat over de bankrekening van die vader.'

'En?' Ben volgde de patronen op het witte tafellaken met de tanden van een vork.

'Niets. Ik kon er niets over vinden. Dat is me ook nooit gelukt, trouwens. Maar in een van die mappen vond ik wel een briefje dat me de ogen opende. Het was een volledig uitgewerkt, wettig, door een notaris opgesteld en ondertekend *Gründungsvertrag* – een oprichtingsakte.'

Ben zei niets.

'Tegen het einde van de Tweede Wereldoorlog was er een soort firma opgericht.'

'Door de nazi's?'

'Nee. Er waren wel een paar nazi's bij betrokken, maar de meeste hoofdpersonen waren niet eens Duits. De raad van bestuur bestond uit enkele van de machtigste industriëlen uit die tijd, afkomstig uit Italië, Frankrijk, Duitsland, Engeland, Spanje, Amerika en Canada. Bekende namen, zelfs voor jóú, Benno. Een paar boegbeelden van het internationale kapitalisme.'

Ben probeerde zich te concentreren. 'Vóór het einde van de oorlog, zei je toch?'

'Ja. Begin 1945.'

'En er waren ook Duitsers onder de oprichters van dat consortium?'

Peter knikte. 'Het was een zakelijke samenwerking tot over de vijandelijke linies heen. Verbaast je dat?'

'Maar we waren in oorlog...'

'Wie bedoel je met "we", Kemosabe? In Amerika draait alles maar om één ding, en dat is zakendoen. Heeft niemand je dat ooit verteld?' Peter leunde naar achteren. Zijn ogen glinsterden. 'Laten we ons eerst beperken tot de openbare informatie. Standard Oil uit New Jersey had de wereldkaart zo'n beetje verdeeld met I.G. Farben. Ze bepaalden samen wie het monopolie op olie had en wie op chemische producten. Ze deelden de patenten en noem maar op. Jezus, de hele oorlog draaide op de olie van Standard Oil, dus niemand binnen het leger durfde zich ermee te bemoeien. Stel dat het bedrijf "productieproblemen" zou krijgen? Bovendien had John Foster Dulles zelf in de raad van bestuur van I.G. Farben gezeten. En dan had je de Ford Motor Company. Al die vijftons legertrucks die de ruggengraat vormden van het Duitse militaire transport? Die waren gebouwd door Ford. En de ponskaartmachines die Hitler in staat stelden om "ongewenste elementen" zo efficiënt op te sporen? Allemaal geproduceerd en onderhouden door Big Blue, ons eigen IBM – complimenten aan Tom Watson. En dan was er ITT, een belangrijke aandeelhouder van Focke-Wulf, de producent van de meeste Duitse bommenwerpers. Zal ik je wat leuks vertellen? Na de oorlog begon het bedrijf een proces tegen de Amerikaanse overheid om financiële genoegdoening voor de schade die geallieerde bommenwerpers aan de fabrieken van Focke-Wulf hadden toegebracht. En zo kan ik nog wel even doorgaan. En dat zijn alleen nog maar dingen die algemeen bekend zijn – een heel klein deel van wat zich wérkelijk heeft afgespeeld. Niemand van die mensen trok zich iets van Hitler aan. Ze hadden een veel hogere ideologie: winst. Voor hen was de oorlog net zoiets als een footballwedstrijd tussen Harvard en Yale, een tijdelijke afleiding van serieuzer zaken, zoals de jacht op de almachtige dollar.'

Ben schudde langzaam zijn hoofd. 'Sorry, broertje. Moet je jezelf nou horen! Dat geklets hoor je ook bij actiegroepen: eigendom is diefstal, je kunt niemand van boven de dertig meer vertrouwen, de hele maatschappij is één grote samenzwering... Flauwekul, natuurlijk. Straks ga je me nog vertellen dat ze verantwoordelijk waren voor het Love Canal.' Hij zette met een klap zijn koffiekopje op het schoteltje. 'Vroeger was je nooit in zaken geïnteresseerd. Dat was maar een saaie boel, vond je. Je bent wel veranderd, zo te horen.'

'Je hoeft het ook niet in één keer te begrijpen,' zei Peter. 'Ik geef je alleen de achtergrond. De context.'

'Vertel me dan eens iets belangrijks. Iets concreets.'

'Er stonden drieëntwintig namen op die lijst,' zei zijn broer, opeens dodelijk kalm. 'De meesten waren "captains of industry", zoals ze toen werden genoemd. Er zaten ook een paar echte staatslieden bij, uit de tijd dat de wereld daar nog in geloofde. We hebben het over mensen die elkaar helemaal niet hóórden te kennen, figuren die elkaar volgens de historici nooit hadden ontmoet. Maar ze stonden wel op die lijst en ze hadden een zakelijke overeenkomst.'

'Je hebt een stap overgeslagen,' zei Ben, half bij zichzelf. 'Om de een of andere reden werd je aandacht getrokken door die lijst. Er viel je iets op waardoor je dat papiertje uit de stapel trok. Wat hou je voor me achter?'

Peter glimlachte bitter en de spanning keerde terug op zijn gezicht. 'Een naam, Ben. Ik herkende de naam van de boekhouder.'

Ben voelde zijn hoofdhuid prikken, alsof er een nest mieren overheen liep. 'En wie was dat dan?'

'De boekhouder van het consortium was een jong financieel genie. Een Obersturmführer van Hitlers ss, nota bene. Je kent zijn naam misschien: Max Hartman.'

'Pa.' Ben hapte naar lucht.

'Hij was geen overlevende van de holocaust, Ben. *Onze vader was een godvergeten nazi.*'

8

Ben sloot zijn ogen, haalde diep adem en schudde zijn hoofd. 'Dat is belachelijk. Joden waren geen lid van de ss. Die lijst moet een vervalsing zijn.'

'Geloof me,' zei Peter rustig, 'ik heb tijd genoeg gehad om dat document te bestuderen. Het is geen vervalsing.'

'Maar dan...'

'In april 1945 zat pa toch zogenaamd in Dachau? En aan het einde van die maand werd hij bevrijd door het Amerikaanse Zevende Leger?'

'Ik weet de juiste data niet meer precies. Klopt dat?'

'Jij bent nooit nieuwsgierig geweest naar pa's achtergrond?'

'Nee, niet echt,' gaf Ben toe.

Peter lachte grimmig. 'Dat kwam hem heel goed uit. En het is je redding geweest. Het is beter om van de prins geen kwaad te weten en alle leugens te geloven – dat hele verhaal dat pa had verzonnen over een jood die de holocaust had overleefd en met tien dollar op zak naar Amerika was gekomen om daar een financieel imperium op te bouwen en de grote filantroop uit te hangen.' Peter schudde zijn hoofd en snoof. 'Wat een oplichter. Wat een verzinsels allemaal.' En smalend voegde hij eraan toe: 'De grote man.'

Bens hart klopte weer wat rustiger. Hun vader was een lastig mens in de omgang en zijn vijanden noemden hem meedogenloos. Maar een *oplichter*?

'Max Hartman zat bij de *Schutzstaffel*,' herhaalde Peter. 'De ss. Raar maar waar, zoals we vroeger altijd zeiden.' Peter was zo serieus, zo overtuigend, en Ben wist dat zijn broer hem nog nooit had voorgelogen. Maar dit kon toch niet waar zijn! *Hou op!* wilde hij schreeuwen.

'Wat voor consortium was dat dan?'

Peter schudde zijn hoofd. 'Mogelijk een dekmantel, een façade, opgericht met miljoenen en miljoenen dollars van de mensen op die lijst.'

'Maar waarvoor? Met welk doel?'

'Dat weet ik niet. Dat stond er niet bij.'

'Waar is die lijst?'

'Veilig opgeborgen, wees maar niet bang. Het consortium had zijn hoofdkwartier in Zürich, Zwitserland, was opgericht in april 1945 en droeg de naam Sigma AG.'

'En jij hebt pa verteld dat je die lijst gevonden had?'

Peter knikte en nam zijn eerste slok koffie. 'Ik heb hem gebeld, hem het document voorgelezen en hem gevraagd hoe het zat. Hij ging door het lint, zoals ik al had verwacht. Het moest een vervalsing zijn, beweerde hij, net als jij. Dat verbaasde me niet. Hij reageerde kwaad en defensief. Hij begon te schreeuwen en te schelden. Hoe ik zulke laster kon geloven? Na alles wat hij had moeten doorstaan, blah-blah-blah. Hoe kon ik zo'n leugen serieus nemen? Nou, vul maar aan. Ik had niet verwacht dat hij iets zinnigs zou zeggen, maar ik wilde zijn reactie peilen. En daarna begon ik mijn eigen onderzoek. Ik verdiepte me in de handelsregisters van Genève en Zürich om erachter te komen wat er met die firma was gebeurd. En voordat ik het wist was ik bijna vermoord. Twee keer. De eerste keer was een "verkeersongeluk". Dat scheelde niet veel. Een auto draaide de stoep op toen ik over de Limmatquai liep. De tweede poging was een "overval" in de Niederdorfstrasse. Geen gewone straatrovers, dat kan ik je verzekeren. Beide keren wist ik op het nippertje te ontsnappen. Toen kreeg ik een waarschuwing. Als ik bleef wroeten in zaken die me niet aangingen, zou ik het niet overleven. Mijn geluk kon niet eeuwig duren. Ik moest alle documenten overhandigen, en als ik maar één woord over de zaak zou zeggen, zou dat mijn dood betekenen en zouden ze mijn hele familie uitmoorden. Dus ik moest het niet wagen om de krant te bellen. Wat er met pa gebeurde kon me niet schelen, dat is duidelijk, maar ik wilde niet dat jou en mam iets zou overkomen.'

Dat klonk echt als Peter. Hij zou zijn moeder tot elke prijs hebben beschermd, net als Ben. Bovendien had hij geen neiging spoken te zien en was hij de nuchterheid zelf. Hij moest dus wel de waarheid spreken.

'Maar wat kon het hun schelen dat jij het wist?' hield Ben vol. 'Bekijk het nou eens objectief. Een bedrijf van meer dan een halve eeuw oud. Nou en? Wat was daar zo geheimzinnig aan?'

'We hebben het over een contract tussen partijen uit landen die met elkaar in oorlog waren. We hebben het over het risico van een publieke aanklacht, de publieke vernedering van enkelen van de machtigste en meest gerespecteerde mannen uit onze tijd. Maar dat is nog het minste. Denk eens aan het karakter van die onderneming. Het gaat om grote bedrijven, zowel aan Duitse als aan geallieerde kant, die een verbond hadden gesloten met maar één oogmerk: hun eigen winst vergroten. Duitsland was in die tijd getroffen door een blokkade, maar geld trekt zich weinig aan van nationale grenzen. Sommige mensen zouden dit als een complot met de vijand zien. Wie weet wat het internationale recht ervan zou zeggen? Stel dat de activa van die bedrijven bevroren zouden worden, of misschien wel in beslag genomen? We praten over onvoorstelbare bedragen. Er kan veel gebeuren in een halve eeuw. Misschien gaat het om een gigantisch kapitaal. En zelfs de Zwitsers hebben onder internationale druk hun bankgeheim al eens opgeheven. Blijkbaar waren bepaalde mensen tot de conclusie gekomen dat ik genoeg wist om hun comfortabele positie in gevaar te brengen.'

'Bepaalde mensen? Door wie werd je dan bedreigd?'

Peter zuchtte. 'Ik wou dat ik het wist.'

'Toe nou, Peter. De oprichters van dat consortium moeten nu al oude mannen zijn.'

'Ja. De meeste vooraanstaande figuren op die lijst zijn al dood. Maar niet allemaal, geloof me. En er zijn ook nog mensen bij van in de zeventig. Als er nog maar twee of drie bestuursleden van dat bedrijf in leven zijn, zitten ze misschien op een fortuin. En wie zijn hun opvolgers? In elk geval hebben ze genoeg geld om hun geheim verborgen te houden. Met welke middelen dan ook.'

'Dus daarom besloot je te verdwijnen.'

'Ze wisten te veel van me. Ze kenden mijn dagelijkse routine, de plaatsen waar ik kwam, en zelfs mijn telefoonnummer, dat niet in de gids stond. Ze wisten waar mijn familie woonde. Ze hadden informatie over mijn financiële toestand en mijn creditcards. Ze lieten overduidelijk merken hoeveel macht ze hadden. Daarom heb ik een besluit genomen, Benno. Ik moest sterven. Ze lieten me geen andere keus.'

'Geen andere keus? Je had hun ook die stomme lijst kunnen teruggeven en hun eisen kunnen inwilligen. Je had ook kunnen vergeten dat je die lijst ooit gezien had.'

Peter bromde wat. 'Dat is net zoiets als het luiden van een klok ongedaan maken of de tandpasta in de tube terugduwen. Dat gáát gewoon niet. Ze zouden me nooit in leven hebben gelaten nu ik dat allemaal wist.'

'Wat was dan de bedoeling van die waarschuwing?'

'Om me rustig te houden terwijl zij probeerden te bepalen hoeveel ik precies wist en of ik er al met anderen over gesproken had. Tot het moment waarop ze zich van me konden ontdoen.'

Ben hoorde de oude vrouw in de andere kamer heen en weer lopen. De vloer kraakte. Na een tijdje zei hij: 'Hoe heb je het gedaan, Peter? Je eigen dood, bedoel ik. Dat kan niet eenvoudig zijn geweest.'

'Dat was het ook niet.' Peter leunde naar achteren in zijn stoel en legde zijn hoofd tegen het raam. 'Het zou me nooit gelukt zijn zonder Liesl.'

'Je vriendin.'

'Liesl is een geweldige, heel bijzondere vrouw. Mijn geliefde en mijn beste maatje. Ben, ik had nooit gedacht dat ik nog het geluk zou hebben om zo'n vrouw te vinden. Ik hoop dat jij ooit iemand zult tegenkomen die maar half zo geweldig is als zij. Het was ook eigenlijk haar idee. Zonder haar zou het me nooit gelukt zijn. Ze was het met me eens dat ik moest verdwijnen, maar dan wel definitief.'

'Maar het gebit dan? Ik bedoel... jezus, Peter, ze hebben je met absolute zekerheid geïdentificeerd, zonder enige twijfel.'

Peter schudde zijn hoofd. 'Ze hebben het gebit vergeleken met mijn gegevens uit Westchester, in de veronderstelling dat de röntgenfoto's uit de praktijk van dokter Merrill inderdaad mijn tanden waren.'

Ben schudde verbijsterd zijn hoofd. 'Maar dat lichaam dan? Van wie...?

'Liesl had het idee van een stunt die de medisch studenten in Zürich bijna elk jaar aan het eind van het voorjaarssemester uithalen. Dan steelt een of andere grappenmaker het lichaam uit het anatomiecollege. Het is een soort morbide lenteritueel. Typische studentenhumor. Op een gegeven moment is dat lichaam gewoon verdwenen. Het wordt in gijzeling gehouden en het komt uiteindelijk wel weer terug. Maar in dit geval liet Liesl een lichaam stelen uit het mortuarium van het ziekenhuis. Daarna was het heel eenvoudig om de medische gegevens van de man op te vragen, ook over zijn gebit. Dit is Zwitserland. Iedereen staat volledig geregistreerd.'

Ben moest onwillekeurig grijnzen. 'Maar de verwisseling van die röntgenfoto's?'

'Laten we zeggen dat ik een simpele inbraak heb georganiseerd. De praktijk van tandarts Merrill is niet bepaald Fort Knox. De foto's zijn verwisseld. Geen probleem. Toen de politie bij hem kwam om naar mijn gegevens te vragen, kregen ze de verkeerde set.'

'En dat vliegtuigongeluk?'

Peter legde het uit, compleet met de bijzonderheden.

Ben nam hem aandachtig op toen hij het vertelde. Peter was een rustige figuur, bedachtzaam en weloverwogen. Achterbaks of berekenend was hij zeker niet, en dat had hij nu moeten zijn, voor de uitvoering van dit plan. Hij moest doodsbang zijn geweest.

'Een paar weken eerder solliciteerde Liesl naar een functie in een klein ziekenhuis in het kanton St. Gallen. Natuurlijk waren ze blij met haar. Ze zaten te springen om een kinderarts. Ze vond een klein huisje op het platteland, een blokhut in de bossen bij een meer, en ik kwam naar haar toe. Ik deed me voor als haar Canadese vriend, een schrijver die met een boek bezig was. Al die tijd hield ik contact met mijn netwerk, mijn "voelsprieten".'

'Mensen die wisten dat je nog leefde. Dat moet riskant zijn geweest.'

'Ik kon hen vertrouwen. Liesls neef is advocaat in Zürich. Hij was onze verkenner, onze ogen en oren. Liesl vertrouwt hem volledig en ik ook. Een advocaat met veel internationale belangen heeft ook contacten binnen de politie, de banken en particuliere beveiligingsdiensten. Gisteren hoorde hij over dat bloedbad op de Bahnhofplatz, waarbij een buitenlander was aangehouden voor ondervraging. Zodra Dieter me vertelde dat er een moordaanslag op jou was gepleegd, begreep ik wat er aan de hand was. Zij... de erfgenamen, of wie er over zijn van de mensen op die lijst... hebben altijd het vermoeden gehad dat mijn dood in scène was gezet. Dus bleven ze op hun hoede, bang dat ik zelf weer in Zwitserland zou opduiken of dat jij het onderzoek zou voortzetten. Ik weet honderd procent zeker dat ze aardig wat Zwitserse politiemensen in hun zak hebben en dat er een prijs op mijn hoofd staat – als ik nog zou leven. Zowat de halve Zwitserse politie werkt voor hen. En de bank waar jij vanochtend een bespreking had, de UBS, zal hun wel een tip hebben gegeven. Dus moest ik te voorschijn komen om je te waarschuwen.'

Peter had zijn leven voor hem gewaagd, besefte Ben. Hij voelde tranen achter zijn ogen prikken. Toen herinnerde hij zich Jimmy

Cavanaugh, de man die nooit bestaan had. Haastig vertelde hij Peter over dat mysterie.

'Ongelooflijk,' zei Peter met een verre blik in zijn ogen.

'Het lijkt wel of ze me ontoerekeningsvatbaar willen verklaren, of zoiets. Jij herinnert je Jimmy Cavanaugh toch wel?'

'Natuurlijk. Hij is een paar keer met de kerst in Bedford geweest. Een aardige vent.'

'Wat kan hij te maken hebben gehad met het consortium? Zouden ze hem op de een of andere manier hebben ingelijfd en al zijn sporen hebben uitgewist?'

'Nee,' zei Peter, 'je ziet het verkeerd. Howie Rubin had gelijk, neem ik aan. Er heeft nooit een Jimmy Cavanaugh bestaan.' Hij struikelde bijna over zijn woorden. 'Op een vreemde manier is het heel logisch. Jimmy Cavanaugh... laten we hem zo maar noemen, hoe hij in werkelijkheid ook heette... is niet door hen ingelijfd. Hij heeft al vanaf het eerste begin voor hen gewerkt. Hij was wat ouder dan de andere studenten en hij had een eigen kamer buiten de campus. En voordat je het wist was hij jouw grote vriend. Begrijp je het niet, Benno? Dat was het plan. Om een of andere reden wilden ze jou in de gaten houden in die tijd. Voor alle zekerheid.'

'Je bedoelt dat Cavanaugh mij moest... schaduwen?'

'Ik zal ook wel een schaduw hebben gehad. Vergeet niet dat onze vader een van de hoofdrolspelers was. Hadden we misschien iets ontdekt dat gevaarlijk kon zijn voor dat consortium? Vormden we een bedreiging? Moesten ze zich zorgen maken over ons? Daarom hielden ze ons in de gaten. Totdat jij ging lesgeven in dat getto en ik naar Afrika vertrok en we in hun ogen geen gevaar meer vormden.'

Ben kon het zo snel niet volgen en die voortdurende verwijzingen naar 'ze' maakten het nog erger.

'Ligt het niet voor de hand dat die industriëlen iemand hadden ingehuurd, een beroepsmoordenaar, die jou heel goed kende?'

'Verdomme, Peter, ik denk...'

'Wat? Luister nou eens, Benno...'

Het geluid van brekend glas.

Ben slaakte een onderdrukte kreet en zag het grillige gat dat opeens in de ruit was ontstaan. Peter leek zijn hoofd te buigen en leunde naar voren over de tafel op een vreemde, komische manier, alsof hij zich in het stof wierp voor de sultan. Op hetzelfde moment, die ene seconde, bevroren in de tijd, blies hij zijn adem uit in een langgerekt *aaaaah*, dat nergens op sloeg. Totdat Ben de smerige, bloedrode uittreewond zag in het midden van Peters voorhoofd, en de grijze klodders en witte botsplinters die over de tafel, de borden en het bestek spatten.

'O, mijn god!' jammerde Ben. '*O, mijn god! O, mijn god!*' Hij liet zich achterover vallen in zijn stoel, tuimelde tegen de grond en sloeg met zijn hoofd tegen de harde eikenhouten vloer. '*Nee...*' kreunde hij, zich nauwelijks bewust van het salvo van gedempt geweervuur dat de kleine eetzaal doorzeefde. 'O, mijn god. O, mijn god.' Hij lag doodstil, verstijfd van angst, schrik en ongeloof door het afschuwelijke beeld vlak voor zijn ogen, tot een primitieve drang tot zelfbehoud, diep in zijn binnenste, hem dwong om overeind te komen.

Hij keek door het verbrijzelde raam naar buiten, maar zag niets anders dan een inktzwarte duisternis, tot hij bij de vuurflits van het volgende schot heel even een gezicht kon onderscheiden. Het duurde niet langer dan een fractie van een seconde, maar die ene glimp bleef onuitwisbaar in zijn geheugen gegrift – de donkere, diepliggende ogen van de moordenaar, het bleke, gladde gezicht en de opvallend strakke huid.

Ben rende het eetzaaltje door terwijl er achter hem nog een ruit aan scherven ging en er een kogel in de gestuukte muur sloeg, nog geen halve meter bij hem vandaan.

De moordenaar richtte nu op hém, dat was duidelijk. Of niet? Vuurde hij nog steeds op Peter en was dit schot een afzwaaier? Had de man hem wel gezien? Of...?

Als antwoord op die onuitgesproken vraag hoorde hij hoe de deurpost werd versplinterd, een paar centimeter boven zijn hoofd, op het moment dat hij door de deuropening de donkere gang in dook van de eetzaal naar de hal. Voor zich uit, ergens in de foyer, hoorde hij een vrouw gillen, waarschijnlijk de hotelhoudster. Opeens dook ze voor hem op, zwaaiend met haar armen en schreeuwend van angst of woede. Hij smeet haar opzij en stormde de foyer in. De vrouw protesteerde luid.

Ben kon nauwelijks meer helder denken. Hij rende verder in blinde paniek, totaal verdoofd, als een robot. Als hij maar niet hoefde te denken aan wat er net gebeurd was. Als hij maar nergens aan hoefde te denken behalve aan zijn eigen leven.

Zijn ogen begonnen te wennen aan het schemerdonker. Een lampje in de verre hoek achter de balie wierp nog een kleine lichtcirkel. Ben zag maar twee mogelijkheden: de voordeur en een gangetje naar de hotelkamers.

Een smalle trap in de gang, zichtbaar vanuit de foyer, leidde naar de kamers op de bovenverdieping. Er zaten geen ramen in de hal waar hij nu stond, dus was hij veilig voor kogels van buitenaf. Een paar seconden, in elk geval.

Helaas kon hij nu ook niet zien of de schutter om het gebouw heen naar de voorkant was gerend. Peters moordenaar moest nu beseffen dat hij iemand had laten ontsnappen en dus zou hij naar de voor- of achterkant van het hotel lopen – tenzij er nog andere ingangen waren die Ben niet had ontdekt. Ben had dus een kans van vijftig procent om door de voordeur te ontkomen.

Vijftig procent. Dat leek niet gunstig. En stel dat de moordenaar niet alleen was? Dan zouden ze zich hebben verspreid om alle ingangen te bewaken. In beide gevallen was het voor Ben niet verstandig om door de voor- of de achterdeur te vluchten.

Er kwam een gil uit de eetzaal. De hotelhoudster moest de ravage en het bloedbad hebben ontdekt. *Welkom in mijn wereld, madame.*

Op de bovenverdieping klonken zware voetstappen. Gasten werden wakker. *Gasten.* Hoeveel mensen zouden hier logeren? Hij rende naar de voordeur en schoof de zware grendel ervoor.

Snelle voetstappen roffelden de trap af aan de andere kant van de foyer. Een grote, dikke man verscheen beneden. Hij droeg een blauwe badjas, haastig dichtgeknoopt zo te zien. Zijn gezicht stond angstig. '*Was geht hier vor?*' riep hij.

'Bel de politie!' riep Ben terug, in het Engels. '*Polizei*. Telefoon!' Hij wees naar het toestel achter de balie.

'De politie? Wat... is er iemand gewond?'

'Bellen!' herhaalde Ben nijdig. 'Snel! Er is iemand gedood!'

Er is iemand gedood.

De dikke man vloog met een schok naar voren, alsof hij een duw kreeg. Toen rende hij naar de balie, pakte de telefoon, luisterde even en toetste een nummer.

De dikke man begon te praten in het Duits, rap en luid.

Waar waren de schutter of de schutters nu? Ieder moment kon de moordenaar naar binnen stormen om hem uit de weg te ruimen, net als Peter. Er waren nog andere hotelgasten hier, mensen die in de weg konden lopen... maar dat zou hem niet tegenhouden. Ben herinnerde zich de slachting in de winkelgalerij in Zürich.

De dikke Zwitser hing weer op. '*Sie sind unterwegs,*' zei hij. 'De politie komt eraan.'

'Hoe ver zijn ze hier vandaan?'

De man keek hem vragend aan, maar begreep het toen. 'Vlakbij,' zei hij. 'Een eindje verderop. Wat is er gebeurd? Wie is er dood?'

'Niemand die u kent.'

Ben wees opnieuw, nu naar de eetzaal, maar op dat moment kwam de hotelhoudster gillend terug. *'Er ist tot! Sie haben ihn erschossen! Dieser Mann dort draussen – Dein Bruder, er wurde ermordet!'* Op de een of andere manier had ze geconcludeerd dat Ben zijn eigen broer had vermoord. Wat een waanzin.

Ben voelde zijn maag draaien. Al die tijd had hij in een soort waas verkeerd, een totale verdoving, maar nu drong de werkelijkheid, de afschuwelijke waarheid, eindelijk tot hem door. De hotelgast schreeuwde iets tegen de vrouw. Ben rende het gangetje door naar de achterkant van het hotel.

De vrouw stond nog steeds tegen hem te gillen, maar Ben rende door. Het hoge janken van een sirene voegde zich bij het hysterische gejammer van de hotelhoudster en zwol aan toen de politiewagen dichterbij kwam. Het klonk als één sirene, één enkele auto. Maar dat was genoeg.

Blijven of vluchten?

Zowat de halve politie werkt voor hen, had Peter gezegd.

Aan het eind van de gang sloeg hij met een scherpe bocht rechtsaf en kwam bij een kleine geschilderde houten deur. Hij smeet hem open. Houten planken met stapels linnengoed.

De sirene naderde, nu begeleid door het geluid van autobanden op grind. De politie was bij het hotel aangekomen.

Ben rende naar een andere houten deur aan het einde van de gang. Ernaast zat een klein raampje met zonwering. Dit moest een buitendeur zijn. Hij drukte de deurkruk omlaag en trok. Geen beweging. Hij trok nog eens, wat harder, en de deur schoot los.

Buiten moest het veilig zijn. De politiesirene zou de schutters wel hebben verjaagd. Niemand zou zich in het dichte bos verborgen houden met de kans gepakt te worden. Ben dook het struikgewas in. Zijn voet bleef achter een tak haken en hij kwam pijnlijk op zijn gezicht terecht.

Jezus, dacht hij. *Snel!* Hij moest uit handen van de politie blijven. *De halve politie werkt voor hen.* Hij krabbelde overeind en rende verder door de donkere nacht.

De sirene zweeg, maar hij hoorde mensen schreeuwen, mannen en een vrouw, en voetstappen over het grind. Ben probeerde de takken uit zijn gezicht te houden onder het rennen, maar eentje raakte hem vlak onder zijn oog. Toch hield hij vol, zonder zijn pas in te houden, springend van links naar rechts, dwars door dichte struiken heen, over smalle paadjes, onder een vlechtwerk van takken door. Er rukte iets aan zijn broek. Zijn handen zaten onder de schrammen en het bloed. Maar hij wrong zich tussen de bomen door als een machine, zonder na te denken, tot hij bij de verborgen plek kwam waar Peter zijn truck had geparkeerd.

Hij opende het linkerportier, dat goddank niet op slot zat. Maar natuurlijk zat er geen sleuteltje in het contact. Hij voelde onder de vloermat. Niets. Onder de stoel. Niets te vinden.

De paniek sloeg toe. Hij haalde een paar keer diep adem om kalm te worden. Natuurlijk, dacht hij toen. Hij was bijna vergeten wat hij ooit had geleerd.

Hij tastte naar de bundel draden onder het dashboard, haalde ze te voorschijn en bekeek ze bij het zwakke licht van het binnenlampje. Op een zomerse ochtend had Arnie, hun favoriete tuinman, hem en Peter geleerd hoe je een auto moest starten zonder sleuteltje. *Misschien zul je het nooit nodig hebben, maar als de nood aan de man komt, zul je blij zijn dat je het weet.*

Binnen een paar seconden had hij de twee juiste draden met elkaar verbonden. De motor startte en kwam brullend tot leven. Ben schakelde achteruit en draaide vanaf de open plek de donkere weg op. Nergens koplampen te zien, links noch rechts. Hij schakelde in zijn één, de oude truck bokte even, maar sprong toen vooruit en stormde de verlaten autoweg af.

9

Halifax, Nova Scotia
De volgende morgen was het een koude, troosteloze dag. Een sombere mist was over de haven neergedaald en het zicht bedroeg nog geen vijf meter.

Robert Mailhot lag op een stalen tafel, gekleed in een blauw pak. Zijn wangen en handen waren onnatuurlijk roze geschminkt door de begrafenisondernemer. Het gezicht van de dode stond nijdig. Het had een bronskleurige tint, met diepe groeven, een dunne, ingevallen mond en een grote, scherpe neus. Mailhot leek ongeveer een meter vijfenzeventig, wat betekende dat hij als jongeman ongeveer een meter tachtig moest zijn geweest.

De patholoog-anatoom was een gezette man met een rood gezicht, die Higgins heette. Hij was eind vijftig, met een witte bos haar en kleine, argwanende grijze ogen. Zijn houding was vriendelijk, maar tegelijkertijd ook behoedzaam en neutraal. Hij droeg een groene doktersjas. 'Dus u hebt reden om aan te nemen dat dit moord was?' vroeg hij joviaal, maar met oplettende oogjes. Hij stak zijn scepsis niet onder stoelen of banken.

Anna knikte. Brigadier Arsenault, in een helderrode trui en jeans, was nogal stil. Ze merkten allebei nog de gevolgen van hun lange, moeizame gesprek met de weduwe. Uiteindelijk had ze hun natuurlijk toestemming gegeven voor de sectie en hun de vervelende stap bespaard om een rechterlijk bevel te vragen.

Het mortuarium van het ziekenhuis rook naar formaline, waar Anna altijd wat onrustig van werd. Uit een draagbare radio op de roestvrijstalen werkbank klonk klassieke muziek met een blikkerig geluid.

'U verwacht toch geen sporen meer op de huid aan te treffen, hoop ik?' vroeg Higgins.

'Ik neem aan dat het lichaam grondig is gewassen in het uitvaartcentrum,' zei ze. Dacht hij dat ze achterlijk was?

'Waar zoeken we dan naar?'

'Dat weet ik niet. Gaatjes in de huid, kneuzingen, wondjes, sneetjes, schrammen.'

'Gif?'

'Zou kunnen.'

Samen met Higgins en Arsenault verwijderde ze Mailhots kleren. Daarna pakte Higgins een watje en maakte de handen en het gezicht schoon, omdat de schmink mogelijke sporen zou kunnen verbergen. De oogleden waren al dichtgenaaid. Higgins maakte de hechtingen los en zocht naar petechiale bloedingen – kleine druppeltjes bloed onder de huid die op verwurging konden duiden.

'Kneuzingen van de lippen?' vroeg Anna.

Ook de mond was dichtgenaaid. De patholoog-anatoom sneed snel de hechtingen los met een scalpel en stak een in latex gehulde vinger in de mond. Hij voelde even. Als iemand met een kussen wordt gewurgd, wist Anna, vind je meestal kneuzingen waar de lippen met kracht tegen de tanden zijn gedrukt.

'Nee,' zei hij. 'Ik kan niets vinden.'

Alle drie begonnen ze het lichaam nu te onderzoeken met vergrootglazen, centimeter voor centimeter. Bij oudere mensen valt dat niet mee. Door de ouderdom vertoont de huid allerlei putjes, kneuzingen, moedervlekken en gebarsten haarvaatjes.

Ze zochten naar sporen van een injectienaald op de gebruikelijke plaatsen: de nek, de vliezen tussen vingers en tenen, de rug van de handen, de enkels, de huid achter de oren en rond de neus, de wangen. Zulke prikjes konden worden gemaskeerd met een schram, maar ze konden niets ontdekken. Higgins controleerde zelfs het scrotum, dat groot en slap was, met de penis als een klein knopje er bovenop. Pathologen-anatoom inspecteerden zelden het scrotum. Deze arts was heel zorgvuldig.

Ze waren een uur bezig voordat ze Mailhot op zijn buik draaiden en de hele procedure nog eens herhaalden. Zwijgend deden ze hun werk. Er was niets anders te horen dan de klanken van de klarinet, begeleid door het geklik van de kleppen, het volle geluid van de violen en het zoemen van de koelinstallatie en andere apparatuur. De lucht van formaline was onaangenaam, maar in elk geval hing er geen lijkenlucht, waar Anna dankbaar voor was. Higgins onderzocht de vingernagels op scheurtjes – had de vermoorde verzet geboden? Hij schraapte wat vuil onder de nagels vandaan en deed dat in witte zakjes.

'Ik kan niets bijzonders ontdekken in de opperhuid,' verklaarde de patholoog-anatoom ten slotte.

Anna was teleurgesteld maar niet verbaasd. 'Het gif kan ook oraal zijn toegediend,' zei ze.

'Dan vinden we het wel bij de toxicologische analyse,' zei Higgins.

'Of niet,' zei ze. 'Er is geen bloed.'

'Misschien een beetje,' zei Higgins. Als ze geluk hadden. Uitvaartcentra verwijderden meestal alle bloed uit een lichaam, op wat kleine restjes na, en vervingen het door een speciale vloeistof: methanol, ethonal, formaldehyde, verfstoffen. Daardoor werden bepaalde stoffen, zoals vergiften, afgebroken en dus onvindbaar. Maar misschien zat er nog wat urine in de blaas.

Hij maakte de gebruikelijke y-vormige incisie vanaf de schouder naar het bekken en stak zijn hand in de borstholte om de organen eruit te nemen en te wegen. Dat was een van de onderdelen van een obductie die Anna bijzonder stuitend vond. Ze was vertrouwd met de dood, maar dat was een van de redenen waarom ze zelf nooit patholoog-anatoom zou zijn geworden.

Arsenault trok wit weg, excuseerde zich en ging een kop koffie halen.

'Kunt u wat weefselmonsters nemen van de hersenen, de gal, de nieren, het hart, enzovoort?' vroeg ze.

Higgins lachte grimmig. Hij kende zijn vak, daar had hij Anna niet voor nodig.

'Sorry,' zei ze.

'Ik durf te wedden dat we arteriosclerose tegenkomen,' zei de patholoog-anatoom.

'Vast wel,' beaamde ze. 'Hij was al oud. Is er hier een telefoon?'

Er was een telefooncel in de gang naast een drankautomaat die koffie, thee en warme chocolade leverde. Op de voorkant van de machine was een grote, oververzadigde kleurenfoto van koppen chocola en koffie afgebeeld, die smakelijk bedoeld was maar veel te groen en akelig overkwam. Terwijl ze een nummer toetste, hoorde ze het zoemen van de medische zaag die door de ribben ging.

Ze wist dat Arthur Hammond meestal al vroeg op zijn werk was. Hij had een toxicologisch laboratorium in Virginia en doceerde toxicologie aan de universiteit. Ze hadden elkaar ontmoet tijdens een onderzoek en elkaar meteen gemogen. Hij was schuchter, sprak met een aarzeling die een lichte neiging tot stotteren moest maskeren en keek je zelden aan. Maar hij had een boosaardig gevoel voor humor en hij wist alles van vergiften en vergiftigingen, vanaf de donkere Middeleeuwen. Hij verstond zijn vak veel beter dan de politielaboranten en was ook veel behulpzamer – niet echt briljant, maar heel intuïtief. Zo nu en dan had Anna hem geraadpleegd als betaald adviseur.

Ze trof hem nog net thuis. Hij stond al bij de deur. Anna legde hem haar probleem uit.

'Waar zit je?' vroeg hij.

'Eh, helemaal in het noorden.'

Hij snoof geamuseerd om haar ontwijkende antwoord. 'Juist. Nou, wat kun je me over het slachtoffer vertellen?'

'Oud. Hoe kun je iemand vermoorden zonder sporen na te laten?'

Arthur grinnikte diep vanuit zijn keel. 'Maak het gewoon uit, Anna. Je hoeft hem toch niet te vermoorden?' Zijn manier om te flirten.

Ze negeerde het beleefd. 'Een dosis kaliumchloride, de bekende methode?' vroeg ze. 'Dan staat het hart toch stil? En het verandert nauwelijks iets aan het kaliumpeil van het lichaam, zodat het niet te vinden is?'

'Lag hij aan een infuus?' vroeg Arthur.

'Ik geloof het niet. We hebben geen sporen van een naald gevonden.'

'Dan betwijfel ik het. Te veel gedoe. Als hij niet aan een infuus lag, moest je het rechtstreeks in een ader injecteren en vind je overal bloedsporen. Om nog maar te zwijgen over de worsteling.'

Ze maakte aantekeningen in een opschrijfboekje met een leren omslag.

'Het was toch plotseling, zei je? Dan kunnen we een vergiftiging met zware metalen uitsluiten. Dat gaat heel geleidelijk en duurt te lang. Mag ik even een kop koffie halen?'

'Natuurlijk.' Ze glimlachte bij zichzelf. Hij wist alles uit zijn hoofd.

Binnen een minuut was hij terug. 'Over koffie gesproken,' zei hij, 'het gif zit altijd in het eten of het drinken. Of je moet het injecteren.'

'Maar we hebben geen prikken gevonden. En we hebben het lichaam grondig onderzocht, geloof me.'

'Als ze een naald van .25-dikte hebben gebruikt, zou je het niet eens zien, denk ik. En dan heb je nog sux.'

Ze wist wat hij bedoelde: succinylcholine chloride, synthetische curare. 'Denk je?'

'Een beroemde zaak uit 1967 of 1968. Een arts in Florida werd veroordeeld omdat hij zijn vrouw had vermoord met sux. Je kent het effect, neem ik aan? Het verlamt de spieren. Je kunt je niet meer bewegen en je krijgt geen adem. Het lijkt op een hartstilstand. Het was een beroemd proces. Er werden forensische specialisten bij gehaald uit de hele wereld. Ze stonden allemaal voor een raadsel.'

Anna maakte een aantekening.

'Je hebt wel meer van die spierverlammende vergiften, allemaal met verschillende eigenschappen. En bij oude mensen is een klein beetje vaak al voldoende om hen te doden. Te veel nitroglycerine is al genoeg.'

'Onder de tong?'

'Ja, meestal wel... maar je hebt ook ampullen met bijvoorbeeld amylnitriet die dodelijk zijn als je ze inhaleert. Poppers. Of butylnitriet. Dan krijg je een ernstige vaatverwijdende reactie, waardoor je bloeddruk drastisch daalt. Dat is ook dodelijk.'

Anna schreef haastig mee.

'Zelfs Spaanse vlieg,' vervolgde Arthur grinnikend. 'Een te grote dosis kan fataal zijn. Dat heet cantharidine, geloof ik.'

'De man was zevenentachtig.'

'Des te meer reden om een afrodisiacum te gebruiken.'

'Daar denk ik maar liever niet over na.'

'Rookte hij?'

'Dat weet ik nog niet. Dat zullen we wel aan de longen zien. Hoe-zo?'

'Ik was net met een interessante zaak bezig. Een paar oude mensen in Zuid-Afrika die met nicotine waren vermoord.'

'Nicotine?'

'Je hebt er niet veel van nodig.'

'Hoe dan?'

'In vloeibare vorm. Het heeft een bittere smaak, maar die kun je maskeren. Je kunt het ook per injectie toedienen. Het is binnen een paar minuten dodelijk.'

'En bij een roker valt het niet te constateren, bedoel je?'

'Je moet heel goed kijken. Ik heb het wel ontdekt. Het gaat om het percentage nicotine in het bloed tegenover de metabolieten. Dat is waar nicotine na een tijdje in verandert...'

'Dat weet ik.'

'Bij een roker zie je veel meer metabolieten dan zuivere nicotine. Als het een acute vergiftiging is, zie je juist veel meer nicotine en minder metabolieten.'

'Wat kan ik verwachten van het toxicologisch onderzoek?'

'Een normaal onderzoek is gericht op de analyse van drugsmisbruik. Opiaten, synthetische opiaten, morfine, cocaïne, LSD, darvon, PCP, amfetaminen, benzodiazepinen... valium... en barbituraten. Soms ook tricyclische antidepressiva. Vraag om een volledig toxicologisch onderzoek plus de rest. Naar chloraalhydraat wordt meestal niet gekeken, maar vraag dat toch. En placidyl, een oud slaapmiddel, net als barbituraten. Fentanyl is heel lastig te ontdekken. Dan heb je nog organofosfaten... insecticiden... en DMSO of dimethylsulfoxide, dat bij paarden wordt gebruikt. Kijk maar wat het oplevert. Ik neem aan dat ze een G.C. Mass-Spec-test doen.'

'Geen idee. Wat is dat?'

'Gaschromatografie, massaspectrometrie. Dat is standaard. Zit je erg landelijk?'

'Nee, in een stad. In Canada.'

'O, de RCMP is erg goed. Hun politielaboratoria zijn beter dan de onze, maar dat heb je niet van mij. Vraag wel of ze rekening houden met stoffen in het water of de plaatselijke bronnen, die de toxicologische uitslag kunnen beïnvloeden. Je zei dat het lichaam al was gebalsemd? Laten ze dan een monster van de balsemvloeistof erbij nemen om die te elimineren. Zeg dat ze een volledig onderzoek doen naar bloed, weefsel en haar. Sommige eiwitten lossen op in vet. Cocaïne wordt opgeslagen in het hartweefsel, vergeet dat niet. En de lever is een spons.'

'Hoe lang gaan al die tests duren?'

'Weken. Maanden, misschien.'

'Vergeet het maar.' Haar dankbaarheid voor zijn adviezen verdween als sneeuw voor de zon. Ze zag het opeens heel somber in.

'Niets aan te doen. Maar misschien heb je geluk. Het kan maanden duren, maar soms vind je al iets binnen een dag. Maar als je niet precies weet naar wat voor soort gif je zoekt, is er een grote kans dat je het nooit zult vinden.'

'Alles wijst erop dat hij een natuurlijke dood is gestorven,' verklaarde Higgins toen ze terugkwam in het lab. 'Een hartritmestoornis, waarschijnlijk. En arteriosclerose, natuurlijk. Een oud MI daar.'

Mailhots gezicht was omlaag gestroopt vanaf zijn hoofdhuid, als een rubbermasker. Zijn schedeldak lag open en de roze richels van de hersens waren zichtbaar. Anna was bang dat ze misselijk werd. Ze zag een long aan een hangende weegschaal. 'Hoe zwaar?' vroeg ze, wijzend naar de long.

Hij knikte waarderend. 'Licht. Maar tweehonderdveertig gram. Niet verstopt.'

'Dus hij is snel gestorven. Geen CNS-depressant.'

'Het lijkt me een hartaanval, zoals gezegd.' Higgins werd wat ongeduldig.

Anna vertelde hem wat ze van het toxicologisch onderzoek verwachtte en las haar aantekeningen op. Higgins sperde ongelovig zijn ogen open. 'Hebt u enig idee wat dat gaat kosten?'

Ze haalde diep adem. 'De Amerikaanse overheid zal alles betalen, uiteraard. Ik heb een grondige analyse nodig. Als ik nu niets kan vinden, kan ik de hoop wel opgeven. En ik wil u om een gunst vragen.'

Hij keek haar strak aan. Ze voelde zijn ergernis.

'Ik wil dat u het lichaam vilt.'

'Dat meent u toch niet?'

'Jawel.'

'Mag ik u eraan herinneren, agent Navarro, dat de weduwe om een open kist heeft gevraagd?'

'Dan zie je toch alleen de handen en het gezicht?' Bij het villen werd alle huid verwijderd, in grote lappen die weer aan elkaar konden worden genaaid. Zo kon je het onderhuidse vet onderzoeken.

Dat was soms de enige manier om de prik van een injectienaald terug te vinden. 'Tenzij u principieel bezwaar maakt,' zei ze. 'Ik kan hier natuurlijk geen eisen stellen.'

Higgins liep rood aan. Hij draaide zich om naar het lichaam, stak de scalpel agressief in het vlees en begon de huid weg te halen.

Anna voelde zich licht in het hoofd. Ze was weer bang dat ze misselijk zou worden. Ze liep de zaal uit naar de gang, op zoek naar de toiletten. Ron Arsenault kwam haar tegemoet met een grote beker koffie in zijn hand. 'Wordt er nog steeds gesneden?' vroeg hij. Zijn goede humeur was blijkbaar terug.

'Nog erger zelfs. We gaan het lichaam villen.'

'En daar kun jij ook niet tegen?'

'Ik ga even naar de wc.'

Hij keek sceptisch. 'Nog niets gevonden, neem ik aan?'

Ze schudde haar hoofd en fronste.

Hij keek haar onderzoekend aan. 'Geloven jullie yanks niet in dood door ouderdom?'

'Ik ben zo terug,' zei ze koeltjes.

Ze plensde koud water uit het fonteintje over haar gezicht en zag pas te laat dat er geen papieren handdoeken waren, alleen een heteluchtblazer om je handen te drogen. Kreunend stapte ze een hokje binnen, scheurde wat wc-papier af en gebruikte dat om haar gezicht te drogen. Hier en daar bleven witte plukjes papier achter. Ze keek in de spiegel, zag de donkere wallen onder haar ogen, wreef de restjes papier weg en werkte haar make-up bij voordat ze terugliep naar Arsenault. Ze voelde zich wat verfrist.

'Hij vraagt naar je!' riep Arsenault opgewonden.

Alsof het een trofee was hield Higgins een geel, leerachtig lapje huid omhoog van ongeveer acht centimeter in het vierkant. 'U hebt geluk dat ik de handen ook heb gedaan,' zei hij. 'Ik zal wel problemen krijgen met het uitvaartcentrum, maar waarschijnlijk hebben ze wel schmink om die plek te maskeren.'

'Wat is het?' vroeg Anna. Haar hart bonsde sneller.

'De rug van de hand. Het vliesje tussen duim en wijsvinger, de abductor pollucis. Kijk maar.'

Ze kwam wat dichterbij, net als Arsenault, maar zag niets bijzonders. Higgins pakte een vergrootglas van de onderzoekstafel. 'Ziet u dat kleine paarsrode vlekje, ruim een centimeter lang? Met de vorm van een vlammetje?'

'Ja?'

'Dat is de prik van een injectienaald. En geloof me, geen enkele arts of verpleegster zou iemand dáár een injectie geven. Misschien hebt u dus toch gelijk.'

10

Bedford, New York
Max Hartman zat op zijn hoge leren stoel achter zijn bureau in de bibliotheek met grote boekenwanden, waar hij meestal zijn bezoekers ontving. Vreemd, dacht Ben, dat zijn vader zich altijd achter de barrière van dat grote mahoniehouten bureau met het leren bureaublad verschanste, zelfs als hij zijn eigen zoon op bezoek had.

De oude man, ooit lang en sterk, leek verschrompeld in die grote stoel, bijna een kobold – bepaald niet het effect dat hij zich voorstelde. Ben zat op een leren stoel tegenover hem.

'Toen je belde, klonk het alsof je ergens over wilde praten,' zei Max.

Hij sprak keurig Amerikaans, met nauwelijks meer een zweem van een Duits accent. Toen hij als jongeman in Amerika aankwam, had Max Hartman meteen taal- en spraaklessen genomen, alsof hij alle sporen van zijn verleden had willen uitwissen.

Ben nam zijn vader aandachtig op en probeerde hem te doorgronden. *Je bent altijd een mysterie voor me geweest. Afstandelijk, imponerend, onbevattelijk.* 'Dat klopt,' zei hij.

Een vreemde die Max Hartman voor het eerst zag, zouden vooral het grote kale hoofd met pigmentvlekken en de dikke, vlezige oren zijn opgevallen. Hartman had grote, waterige ogen, nog extra vergroot door de dikke glazen van zijn hoornen bril. Zijn kaak stak naar voren en hij trok zijn neus op alsof hij voortdurend iets smerigs rook. Maar ondanks de sporen van de ouderdom was hij duidelijk een man die ooit knap of misschien wel mooi moest zijn geweest.

Zoals altijd droeg hij een van zijn onberispelijke pakken, die hij speciaal liet maken in het Londense Savile Row. Vandaag was het een smaakvolle antracietgrijze krijtstreep met een fris wit overhemd met zijn initialen op het borstzakje. Het geheel werd gecompleteerd door een blauwgouden clubdas en zware gouden manchetknopen. Zondagochtend tien uur, en Max zat erbij alsof hij naar een directievergadering ging.

Vreemd hoe je indrukken werden bepaald door je eigen geschiedenis, dacht Ben. Soms zag hij zijn vader zoals hij nu was, oud en breekbaar, maar op andere momenten zag hij hem onwillekeurig met de ogen van een angstig kind: machtig en imponerend.

Ben en Peter waren altijd een beetje bang geweest voor hun vader en hadden zich nooit echt op hun gemak gevoeld bij hem. Max Hartman intimideerde de meeste mensen, dus waarom zouden zijn eigen zoons een uitzondering vormen? Het was niet eenvoudig om Max' zoon te zijn, hem te begrijpen en lief te hebben, en tedere gevoelens voor hem te koesteren. Het was als het leren van een moeilijke vreemde taal en Peter had dat nooit gekund of gewild.

Opeens zag Ben weer de afschuwelijke, wraakzuchtige uitdrukking op Peters gezicht toen hij vertelde wat hij over hun vader had ontdekt. Maar meteen maakte dat beeld plaats voor Bens jeugdherinneringen aan zijn geliefde broer. Hij voelde zijn keel samenknijpen en de tranen in zijn ogen springen.

Niet doen, waarschuwde hij zichzelf. *Niet aan Peter denken. Hier, in dit huis, waar we verstoppertje hebben gespeeld en gevochten, waar we midden in de nacht plannetjes uitbroedden, waar we hebben geschreeuwd, gelachen en gehuild.* Peter was dood en Ben moest nu sterk zijn, ook voor hem.

Hij had geen idee hoe hij moest beginnen, hoe hij het onderwerp kon aansnijden. In het vliegtuig vanuit Basel had hij dit gesprek gerepeteerd, maar nu was hij bijna alles vergeten wat hij had willen zeggen. Het enige dat hij zich vast had voorgenomen, was Max niets te vertellen over Peter, zijn herrijzenis en zijn snelle dood daarna. Waarvoor? Waarom zou hij de oude man nog kwellen? Voor Max Hartman was Peter al jaren geleden verongelukt. Waarom zou Ben hem de waarheid vertellen nu Peter daadwerkelijk was gestorven?

Bovendien was Ben niet iemand die voor de confrontatie koos. Hij liet zijn vader een tijdje over zaken praten en naar de accounts informeren die Ben beheerde. De oude man was nog scherp genoeg. Ben probeerde wel van onderwerp te veranderen, maar er was nu eenmaal geen makkelijke of charmante manier om te vragen: Zeg, pa, was jij nou een nazi, als ik vragen mag?

Ten slotte deed Ben toch een poging. 'Toen ik in Zwitserland was, besefte ik hoe weinig ik eigenlijk wist over... over de tijd dat jij in Duitsland zat.'

De ogen van zijn vader leken nog groter te worden achter zijn brillenglazen. Hij boog zich naar voren. 'Waar komt die belangstelling voor de familiegeschiedenis opeens vandaan?'

'Nou, omdat ik in Zwitserland was, zoals ik zeg. Daardoor moest ik aan Peter denken. Het was de eerste keer dat ik daar terug was sinds zijn dood.'

Zijn vader staarde naar zijn handen. 'Ik denk liever niet te veel aan het verleden, dat weet je. Nooit gedaan. Ik kijk alleen vooruit, nooit achteruit.'

'Maar je tijd in Dachau, daar hebben we nooit over gepraat.'

'Er valt ook weinig over te zeggen. Ze hebben me ernaar toe gebracht en ik heb het geluk gehad om het te overleven. Ik ben bevrijd op 29 april 1945. Die datum zal ik nooit vergeten, maar het is een deel van mijn leven waaraan ik liever niet word herinnerd.'

Ben haalde diep adem en waagde de sprong. Hij wist heel goed dat zijn relatie met zijn vader nooit meer hetzelfde zou zijn en dat er diepe scheuren zouden ontstaan. 'Je naam staat niet op de lijst van gevangenen die door de geallieerden zijn bevrijd.'

Dat was bluf. Hij lette op de reactie van zijn vader.

Max staarde Ben een hele tijd aan en tot Bens verrassing glimlachte hij toen. 'Je moet altijd oppassen met historische documenten. Zulke lijsten worden opgesteld in een enorme chaos. Namen worden verkeerd gespeld of weggelaten. Als mijn naam niet voorkomt op een lijst van een of andere sergeant van het Amerikaanse leger, wat bewijst dat dan?'

'Je hebt helemaal niet in Dachau gezeten, is het wel?' vroeg Ben zacht.

Zijn vader draaide zijn stoel langzaam rond, tot hij met zijn rug naar Ben toe zat. Zijn stem klonk ijl, een beetje afstandelijk. 'Wat een vreemde opmerking.'

Ben voelde een steek in zijn maag. 'Maar het is de waarheid, of niet?'

Max draaide zich weer om. Zijn gezicht stond uitdrukkingsloos, maar er gloeide een blos op zijn dunne, bleke wangen. 'Er zijn mensen die er hun beroep van hebben gemaakt om te ontkennen dat de holocaust ooit heeft plaatsgevonden. Zogenaamde historici en schrijvers publiceren boeken en artikelen met de theorie dat het allemaal verzonnen is – een complot. Dat er nooit zoveel miljoen joden zijn vermoord.'

Bens hart klopte in zijn keel en hij kreeg een droge mond. 'Jij was luitenant in de ss van Hitler. Je naam staat op een lijst... een oprichtingsakte met de namen van een raad van bestuur van een geheim consortium. Jij was de boekhouder.'

'Ik wil dit niet horen,' fluisterde zijn vader eindelijk, op scherpe toon.

'Maar het is de waarheid?'

'Je hebt geen idee waar je over praat.'

'Daarom heb je nooit iets verteld over Dachau. Omdat het een verzinsel was. Je hebt nooit in dat kamp gezeten. Je was een nazi.'

'Hoe kun je zoiets beweren?' vroeg de oude man schor. 'Hoe kan je dat in vredesnaam geloven? En hoe dúrf je me zo te beledigen!'

'Dat document bevindt zich in Zwitserland. Het is een oprichtingsakte. Daar is de hele waarheid in te vinden.'

De ogen van Max Hartman schoten vuur. 'Iemand heeft je een vervalst document laten zien om mij in diskrediet te brengen. En jij, Benjamin, geloofde dat meteen. De vraag is natuurlijk: waarom?'

Ben voelde de kamer langzaam om zich heen draaien. '*Omdat Peter het me zelf heeft verteld!*' schreeuwde hij. 'Twee dagen geleden, in Zwitserland. Hij heeft dat document gevonden! Hij heeft de waarheid ontdekt. Peter heeft ontdekt wat jij had gedaan. En hij heeft geprobeerd ons ertegen te beschermen.'

'*Peter...?*' hijgde Max.

De uitdrukking op Max' gezicht was vreselijk om aan te zien, maar Ben dwong zichzelf om door te gaan.

'Hij heeft me over het consortium verteld, en wie jij werkelijk was. Hij zat het me te vertellen op het moment dat hij werd doodgeschoten!'

Alle bloed was uit Max' gezicht geweken. De knokige hand op het bureau trilde zichtbaar.

'Peter is voor mijn ogen vermoord.' Ben spuwde de woorden bijna uit: 'Mijn broer, jouw zoon... nog een van je slachtoffers!'

'Leugens!' brulde zijn vader.

'Nee,' zei Ben. 'De waarheid. Die je al die tijd voor ons verborgen hebt gehouden.'

Opeens klonk de stem van Max Hartman kil en kalm, als een ijzige poolwind. 'Je praat over dingen waar je geen enkel benul van hebt.' Hij wachtte even. 'Dit gesprek is ten einde.'

'Ik weet nu wie jíj bent,' zei Ben. 'En ik word er misselijk van.'

'Ga weg!' schreeuwde zijn vader. Hij hief een trillende arm op en wees naar de deur. Ben kon zich diezelfde arm voorstellen, geheven in de Hitlergroet, heel lang geleden, maar niet lang genoeg. En hij herinnerde zich de vaak geciteerde woorden van een schrijver: *Het verleden is niet dood. Het is niet eens voorbij.*

'Ga uit mijn ogen!' bulderde zijn vader. 'Verdwijn uit dit huis!'

Washington D.C.

De vlucht van Air Canada uit Nova Scotia kwam laat in de middag op Reagan National aan. Een paar minuten voor zes stopte de taxi bij Anna's Adams-Morganappartement. Het was al donker.

Ze vond het heerlijk om weer thuis te komen. Haar heiligdom. De enige plek waar ze alles onder controle had. Het was maar een kleine eenkamerflat in een bedenkelijke buurt, maar het was haar eigen wereldje dat ze zelf had geschapen.

Toen ze uit de lift stapte, kwam ze haar buurman tegen, Tom Bertone, die net naar beneden ging. Tom en zijn vrouw Danielle waren allebei advocaat, een beetje té sociaal en uitbundig, maar heel aardige mensen. 'Hé, Anna, ik heb vandaag je broertje ontmoet,' zei Tom. 'Hij was net aangekomen, denk ik. Aardige jongen.' En de liftdeur viel achter hem dicht.

Broertje? *Ze had helemaal geen broer.*

Bij de deur van haar appartement wachtte ze even tot het bonzen van haar hart wat was bedaard. Ze trok haar dienstpistool, een 9mm Sig-Sauer, en hield het in haar ene hand, terwijl ze met de andere de sleutel omdraaide. Het was donker in haar appartement. Ze herinnerde zich haar training en ging over op de 'ontwijkings- en opsporingstactiek' die ze had geleerd. Dat betekende dat je je plat tegen een muur moest drukken, met getrokken pistool, om dan naar de volgende muur te schuiven en dat proces te herhalen. Dat werd agenten geleerd tot ze het konden dromen, maar Anna had nooit gedacht dat ze het nog eens in haar eigen huis, haar heiligdom, zou moeten toepassen.

Ze deed de deur achter zich dicht. Stilte. Maar toch bespeurde ze iets. Een vage geur van sigarettenrook, dat was het. Te vaag om van een nog brandende sigaret afkomstig te zijn. Meer de lucht die een roker altijd verspreidt. Een roker die in haar appartement was geweest.

In het schemerlicht van de straatlantaarns buiten zag ze nog iets anders: een van de laden van haar dossierkast stond op een kier. Ze hield die laden altijd keurig dicht. *Iemand had haar spullen doorzocht.* Er gleed een huivering over haar rug.

Het tochtte uit de badkamer. Het raam stond nog open. En toen hoorde ze een geluid, heel zacht, maar niet zacht genoeg: het bijna onhoorbare piepen van een rubberzool op een badkamertegel. *De indringer was er nog.*

Ze deed het plafondlicht aan en draaide zich gehurkt om haar as met de 9mm in twee handen, goed in balans. Ze was dankbaar dat het een Sig met korte trekker was, die beter in haar hand lag dan het standaardmodel. Ze kon de indringer niet zien, maar het appartement was niet groot en er waren niet veel plaatsen waar hij zich kon verbergen. Ze richtte zich weer op, met haar rug tegen de muur, volgens de lessen van haar politietraining. *Plat tegen de muur*, zeiden de instructeurs altijd. Voorzichtig schoof ze naar de badkamer toe.

Ze voelde de luchtstroom een fractie van een seconde voordat het pistool uit haar handen werd geschopt met een krachtige trap, ogenschijnlijk uit het niets. Waar was hij vandaan gekomen? Van achter het bureau? De dossierkast? Het wapen kletterde tegen de vloer van de zitkamer. *Raap het weer op, wat je ook doet.*

Abrupt werd ze naar achteren gesmeten door een volgende trap. Met een doffe klap viel ze met haar rug tegen de deur van de slaapkamer. Ze verstijfde toen de man een paar stappen terug deed.

Hoewel hij nog nauwelijks een man was. Hij had het tengere postuur van een puber. Hoe sterk hij ook was – taaie spieren onder een strak zwart t-shirt – toch leek hij niet ouder dan zeventien. Anna begreep er niets van.

Langzaam en voorzichtig kwam ze overeind en bewoog zich met gespeelde nonchalance naar de geelbruine sofa toe. De blauwgrijze kolf van haar Sig-Sauer stak onder de geplooide zoom uit, nog net zichtbaar.

'Inbraken zijn een groot probleem in deze buurt, geloof ik,' zei de jongen met duidelijk sarcasme. Zijn glimmende zwarte haar was kortgeknipt, zijn huid was zo glad alsof hij zich nog maar pas begon te scheren en hij had een klein, regelmatig gezicht. 'De cijfers zijn onrustbárend.' Hij klonk bepaald niet als de gemiddelde criminele jongere van Southeast Washington. Als ze moest raden, zou ze denken dat hij niet in Amerika geboren was. Anna meende een Iers accent te herkennen.

'Er is hier niets van waarde.' Anna probeerde rustig te blijven. 'Dat weet je nu toch wel. En we willen allebei geen moeilijkheden.' Ze merkte dat haar hand nog steeds verdoofd was door de klap. Zonder hem uit het oog te verliezen deed ze nog een stap naar de sofa toe. Zo luchtig mogelijk vervolgde ze: 'Maar moet jij niet op school zitten of zoiets?'

'Stuur nooit een man om het werk van een jongen te doen,' antwoordde hij vriendelijk. Opeens schoot zijn voet weer uit, met een geweldige kracht. Anna viel achterover tegen haar kleine houten bureau. De trap had haar recht in haar maag geraakt en ze hapte naar lucht.

'Wist je,' vervolgde de jonge indringer, 'dat het vaak de bezitter van een vuurwapen is die erdoor wordt gedood? Ook zo'n statistisch gegeven dat tot nadenken stemt. Je kunt gewoon niet té voorzichtig zijn.'

Hij was geen inbreker, dat was wel duidelijk. Zo praatte hij ook niet. Maar waar was het hem dan om te doen? Anna kneep haar ogen even dicht en ging in gedachten haar spaarzaam gemeubileerde appartement na: haar schaarse bezittingen, de kleren, de lampen, de luchtbevochtiger, de kleren.... *de M26. Ze moest bij de M26 zien te komen!* Ongetwijfeld had hij het appartement al grondig doorzocht, maar dit was een apparaat waarvan de functie niet onmiddellijk duidelijk was voor iemand die het niet kende. 'Ik zal je wel geld geven,' zei ze hardop, terwijl ze zich omdraaide naar het bureau en een paar laden opende. 'Ik zal je geld geven,' herhaalde ze. Waar had ze het ding opgeborgen? En zou het nog werken? De laatste keer was minstens twee jaar geleden. Ze vond het in de grote middelste la, naast een paar rode kartonnen dozen met chequeboeken. 'Oké,' zei ze, 'hier heb ik het.'

Toen ze zich naar hem omdraaide, had ze de M26 Tasertron stevig in haar hand. Ze zette hem aan en een hoge toon vertelde haar dat het apparaat nog volledig geladen was.

'Luister goed,' zei ze. 'Dit is een M26 Taser, de krachtigste die er op de markt is. Als je niet uit mijn buurt blijft, zal ik hem gebruiken. Het kan me niet schelen hoeveel vechtsporten je kent, tegen vijfentwintigduizend volt begin je weinig.'

De indringer keek haar aan met een nietszeggende uitdrukking, maar deinsde toen achteruit, naar de badkamer toe.

Op het moment dat ze de trekker van de stun-gun zou overhalen, zou de cartridge de contactors afvuren, twee dunne geleidende draden, die uitmondden in naalden van een halve centimeter. De stroom die door het wapen werd opgewekt was voldoende om hem een tijdje uit te schakelen. Misschien zou hij zelfs bewusteloos raken.

Ze volgde hem naar de badkamer. Hij was inderdaad onervaren. Op deze manier liet hij zich in het nauw drijven in een kleine ruimte. Een verkeerde zet, de fout van een amateur. Ze zette de Taser op maximaal. Het had geen zin risico's te nemen. Het wapen in haar hand zoemde en knetterde. Een blauwe spanningsboog flitste heen en weer tussen de twee zichtbare elektroden. Ze zou op zijn middenrif richten.

Opeens hoorde ze een onverwacht geluid van stromend water.

Een kraan die op volle kracht werd opengedraaid. *Wat was hij van plan?* Ze sprong de badkamer in, richtte de Taser en zag dat de jongen zich omdraaide, met iets in zijn hand. Te laat besefte ze wat de bedoeling was. Het was de douchekop, die een fontein van water haar kant uit spoot – water dat normaal heel onschuldig zou zijn. Ze liet de geladen M26 uit haar hand vallen, maar een fractie van een seconde te laat. Een elektrische vonk sprong uit het wapen naar haar eigen doorweekte bovenlichaam. Een blauwe lichtflits van verzengende pijn. Al haar spieren verkrampten en ze zakte in elkaar. De pijn was het enige dat nog door de verdoving heen drong.

'Nou, het was bliksems gezellig,' zei de jongeman toonloos, 'maar ik ben al te laat. Ik zie je nog wel.' Hij knipoogde spottend, quasi-vriendschappelijk.

Hulpeloos keek ze hem na toen hij door het badkamerraam naar buiten klom en langs de brandtrap verdween.

Tegen de tijd dat ze in staat was de politie te bellen, had ze al geconstateerd dat er niets gestolen was. Maar dat was de enige vraag die ze kon beantwoorden. Toen de politie arriveerde, stelden ze haar de gebruikelijke vragen, aarzelden of ze het als een inbraak of als huisvredebreuk moesten noteren en wisten verder niets meer te bedenken. Ze zouden het appartement onderzoeken, zeiden ze. Ze begrepen dat ze zelf bij een federale politiedienst werkte en wist waar ze het over had. Maar het kon wel een paar uur duren. En in de tussentijd...?

Anna keek op haar horloge. Het was acht uur 's avonds. Ze belde David Denneen thuis. 'Sorry dat ik je stoor,' zei ze, 'maar is die logeerkamer van jullie nog vrij? Mijn appartement is veranderd in de plaats van een misdrijf.'

'Een misdrijf... jezus!' zei Denneen. 'Wat is er gebeurd?'

'Dat vertel ik je straks wel. Het spijt me dat ik je overval.'

'Heb je al gegeten? Kom nu meteen, dan zetten we een extra bord klaar.'

David en Ramon woonden in een vooroorlogs appartement bij Dupont Circle, een kwartiertje rijden met de taxi. Het was niet geweldig, maar heel leuk ingericht, en het had hoge plafonds en glas-in-loodramen. Te oordelen naar de heerlijke geuren die ze opsnoof toen ze binnenkwam – chili, anijs, kummel – was Ramon met een van zijn onvolprezen maaltijden bezig.

Drie jaar eerder was Denneen een jonge agent geweest onder haar gezag. Hij leerde snel, deed zijn werk goed en boekte een paar successen. Hij was een speciale medewerker van het Witte Huis gevolgd naar de ambassade van Qatar, een spoor dat leidde tot een belangrijk onderzoek naar corruptie. Anna had een enthousiaste aanbeveling bij zijn dossier gevoegd, maar al gauw kwam ze erachter dat Arliss Dupree, de directeur, zijn eigen oordeel had gegeven. En dat was vernietigend. Denneen was 'ongeschikt voor de overheidsdienst'. Hij 'miste de standvastigheid' die van een OSI-rechercheur vereist werd. Hij was 'te zacht, mogelijk onbetrouwbaar en wispelturig'. Zijn houding was 'problematisch'. Allemaal onzin, natuurlijk. Het was de manier waarop de bureaucratie haar vijandigheid liet blijken, een automatisch vooroordeel.

Anna was bevriend geraakt met David en Ramon. Ze was hen voor het eerst samen tegengekomen bij Kramerbooks in Connecticut Avenue, toen ze daar liepen te winkelen. Ramon was een kleine man met een open gezicht en een ontspannen lach. Zijn schitterend witte tanden staken stralend af tegen zijn donkere huid. Hij werkte als administrateur bij tafeltje-dek-je en Anna kon meteen geweldig goed met hem opschieten. Ramon stond erop dat ze die avond bij hen kwam eten, een spontane uitnodiging, en ze zei ja. Het werd geweldig gezellig, omdat Ramon een fantastische paella klaarmaakte, maar ook omdat ze zo ontspannen met elkaar konden praten, en nooit over kantoor. Anna was jaloers op hun vanzelfsprekende intimiteit en affectie.

David, met zijn vierkante kaak en zijn zandkleurige haar, was een lange, knappe, mannelijke kerel, en Ramon zag wel hoe ze naar hem keek. 'Ik weet wat je denkt,' vertrouwde hij haar toe toen David aan de andere kant van de kamer de glazen stond in te schenken, met zijn rug naar hen toe. 'Jij denkt: wat een verspilling.'

Anna lachte. 'Dat kwam wel bij me op,' zei ze.

'Dat zeggen alle vrouwen,' grijnsde Ramon. 'Nou, aan mij is hij niet verspild.'

Een paar weken later ging Anna met David lunchen en legde hem uit waarom hij niet was bevorderd. Hij zat nu in schaal E-3 en hij viel onder Anna, maar Anna viel weer onder Dupree. 'Wat wil je dat ik doe?' vroeg Anna.

Denneen reageerde heel rustig, veel minder woedend dan Anna zelf op dat moment was. 'Ik wil er geen zaak van maken. Het liefst doe ik gewoon mijn werk.' Hij keek haar aan. 'Zal ik eerlijk zijn? Ik wil zo snel mogelijk weg bij Dupree en zijn afdeling. Ik heb meer belangstelling voor operaties en strategie. Ik ben maar een E-3, dus ik kan het zelf niet regelen, maar misschien kun jij iets voor me doen?'

Anna wendde haar invloed aan. Daarvoor moest ze Dupree passeren en dat maakte haar niet populair bij de leiding van het OSI. Maar het lukte en Denneen was het nooit vergeten.

Nu vertelde ze hem wat er bij haar thuis was gebeurd. En bij Ramons kip en een fles fluweelzachte rioja viel eindelijk de spanning van haar af. Al gauw maakte ze grimmige grappen dat ze 'zich had laten beroven door een lid van de Back Street Boys'.

'Hij had je wel kunnen vermoorden,' zei Denneen plechtig, en niet voor het eerst.

'Maar dat heeft hij niet gedaan. Dat was dus niet de bedoeling, neem ik aan.'

'Maar wat dan wél?'

Anna schudde zwijgend haar hoofd.

'Hoor eens, Anna, ik weet dat je er waarschijnlijk niets over mag zeggen, maar zou het iets te maken kunnen hebben met je nieuwe opdracht bij de ICU? Die ouwe Bartlett kent inmiddels zoveel geheimen dat je misschien geen idee hebt waar je nog mee te maken krijgt.'

'*El diablo sabe más por viejo que por diablo,*' mompelde Ramon. Het was een van zijn Dominicaanse spreekwoorden: de duivel weet meer omdat hij oud is dan omdat hij de duivel is.

'Zou het echt toeval kunnen zijn?' drong Denneen aan.

Anna staarde in haar wijnglas en haalde zwijgend haar schouders op. Waren anderen ook geïnteresseerd in de dood van de mensen uit de Sigma-dossiers? Ze kon er niet helder over nadenken op dit moment, en dat wilde ze ook niet.

'Neem nog wat *carnitas,*' zei Ramon behulpzaam.

Toen ze de volgende morgen het gebouw in M Street binnenkwam, werd Anna meteen op Bartletts kantoor ontboden.

'Wat bent u te weten gekomen in Nova Scotia?' vroeg Bartlett, deze keer zonder plichtplegingen.

Anna had al besloten dat ze niets zou zeggen over de indringer in haar appartement. Er was geen enkele reden om een verband te veronderstellen en ze had de vage angst dat de episode het vertrouwen in haar zou kunnen ondermijnen. Dus beperkte ze zich tot de werkelijk relevante feiten, zoals de prik in de hand van de oude man.

Bartlett knikte langzaam. 'Wat voor gif hebben ze gebruikt?'

'Ik heb de uitslag van het toxicologisch onderzoek nog niet binnen. Dat kost altijd tijd. Als ze iets vinden, bellen ze u meteen, anders gaan ze rustig door met hun proeven.'

'Maar u denkt dus dat Mailhot vergiftigd kan zijn.' Bartlett klonk nerveus, alsof hij niet wist of dat goed of slecht nieuws was.

'Ja,' zei ze. 'En dan is er de kwestie van het geld. Vier maanden geleden is er telegrafisch een miljoen dollar op zijn rekening overgemaakt.'

Bartlett fronste zijn voorhoofd. 'Door wie?'

'Geen idee. Het kwam van een rekening op de Cayman Eilanden. Daar verdwijnt het spoor. Witgewassen geld.'

Bartlett hoorde het stomverbaasd aan.

'Dus heb ik de bankafschriften van de afgelopen tien jaar opgevraagd,' vervolgde Anna. 'En ja, hoor. Je kon er de klok op gelijk zetten. Elk jaar kreeg Mailhot een flinke storting op zijn rekening. Steeds hogere bedragen.'

'Een bedrijf, misschien? Een partnership?'

'Volgens zijn vrouw waren het betalingen van een dankbare werkgever.'

'Een heel gúlle werkgever.'

'En rijk. En dood. De oude man is het grootste deel van zijn werkende leven als persoonlijk assistent in dienst geweest van een rijke mediatycoon. Hij was zijn lijfwacht, klusjesman, factotum, noem maar op.'

'Over wie hebben we het?'

'Charles Highsmith.' Anna hield Bartletts reactie scherp in de gaten. Hij knikte kort. Hij had het dus al geweten.

'De vraag is natuurlijk waarom dat geld uit het buitenland kwam,' zei Bartlett, 'en niet gewoon van de rekening van Highsmith' nalatenschap?'

Anna haalde haar schouder op. 'Zo zijn er nog wel meer vragen. We kunnen natuurlijk de fondsen natrekken om te zien of ze werkelijk uit Charles Highsmith' nalatenschap kwamen. Ik heb wel vaker onderzoek gedaan naar het witwassen van drugsgeld. Maar ik ben er niet optimistisch over.'

Bartlett knikte. 'En de weduwe?'

'Daar kwamen we niet verder mee. Misschien houdt ze iets verborgen, maar volgens mij wist ze niet veel over de zaken van haar man. Ze dacht dat hij aan paranoia leed. Blijkbaar was hij een van degenen die eraan twijfelden of de dood van Highsmith wel een ongeluk is geweest.'

'O ja?' zei Bartlett met enige ironie.

'U dus ook? En u wist dat Mailhot voor Highsmith had gewerkt?

Was er een Sigma-dossier over hem?'

'Dat staat hier los van.'

'Neem me niet kwalijk, maar kan ík dat niet beter beoordelen? Ik heb het gevoel dat ik u helemaal niets nieuws vertel.'

Bartlett knikte. 'Highsmith hoorde bij Sigma, dat klopt. En Mailhot dus ook. Blijkbaar had Highsmith veel vertrouwen in zijn lijfwacht.'

'En nu zijn ze voor altijd onafscheidelijk,' zei Anna grimmig.

'U hebt uitstekend werk gedaan in Halifax,' zei Bartlett. 'Dat beseft u toch wel? Ik hoop ook dat u uw koffers nog niet hebt uitgepakt. We hebben weer een nieuw geval, schijnt het.'

'Waar?'

'In Paraguay. Asunción.'

Een nieuw geval. Die woorden klonken beangstigend maar ook intrigerend, moest ze toegeven. Tegelijkertijd voelde ze zich gefrustreerd en ongerust over de eigengereide manier waarop de Geest met zijn informatie omging. Ze bestudeerde het gezicht van de man aandachtig en half bewonderend om zijn ondoorgrondelijkheid. Wat wist hij precies? Wat had hij haar niet verteld? En waarom?

II

St. Gallen, Zwitserland

Ben Hartman was al twee dagen onderweg. Eerst van New York naar Parijs. Toen van Parijs naar Straatsburg. In Straatsburg had hij een korte binnenlandse vlucht genomen naar Mulhouse, Frankrijk, vlak bij de Zwitsers-Duitse grens. Daar had hij een auto gehuurd om naar het regionale Aéroport Basel-Mulhouse te rijden, vlak bij Basel.

In plaats van de grens over te steken naar Zwitserland, wat logisch leek op dat punt, charterde hij een klein vliegtuig om hem naar Liechtenstein te brengen. De piloot en de man van de chartermaatschappij stelden geen lastige vragen. Waarom zou een welvarend ogende internationale zakenman naar het hertogdom Liechtenstein willen, een van de belangrijkste centra voor het witwassen van geld – via een route die niet traceerbaar en half illegaal was, omdat hij zo de officiële grensposten ontweek? De ongeschreven wet luidde: geen vragen stellen.

Tegen de tijd dat hij in Liechtenstein aankwam, was het bijna één uur in de nacht. Hij nam een klein pension bij Vaduz en vertrok de volgende morgen om een piloot te zoeken die de Zwitserse grens wilde oversteken, zodanig dat zijn naam op geen enkel document of op een passagierslijst zou voorkomen.

De bonte verzameling van internationale zakenmensen in Liechtenstein – het Kiton double-breasted pak, de Hermès-das en het Charvet-hemd – vormde een kleurige camouflage, meer ook niet. Het hertogdom maakte een scherp onderscheid tussen insiders en outsiders, mensen die iets waardevols te bieden hadden of niet, mensen die erbij hoorden of niet. Het was symptomatisch voor de kliekjesgeest dat buitenlanders die zich er wilden vestigen, werden geballoteerd door het parlement en de vorst.

Ben Hartman kende de weg in zo'n omgeving. Vroeger had hij daar wel morele problemen mee gehad en zijn imago van rijke bankierszoon gedragen als het teken van Kaïn. Nu was het niet meer dan een tactisch voordeel. Twintig kilometer ten zuiden van Vaduz was een vliegveldje waar zakenmensen met privéjets en -helikopters soms landden. Daar had hij een gesprek met een norse, oudere monteur van het grondpersoneel, die hij in vage maar niet mis te verstane termen uitlegde wat hij zocht. De monteur was een man van weinig woorden. Hij nam Ben onderzoekend op en krabbelde toen een telefoonnummer op de achterkant van een onderhoudsstaat. Ben gaf hem een flinke fooi voor zijn tussenkomst, maar toen hij het nummer belde, trof hij een slaperig klinkende man, die Ben niet kon helpen omdat hij die dag al een andere klus had. Maar hij had wel een vriend... Gaspar. Nog een telefoontje. Het was al middag voordat hij eindelijk tegenover Gaspar stond, een chagrijnige man van middelbare leeftijd, die Ben snel inschatte en een krankzinnig prijs noemde. In werkelijkheid verdiende de piloot een aardige boterham aan het vervoer van zakenmensen naar Zwitserland zonder een spoor achter te laten in de computers. Er waren momenten waarop drugsbaronnen, Afrikaanse machthebbers of figuren uit het Midden-Oosten hun bankzaken afwikkelden in beide landen en de autoriteiten liever niet wijzer maakten dan ze al waren. De piloot, die permanent verongelijkt keek, deelde Ben ook in die categorie in. Toen ze een halfuur later klaarstonden om op te stijgen, kreeg Gaspar bericht over een noodweer boven St. Gallen en wilde hij de vlucht afblazen. Een paar extra briefjes van honderd dollar brachten hem tot andere gedachten.

Terwijl het lichte tweemotorige toestel door de turbulentie boven de oostelijke Alpen stuiterde, werd de zwijgzame piloot nog bijna breedsprakig. 'Waar ik vandaan kom hebben ze een gezegde. *Es ist besser, reich zu leben als reich zu sterben.*' Hij grinnikte. 'Het is beter rijk te leven dan rijk te sterven.'

'Vlieg nou maar,' zei Ben somber.

Hij vroeg zich af of zijn voorzorgsmaatregelen niet overdreven waren, maar hij had geen enkel idee hoe ver de greep reikte van de mensen die zijn broer hadden vermoord en Jimmy Cavanaugh – of hoe hij ook heette – in Zürich achter hem aan hadden gestuurd om hem te vermoorden. Ben was niet van plan het hun gemakkelijk te maken.

In St. Gallen kreeg hij een lift van een boer met een truck, die groente leverde aan markten en restaurants. De boer nam hem stomverbaasd op. Ben legde uit dat hij autopech had gekregen, ver van de bewoonde wereld. Later huurde hij een auto en reed naar het afgelegen boerendorp Mettlenberg. De vlucht was niet erg comfortabel geweest en de autorit al niet veel beter. Het regende pijpenstelen en het water gutste over de voorruit. De ruitenwissers zwiepten heen en weer, maar zonder veel resultaat; daarvoor regende het te hard. Het was laat in de middag en het werd al donker. Ben kon nauwelijks een paar meter voor zich uit zien. Hij had het geluk dat het op deze smalle provinciale weg vrij druk was naar twee kanten en dat het verkeer maar heel langzaam reed.

Hij bevond zich in een afgelegen, dunbevolkt gebied in het noordoosten van Zwitserland, het kanton St. Gallen, niet ver van het Meer van Constanz. Zo nu en dan, als de regen wat minder werd, zag hij grote boerderijen aan weerskanten van de weg, met kuddes vee, schapen en bouwland. Het waren grote, simpele gebouwen met stallen, schuren en blijkbaar ook woongedeelten, alles onder één dak met een dubbele rietlaag. Onder de uitstekende dakbalken lagen houtstapels opgetast met geometrische precisie.

Terwijl hij daar reed, was hij ten prooi aan een heel scala van emoties, variërend van angst tot diepe droefheid en een bijna gewelddadige woede. Hij naderde nu een groep gebouwen die niets anders konden zijn dan het dorpje Mettlenberg. De stortbuien waren overgegaan in een gestage motregen. Ben ontwaarde de ruïnes van de vestingwerken van een middeleeuwse stad. Hij reed langs een oude graanschuur en een vroeg-zestiende-eeuwse Mariakerk. Er stonden schilderachtige, goed geconserveerde stenen huizen met vakwerkgevels en aflopende rode daken. Het was nauwelijks een dorp.

Peter had hem verteld dat Liesl, zijn vriendin, een baan had in een klein ziekenhuis hier. Hij had het nagetrokken. Er was maar één ziekenhuis in de wijde omgeving, het *Regionalspital Sankt Gallen Nord.*

Even voorbij het 'stadscentrum' stond een vrij modern gebouw van rode baksteen – revolutiebouw uit de jaren zestig, vermoedde Ben. Dit moest het regionale ziekenhuis zijn. Hij vond een Migros-benzinestation waar hij parkeerde en naar een telefooncel liep.

Toen hij de centrale van het ziekenhuis aan de lijn kreeg, zei hij langzaam in het Engels: 'Ik moet de kinderarts spreken. Mijn kind is ziek.' Het had weinig nut om in zijn toeristen-Duits te beginnen omdat hij zijn Amerikaanse accent toch niet kon verbergen en een Zwitserse telefoniste waarschijnlijk wel Engels sprak.

Peter had gezegd dat het ziekenhuis Liesl had aangenomen omdat ze om een kinderarts zaten te springen. Het klonk alsof ze de enige was. Misschien waren er nog anderen, maar dat leek Ben onwaarschijnlijk in zo'n klein ziekenhuis.

'Ik zal u doorverbinden met het eh... *Notfallstation,* meneer. De eerste hulp...'

'Nee,' zei Ben snel, 'niet de eerste hulp. Ik moet de kinderarts persoonlijk spreken. Of hebt u er meer dan een?'

'We hebben maar één kinderarts, meneer. Maar die is er op dit moment niet.'

Maar één! Ben juichte inwendig. Zou hij haar hebben gevonden?

'Ja, een vrouwelijke dokter. Liesl nog-wat.'

'Nee, meneer, we hebben geen Liesl bij de staf, voor zover ik weet. Onze kinderarts is dokter Margarethe Hubli, maar ze is er nu niet, zoals ik al zei. Ik kan u wel doorverbinden met...'

'Dan moet ik me vergissen. Dat was de naam die ik had opgekregen. Is er soms pas een dokter weggegaan die Liesl heet?'

'Niet dat ik weet, meneer.'

Zo kwam hij niet verder.

Toen kreeg hij een ingeving. Misschien zou dokter Hubli weten wie Liesl was en waar hij haar kon vinden. Dit móést het ziekenhuis zijn waar Liesl een baan had gekregen.

'Is er een nummer waar ik dokter Hubli kan bereiken?'

'Ik mag u haar privénummer niet geven, ben ik bang, maar als u uw kind naar het ziekenhuis brengt, meneer...'

'Kunt u haar voor me oppiepen?'

'Ja, meneer, dat kan wel.'

'Dank u.' Hij gaf haar het nummer van de telefooncel en een valse naam.

Vijf minuten later werd er gebeld.

'Meneer Peters?' vroeg een vrouwenstem in het Engels.

'Bedankt voor het terugbellen, dokter. Ik ben Amerikaan, ik logeer bij vrienden hier en ik probeer een arts te bereiken die volgens mij bij het regionale ziekenhuis heeft gewerkt. Ik vroeg me af of u haar misschien kende. Ze heet Liesl.'

Er viel een stilte – een té lange stilte. 'Ik ken geen Liesl,' zei de kinderarts ten slotte.

Loog ze om Liesl te beschermen? Of beeldde hij het zich in?

'Weet u het zeker?' drong Ben aan. 'Ik heb gehoord dat er een kinderarts bij u werkt die Liesl heet en ik moet haar dringend spreken. Het is een familiekwestie.'

'Wat voor een familiekwestie?'

Bingo. Dus ze probeerde Liesl inderdaad te beschermen.

'Het gaat om haar... haar broer, Peter.'

'Haar... broer?' De kinderarts leek verward.

'Zegt u haar maar dat Ben heeft gebeld.'

Weer een lange stilte.

'Waar bent u nu?' vroeg de vrouw.

Nog geen twintig minuten later reed er een kleine rode Renault het terrein van het benzinestation op.

Een kleine vrouw in een grote legergroene regencape, bemodderde jeans en laarzen stapte voorzichtig uit en gooide het portier dicht. Ze zag Ben staan en kwam naar hem toe. Ze was een echte schoonheid, zag hij. Niet wat hij had verwacht, om een of andere reden. Onder de capuchon van de poncho zag hij haar korte, glanzende donkerbruine haar. Ze had stralende blauwe ogen en een melkwitte huid. Maar haar gezicht stond strak en zorgelijk. Ze leek angstig.

'Bedankt dat u gekomen bent,' zei hij. 'Ik neem aan dat u Liesl kent? Ik ben de tweelingbroer van haar man.'

Ze kon haar ogen niet van hem afhouden. 'Lieve god,' hijgde ze, 'u lijkt sprekend op hem. Het is alsof... alsof ik een geest zie.' Opeens werd de spanning haar te veel en kon ze zich niet meer goed houden. 'O, god,' zuchtte ze, en begon te snikken. 'Hij was altijd zo voorzichtig! Al die jaren...'

Ben keek de arts verbijsterd aan.

'Hij is die nacht niet teruggekomen,' ging ze verder, half in paniek, struikelend over haar woorden. 'Ik ben nog laat opgebleven, ongerust, doodsbang.' Ze sloeg haar handen voor haar gezicht. 'Toen kwam Dieter en vertelde me wat er was gebeurd...'

'Liesl!' zei Ben zacht.

'O, god,' jammerde ze. 'Hij was zo'n... zo'n goed mens. Ik hield zoveel van hem.'

Ben sloeg zijn armen stevig om haar heen en probeerde haar te troosten, terwijl hij zijn eigen tranen voelde stromen.

Asunción, Paraguay

Anna werd bij de douane tegengehouden door een Paraguayaanse douaneman met een vlezig gezicht, een blauw overhemd met korte mouwen en een das. Zijn haar en zijn huidkleur vertelden haar dat hij, zoals de meeste Paraguayanen, een mesties moest zijn – van gemengd Spaans en indiaans bloed.

De man nam haar aandachtig op en tikte toen op haar weekendtas als teken dat ze hem moest openen. Hij stelde haar een paar vragen in het Engels, met een zwaar accent, en wuifde haar toen door, zichtbaar teleurgesteld.

Ze voelde zich een beetje achterbaks, als een crimineel die de plaats van een kraak kwam verkennen. De normale federale voorschriften eisten van bezoekende agenten dat ze zich meldden bij de plaatselijke ambassade, maar dat was Anna niet van plan. Het risico van een lek was te groot. Als er problemen kwamen over die inbreuk op het protocol, zou ze zich daar later wel druk over maken.

Ze vond een telefooncel in de drukke lobby. Het kostte haar een paar minuten om erachter te komen hoe de telefoonkaart werkte.

Een bericht van Arliss Dupree, die wilde weten wanneer ze weer naar het OSI terugkwam. En een boodschap van brigadier Arsenault van de RCMP. Het toxicologisch rapport was binnen. Over de uitkomst zei hij niets.

Toen ze het hoofdkwartier van het RCMP in Ottawa aan de lijn kreeg, moest ze vijf minuten wachten tot ze Ron Arsenault hadden gevonden.

'Hé, hoe gaat het, Anna?'

Ze hoorde het al aan zijn stem. 'Niets gevonden, zeker?'

'Het spijt me.' Zo klonk hij niet. 'Ik denk dat het zonde van je tijd was.'

'Dat denk ik niet.' Ze probeerde haar teleurstelling te verbergen. 'Die prik van een injectienaald zei me genoeg. Vind je het goed als ik zelf met de toxicoloog praat?'

Hij aarzelde even. 'Ik begrijp niet waarom, want dat verandert niets.'

'Ik zou het toch op prijs stellen.'

'Goed. Waarom niet?' Arsenault gaf haar een nummer in Halifax.

Het was druk en rumoerig op het vliegveld en ze had moeite om de stem aan de andere kant te verstaan.

De naam van de toxicoloog was Denis Weese. Zijn stem was hoog, hees en leeftijdsloos; hij zou in de zestig maar ook in de twintig kunnen zijn.

'We hebben alle proeven gedaan waarom u had gevraagd, en nog meer,' zei hij defensief.

Ze probeerde zich hem voor te stellen: klein en kaal, besloot ze. 'Daar ben ik heel dankbaar voor.'

'Het was wel erg kostbaar.'

'Wij zullen alles betalen. Maar mag ik u iets vragen? Zijn er geen stoffen, vergiften, die de bloed-breingrens oversteken en niet meer terugkeren?' Arthur Hammond, haar toxicologische adviseur, had dat terloops opgemerkt.

'Dat zou wel kunnen, ja.'

'Zulke stoffen zijn dan alleen terug te vinden in het ruggenmergvocht?'

'Ik zou er niet op rekenen, maar het is mogelijk.' Het klonk onwillig. Hij was niet blij met haar theorieën.

Ze wachtte even. Toen hij niet reageerde, stelde ze de voor de hand liggende vraag: 'Kunt u een ruggenmergpunctie doen?'

'Nee.'

'Waarom niet?'

'Om te beginnen is dat bijna onmogelijk bij een dode. Er is geen druk meer, dus er komt niets naar buiten. Bovendien hebben we het lichaam niet meer.'

'Begraven?' Ze beet op haar onderlip. Verdomme.

'Nee, nog niet. Het lichaam is teruggebracht naar het uitvaartcentrum. Morgenochtend is de begrafenis, geloof ik.'

'Maar dan kunt u toch naar het uitvaartcentrum?'

'In theorie. Maar waarvoor?'

'Bevat het oogvocht niet dezelfde stoffen als het ruggenmergvocht?'

'Ja.'

'En dát kunt u toch wel aftappen?'

Een stilte. 'Daar had u niet om gevraagd.'

'Dan doe ik dat nu,' zei ze.

Mettlenberg, St. Gallen, Zwitserland

Liesl was stil geworden. Haar tranen, die van haar wangen op haar denimshirt druppelden, begonnen te drogen. Natuurlijk was het Liesl zelf. Hoe had hem dat kunnen ontgaan?

Ze zaten in haar auto. Liesl vond dat ze te veel opvielen als ze op het asfalteiland van het benzinestation bleven staan, had ze gezegd toen ze wat was gekalmeerd. Ben herinnerde zich hoe hij met Peter in zijn truck had gezeten.

Ze staarde door de voorruit naar buiten. Zo nu en dan hoorden ze een auto voorbijrazen of de zware claxon van een vrachtwagen.

'Je bent hier niet veilig,' zei ze eindelijk.

'Ik heb voorzorgsmaatregelen genomen.'

'Als iemand je in mijn gezelschap ziet...'

'Dan denken ze dat het Peter is, je vriend.'

'Maar als zijn moordenaars me op het spoor zijn? Die weten dat hij dood is...'

'Dan zou je hier niet meer zitten,' zei Ben. 'Dan hadden ze je vermoord.'

Ze zweeg weer een tijdje. 'Hoe ben je hier gekomen?' vroeg ze toen.

Hij vertelde haar uitvoerig over de privévliegtuigen, de auto's en zijn omslachtige reisroute. Hij wist dat ze zich gerustgesteld zou voelen door zijn behoedzaamheid. Ze knikte waarderend.

'Ik neem aan dat zulke maatregelen een tweede natuur zijn geworden voor Peter en jou,' zei hij. 'Peter heeft me verteld dat jij zijn zogenaamde ongeluk hebt gearrangeerd. Dat was briljant.'

'Als het zo briljant was,' zei ze bitter, 'zouden ze hem niet hebben gevonden.'

'Nee, dat is mijn schuld. Ik had nooit naar Zwitserland moeten komen. Daardoor kropen ze weer onder hun stenen vandaan.'

'Maar hoe had jij dat kunnen weten? Jij dacht dat Peter dood was.' Ze keek hem weer aan.

Haar huid was bleek, bijna doorschijnend, haar haar kastanjebruin met gouden accenten. Ze was slank, met perfecte kleine borsten onder een eenvoudige witte blouse. Een bijzonder mooie vrouw.

Geen wonder dat Peter alles in zijn leven had opgegeven om bij haar te kunnen zijn. Ben voelde zich tot haar aangetrokken, maar wist dat hij daar nooit aan toe zou geven.

'Je gebruikt dus niet je echte naam,' zei hij.

'Natuurlijk niet. Al mijn vrienden hier kennen me onder een andere naam. Ik heb hem zelfs wettelijk laten veranderen. Margarethe Hubli was de naam van mijn oudtante. Het enige dat ze over Peter wisten was dat hij een vriend was, een Canadese schrijver die ik zo'n beetje onderhield. Ze kenden hem trouwens ook onder een valse naam...'

Ze aarzelde en zweeg, starend door de ruit. 'Hij had ook een paar contacten aangehouden, mensen die hij vertrouwde. Zijn "radar", noemde hij hen. En toen, een paar dagen geleden, kreeg hij dat telefoontje over het bloedbad op de Bahnhofplatz... Hij begreep wat er was gebeurd. Ik smeekte hem om niet te reageren, maar hij wilde niet luisteren! Hij had geen keus, zei hij.' Er gleed een uitdrukking van afschuw over haar gezicht en haar stem schoot uit. Ben voelde zijn hart breken.

Zachtjes, met halfverstikte stem, ging ze verder. 'Hij moest jou beschermen – je zeggen dat je zo snel mogelijk moest verdwijnen. Hij wilde je redden, ook al moest hij daarvoor zijn eigen leven wagen. O, god, ik heb hem nog zo gewaarschuwd! Ik heb hem gesmeekt, op mijn knieën gesmeekt.'

Ben nam haar hand. 'Het spijt me zo verschrikkelijk.' Wat kon hij zeggen? Dat het een ondraaglijk verdriet was dat Peter in zijn plaats was gestorven? Dat het andersom had moeten zijn? Dat hij nog veel langer van Peter had gehouden dan zij?

'Ik kan niet eens zijn lichaam opeisen,' zei ze zacht.

'Nee. Geen van ons beiden.'

Ze slikte. 'Peter hield zoveel van je, weet je dat?'

Het was te pijnlijk om te horen. Hij kromp ineen. 'We maakten vaak ruzie. Het is net als die natuurkundewet, denk ik: dat elke actie een gelijke maar tegengestelde reactie heeft.'

'Jullie tweeën leken niet alleen op elkaar, jullie wáren ook gelijk.'

'Niet echt.'

'Dat zou alleen een tweeling zeggen.'

'Je kent me niet. Van karakter, emotioneel, waren we heel verschillend.'

'Misschien zoals twee sneeuwvlokken verschillend zijn. Maar het blijven sneeuwvlokken.'

Ben glimlachte begrijpend. 'Ik zou ons geen sneeuwvlokken willen noemen. Daar waren we veel te lastig voor.'

Dat bracht het verdriet weer in alle hevigheid bij haar boven. Ze begon hartverscheurend te huilen. 'O, god, waarom moesten ze hem vermoorden? *Waarvoor?* Wat had het voor zin? Hij zou nooit iets hebben gezegd. Hij was niet achterlijk.'

Ben wachtte geduldig tot ze weer wat kalmeerde. 'Peter vertelde me dat hij een document had gevonden, een lijst met namen. Drieëntwintig namen van vooraanstaande politici en industriëlen. "Bedrijven die je kent", zei hij. Het was een oprichtingsakte voor een of ander consortium in Zwitserland.'

'Ja.'

'Heb jij die lijst ook gezien?'

'Ja.'

'Dacht je dat hij echt was?'

'Voor zover ik kon nagaan wel. De kenmerken, de zegels, zelfs de oude schrijfmachineletters – alles klopte met andere documenten die ik uit de jaren veertig kende.'

'Waar is die lijst nu?'

Ze kneep haar lippen samen. 'Vlak voordat we voorgoed uit Zürich vertrokken, heeft hij een bankrekening geopend, vooral om de kluis die hij daarbij kon huren. Daar wilde hij zijn papieren in bewaren. Ik weet het niet zeker, maar ik neem aan dat die lijst daar ook ligt.'

'Kan hij hem niet thuis hebben verborgen, in jouw huis?'

'Nee,' zei ze snel. 'Bij ons thuis ligt niets verborgen.'

Ben prentte haar reactie in zijn geheugen. 'En heeft hij je een sleutel gegeven van die kluis?'

'Nee.'

'Als de rekening op zijn naam stond, zouden de moordenaars dan een manier hebben gevonden om erachter te komen?'

'Daarom heeft hij niet zijn eigen naam gebruikt, maar die van een advocaat.'

'Weet je wie?'

'Natuurlijk. Mijn neef, dr. Matthias Deschner. Mijn achterneef, eigenlijk. Verre familie, ver genoeg om hem niet met ons... met mij... in verband te brengen. Maar hij is een goed mens, iemand die ik kan vertrouwen. Hij heeft een kantoor in Zürich, in de St. Annagasse.'

'Dus je kunt van hem op aan?'

'Volkomen. Ik heb hem ons leven toevertrouwd. Hij heeft ons niet verraden. Dat zou hij nooit doen.'

'Als mensen... mensen met invloed, macht en vérreikende contacten... nu nog zo wanhopig proberen dat document te pakken te krijgen, moet het wel heel belangrijk zijn.' In gedachten zag Ben weer het gruwelijke beeld van Peters ineengezakte lichaam, onder het bloed. Hij kreeg het zo benauwd dat hij bijna geen adem meer kon halen. *Peter liep in de weg en ze hebben hem vermoord*, dacht hij.

'Ze zullen wel bang zijn dat die namen bekend worden,' zei ze.

'Maar hoeveel van die groep kunnen nu nog in leven zijn, na al die jaren?'

'Vergeet de erfgenamen niet. Machtige mannen kunnen machtige opvolgers hebben.'

'En minder machtige... Ergens moet toch een zwakke schakel zitten.' Ben zweeg. 'Het is waanzin, dit hele verhaal,' zei hij toen. 'De gedachte dat iemand zich nog druk maakt over een consortium van een halve eeuw geleden. Het klinkt krankzinnig!'

Liesl lachte bitter, zonder vreugde. 'Het is allemaal relatief, nietwaar? Logica of onlogica. Wat is er overgebleven van de logica van je eigen overzichtelijke leven?'

Een week geleden werkte hij nog op de afdeling Ontwikkeling van Hartman Capital Management, waar hij zijn charme in de strijd wierp om oude cliënten te begeleiden en nieuwe contacten te cultiveren. Naar die wereld kon hij nooit meer terug. Zo'n groot deel van zijn jeugd bleek een leugen te zijn geweest, onderdeel van een veel groter bedrog waarvan hij weinig hoop had het ooit te kunnen ontmaskeren. *Cavanaugh was jouw schaduw*, had Peter tegen hem gezegd. Het consortium, de Sigma Groep, wat het ook mocht zijn, leek overal zijn mensen te hebben. Was dat de reden waarom zijn moeder hem had laten beloven dat hij naar het familiebedrijf zou terugkeren na Peters dood? Had ze gedacht dat hij daar veilig zou zijn, beschermd tegen onheil en gevaren, tegen een waarheid waarvan hij de omvang nog nauwelijks besefte?

'Is Peter ooit iets meer te weten gekomen over die Sigma Groep? Of ze nog bestond, bijvoorbeeld?'

Zenuwachtig schoof ze haar haar naar achteren, met rinkelende armbanden. 'We hebben niet veel concreets ontdekt. Het bleef gissen. Wat wij dachten... wat we gelóófden... was dat er schimmige organisaties met veel privékapitaal bestaan die proberen hun eigen herkomst uit te wissen – meedogenloze firma's, net als de mensen die ervoor werken. Ze laten zich niet weerhouden door morele overwegingen of dat soort details. Toen ze erachter kwamen dat Peter een document in zijn bezit had dat hun rol in Sigma aantoonde en misschien iets kon onthullen over het complexe consortium dat in de oorlog was opgezet, aarzelden ze geen moment om hem te vermoorden. Zoals ze ook niet zullen aarzelen om jou of mij uit de weg te ruimen. Of wie ook maar dreigt hen aan de kaak te stellen of de voet dwars te zetten. Of wie gewoon te veel weet over hun bestaan. Maar Peter was er ook van overtuigd dat die figuren zich hadden verzameld voor een hoger doel... om dingen in de buitenwereld voor elkaar te krijgen.'

'Toen ik met Peter praatte, zei hij alleen dat die oude leden van het bestuur hun investeringen wilden beschermen.'

'Als hij de tijd had gekregen, zou hij je wel meer over zijn theorieën hebben verteld.'

'Sprak hij wel eens over onze vader?'

Ze maakte een grimas. 'Hij zei alleen dat de man een hypocriet en een eersteklas leugenaar was. Hij was geen overlevende van de holocaust, maar hij had bij de ss gezeten.' Ironisch voegde ze eraan toe: 'Verder hield Peter natuurlijk zielsveel van hem.'

Ben vroeg zich af of die ironie niet een kern van waarheid verborg. 'Hoor eens, Liesl, je moet me vertellen hoe ik in contact kan komen met je neef. Die advocaat, Deschner...'

'Matthias Deschner. Waarvoor dan?'

'Dat weet je wel. Om die lijst in handen te krijgen.'

'Waarvóór, vroeg ik!' Ze klonk bitter. 'Wil je ook vermoord worden?'

'Nee, Liesl, dat was niet mijn bedoeling.'

'Dan moet je een idee hebben wat je met die lijst wilt doen. Ik zou het echt niet weten.'

'Misschien. Ik wil de moordenaars ontmaskeren.'

Hij zette zich schrap voor een nijdige tirade, maar tot zijn verbazing antwoordde ze rustig en sereen: 'Je wilt zijn dood wreken.'

'Ja.'

Tranen sprongen in haar ogen. Haar lippen trilden en haar mondhoeken wezen omlaag, alsof ze probeerde een volgende huilbui te onderdrukken. 'Ja,' zei ze. 'Als je dat kunt... als je heel voorzichtig bent, net zo voorzichtig als toen je hier naar toe kwam... zou niets me gelukkiger kunnen maken. Zorg dat ze hun straf niet ontlopen, Ben. Laat hen ervoor boeten.' Ze kneep met duim en wijsvinger in de brug van haar neus. 'Maar nu ga ik naar huis. We moeten afscheid nemen.'

Ze leek uiterlijk kalm, maar Ben was zich bewust van de onderliggende angst. Ze was een sterke, bijzondere vrouw. Een rots in de branding. *Ik doe het voor mij, maar ook voor jou*, dacht hij.

'Tot ziens, Liesl,' zei Ben en hij kuste haar op de wang.

'Tot ziens, Ben,' zei Liesl toen hij uit haar auto stapte. Ze keek hem heel lang aan. 'Ja. Laat hen ervoor boeten.'

12

Asunción, Paraguay

De taxi vanaf het vliegveld was een rammelende oude Volkswagen Kever, minder charmant dan hij eerst leek. Zo te horen had hij geen knaldemper. Ze reden langs elegante koloniale herenhuizen uit de Spaanse tijd voordat ze het centrum van de stad bereikten, waar het verkeer volledig vastliep. Antieke gele trams reden door de drukke, met bomen omzoomde straten. Anna had buiten Duitsland nog nooit zoveel Mercedessen bij elkaar gezien – een groot aantal gestolen, wist ze. Het leek of Asunción was blijven steken in de jaren veertig. De tijd had er stilgestaan.

Ze had een kamer in een klein, armoedig hotelletje in Colón, in de binnenstad. Volgens haar reisgids had het drie sterren, maar de schrijver was blijkbaar omgekocht. De receptionist werd opeens veel hartelijker toen ze vloeiend Spaans tegen hem sprak.

Haar kamer had een hoog plafond en afbladderende muren. De herrie van de straat drong door het raam naar binnen, maar in elk geval had ze een eigen douche en wc. Als je niet wilde opvallen, moest je geen hotel nemen waar nog andere gringo's logeerden.

Ze dronk een *agua con gas* uit een kleine koelkast die niet goed werkte en belde toen het nummer van het *Comisaria Centrico*, het hoofdbureau van politie, dat haar was opgegeven.

Het was geen officieel bezoek. Hoofdinspecteur Luis Bolgorio was rechercheur bij de afdeling moordzaken van de Paraguayaanse *policía*. In het verleden had hij de Amerikaanse regering weleens telefonisch om hulp gevraagd in een paar zaken. Via een omweg had Anna zijn naam gekregen van een vriend bij de FBI. Bolgorio was de Amerikanen nog iets schuldig. Officieel was hij tot niets verplicht.

'U hebt geluk, mevrouw Navarro,' zei hoofdinspecteur Bolgorio toen ze hem weer aan de lijn kreeg. 'De weduwe wil wel met u praten, ook al is ze in de rouw.'

'Geweldig.' Ze spraken Spaans, de taal van de zakenwereld hier. In het dagelijks leven werd er Guaraní gesproken. 'Bedankt voor uw hulp.'

'Ze is een rijke, vooraanstaande vrouw. Ik hoop dat u haar met het grootste respect zult behandelen.'

'Natuurlijk. En het lichaam...?'

'Dat is mijn afdeling niet, maar ik zal een bezoekje voor u regelen aan het mortuarium van de politie.'

'Uitstekend.'

'Het huis staat aan de Avenida Mariscal López. Neemt u zelf een taxi of moet ik u ophalen?'

'Ik neem wel een taxi.'

'Heel goed. Ik zal de stukken opvragen waar u om hebt gevraagd. Wanneer zien we elkaar?'

Ze liet de portier een taxi bellen en verdiepte zich een uurtje in het dossier van het 'slachtoffer' – hoewel ze moeite had dit soort criminelen als slachtoffers te zien.

Ze wist dat de bruine map die ze van Alan Bartlett had gekregen waarschijnlijk alles bevatte wat ze ooit over de man te weten zou komen. Hoofdinspecteur Bolgorio hielp haar alleen vanwege de technologische hulp die hij zo nu en dan van de Amerikaanse NCAV kreeg en die hij goed kon gebruiken in zijn eigen carrière. Een simpele ruil. In elk geval had hij ervoor gezorgd dat Prosperi's lichaam nog in het mortuarium lag.

Volgens Bartlett was Paraguay berucht om zijn onwilligheid in uitleveringskwesties en was het daarom al tientallen jaren een geliefd toevluchtsoord voor oorlogsmisdadigers en andere internationale criminelen. Daar had de verwerpelijke en corrupte 'president voor het leven', generaal Alfredo Stroessner, wel voor gezorgd. Toen hij in 1989 ten val werd gebracht, flakkerde de hoop op verbetering op, maar die werd al snel de bodem ingeslagen. Paraguay bleef ongevoelig voor uitleveringsverzoeken.

Dus was het een ideaal land voor een oude schurk als Marcel Prosperi. Hij was geboren op Corsica en was tijdens en na de Tweede Wereldoorlog de ongekroonde koning van Marseille geweest. Hij zat in de heroïne, de prostitutie en de wapenhandel. Volgens het UCI-dossier was hij na de oorlog naar Italië ontsnapt, vervolgens naar Spanje en ten slotte naar Paraguay. Daar had hij een Zuid-Amerikaans distributienet opgezet voor heroïne vanuit Marseille, de zogeheten 'Franse connectie', die sneeuwwitte heroïne uit de Zuid-Franse havenstad naar de straten van Amerika bracht, samen met de Amerikaanse drugskoning Santo Trafficante jr., die als maffiabaas een groot deel van de drugshandel in de Verenigde Staten controleerde. Anna wist dat Prosperi onder één hoedje speelde met enkele belangrijke figuren van het Paraguayaanse bewind. Dat maakte hem tot een bijzonder gevaarlijke man, ook na zijn dood.

In Paraguay had Prosperi zijn activiteiten verborgen achter een keten van autobedrijven. Maar de afgelopen jaren was hij bedlegerig geweest en twee dagen geleden was hij ten slotte overleden.

Terwijl ze zich aankleedde voor haar ontmoeting met de weduwe liet Anna de details van de zaken Mailhot en Prosperi nog eens de revue passeren. Wat ze ook te weten zou komen in haar gesprek met de weduwe of uit de sectie op het lichaam, ze durfde er iets onder te verwedden dat Prosperi evenmin een natuurlijke dood gestorven was.

De moordenaars, wie ze ook mochten zijn, beschikten echter over uitgebreide middelen en contacten, en waren bijzonder slim.

Het feit dat de twee slachtoffers allebei op Alan Bartletts Sigmalijst voorkwamen moest iets betekenen, maar wát? Waren er nog anderen die toegang hadden tot de namen uit dat dossier – binnen het ministerie van Justitie, de CIA of in het buitenland? Was de lijst op de een of andere manier uitgelekt?

Een vage theorie kwam bij Anna op. De moordenaars – want het moesten er meer dan één zijn – hadden waarschijnlijk genoeg geld en een goed inlichtingennet. Als ze niet op eigen houtje opereerden, moesten ze zijn ingehuurd door een rijke en machtige organisatie. Maar met welk doel? En waarom nu, zo plotseling?

Weer kwam ze terug op het raadsel van de lijst. Wie had die namen onder ogen gehad? Bartlett had gesproken over een intern onderzoek van de CIA en het besluit om de ICU erbij te betrekken. Dat wees in de richting van Amerikaanse onderzoekers. De minister van Justitie zelf... zou hij de lijst hebben gezien?

En dan waren er nog andere, intrigerende vragen. Waarom moesten de moorden op natuurlijke sterfgevallen lijken? Waarom mocht niet bekend worden dat deze mannen waren vermoord? En hoe zat het met...

De telefoon ging en Anna schrok op uit haar overpeinzingen. De taxi stond klaar.

Ze werkte haar make-up nog even bij en ging naar beneden.

De taxi, een zilverkleurige Mercedes – waarschijnlijk ook gestolen – stoof door de drukke straten van Asunción zonder zich iets aan te trekken van de waarde van een mensenleven. De chauffeur, een knappe man van achter in de dertig, met bruine ogen, kortgeknipt haar en een olijfkleurige huid die fraai contrasteerde met zijn witlinnen tropenhemd, keek zo nu en dan over zijn schouder alsof hij op oogcontact hoopte.

Ze negeerde hem nadrukkelijk. Het laatste waar ze behoefte aan had was een plaatselijke Lothario met romantische bedoelingen. Ze staarde uit het raampje naar een straatventer die imitaties van Rolexen en Cartiers verkocht en zijn spullen voor haar omhooghield toen ze voor een stoplicht wachtten. Ze schudde haar hoofd. Een oude koopvrouw ventte kruiden en wortels uit.

Anna had nog niet één gringo gezien sinds ze hier was aangekomen. Dat lag ook voor de hand. Asunción was niet bepaald Parijs. Een bus voor hen braakte een smerige rookwolk uit. Ergens hoorde ze muziek.

Ze merkte dat het verkeer wat minder druk was hier. De straten werden breder en waren met bomen omzoomd. Blijkbaar reden ze door de buitenwijken. Ze had een stadsplattegrond in haar handtas, maar die wilde ze niet uitvouwen als het niet echt nodig was.

Ze herinnerde zich dat hoofdinspecteur Bolgorio had gezegd dat Prosperi's huis aan de Avenida Mariscal López lag, een laan in het oosten van de stad, in de richting van het vliegveld. Ze was erlangs gekomen op weg naar haar hotel. Het was de straat met al die mooie koloniale herenhuizen in Spaanse stijl. Maar de omgeving die ze nu door het raampje zag kwam haar niet bekend voor. Ze was hier nooit eerder geweest.

Ze keek op naar de chauffeur en vroeg: 'Waar gaan we heen?'

Hij gaf geen antwoord.

'Hé, luister eens,' zei ze, maar het volgende moment draaide hij de auto de berm in van een rustige zijweg met geen verkeer. *O, jezus.*

Ze had geen wapen. Haar pistool lag in de afgesloten la van haar bureau op kantoor. En haar training in vechtsporten en zelfverdediging zou haar niet veel helpen als...

De chauffeur had zich omgedraaid en hield een grote zwarte .38 op haar gericht.

'We moeten even praten,' zei de man. 'Je bent met het vliegtuig uit Amerika gekomen. Je wilt naar het huis van señor Prosperi. Begrijp je waarom sommige mensen daar meer van willen weten?'

Anna probeerde rustig te blijven. Haar enige voordeel was misschien een psychologisch overwicht. Deze man wist niet veel. Hij had geen idee wie ze was. Of wel?

'Als je zo'n hoer bent van de DEA, heb ik wel een paar vriendjes die zich met je willen amuseren... voordat je spoorloos verdwijnt. Je zou de eerste niet zijn. Als je een Amerikaanse *político* bent, heb ik andere vrienden die graag met je zouden willen... praten, zal ik maar zeggen.'

Anna dwong zichzelf hem aan te kijken met een mengeling van minachting en verveling. 'Je hebt het over je "vriendjes",' zei ze, en siste toen in vloeiend Spaans: '*El muerto al hoyo y le vivo al bol-*

lo.' Doden hebben geen vrienden.

'Wil je zelf niet kiezen hoe je wilt sterven? Dat is de enige keus die de meesten van ons ooit krijgen.'

'De eerste keus is aan jou. *El que mucho habla, mucho yerra.* Ik vind het zielig voor je dat ze je om een boodschap hebben gestuurd, want je maakt er een puinhoop van. Je weet werkelijk niet wie ik ben, geloof ik.'

'Vertel het me dan, als je weet wat goed voor je is.'

Ze plooide haar lippen in een verachtelijk lachje. 'Vergeet het maar.' Ze wachtte even. 'Dat zou Pepito Salazar niet op prijs stellen.'

Het gezicht van de chauffeur verstrakte. '*Salazar*, zei je?'

Pepito Salazar was een van de machtigste cocaïnesmokkelaars van het gebied, een man met een nog groter imperium dan de leiders van het Medellín-kartel.

De chauffeur keek haar achterdochtig aan. 'Het is makkelijk om zomaar een naam te noemen.'

'Als ik vanavond terugkom op het Palaquinto, zal het jóúw naam zijn die ik noem,' antwoordde Anna uitdagend. Het Palaquinto was Salazars villa in de bergen, een naam die maar bij heel weinig mensen bekend was. 'Jammer dat we niet officieel aan elkaar zijn voorgesteld.'

'Ik heb verhalen gehoord over het Palaquinto,' zei de chauffeur met trillende stem. Hij was niet zo dom om een persoonlijke koerier van Salazar het leven zuur te maken. 'Gouden kranen, fonteinen van champagne...'

'Alleen als er een feestje is. En als ik jou was, zou ik maar niet op een uitnodiging rekenen.' Ze stak haar hand in haar tasje en tastte naar haar hotelsleutels.

'Neem me niet kwalijk,' zei de man nadrukkelijk. 'Ik had instructies van mensen die niet genoeg wisten. We zouden er niet over piekeren om de vrienden van Salazar lastig te vallen.'

'Pepito weet dat mensen fouten maken.' Anna keek naar de .38, die losjes in zijn hand bungelde, lachte hem bemoedigend toe en ramde toen bliksemsnel haar sleutels tegen zijn pols. Het hoekige staal sneed door zijn vlees en zijn pezen, en het pistool viel in Anna's schoot. De man kermde van pijn. Anna griste het pistool op en drukte in één vloeiende beweging de loop tegen zijn achterhoofd.

'*La mejor palabra es la que no se dice,*' zei ze met opeengeklemde tanden. Het beste woord is dat wat niet gezegd wordt.

Ze gaf de chauffeur bevel om uit te stappen, liet hem vijftien passen doen door het struikgewas langs de weg, ging toen achter het stuur zitten en reed met brullende motor weg. Ze had geen tijd, bedacht ze, om deze angstige ervaring te analyseren. Ze kon zich niet veroorloven om haar gezonde verstand en haar intuïtie te laten vertroebelen door paniek. Er was werk aan de winkel.

Het huis van Marcel Prosperi aan de Avenida Mariscal López stond op enige afstand van de straat. Het was een reusachtig, Spaans koloniaal herenhuis, omgeven door een grote, aangelegde tuin. Het deed haar denken aan de oude Spaanse missiehuizen thuis in Californië. Maar in plaats van een eenvoudig grasveld zag ze hier grote terrassen met rijen cactussen en weelderige wilde bloemen achter een hoog smeedijzeren hek.

Ze parkeerde de zilverkleurige Mercedes een eindje verderop en liep naar de ingang, waar een taxi met draaiende motor stond. Een kleine man met een buikje stapte uit en slenterde naar haar toe. Hij had de donkere huid van een mesties, een zwarte *bandito*-hangsnor en zwart haar dat steil achterover was gekamd met te veel gel. Zijn gezicht glom van olie of zweet, maar hij leek heel tevreden met zichzelf. Zijn witte shirt met korte mouwen was doorschijnend op plekken waar het met zweet was doordrenkt, zodat zijn donkere borsthaar zichtbaar was.

Hoofdinspecteur Bolgorio? Waar was zijn politiewagen, vroeg ze zich af toen de taxi wegreed. Hij kwam stralend op haar toe en klemde haar hand in twee grote, klamme vuisten.

'Agent Navarro,' zei hij. 'Wat een genoegen om zo'n mooie vrouw te ontmoeten.'

'Bedankt dat u wilde komen.'

'Komt u mee. Señora Prosperi is er niet aan gewend om te wachten. Ze is heel rijk en machtig, agent Navarro, en ze krijgt in alles haar zin. Laten we maar naar binnen gaan.'

Bolgorio belde aan bij het hek en maakte zich bekend. Het slot zoemde en de politieman duwde de poort open.

Anna zag een tuinman over een perk met wilde bloemen gebogen staan. Een dienstbode van middelbare leeftijd liep over een pad tussen de cactussen door met een blad vol lege glazen en open flessen *agua con gas*.

'Kunnen we na dit gesprek meteen naar het mortuarium?' vroeg Anna.

'Dat is mijn afdeling niet, zoals ik al zei, agent Navarro. Een prachtig huis, vindt u niet?' Ze stapten een portiek in, waar het koel was in de schaduw. Bolgorio drukte op een bel naast een fraai bewerkte, licht gebeitste houten deur.

'Maar u kunt het wel regelen?' vroeg Anna, net toen de deur openging. Bolgorio haalde zijn schouders op. Een jonge vrouw deed open en liet hen binnen. Ze droeg een uniform dat bestond uit een witte blouse en een zwarte rok.

Binnen was het nog koeler. Er lag een vloer van terracottategels. De dienstbode bracht hen naar een grote open ruimte die sober was ingericht met geweven primitieve kleden, keramiek en stenen lampen. Alleen de indirecte verlichting in het gestuukte plafond viel wat uit de toon.

Ze gingen op een lange, lage, witte sofa zitten wachten. De dienstbode vroeg of ze koffie of mineraalwater wilden, maar ze bedankten allebei.

Ten slotte verscheen een lange, magere, elegante vrouw, de weduwe Prosperi. Ze leek een jaar of zeventig, maar ze was bijzonder goed geconserveerd. Ze was in de rouw, maar haar zwarte jurk was wel haute couture – misschien Sonya Rykiel, dacht Anna. Daarbij droeg ze een zwarte tulband en een grote zonnebril à la Jackie Onassis.

Anna en Bolgorio kwamen allebei overeind. Zonder hun een hand te geven zei ze in het Spaans: 'Ik zie niet hoe ik u zou kunnen helpen.'

Bolgorio deed een stap naar voren. 'Ik ben hoofdinspecteur Luis Bolgorio van de *policía*,' zei hij met een buiging van zijn hoofd. 'En dit is speciaal agent Anna Navarro van het Amerikaanse ministerie van Justitie.'

'Consuela Prosperi,' zei ze ongeduldig.

'Mogen we u onze welgemeende deelneming overbrengen met het verlies van uw man,' vervolgde Bolgorio. 'We wilden u alleen een paar vragen stellen, dan zijn we snel weer vertrokken.'

'Is er een probleem? Mijn man is lang ziek geweest, weet u. Toen hij eindelijk stierf, was dat een grote verlossing voor hem.'

En voor jou ook, dacht Anna. 'We hebben informatie,' zei ze, 'die erop wijst dat uw man mogelijk is vermoord.'

Consuela Prosperi leek niet onder de indruk. 'Gaat u zitten, alstublieft,' zei ze. Dat deden ze. De weduwe nam plaats in een witte stoel tegenover hen. Consuela Prosperi had de onnatuurlijk strakke huid van een vrouw die te veel facelifts heeft ondergaan. Haar make-up was te oranje, haar lippenstift glanzend bruin.

'Marcel is de laatste jaren van zijn leven ernstig ziek geweest. Hij moest het bed houden. Hij was er slecht aan toe.'

'Dat begrijp ik,' zei Anna. 'Had uw man ook vijanden?'

De weduwe keek haar hooghartig aan. 'Waarom zou hij vijanden hebben gehad?'

'Señora Prosperi, we weten alles van de zaken van uw man.'

Haar ogen schoten vuur. 'Ik ben zijn derde vrouw,' zei ze. 'En wij spraken nooit over zaken. Ik heb andere interesses.'

Natuurlijk kende de vrouw de reputatie van haar man, dacht Anna. En ze leek niet écht te rouwen om zijn dood.

'Had señor Prosperi ook regelmatige bezoekers?'

De weduwe aarzelde slechts een seconde. 'Niet sedert wij getrouwd waren.'

'En geen conflicten met zijn internationale "handelspartners", voor zover u weet?'

De vrouw kneep haar lippen samen, waardoor een rij verticale ouderdomsrimpels zichtbaar werden.

'Agent Navarro vraagt dit met alle respect,' kwam Bolgorio haastig tussenbeide. 'Wat ze bedoelt, is...'

'Ik begrijp heel goed wat ze bedoelt,' snauwde Consuela Prosperi.

Anna haalde haar schouders op. 'Er moeten in de loop van de jaren toch heel wat mensen zijn geweest die hebben geprobeerd uw man te laten arresteren of misschien zelfs te doden. Tegenstanders. Concurrenten die met hem streden om hetzelfde territorium. Ontevreden zakenpartners. Dat weet u net zo goed als ik.'

De weduwe gaf geen antwoord. Anna zag dat de dikke laag oranje pancake barstjes vertoonde op haar zongebruinde gezicht.

'Er zijn mensen die hem misschien hebben gewaarschuwd,' vervolgde Anna. 'Zijn eigen inlichtingen- of veiligheidsdienst? Weet u of iemand hem ooit heeft verteld over mogelijke bedreigingen?'

'In de negentien jaar dat wij getrouwd waren,' zei Consuela Prosperi, terwijl ze zich afwendde, 'heb ik zoiets nog nooit gehoord, nee.'

'Heeft hij tegen u ooit gezegd dat hij bang was dat mensen hem naar het leven stonden?'

'Mijn man was erg gesloten. Hij bezat een keten van autobedrijven, waar hij op afstand leiding aan gaf. Hij kwam liever niet de deur uit. Terwijl ik zelf graag onder de mensen ben.'

'Ja, maar zei hij ook dat hij báng was om uit te gaan?'

'Hij hield er gewoon niet van,' corrigeerde ze Anna. 'Hij bleef liever thuis om zijn biografieën en historische boeken te lezen.'

Om de een of andere reden hoorde ze de woorden die Ramon ge-
mompeld had: *El diablo sabe más por viejo que por diablo.* De duivel weet meer omdat hij oud is dan omdat hij de duivel is.

Anna gooide het over een andere boeg. 'Dit huis lijkt me goed
beveiligd.'

De weduwe keek smalend. 'U kent Asunción zeker niet?'

'Er is hier veel armoede en criminaliteit, agent Navarro,' zei
hoofdinspecteur Bolgorio en hij spreidde zijn handen. 'Rijke families zoals de Prosperi's moeten hun maatregelen nemen.'

Anna negeerde hem. 'Heeft uw man de laatste paar weken van
zijn leven nog bezoek gehad?' vroeg ze.

'Nee. Mijn kennissen kwamen hier regelmatig, maar niemand
ging naar boven om hem te zien. Hij had eigenlijk geen vrienden
meer, de afgelopen jaren. Hij zag alleen mij nog maar, en zijn verpleegsters.'

Anna keek snel op. 'Wie stuurde die verpleegsters?'

'Een medisch uitzendbureau.'

'Draaiden ze wisseldiensten? Waren het steeds dezelfden?'

'Er was een dagzuster en een avondzuster... ja, altijd dezelfden.
Ze zorgden goed voor hem.'

Anna kauwde op de binnenkant van haar onderlip. 'Ik wil graag
uw laatste bankafschriften zien.'

De weduwe keek Bolgorio verontwaardigd aan. 'Dat hoef ik toch
niet goed te vinden? Het is een grove inbreuk op mijn privacy.'

Bolgorio hief smekend zijn handen. 'Alstublieft, señora Prosperi,
ze wil alleen maar vaststellen of er sprake kan zijn geweest van
moord.'

'Moord? Het hart van mijn man heeft het ten slotte opgegeven.'

'Als het moet, kunnen we ze altijd bij de bank opvragen,' zei Anna, 'maar het zou wel zo makkelijk zijn als u...'

Consuela Prosperi stond op en keek Anna opeens strak aan, met
trillende neusvleugels, alsof de Amerikaanse agente een knaagdier
was dat onverhoeds het huis was binnengedrongen. 'Mensen zoals
zij accepteren geen inbreuk op hun privacy,' fluisterde Bolgorio tegen Anna.

'Señora Prosperi, u zegt dat er twee verpleegsters waren,' hield
Anna dapper vol. 'Waren ze betrouwbaar?'

'Ja.'

'Nooit ziek of afwezig?'

'O, dat wel, zo nu en dan. En op feestdagen vroegen ze weleens
een avond vrij: *Año Nuevo, Día de los Trabajadores, Carnaval,* dat

soort dagen. Maar ze waren heel verantwoordelijk en het uitzendbureau zorgde altijd voor vervangsters, dus daar hoefde ik me geen zorgen over te maken. De vervangsters waren net zo goed opgeleid als de vaste verpleegsters. Zelfs op Marcels laatste nacht heeft een vervangster nog alles gedaan om te proberen hem te redden...'

Een vervangster? Anna zat opeens rechtop. 'Er was een vervangster de nacht dat hij stierf?'

'Ja, maar ze kende haar vak, zoals ik al zei.'

'Had u haar ooit eerder gezien?'

'Nee...'

'Kunt u me de naam en het telefoonnummer geven van dat uitzendbureau?'

'Natuurlijk, maar als u wilt suggereren dat die zuster Marcel heeft vermoord, bent u niet goed wijs. Hij was ziek.'

Anna voelde haar hart in haar keel bonzen. 'Kunt u dat bureau bellen?' vroeg ze aan Bolgorio. 'En ik wil nu meteen naar het mortuarium... Wilt u hen waarschuwen dat ik eraan kom? Dan kunnen ze het lichaam prepareren.'

'Het *lichaam?*' vroeg Consuela Prosperi geschrokken. Ze kwam overeind.

'Het spijt me verschrikkelijk dat we de begrafenis moeten uitstellen,' zei Anna. 'We willen u toestemming vragen om sectie te verrichten. Als het niet anders kan, zullen we naar de rechter stappen, maar het zou eenvoudiger en sneller gaan als u met ons meewerkt. Ik kan u garanderen dat er niets van te zien zal zijn als u een open kist wilt...'

'Waar hebt u het over?' vroeg de weduwe, oprecht verbaasd. Ze liep naar de grote haard en tilde een rijk bewerkte zilveren urn van de schouw. 'Ik heb een paar uur geleden de as van mijn man ontvangen.'

13

Washington D.C.
Rechter Miriam Bateman van het Amerikaanse Hooggerechtshof kwam met grote moeite overeind van achter haar zware mahoniehouten bureau om haar bezoeker te begroeten. Leunend op een stok met een gouden knop liep ze om het bureau heen om hem de hand te schudden. Ze verwelkomde hem met een warme glimlach, ondanks de pijn van haar gewrichtsreuma.

'Blij je te zien, Ron,' zei ze.

De ander, een lange zwarte man van achter in de vijftig, boog zich naar voren om de kleine rechter op de wang te zoenen. 'Je ziet er geweldig uit, zoals altijd,' zei hij met een diepe, heldere bariton en een zorgvuldige dictie.

'Ach, klets toch niet.' Rechter Bateman sleepte zich naar een rechte fauteuil bij de haard en de ander ging in een bijpassende stoel naast haar zitten.

Haar bezoeker was een van de invloedrijkste burgers van Washington, een alom gerespecteerde en goed ingevoerde advocaat met een privépraktijk, die nog nooit een overheidsfunctie had bekleed, maar een vertrouweling was geweest van alle presidenten, Democratisch of Republikeins, sinds Lyndon Johnson. Ronald Evers, beroemd om zijn uitstekende garderobe, droeg een mooie antracietgrijze krijtstreep met een rustige donkerrode das.

'Mevrouw de rechter, ik stel het op prijs dat u me op zo'n korte termijn wilde ontvangen.'

'Verdorie, Ron, zeg toch gewoon Miriam. Hoe lang kennen we elkaar nu al?'

Hij glimlachte. 'Vijfendertig jaar, geloof ik... Miriam, maar ik kan er tien jaar naast zitten. Toch heb ik nog altijd de neiging om je *professor* Bateman te noemen.'

Evers was een van Miriam Batemans beste studenten geweest aan de rechtenfaculteit van Yale, en had vijftien jaar geleden achter de schermen zijn invloed aangewend om haar benoemd te krijgen in het Hooggerechtshof. Nu boog hij zich naar voren in zijn stoel. 'Je bent een drukbezette dame en het hof is in zitting, dus ik zal er niet omheen draaien. De president heeft me gevraagd om je mening te vragen over een zaak die niet verder mag gaan dan deze kamer – een zaak waar hij lang over heeft nagedacht. Maar het is nog heel pril allemaal, begrijp me goed.'

Rechter Batemans intelligente blauwe ogen glinsterden doordringend achter haar dikke brillenglazen. 'Hij wil dat ik aftreed,' zei ze somber.

Evers was niet voorbereid op zo'n rechtstreeks antwoord. 'Hij heeft een groot respect voor je oordeel en je intuïtie, en hij wil graag je advies over een opvolger. De president heeft niet veel meer dan een jaar tot het einde van zijn termijn en hij wil ervoor zorgen dat de volgende vacature bij het Hooggerechtshof niet wordt vervuld door de andere partij – zoals op dit moment erg waarschijnlijk lijkt.'

'En waarom denkt de president dat mijn positie binnenkort vacant komt?' vroeg rechter Bateman rustig.

Ronald Evers boog zijn hoofd, met gesloten ogen, alsof hij diep nadacht of in gebed verzonken was. 'Dit is een delicate zaak,' zei hij behoedzaam, als een priester in een biechtstoel, 'maar we zijn altijd eerlijk tegen elkaar geweest. Je bent een van de beste opperrechters die dit land ooit heeft gehad. Ik twijfel er niet aan dat je in één adem zult worden genoemd met Brandeis of Frankfurter. Maar ik weet ook dat je je erfenis zult willen beschermen en dus moet je jezelf in alle oprechtheid afvragen hoeveel jaar je nog te gaan hebt.' Hij tilde zijn hoofd op en keek haar recht aan. 'Vergeet niet dat Brandeis en Cardozo en Holmes allemaal te lang zijn aangebleven. Ze zijn blijven zitten toen ze hun beste werk al achter de rug hadden.'

Rechter Bateman gaf geen krimp. 'Wil je koffie?' vroeg ze onverwachts. Ze liet haar stem dalen en zei op samenzweerderige toon: 'Ik heb een *Sachertorte* meegebracht van Demel in Wenen. Heel slecht voor me, zeggen de heren doktoren.'

Evers klopte op zijn platte middenrif. 'Ik probeer flink te blijven. Maar toch bedankt.'

'Laat ik dan net zo eerlijk antwoord geven. Ik ken de reputatie van bijna elke rechter van enige naam bij alle gerechtshoven van dit land. En ik weet zeker dat de president een goed gekwalificeerde, scherpe, intelligente jurist zal kunnen vinden. Maar ik zal je een geheim verklappen. Het kost jaren om het klappen van de zweep te leren hier bij het Hooggerechtshof. Je kunt niet zomaar binnenstappen en verwachten dat je invloed hebt. Dienstjaren, daar gaat het om. Als ik één les hier geleerd heb, is het wel de macht van de *ervaring*. Dat is de bron van echte wijsheid.'

Haar bezoeker had dat argument verwacht. 'En niemand bij dit hof is zo wijs als jij. Maar je gezondheid gaat achteruit. Je wordt er niet jonger op.' Hij glimlachte droevig. 'Niemand van ons, natuurlijk. Het is vervelend om het te zeggen, maar we kunnen er niet omheen.'

'O, maar ik ben niet van plan om binnenkort het loodje te leggen,' zei ze met een glinstering in haar ogen. De telefoon naast haar stoel begon opeens te rinkelen en ze schrokken allebei. De rechter nam op.

'Ja?'

'Neem me niet kwalijk dat ik u stoor,' klonk de stem van haar vertrouwde secretaresse Pamela, 'maar ik heb hier een meneer Holland aan de lijn. U vroeg me hem altijd door te verbinden, wanneer hij ook belt.'

'Ik neem het gesprek wel in mijn studeerkamer.' Ze legde neer en stond met moeite op. 'Wil je me even excuseren, Ron?'

'Ik kan ook buiten wachten,' zei Evers, terwijl hij overeind kwam en haar op de been hielp.

'Wat een onzin. Blijf maar rustig hier. En als je nog van gedachten verandert over die *Sachertorte*, Pamela zit om de hoek.'

Rechter Bateman sloot de deur van haar studeerkamer en liep moeizaam naar haar favoriete stoel. 'Meneer Holland.'

'Mevrouw de rechter, neemt u me niet kwalijk dat ik stoor,' zei de stem door de telefoon, 'maar er is een probleem ontstaan waarbij u ons misschien kunt helpen.'

Ze luisterde even en zei toen: 'Ik bel wel even.'

'Alleen als het niet te veel moeite is,' zei de man. 'Ik zou u zeker niet lastig vallen als het niet erg belangrijk was.'

'Het is geen moeite. Niemand zit hierop te wachten, zeker niet op een moment als dit.'

Ze luisterde weer en zei na een tijdje: 'We gaan er allemaal van uit dat u de beste oplossing zult kiezen.'

Nog een pauze, en toen: 'Ik zie u binnenkort.' En ze hing op.

Zürich

Een ijzige wind blies over de Limmatquai, de rivierkade langs de Limmat. De rivier loopt dwars door het centrum van Zürich naar het Meer van Zürich en deelt de stad in twee duidelijke helften: het Zürich van het bankwezen en de dure winkels, en de *Altstadt*, de schilderachtige, middeleeuwse oude stad. De Limmat glinsterde in de bleke zon van de vroege ochtend. Het was nog geen zes uur, maar er waren al mensen op weg naar hun werk, gewapend met koffertjes en paraplu's. De hemel was bewolkt, hoewel het leek of er geen regen dreigde. Maar de bewoners van Zürich wisten wel beter.

Ben liep nerveus over de promenade, langs de dertiende-eeuwse *Zunfthausen*, de oude gildepanden met hun glas-in-loodramen, waarin nu dure restaurants waren ondergebracht. Bij de Marktgasse sloeg hij linksaf naar het labyrint van smalle klinkerstraatjes in de oude stad. Na een paar minuten vond hij de Trittligasse, een straat met middeleeuwse stenen huizen, waarvan een aantal tot woningen was omgebouwd.

Nummer 73 was een oud herenhuis waarin nu appartementen waren ondergebracht. Op een koperen plaatje naast de voordeur stonden zes namen, in witte letters op zwarte plastic stroken. Een ervan was M. DESCHNER.

Hij liep door zonder zijn pas in te houden, om vooral niet de aandacht te trekken. Misschien was het onzinnige paranoia, maar als er een kans bestond dat de spionnen van het consortium hem in de gaten hielden, wilde hij Liesls neef niet in gevaar brengen door bij hem aan te bellen. De komst van een onbekende bezoeker zou op zichzelf al nieuwsgierigheid kunnen wekken. En de mogelijkheid dat zijn tegenstanders stonden te posten maakte een paar fundamentele voorzorgsmaatregelen noodzakelijk.

Een uur later drukte een besteller in het karakteristieke oranjezwarte uniform van de *Blümchengallerie* op de bel van nummer 73 in de Trittligasse. De *Blümchengallerie* was de duurste bloemistenketen van Zürich en de kleurig geklede bestellers hoorden bij het straatbeeld in de betere wijken. De man had een groot boeket witte rozen in zijn hand. De rozen kwamen inderdaad van de *Blümchengallerie*, maar het uniform van de kringloopwinkel van een katholieke parochie aan de andere kant van de stad.

Na een paar minuten belde de man opnieuw. Nu kraakte er een stem door de luidspreker van de intercom: 'Ja?'

'Peter Hartman.'

Een lange stilte. 'Wat zegt u?'

'Peter Hartman.'

Een nog langere aarzeling. Toen: 'Kom naar de tweede verdieping, Peter.'

Er klonk een zoemer, de deur ging open en Ben stapte een donkere hal binnen. Hij legde de bloemen op een marmeren tafeltje en beklom de versleten stenen trap, die steil omhoog liep in het halfdonker.

Liesl had hem het privé- en kantooradres van Matthias Deschner gegeven, en zijn telefoonnummers. In plaats van de advocaat op zijn werk te bellen, had Ben besloten om onaangekondigd naar zijn huis te gaan, op een tijdstip waarop de advocaat waarschijnlijk nog niet naar zijn werk was. Hij wist dat de Zwitsers erg punctueel waren en dat de werkdag tussen negen en tien uur begon. Deschner zou geen uitzondering vormen.

Liesl had gezegd dat ze hem volledig vertrouwde, maar Ben kon nergens meer zeker van zijn. Daarom had hij Liesl gevraagd Deschner niet te bellen om hem te introduceren. Hij wilde de advocaat liever verrassen, hem onverhoeds confronteren en zijn eerste oprechte reactie peilen als hij de man zag die hij voor Peter Hartman hield. Of zou Deschner al weten dat Peter was vermoord?

De deur ging open en Matthias Deschner stond voor hem in een groengeruite badjas. Hij was een kleine man, met een bleek, ge-groefd gezicht, een bril met dikke glazen en een draadmontuur, en rossig haar dat pluisde aan de slapen. Ben schatte hem op een jaar of vijftig.

Deschner sperde zijn ogen open van verbazing. 'Allemachtig,' riep hij uit, 'wat heb je nou voor een pak aangetrokken? Maar blijf daar niet staan. Kom binnen, kom binnen.' Hij deed de deur dicht ach-ter Ben en vroeg: 'Wil je koffie?'

'Graag.'

'Wat dóé je hier?' fluisterde Deschner. 'Is Liesl...?'

'Ik ben Peter niet. Ik ben zijn broer, Ben.'

'Wát? Zijn broer? O, mijn gód!' hijgde de advocaat. Hij draaide zich op zijn hielen om en keek Ben opeens angstig aan. 'Ze hebben hem gevonden, zeker?'

'Peter is een paar dagen geleden vermoord.'

'O, lieve god,' kreunde hij. 'O, jezus. Ze hebben hem gevonden! Daar was hij altijd al zo bang voor.' Deschner zweeg opeens en er gleed een uitdrukking van afschuw over zijn gezicht. 'Liesl...'

'Liesl is ongedeerd.'

'Godzijdank.' Hij draaide zich weer om naar Ben. 'Ik bedoel al-leen maar...'

'Geeft niet. Ik begrijp het wel. Ze is familie.'

Deschner bleef bij een kleine ontbijttafel staan en schonk koffie in een porseleinen kopje, dat hij Ben aanreikte. 'Hoe is het gebeurd?' vroeg hij ernstig. 'Ik wil het weten, man!'

'De bank waar je die ochtend van de aanslag op de Bahnhofstras-se een afspraak had zal wel het lek zijn geweest,' zei Deschner. Ze zaten tegenover elkaar aan de tafel, druk in gesprek. Ben had het wijde oranje-zwarte pak uitgetrokken, waaronder hij zijn gewone kleren droeg. 'De Union Bank van Zwitserland is een fusie van een aantal oudere banken. Misschien zat er een oude, gevoelige reke-ning bij die in de gaten werd gehouden door een van de partijen waarmee je gesproken hebt. Een medewerker, iemand van de bank. Een informant die een lijstje had gekregen.'

'In opdracht van dat consortium waar Liesl en Peter het over had-den, of een van zijn vertakkingen?'

'Dat is heel goed mogelijk. Al die grote firma's hebben een lang-durige en innige relatie met de belangrijkste Zwitserse banken. De complete lijst van oprichters is tegelijk de lijst van verdachten.'

'Heeft Peter je die lijst laten zien?'

'Nee. Eerst wilde hij me niet eens vertellen waarom hij een rekening wilde openen. Ik wist alleen dat het niet om geld ging. Het was hem te doen om de kluis die erbij hoorde. Om wat papieren in te bewaren, zei hij. Vind je het goed als ik rook?'

'Het is jouw huis.'

'Amerikanen zijn zo fascistisch als het op roken aankomt, sorry dat ik het zeg.'

Ben grijnsde. 'Niet iedereen, hoor.'

Deschner haalde een sigaret uit een pakje Rothmans dat naast zijn ontbijtbordje lag en stak hem aan met een plastic weggooiaansteker. 'Peter wilde de rekening niet op zijn eigen naam hebben. Hij was bang... terecht, zoals nu blijkt... dat zijn vijanden contacten hadden bij de banken. Daarom wilde hij een valse naam opgeven, maar dat is niet langer mogelijk. Daar hebben de banken een eind aan gemaakt, onder druk van de buitenwereld, met name Amerika. Vanaf de jaren zeventig moet je een paspoort overleggen als je een rekening wilt openen. Voor die tijd kon dat per post, maar dat gaat niet meer.'

'Heeft hij die rekening dus op zijn eigen naam gesteld?'

'Nee, op de mijne. Ik ben de rekeninghouder, Peter was gemachtigde.' Deschner blies een wolk rook uit. 'We moesten er samen heen om de rekening te openen, maar Peters naam kwam maar op één formulier voor, dat alleen toegankelijk is voor de rekeningbeheerder. Dat formulier is bedoeld om de identiteit van de gemachtigde vast te stellen en wordt veilig opgeborgen bij de stukken.' In de andere kamer ging de telefoon.

'Welke bank was het?'

'Ik heb de Handelsbank Schweiz AG gekozen. Die is klein en discreet. Cliënten van mij – mensen met geld dat niet helemaal zuiver is, zal ik maar zeggen – hebben goede ervaringen met die bank.'

'Dat betekent dat jij nu toegang hebt tot Peters kluis?'

'Nee, zo werkt het niet. De gemachtigde moet erbij zijn. In dit geval de erfgenaam van de gemachtigde. Je moet dus met me mee.'

'Als het kan,' zei Ben, 'zou ik nu meteen naar de bank willen gaan.' Hij herinnerde zich de ijzige waarschuwing van Schmid dat hij zijn gezicht niet meer in Zürich mocht laten zien, omdat hij als *persona non grata* onmiddellijk zou worden aangehouden.

De telefoon ging nog steeds. Deschner drukte zijn sigaret uit op een schoteltje. 'Goed. Ik neem even op, als je het niet erg vindt. Daarna moet ik een paar telefoontjes plegen om mijn afspraak van halftien te verzetten.'

Hij liep naar de andere kamer, zijn kantoortje, en kwam een paar minuten later terug. 'Geen probleem. Ik kon de afspraak verschuiven.'

'Bedankt.'

'Geen punt. De rekeningbeheerder – dat is de bankier, een hoge onderdirecteur van de bank, Bernard Suchet – heeft de papieren klaarliggen. Hij heeft een fotokopie van Peters paspoort in het dossier. Zij denken dat hij al vier jaar dood is. Voor zover ik weet, is die... *tragedie* van een paar dagen geleden nog niet bekend. Jouw eigen identiteit is gemakkelijk vast te stellen.'

'Ik ben niet helemaal langs officiële weg dit land binnengekomen,' zei Ben. Hij formuleerde het voorzichtig. 'Mijn wettige aanwezigheid is dus niet te traceren in de bestanden van de douane en de immigratiedienst. Stel dat ze de autoriteiten waarschuwen?'

'Dat zien we dan wel weer. Ik zal me aankleden, dan kunnen we vertrekken. Nu meteen.'

14

Anna draaide zich verontwaardigd om naar hoofdinspecteur Bolgorio. 'Wát? Is het lichaam gecremeerd? We hadden een afspraak, verdomme...'

De Paraguayaanse politieman spreidde zijn handen en sperde geschrokken zijn ogen open. 'Agent Navarro, alstublieft! Laten we daar later over spreken, niet in het bijzijn van een nabestaande...'

Anna negeerde hem en keek de weduwe weer aan. 'Wist u dat er sectie zou worden verricht?' vroeg ze.

'Wilt u niet zo'n toon tegen me aanslaan?' snauwde Consuela Prosperi. 'Ik ben geen crimineel.'

Anna keerde zich woedend naar Bolgorio. 'Wist ú dat het lichaam van haar man gecremeerd zou worden?' Natuurlijk had hij dat geweten, de klootzak.

'Agent Navarro, dat is mijn afdeling niet, dat zei ik al.'

'Maar wist u het of niet?'

'Ik heb wel iets gehoord. Maar ik sta onder aan de totempaal, dat moet u begrijpen.'

'Zijn we nu klaar?' vroeg Consuela Prosperi.

'Nog niet,' zei Anna. 'Is er druk op u uitgeoefend voor een crematie?' vroeg ze de weduwe.

Consuela richtte zich tot Bolgorio. 'Hoofdinspecteur, wilt u deze vrouw uit mijn huis verwijderen?'

'Mijn verontschuldigingen, mevrouw,' zei Bolgorio. 'Agent Navarro, we moeten nu gaan.'

'We zijn nog niet klaar,' zei Anna rustig. 'U bent onder druk gezet, nietwaar?' vroeg ze opnieuw aan señora Prosperi. 'Wat hebben ze gezegd? Dat uw bankrekening zou worden geblokkeerd als u niet zou meewerken? Zoiets?'

'Ik wil deze vrouw niet meer zien, hoofdinspecteur!' zei de weduwe gebiedend en met stemverheffing.

'Alstublieft, agent Navarro...'

'Señora,' zei Anna, 'ik zal u iets vertellen. Ik weet toevallig dat een groot deel van uw kapitaal is geïnvesteerd in hedgefunds en andere fondsen en beleggingen in de Verenigde Staten en het buitenland. De Amerikaanse regering heeft de macht die fondsen te blokkeren als ze u verdenkt van medeplichtigheid aan een internationale samenzwering.' Ze stond op en liep naar de deur. 'Ik stap nu op het vliegtuig naar Washington en ik zal de regering adviseren onmiddellijk in te grijpen.'

Achter zich hoorde ze de weduwe roepen: 'Dat kan ze toch niet doen? U hebt me verzekerd dat mijn geld veilig was als ik...'

'Stil!' blafte de rechercheur van moordzaken. Geschrokken draaide Anna zich om en zag Bolgorio oog in oog staan met de weduwe. Zijn kruiperigheid was totaal verdwenen. 'Laat het maar aan mij over.'

Hij liep snel naar Anna toe en greep haar arm.

'Wat probeert u te verbergen?' vroeg Anna toen ze buiten het hek van het huis van de Prosperi's stonden.

'U kunt de zaak beter laten rusten,' zei Bolgorio. Zijn stem klonk opeens boosaardig en veel zelfverzekerder dan Anna hem tot nu toe had gehoord. 'U bent een buitenlandse hier. Dit is niet uw eigen land.'

'Hoe kon dat gebeuren? Zijn de instructies aan het mortuarium "verdwenen" of "zoekgeraakt"? Heeft iemand u betaald? Is het zo gegaan?'

'Wat weet u van de manier waarop het hier toegaat in Paraguay?' vroeg Bolgorio en hij kwam opeens angstig dichtbij. Ze voelde zijn hete adem in haar gezicht, en zijn speeksel. 'Er zijn zoveel dingen die u niet weet.'

'U wíst dat het lichaam al was vernietigd. Vanaf het moment dat ik belde heb ik een voorgevoel gehad. U wist dat er geen lichaam meer in het mortuarium lag. Ik wil maar één ding weten: Hebt u bevel gekregen of bent u omgekocht? En waar kwam dat bevel vandaan? Van hogerhand of van buiten de regering?'

Bolgorio keek haar onbewogen aan en zei niets.

'*Wie heeft u opdracht gegeven het lichaam te vernietigen?*'

'Ik mag u wel, agent Navarro. U bent een aantrekkelijke vrouw. Ik zou niet willen dat er iets met u gebeurde.'

Hij wilde haar angst aanjagen en dat lukte hem helaas. Maar ze liet niets blijken. 'Dreigementen? Niet erg subtiel.'

'Het is geen dreigement. Ik zou niet willen dat u iets overkwam. U moet heel goed naar me luisteren en zo snel mogelijk dit land verlaten. Er zijn mensen op hoge posities in onze regering die de Prosperi's en anderen zoals hen beschermen. Daar is geld mee gemoeid, veel geld. U zult niets bereiken door uw eigen leven in gevaar te brengen.'

Dan kende hij haar slecht, dacht Anna. Dreigementen hadden op haar het effect van een rode lap op een stier.

'Hebt u zelf opdracht gegeven tot die crematie?'

'Het is gebeurd, meer weet ik niet. Ik heb niet veel invloed, dat zei ik al.'

'Dan moet iemand hebben geweten dat Prosperi geen natuurlijke dood gestorven is. Waarom zouden ze anders de bewijzen hebben vernietigd?'

'U vraagt me dingen waarop ik het antwoord niet weet,' zei hij rustig. 'Alstublieft, agent Navarro, wees voorzichtig. Er zijn hier mensen die niet van pottenkijkers houden.'

'Denkt u dat zij... die "mensen die niet van pottenkijkers houden"... Prosperi hebben laten vermoorden en dat nu geheim willen houden?'

Bolgorio draaide zich half om, alsof hij nadacht. 'Ik zal u iets vertellen, maar ik zal ontkennen dat ik het ooit tegen u heb gezegd. Nog voordat u hier aankwam, toen ik wist dat u Prosperi's dood wilde onderzoeken, heb ik het uitzendbureau gebeld. Dat leek me een voor de hand liggende plaats om te beginnen.'

'En?'

'De vervangster – de verpleegster die bij Prosperi was op de avond van zijn dood – is verdwenen.'

Ze voelde de moed in haar schoenen zinken. *Ik wist dat het te gemakkelijk ging*, dacht ze.

'En hoe was die verpleegster bij het uitzendbureau terechtgekomen?'

'Ze had uitstekende geloofsbrieven, zeiden ze. Haar papieren klopten. Ze zei dat ze hier vlakbij woonde, dus als ze eens een opdracht in de buurt voor haar hadden... Ze is nog op drie andere plaatsen ingevallen, niet ver hier vandaan, en deed haar werk heel goed. Opeens werd de vaste verpleegster van señor Prosperi ziek. Zij was beschikbaar, dus...'

'En ze kunnen haar niet meer bereiken?'

'Ze is verdwenen, zei ik.'

'Maar haar loonstrookjes, haar bankrekening...?'

'Ze werd contant uitbetaald. Dat gebeurt wel vaker in dit land. Haar adres bleek vals. Toen we een onderzoek instelden, bleken ál haar gegevens vals. Het leek alsof ze speciaal voor deze gelegenheid een hele façade had opgebouwd, als een toneeldecor. En zodra de klus was geklaard, heeft ze het decor weer afgebroken.'

'Het klinkt professioneel. Ik wil graag met dat uitzendbureau praten.'

'Daar wordt u niets wijzer van. En ik zal u er niet bij helpen. Ik heb u al te veel verteld. Ik raad u aan zo snel mogelijk het land te verlaten. Er zijn zoveel manieren waarop een te nieuwsgierige buitenlander kan worden vermoord. Zeker als heel machtige mensen bepaalde geheimen willen beschermen. Dus... maak dat u wegkomt. Alstublieft.'

Ze wist dat hij het ernstig meende. Het was geen loos dreigement. Anna was koppiger dan wie ook en ze gaf nooit op. Maar soms was het verstandiger om verder te gaan, wist ze. Soms was het belangrijker om het vege lijf te redden.

Zürich

Het motregende weer tegen de tijd dat Ben Hartman en Matthias Deschner door de Löwenstrasse liepen. De hemel was staalgrijs. De lindebomen langs de straat ruisten in de wind. Een kerkklok met een melodieus geluid sloeg negen uur. Trams reden door het midden van de straat – lijn 6, lijn 11 en lijn 13 – en stopten met piepende remmen. Overal waren FedEx-trucks te zien. Zürich was een internationaal financieel centrum, wist Ben, en tijd was geld, vooral in de bankwereld. Bankmedewerkers met paraplu's waren haastig op weg naar hun werk. Twee Japanse meisjes, toeristen, liepen te giechelen. De ongeschilderde houten bankjes stonden verlaten onder de lindebomen.

Het regende, het werd weer droog en het begon opnieuw te regenen. Ze kwamen bij het drukke kruispunt van de Lagerstrasse en de Löwenstrasse. Het gebouw van de Société de Banque Suisse stond leeg. Het werd verbouwd of gerenoveerd.

Een paar modieuze, ongeschoren Italianen in identieke zwartleren jacks passeerden hen. Ze rookten allebei. Daarna een matrone die de geur van Shalimar verspreidde.

In de volgende straat bleef Deschner, die een slechtzittende zwarte regenjas over een lelijk geruit jasje droeg, staan voor een wit stenen gebouw dat op een patriciërshuis leek. Naast de deur zat een koperen plaatje waarin met sierlijke letters de naam HANDELSBANK SCHWEIZ AG was gegraveerd. Deschner duwde de zware glazen deur open.

Recht tegenover de bank, aan een cafétafeltje onder een rode Coca-Cola parasol, zat iemand met de tengere gestalte van een puber. Hij droeg een kaki broek, een MC Solaar T-shirt en een blauwe nylon rugzak. Hij dronk een flesje Orangina zonder glas. Met lome bewegingen bladerde hij een muziektijdschrift door, terwijl hij in een mobiele telefoon sprak. Zo nu en dan keek hij naar de ingang van de bank aan de overkant.

De glazen deur schoof automatisch open. Ze bleven even staan, tussen de zware deuren in, voordat de volgende zich opende, met een zacht gezoem.

De grote lobby van de Handelsbank had een marmeren vloer en was helemaal leeg, afgezien van een modern zwart bureau in de andere hoek. Achter het bureau zat een vrouw die zachtjes in een kleine draadloze headset sprak. Ze keek op toen ze binnenkwamen.

'*Guten Morgen*,' zei ze. '*Kann ich Ihnen helfen?*'

'*Ja, guten Morgen. Wir haben eine Verabredung mit Dr. Suchet.*'

'*Sehr gut, mein Herr. Einen Moment.*' Ze zei weer iets in haar microfoontje. '*Er wird gleich unten sein, um Sie zu sehen.*'

'Je zult Bernard Suchet wel mogen, denk ik,' zei Deschner. 'Hij is een prima kerel, een bankier van de oude stempel. Niet zo'n druk en haastig jongmens van wie je er tegenwoordig zoveel tegenkomt in Zürich.'

Op dat moment kon het Ben weinig schelen als het Charles Manson was geweest.

Er klonk een belletje uit de richting van een stalen liftkoker. De deur gleed open en een grote man met ronde schouders in een tweedjasje kwam naar hen toe en schudde eerst Deschner en toen Ben de hand. '*Es freut mich dich wiederzusehen, Matthias,*' zei hij, en richtte zich toen tot Ben. 'Hoe maakt u het, meneer Hartman? Komt u mee, als u wilt.'

Ze namen de lift naar boven. In het plafond zat een discrete camera gemonteerd. Suchet had een permanent welwillende uitdrukking op zijn gezicht. Hij had een onderkin, een buikje en droeg een zware bril met rechthoekige glazen. Op het borstzakje van zijn overhemd was een monogram met zijn initialen geborduurd. De pochet in de zak van zijn jasje paste bij zijn das. Een belangrijke figuur binnen de bank, dacht Ben. Een tweedjasje, geen driedelig pak – hij was verheven boven de kledingcode.

Ben hield hem scherp in de gaten, speurend naar enig teken van achterdocht, maar Suchet leek ontspannen en zakelijk.

De lift kwam uit bij een wachtruimte met een hoogpolig, geelbruin kamerbreed tapijt, ingericht met echt antiek, geen replica's. Ze staken de ruimte over naar een deur met een elektronisch slot, waar Suchet een kaartje in stak dat hij aan een koordje om zijn hals droeg.

Suchets kantoor lag verderop in de gang: een ruime, lichte kamer. Een computer was het enige voorwerp op het glazen blad van zijn lange bureau. Hij ging erachter zitten, met Deschner en Ben tegenover hem. Een vrouw van middelbare leeftijd kwam binnen met twee espresso's en twee glazen water op een zilveren blad en zette het op het bureau voor de twee bezoekers. Daarna verscheen een jongeman, die dr. Suchet een dossier gaf.

Suchet sloeg het open. 'U bent Benjamin Hartman, uiteraard,' zei hij vragend, terwijl hij loenzend uit het dossier opkeek naar Ben.

Ben knikte en voelde de spanning in zijn maag.

'Wij hebben aanvullende documentatie die u aanwijst als enige erfgenaam van de gemachtigde van deze rekening. U kunt dat bevestigen?'

'Ja, dat klopt.'

'De papieren zijn juridisch in orde en ik zie dat u niemand anders kunt zijn dan Peter Hartmans tweelingbroer.' Hij glimlachte. 'Wat kan ik vanochtend voor u doen, meneer Hartman?'

De kluis van de Handelsbank bevond zich in de kelder – een tl-verlichte ruimte met lage plafonds, veel minder modern dan het bankgebouw erboven. Ben zag een aantal genummerde deuren langs een smalle gang, waarschijnlijk afzonderlijke kluizen. Een paar grotere nissen in de hal leken van een afstand bekleed met koper, maar van dichterbij bleken het rijen kluisloketten van verschillende afmetingen te zijn.

Bij de ingang van een nis met het nummer 18C bleef dr. Suchet staan en gaf Ben een sleutel. Hij zei er niet bij welk van de honderden kluisloketten in deze sector door Peter was gehuurd. 'Ik neem aan dat u prijs stelt op privacy,' zei hij. 'Herr Deschner en ik laten u nu alleen. Als u klaar bent, kunt u me bellen met deze telefoon hier.' Hij wees naar een witte telefoon op een stalen tafel in het midden van de ruimte.

Ben keek naar de rijen met loketten en wist niet hoe hij moest reageren. Was dit een soort test? Of veronderstelde Suchet dat hij het nummer wel zou weten? Ben keek even naar Deschner, die zijn aarzeling leek aan te voelen, maar vreemd genoeg niets zei. Toen keek Ben nog eens goed en zag dat er een nummer in de sleutel was gegraveerd. Natuurlijk, dat lag voor de hand...

'Dank u,' zei hij. 'Het is duidelijk.'

De twee Zwitsers vertrokken, pratend met elkaar. Ben ontdekte een bewakingscamera hoog tegen de wand, waar de muur bij het plafond kwam. Het rode lampje brandde.

Hij vond kluisloket 322, een klein kistje op ongeveer ooghoogte, en stak de sleutel in het slot om het open te maken.

O god, dacht hij, met bonzend hart. *Wat zou hierin kunnen zitten? Peter, wat heb je hier verborgen dat je je leven heeft gekost?*

Hij vond een stijve envelop van waspapier, die hij uit het kistje haalde. De envelop leek verontrustend dun. Hij maakte hem open en inspecteerde de inhoud.

Er zat maar één ding in en het was geen vel papier. Het was een foto van twaalf bij achttien centimeter. Bens adem stokte.

Hij zag een groep mannen, sommigen in nazi-uniform, anderen in pakken en overjassen uit de jaren veertig. Een aantal van hen herkende hij meteen: Giovanni Vignelli, de grote Italiaanse industrieel en automobielmagnaat uit Turijn, die met zijn grote fabrieken dieselmotoren, treinwagons, vliegtuigen en materieel voor het Italiaanse leger produceerde. De directeur van Royal Dutch Petroleum, Sir Han Detwiler, een xenofobe Nederlander. En de legendarische grondlegger van de eerste en grootste Amerikaanse luchtvaartmaatschappij. Er waren ook gezichten bij waar hij zo gauw geen namen bij wist maar die hij wel in geschiedenisboeken had gezien. Enkelen van hen hadden een snor, onder wie de knappe, donkerharige jongeman naast een arrogante nazi met bleke ogen, die Ben bekend voorkwam hoewel hij weinig van de Duitse geschiedenis wist.

Nee, alsjeblieft, hij niet.

Hij kon niet op de naam komen van de nazi wiens gezicht hij eerder had gezien. Maar de knappe jongeman naast hem was zonder twijfel zijn eigen vader. Max Hartman.

Een getypt bijschrift op de witte rand aan de onderkant van de foto luidde: ZÜRICH, 1945, SIGMA AG.

Hij stak de foto weer in de envelop en borg die in zijn binnenzak. Het papier leek tegen zijn huid te branden.

Er kon geen enkele twijfel meer zijn dat zijn vader had gelogen, zijn hele volwassen leven lang. Ben voelde zich duizelig worden.

Opeens drong er een stem door zijn verdoving heen: 'Meneer Hartman! Meneer Benjamin Hartman. Er is een arrestatiebevel tegen u uitgevaardigd. We moeten u in arrest nemen.'

O, jezus.

Het was de bankier, Bernard Suchet. Blijkbaar had hij contact opgenomen met de plaatselijke autoriteiten. Een snelle blik in het officiële register had waarschijnlijk duidelijk gemaakt dat hij illegaal het land was binnengekomen. Schmids kille, ingehouden dreigement klonk weer in zijn oren: *Als ik u hier ooit nog tegenkom, ziet het er niet best voor u uit.*

Suchet werd geflankeerd door Matthias Deschner en twee bewakers met getrokken pistolen.

'Meneer Hartman, de *Kantonspolizei* heeft me meegedeeld dat u illegaal in dit land bent. Daarmee hebt u zich schuldig gemaakt aan fraude,' zei de bankier. Deschners gezicht stond afstandelijk.

'Waar hebt u het over?' vroeg Ben verontwaardigd. Hadden ze gezien dat hij de foto in zijn jasje had gestoken?

'We moeten u vasthouden tot de politie komt. Die kan ieder moment hier zijn.'

Ben staarde hem sprakeloos aan.

'U hebt de Zwitserse wet overtreden,' vervolgde Suchet luid, 'en u schijnt ook nog bij andere vergrijpen betrokken te zijn. We kunnen u slechts laten vertrekken onder begeleiding van de politie.'

Deschner zweeg nog steeds. Ben meende iets van angst in zijn ogen te ontwaren. Waarom zei hij niets?

'Bewakers, wilt u meneer Hartman escorteren naar zichtkluis nummer 4. Meneer Hartman, u mag niets meenemen. U staat onder arrest, in afwachting van uw officiële aanhouding.'

De bewakers kwamen op hem toe, nog steeds met hun wapens op hem gericht.

Ben kwam overeind, met zijn handen gespreid langs zijn zij, en liep langzaam de gang door, tussen de twee bewakers in. Toen hij Deschner passeerde, zag hij dat de advocaat heel licht zijn schouders ophaalde.

Ben dacht weer aan Peters waarschuwing: *De halve politie werkt voor hen.* En Schmids dreigende woorden: *De* Einwanderungsbehörde *kan u een jaar in administratieve hechtenis houden voordat uw zaak voor de rechter komt.*

Hij mocht zich niet laten arresteren. Het maakte hem niet veel uit dat hij misschien zou worden vermoord of opgesloten, maar wel dat hij zijn onderzoek niet zou kunnen afmaken. Dan zouden Peters inspanningen tevergeefs zijn geweest. Dan zou het consortium hebben gewonnen.

Dat mocht niet gebeuren. Hoe dan ook.

In de zichtkluizen of *Stahlkammern*, wist Ben, konden voorwerpen van waarde – goud, edelstenen, aandelen aan toonder – worden getoond of geïnspecteerd als de eigenaar om een officiële taxatie van zijn bezittingen vroeg. Ze waren niet zo ondoordringbaar als gewone kluizen, maar wel voorzien van versterkte stalen deuren en bewakingscamera's. Bij de ingang van kluis nummer 4 hield een van de bewakers een elektronische kaart voor een knipperend rood lampje. Toen de deur openging, wuifde hij Ben naar binnen. De twee bewakers volgden. Daarna viel de deur achter hen dicht met drie duidelijk hoorbare klikken.

Ben keek om zich heen. De ruimte was helder verlicht en spaarzaam gemeubileerd. Het zou heel moeilijk zijn om hier ook maar één edelsteen te verliezen of te verbergen. De donkere tegelvloer was glimmend gepoetst. Er stond een lange tafel van doorzichtig plexiglas, met zes klapstoelen van grijsgeschilderd metaal.

Een van de bewakers, een zware, te dikke man met een rood, vlezig gezicht dat op een menu van biefstuk en bier wees, gaf Ben een teken om te gaan zitten. Ben aarzelde even. De twee bewakers hadden hun wapens weer in de holster gestoken, maar het was duidelijk dat ze geen moment zouden aarzelen om primitievere fysieke middelen toe te passen als hij niet meewerkte.

'We moeten hier even wachten,' zei de tweede bewaker in het Engels, met een zwaar accent. Hij had kortgeknipt bruin haar en hij was wat slanker en ook veel sneller dan zijn collega, vermoedde Ben. Waarschijnlijk ook slimmer.

Ben keek hem aan. 'Hoeveel betalen ze jullie hier? Ik ben een rijk man en ik zou jullie een luxe leventje kunnen bezorgen, als ik wil.

In ruil voor jullie hulp.' Hij deed geen poging zijn wanhoop te verbergen. Ze zouden reageren of niet.

De magere bewaker snoof en schudde zijn hoofd. 'Zeg het wat harder, dan kunnen de microfoons het horen.'

Ze hadden geen enkele reden om Ben op zijn woord te geloven, en zolang hij gearresteerd was kon hij ook geen bewijzen overleggen. Maar hun minachting en geamuseerdheid om zijn voorstel was ook bemoedigend. Zijn enige kans was dat ze hem zouden onderschatten. Ben kwam kreunend overeind, met zijn hand tegen zijn middenrif.

'Ga zitten!' beval de bewaker streng.

'Claustrofobie... ik kan niet tegen... kleine, afgesloten ruimtes!' riep Ben op een paniekerige toon, die grensde aan hysterie.

De twee bewakers keken elkaar aan en lachten smalend. Daar trapten ze niet in.

'Nee, nee, ik meen het serieus,' zei Ben, nog dringender nu. 'Mijn god, moet ik nog duidelijker zijn? Mijn... mijn maag komt omhoog. Ik moet naar de wc, en snel... anders gaat het niet goed.' Hij speelde nu helemaal de rol van de geflipte Amerikaan. 'Door stress wordt het nog erger! Ik heb mijn pillen nodig, verdomme. Mijn valium! Een kalmeringsmiddel. Ik lijd aan zware claustrofobie... ik kan niet tegen afgesloten ruimtes. *Alstublieft!*' Terwijl hij het riep, zwaaide hij druk met zijn armen alsof hij een paniekaanval had.

De magere bewaker keek hem aan met een half geamuseerd lachje. 'Vraag straks maar een pil bij de ziekenboeg van de gevangenis.'

Met een angstige, maniakale uitdrukking op zijn gezicht deed Ben een stap naar de man toe. Zijn blik ging heel even naar het pistool in de holster en toen weer naar het gezicht van de magere man. 'Alstublieft! U begrijpt het niet.' Hij zwaaide nog heviger met zijn handen. 'Ik heb een paniekaanval. Ik moet naar de wc! Ik heb een kalmeringsmiddel nodig!' Bliksemsnel gingen zijn armen naar voren en met twee handen trok hij het wapen uit de holster van de bewaker. Het was een pistool met korte loop. Hij deed twee stappen terug, met het wapen in zijn handen. De voorstelling was abrupt over.

'Hou je handen op schouderhoogte,' beval hij de forsgebouwde bewaker, 'of ik schiet jullie neer. Allebei.'

De twee bewakers wisselden een paar blikken.

'Een van jullie brengt me hier vandaan, anders overleven jullie het niet. Dit is mijn laatste aanbod. Ik zou het maar aannemen voordat het afloopt.'

De bewakers overlegden even in het Schweizerdeutsch, voordat de magere man zei: 'Het zou heel dom van u zijn om dat pistool te gebruiken, zelfs als u zou weten hoe, en dat betwijfel ik. Dan zou u levenslang krijgen.'

Het was de verkeerde toon: voorzichtig, geschrokken, maar niet echt bang. De bewaker toonde geen angst. Misschien was Bens eerdere vertoon van zwakte té overtuigend geweest. Ben zag aan hun gezicht en hun houding dat ze nog steeds sceptisch waren. Meteen wist hij wat hij moest doen. 'Jullie denken dat ik dit pistool niet zou gebruiken?' vroeg hij op verveelde toon. Alleen zijn ogen schoten vuur. 'Ik heb al vijf mensen op de Bahnhofplatz omgebracht. Twee meer maken geen verschil.'

De bewakers verstijfden. Van hun neerbuigende houding was niets meer over. '*Das Monster vom Bahnhofplatz!*' zei de dikke man schor tegen zijn collega, vol afgrijzen. Al het bloed leek uit zijn rode gezicht geweken.

'Jij daar!' blafte Ben, die gebruik maakte van het moment. 'Breng me hier vandaan.' Binnen een paar seconden had de bewaker zijn elektronische kaart gebruikt om de deur te openen. 'En als je leven je lief is, blijf jij waar je bent,' zei hij tegen de magere, de slimste van de twee. De deur viel achter hem dicht. De drie gedempte klikken vertelden hem dat de grendels weer elektronisch op hun plaats waren geschoven.

Ben duwde de bewaker haastig voor zich uit, de gang door, over het beige tapijt. De bewakingscamera was waarschijnlijk aangesloten op een videorecorder en werd niet bemand, maar dat wist hij niet zeker.

'Hoe heet je?' vroeg Ben. '*Wie heissen Sie?*'

'Laemmel,' gromde de bewaker. 'Christoph Laemmel.' Ze hadden het einde van de gang bereikt en hij wilde linksaf slaan.

'Nee!' siste Ben. 'Niet die kant op! We gaan niet de voordeur uit. Breng me naar de achterkant. De dienstingang. Waar het vuilnis buiten wordt gezet.'

Laemmel bleef staan in een moment van verwarring. Ben drukte de loop van het pistool onder een van zijn rode, vlezige oren om hem het koude metaal te laten voelen. Nog sneller nu bracht de bewaker hem naar de achtertrap en omlaag. De lelijke, versleten ijzeren trap vormde een schril contrast met de glimmende formaliteit van de ontvangstruimtes van de bank. De somberheid van het trappenhuis werd maar nauwelijks verdreven door de naakte, zwakke peertjes aan de muur op elke overloop.

De zware schoenen van de bewaker kletterden de metalen trap af. 'Stil!' zei Ben in het Duits tegen hem. 'Geen enkel geluid, anders maak ík een geluid, en dat zal oorverdovend zijn – het laatste dat je ooit hoort.'

'U hebt geen kans,' fluisterde Laemmel angstig. 'Geen enkele kans.'

Ten slotte kwamen ze bij de brede dubbele deuren naar het steegje achter de bank. Ben drukte op de knop om de grendels van binnenuit terug te schuiven. 'Hier scheiden zich onze wegen,' zei hij.

'Denkt u nou echt dat u veiliger bent buiten de bank?' gromde Laemmel.

Ben stapte de halfdonkere steeg in en voelde de koele lucht tegen zijn warme gezicht. 'Maak je maar geen zorgen over de *Polizei*,' zei hij, nog steeds met zijn pistool gericht.

'*Die Polizei?*' antwoordde Laemmel. 'Daar heb ik het niet over.' Hij spuwde op de grond.

Een klamme hand sloot zich om Bens hart. 'Over wie dan wel?' siste hij, terwijl hij het wapen in twee handen klemde en tot vlak voor Laemmels ogen bracht. 'Laat horen!' beval hij agressief. 'Vertel me wat je weet!'

Opeens klonk er een explosie van lucht uit Laemmels keel en spatte een warme rode nevel over Bens gezicht. Een kogel had zich in de nek van de bewaker geboord. Had Ben op de een of andere manier zijn beheersing verloren en ongewild de trekker overgehaald? Een volgende explosie, een paar centimeter naast zijn hoofd, gaf antwoord op die vraag. Hij werd beschoten.

O, jezus, niet nog een keer!

Terwijl de bewaker in elkaar zakte en voorover viel, dook Ben de donkere steeg in. Hij hoorde een zachte plop, als van een speelgoedgeweertje, toen een metaalachtige tik, en opeens zat er een gat in de grote vuilniscontainer links van hem. De schutter vuurde vanaf rechts.

Hij voelde iets heets tegen zijn schouder en zocht dekking achter de container: een tijdelijk heenkomen, maar alles was welkom. Uit zijn ooghoek zag hij iets bewegen, klein en donker: een rat die op de vlucht sloeg. *Rennen!* De rand van de gemetselde muur die het achterplaatsje van de bank van het volgende huis scheidde, bevond zich ongeveer op schouderhoogte. Ben stak het pistool achter zijn broekband en hees zich met twee handen de muur op en eroverheen. Nog maar een klein eindje tot aan de Usteristrasse. Hij trok zijn pistool en vuurde in het wilde weg drie kanten op, in de hoop dat de schutter dekking zou zoeken voor het salvo. Hij had tijd nodig. Elke seconde telde nu.

Zijn tegenstander vuurde terug. Ben hoorde de kogels in de zware container slaan, maar hij zat veilig aan de andere kant.

Hij kwam overeind en begon te rennen, zo hard als hij kon, het steegje door, naar de Usteristrasse. Snel. Nog sneller. 'Rennen alsof je leven ervan afhangt,' had zijn atletiekcoach vaak tegen hem gezegd voor een wedstrijd. Nu was het zo.

Stel dat er nog meer schutters waren? Maar ze konden toch niet op tijd gewaarschuwd zijn om een heel team naar de bank te sturen? De gedachten tolden door Bens hoofd. *Concentreer je, verdomme!*

De lucht van brak water gaf hem een idee. Het was de wind vanaf de Sihl, een onaantrekkelijk smal zijriviertje van de Limmat, ter hoogte van de Platzpromenade. Ben stak de Gessner Allee over, bijna zonder op het verkeer te letten, en sprintte voor een taxi langs waarvan de baardige chauffeur nijdig toeterde en vloekte voordat hij op de rem trapte. Maar hij bereikte ongedeerd de overkant. De Sihl strekte zich voor hem uit, met een kade van vuile cementblokken. Snel keek hij het water over, tot hij een kleine motorboot ontdekte, zoals er wel meer voeren op de Sihl. Dit bootje had maar één passagier, een dikke man met een flesje bier, een zonnebril en een hengel, hoewel hij nog niet zat te vissen. Een reddingsvest maakte zijn zware gestalte nog omvangrijker. De rivier kwam uit bij het Sihlwald, een natuurgebied tien kilometer ten zuiden van Zürich, waar de oevers geleidelijk afvlakten tussen de bomen en de Sihl zich vertakte in een netwerk van beekjes. Het was een populair recreatiegebied voor de mensen uit de stad.

De dikke man haalde het plasticfolie van twee witte boterhammen en gooide het folie in het water – behoorlijk asociaal, naar Zwitserse maatstaven. Ben sprong in het water, helemaal aangekleed, en zwom naar het bootje toe.

Zijn krachtige crawl werd flink gehinderd door het gewicht van zijn natte kleren. Het water was nog bijna zo koud als de gletsjer waar het vandaan kwam en Ben voelde zijn spieren verstijven toen hij door de trage stroming ploeterde.

De man in het motorbootje werkte de boterhammen naar binnen en nam nog een slok uit zijn flesje Kronenberg, zonder iets te merken, totdat het bootje opeens gevaarlijk naar de lijzij overhelde.

Eerst zag hij twee handen, met vingers die blauw waren verkleurd van de kou, en toen een man – met al zijn kleren nog aan – die zich over de rand hees en zich in het bootje liet vallen. Het rivierwater stroomde van zijn dure pak.

'*Was ist das?*' riep hij en liet geschrokken zijn bierflesje vallen. '*Wer sind Sie?*'

'Ik moet uw boot lenen,' hijgde Ben in het Duits, klappertandend van de kou. Hij probeerde zich te vermannen.

'*Nie! Raus!* Eruit! De man greep zijn stevige hengel en begon er dreigend mee te zwaaien.

'Dan moet je het zelf maar weten,' zei Ben. Hij dook op de man af en smeet hem in het water, waar hij komisch bleef dobberen in zijn zwemvest, sputterend van verontwaardiging.

'Spaar je adem.' Ben wees naar de brug van de Zollstrasse, niet ver weg. 'Met de tram kom je wel weer thuis.' Hij stak zijn hand uit naar de gashendel en draaide hem open. De motor hoestte even, begon toen te brullen, en het bootje stoof weg, naar het zuiden. Ben was niet van plan om helemaal naar het natuurgebied van het Sihlwald te varen. Een halve kilometer, tot om de bocht van de rivier, dat leek hem wel voldoende. Hij bleef plat op de antisliplaag van de glasvezelbodem liggen, maar kon toch de hoge gebouwen en winkels langs de Sihl nog zien – het reusachtige Migros-warenhuis, een onpersoonlijk, hoekig gebouw; de beroete torens van de Schwarzenkirche; de fraaie frescowanden van het Klathaus. Ben wist dat hij kwetsbaar was voor scherpschutters, maar de kans dat ze deze manoeuvre hadden voorzien was niet groot. Hij tastte naar de envelop in de zak van zijn jasje. Het waspapier kraakte geruststellend. Hij nam aan dat het waterbestendig was, maar dit was niet het moment om dat te controleren.

De motorboot ging steeds sneller. Hij voer nu onder het met algen begroeide metselwerk van de brug bij de Stauffacherstrasse door. Nog een meter of tweehonderd, schatte Ben. Daarna hoorde hij de onmiskenbare geluiden van een doorgaande autoweg, het suizen van banden over gladgesleten asfalt, het fluiten van de rijwind langs de contouren van auto's en vrachtwagens, zo nu en dan een claxon, hoog of laag, en het geknars van de versnellingen van het voorbijzoevende verkeer. Het vervloeide allemaal tot één brij van achtergrondgeruis, dat aanzwol en weer afnam – de stem van het moderne transport, als het fluisteren van een mechanische branding.

Ben koerste met de dreunende motorboot naar de glooiende oeverwal, hoorde de glasvezelromp langs de stenen schrapen, liet de schroef achteruit slaan en bracht de boot schokkend tot stilstand. Het volgende moment sprong hij de kant op en rende naar het benzinestation langs de weg waar hij zijn gehuurde Range Rover had achtergelaten, een paar minuten van de Nationalstrasse 3, de hoofdweg waar hij anoniem zou kunnen opgaan in het voortdenderende verkeer.

Pas toen hij achter het stuur zat en een ruk aan zijn stuur gaf om van baan te verwisselen, voelde Ben een steek in zijn linkerschouder. Hij tastte ernaar met zijn andere hand en masseerde de pijnlijke plek. Weer zo'n scherpe steek. Hij haalde zijn hand weg. Zijn vingers waren kleverig en besmeurd met donkerrood, klonterend bloed.

Matthias Deschner zat op dezelfde stoel tegenover Suchets bureau waar hij een uur eerder ook had gezeten. Suchet boog zich over zijn bureau, steunend op zijn ellebogen, met een verwrongen gezicht.

'Je had me van tevoren moeten waarschuwen!' zei de bankier woedend. 'Dan hadden we hem bij die kluis vandaan kunnen houden!'

'Ik was zelf ook totaal verrast,' protesteerde Deschner. 'Ze namen gisteren pas contact op. Ze wilden weten of ik hem verborgen hield. Belachelijk!'

'Je weet heel goed wat de straf is als je niet meewerkt in zulke zaken.' Suchet liep rood aan van woede en angst.

'Dat hebben ze wel duidelijk gemaakt, ja,' zei Deschner toonloos.

'Nu pas? Kwamen ze er nu pas achter dat je er iets mee te maken had?'

'Ja. Dacht je dat ik enig idee had wat die twee broers in hun schild voerden? Ik wist helemaal niets. *Niets!*'

'Dat excuus is niet altijd voldoende geweest om de Teutoonse nek te sparen, om een historische beeldspraak te gebruiken.'

'Een verre nicht van me vroeg of ik haar kon helpen,' protesteerde Deschner. 'Ze vertelde me niet wat erachter stak.'

'En jij vroeg er niet naar?'

'In ons beroep heb je geleerd niet te veel vragen te stellen. Dat zul je met me eens zijn.'

'Maar nu lopen we allebéí gevaar!' snauwde Suchet.

'Ze belden me zodra hij voor mijn deur stond. Ik dacht dat het de bedoeling was om hem naar die kluis te brengen.'

Er werd geklopt. Suchets secretaresse kwam binnen met een kleine videocassette in haar hand. 'Die kreeg ik net van de beveiliging, meneer.'

'Dank je, Inge,' zei Suchet vriendelijk. 'Er komt zo meteen een koerier. Doe die cassette maar in een envelop en geef hem mee.'

'Heel goed, meneer,' zei de secretaresse en ze verliet het kantoor net zo geruisloos als ze gekomen was.

15

In een modern gebouw van acht verdiepingen in de Schaffhausser-strasse, niet ver van de universiteit van Zürich, zaten drie mannen in een kamer vol met krachtige computers en high-resolution monitors. Het was een studio die ze hadden gehuurd van een multi-mediaproductiemaatschappij die gespecialiseerd was in het kopiëren, restaureren en bewerken van videomateriaal voor beveiligings-firma's en andere bedrijven.

Een van de groep, een witharige schriele man in hemdsmouwen, die veel ouder leek dan zijn zesenveertig jaar, haalde een videocassette uit een D-2 digitale videorecorder en stak hem in een van de videosleuven van een Quantel Sapphire video-imaging computer. Hij had net een digitale kopie gemaakt van de bewakingsvideo die hij had gekregen. Met behulp van deze Britse video-imaging computer, die oorspronkelijk was ontwikkeld voor de Britse veilig-heidsdienst MI-5, kon het beeld worden vergroot.

De man met het witte haar werkte in stilte. Hij was een van de beste videospecialisten op het Britse ministerie van Binnenlandse Zaken geweest voordat hij door een particulier Londens beveiligings-bedrijf was weggekocht voor twee keer zijn oude salaris. De twee andere heren in de kamer hadden hem via het beveiligingsbedrijf in-gehuurd voor deze snelle klus in Zürich. Hij had geen idee wie ze waren. Hij wist alleen dat ze hem een vorstelijke bonus zouden be-talen en dat hij uit Londen naar Zürich was gevlogen, business class.

De twee onbekende mannen waren samen in gesprek. Ze hadden internationale zakenmensen kunnen zijn, uit welk land ter wereld ook. Maar ze spraken Nederlands, een taal die de video-expert re-delijk kon volgen.

Aan de andere kant van de kamer staarde de man met het witte haar weer naar zijn computerscherm. Onderaan stond de tekst CAM-2, met de datum en de tijd, die versprong in fracties van seconden. 'Goed,' riep hij naar zijn cliënten, 'zeg maar wat u wilt. Moet ik die man elektronisch vergelijken met een foto die u hebt?'

'Nee,' antwoordde de eerste Nederlander. 'We kennen hem al. We willen weten wat hij zit te lezen.'

'Daar was ik al bang voor,' kreunde de technicus. 'Dat vel papier in zijn hand ligt helemaal in de schaduw.'

'Hoe is de kwaliteit van de tape?' vroeg de andere man.

'Niet slecht,' antwoordde de technicus. 'Twee frames per seconde, dat is normaal. Veel van die banken gebruiken waardeloze apparatuur, maar gelukkig zijn deze opnamen gemaakt door een goede, scherpe camera. Hij hing niet in een ideale positie, maar dat komt vaker voor.'

'Dus u kunt inzoomen op wat hij in zijn hand heeft?' vroeg de tweede zakenman.

'Ja. De software van deze Quantel compenseert alle gebruikelijk problemen van een digitale vergroting: de vlakjes en de blokjes. Dat lukt dus wel. De moeilijkheid is de schaduw.'

'Nou, u schijnt de beste te zijn in uw vak,' zei de eerste man scherp. 'U bent in elk geval de duurste.'

'Ik weet het, ik weet het,' zei de technicus. 'En u hebt gelijk. Ik zal proberen het contrast te vergroten.' Hij klikte een pull-down menu aan met de opties 'Crisp', 'Zoom', 'Colouring' en 'Contrast'. Met behulp van de +-toets maakte hij de schaduw lichter, tot het papier in de handen van de man in de bankkluis bijna leesbaar was. Vervolgens verbeterde hij de resolutie door een ander getal in te toetsen. Hij rommelde nog wat met het contrast en klikte op 'Crisp' om het beeld scherper te krijgen.

'Goed,' zei hij ten slotte.

'Kunt u zien wat hij daar leest?' vroeg de tweede man.

'Het is een foto.'

'Een fóto?'

'Ja. Een oude foto. Een groepsopname. Ik zie een stel ouderwets geklede mannen – zakenmensen, zou je zeggen. En een paar Duitse officieren. Ja, een groepsfoto. Met bergen op de achtergrond...'

'Kunt u gezichten herkennen?'

'Als u me even de tijd geeft... Ja, daar zijn ze.' Hij zoomde in op de foto, tot die het hele scherm vulde. '"Zürich, 1945", staat eronder. En "Sig", of zoiets...'

De tweede man keek de ander aan. 'Allemachtig.' Hij liep naar het computerscherm.

'Sigma AG?' vroeg de technicus.

'Hij weet het dus,' mompelde de tweede man tegen de eerste.

'Dat dacht ik wel,' zei de eerste.

'Goed,' zei de tweede man tegen de technicus. 'Print maar een kopie. En probeer de beste close-up te maken van zijn gezicht.'

'Vijftig kopieën,' beval de eerste man, terwijl hij opstond uit zijn stoel.

De tweede man liep de kamer door om met zijn collega te praten. 'Verspreid het bericht,' zei hij zacht. 'Onze voorzorgsmaatregelen zijn niet voldoende geweest. Die Amerikaan vormt een groot gevaar.'

Washington D.C.
Anna Navarro boog zich naar voren in haar stoel. Het kantoor van Alan Bartlett was onberispelijk als altijd en zijn gezicht stond zo ondoorgrondelijk als ze van hem gewend was.

'Ik heb de overboekingen naar Robert Mailhot van de National Bank in Nova Scotia kunnen traceren naar een rekening op de Cayman Eilanden, maar daar eindigt het spoor,' zei Anna. 'Onze enige bron daar bevestigt dat er ook geld is overgemaakt naar een van Prosperi's fondsen, maar helaas komen we niet verder. Het is één ding om te achterhalen waar het geld vandaan komt. Het is iets heel anders om na te gaan wie het daar heeft geparkeerd. Of moeten we de gebruikelijke wegen bewandelen?'

'Geen sprake van,' zei Bartlett, een beetje geprikkeld. 'Dan brengen we de veiligheid van de hele operatie in gevaar. Iedereen die er belang bij heeft zou dan een spaak in het wiel kunnen steken. Bovendien zouden we het leven van andere mensen in gevaar brengen die misschien het doelwit zijn van de oppositie.'

'Dat begrijp ik wel,' zei Anna, 'maar ik wil geen herhaling van Asunción. Dat is de prijs die je betaalt voor al die omwegen. Wie hier ook achter zit, achter deze... samenzwering, zal ik het maar noemen... heeft blijkbaar genoeg invloed om ons in de wielen te rijden.'

'Dat is waar. Maar als we deze operatie de status geven van een A-II-onderzoek, kunnen we net zo goed een advertentie zetten in *The New York Times* om de tegenpartij te laten weten dat we jacht op hen maken. We kunnen er rustig van uitgaan dat er een paar dubbelspionnen bij de inlichtingendiensten zitten.'

'Een A-II-onderzoek is nog redelijk geheim. Ik ben het niet met u eens...'

'Nee, dat zal wel,' zei hij ijzig. 'Misschien heb ik me wel vergist. Misschien bent u toch zo'n brave bureaucraat.'

Ze negeerde die steek onder water. 'Ik heb genoeg ervaring met internationale onderzoeken, ook moordzaken, die konden worden stilgehouden. Vooral als je ervan uitgaat dat er hoge functionarissen bij betrokken kunnen zijn. In El Salvador, toen die regering Amerikanen liet vermoorden als dekmantel voor...'

'Agent Navarro, ik ken uw dossier van A tot Z,' viel Bartlett haar ongeduldig in de rede. 'U hebt het over één buitenlandse regering, ik denk aan een stuk of vijf, of meer. Dat is een heel verschil.'

'Er is nu ook iemand vermoord in Oslo, zei u?'

'Volgens onze laatste informatie, ja.'

'Laat het ministerie van Justitie dan een vertrouwelijk verzoek richten, op het hoogste niveau, aan het openbaar ministerie in Noorwegen om op strenge geheimhouding aan te dringen.'

'Nee. Het risico van een rechtstreeks verzoek aan de Noorse autoriteiten is veel te groot.'

'Dan wil ik die lijst zien. Niet de lijst van doden, maar de namen van de mensen die een veiligheidsstatus hadden gekregen voor Sigma. Uw geheime lijst.'

'Onmogelijk.'

'Juist. Dus die namen krijg ik pas te horen als de mensen al dood zijn? Mij best. Ik stop ermee.'

Hij aarzelde. 'Geen spelletjes, mevrouw Navarro. U werkt officieel voor dit departement.' Er was niet veel meer over van Bartletts begripvolle, aristocratische houding. Anna kreeg nu een glimp te zien van het keiharde karakter waarmee hij was opgeklommen tot de leidende positie binnen een van de machtigste onderzoeksorganisaties van de Amerikaanse overheid. 'U kunt daar niet over beslissen.'

'Ik kan altijd nog ziek worden, zodat ik mijn werk niet kan doen en niet meer kan reizen.'

'Zoiets doet u niet.'

'Als u me die lijst maar geeft.'

'Dat is onmogelijk, dat zei ik al. Deze operatie moet zich aan bepaalde regels houden. Dat kan lastig zijn, maar u zult ermee moeten leven.'

'Hoor eens,' zei ze, 'dertien van die oude mannen op uw Sigmalijst zijn gestorven onder "verdachte omstandigheden", zullen we maar zeggen. Er zijn er nog drie in leven. Klopt?'

'Ja. Voor zover wij weten.'

'Laat ik het zo stellen. Als een van die mannen overlijdt of wordt vermoord, kunnen we het lichaam niet onderzoeken zonder officiële medewerking van de plaatselijke autoriteiten, op welk niveau dan ook. Nietwaar? Maar als we een van die mannen kunnen benaderen vóórdat hij wordt vermoord... Ik begrijp wel dat ik ben ingehuurd om onderzoek te doen naar de doden, niet naar de levenden. Maar als we hen beschouwen als potentiële getuigen en hen vierentwintig uur per dag laten bewaken, heel discreet, natuurlijk...'

Bartlett staarde haar aan, duidelijk ten prooi aan tegenstrijdige gevoelens. Hij stond op, liep naar een kluis die groter was dan hij, en maakte hem open. Hij haalde er een folder uit en gaf haar een vel papier met het stempel GEHEIM, INTERN en NO-CONTRACT. Dat betekende dat de inhoud niet alleen streng geheim was, maar onder geen enkele voorwaarde bekend mocht worden gemaakt aan buitenlanders of mensen die op contractbasis werkten. 'De lijst,' zei hij rustig.

Snel las ze de kolommen met informatie: schuilnamen, echte namen, namen van alle nog levende verwanten, en de nummers van de corresponderende dossiers. Drie oude mannen waren nog in leven. Drie oude mannen in Portugal, Italië en Zwitserland.

'Geen adressen?' vroeg ze.

'Alleen waar ze vroeger woonden. Hun nieuwe adressen hebben we niet kunnen achterhalen via de gebruikelijke kanalen. Ze zijn alle drie het afgelopen jaar verhuisd.'

'Het afgelopen jáár? Dan kunnen ze dus in elke uithoek van de wereld zitten.'

'Dat zou kunnen, ja. Maar waarschijnlijk wonen ze nog in hetzelfde land, niet ver van hun oude adres. Op een bepaalde leeftijd laten mensen zich niet meer zo gemakkelijk verplaatsen. Dan wordt het moeilijk om ergens anders helemaal opnieuw te beginnen. Zelfs als hun veiligheid op het spel staat, zullen ze niet met zich laten sollen. Maar goed, ze hebben geen adreswijziging gestuurd. Ze houden zich schuil, dat is duidelijk.'

'Ze zijn ondergedoken,' concludeerde Anna. 'Ze zijn bang.'

'En met reden, zo lijkt het.'

'Prijsschieten op bejaarden? Hoe kan een zaak die nog ouder is dan de CIA zo'n geweldige invloed hebben?'

Bartlett draaide zijn hoofd om en liet zijn blik op de met fluweel gevoerde vitrine rusten voordat hij haar weer aankeek. 'Sommige dingen worden steeds belangrijker in de loop van de tijd. En het is een vergissing om invloed te verwarren met omvang. Tegenwoordig is de CIA een grote, solide overheidsinstantie met een gigantische bureaucratie. In het begin lag de macht juist bij de persoonlijke netwerken. Dat gold voor Bill Donovan, de oprichter van de OSS, en nog meer voor Allen Dulles. Dulles is wel bekend geworden als grondlegger van de CIA, maar dat was niet zijn belangrijkste verdienste. Voor hem bestond er maar één strijd: die tegen revolutionair links.'

'Ze noemden hem toch de "gentleman spion"?'

'En de "gentleman" was minstens zo gevaarlijk als de "spion". Hij is nooit meer zo effectief geweest als toen hij nog een gewone burger was, in de tijd dat hij en zijn broer Foster de internationale financiële divisie van Adler & Cooper leidden.'

'Het advocatenkantoor? Wat deden ze dan – hun cliënten het vel over de oren halen?'

Bartlett keek haar vernietigend aan. 'Het is de fout van een amateur om het bereik en de invloed van particuliere ondernemingen te onderschatten. Adler & Cooper was meer dan een gewoon advocatenkantoor. Het had grote internationale vertakkingen. Dulles reisde de hele wereld rond en kon zo een spinnenweb weven over heel Europa. Hij maakte bondgenoten in alle grote steden, zowel bij de geallieerden en de neutrale landen als onder de As-mogendheden.'

'Bondgenoten?' viel Anna hem in de rede. 'Hoe bedoelt u dat?'

'Hooggeplaatste figuren. Contacten, vrienden, agenten, je mag hen noemen zoals je wilt. Mensen op wie Allen Dulles een beroep kon doen. Ze gaven hem informatie en advies, en ze oefenden invloed uit. Dulles wist hoe je het eigenbelang van mensen moest aanspreken. Hij bracht een ongelooflijk aantal afspraken tot stand tussen regeringen en multinationals, daarom wilde iedereen graag een goede band met hem. Als je in zaken zat, kon hij ervoor zorgen dat er een belangrijke overheidsopdracht jouw kant op kwam. Als je ambtenaar was, kon hij je iets vertellen om je carrière vooruit te helpen. Geld en inlichtingen... Dulles begreep dat je het een gemakkelijk in het andere kon omzetten, als twee verschillende valuta's met steeds weer een andere wisselkoers. En om zijn eigen rol als bemiddelaar en tussenpersoon te kunnen spelen moest Dulles natuurlijk nét iets meer weten dan iedereen.'

'Tussenpersoon?'

'U hebt misschien weleens gehoord van de Bank for International Settlement in Basel?'

'Misschien niet.'

'Het was eigenlijk een boekhoudkantoor waar zakenmensen uit beide kampen van de oorlog hun winsten konden spreiden om verantwoorde investeringen te doen. Een heel nuttige instelling voor de zakenwereld. Je kon immers niet verwachten dat het hele zakenleven opeens zou stilliggen alleen omdat het oorlog was. Maar die oorlog wierp wel allerlei obstakels op voor samenwerking en contracten tussen bedrijven. Dulles bedacht manieren om die obstakels te omzeilen.'

'Dat is geen aantrekkelijk beeld.'

'Het is de realiteit. Dulles geloofde nu eenmaal heilig in het "netwerk". Dat was de sleutel tot het levenswerk van de man. Een netwerk was een groep individuen, een complex verband, dat veel meer invloed kon uitoefenen dan de som van de afzonderlijke delen. Een heel unieke gedachte. Het komt altijd weer neer op het kromme hout waaruit de mensheid is gesneden, zoals ik al zei.'

Anna trok een wenkbrauw op. 'Het klinkt een beetje beangstigend.'

Er klopte een adertje in Bartletts slaap. 'Misschien wel meer dan een beetje. Het kenmerk van zulke netwerken is immers dat ze onzichtbaar zijn voor iedereen, behalve de leden zelf. En soms zelfs voor de meeste leden. Bovendien hebben zulke verbanden de neiging om de grondleggers te overleven. Ze gaan een eigen leven leiden, zou je kunnen zeggen. En ze kunnen grote invloed krijgen op de organisaties die ze infiltreren.' Hij trok zijn manchetten weer recht. 'Ik had het over spinnenwebben. Er bestaat een merkwaardige parasitaire wesp uit het geslacht *Hymenoepimecis*, een klein en slim insect dat een spin met zijn angel tijdelijk kan verdoven en vervolgens zijn eitjes legt in de buik van die spin. Al gauw gaat de spin weer aan het werk alsof er niets gebeurd is, terwijl de larven in zijn lijf groeien en zich voeden met zijn sappen. Dan, op de nacht dat de larven zich moeten verpoppen en hun gastheer doden, wordt de spin chemisch tot een bepaald gedrag gedwongen. Hij weeft een coconweb, waar hij zelf niets aan heeft, maar dat noodzakelijk is voor de larven. Zodra de spin daarmee klaar is, wordt hij opgevreten door de larven, die de cocon van de pop in het speciale web ophangen. Fascinerend, hoe subtiel de parasiet het gedrag van zijn gastheer kan manipuleren. Maar dat is nog niets vergeleken bij de methoden die mensen kunnen bedenken. Daar heb ik het dus over, mevrouw Navarro. Wie heeft zich in óns genesteld? Welke krachten manipuleren de overheid in het weven van een web voor hun eigen doeleinden? En wanneer zal de parasiet besluiten de gastheer te verslinden?'

'Goed, ik zal het spelletje meespelen,' zei Anna. 'Laten we aannemen dat wij een halve eeuw geleden een verdovende prik hebben gekregen van een duistere samenzwering die iets in onze maatschappij heeft achtergelaten wat steeds maar verder groeit en grote schade kan aanrichten. Maar zelfs áls dat zo is, hoe komen we daar dan achter?'

'Een uitstekende vraag, mevrouw Navarro,' antwoordde Bartlett. 'Een web is moeilijk te zien, zelfs als het heel groot is. Bent u weleens een oude kelder of opslagruimte binnengestapt in het schemerdonker, zodat u maar weinig kon zien? U doet een zaklantaarn aan en opeens beseft u dat de lege ruimte boven uw hoofd bepaald niet leeg is, maar vol hangt met spinnenwebben, als een grote koepel van glinsterende dunne draden. U richt de zaklantaarn een andere kant op en de draden verdwijnen alsof ze nooit hebben bestaan. Hebt u het zich verbeeld? U kijkt recht omhoog. Niets te zien. U beweegt de lichtbundel weer, kijkt heel ergens anders naar, en uit uw ooghoek ziet u het spinrag weer opdoemen.' Bartlett keek haar aan om te zien of ze hem begreep. 'Mensen zoals ik zijn de hele dag bezig om de juiste hoek te vinden van waaruit we die oude spinnenwebben kunnen zien. Vaak zoeken we te fanatiek en beelden we ons dingen in. Maar soms zien we opeens de werkelijkheid. U, mevrouw Navarro, lijkt me niet iemand die zich snel iets in zal beelden.'

'Als u het zegt,' antwoordde Anna neutraal.

'Ik bedoel niet dat u geen fantasie zou hebben, alleen dat u die fantasie goed kunt beteugelen. Doet er niet toe. Het gaat erom dat er overeenkomsten werden gesloten tussen bepaalde figuren die over erg veel geld beschikten. Dat is algemeen bekend en dus geen nieuws. Maar wat is daarvan geworden? Ik wou dat ik het wist. Het enige dat we hebben zijn die namen.'

'Drie namen,' zei Anna. 'Drie oude mannen.'

'Ik zou uw aandacht vooral willen vestigen op Gaston Rossignol. Op het hoogtepunt van zijn carrière was hij een vooraanstaande Zwitserse bankier. Hij is de belangrijkste figuur op de lijst – en de oudste.'

'Juist,' zei ze. 'De man uit Zürich. Ik neem aan dat u een dossier hebt over zijn achtergrond?'

Bartlett opende een la van zijn bureau, haalde er een map uit met de bekende aanduidingen en stempels, en schoof hem naar haar toe. 'Vrij uitgebreid, afgezien van de voor de hand liggende lacunes.'

'Goed,' zei Anna. 'Ik wil hem spreken voordat ze hem te pakken krijgen.'

'Aangenomen dat u hem kunt vinden.'

'Hij heeft zijn hele leven in Zürich gewoond. Oude mensen ver-
kassen niet graag, zoals u al zei. Zelfs als hij is verhuisd, moet hij
daar nog vrienden hebben, of familie. Kleine stroompjes die naar
de bron kunnen leiden.'

'Of slotgrachten die het kasteel beschermen. Een man als Rossignol heeft machtige vrienden op hoge posten, die alles zullen doen
om hem te helpen. Hoe zeggen de Fransen dat ook alweer? *Bran-
ché*. Vrienden met connecties, die hem tegen de buitenwereld kunnen afschermen en zijn naam uit dossiers en computerbestanden
kunnen wissen. Of hebt u een goede smoes bedacht?'

'Nee. Daar houden ze juist rekening mee. Rossignol heeft van mij
niets te vrezen. Als zijn vrienden en kennissen zo goed geïnformeerd
zijn als u denkt, beseffen ze dat ook wel en zullen ze het bericht
doorgeven.'

'Dus u denkt dat u daar rustig binnen kunt wandelen met de
woorden "Ik kom in vrede"?' Zijn toon was ironisch, maar hij keek
geïntrigeerd.

Anna haalde haar schouders op. 'Zoiets, ja. De beste route lijkt
me de kortste weg, in dit geval. Maar ik zal het gauw genoeg merken.' Ze keek op haar horloge. 'Ik neem het eerstvolgende vliegtuig
naar Zürich.'

Mettlenberg, St. Gallen, Zwitserland

Ruim vijf uur later zat Ben Hartman in zijn gehuurde Range Rover
op de parkeerplaats voor het personeel van het *Regionalspital Sankt
Gallen Nord* en keek naar de mensen die kwamen en gingen: artsen, verpleegkundigen en andere medewerkers. De sterke motor
zoemde zachtjes, stationair. Gelukkig waren er niet veel mensen,
zelfs niet om een paar minuten over vijf, het einde van een normale kantoordag. Het begon al te schemeren en de buitenlichten gingen aan.

Vanuit Zürich had hij het ziekenhuis gebeld en naar dokter Margarethe Hubli gevraagd. Hij werd meteen doorverbonden met de
kinderafdeling, waar hij in het Engels had geïnformeerd of ze aanwezig was.

Ja, was het antwoord. Wilde hij een afspraak maken? Het Engels van de verpleegster was moeizaam maar verstaanbaar.

'Nee,' had hij gezegd. 'Ik wilde alleen weten of ze er was. Mijn
kind is ziek en ik vroeg me af of er een arts klaarstond voor het geval het ernstiger werd.' Hij vroeg tot hoe laat dokter Hubli bereik-

baar was, bedankte toen de verpleegster en hing op.

Liesl werkte tot vier uur. Ben stond nu twee uur te wachten en ze was al een uur te laat. Hij wist zeker dat ze nog niet vertrokken was en bovendien zag hij haar Renault op de parkeerplaats staan. Waarschijnlijk was ze zo'n toegewijde arts die lange uren maakte en nauwelijks op haar rooster lette. Het kon dus nog wel even duren.

De oprichtingsakte waar Peter over had gesproken had niet in de kluis gelegen. Waar kon hij dan zijn? Peter had gezegd dat hij de lijst veilig had opgeborgen. Zou Liesl de waarheid spreken en echt niet weten waar hij was? En was het in dat geval mogelijk dat Peter het document ergens tussen zijn bezittingen in huis had verborgen zonder dat hij het tegen Liesl had gezegd?

Ze had te snel antwoord gegeven toen hij haar vroeg of Peter iets bij hen thuis kon hebben verborgen. Ze wist meer dan ze hem had willen vertellen. Dus moest hij naar het huis.

Veertig minuten later kwam Liesl uit de ingang van de polikliniek. Ze liep vrolijk met iemand te praten, zwaaide als afscheid en ritste haar leren jack dicht. Daarna liep ze half rennend naar haar auto, stapte in en startte.

Ben wachtte tot ze een eindje de weg op was voordat hij ook van het parkeerterrein vertrok. Ze zou de Range Rover niet herkennen en ze had geen reden voor argwaan, afgezien van haar gebruikelijke voorzichtigheid. Toch was het beter haar niet te laten schrikken.

Bij een reisboekenwinkel in Zürich had hij een kaart van het kanton St. Gallen gekocht, waarop hij de wegen in de omgeving had bestudeerd. Peter en Liesl hadden het over een 'blokhut' gehad, dus waarschijnlijk stond het huis ergens in een bos. Hij had een bosgebied gevonden op acht kilometer ruwweg ten noordnoordwesten van het ziekenhuis. Het enige andere gebied dat in aanmerking kwam binnen een afstand van twee uur rijden lag veertig kilometer verderop. Dat was te ver om over die lastige wegen elke dag naar je werk te gaan – zeker voor iemand die in noodgevallen snel in het ziekenhuis moest zijn. Daarom hield hij het op de bossen in de buurt.

Hij had de situatie in zijn geheugen geprent en wist dat de volgende afslag pas twee kilometer verder lag. Maar als ze ergens langs de weg zou stoppen en een paadje in draaide, zou hij haar kwijt zijn. Hij hoopte er het beste van.

Al gauw begon de weg steil te klimmen. Het was een bergachtig deel van Zwitserland. Daardoor kon hij ver vooruitkijken en hij ontdekte haar Renault voor een stoplicht. Daarna kwam de kruising met Hoofdweg Nummer 10. Als ze daar linksaf sloeg, zou ze inderdaad op weg zijn naar het bos dat hij had gekozen. Als ze rechtsaf sloeg of rechtdoor reed, had hij geen idee waar ze naar toe ging. De Renault sloeg linksaf.

Hij gaf gas en kwam een paar minuten later bij de kruising met Hoofdweg Nummer 10. Het was druk genoeg, dus hij viel niet op. Hij wist zeker dat ze geen idee had dat ze werd gevolgd.

De vierbaanssnelweg liep evenwijdig aan een spoorlijn, langs een paar reusachtige boerderijen met uitgestrekte akkers zo ver als het oog reikte. Opeens zag hij de Renault afslaan, een paar kilometer voordat hij het had verwacht.

Toen hij even later de smalle, bochtige weg op draaide, besefte hij dat het fout ging. Hij was nu nog de enige auto die achter haar reed. Het was al donker, er was nauwelijks verkeer en ze zou al snel in de gaten krijgen dat hij haar volgde. Dat kon niet anders. Dus zou ze afremmen om te zien wie er achter haar zat, of – nog waarschijnlijker – proberen hem kwijt te raken. Als ze vreemde manoeuvres uithaalde, had hij geen andere keus dan zich te laten zien.

Gelukkig hielp de bochtige weg hem een beetje uit het zicht te blijven, zo lang hij maar steeds één bocht achter haar bleef. Ze kwamen nu in een dunbebost gebied dat geleidelijk dichter werd. Zo nu en dan zag hij de lichtbundels van haar koplampen voordat ze achter de volgende bocht verdwenen. Zo kon hij haar op redelijk grote afstand volgen. Hij gaf haar een flinke voorsprong, voor het geval ze de Range Rover had opgemerkt. Maar een paar minuten later was hij ook het licht van haar koplampen kwijt.

Waar was ze gebleven? Had ze een afslag genomen? Hij gaf gas om te zien of ze zelf haar snelheid had vergroot, maar een kilometer verder had hij nog steeds geen spoor van haar gevonden.

Ze moest ergens in het bos verdwenen zijn, hoewel hij geen zijwegen of paden was gepasseerd. Hij stopte, keerde – er was toch geen verkeer – en reed terug, heel langzaam, speurend naar een mogelijke afslag. Het viel niet mee. Het was aardedonker.

Al gauw ontdekte hij iets dat op een weg leek. Het was niet veel meer dan een zanderig voetpad, maar toen hij dichterbij kwam, zag hij bandensporen.

Hij draaide het pad in en zag dat hij het heel rustig aan moest doen. Het was net breed genoeg voor de Renault, maar de Range Rover kon er maar met moeite doorheen. Takken en twijgen krasten langs de portieren. Hij remde nog verder af, uit angst dat ze het geluid zou kunnen horen.

Op de kaart van St. Gallen had hij gezien dat het geen groot bos was. Het lag rond een klein meertje, of eigenlijk een vijver, en er waren geen andere toegangswegen. Goed. Aangenomen dat de kaart klopte.

Het pad kwam bij een splitsing. Ben stopte, stapte uit en zag dat een van de vertakkingen dertig meter verderop doodliep. Het andere pad liep door, met diepe voren. Hij reed verder, moeizaam navigerend. Hij vroeg zich af hoe Liesls Renault dat redde als de Range Rover al zoveel moeite had.

Het duurde niet lang voordat er ook aan dit pad een einde kwam. En toen zag hij de Renault. Hij parkeerde ernaast en stapte uit. Het was nu pikdonker en hij zag geen hand voor ogen. Toen hij de motor had uitgezet, bleef het stil, afgezien van het geritsel van kleine dieren en zo nu en dan het tjilpen van een vogel.

Zijn ogen wenden langzaam aan het duister en hij ontdekte nog een pad, veel smaller, met een dak van takken. Hij dook onder de takken door en ging op weg, half struikelend en met zijn handen voor zijn gezicht om zijn ogen tegen takken te beschermen.

Hij zag een lichtschijnsel en kwam op een open plek waar een kleine blokhut stond, opgebouwd uit halve boomstammen en grof wit pleisterwerk. Hij zag een paar glazen ruiten. Het was niet zo primitief als het leek. Binnen brandde licht. Het moest de achterzijde van het huis zijn. De voorkant lag aan de andere kant. Heel voorzichtig sloop hij naar het huis toe en liep er omheen naar de voorkant, waar hij de deur verwachtte.

Opeens hoorde hij een metaalachtige klik. Geschrokken keek hij op. Liesl doemde voor hem op, met een geweer.

'*Staan blijven!*' riep ze.

'Wacht!' riep Ben terug. Jezus, ze was niet bang. Ze was naar buiten gekomen om de indringer te confronteren. Aan een fractie van een seconde had ze voldoende om hem neer te schieten.

'God, ben jíj het!' snauwde ze, toen ze hem opeens herkende. 'Wat doe je hier, verdomme?' Ze liet het geweer zakken.

'Ik heb je hulp nodig, Liesl,' zei hij.

In de schaduwen van het schuin invallende maanlicht leek haar gezicht verwrongen van woede. 'Je bent me gevolgd vanaf het ziekenhuis! Hoe dúrf je?'

'Je moet me helpen iets te vinden, Liesl. Alsjeblieft.' Hij moest haar dwingen om te luisteren.

Ze schudde nee. Heftig en beslist. 'Je hebt me in gevaar gebracht! Nu ben ik hier niet veilig meer, verdomme!'

'Liesl, niemand heeft me gevolgd.'

'Hoe kun je dat zeker weten? Heb je die auto gehuurd?'

'Ja. In Zürich.'

'Natuurlijk. Idioot! Als ze je in Zürich in de gaten hielden, weten ze dat je die auto hebt gehuurd.'

'Maar niemand heeft me gevolgd.'

'Wat weet jij er nou van!' snauwde ze. 'Je bent maar een amateur!'

'Jij ook.'

'Ja, maar wel een amateur die al vier jaar met de dreiging van de
dood leeft. En nou wegwezen! Lazer op!'

'Nee, Liesl,' zei hij rustig maar beslist. 'We moeten praten.'

16

De blokhut was eenvoudig maar gezellig, met een lage zoldering en
wanden vol met boeken. Peter had de boekenkasten nog zelf getimmerd, zei Liesl trots. Er lag een vloer van brede grenen planken.
Naast de stenen haard was een keurige stapel houtblokken opgetast. Er waren ook een houtkachel en een kleine keuken. Het hele
huis had een rokerige geur.

Het was koud. Ze stak de houtkachel aan voor de warmte. Ben
trok zijn jas uit.

'Je bent gewond,' zei Liesl. 'Ze hebben je geraakt.'

Ben bekeek zichzelf en zag dat de linkerschouder van zijn overhemd helemaal hard was van geronnen bloed. Vreemd genoeg had
hij niet veel pijn gevoeld. De stress en de uitputting hadden hem
blijkbaar ongevoelig gemaakt voor de verwonding en hij had het
uit zijn gedachten gezet tijdens de lange autorit door de bergen.

'Het zal wel erger lijken dan het is,' zei Ben.

'Dat hangt ervan af,' zei Liesl, 'hoe erg het lijkt. Doe dat overhemd maar uit.' Ze sprak als een dokter en dat was ze ook.

Ben maakte de knoopjes van zijn witkatoenen Oxford-shirt los.
De stof bleef aan zijn linkerschouder kleven toen hij trok, en hij
werd gewaarschuwd door een steek van pijn.

Liesl pakte een schone spons, dompelde hem in warm water en
maakte het overhemd nat. Toen trok ze het voorzichtig van zijn gewonde schouder los. 'Je hebt ongelooflijk veel geluk gehad. Een
vleeswond, dat is alles. En vertel nou maar wat er is gebeurd.'

Terwijl Liesl zijn wond verzorgde, deed Ben verslag van de gebeurtenissen van een paar uur geleden.

'Hier zit wat rommel. Dat moet ik er voorzichtig uithalen, anders gaat het ontsteken.' Ze zette hem naast het aanrecht, goot wat kokend water uit een ketel in een porseleinen kom en liet het afkoelen. Ze verdween een paar minuten, om terug te komen met een voorraadje verbandgaas en een gele plastic fles met ontsmettingsmiddel.

Ben maakte een grimas toen ze voorzichtig zijn schouder schoonmaakte en nog eens toen ze de wond behandelde met een watje met het bruine middel. 'Het schoonmaken doet meer pijn dan de kogel zelf,' zei hij.

Liesl bracht het steriele gaas aan met vier stroken hechtpleister om het op zijn plaats te houden. 'De volgende keer heb je niet meer zoveel geluk,' zei ze droog.

'Wat ik nu nodig heb is niet geluk,' zei Ben, 'maar informatie. Ik moet weten wat hierachter steekt. Ik moet weten wat Sigma is. Want ze weten wel wie ík ben, dat is duidelijk.'

'Geluk, informatie... allebei, geloof me maar.' Ze gaf hem een shirt. Een zwaar hemd van gebreid katoen. Een van Peters shirts.

Opeens drong de realiteit van de afgelopen dagen, die hij zo ver van zich af had willen houden, weer tot hem door en voelde hij een golf van duizeligheid, paniek, verdriet en wanhoop door zich heen slaan.

'Ik zal je helpen het aan te trekken,' zei ze, zich bewust van de pijn op zijn gezicht.

Hij moest zich beheersen, wist hij, al was het maar voor Liesl. Hij kon alleen maar raden naar het verdriet dat zij moest voelen. Toen hij het hemd had aangetrokken, staarde Liesl hem een paar seconden aan. 'Jullie lijken zo op elkaar. Dat heeft Peter me nooit verteld. Ik denk dat hij het zelf niet eens besefte.'

'Tweelingen herkennen nooit zichzelf in elkaar.'

'Het is meer dan dat. En ik bedoel het niet fysiek. Sommige mensen zouden hebben gezegd dat Peter geen doel had. Ik wist wel beter. Hij was als een zeil, iets dat vormeloos blijft tot de wind eronder slaat. Dan neemt het de kracht over van die wind.' Ze schudde haar hoofd, alsof ze gefrustreerd raakte door haar eigen moeizame pogingen om het duidelijk te maken. 'Ik bedoel dat Peter wel degelijk een doel voor ogen had.'

'Ik weet wel wat je bedoelt. Dat bewonderde ik het meest in hem, het leven dat hij voor zichzelf had geschapen.'

'Het was een passie,' zei Liesl met stralende ogen. 'Een passie voor gerechtigheid, die elke vezel van zijn persoonlijkheid doortrok.'

'Passie voor gerechtigheid... dat zijn geen woorden die veel betekenen in de financiële wereld,' zei Ben bitter.

'Een wereld die jou benauwde,' zei Liesl. 'Je raakte steeds meer verstikt, zoals Peter al had voorspeld.'

'Er zijn snellere manieren om dood te gaan,' zei Ben. 'Zoals ik de laatste dagen heb gemerkt.'

'Vertel me eens over de school waar je lesgaf. In New York, zei Peter. Ik ben zelf een paar keer in New York geweest, als puber en later nog eens op een medisch congres.'

'Het was in New York, ja. Maar niet het New York dat de toeristen zien. Ik gaf les in East New York, acht vierkante kilometer met de armoedigste en wanhopigste mensen van de hele stad. Je hebt er wat garages en bodega's, je kunt er sigaretten en drank kopen, en geld opnemen. Het vijfenzeventigste politiedistrict, maar geen enkele agent is blij als hij daar terechtkomt. Toen ik er lesgaf, werden er meer dan honderd moorden gepleegd. Op sommige avonden leek het wel Beiroet. Je viel in slaap bij het geluid van vuurgevechten. Een troosteloze plek, grotendeels afgeschreven door de rest van de maatschappij.'

'En daar stond jij voor de klas.'

'Ik vond het een schande dat er in Amerika, het rijkste land op aarde, nog zulke toestanden konden bestaan. Hierbij vergeleken was Soweto nog een villawijk. O, je had wel van die ontwikkelingsprogramma's, maar die haalden geen steek uit. Er heerste een sfeer van onuitgesproken fatalisme. "Armoede is toch niet uit te roeien." Het werd niet hardop gezegd, maar daar kwam het op neer. Er werden andere codewoorden gebruikt, zoals "structureel" en "gedragspatronen" en zo. En met de Amerikaanse middenklasse ging het toch goed? Daarom heb ik het volgehouden. Ik had heus niet de illusie dat ik de wereld kon redden. Zo naïef was ik ook weer niet. Maar als ik één jochie zou kunnen helpen, of twee of drie, was mijn werk niet voor niets geweest.'

'En is je dat gelukt?'

'Misschien,' zei Ben, opeens vermoeid. 'Misschien. Ik ben niet lang genoeg gebleven om het resultaat te zien.' De minachting droop van zijn stem. 'Ik ben vertrokken om truffels te gaan eten bij Aureole en dure wijn te drinken met mijn cliënten.'

'Dat lijkt me nogal een schok, zo'n overgang,' zei Liesl zacht. Ze luisterde aandachtig naar wat hij zei, misschien als afleiding van haar eigen verdriet.

'Ik raakte afgestompt. Het probleem was dat ik er wel talent voor had. Ik was wel goed in het spelletje, het ritueel om de cliënt het hof te maken. Als je iemand nodig had die iets kon bestellen in de duurste restaurants zonder één keer op de kaart te hoeven kijken, was ik je man. En ik was ook nog bereid mijn nek te riskeren – overdrachtelijk gesproken, dan. Ik was verslaafd aan extreme sporten. Ik beklom de Vermillion Cliffs in Arizona. Ik ging solozeilen bij Bermuda, of paraskiën in de Cameron Pass. Courtney, een vroeger vriendinnetje van me, beweerde dat ik een doodswens had, maar dat was het niet. Ik deed het juist om het gevoel te krijgen dat ik lééfde.' Hij schudde zijn hoofd. 'Het klinkt nu bezopen, natuurlijk. Nutteloos tijdverdrijf van een verwend rijk jochie dat nog nooit een goede reden had gevonden om 's ochtends zijn nest uit te komen.'

'Misschien omdat ze je uit je natuurlijke element hadden gehaald,' zei Liesl.

'En wat was dat dan? Ik weet niet of zieltjes redden in East New York mijn grote roeping was. Ik heb nooit de kans gekregen om daar achter te komen.'

'Ik denk dat jij ook een zeil was, net als Peter. Dat je alleen de juiste wind moest vinden.' Ze glimlachte droevig.

'Nou, de wind heeft míj gevonden, lijkt het. En het is meteen een orkaan, verdomme. Een of andere samenzwering van een halve eeuw geleden, die nog altijd slachtoffers eist. Vooral mensen van wie ik hou. Misschien heb jij nog nooit op een klein bootje gezeten in een storm, Liesl, maar ik wel. En het eerste dat je doet, is de zeilen reven.'

'Maar heb je die keus nu ook?' Ze gaf hem een bodempje cognac in een waterglas.

'Ik weet niet welke keus ik heb. Daar hebben jij en Peter veel langer over kunnen nadenken. En wat waren jullie conclusies?'

'Wat ik je al zei. Grotendeels gissingen. Peter heeft veel onderzoek gedaan naar die periode. En wat hij ontdekte was niet bemoedigend. De Tweede Wereldoorlog was een duidelijk conflict tussen goed en kwaad, maar voor veel mensen speelde dat totaal geen rol. Een heleboel bedrijven waren alleen maar geïnteresseerd in winst. En sommige zagen in de oorlog zelfs een kans om die winst nog te vergroten, helaas. De overwinnaars hebben nooit goed raad geweten met die erfenis van industrieel verraad. Dat kwam hen ook niet goed uit.' Haar ironische halve lachje deed Ben denken aan de beheerste verontwaardiging van zijn broer en zijn smeulende woede.

'Waarom niet?'

'Omdat te veel Amerikaanse en Britse bedrijven zich dan hadden moeten verantwoorden voor handelsbetrekkingen met de vijand, voor collaboratie. Dus veegden ze het probleem liever onder het tapijt. Daar zorgden de gebroeders Dulles wel voor. Het zou te pijnlijk zijn geweest om de echte collaborateurs aan te pakken. Dan zouden de grenzen tussen goed en kwaad zijn vervaagd, dan zou de mythe van de geallieerde onschuld zijn aangetast. Neem me niet kwalijk als ik het niet goed uitleg. Ik heb die verhalen zo vaak gehoord. Er was een jonge advocaat op het Amerikaanse ministerie van Justitie die een toespraak durfde te houden over collaboratie tussen Amerikaanse zakenmensen en de nazi's. Hij werd op staande voet ontslagen. Na de oorlog werden sommige Duitse functionarissen ter verantwoording geroepen, maar niet veel. Het zakelijke bolwerk van de As-mogendheden is nooit echt aangepakt of onderzocht. Waarom zou je Duitse industriëlen aanklagen die zaken hadden gedaan met Hitler – die Hitlers opkomst mógelijk hadden gemaakt – terwijl ze nu net zo vrolijk zaken deden met Amerika? Toen overijverige ambtenaren in Neurenberg een paar van hen lieten veroordelen, kregen ze strafvermindering van jullie John J. Mc-Cloy, de Amerikaanse hoge commissaris. De excessen van het fascisme waren heel betreurenswaardig, maar zakenmensen moeten voor elkaar opkomen, nietwaar?'

Weer hoorde hij Peters hartstochtelijke stem in haar verhaal. 'Ik kan het nog steeds niet begrijpen,' zei hij toonloos. 'Financiële samenwerking terwijl die twee partijen in oorlog waren?'

'De dingen zijn niet altijd zoals ze lijken. Hitlers hoogste inlichtingenofficier, Reinhard Gehlen, was al bezig met de voorbereiding van zijn eigen overgave in 1944. Het opperbevel wist heus wel hoe de vlag erbij hing. Ze zagen ook wel dat Hitler krankzinnig was, irrationeel. Dus probeerden ze te onderhandelen. Ze zetten al hun dossiers over de Sovjet-Unie op microfilms en begroeven die in waterdichte vaten in de bergweiden van de Alpen, nog geen honderdvijftig kilometer hier vandaan. Vervolgens stapten ze naar de Amerikaanse contraspionagedienst om iets te regelen. Na de oorlog is Gehlen door de Amerikanen benoemd tot directeur van de 'Zuid-Duitse Industriële Ontwikkelingsmaatschappij'.

Ben schudde vermoeid zijn hoofd. 'Zo te horen hebben jullie je behoorlijk in de zaak verdiept. Dit gaat me ver boven mijn pet.' Hij dronk de rest van de cognac op.

'Ja, we hebben ons er helemaal in gestort. We moesten wel. Ik herinner me iets wat Peter me vertelde. De werkelijke vraag, zei hij, was niet wáár ze zaten, maar waar ze níét zaten. Het probleem was niet wie je níét kon vertrouwen, maar wie wél. Dat klonk nogal paranoïde, op dat moment.'

'Nu niet meer.'

'Nee,' beaamde Liesl met een lichte trilling in haar stem. 'En nu hebben ze hun krachten gebundeld tegen jou – langs officiële en minder officiële weg.' Ze aarzelde. 'Er is nog iets anders dat ik je moet geven.'

Ze verdween weer naar de slaapkamer en kwam terug met een simpele kartonnen doos van het soort waarin stomerijen een overhemd verpakken. Ze opende hem op de ruwhouten tafel tussen hen in. Papieren. Geplastificeerde identiteitskaarten. Paspoorten. De papieren valuta van de moderne bureaucratie.

'Van Peter,' zei Liesl. 'De vruchten van vier jaar onderduiken.'

Bens vingers gingen snel door de pasjes heen, alsof het speelkaarten waren. Drie verschillende namen, allemaal behorend bij hetzelfde gezicht. Peters gezicht. En dus ook zíjn gezicht. 'Robert Simon... handig. Er moeten duizenden mensen met die naam in Noord-Amerika wonen. Michael Johnson, idem dito. En John Freedman. Die papieren zijn van goede kwaliteit, heel professioneel, voor zover ik het kan beoordelen.'

'Peter was een perfectionist,' zei Liesl. 'Ik ben ervan overtuigd dat ze elke test kunnen doorstaan.'

Ben liep de rest van de papieren door en zag dat er ook creditcards bij de paspoorten zaten. Er waren ook documenten voor een 'Paula Simon' en andere echtgenotes. Als Robert Simon met zijn vrouw op reis moest, lagen de paspoorten klaar. Ben was vol bewondering, maar tegelijk ook diepbedroefd. Peters voorbereidingen waren zo zorgvuldig geweest, zo uitputtend, bijna maniakaal – maar ze hadden hem niet kunnen redden.

'Ik moet het je vragen, Liesl. Weten we zeker dat Peters achtervolgers, de Sigma Groep of wie ze ook zijn, deze namen niet kennen? Elk van deze paspoorten zou bekend kunnen zijn.'

'Mogelijk. Maar niet waarschijnlijk.'

'Wanneer heeft hij "Robert Simon" voor het laatst gebruikt? En in welke omstandigheden?'

Liesl sloot haar ogen, concentreerde zich en diepte de details met verbazingwekkende precisie uit haar geheugen op. Na twintig minuten was Ben er zeker van dat minstens twee van Peters schuilnamen de laatste twee jaar niet meer waren gebruikt en vermoedelijk dus niet bekend waren bij de tegenpartij. Hij stak de papieren in de ruime binnenzakken van zijn leren jas.

Toen legde hij zijn hand op die van Liesl en keek in haar heldere blauwe ogen. 'Dank je, Liesl,' zei hij. Wat een bijzondere vrouw, dacht hij weer, en hoe gelukkig had zijn broer zich mogen prijzen dat hij haar gevonden had.

'Die schouderwond zal binnen een paar dagen wel dichtgaan en helen,' zei ze. 'Het zal veel moeilijker zijn om je identiteit af te leggen, hoewel deze paspoorten kunnen helpen.'

Liesl trok een fles rode wijn open en schonk hun allebei een glas in. De wijn was uitstekend: rijk, vol en pittig, en al gauw begon Ben zich te ontspannen.

Een paar minuten staarden ze allebei zwijgend in het vuur. Als Peter het document hier had verborgen, vroeg Ben zich af, waar zou het dan kunnen zijn? En als het hier niet was, waar dan wel? Peter had gezegd dat het veilig opgeborgen lag. Bij Matthias Deschner, misschien? Maar dat leek onzin. Als hij de moeite nam om een bankrekening te openen vanwege het kluisloket dat erbij hoorde, waarom zou hij die oprichtingsakte daar dan niet hebben gedeponeerd? Waarom hadden er helemaal geen stukken in de kluis gelegen, behalve die foto?

Hij dacht nog eens na over Deschner. Wat was zijn rol geweest bij de gebeurtenissen in de bank? Had hij er iets mee te maken gehad? Zou hij de bankier heimelijk hebben gewaarschuwd dat Ben illegaal in het land was? Als dat zo was, leek het moment niet logisch. Dat had Deschner immers kunnen doen vóórdat Ben tot de kluis was toegelaten. Was het mogelijk dat Deschner toch maanden of jaren geleden in de kluis was geweest – wat niet zo moeilijk moest zijn, ondanks zijn bewering dat hij geen toegang had – en het document aan Peters vijanden had gegeven? Maar Liesl had gezegd dat ze haar neef volledig vertrouwde... Tegenstrijdige gedachten tolden door zijn hoofd en ketsten tegen elkaar af, totdat Ben onmogelijk nog helder kon denken.

Ten slotte was het Liesl die zijn onrustige speculaties onderbrak. 'Dat je mij zo gemakkelijk hierheen hebt kunnen volgen maakt me toch wel angstig,' zei ze. 'Je moet het niet persoonlijk opvatten, maar je bent een amateur. Voor een professional zou het nog eenvoudiger zijn geweest.'

Of ze nu gelijk had of niet, Ben voelde aan dat hij haar gerust moest stellen. 'Vergeet niet, Liesl, dat Peter mij had verteld dat jullie in een blokhut in het bos woonden, bij een meer. Toen ik eenmaal wist in welk ziekenhuis je werkte, maakte dat het veel eenvoudiger. Als ik dat allemaal niet had geweten, was ik je waarschijnlijk al heel snel kwijtgeraakt.'

Ze zei niets, maar staarde ongerust in de vlammen.

'Weet je hoe je dat ding moet gebruiken?' vroeg Ben, met een blik naar de revolver die ze op een tafeltje bij de deur had laten liggen.

'Mijn broer zit in het leger. Elke Zwitserse jongen weet hoe je met vuurwapens moet omgaan. Er is zelfs een nationale feestdag waarop Zwitserse jongens mogen schieten. Mijn vader vond toevallig dat een meisje niet voor een jongen hoefde onder te doen en ook moest leren een wapen te gebruiken. Dus was ik op dit leven voorbereid.' Ze stond op. 'Maar ik sterf van de honger, dus ik ga wat te eten maken.' Ben liep met haar mee naar de keuken.

Ze stak de gasoven aan, haalde een hele kip uit de kleine koelkast, besmeerde hem met boter en gedroogde kruiden en zette hem in de oven om te braden. Terwijl ze aardappels kookte en groente stoomde, praatten ze over haar werk en het zijne, en over Peter.

Na een tijdje haalde Ben de foto uit de zak van zijn jasje. Hij had onderweg al vastgesteld dat de envelop hem tegen het water had beschermd. Nu liet hij hem aan haar zien. 'Enig idee wie deze mannen zijn?' vroeg hij.

Ze sperde geschrokken haar ogen open. 'O, mijn god! Dat moet jullie vader zijn! Hij lijkt zo op jullie. Wat een knappe man!'

'En de anderen?'

Ze aarzelde en schudde haar hoofd, duidelijk van streek. 'Het lijken me belangrijke mensen, maar dat lijkt iedereen in zo'n pak. Het spijt me, ik weet het niet. Peter heeft me wel over die foto verteld, maar ik heb hem nooit gezien.'

'En dat document waar ik het over had, die oprichtingsakte, heeft hij je ooit gezegd waar hij dat verborgen heeft?'

Ze hield op met in de groente te roeren. 'Nee, nooit,' verklaarde ze met absolute zekerheid.

'Weet je het zeker? Het lag niet in de kluis.'

'Als het hier lag, zou hij me dat zeker hebben gezegd.'

'Dat hoeft niet. Hij heeft je die foto ook niet laten zien. Misschien wilde hij je beschermen of was hij bang dat je je zorgen zou maken.'

'Dan weet ik het niet.'

'Vind je het goed als ik rondkijk?'

'Ga je gang.'

Terwijl zij verder ging met het eten, begon hij systematisch het huis te doorzoeken. Hij probeerde zich in de gedachtegang van zijn broer te verplaatsen. Waar zou Peter het hebben verborgen? Alle plaatsen waar Liesl regelmatig schoonmaakte of reden had om te kijken vielen af. Ze sliepen in een van de twee kleine kamertjes naast de woonkamer. Het andere kamertje was Peters studeerkamer geweest. Maar beide kamers waren sober ingericht en Bens zoektocht leverde niets op.

Hij inspecteerde de vloer op losse planken en tikte op de gepleisterde houten muren, maar tevergeefs.

'Heb je een zaklantaarn?' vroeg hij toen hij in de keuken terugkwam. 'Ik wil even buiten kijken.'

'Natuurlijk. Er ligt een zaklantaarn in elke kamer – het licht valt nogal eens uit – en op het tafeltje bij de deur. Maar over een paar minuten is het eten klaar.'

'Ik ben zo terug.' Hij pakte de zaklantaarn en liep naar buiten, waar het koud was en pikkedonker. Hij maakte een snelle wandeling over het grasveld rond de blokhut. Er was een schroeiplek waar ze blijkbaar buiten kookten, en een grote houtstapel onder een zeil. Het document zou ook in een kistje onder een steen verborgen kunnen liggen, maar daar moest hij de volgende morgen maar naar zoeken, als het licht was. Hij richtte de zaklantaarn op de buitenmuur van het huis, liep er langzaam omheen en onderzocht de omgeving van de gastank, maar zonder resultaat.

Toen hij terugkwam, had Liesl een kleine ronde tafel bij het raam gedekt met een roodwit geruit tafelkleed, twee borden en bestek.

'Het ruikt lekker,' zei Ben.

'Ga zitten.'

Ze schonk nog twee glazen wijn in en zette ze op tafel. De kip was heerlijk gekruid en Ben viel er met smaak op aan. Ze concentreerden zich op het eten en zeiden pas wat toen hun eerste honger was gestild. Het tweede glas wijn maakte Liesl melancholiek. Ze huilde toen ze over Peter vertelde en hoe ze elkaar hadden ontmoet. Ze herinnerde zich hoe trots Peter was geweest op de inrichting van de blokhut, hún huis. Hij had de boekenkasten en een groot deel van het meubilair zelf getimmerd.

De boekenkasten, dacht Ben opeens. Peter had ze zelf gemaakt... Hij stond abrupt op. 'Vind je het erg als ik die kasten wat beter bekijk?'

'Nee, hoor,' zei ze met een vermoeid gebaar.

De kasten waren opgebouwd uit afzonderlijke eenheden en ter plaatse gemonteerd. Ze hadden een achterwand; de gepleisterde houten muren van het huis waren niet te zien.

Plank voor plank haalde Ben de boeken weg en keek erachter.

'Wat doe je?' vroeg Liesl, een beetje wanhopig.

'Maak je geen zorgen, ik zet alles weer keurig terug,' zei Ben.

Een halfuurtje later had hij nog altijd niets gevonden. Liesl was klaar met de afwas en zei dat ze doodmoe was. Maar Ben ging door, de ene rij boeken na de andere, terwijl zijn frustratie groeide. Toen hij bij de romans van F. Scott Fitzgerald kwam, glimlachte hij droevig. *The Great Gatsby* was Peters lievelingsboek geweest.

Opeens, achter de Fitzgeralds, vond hij een kleine nis, keurig in de achterwand verwerkt, zo glad dat het nauwelijks opviel.

Het was een staaltje vakkundig timmerwerk. Zelfs toen hij alle boeken had weggehaald was de vage, rechthoekige omtrek van de afgesloten nis bijna niet te zien. Hij stak zijn nagels onder het plankje, maar het gaf niet mee. Hij prutste er nog wat aan, drukte er eens op, en opeens sprong het open. Een keurig stukje vakwerk. Peter de perfectionist.

Het document was zorgvuldig opgerold, met een elastiekje eromheen. Ben haalde het uit de nis, trok het elastiekje eraf en rolde het open.

Het was een kwetsbaar, vergeeld vel papier met een gestencilde tekst. Eén pagina maar: het voorblad van een oprichtingsakte.

De kop luidde SIGMA AG. De datum was 6 april 1945. Daaronder volgde een lijst van directeuren en bestuursleden van de organisatie.

Lieve god, dacht hij verbijsterd. Peter had gelijk gehad. Er stonden namen bij die hij kende. Namen van bedrijven die nog bestonden, fabrieken die auto's, wapens en consumentengoederen produceerden. Namen van tycoons en bestuursvoorzitters. Behalve de personen die hij al op de foto had herkend, zag hij ook de beroemde Cyrus Weston, die met zijn staalimperium zelfs dat van Andrew Carnegie had overvleugeld, en Avery Henderson, die door economische historici werd beschouwd als de belangrijkste financier van de twintigste eeuw na John Pierpont Morgan. Zijn blik gleed over de namen van directeuren van grote autofabrieken; vroege elektronicabedrijven die het voortouw hadden genomen bij de ontwikkeling van radar, microgolf- en koeltechnieken – technologieën die pas tientallen jaren tot volle wasdom waren gekomen. De voorzitters van de grootste drie oliemaatschappijen uit Amerika, Engeland en Nederland. Giganten op het gebied van de telecommunicatie, nog voordat die term bestond. De mammoetbedrijven uit die tijd, som-

mige nog net zo groot en welvarend als toen, andere inmiddels opgeslokt door conglomeraten die nog groter waren dan zijzelf. Industriëlen uit Amerika, West-Europa en... inderdaad... nazi-Duitsland. En helemaal boven aan de lijst de naam van de boekhouder:
MAX HARTMAN (OBERSTURMFÜHRER SS).

Zijn hart bonsde in zijn keel. Max Hartman, luitenant bij Hitlers SS. Als dit een vervalsing was, was het bijzonder knap gedaan.
Hij had zulke oprichtingsakten wel vaker gezien en dit leek volkomen authentiek.

Liesl kwam uit de keuken. 'Heb je wat gevonden?'

De haard begon te doven en het werd kouder in de kamer.

'Ken je een van die namen?' vroeg Ben.

'De bekendste, ja. De machtige *captains of industry*, zoals Peter
ze noemde.'

'Maar de meesten zijn nu dood.'

'Ze hebben erfgenamen, opvolgers.'

'Ja, mensen die heel goed worden beschermd,' zei Ben. 'Maar er
staan ook namen bij die ik niet ken. Ik ben geen historicus.' Hij
wees er een paar aan: buitenlanders. 'Ken je die ook? En leven ze
nog?'

Liesl zuchtte. 'Gaston Rossignol ken ik wel. Die moet nog ergens
in Zürich wonen. Iedereen heeft van hem gehoord. Hij is na de oorlog heel lang de steunpilaar van de Zwitserse bankwereld geweest.
Gerhard Lenz was een collega van Josef Mengele, die zulke afschuwelijke experimenten op gevangenen uitvoerde. Een monster.
Hij is jaren geleden in Zuid-Amerika gestorven. En dan natuurlijk...'
Ze zweeg.

'Peter had gelijk,' zei Ben.

'Over je vader?'

'Ja.'

'Het is vreemd. *Der Apfel fällt nicht weit vom Stamm*, zoals ze
hier zeggen. De appel valt niet ver van de boom. Jij en Peter lijken
zo op elkaar. En als ik Max Hartman zie als jongeman, herken ik
jullie in hem. Maar toch zijn jullie allebei zo verschillend van je vader. Uiterlijk zegt dus niet veel.'

'Mijn vader deugt niet.'

'Het spijt me zo.' Ze keek hem heel lang aan – met verdriet, medelijden, of nog iets meer. Ben wist het niet. 'Je lijkt nu meer op je
broer dan ooit.'

'Hoe bedoel je?'

'Je ziet er zo... opgejaagd uit. Zoals hij ook keek, die... die laatste maanden.' Ze sloot haar ogen en drong haar tranen terug. Na een paar seconden zei ze: 'De bank in Peters studeerkamer kun je uitklappen tot een bed. Ik zal het voor je opmaken.'

'Hoeft niet,' zei hij. 'Dat kan ik zelf wel.'

'Dan zal ik het beddengoed pakken. En daarna ga ik slapen. Anders val ik om van vermoeidheid en te veel wijn. Ik ben niet zo'n drinker.'

'Je hebt het zwaar gehad, de laatste tijd,' zei hij. 'Wij allebei.'

Hij zei welterusten, kleedde zich uit, vouwde het document voorzichtig op en stak het in de zak van zijn leren jasje, naast Peters identiteitspapieren. Binnen een paar minuten viel hij in een diepe slaap, half bewusteloos.

Hij en zijn broer zaten opgesloten in een dichte treinwagon, als haringen in een ton met de andere gevangenen. Er hing een smerige stank omdat niemand zich al die dagen had kunnen wassen. Hij kon zijn armen en benen niet bewegen. Al gauw verloor hij het bewustzijn. Toen hij bijkwam, waren ze ergens anders, in een grote menigte gevangenen – wandelende skeletten met kaalgeschoren hoofden. Maar Peter keek opgelucht, omdat ze in elk geval de kans zouden krijgen om te douchen. Allemaal samen, maar wat gaf dat? Ben raakte in paniek, omdat hij de waarheid kende. Op de een of andere manier wist hij wat er ging gebeuren. Hij probeerde te schreeuwen: 'Peter! Nee! Het zijn geen douches, het is een gaskamer! Niet naar binnen! Het is een gaskamer!' Maar hij had geen stem meer, hij kon niets zeggen. De anderen stonden daar als zombies. Peter keek hem nijdig aan en begreep niet wat hij bedoelde. Een baby en een paar jonge vrouwen huilden. Weer probeerde hij een waarschuwing te roepen, maar tevergeefs. Hij was wild van angst. Hij voelde zich claustrofobisch, alsof hij stikte. Hij zag hoe zijn broer omhoogkeek met een verwachtingsvolle uitdrukking op zijn gezicht, verlangend naar het water uit de douchekoppen. Op hetzelfde moment hoorde hij dat de kranen werden opengedraaid, het knarsen van de ventielen, het sissen van het gas. 'Nee!' schreeuwde hij. Hij sloeg zijn ogen op en keek om zich heen in de donkere studeerkamer.

Langzaam kwam hij overeind en luisterde. Geen geknars. Dat had hij maar gedroomd. Hij lag in de blokhut van zijn dode broer, in de Zwitserse bossen, en hij had geslapen. Maar toch had hij een geluid gehoord, of was dat ook een droom?

Opeens hoorde hij een autoportier dichtslaan. Hij kon zich niet vergissen, daarvoor was het geluid te karakteristiek. En het was een zware auto, misschien een terreinwagen. Zijn eigen Range Rover?

Hij sprong uit bed, greep de zaklantaarn, trok haastig zijn jeans, zijn leren jack en zijn gympen aan. Zou Liesl om een of andere reden naar buiten zijn gegaan en in de Range Rover zijn gestapt? Hij kwam langs haar slaapkamer en duwde zachtjes de deur open.

Ze lag in bed, haar ogen dicht, in slaap. O, god. Dan was het iemand anders. Er was iemand bij het huis!

Hij liep snel naar de voordeur, griste de revolver van het tafeltje en opende geruisloos de deur. Voorzichtig tuurde hij over de open plek, verlicht door de bleke sikkel van de maan. Hij wilde de zaklantaarn niet gebruiken om degene die daar rondsloop – wie het ook was – niet te alarmeren en niet de aandacht op zich te vestigen.

Toen hoorde hij het aanslaan van een motor, die brullend tot leven kwam. Hij rende het grasveld over. De Range Rover stond nog op zijn plaats, maar hij zag de rode achterlichten van een andere terreinwagen.

'Hé!' riep hij, en rende erachteraan.

De wagen verdween met volle snelheid over het smalle paadje, slechts gehinderd door de bomen die er vlak langs stonden. Ben rende nog harder, met het pistool in zijn ene hand geklemd en de Mag-Lite zaklantaarn in zijn andere, als een estafettestokje bij een van de atletiekwedstrijden uit zijn studententijd. Maar de achterlichten werden steeds kleiner, hoe hij ook sprintte. De takken sloegen in zijn gezicht, maar hij merkte het nauwelijks. Hij was een machine, een atletische machine, de sportheld van vroeger. Hij zou zich die wagen niet laten ontglippen. Hadden ze soms een geluid gehoord in het huis, vroeg hij zich af toen hij met stampende voeten over het zandpad stormde dat de blokhut met de weg verbond. Hadden ze willen inbreken, maar had hij hen afgeschrikt? Hij rende verder, sneller nog, maar de achterlichten werden kleiner. De truck ontsnapte hem. Even later waren zelfs de lichten uit het zicht verdwenen. Ben draaide zich om en liep terug naar het huis. Nu pas dacht hij aan de Range Rover. Hij kon proberen hen nog in te halen met de Rover! De andere wagen had maar de keuze uit twee richtingen. Ben kon de achtervolging inzetten met zijn eigen auto. Hij rende terug over het paadje naar de blokhut, totdat hij half de lucht in werd gesmeten door een geweldige, oorverdovende explosie voor hem uit. De klap kwam uit de richting van het huis. Opeens werd de nachthemel rood en oranje gekleurd als door een reusachtig vuurwerk.

Tot zijn afgrijzen zag hij dat het huis veranderde in één grote vuurbol, brandend als een fakkel.

17

Washington D.C.
De rits van Anna's reistas bleef achter een van haar jurken haken op het moment dat de taxi voorreed en ongeduldig toeterde.

'Ik kom al, ik kom al,' kreunde ze. 'Rustig maar.'

Ze gaf nog een ruk aan de rits, zonder succes. Toen ging de telefoon. 'Ach, verdomme.'

Ze was al laat. Ze wilde zo snel mogelijk naar Reagan National Airport voor de avondvlucht naar Zürich. Geen tijd dus voor de telefoon. De voicemail stond aan. Op het laatste moment bedacht ze zich.

'Agent Navarro, neem me niet kwalijk dat ik u thuis bel.' Ze herkende de hoge, hese stem meteen, hoewel ze hem maar één keer eerder had gehoord. 'Ik heb uw nummer gekregen van brigadier Arsenault. Dit is Denis Weese van de scheikundesectie van het forensisch laboratorium in Nova Scotia.'

Hij sprak tergend langzaam. 'Ja,' zei ze ongeduldig, 'de toxicoloog. Zegt u het maar.'

'Het gaat om het oogvocht waar ik nog naar moest kijken, zoals u had gevraagd.'

Eindelijk wist ze de stof van haar jurk uit de rits te bevrijden. Ze vergat maar even hoeveel die jurk had gekost. De schade was toch al aangericht. Misschien zou het niet opvallen. 'Hebt u iets ontdekt?'

'Ja. Heel interessant.' De taxi toeterde nog dringender.

'Hebt u één seconde?' vroeg ze, terwijl ze de telefoon op het kleed liet vallen en naar het raam rende. 'Ik ben zo beneden!' riep ze.

'Navarro?' riep de chauffeur omhoog. 'U had een taxi gebeld?'

'Zet de meter maar aan. Een paar minuten nog.' Ze rende terug en raapte de telefoon op. 'Sorry. Het oogvocht, zei u?'

'De test reageerde op elektrofluorese,' vervolgde de toxicoloog. 'Dat is geen natuurlijk eiwit. Een peptide, een soort opgevouwen ketting van aminozuren...'

Ze zette de reistas op de grond. 'Een synthetische stof, bedoelt u dat?' Een niet-natuurlijk eiwit. Afkomstig uit een laboratorium dus. Wat kon dat betekenen?

'Een stof die zich uitsluitend aan neuroreceptoren hecht. Dat verklaart waarom we er geen sporen van konden terugvinden in de bloedbaan. Je kunt het alleen ontdekken, en dan nog in heel kleine hoeveelheden, in het ruggenmergvocht en het oogvocht.'

'U bedoelt dat het rechtstreeks naar de hersenen gaat?'

'Daar komt het op neer, ja.'

'En wat is dat voor een stof?'

'Een exotisch middel. De natuurlijke vorm die er het dichtst bij komt is gifpeptide, zou ik zeggen, zoiets als slangengif. Maar het molecuul is duidelijk synthetisch.'

'Dus toch vergif.'

'Een heel nieuw molecuul, een van de nieuwe toxines die de wetenschap nu synthetisch kan produceren. Ik vermoed dat het een hartstilstand veroorzaakt. Het gaat meteen naar de hersenen, door de bloed-breinbarrière heen maar laat geen sporen na in het bloedserum. Heel bijzonder.'

Een geheel nieuw molecuul.

'Mag ik u iets vragen? Waarvoor kan dat toxine worden gebruikt, denkt u? Voor biologische oorlogvoering?'

Hij lachte wat ongemakkelijk. 'Nee, nee. Helemaal niet. Er worden wel meer van zulke synthetische peptiden ontwikkeld, gemodelleerd naar in de natuur voorkomende vergiften die je bij padden, slakken of slangen aantreft. Het is een vorm van fundamenteel biotechnologisch onderzoek. Door het feit dat ze zich uitsluitend aan bepaalde eiwitten hechten, kun je ze goed markeren. Dat is dezelfde eigenschap waardoor ze giftig zijn maar niet de reden waarom ze worden ontwikkeld.'

'Dus deze... stof zou geproduceerd kunnen zijn door een biotechnologisch bedrijf.'

'Of door elk willekeurig bedrijf dat onderzoek doet naar moleculaire biochemie, zoals de grote agrarische ondernemingen – Monsanto, Archer Daniels, Midland, noem maar op. Ik weet uiteraard niet waar dit vandaan komt.'

'Ik wil u om een gunst vragen,' zei ze. 'Kunt u de uitslag faxen naar dit nummer?' Ze gaf hem een faxnummer, bedankte hem, hing toen op en belde de ICU. Als ze het vliegtuig miste, was daar niets aan te doen. Dit ging nu eenmaal voor.

'Kunt u me doorverbinden met onze agent van het Amerikaans Octrooibureau?' vroeg ze. Ze wachtte even tot ze was doorgeschakeld en zei toen: 'Stanley, met Navarro. Ik wil dat je snel iets voor me uitzoekt en me meteen terugbelt. Over een paar minuten krijg je een fax van het forensisch laboratorium van Nova Scotia. Het is een beschrijving van een synthetisch molecuul. Daarmee kun je een zoekopdracht geven aan het Octrooibureau om te zien of er een bedrijf is dat patent heeft genomen op die vinding.'

Als ze wist wie dat spul maakte, had ze de moordenaar te pakken. Een simpele deductie. Tenminste, áls het zo simpel was.

De taxichauffeur toeterde weer en Anna liep naar het raam om hem wat te kalmeren.

Zwitserland

Totaal verdoofd reed Ben naar Zürich. Terug naar het hol van de leeuw, dacht hij bitter. Goed, hij was persona non grata daar, maar het was een stad met bijna vierhonderdduizend inwoners. Hij zou het wel redden zolang hij zich gedeisd hield en zich niet verraadde. Maar hoe kon hij dat voorkomen? Het was een risico, een beredeneerd risico, maar hij zag ook geen andere oplossing. Waar zou hij nog veilig zijn? Liesl had Peters waarschuwende woorden geciteerd: De vraag was niet waar ze zaten, maar waar ze níét zaten.

O, god. Liesl! De geur van rook waarvan zijn kleren waren doortrokken, was een constante, hartverscheurende herinnering aan haar, aan dat gezellige huisje en aan de explosie waarvan hij getuige was geweest maar die hij nog nauwelijks kon bevatten.

Het enige waar hij zich aan vasthield, het enige dat hem voor de waanzin behoedde, was dat Liesl waarschijnlijk al dood was geweest voordat de blokhut in brand vloog. O, jezus!

Hij begreep nu hoe het gebeurd moest zijn. Het had een ijzig soort logica. Het piepende geluid dat hij midden in de nacht had gehoord en dat zich in zijn afschuwelijke droom had vertaald, was de kraan van de gastank geweest die helemaal open werd gedraaid. Het huis had zich bliksemsnel gevuld met het reukloze propaangas dat de bewoners in slaap moest brengen en verstikken. Maar tegen die tijd stond hij zelf al buiten. Om de bewijzen te vernietigen was er ook een ontsteking aangebracht. Er was niet veel voor nodig om het zeer brandbare gas te laten ontvlammen. Het ongeluk zou door de autoriteiten worden toegeschreven aan een lekkende gastank, wat wel vaker voorkwam in deze afgelegen streken.

Daarna was de dader in zijn wagen gestapt en weggereden. Tegen de tijd dat Ben bij de Range Rover terug was – een kwestie van een paar seconden, na de explosie – was de blokhut al bijna tot de grond toe afgebrand.

Ze had niet hoeven lijden. Ze had liggen slapen of was al dood geweest voordat haar kleine huis in een vlammenzee was veranderd.

Hij kon het niet verwerken. Vier jaar hadden Liesl en Peter daar gewoond, verscholen voor hun vijanden, altijd angstig, maar betrekkelijk veilig. Ze hadden daar waarschijnlijk nog jaren kunnen wonen.

Totdat Ben in Zürich was opgedoken. Totdat Ben die schoften naar zich toe had gelokt, wat Peter uiteindelijk het leven had gekost. En ten slotte had hij die anonieme maniakken zelfs naar Liesl gebracht, de vrouw die ooit Peters leven had gered.

Ben was het verdriet voorbij. Hij voelde zich niet eens meer schuldig, omdat hij helemaal níéts meer voelde. Hij was verdoofd. De schok had een lijk van hem gemaakt dat eenzaam door de nacht reed, starend naar de weg, een machine zonder emoties.

Toen hij echter de donkere stad naderde, kwam er toch langzaam één gevoel bij hem boven: een aanzwellende, heftige woede. Een woede tegenover het tuig dat onschuldige, brave mensen aanviel die niets verkeerds hadden gedaan maar bij toeval op wat informatie waren gestuit.

De moordenaars en hun opdrachtgevers bleven anoniem in zijn gedachten. Hij kon zich er geen gezichten bij voorstellen, maar hij was vastbesloten hen te ontmaskeren. Ze hadden geprobeerd hem te doden. Hem te intimideren, zodat hij zijn mond zou houden. Maar in plaats van te vluchten en zich te verschuilen zou hij frontaal de aanval openen, vanuit een richting die ze niet verwachtten. Zij wilden in de schaduw blijven: hij zou de schijnwerpers op hen richten. Zij wilden zich verbergen: hij zou hen weten te vinden. En als zijn vader een van hen was...

Hij moest nu eerst in het verleden duiken, feiten opgraven om erachter te komen wie de moordenaars konden zijn, waar ze vandaan kwamen en vooral welk geheim ze probeerden te verbergen. Ben wist dat hij eigenlijk bang zou moeten zijn. Dat was hij ook wel, maar zijn angst was minder groot dan zijn woede. Hij had de grens overschreden naar een obsessie die niet meer gevoelig was voor rede.

Wie waren die anonieme moordenaars? Mannen die waren ingehuurd door de raad van bestuur van het bedrijf dat Max Hartman mede had opgericht? Krankzinnigen? Fanatici? Of gewone huurlingen, in dienst van een firma die tientallen jaren geleden in het leven was geroepen door een groep vooraanstaande industriëlen en hoge nazi-officieren, en die nu de illegale herkomst van hun rijkdom probeerden te verdoezelen? Koelbloedige huurmoordenaars zonder enige ideologie behalve het winstprincipe, de almachtige dollar, de Duitse mark en de Zwitserse frank...?

Allemaal verschillende lagen, allemaal mogelijkheden die in elkaar grepen. Wat hij nodig had waren harde, kille feiten. Ben herinnerde zich vaag dat iemand hem eens had verteld dat de universiteit van Zürich over een van de beste bibliotheken van Zwitserland beschikte. De universiteit lag tussen de heuvels, met uitzicht op de stad. Daarheen was hij nu op weg: de logische plaats om met zijn zoektocht naar het verleden te beginnen.

Washington D.C.

Anna voelde zich wat misselijk toen de stewardess het dingetje demonstreerde dat je over je mond en neus moest drukken om te kunnen ademhalen als het vliegtuig neerstortte. Ze had eens een artikel gelezen in een van die on line-tijdschriften waarin stond dat niemand ooit een noodlanding op het water had overleefd. Niemand. Ze haalde een buisje Avitan uit haar tas. De uiterste datum was al verstreken, maar dat maakte haar niet uit. Voor haar was het de enige manier om de Atlantische Oceaan over te steken.

Tot haar schrik hoorde ze ergens diep in haar tas de StarTac overgaan die ze van de ICU had gekregen. Het was een standaard cryptotelefoon van de overheid, niet veel groter dan het gewone model. Ze was vergeten hem uit te zetten.

Ze haalde hem te voorschijn. 'Navarro.'

'Ik heb Alan Bartlett voor u,' zei een stem met een licht Jamaicaans accent.

Iemand tikte haar op de schouder. Een steward. 'Het spijt me, mevrouw,' zei hij, 'maar u mag tijdens de vlucht uw mobiele telefoon niet gebruiken.'

'We vliegen nog niet,' protesteerde Anna.

'Agent Navarro,' zei Bartlett, 'blij dat ik u nog tref.'

'Mevrouw,' hield de steward vol, 'volgens de reglementen moet u uw mobieltje uitzetten zodra we bij de pier vertrokken zijn.'

'Sorry, ik ben zo klaar.' En tegen Bartlett: 'Wat is er aan de hand? Ik zit in het vliegtuig naar Zürich.'

'Mevrouw,' zei de steward nu wat luider, en duidelijk vermoeid.

Zonder hem aan te kijken haalde ze met haar vrije hand haar pasje van het ministerie van Justitie te voorschijn en liet het hem zien.

'We zijn er weer een kwijt,' zei Bartlett.

Nog een? Zo gauw al? De moorden volgden elkaar steeds sneller op.

De steward trok zich terug. 'Neem me niet kwalijk, mevrouw.'

'Dat meent u niet!' kreunde Anna.

'In Nederland. In Tilburg, een paar uur ten zuiden van Amsterdam. U kunt ook in Zürich overstappen om naar Nederland te gaan.'

'Nee,' zei ze. 'Ik ga naar Zürich. Het is veel eenvoudiger om de FBI-vertegenwoordiger in Amsterdam te vragen onmiddellijk om een sectie te verzoeken. We kunnen hun nu precies vertellen naar wat voor gif ze moeten zoeken.'

'Is dat zo?'

'Ik ben op weg naar Zürich, directeur. Ik wil iemand vinden die nog in leven is. Doden praten niet. Wie was dat slachtoffer in Tilburg?'

Bartlett aarzelde even. 'Een zekere Hendrik Korsgaard.'

'Wacht eens even!' zei Anna scherp. 'Die naam stond niet op mijn lijst.'

Stilte aan de andere kant.

'Laat horen, Bartlett, verdomme!'

'Er zijn nog andere lijsten, agent Navarro,' zei Bartlett langzaam. 'Ik hoopte alleen dat die niet... relevant zouden zijn.'

'Als ik me niet vergis is dat een schending van onze afspraak, directeur Bartlett,' zei Anna zacht, terwijl ze om zich heen keek om te zien of er niemand meeluisterde.

'Absoluut niet, mevrouw Navarro. Mijn kantoor werkt zoals iedereen, met een verdeling van taken. Het is uw taak om de moordenaars te vinden. We hadden reden om aan te nemen dat de mensen op de lijst die ik u heb gegeven de kans liepen te worden vermoord. We hadden geen aanwijzingen dat de... anderen ook in gevaar verkeerden.'

'En wist u waar die man in Tilburg woonde?'

'We wisten niet eens dat hij nog leefde. Alle pogingen om hem te vinden waren op niets uitgelopen.'

'Dan kunnen we in elk geval uitsluiten dat de moordenaars simpelweg uw dossiers hebben gekopieerd.'

'Nee, dat punt is al lang gepasseerd,' zei Bartlett beslist. 'Wie er ook achter deze moordaanslagen zitten, ze hebben veel betere bronnen dan wij.'

Het was een paar minuten over vier in de ochtend toen Ben de *Universitätsbibliothek* aan de Zähringerplatz had gevonden. Het zou nog vijf uur duren voordat de bibliotheek openging.

In New York moest het nu tien uur 's avonds zijn, rekende hij uit. Zijn vader was waarschijnlijk nog wakker. Hij ging meestal laat naar bed en stond vroeg op; dat had hij altijd gedaan. En zelfs als hij sliep, had Ben weinig scrupules om hem wakker te maken. Nu niet meer.

Hij liep de Universitätsstrasse door om zijn benen te strekken, schakelde zijn mobiele telefoon naar de Europese GSM-standaard en belde het nummer in Bedford.

De huishoudster, mevrouw Walsh, nam op. Mevrouw Walsh – een Ierse versie van mevrouw Danvers uit *Rebecca*, had Ben altijd gevonden – werkte al twintig jaar bij de familie en Ben had nog nooit door haar hooghartige reserve heen kunnen dringen.

'Benjamin,' zei ze op vreemde toon.

'Goedenavond, mevrouw Walsh,' zei Ben vermoeid. 'Ik moet mijn vader spreken.' Hij bereidde zich voor op een krachtmeting met de waakhond van zijn vader.

'Benjamin, je vader is verdwenen.'

Een ijzige rilling liep over zijn rug. 'Verdwenen? Waarheen?'

'Dat is het nu juist. Ik heb geen idee.'

'Wie wel?'

'Niemand! Vanochtend kwam er een auto voor meneer Hartman, maar hij wilde niet zeggen waar hij naar toe ging. Met geen woord. Het kon "wel even duren", was alles wat hij zei.'

'Een auto? Was het Gianni?' Gianni was de vaste chauffeur van zijn vader, een vrolijke figuur voor wie de oude man een zekere afstandelijke affectie koesterde.

'Nee, niet Gianni. Geen auto van de zaak. Hij is gewoon verdwenen, zonder uitleg.'

'Ik begrijp het niet. Dat heeft hij toch nooit eerder gedaan?'

'Nee, nooit. Ik weet wel dat hij zijn paspoort heeft meegenomen, want dat was ook weg.'

'Zijn paspoort? Nou, dat is toch een aanwijzing.'

'Ik heb zijn kantoor gebeld en met zijn secretaresse gesproken, maar zij wist niets van een reis naar het buitenland. Ik hoopte dat hij misschien iets tegen jou zou hebben gezegd.'

'Nee, niets. Heeft iemand hem nog gebeld?'

'Nee, ik geloof niet... Ik zal even in het boek kijken.' Een minuutje later was ze weer terug. 'Alleen een meneer Godwin.'

'Godwin?'

'Ja. Professor Godwin, staat er.'

Die naam verraste hem. Het moest Bens oude mentor van de universiteit zijn, John Barnes Godwin, de historicus van Princeton. Aan de andere kant was het ook niet zo bijzonder dat Max door Godwin werd gebeld. Onder de indruk van wat Ben hem over de beroemde historicus had verteld, had Max een paar jaar geleden geld aan Princeton geschonken om een Centrum voor de Studie van Menselijke Waarden op te richten, waarvan Godwin directeur was geworden. Maar zijn vader had verder nooit iets over Godwin gezegd. Waarom hadden die twee met elkaar gesproken op de ochtend voor Max' verdwijning?

'Geef me het nummer maar,' zei hij.

Hij bedankte haar en hing op. Vreemd, dacht hij. Heel even overwoog hij of zijn vader was gevlucht omdat hij wist dat zijn verleden nu bekend was of ieder moment bekend kon worden. Maar dat sloeg nergens op. Waarvoor zou hij moeten vluchten? En waarheen?

Ben was doodmoe en emotioneel uitgeput, en hij wist dat hij niet zo helder meer kon denken. Hij moest slapen. Hij zag nu allerlei verbanden die niet echt logisch waren.

Peter had dingen geweten, dacht hij, dingen over het verleden van hun vader, over een bedrijf dat Max had helpen oprichten. En Peter was vermoord. En toen...

En toen vond ik een foto van de oprichters van dat bedrijf, onder wie mijn vader. Daarna ben ik naar het huis van Liesl en Peter gegaan en heb daar de stichtingsakte van die firma gevonden. Vervolgens hebben ze geprobeerd om mij en Liesl te doden en de bewijzen te vernietigen door het huis op te blazen.

Is het dan mogelijk dat zij – die anonieme 'zij' zonder gezicht – mijn vader hebben gewaarschuwd dat het geheim was uitgelekt? Het geheim van zijn verleden, of van dat vreemde bedrijf, of van allebei?

Ja, natuurlijk was dat mogelijk. Aangezien ze iedereen probeerden te elimineren die iets over dat bedrijf wist... Waarom was Max anders zo plotseling en mysterieus verdwenen? Misschien moest hij ergens naar toe, voor een ontmoeting met bepaalde mensen...

Er was maar één ding waar Ben van overtuigd was: dat de onverwachte verdwijning van zijn vader iets te maken moest hebben met de moorden op Peter en Liesl en de ontdekking van de lijst.

Hij liep terug naar de Range Rover. In het licht van de opkomende zon zag hij de krassen op de zijkant, voordat hij instapte en terugreed naar de Zähringerplatz.

Daar stopte hij, pakte zijn telefoon en belde een nummer in Princeton, New Jersey.

'Professor Godwin?'

De oude hoogleraar klonk alsof hij uit zijn slaap werd gehaald. 'Met Ben Hartman.'

John Barnes Godwin, gespecialiseerd in de geschiedenis van Europa in de twintigste eeuw en ooit de populairste docent van Princeton, was al jaren met emeritaat. Hij was nu tweeëntachtig, maar hij kwam nog elke dag naar zijn kantoor om te werken.

Ben zag een beeld van Godwin: lang en mager, met wit haar en een diepgegroefd gezicht.

Godwin was niet alleen Bens mentor geweest, maar ook een soort vaderfiguur voor hem. Hij herinnerde zich dat hij eens in Godwins met boeken volgestouwde kantoor in Dickinson Hall zat – amberkleurig licht en de vanilleachtige schimmelgeur van oude boeken. Ze spraken erover hoe Franklin D. Roosevelt het afzijdige Amerika toch bij de Tweede Wereldoorlog had betrokken. Ben schreef een verhandeling over Roosevelt en zei tegen Godwin dat hij toch wel geschokt was door de trucs van de president.

'Ach, meneer Hartman,' antwoordde Godwin. Zo noemde hij Ben toen nog. 'Hoe is uw Latijn? *Honesta turpitudo est pro causa bona.*'

Ben keek de professor vragend aan.

' "Voor een goede zaak kan verdorvenheid heel nuttig zijn",' vertaalde Godwin met een traag, sluw lachje. 'Publilius Syrus, die een eeuw voor Christus in Rome leefde en veel verstandige dingen heeft gezegd.'

'Daar ben ik het niet mee eens,' zei Ben, met de morele verontwaardiging van een jonge student. 'Volgens mij is dat een rationalisatie voor het belazeren van mensen. Ik hoop dat ik nooit zoiets zal beweren.'

Godwin keek hem met enige bevreemding aan. 'Daarom bent u niet in de zaak van uw vader gegaan, neem ik aan,' zei hij scherp. 'U maakt liever geen vuile handen.'

'Ik sta liever voor de klas.'

'Maar waarom bent u ervan overtuigd dat u les wilt geven?' had Godwin hem gevraagd, terwijl hij een slok van zijn rode port nam.

'Omdat ik het heerlijk vind.'

'Weet u dat zeker?'

'Nee,' gaf Ben toe. 'Hoe kun je ergens zeker van zijn als je twintig bent?'

'O, mijn ervaring is dat jongelui van twintig juist van de meeste dingen heel zeker zijn.'

'Maar waarom zou ik mijn tijd besteden aan iets dat me niet interesseert en gaan werken bij een bedrijf dat mijn vader heeft opgebouwd, alleen om nóg meer geld te verdienen dat ik helemaal niet nodig heb? Ik bedoel, wat voor nut heeft ons geld voor de maatschappij? Waarom zou ik zo rijk zijn terwijl andere mensen niet eens te eten hebben?'

Godwin sloot zijn ogen. 'Het is een luxe om je neus te kunnen ophalen voor geld. Ik heb een paar ongelooflijk rijke studenten gehad, zelfs een Rockefeller. En ze worstelen allemaal met hetzelfde dilemma: dat ze hun leven of hun identiteit niet willen laten bepalen door geld, maar liever iets nuttigs doen met hun bestaan. Nu is jouw vader een van de grootste filantropen van dit land...'

'Ja, maar was het niet Reinhold Niebuhr die zei dat liefdadigheid een vorm van paternalisme is? De bevoorrechte klasse die haar status probeert te handhaven door geld uit te delen aan de behoeftigen?'

Godwin keek op. Hij was onder de indruk. Ben onderdrukte een glimlach. Hij had het net gelezen in zijn college theologie en het citaat was blijven hangen.

'Een vraag, Ben. Wil je niet alleen onderwijzer worden om je tegen je vader af te zetten?'

'Zou kunnen,' zei Ben, die niet wilde liegen. Hij had er graag bij gezegd dat het Godwin was die hem had geïnspireerd tot lesgeven, maar dat klonk zo... nou ja.

Hij was verbaasd toen Godwin antwoordde: 'Heel goed. Daar is lef voor nodig. En je zult een uitstekende leraar worden, daar twijfel ik niet aan.'

Nu zei Ben in de telefoon: 'Het spijt me dat ik u zo laat nog bel...'

'Geeft niet, Ben. Waar zit je? De verbinding...'

'In Zwitserland. Hoor eens, mijn vader is verdwenen en...'

'Verdwenen? Wat bedoel je?'

'Hij is vanochtend van huis gegaan, maar niemand weet waarheen, en ik vroeg me af of u iets wist, omdat u hem 's ochtends had gebeld, vlak voordat...'

'Ik belde hem terug, eigenlijk. Hij wilde me spreken over nog een donatie die hij aan het Centrum wilde doen.'

'Dat was alles?'

'Ik ben bang van wel. Niets bijzonders, als ik het me goed herinner. Maar als hij nog eens belt, kan ik dan contact met je opnemen?'

Ben gaf Godwin zijn mobiele nummer. 'Nog een vraag. Kent u iemand aan de universiteit van Zürich? Iemand met hetzelfde vak als u, moderne Europese geschiedenis?'

Godwin zweeg een moment. 'Aan de universiteit van Zürich? Dan kun je niemand beter treffen dan Carl Mercandetti. Een eersteklas onderzoeker. Zijn terrein is eigenlijk de economische geschiedenis, maar hij is heel veelzijdig, in de beste Europese traditie. Bovendien heeft hij een verbazingwekkende verzameling grappa, maar dat staat er natuurlijk los van. Hoe dan ook, Mercandetti is je man.'

'Heel erg bedankt,' zei Ben en hij hing op.

Toen klapte hij de autostoel naar achteren en probeerde een paar uurtjes te slapen.

Hij sliep onrustig, geplaagd door nachtmerries waarin hij steeds weer gedwongen werd de explosie van het huis te zien.

Toen hij een paar minuten over negen wakker werd, zag hij in het spiegeltje hoe vuil en ongeschoren hij eruitzag, met donkere wallen onder zijn ogen. Maar hij had gewoon de energie niet om een plek te zoeken om zich te wassen en te scheren.

Daar had hij trouwens geen tijd voor. Hij moest zich begraven in een verleden dat niet langer een verleden was.

18

Parijs
Slechts een koperen plaatje markeerde het kantoor van Groupe TransEuroTech SA op de tweede verdieping van een kalkstenen gebouw in de Avenue Marceau in het achtste arrondissement. De plaquette, gemonteerd op de steen links van de voordeur, was maar een van de zeven koperen plaatjes met de namen van advocatenkantoren en andere kleine bedrijven en trok dus niet veel aandacht.

Het kantoor van TransEuroTech ontving nooit bezoekers zonder afspraak, maar wie toevallig langs de tweede verdieping kwam, zou daar niets bijzonders ontdekken: een jonge mannelijke receptionist achter een glazen loket van kogelvrij polycarbonaat dat eruitzag als gewoon glas. Achter hem een kleine, kale ruimte met een paar stoelen van gietplastic en één enkele deur naar de kantoren erachter.

Niemand zou natuurlijk beseffen dat de receptionist in werkelijkheid een gewapende en ervaren ex-commando was. En de verborgen bewakingscamera's, de passieve infraroodbewegingssensors en de magneetschakelaars vielen een gewone bezoeker niet op.

De vergaderkamer in het hart van het kantoor was in feite een kamer binnen een kamer: een module die van alle omringende betonnen muren was gescheiden door rubberen blokken van dertig centimeter dik, die alle trillingen (vooral de menselijke spraak) dempten en tegenhielden. Direct naast de vergaderkamer bevond zich een permanent stelsel van antennes die voortdurend alle HF-, UHF-, VHF- en microgolfbanden afzochten op pogingen om de gesprekken binnen de kamer af te luisteren. De antennes waren verbonden met een spectrumanalyzer, geprogrammeerd om het hele spectrum op afwijkingen te controleren.

Aan één kant van de doodskistvormige mahoniehouten vergadertafel zaten twee mannen. Hun gesprek werd tegen intercepties beschermd door pink-noise generatoren en een 'babble-tape' die een geluid produceerde als van een drukke kroeg op zaterdagavond. Iemand die er op de een of andere manier in was geslaagd langs de complexe beveiliging te komen en mee te luisteren, zou onmogelijk het gesprek van de twee mannen aan de tafel kunnen scheiden van het achtergrondgeluid.

De oudste van de twee sprak in een steriele telefoon, een platte zwarte doos van Zwitsers fabrikaat. Hij was een man van halverwege de vijftig met een flets en slap gezicht, dat zorgelijk stond. Hij had een onderkin, een vettige huid en droeg een bril met een gouden montuur. Zijn terugwijkende haar was onnatuurlijk rossig geverfd. Zijn naam luidde Paul Marquand en hij was onderdirecteur veiligheidszaken. Marquand was bij de organisatie gekomen via een route die wel meer veiligheidsofficieren van internationale bedrijven hadden afgelegd. Hij had eerst een tijd bij de Franse infanterie gezeten, was ontslagen wegens ongedisciplineerd gedrag, had zich aangemeld bij het Vreemdelingenlegioen en was later naar Amerika vertrokken, waar hij als stakingsbreker had gewerkt voor een mijnbouwmaatschappij, voordat hij door een multinational als beveiligingsexpert was ingehuurd.

Marquand sprak snel en zachtjes in de telefoon en hing weer op.

'De sector Wenen is verontrust,' zei Marquand tegen de man naast hem, een Fransman met donker haar en een olijfkleurige huid, zo'n twintig jaar jonger dan Marquand. Zijn naam was Jean-Luc Passard. 'De Amerikaan heeft het propaanongeluk in St. Gallen overleefd,' voegde hij er duister aan toe. 'We kunnen ons geen fouten meer permitteren. Zeker niet na dat debâcle op de Bahnhofplatz.'

'Het was niet jouw beslissing om die Amerikaanse soldaat achter hem aan te sturen,' zei Jean-Luc zacht.

'Natuurlijk niet, maar ik heb ook geen bezwaar gemaakt. Het

leek wel logisch. Hij had een tijd met het doelwit opgetrokken en kon hem zo uit de menigte pikken. Hoe vaak je een onbekende ook een foto laat zien, hij zal nooit zo snel en betrouwbaar kunnen reageren als iemand die het doelwit persoonlijk kent.'

'We hebben de allerbeste mensen gemobiliseerd,' zei Passard. 'Als de Architect zich ermee bemoeit zal het niet lang duren voordat het probleem is opgelost.'

'Hij is een perfectionist en hij geeft nooit op,' zei Marquand, 'maar toch moeten we die verwende Amerikaan niet onderschatten.'

'Het mag een wonder heten dat hij nog leeft,' beaamde Passard. 'Maar hij is een amateur. Een goede conditie is geen bescherming tegen aanslagen.' Hij snoof spottend en zei in het Engels, met een zwaar accent: 'Hij kent de jungle niet, maar wel de sportschool.'

'Toch bestaat er zoiets als beginnersgeluk,' zei Marquand.

'Hij is geen beginner meer,' merkte Passard op.

Wenen

De bejaarde, goed geklede Amerikaan stapte de aankomsthal binnen. Hij liep stijf en langzaam, met een weekendtas in zijn hand geklemd. Zijn blik gleed over de menigte tot hij een chauffeur in uniform zag die een bord omhooghield met zijn naam erop.

De oude man stak bevestigend zijn hand op en de chauffeur, vergezeld door een vrouw in een wit verpleegstersuniform, kwam haastig naar hem toe. Hij nam de tas van de Amerikaan over, en de verpleegster zei: 'Hoe was uw vlucht, meneer?' Ze sprak Engels met een Oostenrijks accent.

'Ik hou niet van reizen,' mopperde de man. 'Ik kan er niet meer tegen.'

De verpleegster bracht hem door de drukte rechtstreeks naar buiten, waar een zware Daimler-limousine stond geparkeerd. Ze hielp hem instappen. De auto was uitgerust met de bekende extra's: telefoon, tv en minibar. In een hoek was onopvallend een batterij medische apparatuur opgesteld, waaronder een kleine zuurstoffles met slangen en een masker, defibrillatorpeddels en infuusslangetjes.

'Nou, meneer,' zei de verpleegster toen hij zich had geïnstalleerd in de diepe leren kussens van de achterbank, 'het is gelukkig niet ver rijden.'

De oude man bromde wat, klapte de bank naar achteren en sloot zijn ogen.

'Als ik nog iets voor u doen kan,' zei de verpleegster, 'dan zegt u het maar.'

19

Zürich

Anna werd in de lobby van haar hotel opgewacht door een verbindingsofficier van het kantoor van de officier van justitie van het kanton Zürich. Bernard Kesting was een kleine, stevig gebouwde, donkerharige jongeman met een zware baard en wenkbrauwen die in elkaar doorliepen. Er kon geen lachje af. Kesting was zakelijk en heel professioneel, het toonbeeld van de Zwitserse bureaucraat.

Na een moeizame inleiding van een paar minuten bracht Kesting haar naar zijn auto, een BMW 728, die op de sikkelvormige oprit voor het hotel stond geparkeerd.

'We kennen Rossignol natuurlijk goed,' zei Kesting, terwijl hij het portier voor haar openhield. 'Hij was jarenlang een vooraanstaande figuur in het bankwezen. Mijn kantoor heeft nooit enige reden gehad om hem te ondervragen.' Anna stapte in, maar hij bleef nog even staan, met het portier in zijn hand. 'Ik vrees dat u de aard van uw onderzoek niet helemaal duidelijk hebt gemaakt. Rossignol is nooit van enig vergrijp beschuldigd.'

'Dat begrijp ik.' Ze pakte de kruk en trok het portier zelf dicht. Hij maakte haar nerveus.

Achter het stuur ging Kesting nog even door, terwijl hij vanaf het hotel op weg ging door de Steinwiesstrasse, een rustige woonstraat in de buurt van het Kunsthaus. 'Hij was, of is, een briljant financier.'

'Ik kan u niets zeggen over de aard van het onderzoek,' zei Anna, 'maar hij is geen verdachte, laat ik het daarbij houden.'

Kesting zweeg een tijdje en zei toen wat verlegen: 'U vroeg om bewaking, voor zijn persoonlijke veiligheid, maar we hebben hem niet kunnen traceren, zoals u weet.'

'Is dat gebruikelijk voor belangrijke Zwitserse bankiers? Om zomaar te... verdwijnen?'

'Gebruikelijk? Nee. Maar hij is natuurlijk allang met pensioen. Hij heeft recht op zijn eigenaardigheden.'

'En hoe zit het met zijn officiële contacten?'

'Alles loopt via een trust en de Zwitserse vertegenwoordigers van een buitenlandse organisatie die zelfs voor hen volstrekt ondoorzichtig blijft.'

'Doorzichtigheid is geen typisch Zwitserse karaktertrek.'

Kesting keek haar even aan, aarzelend of dat een steek onder water was. 'Het schijnt dat hij dit jaar op een gegeven moment heeft besloten om, nou... zich wat aan het zicht te onttrekken. Misschien verbeeldde hij zich dat hij werd gevolgd of in de gaten gehouden. Hij is al in de negentig en ouderdomsverschijnselen kunnen soms tot achtervolgingswaan leiden.'

'Misschien is het geen waan.'

Kesting wierp haar een scherpe blik toe, maar zei niets.

Herr Professor Doktor Carl Mercandetti was meteen allerhartelijkst toen Ben hem zei dat hij een vriend van professor John Barnes Godwin was. 'Het is helemaal geen moeite, dus u hoeft zich niet te verontschuldigen. Ik heb een kantoor in de bibliotheek. Als u daar in de loop van de ochtend naar toe komt? Ik ben er toch. Ik hoop dat Godwin u niet heeft verteld... Ik werk aan een monografie als deel van een serie voor de Cambridge University Press waarvan hij redacteur is, en ik ben al twee jaar te laat met mijn manuscript! Hij vindt mijn stiptheid wat aan de mediterrane kant, zei hij.' Mercandetti had een dreunende lach, zelfs over de telefoon.

Ben had hem niet precies uitgelegd wat hij wilde en aan zijn vrolijkheid te oordelen dacht Mercandetti blijkbaar dat het vooral een sociaal bezoekje was.

Het eerste deel van de ochtend doorzocht Ben alle lijsten van in Zwitserland gevestigde bedrijven die hij kon vinden, en liet de computer zelfs de telefoonnummers opvragen. Maar er was geen spoor te vinden van Sigma AG. Het leek of de firma officieel nooit had bestaan.

Carl Mercandetti was in werkelijkheid heel wat strenger dan Ben zich had voorgesteld over de telefoon. Hij was een jaar of vijftig, mager, met grijs borstelhaar en een bril met een draadmontuur en ovale glazen. Maar toen Ben zich voorstelde, begonnen zijn ogen te stralen en drukte hij hem warm de hand.

'Een vriend van God...' zei Mercandetti.

'Ik dacht dat alleen de studenten van Princeton hem zo noemden.'

Mercandetti schudde lachend zijn hoofd. 'In de jaren dat ik hem ken is die bijnaam steeds beter bij hem gaan passen, zou ik zeggen. Ik ben nu al bang dat hij aan de hemelpoort zal staan en zal zeggen: 'Een klein vraagje over voetnoot drieënveertig in je laatste artikel...'

Na een paar minuten legde Ben hem uit dat hij op zoek was naar een bedrijf dat Sigma AG heette en aan het einde van de Tweede Wereldoorlog in Zürich was opgericht. Daar liet hij het bij. De professor zou wel veronderstellen dat een internationale bankier die informatie nodig had voor zijn werk. In elk geval leek het Ben verstandig om niet meer prijs te geven dan noodzakelijk was.

Toen hij hoorde wat Ben zocht, reageerde Mercandetti beleefd maar ongeïnteresseerd. De naam Sigma zei hem weinig, zo te zien.

'Opgericht in 1945, zegt u?' vroeg de historicus.

'Ja.'

'Een uitstekend jaar voor bordeaux, wist u dat?' Hij haalde zijn schouders op. 'We hebben het natuurlijk over een halve eeuw geleden. Veel bedrijven die in de oorlog of kort daarna werden opgericht, zijn weer ter ziele gegaan. Het ging economisch toen niet zo goed als nu.'

'Ik heb reden om aan te nemen dat het nog bestaat,' zei Ben.

Mercandetti hield zijn hoofd schuin en keek hem vriendelijk aan. 'Waar baseert u dat op?'

'Geen harde feiten, eigenlijk. Het is meer... ach, mensen praten er weleens over. Mensen die het kunnen weten.'

Mercandetti leek geamuseerd, maar sceptisch. 'Hebben die mensen dan meer informatie dan u? Misschien is de naam gewoon veranderd.'

'Maar is er niet ergens een register van naamswijzigingen?'

De blik van de historicus gleed naar het gewelfde plafond van de bibliotheek. 'Ik weet wel een plek waar u het kunt proberen. Het *Handelsregisteramt des Kantons Zürich*, het handelsregister van alle bedrijven die ooit in Zürich zijn opgericht. Die moeten hun gegevens daar deponeren.'

'Goed. En dan wil ik u nog iets vragen. Deze lijst hier.' Hij schoof de lijst van directeuren van Sigma AG, die hij zelf had overgeschreven, over de stevige eikenhouten tafel. 'Zitten hier namen bij die u herkent?'

Mercandetti zette een leesbril op. 'Er zitten veel bekende industriëlen bij,' zei hij. 'Prosperi hier is een soort onderwereldfiguur... volgens mij is hij pas overleden, in Brazilië of Paraguay, dat weet ik niet meer. De meesten van deze mannen zijn al dood of hoogbejaard. O, en hier zie ik Gaston Rossignol, de bankier. Hij schijnt nog in Zürich te wonen.'

'Dus hij leeft nog?'

'Ik heb niet gehoord dat hij dood is. Maar hij moet al eind tachtig of begin negentig zijn.'

'Hoe kom ik daarachter?'

'Wat dacht u van het telefoonboek?' Een geamuseerde blik.

'Daar stond wel een handjevol Rossignols in, maar niemand met de juiste initialen.'

Mercandetti haalde zijn schouders op. 'Rossignol was een belangrijke financier. Hij heeft onze banken weer een solide fundament gegeven na de Tweede Wereldoorlog. Hij had veel vrienden hier. Maar misschien woont hij nu op Cap d'Antibes en smeert hij kokosolie over de levervlekken op zijn schouders terwijl wij hier zitten te praten. Of misschien wil hij gewoon geen drukte en aandacht meer, om welke reden dan ook. Na de recente conflicten over het Zwitserse goud en de Tweede Wereldoorlog zijn er agitatoren geweest, mensen die agressief reageerden. En zelfs een Zwitserse bankier kan niet in een kluis leven. Dus neem je maatregelen.'

Dus neem je maatregelen... 'Bedankt,' zei Ben. 'Daar kom ik wel verder mee.' Hij pakte de zwart-witfoto die hij in de kluis van de Handelsbank had gevonden en gaf hem aan de academicus. 'Komen deze mannen u bekend voor?'

'Ik vraag me af of u in uw hart geen historicus bent in plaats van bankier,' zei Mercandetti vrolijk. 'Of een handelaar in oude foto's. Daar kun je tegenwoordig heel aardig mee verdienen. Verzamelaars betalen grof geld voor negentiende-eeuwse ferrotypieën. Ik vind het maar niks, ik heb liever kleurenfoto's.'

'Dit is geen vakantiekiekje,' zei Ben vriendelijk.

Mercandetti glimlachte en bekeek de foto. 'Dat moet Cyrus Weston zijn... ja, met zijn bekende hoed.' Hij wees met een stompe vinger iemand aan. 'En dat lijkt me Avery Henderson, maar die is al jaren dood. Dit is Émil Ménard, die Trianon heeft opgebouwd, het eerste moderne concern. En dit zou Rossignol kunnen zijn, maar ik ben er niet zeker van. Je denkt altijd aan dat grote kale hoofd van hem, niet aan een donkere krullenkop, maar hij was hier natuurlijk wel veel jonger. En hier...' Er verstreek een minuut voordat Mercandetti de foto weer neerlegde. Zijn glimlach was verdwenen. 'Wat is dit voor een grap?' vroeg hij Ben, terwijl hij hem over zijn leesbril aanstaarde met een verbaasde uitdrukking op zijn gezicht.

'Wat bedoelt u?'

'Dit moet een montage zijn, een trucfoto,' zei de academicus, een beetje geërgerd nu.

'Waarom zegt u dat? Weston en Henderson kenden elkaar toch wel?'

'Weston en Henderson? Natuurlijk. Maar ze zijn nooit op één plaats geweest met Sven Norquist, de Noorse scheepsmagnaat, of Cecil Benson, de Britse autofabrikant, of Drake Parker met zijn petrochemische imperium, of Wolfgang Siebing, de Duitse industrieel wiens familie ooit militair materieel produceerde maar nu vooral bekend is om haar koffiezetapparaten. En dan zwijg ik nog maar over een stuk of tien anderen. Sommigen van die mannen waren aartsrivalen of werkzaam op een totaal ander gebied. De gedachte dat al die mensen op een en dezelfde plaats zouden zijn samengekomen, zou betekenen dat we de hele economische geschiedenis van de twintigste eeuw moeten herschrijven.'

'Zou het niet een soort economische conferentie geweest kunnen zijn, halverwege de eeuw? Zoiets als Davos?' opperde Ben. 'Een voorloper van de Bilderberg-conferenties, misschien? Een informele bijeenkomst van vooraanstaande zakenmensen?'

De historicus wees nog iemand anders aan. 'Deze foto moet een grap zijn. Een bijzonder knappe vervalsing.'

'Naar wie wijst u nu?'

'Dit is natuurlijk Gerhard Lenz, de Weense wetenschapper,' zei Mercandetti op scherpe toon.

De naam klonk vaag bekend, maar Ben wist niet in welke context. 'Wie is hij ook alweer?'

'Hij is gestorven in Zuid-Amerika. Dr. Gerhard Lenz, een briljant geleerde, was niet alleen een product van de beste medische opleiding die Wenen te bieden had, maar ook het boegbeeld van de Weense beschaving. Neem me niet kwalijk, dat is sarcastisch bedoeld en dat past een historicus niet. Feit is dat Lenz, net als zijn vriend Josef Mengele, berucht was om zijn experimenten op gevangenen in de concentratiekampen – bijvoorbeeld op gehandicapte kinderen. Hij liep al tegen de vijftig toen de oorlog afgelopen was. Zijn zoon woont nog altijd in Wenen.'

Mijn god... Gerhard Lenz was een van de grootste monsters van de twintigste eeuw geweest. Ben voelde zich duizelig worden. Gerhard Lenz, de nazi-officier met de lichte ogen, stond pal naast zijn eigen vader, Max Hartman.

Mercandetti viste een sterke loep uit de zak van zijn jasje – bij zijn archiefonderzoek zou hij zo'n ding weleens nodig hebben, veronderstelde Ben – en bestudeerde de foto opnieuw. Toen onderzocht hij het vergeelde fotokarton waarop de emulsie was aangebracht.

Na een paar minuten schudde hij zijn hoofd. 'Het lijkt authentiek. Maar het is gewoon niet mógelijk. Het kan niet waar zijn.' Hij zei het zo heftig dat Ben zich afvroeg of hij niet vooral probeerde zichzelf te overtuigen. Want hoewel hij het bewijs ontkende dat hij onder ogen had, was de historicus wit weggetrokken. 'Vertel me eerst eens,' zei Mercandetti, nu met een trillende stem waaruit alle jovialiteit geweken was, 'waar u deze foto vandaan hebt.'

Gaston Rossignol had zijn maatregelen genomen. Hij leefde nog, want de dood van zo'n vooraanstaande figuur zou niet onopgemerkt voorbij zijn gegaan. Maar na een uurtje onderzoek had Mercandetti nog steeds niets kunnen vinden. 'Neem me niet kwalijk dat het zo lang duurt,' zei hij gelaten, 'maar ik ben natuurlijk historicus, geen privédetective. Bovendien lijkt me dit meer iets voor u, omdat u ervaring hebt met financiële constructies.'

De professor had gelijk. Dat had Ben zelf ook kunnen bedenken. Wat Mercandetti bedoelde was dat veel mensen hun kapitaal beschermden met een of andere constructie, een terrein waar Ben alles van af wist. Dus was het nu zijn beurt om heel goed na te denken. Belangrijke mensen verdwenen niet zonder een spoor achter te laten. Ze schiepen een juridisch bouwwerk waarachter ze zich verscholen. De manier waarop je je verblijfplaats voor mogelijke vijanden geheimhield verschilde niet zoveel van de manier waarop je voor schuldeisers of de belastingdienst onderdook. Rossignol wilde natuurlijk zijn vermogen blijven beheren, terwijl hij de indruk wekte dat hij er afstand van had gedaan. Het was immers niet eenvoudig om iemand op te sporen die geen bezittingen meer had.

Ben Hartman herinnerde zich een bijzonder schraperige cliënt van Hartman Capital Management, die geobsedeerd was door financiële constructies. Ben had een geweldige hekel gekregen aan de man, maar hoewel hij het zonde van zijn tijd had gevonden om zich voor hem uit te sloven, besefte Ben wel dat zijn kennis van alle mogelijke financiële sluipwegen hem nu goed van pas kwam. 'Gaston Rossignol moet nog familie hebben in de omgeving,' zei hij tegen Carl Mercandetti. 'Dan denk ik aan iemand die zowel gewillig als betrouwbaar is. Iemand die doet wat hem gezegd wordt, maar een heel stuk jonger is dan Rossignol zelf.' Bij elke variant van een giftleasebackconstructie, wist Ben, was het een vervelende complicatie als de pseudo-begunstigde eerder zou overlijden. En de geheimhouding van iedere constructie stond of viel natuurlijk met de discretie van de gekozen partner.

'U hebt het over Yves-Alain, neem ik aan?' zei de professor.

'O ja?'

'U hebt hem zojuist ten voeten uit beschreven. Yves-Alain Taillé, de neef van de grote bankier. Een belangrijke figuur in het sociale leven hier, dankzij de positie van zijn familie. Maar bepaald geen financieel genie of een intellectuele zwaargewicht. Een man met goede bedoelingen maar een zwakke persoonlijkheid, zo luidt de algemene opinie. Hij was voorzitter van de Culturele Raad in Zürich, of zoiets. En hij heeft een titulair baantje bij een van de banken, als vice-president van het een of ander. Daar kom ik wel achter.'

'En als ik zou willen weten of Taillé naast zijn eigen woning nog andere huizen bezit in het kanton? Kan ik dan toegang krijgen tot fiscale registers over de overdracht van onroerend goed?'

'Er is natuurlijk het kadaster in het Rathaus, vlak bij de Limmat. Maar als het om een recente overdracht gaat, binnen de afgelopen vijf jaar, kunt u er ook on line naar zoeken. Hetzelfde geldt voor de fiscale stukken. Officieel zijn ze openbaar, maar ze staan op een beveiligde server, geheel in overeenstemming met de twee grote passies van de Zwitsers: chocola en geheimhouding. Ik heb zelf een gebruikersnaam en een wachtwoord om toegang te krijgen. Niet zo lang geleden heeft de gemeente me namelijk gevraagd om iets te schrijven voor een brochure ter ere van het feit dat Zürich zich zeshonderdvijftig jaar geleden bij de Zwitserse confederatie heeft aangesloten. Het is een wat plaatselijker onderwerp dan mijn normale studieterrein, maar ze hadden er een leuk bedrag voor over.'

Een uurtje later had Ben een adres – een veel kleiner huis dan Rossignol gewend was. Maar nadat hij zich nog eens twee uur in een verzameling ongelooflijk ingewikkelde fiscale stukken had verdiept, was Ben ervan overtuigd dat hij de nieuwe woning van Gaston Rossignol gevonden had. Om te beginnen stond het huis op naam van Taillé, maar was het niet zijn eerste woning. Een vakantiehuis? Niemand had een vakantiehuis in Zürich zelf. Een pied-à-terre voor een maîtresse? Daar was het weer te groot voor. Een aankoop van de onroerendgoed-investeringstrust die ook een vinger in de pap had? Taillé had geen exclusieve bevoegdheid voor de aan- of verkoop van panden zonder toestemming van de trust. En waar was die trust gevestigd? Op Jersey, een van de Kanaaleilanden. Ben glimlachte. Heel handig gedaan: een belastingparadijs, maar met mate. Niet zo berucht als Nauru, hoewel de banken nog een veel hechter front vormden en lastiger te penetreren waren.

Ben keek nog eens naar het adres dat hij had opgeschreven. Het leek bijna onvoorstelbaar dat hij maar een korte autorit bij een van de oprichters van Sigma vandaan zat. Peter had geprobeerd zich voor Sigma te verbergen, en ze hadden hem vermoord. Ben haalde diep adem en voelde zijn woede weer terugkomen. *De plannen zijn veranderd*, dacht hij. *Sigma mag zich nu voor míj verbergen.*

20

Ben vond het huis van Gaston Rossignol in de Zürichse wijk Hottingen, een steil, heuvelachtig gebied met uitzicht op de stad. De huizen stonden op grote kavels, omringd door bomen: heel afgezonderd en privé.

Rossignol woonde in de Hauserstrasse, dicht bij het Grand Hotel Dolder, de grande dame van de Zürichse hotels, algemeen beschouwd als het beste van heel Europa. Het huis was breed en laag, opgetrokken uit bruine steen en daterend uit het begin van de twintigste eeuw.

Het leek bepaald geen onderduikadres, vond Ben, maar dat was misschien de kracht ervan. Rossignol was opgegroeid in Zürich, maar had een groot deel van zijn leven in Bern gewerkt. Hij kende natuurlijk veel Zürichers met macht en invloed, maar het was geen stad waar hij veel oppervlakkige kennissen had. Bovendien was de Hauserstrasse zo'n straat waar de mensen op zichzelf bleven – een buurt zonder veel sociaal verkeer. Een oude man die in zijn tuintje stond te werken zou niet gauw opvallen of worden aangesproken. Een comfortabel leven, maar in de schaduw.

Ben parkeerde de Range Rover op een helling verderop en trok de handrem aan. Toen opende hij het handschoenenkastje en haalde Liesls revolver eruit. Er zaten nog vier patronen in de kamer. Hij zou ergens wat munitie moeten kopen als hij het wapen voor bescherming wilde gebruiken. Hij controleerde of de veiligheidspal erop zat en stak het in de zak van zijn jasje.

Daarna wandelde hij naar het huis en belde aan. Geen reactie. Na een paar minuten probeerde hij het opnieuw. Niets. Hij probeerde de knop, maar de deur zat dicht.

Opzij van het huis stond een nieuwe Mercedes onder een carport – de auto van Rossignol of iemand anders, dat was niet duidelijk.

Hij wilde zich al omdraaien en vertrekken toen hij in een opwelling besloot om eerst alle deuren te proberen. Hij liep om het huis heen. Het gras was pas gemaaid en de borders lagen er goed verzorgd bij. Iemand bekommerde zich om dit huis. Aan de achterkant was het mooier dan aan de voorkant: een grote tuin, omgeven door nog meer bloemperken, die zich koesterden in de ochtendzon. In het midden van een groot terras aan de achterkant stond een koepeltje met een verzameling tuinstoelen.

Ben liep naar de achterdeur, trok een glazen tochtdeur open en probeerde de deurkruk. De deur zat niet op slot.

Hij stapte naar binnen, met bonzend hart, en zette zich schrap voor het geloei van een alarm. Maar er gebeurde niets.

Was Rossignol thuis? Of iemand anders, een bediende, een huishoudster, familie?

Hij liep verder, door een donkere, betegelde bijkeuken. Aan haken hingen een paar jassen en wandelstokken met versierde knoppen. Na de bijkeuken kwam hij in een soort studeerkamertje met een groot bureau en een paar boekenkasten. Gaston Rossignol, ooit de pijler van het Zwitserse bankwezen, leek een man met een betrekkelijk eenvoudige smaak.

Op het bureau lag een groen vloeiblad naast een gestroomlijnde, zwarte Panasonic-telefoon met ingebouwde snufjes: teleconferentie, nummerherkenning, intercom, speakerfoon en digitaal antwoordapparaat.

Terwijl hij naar de telefoon staarde, begon het ding te rinkelen, ongelooflijk luid, alsof het volume op maximaal was ingesteld. Ben verstijfde en verwachtte elk moment Rossignol te zien binnenkomen. Wat moest hij zeggen? De telefoon ging drie of vier keer over en zweeg toen weer.

Ben wachtte. Niemand had opgenomen. Was er dus niemand thuis? Hij keek naar het schermpje van de nummerherkenning en zag een lange reeks cijfers: internationaal.

Hij besloot zich nog wat verder te wagen. Toen hij een gang door liep, hoorde hij vaag muziek. Het klonk als Bach, maar waar kwam het vandaan? Was er toch iemand thuis?

Aan het einde van de gang zag hij licht uit een kamer komen. Voorzichtig liep hij ernaar toe en de muziek werd luider.

Hij kwam een statige eetkamer binnen, met een lange tafel in het midden, gedekt met een gesteven wit tafelkleed, een zilveren koffiepot op een zilveren blad en één enkel bord met eieren en een worstje. Blijkbaar had een bediende of huishoudster het ontbijt opgediend, maar waar was hij of zij dan? Uit een draagbare cassettespeler op een buffet tegen de muur klonk een cellosuite van Bach.

En aan de tafel, met zijn rug naar Ben toe, zat een oude man in een rolstoel. Ben zag een gebruind kaal hoofd, met een krans van grijs haar, een stierennek en ronde schouders.

De oude man had hem blijkbaar niet horen binnenkomen. Hij zou wel hardhorend zijn, een vermoeden dat werd bevestigd door het gehoorapparaat in het rechteroor van de oude man.

Toch nam Ben geen enkel risico. Hij stak zijn hand in de zak van zijn leren jasje, sloot zijn vingers om de kolf van de revolver, haalde hem te voorschijn en schoof de veiligheidspal eraf. De oude man bewoog zich niet. Hij moest wel heel erg doof zijn of hij had zijn gehoorapparaat uitgeschakeld.

Opeens schrok Ben van het rinkelen van de telefoon, net zo luid als in de studeerkamer, een minuut geleden. Maar de oude man reageerde niet.

De telefoon ging nog eens over, een derde en een vierde keer, en zweeg. Toen hoorde hij een mannenstem uit de gang, met een paniekerige klank. Het duurde even voordat Ben begreep dat de stem uit het antwoordapparaat kwam, maar hij kon niet verstaan wat er werd gezegd.

Hij kwam een paar passen dichterbij en drukte de loop van de revolver tegen het hoofd van de oude man. 'Beweeg u niet.'

Het hoofd van de man viel naar voren en zwaaide heen en weer tegen zijn borst. Met zijn vrije hand greep Ben de armleuning van de rolstoel en rukte hem naar zich toe. De kin van de oude man rustte op zijn borst. Zijn wijd opengesperde ogen staarden in het niets. Levenloos.

Paniek greep Ben bij de keel. Hij voelde aan het eten op het bord. De eieren en het worstje waren nog warm. Rossignol kon nog niet lang dood zijn. Was hij vermoord? Als dat zo was, kon de moordenaar nog in huis zijn!

Ben rende terug, de gang door. Weer ging de telefoon. In de studeerkamer keek hij naar het nummer van de beller: dezelfde lange reeks cijfers, beginnend met 431. Waar kwam het gesprek vandaan? De cijfers leken bekend. Het moest een land in Europa zijn.

Het antwoordapparaat werd ingeschakeld.

'Gaston? Gaston?' riep een mannenstem.

De woorden waren Frans, maar uitgesproken door een buitenlander, met een zwaar accent. Ben kon er vaag iets van verstaan. Wie belde Rossignol op dit moment? En waarom?

Weer een bel. De voordeur! Hij rende terug naar de achterdeur, die hij halfopen had gelaten. Niemand te zien. Opschieten!

Hij stapte naar buiten, rende om het huis heen en hield zijn pas in toen hij bij de voorkant kwam. Van achter een paar hoge struiken zag hij een witte politiewagen langzaam voorbijrijden. Er werd gepatrouilleerd, veronderstelde hij.

Een laag, smeedijzeren hek scheidde Rossignols tuin van die van de buren. Ben rende ernaar toe en sprong eroverheen in de buurtuin, die ongeveer zo groot was als die van Rossignol, maar minder mooi aangelegd. Hij liep groot gevaar om vanuit het buurhuis te worden gezien, maar hij hoorde niemand roepen, dus rende hij verder, om de andere kant van het huis heen tot hij in de Hauserstrasse uitkwam. De Range Rover stond een meter of dertig verderop. Ben liep erheen, sprong erin en startte de motor, die brullend aansloeg. Snel keerde hij en reed toen de steile straat uit, heel rustig, als iemand die er woonde en naar zijn werk ging.

Iemand had zojuist geprobeerd om Rossignol te bellen – iemand die belde vanuit een plaats waarvan het kengetal begon met 431. Die cijfers bleven door zijn hoofd spelen, tot het muntje eindelijk viel. Wenen, Oostenrijk.

Het telefoontje kwam uit Oostenrijk. Die mannen hebben ook erfgenamen, opvolgers, had Liesl gezegd. En een van hen woonde in Wenen, volgens Mercandetti: de zoon van het monster Gerhard Lenz. Nu Rossignol dood was, leek dat het meest voor de hand liggende aanknopingspunt. Geen zekerheid, verre van dat, maar een mogelijkheid. En dat was al heel wat, bij zo'n gebrek aan sporen.

Binnen een paar minuten bereikte hij de binnenstad, niet ver van de Bahnhofplatz, waar Jimmy Cavanaugh had geprobeerd hem te vermoorden. Waar het allemaal begonnen was.

Hij moest de volgende trein naar Wenen nemen.

De Oostenrijkse Alpen

Er werd zachtjes op de deur geklopt en de oude man riep geërgerd: 'Ja?'

Een dokter in een witte jas kwam binnen; een kleine, mollige man met ronde schouders en een buikje.

'Hoe gaat het, meneer?' vroeg de arts. 'Hoe bevalt de suite?'

'Noem je dit een suite?' vroeg Patiënt Achttien. Hij lag op een smal eenpersoonsbed, nog geheel gekleed in zijn gekreukte driedelige pak. 'Het lijkt wel een kloostercel, verdomme.'

De kamer was inderdaad eenvoudig ingericht, met niet meer dan een stoel, een bureau, een leeslamp en een tv-toestel. De stenen vloer was kaal.

De arts glimlachte bleek. 'Ik ben dr. Löfquist,' zei hij, terwijl hij op de stoel naast het bed ging zitten. 'Ik heet u hartelijk welkom, maar ik moet u ook waarschuwen. Dit worden tien moeilijke en zware dagen. We zullen u onderwerpen aan de uitvoerigste fysieke en psychische tests die u ooit hebt ondergaan.'

Patiënt Achttien nam niet de moeite overeind te komen. 'Psychisch? Hoezo?'

'Omdat niet iedereen in aanmerking komt, begrijpt u?'

'En als jullie denken dat ik gek ben?'

'Iedereen die niet wordt geselecteerd, kan weer naar huis vertrekken, met onze oprechte spijtbetuiging.'

De patiënt zei niets.

'Misschien moet u even gaan slapen, meneer. Het wordt een vermoeiende middag. U staat genoteerd voor een CAT-scan, een röntgenfoto van de borst en een serie cognitieve tests. En natuurlijk het standaardonderzoek naar verschijnselen van depressie.'

'Ik ben niet depressief,' snauwde de patiënt.

De dokter negeerde hem. 'Vanavond moet u vasten, zodat we zorgvuldig uw plasmacholesterol, triglyceriden, lipoproteïnen enzovoort kunnen meten.'

'Vasten? Honger lijden, bedoel je? Daar begin ik niet aan!'

'Meneer,' zei de dokter, 'u bent vrij om te gaan wanneer u wilt. Als u blijft, en als u wordt uitgenodigd voor ons programma, zal dat een langdurige en pijnlijke procedure worden. Daar ben ik heel eerlijk in. Maar het zal een unieke ervaring zijn, die u in uw lange leven nog nooit hebt meegemaakt. Dat beloof ik u.'

Kesting probeerde niet zijn verbazing te verbergen toen Anna een paar uur later terugkwam met een adres. Anna was er zelf ook verbaasd over. Ze had gedaan wat ze zich voorgenomen had, en dat werkte. Toen ze het dossier over Rossignol doorlas, had ze één naam ontdekt die misschien nuttig kon zijn: een ambtenaar in Zürich die Daniel Taine heette. Die naam kwam in verschillende kaders voor en toen ze navraag deed werd haar intuïtie bevestigd. Gaston Rossignol was Taines eerste werkgever geweest en een soort mentor voor hem. In de jaren zeventig waren Taine en Rossignol samen betrokken geweest bij de handel in bijzonder lucratieve Eurobonds. Rossignol had garant gestaan voor Taines lidmaatschap van het Kifkintler Genootschap, een herenclub waartoe een groot aantal van de machtigste mannen in Zürich behoorden. Nadat Taine een kapitaal had verdiend, had hij zich nuttig gemaakt in allerlei erefuncties voor het kanton. Hij was iemand met precies de juiste middelen en contacten om ervoor te zorgen dat de plannetjes van zijn oude mentor soepel verliepen.

Anna had onaangekondigd bij Taine op de stoep gestaan, zich bekendgemaakt en haar kaarten op tafel gelegd. Haar boodschap was simpel. Gaston Rossignol verkeerde in ernstig, direct gevaar.

Taine was zichtbaar geschrokken, maar hield zijn mond, zoals ze wel had verwacht. 'Ik kan u niet helpen. Hij is verhuisd. Niemand weet waarheen en daar heeft niemand iets mee te maken.'

'Behalve de moordenaars?'

'Zelfs áls die moordenaars zouden bestaan...' Taine klonk sceptisch, maar ging toch te snel op haar suggestie in, 'wie zegt dan dat zij hem wél zouden kunnen vinden als u dat niet is gelukt? Terwijl u toch over veel betere mogelijkheden beschikt.'

'Ik heb reden om aan te nemen dat ze me al een stap vóór zijn.'

Een scherpe blik. 'O ja? Waarom dan wel?'

Anna schudde haar hoofd. 'Er zijn dingen die ik alleen met Gaston Rossignol persoonlijk kan bespreken.'

'En waarom denkt u dat iemand hem zou willen vermoorden? Hij is een van de meest gerespecteerde mensen in Zürich.'

'Daarom is hij zeker ondergedoken?'

'Dat is een onzinnige suggestie,' zei Taine, na een korte aarzeling.

Anna keek hem een paar seconden strak aan. Toen gaf ze hem een kaartje met haar naam en haar telefoonnummers bij het Office of Special Investigations. 'Over een uur kom ik terug. Ik neem aan dat u zelf ook over voldoende middelen beschikt. U kunt dus mijn antecedenten nagaan en u ervan overtuigen dat ik te vertrouwen ben. U mag alles doen om zekerheid te krijgen dat ik ben wie ik zeg en dat ik u niets op de mouw heb gespeld.'

'Hoe moet ik dat doen? Ik ben maar een eenvoudige Zwitserse burger...'

'U kent de wegen, meneer Taine. En anders uw vriend wel. Ik weet zeker dat u hem wilt helpen. Ik geloof dat we elkaar begrijpen.'

Twee uur later verscheen Anna op Taines kantoor. Het ministerie van Economische Zaken was gevestigd in een marmeren gebouw in de bekende Beaux-Artsstijl van de late negentiende eeuw. Taines eigen kamer was groot, zonnig en ingericht met boekenkasten. Ze werd meteen naar hem toe gebracht en de donkere houten deur viel discreet achter haar dicht.

Taine zat rustig achter zijn generfde notenhouten bureau. 'Dit is niet mijn beslissing,' benadrukte hij, 'maar die van Monsieur Rossignol zelf. Ik sta er niet achter.'

'U hebt mijn antecedenten gecontroleerd.'

'Dat is gebeurd, ja,' antwoordde Taine, die zorgvuldig de lijdende vorm gebruikte. Hij gaf haar het kaartje terug. 'Tot ziens, mevrouw Navarro.'

Het adres was met potlood geschreven, in kleine letters, links van haar eigen naam.

Ze belde meteen met Bartlett om hem van haar vorderingen op de hoogte te brengen. 'U blijft me verbazen, mevrouw Navarro,' antwoordde hij, verrassend genoeg met echte warmte in zijn stem.

Toen ze met Kesting naar het adres in Hottingen reed, zei hij: 'Uw verzoek om politiebewaking is vanochtend ingewilligd. Er worden een paar onopvallende politiewagens ingezet.'

'En zijn telefoon moet worden afgeluisterd.'

'Binnen een paar uur hebben we de lijn afgetapt. Een rechercheur van de *Kantonspolizei* zal de gesprekken volgen vanuit het *Mutterhaus*.'

'Het *Mutterhaus*?'

'Het hoofdbureau van politie. Dat noemen we het Moederhuis.'

Ze beklommen de steile helling van de Hottingerstrasse. De huizen waren hier groter en mooier, met meer bomen. Ten slotte kwamen ze bij de Hauserstrasse en draaiden de oprit op van een laag, bruinstenen huis in een mooi aangelegde tuin. Ze zag dat er geen onopvallende politiewagens in de buurt waren.

'Hier moet het zijn,' zei Kesting.

Ze knikte. Weer zo'n Zwitserse bankier, dacht ze, met een groot huis en een mooie tuin.

Ze stapten uit en liepen naar de voordeur. Kesting belde aan. 'U vindt het niet erg dat ik het woord doe, hoop ik?'

'Helemaal niet,' antwoordde Anna. Wat 'internationale samenwerking' op papier ook mocht betekenen, dit was het protocol en dat wisten ze allebei.

Na een paar minuten wachten drukte Kesting nog eens op de bel. 'Hij is een oude man en zit al een paar jaar in een rolstoel. Het duurt wel even voordat hij bij de deur is, denk ik.'

Ze wachtten weer een tijdje. 'Ik kan me niet voorstellen dat hij op zijn leeftijd nog veel uitgaat,' zei Kesting en probeerde het nog eens.

Ik wist al dat dit te gemakkelijk ging, dacht Anna. *Foute boel.*

'Misschien is hij ziek,' zei Kesting. Hij draaide ongerust aan de deurknop, maar de deur zat op slot. Samen liepen ze om het huis heen naar de achterdeur, die geen weerstand bood. 'Dr. Rossignol,' riep Kesting naar binnen, 'ik ben Kesting, van het kantoor van de officier van justitie.' De toevoeging 'doctor' leek een eretitel.

Stilte.

'Dr. Rossignol?'

Kesting stapte naar binnen. Anna volgde. Het licht brandde en ze hoorden klassieke muziek.

'Dr. Rossignol?' herhaalde Kesting, nog luider nu. Hij waagde zich verder het huis in. Al gauw kwamen ze bij de eetkamer, waar de lampen brandden en een cassetterecorder muziek speelde. Anna rook koffie, gebakken eieren en een soort gebraden vlees.

'Doctor... O, lieve god!'

Vol afgrijzen zag Anna wat Kesting bedoelde. De oude man zat in een rolstoel aan de tafel, achter een bord met ontbijt. Zijn hoofd rustte op zijn borst en hij had zijn ogen wijd opengesperd, met vergrote pupillen. Gaston Rossignol was dood.

Ze hadden hem toch nog te pakken gekregen! Dat verbaasde Anna eigenlijk niet, maar ze was wel verbijsterd door het tijdstip – zo kort voor hun komst. Alsof ze hadden geweten dat het gezag in aantocht was.

Ze proefde de angst op haar tong.

'Verdomme,' zei ze. 'Bel een ziekenwagen. En moordzaken. En vraag of ze nergens aankomen, alstublieft.'

21

De technische recherche van de afdeling moordzaken van de *Kantonspolizei* van Zürich arriveerde binnen het uur om video's en foto's te maken van de plaats van het misdrijf. Het huis van het slachtoffer werd zorgvuldig onderzocht op vingerafdrukken, met name de voor- en achterdeur en de drie ramen op de begane grond. Anna vroeg de technicus om ook Rossignols rolstoel en alle zichtbare huid van het lichaam van de dode te controleren. Er werden afdrukken van haarzelf en Rossignol genomen ter eliminatie voordat het lichaam werd weggehaald.

Als de Amerikanen niet zo'n belangstelling voor Rossignol zouden hebben gehad en zelfs om bewaking hadden gevraagd voordat hij werd vermoord, zou de dood van de oude man als een natuurlijk sterfgeval zijn afgedaan. Gaston Rossignol was immers al eenennegentig.

Nu werd er echter opdracht gegeven tot sectie, met speciale aandacht voor het oogvocht. De sectie zou plaatsvinden op het instituut voor forensische geneeskunde van de universiteit van Zürich. Dat was gebruikelijk, omdat de politie van Zürich zelf geen patholoog-anatoom had.

Anna ging terug naar haar hotel. Doodmoe – ze had in het vliegtuig niet geslapen omdat ze toch maar geen Ativan genomen had – trok ze de gordijnen dicht, trok een wijd t-shirt aan en stapte in bed.

Ze schrok wakker van de telefoon. In haar verwarring dacht ze één moment dat ze weer in Washington was en dat het midden in de nacht moest zijn. Maar toen ze op de lichtgevende wijzerplaat van haar horloge keek, zag ze dat het halfdrie 's middags was, plaatselijke tijd. Ze nam op.

'Met mevrouw Navarro?' vroeg een mannenstem.

'Ja,' zei ze schor en schraapte haar keel. 'Met wie spreek ik?'

'Met brigadier Schmid van de *Kantonspolizei*, afdeling moordzaken. Het spijt me, heb ik u wakker gemaakt?'

'Nee, ik zat te knikkebollen. Zegt u het maar.'

'De vingerafdrukken zijn terug, met een paar interessante uitkomsten. Zou u naar het hoofdbureau kunnen komen?'

Schmid was een vriendelijke man met een breed gezicht, kort haar en een belachelijk korte pony. Hij droeg een marineblauw hemd en een gouden kettinkje om zijn hals. Zijn kantoor was prettig, licht en spaarzaam gemeubileerd. Twee lichtgekleurde houten bureaus stonden tegenover elkaar. Zij ging aan het ene zitten, hij aan het andere.

Schmid speelde met een paperclip. 'We hebben de vingerafdrukken terug van *Kriminaltechnik*. Rossignols afdrukken zijn geëlimineerd, waarna er een aantal andere overbleef, de meeste onbekend. Hij was weduwnaar, dus we nemen aan dat ze afkomstig zijn van de huishoudster en ander personeel. De huishoudster had nachtdienst tot vanochtend vroeg, toen ze het ontbijt heeft klaargemaakt en is vertrokken. Ze moeten het huis in de gaten hebben gehouden en gewacht tot ze wegging.'

'Had hij geen verpleegster?'

'Nee,' zei Schmid, terwijl hij de paperclip open- en dichtboog. 'We hebben nu een computerdatabase met vingerafdrukken, net als in Amerika.' Hij doelde op de Automated Fingerprint Identification Service, waar miljoenen vingerafdrukken waren opgeslagen. 'De afdrukken zijn gescand en via een modem naar het centrale register in Bern gestuurd om ze met alle beschikbare databases te vergelijken. Dat was gauw gebeurd. Het was bijna meteen raak.'

Ze schoot overeind. 'O ja?'

'Ja. Daarom ben ik nu op de zaak gezet. De afdrukken behoren toe aan een Amerikaan die een paar dagen geleden hier is aangehouden in verband met een schietpartij in de buurt van de Bahnhofplatz.'

'Wie is hij?'

'Een zekere Benjamin Hartman.'

Die naam zei haar niets. 'Wat weet u van hem?'

'Aardig wat. Ik heb hem namelijk zelf verhoord.' Hij gaf haar een dossiermap met fotokopieën van Hartmans Amerikaanse paspoort, zijn rijbewijs, creditcards en een Zwitsers strafblad met zijn foto's.

Gefascineerd boog ze zich over de kopieën. Zou dit hun man kunnen zijn, de moordenaar? Een Amerikaan? Halverwege de dertig, bankier bij Hartman Capital Management, een beleggingskantoor. Een familiebedrijf, veronderstelde ze. Dus waarschijnlijk had hij geld. Hij woonde in New York en was hier op skivakantie, had hij tegen Schmid gezegd. Maar dat kon een leugen zijn.

Drie van de overgebleven Sigma-slachtoffers waren vermoord sinds Hartman hier in Zürich was. Eén slachtoffer woonde in Duitsland, niet zo ver met de trein, dus dat was een mogelijkheid. Een andere in Oostenrijk; ook dat was mogelijk. Maar Paraguay? Dat was een heel eind vliegen hier vandaan.

Toch kon ook dat niet worden uitgesloten, evenmin als de mogelijkheid dat hij niet in zijn eentje werkte.

'Wat is er in de Bahnhofstrasse gebeurd?' vroeg ze. 'Heeft hij iemand doodgeschoten?'

De paperclip waarmee Schmid zat te spelen brak in het midden. 'Er is geschoten in de straat en de winkelgalerij onder de Bahnhofplatz. Hij is aangehouden en verhoord in verband met die schietpartij. Persoonlijk geloof ik niet dat hij de schutter was. Zelf hield hij vol dat iemand had geprobeerd hém neer te schieten.'

'Zijn er doden gevallen?'

'Een paar voorbijgangers. En volgens zijn eigen verklaring ook de man die hem wilde doden.'

'Hmm,' zei ze verbaasd. Een bizar verhaal. Hoeveel was er van waar? En wie was die vent? 'Hebt u hem laten gaan?'

'We hadden geen grond om hem vast te houden. En zijn bedrijf heeft ons ook onder druk gezet. Hij heeft instructie gekregen het kanton te verlaten.'

Niet in mijn achtertuin... Was dat de benadering van de politie in Zürich? vroeg Anna zich cynisch af. 'Enig idee waar hij nu is?'

'Hij beweerde dat hij op weg was naar St. Moritz. Naar het Carlton Hotel. Maar inmiddels weten we dat hij daar nooit is aangekomen. En gisteren kregen we een melding dat hij weer in Zürich was opgedoken, bij de Handelsbank Schweiz. We hebben geprobeerd hem aan te houden voor nadere ondervraging, maar hij wist te ontkomen. Weer zo'n vreemd avontuur, gevolgd door een moord. De dood lijkt hem overal te volgen.'

'Ja, vreemd is het wel,' zei Anna. 'Kunt u nagaan of Hartman misschien in een hotel in Zürich logeert, of ergens anders in het land?'

Schmid knikte. 'Ik kan navraag doen bij de hotelinspectie in alle kantons. Kopieën van alle inschrijvingen gaan naar de plaatselijke politie.'

'Hoe actueel zijn die?'

'Ze lopen nogal eens achter,' gaf Schmid toe. 'Maar dan weten we in elk geval waar hij is geweest.'

'Als hij zich tenminste onder zijn eigen naam heeft ingeschreven.'

'Alle erkende hotels moeten buitenlanders om hun paspoort vragen.'

'Misschien heeft hij meer dan één paspoort, of logeert hij niet in een erkend hotel, of heeft hij vrienden hier.'

Schmid keek een beetje geërgerd. 'Nou, ik heb hem persoonlijk ontmoet en hij leek me geen type dat valse paspoorten bij zich had.'

'Sommige internationale zakenmensen hebben nog een tweede paspoort uit landen als Panama, Ierland of Israël. Dat kan handig zijn.'

'Ja, maar dat staat toch wel op hun echte naam, niet?'

'Soms wel, soms niet. Kunnen we vaststellen of hij het land verlaten heeft?'

'Er zijn zoveel manieren om het land uit te komen – per vliegtuig, auto, trein, of zelfs te voet.'

'Heeft de douane geen lijsten?'

'De douane hoort paspoorten te controleren,' gaf Schmid toe, 'maar vaak doen ze dat niet. We maken de meeste kans bij de luchtvaartmaatschappijen. Die vullen passagierslijsten in.'

'En als hij met de trein de grens over is gegaan?'

'Dan vinden we misschien geen spoor meer, tenzij hij een plaats heeft gereserveerd in een internationale trein. Maar daar zou ik niet op hopen.'

'Nee,' zei Anna peinzend. 'Kunt u toch een onderzoek instellen?'

'Natuurlijk,' zei Schmid verontwaardigd. 'Dat is routine.'

'Wanneer kan ik de resultaten van de sectie verwachten? Ik ben vooral geïnteresseerd in de toxicologie.' Ze wist dat ze de man misschien wat te veel op zijn huid zat, maar ze had geen keus.

Schmid haalde zijn schouders op. 'Dat kan wel een weekje duren. Ik zou kunnen vragen of ze wat meer haast maken.'

'Het gaat om één specifiek neurotoxine waarnaar ze moeten zoeken,' zei ze. 'Dat hoeft niet zo lang te duren.'

'Ik wil wel voor u bellen.'

'Graag. En bankafschriften. Ik heb Rossignols bankafschriften nodig van de afgelopen twee jaar. Werken Zwitserse banken daaraan mee, of krijgen we dan dat gezeur over het bankgeheim?'

'Als het om moord gaat, werken ze wel met de politie samen,' zei Schmid gepikeerd.

'Dat is een prettige verrassing. O, en dan nog iets. De fotokopieën die u van zijn creditcards hebt gemaakt. Kan ik die krijgen?'

'Ik zou niet weten waarom niet.'

'Geweldig,' zei ze. Ze begon deze rechercheur wel sympathiek te vinden.

São Paulo, Brazilië

De huwelijksreceptie werd gehouden in de meest exclusieve privéclub van heel Brazilië, de Hipica Jardins. De leden van de club waren voornamelijk afkomstig uit de *quatrocentões*, de Braziliaanse aristocratie, afstammelingen van de oorspronkelijke Portugese kolonisten, die al minstens vierhonderd jaar hier woonden. Het waren grootgrondbezitters, hotelmagnaten, directeuren van papierfabrieken, kranten, uitgeverijen en speelkaartenfabrieken, de rijksten van de rijken, zoals bleek uit de lange rij Bentleys en Rolls-Royces die voor het clubhuis stond.

Vanavond was een groot aantal van hen verschenen, schitterend uitgedost in avondkleding, om de bruiloft te vieren van de dochter van een van de belangrijkste plutocraten van Brazilië, Doutor Otavio Carvalho Pinto. Zijn dochter Fernanda trouwde met een jongen uit een al even illustere familie, de Alcantara Machados.

Een van de gasten was een statige man met wit haar, van bijna negentig. Hoewel hij niet tot de *quatrocentões* behoorde – hij kwam uit Lissabon en was in de jaren vijftig naar São Paulo geëmigreerd – was hij een schatrijke bankier en grootgrondbezitter, en al tientallen jaren een vriend en zakenpartner van de vader van de bruid.

De naam van de oude man was Jorge Ramago, en hij zat naar de dansende paren te kijken, zijn noisettes de veau Périgourdine nog onaangeroerd. Een van de diensters, een jonge vrouw met donker haar, kwam bedeesd naar de oude man toe en zei in het Portugees: 'Señor Ramago, er is telefoon voor u.'

Ramago draaide zich langzaam om en keek haar aan. 'Telefoon?'

'Ja, señor. Ze zeggen dat het dringend is. Een telefoontje van thuis. Uw vrouw.'

Ramago keek meteen bezorgd. 'Waar... waar...?' stamelde hij.

'Deze kant op, meneer,' zei de dienster, en ze hielp hem voorzichtig overeind. Langzaam staken ze de eetzaal over. De oude man uit Lissabon werd geteisterd door gewrichtsreumatiek, hoewel hij verder nog kerngezond was.

Buiten de zaal gekomen bracht de dienster hem naar een antieke houten telefooncel en hielp hem naar binnen, terwijl ze zorgzaam zijn gekreukte smoking gladstreek.

Op het moment dat Ramago de telefoon wilde pakken, voelde hij een scherpe prik in zijn dijbeen. Hij slaakte een onderdrukte kreet en keek om zich heen, maar de dienster was verdwenen. De pijn nam snel weer af, dus bracht hij de hoorn naar zijn oor en luisterde. Maar het enige dat hij hoorde was de kiestoon.

'Er is niemand aan de andere kant,' wist Ramago nog uit te brengen, tegen niemand die het kon horen, voordat hij bewusteloos raakte.

Een minuut later ontdekte een van de obers de oude man ineengezakt in de telefooncel. Geschrokken riep hij om hulp.

De Oostenrijkse Alpen
Patiënt Achttien werd om middernacht gewekt. Een van de verpleegsters legde zorgvuldig een tourniquet om zijn bovenarm en nam wat bloed af.

'Wat nou weer?' kreunde hij.

'Neem me niet kwalijk, meneer,' zei de verpleegster in het Engels, met een zwaar accent. 'Vanaf middernacht moeten we om de vier uur bloedmonsters nemen uit de aderen, de hele dag door.'

'Lieve god, waarvoor dan?'

'Om het niveau te bepalen van uw Epo-serum – erytropoëtine.'

'Ik wist niet eens dat ik dat had.' Al die medische toestanden waren vervelend, maar hij wist dat er nog veel meer ging komen.

'Ga maar weer slapen, meneer. U hebt nog een lange dag voor de boeg.'

Hij ontbeet in een luxe eetzaal, samen met de anderen. Het ontbijtbuffet was volgeladen met vers fruit, versgebakken beschuiten en broodjes, worstjes, eieren, bacon en ham.

Na het ontbijt werd Patiënt Achttien naar een onderzoekskamer in een andere vleugel gebracht. Daar maakte een volgende verpleegster met een kleine scalpel een incisie in de huid aan de binnenkant van zijn bovenarm.

Hij kreunde.

'Neem me niet kwalijk als ik u pijn deed,' zei de verpleegster.

'Mijn hele lichaam bestaat alleen nog maar uit pijn. Waar is dit voor?'

'Een biopsie om de elastische vezels in de reticulaire huid te onderzoeken,' antwoordde ze en legde een verbandje aan.

Op de achtergrond stonden twee artsen in witte jassen zachtjes te overleggen in het Duits. Patiënt Achttien kon elk woord verstaan.

'Zijn hersenfunctie is enigszins beschadigd,' zei de kleine, mollige dokter, 'maar niets abnormaals voor een man van zijn leeftijd. Geen tekenen van seniele dementie of Alzheimer.'

'En de massa van de hartspier?' vroeg een lange, magere man met een grauw gezicht.

'Acceptabel. Maar we hebben de bloeddruk gemeten bij de kuitslagader, deze keer met dopplerultrasonografie, en daarbij enige perifere aderverkalking geconstateerd.'

'Dus zijn bloeddruk is verhoogd.'

'Enigszins, ja. Maar dat hadden we wel verwacht.'

'Heb je het aantal beschadigde bloedcellen geteld?'

'Dat gebeurt nu in het laboratorium, geloof ik.'

'Mooi. Volgens mij is hij een geschikte kandidaat. Ik stel voor dat we de tests versnellen.'

Een geschikte kandidaat, dacht Patiënt Achttien. Dus het zou toch gaan gebeuren. Hij draaide zich om naar de artsen achter zich en grijnsde breed tegen hen, zogenaamd heel dankbaar.

22

Wenen

De privédetective was bijna een halfuur te laat. Ben zat in de ruime lobby van zijn hotel in de buurt van de Kärnter Strasse, zijn mélange onaangeroerd, wachtend op de detective, die hij uit de gele gids geplukt had.

Hij wist dat er veel betere manieren waren om de naam van een privédetective te vinden dan in het telefoonboek. Hij had een van zijn zakelijke connecties hier in Wenen kunnen bellen om te vragen wie ze konden aanbevelen. Maar zijn instinct zei hem dat hij al zijn bekenden op dit moment maar beter kon mijden.

Hij was op de eerste trein gestapt en in Wenen zomaar een klein hotelletje binnengelopen, waar ze gelukkig nog een kamer hadden. Hij had zich ingeschreven onder de naam Robert Simon, een van de schuilnamen van zijn broer. Ze vroegen hem naar zijn paspoort en hij hield zijn adem in toen ze het inspecteerden, maar het leek blijkbaar echt genoeg, compleet met ezelsoren en stempels, de tekenen van een paar jaar gebruik.

Het eerste dat hij had gedaan was het telefoonboek van Wenen doorbladeren op zoek naar een privédetective met een advertentie die een betrouwbare indruk maakte. Hij vond er een paar in het eerste district, hartje stad, waar ook zijn hotel stond. Een van hen adverteerde dat hij gespecialiseerd was in het opsporen van verloren gewaande familieleden. Ben had hem telefonisch ingehuurd en hem gevraagd de achtergrond na te gaan van een zekere Oostenrijker.

Nu begon hij zich af te vragen of de detective wel zou komen opdagen.

Een gezette man van een jaar of veertig liet zich in de stoel tegenover Ben aan het lage tafeltje vallen. 'Meneer Simon?' Hij legde een versleten leren koffertje op het tafeltje.

'Klopt.'

'Hans Hoffman,' zei de privédetective. 'Hebt u het geld?'

'Hoe maakt u het, prettig kennis te maken,' zei Ben sarcastisch. Hij pakte zijn portefeuille, telde vierhonderd dollar uit en schoof die over het tafeltje.

Hoffman staarde er even naar.

'Klopt het niet?' vroeg Ben. 'Hebt u liever Oostenrijkse schillingen? Het spijt me, ik ben nog niet naar de bank geweest.'

'Er waren nog extra kosten,' zei de detective.

'O ja?'

'Een tegemoetkoming aan een oude vriend van mij bij het HNA, het *Heeres Nachrichtenamt*, de Oostenrijkse militaire inlichtingendienst.'

'Smeergeld, bedoelt u?' zei Ben.

Hoffman haalde zijn schouders op.

'Ik neem aan dat u geen kwitantie hebt gekregen van die vriend van u?'

Hoffman zuchtte. 'Zo werkt het hier nu eenmaal. Je kunt de informatie die je zoekt niet krijgen zonder verschillende bronnen aan te boren. Mijn vriend zal zijn pasje van het HNA moeten gebruiken om gegevens te verzamelen. Dat kost nog eens tweehonderd dollar. Het nummer – een geheim nummer, trouwens – en het adres kan ik u nu wel geven.'

Ben legde het bedrag neer. Het was zijn laatste contante geld.

De detective telde de briefjes. 'Ik weet niet waarom u het telefoonnummer en adres van die persoon wilt hebben, maar u moet bij een interessante zaak betrokken zijn.'

'Waarom zegt u dat?'

'Uw man is een heel belangrijke figuur in Wenen.' Hij wenkte een dienster. Toen ze kwam, bestelde hij een mélange en een Maximiliantorte.

Uit zijn koffertje haalde hij een laptop, klapte hem open en zette hem aan. 'Het nieuwste in biometrie,' zei hij trots. 'Vingertopsensors. Ik kan mijn vingerafdrukken als wachtwoord gebruiken. Bij iemand anders werkt de computer niet. Nergens maken ze die dingen zo goed als in Duitsland.'

De detective hamerde even op de toetsen en draaide de laptop toen naar Ben toe. Het scherm was leeg, afgezien van de naam en het adres van Jürgen Lenz.

'Kent u hem?' vroeg Hoffman, terwijl hij de computer weer terugdraaide. 'Een kennis van u?'

'Niet precies. Wat weet u over hem?'

'Nou... dr. Lenz is een van de rijkste mannen in Wenen, een vooraanstaand filantroop en beschermer van de kunst. Zijn familiestichting bouwt medische klinieken voor de sociaal zwakkeren. En hij zit in het bestuur van het Weens Filharmonisch Orkest.'

De dienster zette de koffie en het gebak voor Hoffman neer. De detective viel erop aan nog voordat de dienster zich had omgedraaid.

'Wat voor doctor is dr. Lenz eigenlijk?'

'Hij is arts, maar hij is al jaren geleden gestopt met zijn praktijk.'

'En hoe oud is hij?'

'In de vijftig, denk ik.'

'Geneeskunde is dus een familitraditie?'

Hoffman lachte. 'U denkt aan zijn vader, Gerhard Lenz. Een interessant geval. Oostenrijk is misschien niet zo progressief in sommige opzichten. Mijn landgenoten denken liever niet terug aan die akelige tijd. Zo gaat dat hier. We hebben onszelf wijsgemaakt dat Beethoven een Oostenrijker was en Hitler een Duitser, zoals het gezegde luidt. Maar Jürgen is uit ander hout gesneden. Hij is een zoon die probeert de misdaden van zijn vader goed te maken.'

'O ja?'

'Absoluut. Jürgen Lenz is in sommige kringen niet populair, omdat hij geen blad voor de mond neemt als het om zulke misdrijven gaat. Hij klaagt zelfs zijn eigen vader aan. Het is bekend dat hij zich diep schaamt voor wat zijn vader heeft gedaan.' Hij keek ongeduldig naar zijn *torte*. 'Maar in tegenstelling tot veel andere kinderen van beruchte nazi's dóét hij er ook iets aan. De Lenz Stichting is de belangrijkste Oostenrijkse financier van studies naar de holocaust, historisch onderzoek, bibliotheken in Israël... ze steunen elk initiatief tegen discriminatie, rassenhaat en dat soort zaken.' Hij boog zich weer over het gebak en werkte het naar binnen alsof hij bang was dat iemand het onder zijn neus vandaan zou grissen.

De zoon van Gerhard Lenz was dus een vooraanstaande anti-nazi? Misschien hadden ze meer gemeen dan hij had kunnen vermoeden, dacht Ben. 'Goed,' zei hij, terwijl hij zijn hand opstak en het bekende schrijfgebaar naar de dienster maakte om af te rekenen.

'Kan ik verder nog iets voor u doen?' vroeg de detective en sloeg de kruimels van de revers van zijn jasje.

Trevor Griffiths verliet zijn hotel, het Imperial aan de Kärnter Ring, een paar straten van de Opera. Niet alleen was het Imperial het beste hotel in Wenen, vond Trevor, maar het was ook berucht als het voormalige hoofdkwartier van de nazi's in de oorlog, de plaats van waaruit ze de stad hadden bestuurd. Toch beviel het hotel hem wel.

Het was maar een korte wandeling door de Mariahilfer Strasse naar een kleine bar in de Neubaugasse. Van een afstand zag hij al de naam van het café in felle neonletters: BROADWAY CLUB. Even later zat hij aan een tafeltje achter in de slecht verlichte kelder en wachtte. In zijn double-breasted wollen maatpak viel hij een beetje uit de toon hier – een zakenman, een hoge functionaris van een groot bedrijf misschien, of een rijke advocaat.

De bar zag blauw van de rook, tot ongenoegen van Trevor, die wist dat de stank in zijn haar en zijn kleren zou gaan zitten. Hij keek op zijn horloge, een dure Audemars Piguet, een van de weinige luxes die hij zich permitteerde: dure pakken en horloges, en harde seks. Wat was er verder nog, als je niet geïnteresseerd was in eten, kunst of muziek?

Hij begon ongeduldig te worden. Zijn Oostenrijkse contactman was te laat en Trevor had een hekel aan wachten.

Ten slotte, na bijna een halfuur, dook de Oostenrijker op: een vierkante, zwaargebouwde holenmens die Otto heette. Otto schoof achter het tafeltje en zette een versleten rode vilttas voor Trevor neer.

'U bent toch Engels?'

Trevor knikte en ritste de tas open. Er zaten twee metalen voorwerpen in, een 9mm Makarov met een schroefdraadloop voor een geluiddemper, en de lange, geperforeerde demper zelf. 'Munitie?' vroeg Trevor.

'Zit er ook bij,' antwoordde Otto. 'Negen bij achttien. Genoeg.'

De Makarov was een goede keus. Anders dan de 9mm Parabellum was het een subsonisch wapen. 'Waar komt hij vandaan?' vroeg Trevor. 'Hongarije, China?'

'Rusland. Maar een heel goed pistool.'

'Prijs?'

'Drieduizend schilling.'

Trevor maakte een grimas. Hij vond het niet erg om geld uit te geven, maar hij liet zich niet graag het vel over de oren halen. Hij ging in het Duits over, zodat Otto – die maar gebrekkig Engels sprak – geen woord zou missen. '*Der Markt ist mit Makarovs überschwemmt.*' De markt is overvoerd met Makarovs.

Otto keek hem scherp aan.

'Van die dingen gaan er dertien in een dozijn,' vervolgde Trevor in het Duits. 'Iedereen fabriceert ze; je komt ze overal tegen. Ik geef je er duizend schilling voor, en dan mag je je handen dichtknijpen.'

Er was iets van respect te lezen op Otto's gezicht. 'Bent u Duits?' vroeg hij verbaasd. Als Otto goed had geluisterd, had hij Trevors Duitse tongval tot de omgeving van Dresden kunnen herleiden.

Trevor had al een tijdje geen Duits meer gesproken; de gelegenheid had zich niet voorgedaan. Maar het ging weer vanzelf. Het was per slot van rekening zijn moedertaal.

Anna zat in haar eentje te eten in een Mövenpick-restaurant, een paar straten van haar hotel. Er stond niets op het menu dat haar aansprak, en ze concludeerde dat ze geen verstand had van de Zwitserse keuken.

Normaal vond ze het deprimerend om alleen te zitten eten in een vreemde stad, maar vanavond had ze te veel om over na te denken om zich eenzaam te voelen. Ze zat bij het raam, tussen een lange rij andere eenzame gasten, van wie de meesten in een krant of een boek verdiept waren.

Op het Amerikaanse consulaat had ze een veilige fax gebruikt om alles wat ze van Hartman had, inclusief zijn creditcards, aan de ICU door te geven, met het verzoek aan de ID-sectie om de creditcardmaatschappijen te vragen zijn nummers te noteren, zodat ze binnen een paar minuten zouden worden gewaarschuwd als Hartman een van zijn cards gebruikte.

Ze vroeg hun ook om zoveel mogelijk informatie te verzamelen over Hartman zelf. Nog geen uur later belde iemand haar al terug op haar mobiele codetelefoon. Bingo. Volgens Hartmans kantoor was hij met vakantie in Zwitserland maar ze hadden al een paar dagen niets van hem gehoord. Ze kenden zijn reisroute niet; die had hij niet achtergelaten, dus konden ze hem niet bereiken.

De ID-sectie was echter nog iets meer te weten gekomen. Hartmans enige broer, zijn tweelingbroer, was vier jaar geleden omgekomen bij een vliegtuigongeluk in Zwitserland. Blijkbaar had hij vlak voor zijn dood nog jacht gemaakt op Zwitsers goud. Anna wist niet wat ze daarvan moest denken, behalve dat het allerlei vragen opwierp.

Benjamin Hartman was steenrijk, meldde haar collega. Het bedrijf waar hij werkte, Hartman Capital Management, beheerde beleggingsfondsen en was opgericht door Hartmans vader. Hartman senior had de holocaust overleefd en was een bekend filantroop.

Talloze mogelijkheden drongen zich op. Een arm rijkeluiszoontje, zoon van een nazi-slachtoffer, krijgt het in zijn hoofd dat de Zwitserse banken de overlevenden uit de kampen tekort hebben gedaan. Zijn tweelingbroer neemt de strijd over en besluit in zijn verdwazing om een vooraanstaand Zwitsers bankier te vermoorden. De amateuristische vendetta van een rijke nietsnut. Of misschien was hij er nog veel dieper bij betrokken en werkte hij om onbekende redenen voor Sigma of de opvolger van dat geheimzinnige bedrijf.

De vraag was dan natuurlijk waar hij de namen en adressen van al die ondergedoken oude mannen vandaan had. En wat het verband was met de dood van zijn broer – áls er een verband bestond.

Een paar minuten over negen in de avond liep ze terug naar haar hotel en kreeg een briefje van de nachtportier. Thomas Schmid, de rechercheur van moordzaken, had gebeld. Op haar kamer belde ze hem meteen terug. Hij was nog op het bureau.

'We hebben een paar uitkomsten van de sectie,' zei hij. 'Dat gif waar ze van u naar moesten zoeken?'

'Ja?'

'Ze hebben inderdaad dat neurotoxine aangetroffen in het oogvocht. Geen twijfel mogelijk. Rossignol is inderdaad vermoord.'

Anna liet zich op de stoel naast de telefoon vallen. Er zat dus schot in de zaak. Ze kreeg dat tintelende gevoel dat ze altijd had bij een doorbraak. 'En hebben ze ergens op het lichaam de prik van een injectie ontdekt?'

'Nog niet, maar ze zeggen dat het heel moeilijk is zulke kleine sporen te vinden. Ze zoeken nog.'

'Wanneer is hij gestorven?'

'Vanochtend, blijkbaar, kort voordat wij arriveerden.'

'Dat betekent dat Hartman nog in Zürich kan zijn. Zit u daar achteraan?'

Een stilte, en toen Schmids kille antwoord: 'Ja, daar zit ik achteraan.'

'Hoe staat het met de bankafschriften?'

'De banken zijn bereid mee te werken, maar dat zal tijd kosten. Ze hebben daar procedures voor.'

'Uiteraard.'

'Ik denk dat we Rossignols gegevens morgen wel kunnen verwachten...'

Aan haar kant van de lijn werd Schmid onderbroken door een piepje. 'Eén moment, ik geloof dat ik nog een telefoontje krijg.' Ze drukte op de flash-toets. De centrale meldde dat haar kantoor in Washington in de wacht stond. Ze nam het gesprek over.

'Mevrouw Navarro, met Robert Polozzi van ID.'

'Bedankt dat u belt. Al iets gevonden?'

'We kregen zojuist een melding van MasterCard. Hartman heeft zijn creditcard een paar minuten geleden gebruikt om af te rekenen in een restaurant in Wenen.'

Kent, Engeland
Op zijn landgoed in Westerham, Kent, zat Sir Edward Downey, de

voormalige minister-president van Engeland, in de rozentuin te schaken met zijn kleinzoon toen de telefoon ging.

'Niet weer!' verzuchtte de achtjarige Christopher.

'Rustig maar, jongeman,' vermaande Sir Edward hem goedmoedig.

'Sir Edward, met Holland,' zei de stem.

'Meneer Holland, alles in orde?' vroeg Sir Edward, opeens bezorgd. 'Onze bijeenkomst gaat toch wel door, zoals afgesproken?'

'O, dat zeker. Maar er heeft zich een klein probleem voorgedaan en ik vroeg me af of u daarbij zou kunnen helpen.'

Terwijl hij zat te luisteren keek Sir Edward zijn kleinzoon dreigend aan, waarop Christopher begon te giechelen, zoals altijd. 'Goed, meneer Holland, ik zal een paar telefoontjes plegen om te zien wat ik voor u kan doen.'

Wenen

Het huis van Jürgen Lenz lag in Hietzing, een exclusieve bosrijke buurt in het zuidwesten van Wenen: een enclave waar enkelen van de rijkste inwoners van Wenen zich hadden gevestigd. Lenz' huis, of beter gezegd zijn villa, was groot en modern, een intrigerende en fraaie mengeling van Tiroolse architectuur en de ideeën van Frank Lloyd Wright.

Het voordeel van de verrassing, dacht Ben. Dat zou hij nodig hebben als hij Lenz confronteerde. Het was ook een kwestie van lijfsbehoud. Peters moordenaars mochten niet weten dat hij in Wenen was en ondanks de kiem van twijfel die Hoffman had gezaaid ging Ben er nog steeds van uit dat Lenz een van hen moest zijn.

Natuurlijk kon hij niet zomaar bij Lenz op de stoep verschijnen in de hoop dat hij zou worden binnengelaten. Hij moest subtieler te werk gaan. In gedachten ging hij een lijst na van zijn meest vooraanstaande en invloedrijke kennissen die bereid zouden zijn om voor hem in te staan en zelfs voor hem te liegen.

Hij dacht aan de voorzitter van een grote Amerikaanse liefdadige instelling die een paar keer bij hem was geweest om een donatie te vragen. Iedere keer hadden de familie Hartman en het bedrijf gul in de portemonnee getast. Tijd om een oude schuld in te lossen, vond Ben.

De voorzitter, Winston Rockwell, was ernstig ziek. Volgens de laatste berichten lag hij met hepatitis in het ziekenhuis en was hij onbereikbaar. Heel vervelend voor Rockwell, maar het kwam Ben bijzonder goed uit.

Hij belde Lenz' huis, vroeg naar Jürgen Lenz en zei tegen de dame die opnam – mevrouw Lenz? – dat hij een vriend was van Winston Rockwell en interesse had voor de Lenz Stichting. Dat was geheimtaal voor: ik ben bereid u geld te geven. Zelfs rijke stichtingen haalden hun neus niet op voor een donatie.

Mevrouw Lenz antwoordde in vloeiend Engels dat haar man om vijf uur thuis zou zijn. Meneer Robert Simon werd hartelijk uitgenodigd voor een drankje om die tijd. Jürgen zou het leuk vinden om een vriend van Winston Rockwell te ontmoeten.

De deur werd geopend door een elegante vrouw van begin vijftig, met een fijne botstructuur. Ze droeg een grijze jurk met sweater, een parelkettinkje en bijpassende parelknopjes in haar oren.

'Komt u binnen!' zei ze. 'Meneer Simon, neem ik aan? Ik ben Ilse Lenz. Wat leuk u te ontmoeten.'

'Hoe maakt u het,' zei Ben. 'Ik stel het erg op prijs dat u me wilt ontvangen, vooral op zo'n korte termijn.'

'Ach, dat is toch geen probleem? We vinden het enig om mensen te spreken die door Winston worden gestuurd. U komt uit... waar vandaan, ook alweer?'

'Los Angeles,' antwoordde Ben.

'Daar zijn we jaren geleden eens geweest voor een afschuwelijk technologiecongres. Jürgen kan elk moment beneden komen... Ah, daar is hij al.'

Een broodmagere, atletisch ogende man kwam met verende tred de trap af. 'Hallo daar!' riep Jürgen Lenz. Met zijn blauwe blazer, zijn grijze flanellen broek en zijn clubdas had hij directeur van een Amerikaans bedrijf kunnen zijn of rector van een vooraanstaande universiteit. Zijn gladde gezicht en zijn zonnige glimlach straalden gezondheid uit.

De man beantwoordde totaal niet aan Bens verwachtingen. Liesls pistool in de schouderholster onder zijn sportjasje, voorzien van een vol magazijn – hij was langs een sportwinkel in de Kärnter Strasse gegaan – voelde opeens zwaar en onhandig.

Lenz drukte hem krachtig de hand. 'Een vriend van Winston Rockwell is een vriend van mij!' Op zachte, bezorgde toon voegde hij eraan toe: 'Hoe gaat het nu met hem?'

'Niet zo best,' zei Ben. 'Hij ligt al weken in het academisch ziekenhuis van de George Washington Universiteit en volgens de artsen zal het nog minstens twee weken duren voordat hij weer naar huis mag.'

'Het spijt me dat te horen,' zei Lenz en hij legde zijn arm om de slanke taille van zijn vrouw. 'Hij is zo'n aardige man. Maar laten we hier niet blijven staan. Iets drinken? Wat zeggen de Amerikanen ook alweer? Ergens op de wereld moet het toch zes uur zijn, niet?'

Trevor parkeerde zijn gestolen Peugeot tegenover Lenz' huis in Hietzing, zette de motor uit en leunde naar achteren om te wachten. Zodra het doelwit naar buiten kwam, zou hij uit de auto stappen en de straat oversteken naar hem toe. Hij was niet plan hem te laten ontsnappen.

23

Er was geen tijd meer. In elk geval geen tijd om de gebruikelijke weg te volgen, besefte Anna.

Hartman had zojuist zijn creditcard gebruikt in een hotel in het eerste district van Wenen. Het ging maar om een klein bedrag, niet meer dan ongeveer vijftien dollar. Was hij alleen dat hotel binnengegaan voor een kop koffie of een late lunch? Als dat zo was, zou hij alweer verdwenen zijn. Maar als hij in dat hotel logeerde, had ze hem te pakken.

Ze zou contact kunnen opnemen met de FBI-gezant in Wenen, maar tegen de tijd dat hij het Oostenrijkse ministerie van Justitie en de plaatselijke politie had benaderd, zou Benjamin Hartman al hoog en droog in een andere stad kunnen zitten.

Daarom had ze meteen een taxi genomen naar het vliegveld Kloten bij Zürich, een ticket voor de volgende vlucht van Austrian Airlines naar Wenen gekocht en een telefooncel gezocht.

Eerst belde ze met een contactman bij de politie van Wenen, de *Bundespolizeidirektion*. Zijn naam was doctor Fritz Weber en hij was hoofd van het *Sicherheitsbüro*, de veiligheidsdienst van de Weense politie, die zich met geweldsmisdrijven bezighield. Het was niet helemaal de afdeling die ze nodig had, maar ze wist dat Weber haar graag zou helpen.

Ze had hem een paar jaar daarvoor ontmoet toen ze in Wenen was voor een onderzoek naar de cultureel attaché op de Amerikaanse ambassade daar, die betrokken was bij een netwerk dat minderjarige meisjes leverde voor seks.

Weber, een vriendelijke man met gevoel voor diplomatie, was dankbaar geweest voor haar hulp bij het oplossen van een probleem dat voor beide landen bijzonder pijnlijk had kunnen zijn. Voordat ze vertrok, had hij haar nog voor een etentje uitgenodigd. Nu ze hem belde leek hij verheugd weer iets van agent Navarro te horen en beloofde onmiddellijk iemand op de zaak te zetten.

Daarna belde ze de FBI-gezant in Wenen, Tom Murphy, een man die ze niet kende maar over wie ze goede dingen had gehoord. Beknopt en zonder overbodige details vertelde ze hem waarom ze naar Wenen kwam. Hij vroeg of hij contact moest opnemen met de Weense politie, maar dat was niet nodig, zei Anna. Ze kende daar al iemand. Murphy, die alles graag volgens het boekje deed, leek daar niet gelukkig mee, maar maakte geen problemen.

Zodra ze op het vliegveld Schwechat bij Wenen was geland, belde ze opnieuw met Fritz Weber, die haar de naam en het telefoonnummer gaf van de districtsinspecteur van de surveillance-eenheid die zich nu met de zaak bezighield.

Brigadier Walter Heisler sprak moeizaam Engels, maar ze konden elkaar verstaan.

'We zijn naar het hotel geweest waar Hartman zijn creditcard heeft gebruikt,' legde Heisler uit. 'Hij logeert daar ook.'

De brigadier werkte snel. Dat klonk veelbelovend. 'Heel goed,' zei ze. 'Zou u zijn auto kunnen opsporen?'

'We volgen hem al,' zei Heisler met enig enthousiasme.

'Dat meent u niet! Hoe is dat gelukt?'

'Nou, zodra we wisten dat hij in dat hotel logeerde hebben we twee man bij de krantenkiosk voor de ingang geposteerd. Ze zagen hem in een huurauto stappen, een Opel Vectra, en zijn hem gevolgd naar een wijk van Wenen die Hietzing heet.'

'Wat heeft hij daar te zoeken?'

'Hij is ergens op bezoek. Een particuliere woning. We wilden net uitzoeken wie er woonde.'

'Geweldig. Ik sta verstomd.' En ze meende het.

'Dank u,' zei hij blij. 'Zal ik u van het vliegveld halen?'

Ze praatten een paar minuten over onbenulligheden, wat nog niet meeviel, omdat Ben zijn dekmantel niet goed had doordacht. Zijn alter ego Robert Simon had een succesvol beleggingskantoor in Los Angeles – Ben bleef zo dicht mogelijk bij de waarheid om de kans op blunders te verkleinen – en beheerde het geld van filmsterren, projectontwikkelaars en IPO-paper miljardairs uit Silicon Valley. Hij verontschuldigde zich dat zijn lijst van cliënten vertrouwelijk moest blijven, hoewel het geen bezwaar was om een paar namen te noemen waarvan ze ongetwijfeld hadden gehoord.

En al die tijd vroeg hij zich af: Wie is die man? De enige erfgenaam van Gerhard Lenz – de beruchte wetenschapper en een van de oprichters van het geheimzinnige Sigma.

Terwijl hij met de Lenzes zat te praten bij een glaasje armagnac, liet Ben vluchtig zijn blik door de kamer glijden. De huiskamer was gezellig ingericht, met Engels en Frans antiek. Er hingen schilderijen van oude meesters in vergulde lijsten, perfect uitgelicht door spots. Op een tafeltje naast de bank stond een verzameling foto's in zilveren lijstjes; familie, veronderstelde hij. Opvallend afwezig was een foto van Lenz senior.

'Maar genoeg over mijn werk,' zei Ben. 'Ik wilde u wat vragen over de Lenz Stichting. Ik begrijp dat de stichting in de eerste plaats probeert om studies naar de holocaust te stimuleren.'

'Wij financieren wetenschappelijk onderzoek, dat is juist. En we doen schenkingen aan Israëlische bibliotheken,' verklaarde Jürgen Lenz. 'We besteden veel geld aan de strijd tegen rassenhaat. We vinden het heel belangrijk dat de Oostenrijkse schooljeugd iets leert over de misdaden van de nazi's. Vergeet niet dat veel Oostenrijkers de nazi's hebben verwelkomd. Toen Hitler hier in de jaren dertig kwam en een toespraak hield vanaf het balkon van het Imperial, trok hij een enorme menigte en barstten vrouwen zelfs in tranen uit bij het zien van zo'n groot man.' Lenz zuchtte. 'Verschrikkelijk.'

'Maar uw vader... als u me niet kwalijk neemt dat ik het zeg...' begon Ben.

'De geschiedenis weet dat mijn vader een onmens was,' zei Lenz. 'Dat valt niet te ontkennen. Hij heeft onvoorstelbaar gruwelijke experimenten uitgevoerd op gevangenen in Auschwitz, zelfs op kinderen...'

'Wilt u me even excuseren?' zei Ilse Lenz, en ze stond op. 'Ik kan er niet tegen als hij over zijn vader begint,' mompelde ze, terwijl ze de kamer uit liep.

'Het spijt me, schat,' riep Lenz haar na. Hij keek Ben weer aan. 'Ik kan het haar niet kwalijk nemen,' zei hij bezorgd. 'Zij heeft niet hoeven leven met zijn erfenis. Haar vader is in de oorlog omgekomen toen ze nog een kind was.'

'Neem me niet kwalijk dat ik het onderwerp ter sprake heb gebracht,' zei Ben.

'Nee nee, dat geeft niet. Het is een heel logische vraag. Natuurlijk vinden Amerikanen het vreemd dat de zoon van de beruchte Gerhard Lenz zijn leven wijdt aan het financieren van onderzoek naar de misdaden van zijn vader. Maar u moet goed begrijpen dat wij, de kinderen van de belangrijkste nazi's, die door het toeval van hun geboorte zo'n last met zich mee moeten dragen, op heel verschillende manieren reageren. Er zijn er, zoals Wolf, de zoon van Rudolph Hess, die hun leven lang proberen de naam van hun vader te zuiveren. En er zijn mensen die heel verward zijn opgegroeid en nog steeds moeite hebben het te begrijpen. Ik ben te laat geboren om nog persoonlijke herinneringen te hebben aan mijn vader, maar er zijn ook veel kinderen die zich hun vaders herinneren zoals ze thuis waren en niet als handlangers van Hitler.'

Jürgen Lenz raakte steeds meer geëmotioneerd. 'Wij zijn opgegroeid in een bevoorrechte positie. We reden achter in een limousine door het getto van Warschau, zonder te begrijpen waarom de kinderen daar zo droevig keken. We zagen de ogen van onze vaders oplichten als de Führer hen persoonlijk belde om de familie gelukkig kerstfeest te wensen. Maar toen we oud genoeg waren om zelfstandig te kunnen denken, kregen sommigen van ons een steeds grotere afschuw van onze vaders en alles waar ze voor stonden. We leerden hen te haten met elke vezel van ons lichaam.'

Lenz' nog opvallend jeugdige gezicht had een blos gekregen. 'Ik zie mijn vader ook niet als mijn vader, begrijpt u? Hij is als een vreemde voor me, een onbekende. Kort na de oorlog is hij naar Argentinië gevlucht, zoals u ongetwijfeld weet – uit Duitsland over de grens gesmokkeld met valse papieren. Hij heeft mijn moeder en mij zonder een cent achtergelaten. Wij zaten toen nog in een militair strafkamp.' Hij wachtte even. 'Dus u begrijpt dat ik nooit enige twijfel of tegenstrijdige gevoelens heb gehad over de nazi's. Deze stichting was wel het minste dat ik kon doen.'

Het bleef even stil in de kamer.

'Ik ben naar Oostenrijk gekomen om medicijnen te studeren,' vervolgde Lenz. 'In sommige opzichten was het een opluchting om uit Duitsland weg te zijn. Ik vond het hier heerlijk... ik ben hier ook geboren... en na mijn studie ben ik hier gebleven om mijn praktijk uit te oefenen, zo anoniem mogelijk. Toen ik Ilse, mijn grote liefde, ontmoette, hebben we besproken wat we konden doen met het familiekapitaal dat zij had geërfd – haar vader was rijk geworden met de uitgave van religieuze boeken en gezangen. We besloten dat ik mijn praktijk zou opgeven om mijn leven te wijden aan de strijd tegen alles waar mijn vader voor stond. Niets kan de duisternis van het Derde Rijk uitwissen, maar op mijn eigen bescheiden wijze doe ik alles om de wereld een beetje beter te maken.' Lenz' monoloog klonk wat te glad, te mechanisch, alsof hij dit verhaal al duizend keer had verteld. En natuurlijk was dat ook zo. Toch klonk het niet geveinsd. Onder zijn rustige, zelfverzekerde buitenkant leek Lenz inderdaad een gekweld mens.

'U hebt uw vader nooit meer teruggezien?'

'Jawel. Nog twee of drie keer voor zijn dood, toen hij uit Argentinië naar Duitsland kwam. Hij had een nieuwe naam, een nieuwe identiteit, maar mijn moeder wilde hem niet meer spreken. Ik heb hem gezien, maar ik voelde niets voor hem. Hij was een vreemde voor me.'

'Uw moeder heeft alle contact verbroken?'

'Ze is naar Argentinië gereisd voor zijn begrafenis, eigenlijk alleen om er zeker van te zijn dat hij echt dood was. Het vreemde was dat ze verliefd werd op het land en er zelf ook is gaan wonen.'

Het bleef weer even stil, totdat Ben rustig maar ferm verklaarde: 'Ik moet zeggen dat ik onder de indruk ben van de middelen die u in de strijd werpt om meer licht te werpen op de erfenis van uw vader. Ik vroeg me af of u me in dat verband wat meer zou kunnen vertellen over een organisatie die bekendstaat als Sigma.' Hij nam Lenz scherp op toen hij die naam noemde.

Lenz keek hem een hele tijd aan. Ben kon zijn eigen hart bijna horen bonzen in de stilte.

Eindelijk nam Lenz het woord. 'U laat de naam Sigma heel nonchalant vallen, maar volgens mij is dat de enige reden waarom u hier bent,' zei hij. 'Wat komt u hier eigenlijk doen, meneer Simon?'

Ben voelde een kille huivering. Hij had zich in een hoek laten drijven. Er bleven hem nog maar twee mogelijkheden over: hij kon proberen aan zijn valse identiteit vast te houden, of hij zou de waarheid kunnen vertellen.

Het werd tijd om open kaart te spelen en Jürgen Lenz uit zijn tent te lokken.

'Meneer Lenz, ik zou graag meer willen weten over uw betrokkenheid bij Sigma.'

Lenz fronste. 'Waarom bent u hier, meneer Simon? Waarom bent u onder valse voorwendsels mijn huis binnengedrongen en hebt u tegen me gelogen?' Er gleed een vreemd lachje over zijn gezicht en zijn stem klonk zacht. 'U bent van de CIA, meneer "Simon", of vergis ik me?'

'Waar hebt u het over?' vroeg Ben, verbaasd en geschrokken.

'Wie bent u werkelijk, meneer "Simon"?' fluisterde Lenz.

'Mooi huis,' zei Anna. 'Van wie is het?'

Ze zat voor in een rokerige, blauwe BMW, een anonieme politiewagen, met brigadier Walter Heisler achter het stuur. Hij was een stevig gebouwde, blozende man van eind dertig, die Casablanca's rookte en zich joviaal gedroeg.

'Een van onze meer eh... vooraanstaande ingezetenen,' zei Heisler, terwijl hij een trek nam van zijn sigaret. 'Jürgen Lenz.'

'Wie is hij?'

Ze staarden naar de mooie villa in de Adolfstorgasse, zo'n honderd meter verderop. Anna zag dat de meeste geparkeerde auto's zwarte nummerborden hadden met witte letters. Heisler vertelde haar dat je extra moest betalen voor zulke nummerplaten; het was de oude, aristocratische stijl.

Hij blies een wolk rook uit. 'Lenz en zijn vrouw zijn actief in de sociale kringen hier – het Operabal en zo. Je zou ze filo... hoe heet dat?... filantropen kunnen noemen. Lenz is voorzitter van de familiestichting. Hij is tweeëntwintig jaar geleden hier naar toe gekomen, uit Duitsland.'

'Hmm.' De rook prikte in haar ogen, maar ze wilde niet klagen. Heisler bewees haar een grote dienst. En ze vond het wel leuk om hier in zo'n rokerige auto te zitten, als een van de jongens.

'Hoe oud is hij?'

'Zevenenvijftig, geloof ik.'

'En een vooraanstaande figuur.'

'Absoluut.'

Er stonden nog drie andere anonieme wagens met draaiende motor in de straat: eentje vlakbij, de andere twee een paar honderd meter verderop, voorbij de villa van Lenz. Het was een klassieke 'boxformatie', waarmee ze Hartman altijd zouden kunnen onderscheppen, op welke manier hij ook het huis verliet. De agenten in de auto's waren goed getrainde leden van de surveillance-eenheid, allemaal gewapend en uitgerust met een portofoon.

Anna had geen wapen. Het leek haar heel onwaarschijnlijk dat Hartman verzet zou bieden. Uit zijn gegevens bleek dat hij nog nooit een wapen in bezit had gehad of een aanvraag had ingediend. Die oude mannen waren allemaal vergiftigd, met behulp van een injectienaald. Waarschijnlijk was hij niet eens gewapend.

Eigenlijk wist ze niet veel over Hartman, maar haar Weense kameraden wisten nog minder. Ze had haar vriend Fritz Weber alleen verteld dat de Amerikaan zijn vingerafdrukken had achtergelaten op de plaats van een misdrijf in Zürich, verder niets. Ook Heisler wist alleen dat Hartman werd gezocht in verband met de moord op Rossignol. Dat feit, en het formele verzoek van de FBI-gezant in Wenen, was voor de *Bundespolizei* voldoende reden geweest om mee te werken aan Hartmans arrestatie.

Anna vroeg zich af in hoeverre de plaatselijke politie te vertrouwen was. Dat was geen theoretische vraag, want Hartman had in die villa een ontmoeting met een man die...

Er kwam een gedachte bij haar op. 'Die man, Lenz...' zei ze, met tranende ogen van de rook. 'Het is misschien een vreemde vraag, maar heeft hij iets te maken met de nazi's?'

Heisler drukte zijn sigaret uit in de uitpuilende asbak van de auto. 'Dat is een merkwaardige vraag,' zei hij. 'Zijn vader... kent u de naam Gerhard Lenz?'

'Nee. Moet dat?'

Hij haalde zijn schouders op: die naïeve Amerikanen. 'Een van de ergsten. Een collega van Josef Mengele, die de meest gruwelijke experimenten heeft uitgevoerd in de kampen.'

'Aha.' Er kwam nog een ander idee bij haar op. Hartman, de zoon van een overlevende van de holocaust, had zich voorgenomen om wraak te nemen op de volgende generatie...

'Zijn zoon is een prima kerel, heel anders dan zijn vader. Hij wijdt zijn leven aan het rechtzetten van het kwaad dat zijn vader heeft aangericht.'

Anna staarde Heisler aan en keek weer door de voorruit naar Lenz' prachtige villa. Dus de zoon was een anti-nazi? Ze vroeg zich af of Hartman dat wel besefte. Misschien wist hij niets anders over Lenz junior dan dat hij de zoon was van Gerhard, een beruchte nazi. Als Hartman echt een fanaticus was, zou het hem weinig kunnen schelen of Jürgen Lenz water in wijn kon veranderen. En dat betekende dat hij Lenz misschien al een dodelijke injectie had toegediend.

Jezus, dacht ze, terwijl Heisler nog een Casablanca opstak. *Waarom zitten we hier nog zo rustig?*

'Is die van uw mensen?' vroeg Heisler opeens.

'Wat?'

'Die auto daar.' Hij wees naar een Peugeot die tegenover de villa van Lenz stond geparkeerd. 'Die staat hier al sinds wij hier zijn.'

'Nee. Is het geen auto van jullie?'

'Absoluut niet. Dat zie ik aan het nummerbord.'

'Een buurman misschien, of een vriend?'

'Ik vroeg me af of uw Amerikaanse collega's er misschien bij betrokken waren. Of ze u in de gaten houden!' zei Heisler geërgerd. 'Als dat zo is, maak ik onmiddellijk een eind aan deze operatie!'

'Dat is uitgesloten,' zei Anna, geschrokken en defensief. 'Tom Murphy zou me hebben gewaarschuwd als hij iemand hier naar toe had gestuurd.' Was dat wel zo? 'En hij leek nauwelijks geïnteresseerd toen ik het hem vertelde.'

Maar stel dat hij toch een auto had gestuurd om haar in het oog te houden. Was dat mogelijk?

'Wie is het dan wel?' wilde Heisler weten.

'Wie bent u?' herhaalde Jürgen Lenz, nu met duidelijke angst op zijn gezicht. 'U bent helemaal geen vriend van Winston Rockwell.'

'Toch wel,' zei Ben. 'Dat wil zeggen, ik ken hem omdat we weleens hebben samengewerkt. Ik ben Benjamin Hartman. Mijn vader is Max Hartman.' Opnieuw lette hij scherp op Lenz' reactie.

Lenz verbleekte, maar toen verzachtte zijn gelaatsuitdrukking. 'Lieve god,' fluisterde hij. 'Nu zie ik de gelijkenis. Het is vreselijk wat er met uw broer is gebeurd.'

Ben had het gevoel alsof hij een stomp in zijn maag kreeg. 'Wat weet u daarvan?' schreeuwde hij.

De politieradio kwam krakend tot leven.

'*Korporal, wer ist das?*'

'*Keine Ahnung.*'

'*Keiner von uns, oder?*'

'*Richtig.*'

Het andere team vroeg nu ook of de Peugeot bij hen hoorde. Heisler herhaalde dat hij geen idee had wie het was. Hij pakte een nachtkijker van de achterbank en hield die voor één oog. De straat was nu donker en de onbekende auto stond met gedoofde lichten. Er was geen straatlantaarn in de buurt, dus het gezicht van de bestuurder was onmogelijk te zien. De nachtkijker was een goed idee, vond Anna.

'Hij heeft een krant voor zijn gezicht,' zei Heisler. 'Een boulevardkrant, *Die Kronen Zeitung.* Ik kan het nog net lezen.'

'Valt niet mee om een krant te lezen in het donker,' merkte Anna op. Lenz junior zou al dood kunnen zijn, dacht ze, terwijl zij hier zaten te wachten.

'Ik geloof ook niet dat die krant hem interesseert.' Heisler scheen haar gevoel voor humor te delen.

'Mag ik eens kijken?'

Hij gaf haar de kijker. Het enige dat ze zag waren lettertjes. 'Hij probeert zijn gezicht te verbergen,' beaamde ze. Stel dat hij toch van de FBI was? 'En dat vertelt ons iets. Mag ik uw mobieltje gebruiken?'

'Natuurlijk.' Hij gaf haar zijn stevige Eriksson en ze toetste het nummer van de Amerikaanse ambassade in Wenen.

'Tom,' zei ze, toen Murphy aan de lijn kwam, 'met Anna Navarro. Je hebt toch niemand naar Hietzing gestuurd?'

'Naar Hietzing? Hier in Wenen?'

'De zaak waaraan ik werk.'

Een aarzeling. 'Nee. Dat had je me toch niet gevraagd?'

'Nou, iemand zit onze surveillance te verzieken. Niemand van jouw kantoor zal het toch in zijn hoofd hebben gehaald om mij te volgen zonder dat hij dat eerst met jou heeft overlegd?'

'Dat moeten ze niet proberen. Maar volgens mij weet ik waar iedereen zit.'

'Bedankt.' Ze verbrak de verbinding en gaf de telefoon aan Heisler terug. 'Vreemd.'

'Wie zit er dan in die auto?' vroeg Heisler.

'Als ik vragen mag, waarom dacht u dat ik van de CIA was?'

'Daar zitten nog wat jongens van vroeger die mij niet echt mogen,' zei Lenz schouderophalend. 'Kent u Project Paperclip?' Ze waren inmiddels overgestapt op wodka. Ilse Lenz was nog steeds niet teruggekomen, meer dan een uur nadat ze zo abrupt vertrokken was. 'Misschien niet onder die naam, maar u weet dat de Amerikaanse overheid – de OSS, de voorloper van de CIA – vlak na de oorlog een aantal vooraanstaande wetenschappers uit nazi-Duitsland naar Amerika heeft gesmokkeld, neem ik aan? Paperclip was de codenaam van die operatie. De Amerikanen hebben de dossiers van die Duitsers "gezuiverd" en hen van een valse achtergrond voorzien om het feit te verbergen dat het om massamoordenaars ging. Want zodra de Tweede Wereldoorlog voorbij was, richtte Amerika zijn aandacht op een nieuw conflict, de koude oorlog. Opeens was er nog maar één ding belangrijk: de confrontatie met de Sovjet-Unie. Het had Amerika vier jaar en talloze doden gekost om de nazi's te verslaan, maar opeens waren diezelfde nazi's nu hun grote vrienden, zolang ze maar iets konden bijdragen aan de strijd tegen de communisten. Ze werden ingehuurd om wapens en andere technologie voor de Amerikanen te ontwikkelen. Het ging om briljante geleerden, de mannen achter de indrukwekkende wetenschappelijke prestaties van het Derde Rijk.'

'En oorlogsmisdadigers.'

'Precies. Sommigen waren verantwoordelijk voor het martelen en uitmoorden van duizenden concentratiekampgevangenen. Anderen, zoals Wernher von Braun en dr. Hubertus Strughold, hadden aan de wieg gestaan van een groot aantal Duitse wapensystemen. Arthur Rudolph, die had meegeholpen bij het vermoorden van twintigduizend onschuldige mensen in Nordhausen, werd zelfs de hoogste burgerlijke onderscheiding van de NASA toegekend!'

Het begon te schemeren. Lenz stond op en deed de lampen in de zitkamer aan. 'Ook de man die het bevel had over de vernietigingskampen in Polen werd naar Amerika gehaald. Een van de nazi-wetenschappers die asiel kregen, had de experimenten met bevroren lichamen in Dachau uitgevoerd. Hij kwam uiteindelijk terecht op de luchtmachtbasis Randolph in San Antonio, als een alom gerespecteerde professor in de ruimtevaartgeneeskunde. De CIA-agenten die dat allemaal hebben georganiseerd, voor zover ze nog leven, zijn niet zo blij met mijn pogingen om meer licht te werpen op deze episode.'

'Uw pogingen?'

'Ja, en die van mijn stichting. Het is geen onbelangrijk deel van het onderzoek dat wij financieren.'

'Maar wat voor gevaar hebt u van de CIA te duchten?'

'Zoals ik het begrijp, werd de CIA pas een paar jaar na de oorlog opgericht, maar met de operationele controle over die agenten. Er zijn historische aspecten die sommige leden van de oude garde binnen de CIA liever niet willen oprakelen. En daarbij zijn ze soms tot extreme maatregelen bereid.'

'Neem me niet kwalijk, maar dat geloof ik niet. De CIA vermoordt geen mensen.'

'Nee, nu niet meer,' gaf Lenz toe, met een ondertoon van sarcasme in zijn stem. 'Ze hebben Allende in Chili vermoord en Lumumba in Belgisch Congo, en ze hebben geprobeerd om Castro uit de weg te ruimen. Maar tegenwoordig zijn zulke acties bij de wet verboden. Daarom maken ze gebruik van "uitzendkrachten", zal ik maar zeggen. Ze werken met freelancers, huurlingen, via allerlei onduidelijke bedrijfjes, zodat de moordenaars nooit in verband kunnen worden gebracht met de Amerikaanse overheid.' Hij zweeg. 'De wereld zit ingewikkelder in elkaar dan u schijnt te denken.'

'Maar dat is allemaal al zo lang geleden! Wat doet het er nog toe?'

'Heel veel, als je toevallig een van die oude mannen bent die in de beklaagdenbank terecht kunnen komen,' ging Lenz onverstoorbaar verder. 'We hebben het over oude staatslieden, gepensioneerde diplomaten en andere vooraanstaande figuren die in hun jeugd ooit een tijd bij het Office of Strategic Services hebben gediend. Ze hebben zich nu teruggetrokken in hun bibliotheken om aan hun memoires te werken, maar ze voelen zich niet veilig.' Hij staarde in het heldere vocht in zijn glas, alsof hij daar iets in zag. 'Het zijn mannen die gewend waren aan macht en respect. Ze zitten niet te wachten op onthullingen die hun laatste levensjaren kunnen vergallen. O, natuurlijk maken ze zichzelf wijs dat ze het alleen maar doen voor het vaderland, dat ze opkomen voor de Verenigde Staten. Er wordt zoveel kwaad aangericht uit naam van het algemeen belang. Maar één ding weet ik zeker, meneer Hartman: niemand is zo gevaarlijk als juist die broze oude mannen. Ze beschikken over connecties, ze hebben nog oude rekeningen openstaan. Ze kunnen een beroep doen op de trouw van voormalige protégés. Angstige oude mannen, die vastbesloten zijn met een ongeschonden reputatie het graf in te gaan. Ik zou graag mijn ogen sluiten voor dat scenario, maar ik ken die mannen en ik weet hoe ze zijn. Ik heb al te veel ervaring met de menselijke natuur.'

Ilse kwam weer binnen. Ze had een klein boekje bij zich met een leren band. Op de rug las Ben de naam Hölderlin, in gouden letters. 'Ik zie dat de heren nog bezig zijn,' zei ze.

'U begrijpt zeker wel waarom wij soms wat nerveus reageren,' zei Lenz effen tegen Ben. 'We hebben heel wat vijanden.'

'Mijn man is al zo vaak bedreigd,' zei Ilse. 'Rechtse fanatici zien hem op de een of andere manier als een verrader, de man die de erfenis van zijn vader te schande heeft gemaakt.' Ze glimlachte zonder warmte en trok zich terug in de aangrenzende kamer.

'Daar maak ik me eigenlijk minder zorgen om dan om die zogenaamd redelijke figuren die alleen maar aan hun eigen belangen denken en niet kunnen begrijpen waarom we het verleden niet laten rusten.' Lenz keek Ben scherp aan. 'En die weer vrienden hebben, zoals ik zei, die zich soms tot extreme maatregelen laten verleiden om ervoor te zorgen dat hun gouden jaren hun glans niet verliezen. Maar ik draaf door. U had bepaalde vragen over de periode na de oorlog, vragen waarop u hoopte dat ik het antwoord had.'

Jürgen Lenz bestudeerde de foto, die hij in twee handen hield geklemd. Zijn gezicht stond gespannen. 'Dat is mijn vader,' zei hij. 'Ja.'

'U lijkt op hem,' zei Ben.

'Wat een erfenis, nietwaar?' zei Lenz bitter. Hij was niet langer de charmante, vriendelijke gastheer. Met samengeknepen ogen tuurde hij naar de rest van de foto. 'Lieve god, nee! Dat kan niet waar zijn.' Lijkbleek liet hij zich terugzakken op zijn stoel.

'Wat bedoelt u?' Ben gunde hem geen respijt. 'Wat kunt u me vertellen?'

'Is dit een echte foto?' Dezelfde reactie als van Carl Mercandetti, de historicus.

'Ja.' Ben haalde diep adem, en herhaalde het nog eens, met nadruk: 'Ja.' Het leven van Peter, Liesl en god wist hoeveel anderen stond garant voor de echtheid van die foto.

'Maar Sigma was een mythe! Ouwewijvenpraat! Daar waren we allemaal van overtuigd.'

'Dus u hebt ervan gehoord?'

Lenz boog zich naar voren. 'U moet begrijpen dat er in de chaos van vlak na de oorlog allerlei wilde geruchten de ronde deden. Een ervan was de legende van Sigma, een vaag en mysterieus verhaal. Er zou een soort syndicaat zijn gevormd tussen de belangrijkste industriëlen in de wereld.' Hij wees twee gezichten op de foto aan. 'Mannen als Sir Alford Kittredge en Wolfgang Siebing, de een bewonderd en de ander verguisd, zouden gemene zaak met elkaar hebben gemaakt. Ze zouden elkaar in het geheim hebben ontmoet en een clandestien pact hebben gesloten.'

'En wat was dat voor een pact?'

Lenz schudde moedeloos zijn hoofd. 'Ik wou dat ik het wist, meneer Hartman... mag ik Ben zeggen? Het spijt me, maar ik heb die verhalen nooit serieus genomen. Tot nu toe.'

'En de rol van je vader?'

Weer schudde Lenz langzaam zijn hoofd. 'Daar weet ik te weinig van. Misschien zou Jakob Sonnenfeld daar meer over kunnen vertellen.'

Sonnenfeld... Sonnenfeld. De bekendste nog levende nazi-jager. 'Zou hij me willen helpen?'

'Als belangrijkste financier van zijn instituut,' antwoordde Lenz, 'durf ik ervoor in te staan dat hij zijn best zal doen.' Hij schonk zich nog een hartversterking in. 'Maar we draaien wel om de hete brij heen, nietwaar? Je hebt me nog steeds niet verteld hoe jij bij deze zaak betrokken bent geraakt.'

'Herken je de man naast je vader?'

'Nee,' zei Lenz. Hij tuurde naar de foto. 'Hij lijkt een beetje op... nee, dat kan natuurlijk niet.'

'Jawel. Dat is mijn eigen vader, naast de jouwe.' Bens stem klonk effen en zakelijk.

'Maar dat slaat nergens op!' protesteerde Lenz. 'Iedereen in mijn wereld kent jouw vader. Hij is een vooraanstaand filantroop. Een kracht voor het goede in de wereld. En hij heeft de holocaust overleefd. De man op deze foto lijkt inderdaad op hem... en op jou. Maar het kán eenvoudig niet, dat zei ik al.'

Ben lachte bitter. 'Het spijt me. Maar alle logica hield voor mij op te bestaan toen mijn oude studievriend me in de Bahnhofstrasse in Zürich probeerde te vermoorden.'

Lenz keek verdrietig. 'Hoe heb je dit allemaal ontdekt?'

Ben vertelde Lenz over de gebeurtenissen van de afgelopen dagen, zo nuchter als hij kon.

'Dan weet je dus ook wat het is om in gevaar te verkeren,' zei Lenz plechtig. 'Er moeten schakels zijn, onzichtbare schakels die deze foto met de moorden verbinden.'

Ben kreeg weer een gevoel van wanhoop en frustratie toen hij probeerde te bevatten wat Lenz hem had verteld en alle puzzelstukjes tot een samenhangend geheel trachtte te combineren. Maar het werd hem er niet duidelijker op. Integendeel, de raadsels werden alleen maar groter. Het was om gek van te worden.

Aan een vleugje van haar parfum merkte Ben dat Ilse weer de kamer was binnengekomen.

'Deze jongeman brengt gevaar,' zei ze tegen haar man, met een stem zo stroef als schuurpapier. Ze keek Ben aan. 'Neem me niet kwalijk, maar ik moet het zeggen. U brengt de dood naar dit huis. Mijn man wordt al zoveel jaren bedreigd door extremisten vanwege zijn strijd voor rechtvaardigheid. Het spijt me wat u allemaal is overkomen. Maar u bent roekeloos, zoals alle Amerikanen. U wilt mijn man spreken, maar onder valse voorwendsels, omdat u een persoonlijke vendetta voert.'

'Alsjeblieft, Ilse,' viel Lenz haar in de rede.

'En nu hebt u de dood hier binnen gebracht, als een ongenode gast. Ik zou het op prijs stellen als u mijn huis zou willen verlaten. Mijn man heeft genoeg voor de zaak gedaan. Moet hij nu ook nog zijn leven geven?'

'Ilse is van streek,' zei Lenz verontschuldigend. 'Er zijn aspecten van mijn leven waaraan ze nooit heeft kunnen wennen.'

'Nee,' zei Ben, 'ik denk dat ze helemaal gelijk heeft. Ik heb al veel te veel mensen in gevaar gebracht.' Zijn stem klonk hol.

Ilses gezicht was een masker, haar gelaatsspieren verlamd door angst. '*Gute Nacht*,' zei ze, rustig maar beslist.

'Als je wilt, dan zal ik je graag helpen,' fluisterde Lenz dringend tegen Ben toen hij hem naar de deur bracht. 'Ik zal doen wat ik kan. Mijn connecties inschakelen, contacten leggen. Maar in één ding heeft Ilse gelijk. Je hebt geen idee hoe machtig je tegenstanders zijn. Ik raad je aan om heel voorzichtig te zijn, beste vriend.' Ben herkende iets in de gejaagde blik in Lenz' ogen en na een paar seconden besefte hij dat het dezelfde blik was die hij van Peter had gezien. Het leek alsof bij beide mannen een passie voor gerechtigheid was vermalen tussen ongelooflijke krachten, maar toch was die vonk nog altijd duidelijk zichtbaar.

Ben verliet Lenz' huis in een soort trance. Dit alles dreigde hem boven het hoofd te groeien. Waarom kon hij niet gewoon toegeven dat hij machteloos stond, dat hij niet was toegerust voor een taak die ook zijn broer te machtig was gebleken? De feiten die hij inmiddels had vastgesteld sneden diep in zijn ziel, als glasscherven onder zijn voeten. Max Hartman: filantroop, overlevende van de holocaust, strijder voor het goede... Was hij in werkelijkheid medeplichtig geweest aan zo'n barbaarse onmenselijkheid, net als Gerhard Lenz? Het was een gedachte om misselijk van te worden. Zou Max zelfs de hand hebben gehad in Peters dood? Was hij de man achter de moord op zijn eigen zoon?

Was hij daarom zo plotseling verdwenen? Gevlucht voor zijn eigen ontmaskering? En wat was de duistere rol van de CIA? Hoe had een Obersturmführer van Hitlers SS naar Amerika kunnen emigreren om zich daar te vestigen als hij geen hulp had gekregen van de Amerikaanse overheid? Waren het zijn oude bondgenoten, zijn – letterlijk – oude vrienden die achter deze afschuwelijke gebeurtenissen zaten? Was het mogelijk dat ze uit naam van zijn vader opereerden, om hem en zichzelf te beschermen, zonder dat de oude man het misschien zelf wist?

Je praat over dingen waar je niets van begrijpt, had zijn vader gezegd. Maar hij had half tegen Ben en half langs hem heen gesproken.

Ben was ten prooi aan tegenstrijdige emoties. Een deel van hem, de toegewijde, loyale zoon, wilde graag geloven dat er een andere verklaring was. Daar had hij al op gehoopt sinds hij Peters ontstellende onthullingen had gehoord. Hij zocht wanhopig naar een reden om te kunnen ontkennen dat zijn vader een... een monster was.

Hij hoorde weer de fluisterende stem van zijn moeder, vlak voor haar dood, toen ze hem smeekte om het te begrijpen, de breuk te helen, het contact te herstellen. Om weer te gaan houden van die moeilijke, complexe man die Max Hartman heette. Intussen omhelsde een ander deel van Ben juist de heldere waarheid.

Ik heb zo mijn best gedaan om je te begrijpen, klootzak! schreeuwde Ben van binnen. *Ik heb geprobeerd van je te houden. Maar zo'n bedrog, zo'n smerig leven... hoe kan ik nog iets anders voor je voelen dan een diepe haat?*

Hij had zijn auto weer op grote afstand van Lenz' huis geparkeerd, zodat niemand het nummerbord met hemzelf in verband zou kunnen brengen. Dat was tenminste de reden geweest toen hij dacht dat Jürgen Lenz nog tot de samenzweerders behoorde.

Hij liep het pad af voor Lenz' huis. Vlak voordat hij de straat bereikte, zag hij uit zijn ooghoek een lichtje gaan branden. Het was het interieurlampje van een auto, een paar meter bij hem vandaan. Iemand stapte uit die auto en kwam naar hem toe.

Trevor zag licht aan de overkant en draaide zijn hoofd om. De voordeur ging open. Het doelwit stond te praten met een wat oudere heer – Jürgen Lenz, veronderstelde hij. Trevor wachtte tot de twee mannen elkaar de hand hadden gedrukt en het doelwit het pad afliep, voordat hij uit zijn auto stapte.

24

'Zoek dat kenteken eens op,' zei Heisler via de politieradio. Hij draaide zich om naar Anna. 'Als hij niet bij jullie hoort en niet bij ons, bij wie dan wel? U hebt toch wel een vermoeden?'

'Iemand die het huis in de gaten houdt, net als wij,' zei ze. 'En dat bevalt me niets.'

En dat was niet het enige, dacht ze. Moest ze Heisler op de hoogte brengen van haar verdenkingen tegen Hartman? Maar dat waren halfbakken gissingen, meer niet. Het was heel goed mogelijk dat Hartman niet naar Lenz was gegaan om hem te vermoorden, maar om informatie te krijgen over de verblijfplaats van de oude vrienden van zijn vader.

Maar toch... Ze hadden voldoende juridische gronden om de villa te bestormen. Stel dat op dit moment een vooraanstaande burger van Wenen werd vermoord terwijl zij allemaal het huis bewaakten? Dat zou een geweldig schandaal kunnen worden – sterker nog, een internationaal incident. Waarvoor zij, en niemand anders, verantwoordelijk zou zijn.

Heisler stoorde haar in haar overpeinzingen. 'Loop eens langs die auto en kijk naar het gezicht van die man,' zei hij. Het klonk niet als een verzoek maar als een bevel. 'En zorg ervoor dat u zelf niet wordt herkend.'

Ze stemde toe omdat ze het zelf ook wilde weten.

'Ik heb een wapen nodig,' zei ze.

Heisler gaf haar zijn pistool. 'U hebt dit meegenomen van de vloer van de auto. Daar had ik het blijkbaar laten liggen. U hebt het niet van mij gekregen.'

Ze stapte uit en liep in de richting van Lenz' villa.

De voordeur van het huis ging open. Twee mannen stonden te praten in de deuropening, een jonge man en een wat oudere. Hartman en Lenz. Lenz leefde dus nog, constateerde Anna opgelucht.

De twee mannen schudden elkaar hartelijk de hand. Toen draaide Hartman zich om en liep het pad af naar de straat.

Opeens ging er een lampje aan in de Peugeot. De bestuurder stapte uit, met een regenjas over zijn rechterarm. Op dat moment zag Anna voor het eerst zijn gezicht.

Zijn gezicht! Ze kende dat gezicht. Ze had het eerder gezien. Maar waar?

De man met de regenjas over zijn arm sloeg zijn portier dicht toen Hartman de straat bereikte, nog geen vijf meter bij hem vandaan. Heel even zag Anna de man *en profil*. Het bracht een oude herinnering bij haar boven. Een profielopname. Ze had ooit een foto van hem gezien. Van voren en van opzij. En ze had er een onplezierige associatie bij, een gevoel van onheil.

Politiefoto's. Op haar werk. Foto's van slechte kwaliteit, van voren en van opzij genomen. Een crimineel.

Ze wist het weer. Ze had die foto's een of twee keer gezien tijdens de wekelijkse briefing van de inlichtingendiensten.

Het waren geen politiefoto's in strikte zin, maar surveillancefoto's die van een afstand waren genomen en daarna vergroot – vandaar de slechte, korrelige kwaliteit.

Ja. Geen gewone crimineel, natuurlijk. Een huurling. De man was een internationale huurmoordenaar, en een van de besten in zijn vak. Er was niet veel bekend over hem, behalve wat fragmentarische bewijzen. Over zijn opdrachtgevers – aangenomen dat hij geen freelancer was – wist niemand iets. Maar de aanwijzingen waarover ze beschikten wezen in de richting van een persoon of groep met aanzienlijke middelen en een groot bereik. In gedachten zag Anna nog een andere foto: het lichaam van een vakbondsleider in Barcelona, die door hem zou zijn vermoord. Dat beeld was in haar herinnering blijven hangen, misschien vanwege de manier waarop het bloed over de voorkant van het hemd van het slachtoffer was gedropen, als een stropdas. Het beeld maakte plaats voor een volgende foto: een populaire politieke kandidaat in Zuid-Italië, de leider van een nationale hervormingsgezinde beweging. De moord was aanvankelijk in de schoenen geschoven van de maffia, maar later op grond van schaarse aanwijzingen op het conto geschreven van de man die ze alleen maar kenden als de Architect. De politicus, die al was bedreigd door de georganiseerde misdaad, was goed beschermd geweest, herinnerde Anna zich. En de moord was briljant uitgevoerd, niet alleen technisch gesproken, maar ook politiek gezien. De politicus was doodgeschoten in een bordeel met illegale meisjes uit Somalië, een pijnlijke situatie die voorkwam dat het slachtoffer door zijn aanhangers tot martelaar kon worden gemaakt.

De Architect. Een internationale huurmoordenaar van de eerste categorie. En Hartman was zijn doelwit.

Ze probeerde het te begrijpen. Hartman voerde een persoonlijke vendetta. Maar die andere man?

O, god. Wat doe ik nu? Proberen de moordenaar te arresteren?

Ze hield de portofoon bij haar lippen en drukte op de zendknop.

'Ik ken die vent,' zei ze tegen Heisler. 'Hij is een professionele huurmoordenaar. Ik zal proberen hem uit te schakelen. Jullie gaan achter Hartman aan.'

'Neem me niet kwalijk,' riep de man naar Ben, terwijl hij haastig naar hem toekwam.

Er klopte iets niet aan de man, dacht Ben. Er was iets vreemds met hem. Die jas die hij over zijn rechterarm had gevouwen. De haast waarmee hij naar hem toe liep. En het gezicht... Hij kende dat gezicht. Hij zou het nooit meer vergeten.

Ben stak zijn rechterhand onder de linkerrevers van zijn jasje, tastte naar het kille, harde staal van het pistool en voelde een wurgende angst.

Ze moest Hartman levend in handen krijgen. Aan een dode Hartman had ze niets.

De moordenaar stond op het punt om toe te slaan, daar was ze zeker van. Opeens leek het een ingewikkelde afweging. Vanuit haar standpunt bekeken was het beter als Hartman, haar verdachte, de dans zou ontspringen. De anderen moesten maar proberen hem in zijn kraag te grijpen. Ze richtte Heislers Glock.

De huurmoordenaar leek haar niet te hebben opgemerkt. Hij concentreerde zich volledig op Hartman. Uit haar opleiding wist Anna dat hij zich liet verleiden tot de grootste fout van de professional: een fixatie op het doelwit. Hij was zich niet langer bewust van zijn omgeving. Grote katten zijn het meest kwetsbaar voor een jager op het moment dat ze zich gereedmaken om een prooi te bespringen. Misschien was dat de kans die ze nodig had. Ze moest hem heel even uit zijn concentratie halen, heel even zijn aandacht afleiden.

'Blijf staan!' riep ze. 'Geen beweging, godverdomme!'

Ze zag dat Hartman zich omdraaide en haar aanstaarde. De moordenaar keek snel naar links, maar draaide zich niet om. Hij hield zijn katachtige blik op Hartman gericht.

Anna richtte de Glock op de romp van de moordenaar, het middelpunt van zijn massa. Het was een reflex; ze was getraind om mensen te doden, niet te verwonden.

Maar wat deed hij nu? De moordenaar had zich weer naar Hartman gekeerd, die opeens zelf een pistool in zijn hand had, zag Anna.

De Architect had zijn doelwit voor de loop. Wie er ook had geroepen, het kon geen directe bedreiging zijn, veronderstelde hij. Bovendien had hij zijn eigen afweging al gemaakt. Als hij zich omkeerde om de vrouw te confronteren – wie ze ook mocht zijn – zou hij zijn doelwit uit het oog verliezen, en dat mocht niet gebeuren. Toch draaide hij zich om, onverwachts. Anna had hem verkeerd ingeschat.

Met de bijna bovennatuurlijke soepelheid van een balletdanser beschreef hij een pirouette, honderdtachtig graden, balancerend op zijn voorvoet, met zijn pistool in zijn gestrekte arm, terwijl hij achter elkaar bleef vuren, met tussenpozen van een fractie van een seconde. Het wapen bokte nauwelijks in zijn krachtige greep. Pas toen Anna opzij keek, besefte ze wat hij had aangericht. Lieve god! Een seconde geleden hadden vier Weense politiemensen nog hun wapen op hem gericht gehad. Nu waren ze alle vier neer! Elk van zijn schoten had doel getroffen. De vier politiemannen waren uitgeschakeld!

Het was een adembenemende executie, een staaltje vakmanschap dat Anna haar hele leven nog nooit had meegemaakt. Een geweldige angst greep haar bij de keel. Ze hoorde de paniek, het gerochel en het kermen van de hulpeloze slachtoffers.

De man was een professional. Hij had besloten eerst alle obstakels uit de weg te ruimen voordat hij zich weer om zijn doelwit bekommerde. En Anna was zijn laatste sta-in-de-weg.

Op het moment dat de arm met het pistool haar kant op kwam, had Anna haar wapen echter al gericht. Ze hoorde Hartman roepen. Nu was het haar beurt om zich volledig te concentreren. Ze haalde de trekker over.

Voltreffer! De moordenaar ging tegen de vlakte en zijn pistool kletterde tegen de grond. Ze had hem neergeschoten. Maar was hij dood?

Het was een geweldige chaos. Hartman, de verdachte, stormde de straat uit. Maar Anna wist dat de omgeving aan twee kanten was afgezet door de politie. Ze rende naar de neergeschoten man toe, griste zijn wapen van de grond en sprintte achter Hartman aan.

Ze hoorde het gekerm van de overlevenden en andere kreten in het Duits, die haar niets zeiden.

'*Er steht auf!*'

'*Er lebt, er steht!*'

'*Nein, nimm den Verdächtigen!*'

Verderop in de straat was Hartman recht in de armen gelopen van de agenten van het surveillanceteam, die klaarstonden met hun wapens in de aanslag. Anna hoorde nog meer geroep:

'*Halt! Keinen Schritt weiter!*'

'*Polizei! Sie sind verhaftet!*'

Maar een geluid achter haar, vanaf de plaats waar de moordenaar lag, trok haar aandacht. Ze draaide zich om, nog net op tijd om te zien dat de moordenaar zich wankelend achter het stuur van zijn Peugeot liet zakken en het portier achter zich dichtsloeg. Hij was gewond, maar hij leefde nog, en hij probeerde weg te komen!

'Hé!' riep ze, tegen wie dan ook. 'Houd hem tegen! Die Peugeot! Laat hem niet ontsnappen!'

Ze hadden Hartman nu te pakken. Hij was omsingeld door vijf Oostenrijkse politiemensen. Daar hoefde ze niet meer op te letten. Dus rende ze naar de Peugeot toe, op het moment dat de moordenaar de motor startte. De wagen kwam recht op haar af.

De paar keer dat ze het had aangedurfd om de hele scène met de Lincoln Town Car in Halifax nog eens te beleven, had ze gefantaseerd dat ze een pistool had gehad om het vuur te openen op de bestuurder. Dat pistool had ze nu en ze schoot het leeg op de man. Maar ze veroorzaakte alleen wat gaten en spinnenwebben in de voorruit, en de auto kwam steeds dichterbij. Op het laatste moment sprong Anna opzij en de Peugeot stormde met piepende banden langs haar heen, de straat door. Rakelings scheerde hij langs twee verlaten politiewagens – alle inzittenden stonden al op straat – en verdween uit het gezicht. Hij was ontkomen!

'Shit!' schreeuwde ze en draaide zich toen om naar Hartman, die zijn handen in de lucht had gestoken.

Volkomen ontdaan rende ze terug naar haar verdachte, die door de Oostenrijkers was aangehouden.

25

Patiënt Achttien jogde in rustig tempo op een loopband. In zijn mond had hij een soort snorkel, die was verbonden met twee lange slangen. Zijn neus werd dichtgehouden door een klem. Op zijn gerimpelde, ingevallen blote borst waren twaalf draden bevestigd, die uitkwamen bij een ECG-monitor. Een andere draad liep vanuit een klein apparaatje dat om de top van zijn wijsvinger zat geklemd. Hij zweette hevig en zag bleek.

'Hoe gaat het?' vroeg de dokter, een lange man met een grauw gezicht.

De patiënt kon geen woord uitbrengen, maar stak een bevende duim omhoog.

'Vergeet niet dat u een paniekknop hebt, vlak voor u,' zei de arts. 'Die kunt u gebruiken als het nodig is.'

Patiënt Achttien jogde verder.

'We zijn nu op maximale inspanningscapaciteit, dacht ik,' zei de dokter tegen zijn kleine, mollige collega. 'Zo te zien is zijn zuurstofopname nog voldoende. Hij zit boven niveau één. Geen tekenen van ischemie. Een sterke constitutie. Goed, laten we hem de rest van de dag maar vrij geven. Morgen kan hij met de kuur beginnen.'

Voor het eerst die dag stond de dokter met het grauwe gezicht zichzelf een glimlach toe.

Princeton, New Jersey
De eminente oude historicus van Princeton zat te werken in zijn studeerkamer in Dickinson Hall toen de telefoon ging.

Alles in de kamer van professor John Barnes Godwin dateerde

uit de jaren veertig of vijftig, van de zwarte draaischijftelefoon en de eikenhouten systeemkaartenkast tot de ouderwetse Royal-schrijfmachine (hij hield niet van computers). Zo vond hij het prettig. Hij hield van de vormgeving van die oude dingen, de stevige constructie uit de tijd dat gebruiksvoorwerpen nog werden gemaakt van bakeliet, hout en staal, in plaats van plastic, plastic en plastic.

Toch was hij niet zo'n oude man die alleen maar in het verleden leefde. Hij hield van de moderne wereld. Hij had graag gewild dat zijn lieve Sarah, met wie hij zevenenvijftig jaar getrouwd was geweest, die wereld nog met hem had kunnen delen. Ze waren altijd van plan geweest om veel te reizen als hij met emeritaat zou gaan.

Godwins vakgebied was de geschiedenis van Europa in de twintigste eeuw. Hij had de Pulitzerprijs gewonnen en zijn colleges waren immens populair geweest op Princeton. Van zijn voormalige studenten bekleedde een flink aantal nu hoge posities op hun eigen terrein. De president van de Amerikaanse centrale bank was een van zijn beste studenten geweest, evenals de voorzitter van WorldCom, de minister van Defensie en zijn onderminister, de Amerikaanse ambassadeur bij de Verenigde Naties, talloze leden van de Economische Adviesraad en zelfs de huidige voorzitter van het Republikeins Nationaal Comité.

Professor Godwin schraapte zijn keel voordat hij opnam. 'Hallo?'

De stem was meteen bekend.

'O ja, meneer Holland. Blij u te horen. De bijeenkomst gaat nog door, hoop ik?'

Hij luisterde even. 'Natuurlijk ken ik hem. Hij was een van mijn studenten... Nou, als u mijn mening wilt weten, ik herinner me hem als een charmante maar enigszins koppige jongeman, heel intelligent maar geen intellectueel, althans niet geïnteresseerd in ideeën omwille van de ideeën zelf. Een sterk moreel besef, die indruk had ik wel. Maar Ben Hartman kwam altijd heel redelijk en evenwichtig op me over.'

Hij luisterde weer. 'Nee, niet iemand voor een kruistocht. Dat past niet bij zijn karakter. En zeker geen martelaar. Volgens mij valt er goed met hem te praten.'

Nog een stilte.

'Nou, niemand van ons zou willen dat het project gevaar loopt. Maar ik hoop dat u die jongen een kans wilt geven. Ik zou het heel vervelend vinden als hem iets overkwam.'

Wenen

Het verhoorkamertje was koud en kaal, met de standaardinrichting van verhoorcellen op alle politiebureaus waar ook ter wereld. Hij begon al bijna een expert te worden, dacht Ben grimmig. De doorkijkspiegel was zo groot als een slaapkamerraam van een eengezinshuis. Subtiel was anders. Er zaten tralies voor het enige raam, dat uitkeek op een troosteloze binnenplaats.

Tegenover hem in het kamertje zat de Amerikaanse vrouw in een grijs pakje, gespannen als een veer op het metalen klapstoeltje. Ze had zich voorgesteld als speciaal agent Anna Navarro van het Office of Special Investigations – een afdeling van het Amerikaanse ministerie van Justitie – en hem een pasje laten zien als bewijs. Ze was een knappe meid, een echte schoonheid: lang, slank, met golvend donkerbruin haar, karamelkleurige ogen, een olijfkleurige huid en lange benen. En goed gekleed, met gevoel voor stijl, wat bij Justitie een uitzondering moest zijn. Toch was ze strikt zakelijk, zonder een spoor van een glimlach. Geen ring, dus waarschijnlijk gescheiden, want zulke knappe vrouwen werden meestal al vroeg verschalkt, ongetwijfeld door zo'n charmante collega-rechercheur met een vierkante kin, die haar had ingepalmd met stoere verhalen over zijn onbevreesde optreden tegen allerlei gevaarlijk volk... totdat het huwelijk was bezweken onder de stress van een zware overheidscarrière...

Op de klapstoel naast haar zat een zwaargebouwde smeris, een echte gorilla, die zwijgend en somber de ene Casablanca na de ander opstak. Ben had geen idee of de man Engels sprak. Hij had alleen zijn naam genoemd: brigadier Walter Heisler van het *Sicherheitsbüro*, de afdeling zware delicten van de Weense politie.

Toen het verhoor een halfuur onderweg was, begon Ben ongeduldig te worden. Hij had geprobeerd om redelijk en verstandig te blijven, maar zijn ondervragers wisten van geen ophouden. 'Sta ik onder arrest?' vroeg hij ten slotte.

'Wilt u dat?' snauwde Navarro terug.

Jezus, bleef dat zo?

'Heeft ze het recht om dit te doen?' vroeg Ben aan de grote Weense smeris, die zwijgend doorrookte en hem met koeienogen aanstaarde.

Stilte.

'Nou?' vroeg Ben. 'Wie heeft hier de leiding?'

'Zolang u antwoord geeft op mijn vragen, is er geen reden om u te arresteren,' zei agent Navarro. 'Nog niet.'

'Dus ik kan gaan?'

'U wordt vastgehouden voor ondervraging. Wat had u te zoeken bij Jürgen Lenz? Dat hebt u me nog steeds niet uitgelegd.'

'Een sociaal bezoekje, zoals ik al zei. Vraag het Lenz maar.'

'Bent u in Wenen voor ontspanning of voor zaken?'

'Allebei.'

'U hebt geen zakelijke afspraken hier. Is dat uw idee van een zakenreis?'

'Ik neem spontane beslissingen.'

'U had een reservering voor vijf dagen in een wintersporthotel in de Zwitserse Alpen, maar daar bent u nooit komen opdagen.'

'Ik heb me bedacht.'

'Waarom geloof ik dat nou niet?'

'Geen idee. Ik had opeens meer zin in Wenen.'

'En dus verscheen u in Wenen zonder een hotelreservering.'

'Ik ben graag spontaan, dat zei ik al.'

'Juist,' zei agent Navarro, duidelijk gefrustreerd. 'En uw bezoek aan Gaston Rossignol in Zürich... was dat ook zakelijk?'

God, dus dat wist ze ook al! Maar hoe? Hij voelde een golf van paniek opkomen.

'Hij was een vriend van een vriend.'

'En zo behandelt u de vrienden van uw vrienden – door ze te vermoorden?'

Jezus. 'Hij was al dood toen ik daar kwam!'

'O ja?' zei Navarro sceptisch. 'Verwachtte hij u?'

'Nee. Ik kwam zomaar langs.'

'Omdat u graag spontaan bent.'

'Ik wilde hem verrassen.'

'Maar hij verraste ú, nietwaar?'

'Dat was schrikken, ja.'

'Hoe was u bij Rossignol gekomen? Wie had u met hem in contact gebracht?'

Ben aarzelde, een seconde te lang. 'Dat zeg ik liever niet.'

Ze ging erop door. 'Omdat hij helemaal geen gemeenschappelijke kennis was, geen vriend van een vriend. Wat was de relatie tussen Rossignol en uw vader?'

Wat bedoelde ze daar in godsnaam mee? Hoeveel wist ze precies? Ben keek haar scherp aan.

'Ik zal je wat zeggen,' zei Anna Navarro droog. 'Ik ken jouw soort. Een rijk jochie dat altijd alles heeft gekregen wat hij wilde. En als je in de penarie kwam, was pappa er wel om je te helpen. Of anders de advocaat van de familie. Je bent gewend om in alles je zin te krijgen, zonder ooit de prijs te betalen. Nou, beste vriend, dat is nu afgelopen.'

Ben grijnsde onwillekeurig, maar hij liet zich niet op de kast jagen. Die voldoening gunde hij haar niet.

'Uw vader heeft de holocaust overleefd, nietwaar?' ging ze verder. *Dus ze wist niet alles.*

Ben haalde zijn schouders op. 'Dat heb ik gehoord, ja.' Hij was niet van plan haar de waarheid te vertellen.

'En Rossignol was een vooraanstaande Zwitserse bankier, nietwaar?' Ze hield hem scherp in de gaten.

Waar wilde ze naar toe? 'Dus daarom lagen u en al die Oostenrijkse politiemensen voor Lenz' huis op de loer,' zei hij. 'Om mij te arresteren.'

'Niet helemaal,' zei de Amerikaanse koeltjes. 'Om met u te praten.'

'Dat had u ook gewoon kunnen vrágen. Daar had u de halve Weense politiemacht niet voor nodig. U zou mij graag de moord op Rossignol in de schoenen schuiven, durf ik te wedden. Dan komt de CIA er zonder kleerscheuren af. Of hebben jullie bij Justitie juist de pest aan de CIA? Misschien haal ik de dingen door elkaar.'

Agent Navarro boog zich naar voren met een harde blik in haar zachte bruine ogen. 'Waarom droeg u een wapen?'

Ben aarzelde een paar seconden. 'Als bescherming.'

'O ja?' Geen vraag, maar een sceptisch commentaar. 'Hebt u een wapenvergunning voor Oostenrijk?'

'Dat lijkt me een zaak tussen mij en de Oostenrijkse autoriteiten.'

'De Oostenrijkse autoriteiten zitten hier naast me. Als mijn collega besluit u aan te houden wegens verboden wapenbezit, zal ik hem geen strobreed in de weg leggen. In Oostenrijk zijn ze niet gesteld op buitenlanders met illegale wapens.'

Ben haalde zijn schouders op. Ze had wel gelijk, natuurlijk. Maar dat leek de minste van zijn zorgen op dit moment.

'Ik zal u iets zeggen, meneer Hartman,' zei agent Navarro. 'Ik vind het nogal vreemd dat u een pistool bij u had om een "vriend van een vriend" te bezoeken. Vooral omdat uw vingerafdrukken overal bij Rossignol thuis zijn aangetroffen. Begrijpt u?'

'Nee, niet echt. Wilt u beweren dat ik hem heb vermoord? Waarom zegt u dat dan niet gewoon?' Zijn ademhaling ging zwaar en hij voelde de spanning oplopen.

'De Zwitsers denken dat uw broer een vendetta voerde tegen de Zwitserse bankwereld. Misschien is er iets in u geknapt toen hij verongelukte en hebt u besloten zijn kruistocht voort te zetten door nog veel harder toe te slaan. Uw motief lijkt me wel duidelijk. En bovendien hebben we uw vingerafdrukken. Ik denk dat een Zwitserse rechtbank voldoende bewijzen zou hebben om u te veroordelen.'

Dacht ze echt dat hij Rossignol had vermoord? Maar waarom was een speciaal agent van het Amerikaanse ministerie van Justitie daar zo in geïnteresseerd? Hij had geen idee hoeveel macht ze werkelijk had of hoe ernstig zijn problemen waren, en die onzekerheid maakte hem nerveus. Maar hij mocht zich niet in de verdediging laten drukken. Hij moest terugvechten.

Ben leunde naar achteren. 'U hebt geen enkel gezag hier.'

'Daar hebt u gelijk in. Maar dat heb ik ook niet nodig.'

Wat bedoelde ze daar nu weer mee, verdomme? 'Wat wilt u dan van me?'

'Informatie. Ik wil de werkelijke reden weten waarom u naar Rossignol bent gegaan. En naar Jürgen Lenz. Ik wil weten wat u werkelijk in uw schild voert, meneer Hartman.'

'En als ik geen zin heb u dat te vertellen?' Hij probeerde een zelfverzekerde toon aan te slaan.

Ze hield haar hoofd schuin. 'Wilt u weten wat er dan gaat gebeuren? Vooruit, waarom waagt u de gok niet?'

Jezus, ze was wel goed, dacht Ben. Hij haalde diep adem. De muren leken op hem af te komen. Maar hij hield zijn gezicht in de plooi en liet niets merken.

'Weet u dat er een arrestatiebevel tegen u is uitgevaardigd in Zwitserland?'

Ben haalde zijn schouders op. 'Dat is onzinnig.' Hij besloot dat het tijd werd voor wat verontwaardiging en agressiviteit – de woede van een onterecht gearresteerde Amerikaan. 'Misschien ken ik de Zwitsers een beetje beter dan u. Om te beginnen wordt daar al een arrestatiebevel tegen je uitgevaardigd als je op straat je kauwgom uitspuwt. En in de tweede plaats is er geen enkele kans op uitlevering.' Dat wist hij al uit zijn gesprekken met Howie. 'Het kanton Zürich heeft de grootste moeite om de medewerking te krijgen van de politie in de andere Zwitserse kantons. En het feit dat de Zwitsers een reputatie hebben in het liefdevol opvangen van belastingontduikers, betekent dat andere landen in principe elk Zwitsers uitleveringsverzoek negeren.' Dat waren Howies woorden en hij citeerde ze letterlijk, terwijl hij haar strak aankeek. Ze moest goed beseffen dat hij zich niet liet overbluffen. 'De politie van Zürich wil me alleen maar oppakken voor een "verhoor". Ze pretenderen niet eens dat ze een zaak tegen me hebben. Dus probeer me geen verhaaltjes op de mouw te spelden.'

Ze boog zich naar hem toe. 'Het is bekend dat uw broer een dossier probeerde aan te leggen tegen de Zwitserse bankwereld. Gaston Rossignol was een belangrijke Zwitserse bankier. U brengt hem een bezoekje en hij wordt vermoord. Opeens duikt u in Wenen op bij de zoon van een beruchte nazi, terwijl uw vader in een nazi-concentratiekamp heeft gezeten. Dat wekt sterk de indruk dat u met een kruistocht bezig bent.'

Dus dat was het. Misschien maakte het inderdaad die indruk op iemand die niet wist hoe het werkelijk zat. Maar Ben kon haar de waarheid niet vertellen!

'Dat is belachelijk!' snauwde hij. 'Ik wil niet eens ingaan op uw fantasieën over vendetta's en geweld. U hebt het over Zwitserse bankiers. Ik doe zaken met die mensen, agent Navarro. Dat is mijn werk! De internationale financiële wereld is geen omgeving voor gewelddadige aanslagen, gelooft u me. Je kunt daar hooguit gewond raken door je aan papier te snijden.'

'Kunt u dan uitleggen wat er op de Bahnhofplatz is gebeurd?'

'Dat kan ik niet. Daar heb ik met de Zwitserse politie al uitvoerig over gesproken.'

'En kunt u me uitleggen hoe u Rossignol hebt gevonden?'

Ben schudde zijn hoofd.

'En de anderen? Toe nou. Ik wil weten hoe u achter hun namen en hun verblijfplaatsen bent gekomen.'

Ben keek haar zwijgend aan.

'Waar was u woensdag?'

'Dat kan ik me niet herinneren.'

'Toch niet in Nova Scotia, toevallig?'

'Als ik me niet vergis, werd ik toen gearresteerd in Zürich,' antwoordde hij scherp. 'Dat kunt u navragen bij uw vrienden van de Zwitserse politie. Ik word graag gearresteerd in elk land dat ik bezoek. Het is de beste manier om de plaatselijke gebruiken te leren kennen.'

Ze negeerde zijn sarcasme. 'En waarom werd u gearresteerd?'

'Dat weet u net zo goed als ik.'

Navarro draaide zich om naar haar sombere kompaan, die een rookwolk uitblies en Ben toen aankeek. 'De afgelopen dagen bent u zelf een paar keer bijna vermoord. Ook vandaag nog...'

Ondanks zijn doffe angst en onrust voelde hij tot zijn verbazing toch een warme dankbaarheid. 'U hebt mijn leven gered. Daar moet ik u voor bedanken, denk ik.'

'Reken maar,' antwoordde ze. 'Maar waarom denkt u dat iemand u wilde vermoorden? Wie was er op de hoogte van uw plannen?'

Leuk geprobeerd, dame. 'Geen idee.'

'Natuurlijk hebt u een vermoeden.'

'Sorry. Misschien kunt u beter aan uw vriendjes van de CIA vragen wat ze proberen in de doofpot te stoppen. Of doet uw eigen afdeling daar misschien aan mee?'

'Meneer Hartman, uw tweelingbroer is in Zwitserland om het leven gekomen bij een hoogst verdacht vliegtuigongeluk. De afgelopen tijd bent u zelf betrokken geweest bij schietpartijen in dat land. De dood lijkt om u heen te hangen als een goedkoop parfum. Wat moet ik ánders denken?'

'U denkt maar wat u wilt. Ik ben nergens schuldig aan.'

'Dan vraag ik het u nog één keer: hoe hebt u hun namen en verblijfplaatsen ontdekt?'

'Van wie?'

'Rossignol en Lenz.'

'Via wederzijdse kennissen, dat zei ik al.'

'Ik geloof u niet.'

'U mag geloven wat u wilt.'

'Wat houdt u achter? Waarom speelt u geen open kaart met me, meneer Hartman?'

'Sorry. Ik heb niets te verbergen.'

Agent Navarro sloeg eerst haar welgevormde benen over elkaar en zette ze toen weer recht. 'Meneer Hartman,' zei ze met een vermoeide zucht, 'ik zal u een voorstel doen. Als u meewerkt, zal ik proberen u van de Zwitserse en Oostenrijkse politie te verlossen.'

Meende ze dat? Zijn wantrouwen was bijna een reflex geworden. 'Dat lijkt me een loze belofte van iemand die juist alle moeite doet me de plaatselijke politie op mijn dak te sturen. Maar ik begrijp dat ik hier niet langer hoef te blijven?'

Ze keek hem zwijgend aan en kauwde op de binnenkant van haar wang. 'Nee.' Ze haalde een visitekaartje te voorschijn, schreef iets op de achterkant en gaf het hem. 'Als u van gedachten verandert, is dit mijn hotel in Wenen.'

Het was voorbij. Goddank. Hij haalde diep adem en voelde de

lucht diep in zijn longen stromen. De spanning verdampte.

'Het was me een genoegen, agent Navarro,' zei Ben, terwijl hij opstond. 'En nogmaals bedankt dat u mijn leven hebt gered.'

26

De pijn was heftig en overweldigend. Een andere man zou het bewustzijn hebben verloren. Trevor deed een beroep op zijn sterke concentratievermogen en schreef de pijn aan een ander lichaam toe: een levendig gefantaseerde dubbelganger, een ander dan hij, die zat te krimpen van de pijn. Op de been gehouden door niets anders dan zuivere wilskracht reed hij door de straten van Wenen naar een gebouw in de Taborstrasse.

Pas op dat moment herinnerde hij zich dat de Peugeot gestolen was – hij dacht erg traag, dat vond hij nog het meest zorgwekkend – en reed vijf straten verder. Daar liet hij de auto achter, met de sleuteltjes in het contact. Misschien zou een of andere idioot hem stelen en gevangen worden in het grote sleepnet dat de politie ongetwijfeld over de stad zou leggen.

Hij hinkte de straat door, zonder acht te slaan op de bevreemde blikken van de voorbijgangers. Hij wist dat het jasje van zijn pak doordrenkt was met bloed. Hij droeg zijn regenjas eroverheen, maar ook die begon doorweekt te raken. Trevor verloor veel bloed en voelde zich licht in het hoofd.

Toch wist hij de Taborstrasse te bereiken. Op de begane grond was een kantoor met een koperen plaatje naast de deur: DR. THEODOR SCHREIBER, HUISARTS EN INTERNIST.

De praktijk was donker en er kwam geen reactie toen hij aanbelde; geen wonder, want het was acht uur 's avonds en dokter Schreiber hield normale werktijden aan. Maar Trevor hield zijn vinger op de bel. Schreiber woonde in de flat achter de praktijk en de bel ging daar ook over.

Na vijf minuten ging het licht aan in de praktijk en klonk een stem door de luidspreker van de intercom: 'Ja?' Luid en geïrriteerd.

'Dr. Schreiber, es ist Christoph. Es ist ein Notfall.'

De voordeur ging automatisch open, gevolgd door de deur in het halletje, die ook was voorzien van een koperen plaatje met de naam van de arts.

Dr. Schreiber was niet blij. 'Ik zat net te eten,' zei hij streng. 'Ik hoop dat het dringend is...' Hij zag het bloed op de regenjas. 'Goed,

goed. Kom maar mee.' De arts draaide zich om en liep terug naar de spreekkamer.

Dr. Schreiber had een zuster die al tientallen jaren in Dresden in Oost-Duitsland woonde. Tot aan de val van de muur had dat geografische toeval – Schreiber was in 1961 uit Oost-Berlijn gevlucht, terwijl zijn zuster gedwongen was achtergebleven – de Oost-Duitse inlichtingendienst genoeg macht geven over de arts die nu in Wenen woonde.

De Stasi had echter niet geprobeerd hem te chanteren of een spion van hem te maken, voor zover een arts zou kunnen spioneren. Nee, de geheime dienst had een veel alledaagsere opdracht voor hem. In noodgevallen moest hij klaarstaan als arts om Stasi-agenten in Oostenrijk te helpen. Zoals in zoveel landen waren artsen ook in Oostenrijk verplicht om schotwonden aan de politie te melden. Dr. Schreiber was veel discreter en hield zijn mond als er een gewonde Stasi-agent bij hem op de stoep stond, meestal midden in de nacht.

Trevor, die jarenlang als Stasi-illegaal in Londen had gewoond voordat hij door Sigma was gerekruteerd, was zo nu en dan ook naar Wenen gestuurd, onder de dekmantel van een zakenreis. Twee keer had hij gebruik moeten maken van de diensten van de brave dokter.

Hoewel de koude oorlog allang voorbij was en Schreiber min of meer was verlost van zijn heimelijke collaboratie met Oost-Duitsland, twijfelde Trevor er niet aan dat de arts hem zou helpen. Schreiber kon nog altijd worden vervolgd voor zijn hand- en spandiensten aan de Stasi, en dat risico zou hij niet willen nemen.

Die kwetsbaarheid belette de arts echter niet zijn ongenoegen te laten blijken. 'U mag van geluk spreken,' zei hij bruusk. 'De kogel is vlak boven uw hart ingeslagen. Een klein eindje lager en u zou op slag dood zijn geweest. Maar blijkbaar is hij onder een schuine hoek het lichaam binnengedrongen en heeft hij een soort voor getrokken door de huid en het vetweefsel eronder. Hij heeft zelfs wat oppervlaktevezels meegenomen van de pectoralis major, de borstspier. En hij is hier weer uitgetreden, bij de axilla. U hebt zich precies op het juist moment omgedraaid.'

Dr. Schreiber keek hem over zijn halve brilletje aan, maar Trevor gaf geen antwoord. De arts begon wat te peuteren met een tangetje en Trevor kromp ineen. De pijn was niet te harden. Een onaangename, tintelende hitte sloeg door zijn hele lichaam.

'Het heeft ook weinig gescheeld of de kogel had grote schade aangericht aan de zenuwen en de bloedvaten in de omgeving van de brachiale plexus. Als dat was gebeurd, had u nooit meer uw rechterarm kunnen gebruiken. Misschien had hij zelfs geamputeerd moeten worden.'

'Ik ben links,' zei Trevor. 'En bespaar me de bloederige details.'

'Ja,' zei de arts afwezig. 'U moet eigenlijk naar het ziekenhuis, het *Allgemeines Krankenhaus*, voor de juiste behandeling.'

'Dat is uitgesloten, dat weet u ook wel.' Er ging een scheut van pijn door zijn arm.

De arts trok zijn groene jas aan en gaf Trevor een paar injecties om de omgeving van de wond plaatselijk te verdoven. Met een kleine schaar en tang haalde hij wat zwartverkleurd weefsel weg, maakte de wond schoon en begon hem te hechten. Het was een onaangenaam, trekkerig gevoel, maar het deed niet echt pijn. Trevor beet op zijn tanden. 'Zorg ervoor dat de wond niet meer opengaat als ik me beweeg,' zei hij.

'U kunt beter even rust houden.'

'Ik genees snel.'

'Dat is waar,' zei de arts. 'Dat herinner ik me nog.' De man genas inderdaad bijzonder snel – bijna griezelig.

'Tijd is de enige luxe die ik niet bezit,' zei Trevor, 'dus naai de zaak goed dicht.'

'Dan moet ik zwaarder hechtdraad gebruiken, 3-0 nylon bijvoorbeeld, maar dat kan een lelijk litteken achterlaten.'

'Dat kan me niet schelen.'

'Goed,' zei de arts, en hij draaide zich om naar zijn stalen karretje met materiaal.

Toen hij klaar was, zei hij: 'Ik kan u wat demerol geven tegen de pijn. Of hebt u liever helemaal niets?' voegde hij er droog aan toe.

'Ibuprofen lijkt me wel genoeg,' zei Trevor.

'Zoals u wilt.'

Trevor stond op en maakte een grimas. 'Goed. Bedankt voor uw hulp.' Hij gaf de arts een paar briefjes van duizend schilling.

De arts keek hem aan. 'Het was me een genoegen,' antwoordde hij, totaal onoprecht.

Anna plensde heet water over haar gezicht. Dertig keer, had ze van haar moeder geleerd. Het was de enige ijdelheid die haar moeder had gekend: haar huid vitaal en glanzend houden.

Boven het geluid van het stromende water uit hoorde ze de telefoon. Ze liep er snel naar toe, terwijl ze een handdoek greep om haar gezicht te drogen.

'Anna, met Robert Polozzi. Bel ik je te laat?'

Robert Polozzi van de ID-sectie.

'Nee, helemaal niet, Robert. Zeg het maar.'

'Het gaat om die patentaanvraag.'

Ze was het helemaal vergeten: de informatie over het octrooi. Ze depte haar natte gezicht.

'Het neurotoxine...' begon hij.

'O, ja! Heb je iets gevonden?'

'Luister maar. Op 16 mei van dit jaar is er voor dit synthetische middel een aanvraag ingediend onder nummer... nou, een heel lang nummer... door Vortex, een kleine biotechfirma in Philadelphia. Volgens de beschrijving is het "een synthetische analogie van het gif van de conus-zeeslak, bedoeld voor in-vitrotoepassingen". Daarna wat technisch gedoe over het "lokaliseren van ionenkanalen" en het "markeren van chemoreceptoren".' Hij wachtte even en vervolgde toen aarzelend: 'Ik heb dat bedrijf maar eens gebeld. Vortex, bedoel ik. Met een smoes, uiteraard.'

Een beetje onorthodox, maar dat vond ze niet erg. 'En wat ben je te weten gekomen?'

'Niet veel. Ze zeggen dat ze maar een minimale voorraad hebben van dat toxine, die streng wordt bewaakt. Het is lastig te produceren, dus ze hebben niet veel; bovendien wordt het maar in belachelijk kleine hoeveelheden gebruikt. Het is nog in een experimentele fase. Ik vroeg of je het als gif kon toepassen. Natuurlijk kon dat, zei de man die ik aan de lijn had, de wetenschappelijke directeur van het bedrijf. Het natuurlijke gif van de conus-zeeslak is dodelijk. Een kleine dosis was al voldoende om een onmiddellijke hartstilstand te veroorzaken.'

Een gevoel van opwinding maakte zich van Anna meester. 'Hij zei dat de voorraad streng wordt bewaakt. Achter slot en grendel, neem ik aan?'

'Precies.'

'En die man kwam betrouwbaar over?'

'Ja, maar dat zegt niet alles.'

'Goed werk. Bedankt. Kun je hun nog vragen of er een voorraadje van dat spul is gestolen of op een andere manier verdwenen?'

'Dat heb ik al gevraagd,' zei Polozzi trots, 'maar het antwoord was nee.'

Dat was een teleurstelling. 'Wil je dan alles nagaan wat je over Vortex te weten kunt komen? Eigenaren, directie, werknemers, enzovoort?'

'Komt voor elkaar.'

Ze hing op en ging peinzend op de rand van het bed zitten. Door aan dit draadje te trekken zou ze misschien het hele complot achter de moorden kunnen ontrafelen. Of het zou weer een doodlopend spoor blijken te zijn.

Het onderzoek was één grote frustratie. De politie van Wenen was er ook niet in geslaagd de huurmoordenaar te vinden. De Peugeot waarin hij reed, bleek gestolen te zijn – wat een verrassing. Weer een spoor dat doodliep.

Van Hartman kon ze niet veel hoogte krijgen. Ondanks zichzelf vond ze hem wel aardig, zelfs aantrekkelijk. Maar hij was een type dat haar niet beviel, zo'n zondagskind met rijke ouders, een knap smoel en te veel zelfvertrouwen. Net als Brad, de football-held die haar had verkracht. Zulke mannen hadden het veel te gemakkelijk in deze wereld. Ze dachten dat hun stront niet stonk, zoals een grofgebekte studievriendin van Anna eens had gezegd. Ze meenden dat ze zich alles konden permitteren.

Maar was hij een moordenaar? Het leek haar niet waarschijnlijk. Ze had de neiging zijn verhaal over de gebeurtenissen bij Rossignol in Zürich te geloven. Het klopte wel met het patroon van de vingerafdrukken en met haar eigen indruk van hem. Toch had hij een pistool, was hij illegaal Oostenrijk binnengekomen en kon hij daar geen goede verklaring voor geven... Aan de andere kant had een grondig onderzoek van zijn auto niets bijzonders opgeleverd: geen naalden, geen gif, niets.

Of hij deel uitmaakte van een samenzwering was moeilijk uit te maken. Hij dacht dat zijn tweelingbroer vier jaar geleden niet was verongelukt maar vermoord. Misschien was die moord de aanleiding tot de latere moorden. Maar waarom dan zoveel, en binnen zo'n korte tijd?

Eén ding was duidelijk: Benjamin Hartman wist meer dan hij wilde loslaten. Maar Anna had niet de bevoegdheid of voldoende gronden om hem te laten vasthouden. Heel frustrerend allemaal. Ze vroeg zich af of haar inspanningen... goed, haar obsessie... om hem te pakken te krijgen misschien meer te maken had met haar afkeer van rijkeluiszoontjes, haar oude wonden, haar ervaringen met Brad...

Ze pakte haar adresboekje van het nachtkastje, zocht een telefoonnummer en belde dat. Het toestel ging een paar keer over voordat een zware mannenstem antwoordde: 'Donahue.' Donahue was de man bij Justitie die alles wist van het witwassen van geld. Voordat Anna naar Zwitserland was vertrokken, had ze al onopvallend zijn hulp ingeroepen – een algemene vraag over bankrekeningen, zonder details. Donahue vond het niet erg dat ze hem in het ongewisse liet over de aard van haar onderzoek. Hij scheen het zelfs als een uitdaging te zien.

'Met Anna Navarro,' zei ze.

'Hé, hallo, Anna. Hoe gaat het daar?'

Bijna automatisch sloeg ze een toon aan van ouwe jongens onder elkaar. Dat ging haar gemakkelijk af. Ze had het geleerd van de vrienden van haar vader, van de buren thuis. 'Best, jongen. Hoe staat het met die rekeningen?'

'Nou, ik weet nog niets. We lopen tegen een muur op. Het lijkt of al die dode oude kerels regelmatig een bedrag op hun rekening kregen bijgeschreven vanuit een of ander belastingparadijs: de Cayman Eilanden, de Maagdeneilanden, Curaçao. En daar lopen we dus vast.'

'Wat gebeurt er als je met een officieel verzoek bij die buitenlandse banken komt?'

Donahue lachte kort en snuivend. 'Dan steken ze hun middelvinger op. Als we een MLAT-verzoek indienen voor inzage in hun financiële administratie, zeggen ze dat ze er pas over een paar jaar aan toekomen.' MLAT was het Mutual Assistance Treaty, een samenwerkingsakkoord dat in principe bestond tussen de Verenigde Staten en veel van deze belastingparadijzen. 'De Maagdeneilanden en de Cayman Eilanden zijn het ergst. Daar kan het wel twee tot drie jaar duren, zeggen ze.'

'Hm.'

'Maar zelfs als ze de magische poorten zouden openen en ons alles zouden laten zien, zouden we hooguit ontdekken waar het geld vandaan komt. En ik kan je verzekeren dat we dan weer terechtkomen bij een andere buitenlandse bank, op het eiland Man, de Bahama's, Bermuda, Lux, San Marino of Anguilla. Het is meestal een hele keten van omwegen en lege BV's. Tegenwoordig kan het geld binnen een paar seconden de hele wereld rondreizen en voortdurend heen en weer springen tussen tien verschillende rekeningen.'

'Mag ik je wat vragen?'

'Ga je gang.'

'Hoe krijgen jullie dan ooit greep op die witwaspraktijken?'

'O, we ontdekken weleens wat,' zei hij, een beetje defensief. 'Maar dat kost jaren.'

'Geweldig,' zei ze. 'Bedankt.'

In een kleine kamer op de vierde verdieping van het *Sicherheitsbüro* van de Weense politie in Rossauer Lände zat een jongeman met een koptelefoon achter een computerscherm. Zo nu en dan drukte hij een sigaret uit in een grote goudkleurige asbak op zijn grijze formicatafel, naast een bordje met NIET ROKEN.

In een klein hokje links boven in het scherm was het telefoonnummer te zien dat hij afluisterde, compleet met datum, starttijd, gespreksduur in tienden van een seconde, en het nummer van de andere partij. Ergens anders op het scherm stond een lijst van telefoonnummers die vanaf dit nummer waren gebeld. Je hoefde alleen maar met de cursor op een van die nummers te dubbelklikken en het digitaal opgenomen gesprek werd via de koptelefoon of de externe luidsprekers afgespeeld. Kleine rode kolommetjes dansten op en neer met de wisselingen van het volume. Je kon niet alleen het volume maar zelfs de snelheid van de afgespeelde opname regelen.

Elk telefoongesprek dat de vrouw uit haar hotelkamer voerde werd op de harde schijf van de computer opgeslagen. De technologie was imponerend. De Weense politie had het systeem van de Israëli's gekregen.

De deur van het kamertje ging open. Brigadier Walter Heisler kwam binnen en stak het standaardgroene zeil over. Ook hij rookte een sigaret. Heisler knikte even bij wijze van begroeting. De technicus zette zijn koptelefoon af, drukte zijn sigaret uit en keek op.

'Zat er nog iets interessants bij?' vroeg de rechercheur.

'De meeste gesprekken waren met Washington.'

'Strikt genomen moeten we Interpol waarschuwen als we internationale gesprekken afluisteren,' zei de rechercheur met een lichtje in zijn ogen.

De technicus trok zijn wenkbrauwen op in stilzwijgende medeplichtigheid. Heisler trok een stoel bij. 'Mag ik aanschuiven?'

Californië
De jonge computermiljardair Arnold Carr werd gebeld op zijn mobiele telefoon terwijl hij een wandeling maakte door een redwoodbos in het noorden van Californië, in het gezelschap van zijn oude vriend en mentor, de beleggingsgoeroe Ross Cameron.

Samen met enkelen van de rijkste en machtigste Amerikanen brachten ze het weekend door in een exclusief buitenverblijf dat bekendstond als de Bohemian Grove. De rest van het kamp was bezig met paintball, een idioot spelletje, onder aanvoering van de voorzitter van de BankAmerica en de Amerikaanse ambassadeur in Engeland.

Carr, de oprichter van een ongelooflijk succesvol softwarebedrijf, had echter maar zelden de kans om eens rustig te praten met zijn vriend, de miljardair Ross Cameron, beter bekend als het orakel uit Santa Fe. In plaats van spelletjes te doen gingen ze liever wandelen in de bossen en spraken ze over geld en zaken, over filantropie en het verzamelen van kunst, over hun kinderen en het buitengewone, streng geheime project waarvoor ze allebei waren uitgenodigd.

Met zichtbare irritatie haalde Carr het kleine, zoemende telefoontje uit de zak van zijn geruite Pendleton-shirt. Bijna niemand had dit nummer en de paar medewerkers die het wel kenden hadden strikte orders om hem tijdens deze retraite niet te storen.

'Ja?' zei Carr.

'Meneer Carr, neem me niet kwalijk dat ik u lastigval op een zondagochtend,' zei de stem vriendelijk. 'U spreekt met Holland. Ik hoop dat ik u niet uit bed bel.'

Carr herkende de stem meteen. 'O nee, geen probleem,' zei hij, opeens heel hartelijk. 'Ik ben al uren op. Wat is er aan de hand?'

Toen 'meneer Holland' uitgesproken was, zei Carr: 'Ik zal zien wat ik kan doen.'

27

Ben kwam om een uur of negen bij zijn hotel aan, hongerig maar niet in staat een hap door zijn keel te krijgen, trillend door een overdosis cafeïne. Hij had een taxi genomen vanaf het hoofdbureau van politie, omdat de Opel Vectra niet meer bruikbaar was. Twee ruiten waren gesneuveld in de schietpartij en de leren bekleding lag bezaaid met ronde stukjes veiligheidsglas.

Het was stil in de lobby. De hotelgasten waren de stad in of zaten op hun kamers. Op de vloer lagen oosterse kleden die elkaar overlapten. Hier en daar scheen de glimmende marmeren vloer er tussendoor.

De receptionist, een overdreven vriendelijke man van middelbare leeftijd, met oplettende ogen achter een bril met een stalen montuur, gaf hem zijn kamersleutel voordat Ben nog een woord gezegd had.

'Dank u,' zei Ben. 'Zijn er nog boodschappen voor me?' Misschien van de privédetective.

De receptionist toetste iets in op zijn computer. 'Nee, meneer. Alleen het bericht dat u al hebt opgehaald.'

'Wat was dat dan?' *Wat nou weer?* dacht hij geschrokken. *Ik heb nog geen berichten gekregen sinds in ik Wenen ben.*

'Dat weet ik niet, meneer. U hebt een paar uur geleden gebeld.' Hij boog zich weer over zijn toetsenbord. 'Om tien voor halfzeven vanavond hebt u een bericht gekregen van de centrale.'

'Kan ik het nog eens krijgen?' Dit moest een fout zijn, of...

'Het spijt me, meneer. Als een gast zijn bericht heeft opgehaald wordt het uit het systeem gewist.' Hij keek Ben aan met een dierlijke grijns. 'We kunnen niet alle berichten eeuwig bewaren.'

Ben stapte in de kleine koperen liftkooi naar de derde verdieping en speelde nerveus met de grote koperen bol die aan zijn kamersleutel hing. Hij achtte agent Navarro er heel goed toe in staat een mannelijke collega het hotel te laten bellen om zijn berichten op te vragen om te ontdekken met wie hij contact had.

Maar wie had hem een bericht gestuurd? Behalve Navarro wist alleen de privédetective dat hij hier logeerde. Het was al te laat om Hans Hoffman, de detective, te bellen; die zou zo laat niet meer op kantoor zijn.

Navarro vertrouwde zijn motieven niet, maar ze zou toch niet echt geloven dat hij Rossignol had vermoord? Of wel? Ze moest toch weten dat hij geen seriemoordenaar kon zijn. Ze had ervaring met moordzaken, had ze gezegd, dus wist ze ook wie er bij zo'n profiel paste en wie niet. Dus wat wilde ze van hem?

Zou ze soms voor de CIA werken, of een duistere onderafdeling, die de inlichtingendienst moest vrijpleiten door hem verdacht te maken? Het bleef immers een feit dat Gaston Rossignol – een van de oprichters van dat mysterieuze bedrijf waar de CIA misschien ook bij betrokken was – was vermoord. Net als Peter, die de fatale fout had gemaakt om een lijst met directeuren van dat bedrijf onder ogen te krijgen. Zouden ze allebei door dezelfde mensen zijn vermoord? Dat lag wel voor de hand. Maar waren die moordenaars Amerikanen? De CIA?

Het was moeilijk te bevatten. Jimmy Cavanaugh was een Amerikaan... maar misschien werkte hij voor buitenlanders.

En dan was er nog de onverklaarbare verdwijning van zijn eigen vader, Max. Waarom was hij verdwenen? Godwin had het hem niet kunnen vertellen. En waarom had Max kort voor zijn vertrek nog met Godwin gebeld? Was zijn vader ook al dood? Het werd tijd voor nog een telefoontje naar Bedford.

Hij liep de lange gang door, prutste even met zijn sleutel en opende de deur. Meteen verstijfde hij.

Het licht was uit. Maar hij wist zeker dat hij alle lampen had laten branden toen hij vertrok. Had iemand ze uitgedaan? Ach, natuurlijk. Het kamermeisje, veronderstelde hij. De Oostenrijkers gingen prat op hun zorg voor het milieu.

Ging hij nu te ver? Begon hij paranoïde te worden? Was dat het gevolg van wat hij de afgelopen dagen had meegemaakt? En toch...

Zachtjes, zonder de kamer binnen te gaan, sloot hij de deur, draaide hem weer op slot en liep de gang door, op zoek naar een portier of piccolo. Niemand te zien. Hij draaide zich om en nam de trap omlaag naar de tweede verdieping. Daar, aan het eind van een volgende lange gang, zag hij een piccolo uit een kamer komen.

'Neem me niet kwalijk,' zei Ben, terwijl hij zijn pas versnelde. 'Kunt u me even helpen?'

'Meneer?' De jonge piccolo draaide zich om.

'Hoor eens,' zei Ben, 'ik heb mezelf buitengesloten. Kunt u me even mijn kamer binnenlaten?' Hij gaf de jongen een briefje van vijftig schilling en voegde er wat schaapachtig aan toe: 'Dit is al de tweede keer dat me dat overkomt. Ik wil liever niet terug naar de balie beneden. Het is op de verdieping hierboven, kamer vier-zestien.'

'O, natuurlijk, meneer. Eén moment, alstublieft.' Hij zocht tussen de sleutels aan een ring aan zijn riem. 'Ja. Komt u maar mee.'

Ze namen de lift naar de derde verdieping. De piccolo opende de deur van kamer 416. Ben, die zich wat onnozel voelde, bleef schuin achter hem staan zodat hij vanuit een hoek de kamer in kon kijken, zonder zelf gezien te worden.

Hij ontdekte een schim, een silhouet. De gestalte van een man, afgetekend tegen het licht van de open badkamerdeur. De man zat gehurkt en hield een geweer met een lange loop op de deur gericht!

De man draaide zich om, zodat zijn gezicht te zien was. Het was de moordenaar die een paar uur geleden had geprobeerd hem neer te schieten voor de villa van Jürgen Lenz! De moordenaar uit de Zwitserse auberge. De man die zijn broer had omgebracht.

'Nee!' schreeuwde de piccolo en hij rende de gang uit.

Eén moment was de moordenaar in verwarring. Hij had Ben verwacht, geen piccolo in uniform. Die aarzeling gaf Ben de tijd om ook te vluchten. Achter zich hoorde hij een serie gedempte knallen en daarna de luidere klappen van kogels die in de muren insloegen.

De piccolo begon nog harder te gillen, in blinde paniek. Het geweervuur kwam dichterbij, gevolgd door de rennende voetstappen van de schutter. Ben begon te sprinten. Recht voor hem uit was de deur naar de trap, maar daar had hij niets aan. Hij wilde niet in een trappenhuis gevangenzitten met een gewapende moordenaar op zijn hielen. In plaats daarvan sloeg hij de hoek om naar rechts en zag een open kamerdeur met het karretje van een kamermeisje ervoor. Hij dook de kamer binnen, happend naar adem. Zou de moordenaar zijn manoeuvre hebben gezien? Het volgende moment hoorde hij gedempte voetstappen passeren. De schutter was de kamer voorbij gerend. Hij hoorde de piccolo naar iemand roepen. Blijkbaar was de jongen dus niet gewond. Goddank.

Een kreet vanuit de kamer zelf! Een klein, donker kamermeisje in een lichtblauw uniform was angstig weggekropen in een hoek.

'Stil!' siste Ben.

'Wie bent u?' hijgde ze, doodsbang. Ze sprak Engels met een zwaar accent. 'Alstublieft, doe me geen kwaad!'

'Stil!' herhaalde Ben. 'Ga liggen. Als je je mond houdt, zal je niets gebeuren.'

Het kamermeisje drukte zich plat tegen het kleed, jammerend van angst.

'Lucifers!' zei Ben. 'Ik heb lucifers nodig.'

'De asbak. Daar... op het bureau, naast de televisie!'

Ben vond ze en ontdekte de rookmelder op het plafond boven zijn hoofd. Hij ging op een stoel staan, streek een lucifer aan en hield die bij de melder. Binnen een paar seconden hoorde hij de sirene van het brandalarm in de kamer en de gang erbuiten: een doordringend metaalachtig gejank, met korte, regelmatige tussenpozen. Het geluid was overal! Op de gangen klonk geroep en geschreeuw toen de hotelgasten hun kamers uit stormden. Nog een paar seconden later traden de sprinklers in werking. Het water sproeide uit het plafond en doordrenkte het kleed en het bed. Het kamermeisje begon weer te gillen toen Ben zich omdraaide, de deur opende en snel naar beide kanten keek. Op de gang was het een chaos. Mensen renden heen en weer, sommigen in paniek, wild gebarend en schreeuwend tegen elkaar terwijl het water uit de sprinklers de hele gang door spoot. Ben rende de kamer uit en sloot zich aan bij de menigte die opdrong naar het trappenhuis. Te oordelen naar de hoogte van de centrale trap die bij de ingang van het hotel uitkwam, moest er ook een uitgang zijn naar de straat of in een steegje aan de achterkant.

De deur van het trappenhuis kwam uit in een donkere gang, slechts verlicht door een flikkerende, brommende tl-buis aan het plafond, voldoende om de dubbele deuren van de hotelkeuken te kunnen zien. Ben rende ernaar toe, smeet de deuren open zonder te stoppen en zag de dienstingang die hij al had verwacht. Even later had hij de deur bereikt en voelde hij een kille luchtstroom van buiten. Hij schoof de stevige stalen grendel weg en trok de zware deur open. Een schuine afrit kwam uit in een smalle steeg die vol stond met vuilnisbakken. Hij sprong naar buiten en verdween door de donkere steeg, terwijl in de verte de sirenes van de brandweer naderden.

Twintig minuten later stond hij voor een hoog modern gebouw met uitzicht over het Donaukanaal aan de andere kant van het Stadtpark. Het was een karakterloos Amerikaans hotel, onderdeel van een internationale keten. Vastberaden liep hij de lobby door naar de liften, als een hotelgast die wist waar hij moest zijn. Boven gekomen klopte hij aan bij kamer 1423.

Speciaal agent Anna Navarro opende de deur op een kier. In haar flanellen nachthemd en zonder make-up was ze nog steeds een stralende vrouw.

'Ik geloof dat het tijd wordt om mee te werken,' zei Ben.

Anna Navarro schonk Ben Hartman een borrel in uit de minibar op haar kamer: een speelgoedflesje whisky, een groen flesje mineraalwater en een paar kleine ijsblokjes uit de minikoelkast. Ze was zo mogelijk nog zakelijker dan op het politiebureau. Ze had een witte badjas aangetrokken over haar nachthemd, maar het moest niet makkelijk voor haar zijn om opeens een vreemde man in haar hotelkamer te hebben op het moment dat ze naar bed wilde gaan, dacht Ben.

Ben was blij met de whisky, hoe waterig ook. Zelf was ze geen drinker. Hij was behoorlijk van streek en kon een borrel goed gebruiken. De alcohol deed zijn werk.

Ondanks de sofa waarop hij zat was de kamer niet echt berekend op bezoek. Navarro wilde eerst op de hoek van het bed gaan zitten, tegenover hem, maar bedacht zich toen en koos voor een grote fauteuil, die ze schuin naar de sofa toe zette.

De dikke glazen ruit was als een zwart pointillistisch doek. Van zo hoog was Wenen een neonverlichte stad van glinsterende lichtpuntjes onder de sterrenhemel.

Navarro boog zich naar voren en sloeg haar benen over elkaar.

Ze had geen slippers aan en haar blote voeten waren slank, met hoge voetbogen en gelakte nagels.

'Was het dezelfde man, denkt u?' Haar agressiviteit was verdwenen.

Ben nam nog een slok. 'Absoluut. Ik zal nooit zijn gezicht vergeten.'

Ze zuchtte. 'Ik dacht toch dat ik hem ernstig had verwond. Hij moet heel gevaarlijk zijn, heb ik gehoord. Het was ongelooflijk hoe hij met die vier politiemensen afrekende. Een echte moordmachine. U mag van geluk spreken. Of misschien moet ik zeggen dat u heel goed hebt gereageerd. U voelde aan dat er iets niet klopte en u hebt de piccolo erbij gehaald om hem op het verkeerde been te zetten en uzelf de tijd te geven om te vluchten. Heel goed.'

Ben haalde zijn schouders op alsof het niets voorstelde, maar was heimelijk toch blij met het onverwachte compliment. 'Weet u meer over die man?'

'Ik heb zijn dossier gelezen, maar dat is niet volledig. Hij schijnt in Engeland te wonen, vermoedelijk in Londen.'

'Is het een Engelsman?'

'Hij werkte vroeger voor de Oost-Duitse inlichtingendienst, de Stasi. Hun agenten waren uitstekend opgeleid en bijzonder meedogenloos. Maar blijkbaar is hij daar al lang geleden weggegaan.'

'Waarom woont hij nu in Engeland?'

'Wie zal het zeggen? Misschien om uit handen te blijven van de Duitse autoriteiten, zoals veel van zijn ex-collega's. We weten niet of hij op dit moment als huurmoordenaar werkt of in dienst is van een of andere organisatie met uiteenlopende belangen.'

'Hoe heet hij?'

'Vogler, geloof ik. Hans Vogler. Hij moet hier naar toe zijn gekomen voor een klus.'

Een klus... *Ik ben de volgende.* Ben voelde zich als verdoofd. 'U zegt dat hij misschien voor een organisatie werkt?'

'Dat zeggen we als we nog geen patroon hebben ontdekt in zijn activiteiten.' Ze kneep haar lippen samen. 'U zou ook voor een organisatie kunnen werken, en dan heb ik het niet over Hartman Capital Management.'

'U gelooft me nog steeds niet, is het wel?'

'Wie bent u eigenlijk? En wat voert u in uw schild?'

'Ach, toe nou!' viel hij uit. 'U wilt me toch niet vertellen dat jullie geen dossier over me hebben!'

Ze keek hem nijdig aan. 'Het enige dat ik van u weet zijn een paar losse feiten zonder logisch verband. U beweert dat u in Zürich was toen er plotseling iemand uit uw verleden opdook die u probeerde te vermoorden maar zelf werd gedood. Helaas was zijn lichaam spoorloos verdwenen. Vervolgens kwam u illegaal weer terug in Zwitserland en vonden we uw vingerafdrukken in het huis van de bankier Rossignol, die volgens u al dood was toen u daar arriveerde. U draagt een pistool, maar u wilt niet zeggen waar u dat vandaan hebt of waarom...'

Ben luisterde zwijgend tot ze klaar was.

'Wat had u te bespreken met Jürgen Lenz, de zoon van een beruchte nazi?'

Ben knipperde met zijn ogen. Hij wist niet hoeveel hij haar moest vertellen. Maar voordat hij een besluit kon nemen, ging ze alweer verder. 'Ik wil één ding weten: wat is het verband tussen Lenz en Rossignol?'

Ben sloeg zijn whisky naar binnen. 'Mijn broer...' begon hij.

'Die vier jaar geleden is verongelukt.'

'Dat dacht ik eerst ook. Maar hij bleek te zijn ondergedoken voor een paar heel gevaarlijke mensen. Hij wist niet precies wie ze waren en dat weet ik nog steeds niet – een complot van industriëlen, of hun erfgenamen, of een stel huurlingen van de CIA of nog een heel andere groep. Wie zal het zeggen? Maar blijkbaar had hij een lijst ontdekt met namen...'

Agent Navarro sperde haar karamelkleurige ogen wijdopen. 'Wat voor een lijst?'

'Een heel oude lijst.'

Ze kreeg een blos op haar wangen. 'Waar had hij die gevonden?'

'Hij was erop gestuit in de archieven van een Zwitserse bank.'

'Een Zwitserse bank?'

'Het is een lijst van bestuursleden van een bedrijf dat tegen het einde van de Tweede Wereldoorlog is opgericht.'

'Jezus christus,' hijgde ze. 'Dus dat is het.'

Ben haalde een opgevouwen, vuil velletje papier uit zijn binnenzak en gaf het haar. 'Sorry dat het een beetje smerig is. Ik heb het in mijn schoen bewaard. Om het verborgen te houden voor mensen zoals u.'

Ze las het door en fronste. 'Max Hartman. Uw vader?'

'Helaas.'

'Heeft hij u ooit verteld over dat bedrijf?'

'Met geen woord. Mijn broer had het bij toeval ontdekt.'

'Maar was uw vader geen overlevende van de holocaust?'

'Dat is dus de vraag waar alles om draait.'

'Was er geen fysiek kenmerk, een tatoeage of zoiets?'

'Een tatoeage? In Auschwitz wel, in Dachau niet.'

Ze leek niet te luisteren. 'Mijn god,' zei ze. 'Die serie mysterieuze moorden... alle namen staan op deze lijst.' Het klonk alsof ze tegen zichzelf sprak, niet tegen hem. 'Rossignol... Prosperi... Ramago... iedereen. Ik heb ze niet allemaal op mijn eigen lijst. Er zijn overlappingen, maar...' Ze keek op. 'Wat had u willen horen van Rossignol?'

Waar wilde ze heen? 'Ik dacht dat hij misschien zou weten waarom mijn broer was vermoord en door wie.'

'Maar hij werd zelf vermoord voordat u hem kon spreken.'

'Zo lijkt het, ja.'

'Hebt u onderzoek gedaan naar dat bedrijf, Sigma? Hebt u geprobeerd het te lokaliseren, de geschiedenis na te gaan?'

Ben knikte. 'Maar dat leverde niets op. Aan de andere kant, misschien heeft het nooit bestaan, als u begrijpt wat ik bedoel.' Hij zag haar fronsen en ging verder: 'Het kan slechts een naam zijn, een façade.'

'Wat voor façade?'

Ben schudde zijn hoofd. 'Ik weet het niet. Iets dat verband hield met de Amerikaanse militaire inlichtingendienst, misschien.' Hij vertelde haar over Lenz' verdenkingen.

'Daar geloof ik niets van.'

'Waarom niet?'

'Ik werk zelf voor de regering, vergeet dat niet. De bureaucratie is zo lek als een mandje. Ze zouden nooit zo'n serie moorden kunnen organiseren zonder dat de buitenwereld erachter kwam.'

'Wat denkt u dan dat het verband kan zijn? Afgezien van de voor de hand liggende connectie?'

'Ik weet niet hoeveel ik u kan vertellen.'

'Hoor eens,' zei Ben heftig, 'als we informatie willen uitwisselen, als we elkaar willen helpen, dan kunt u niets achterhouden. U zult me moeten vertrouwen.'

Ze knikte en leek een besluit te nemen. 'Om te beginnen zijn het... of waren het... geen armoedzaaiers, geloof me. Niemand van die groep. Ze waren allemaal rijk en lieten dat ook zien. De meesten, tenminste. De enige die bescheiden leefde, voor zover ik kon nagaan, had toch nog een groot kapitaal op de bank.' Ze vertelde hem over haar onderzoek, in algemene termen.

'U zegt dat een van hen voor Charles Highsmith werkte, niet?

Dus blijkbaar gaat het om een groep belangrijke industriëlen en hun assistenten of vertrouwelingen. In 1945 zijn ze gescreend door Allen Dulles, omdat ze allemaal onder één hoedje speelden en Dulles niet voor onprettige verrassingen wilde komen te staan.'

'Maar daarmee is die andere vraag nog niet beantwoord: waar ging het om? Waarvoor werd Sigma opgericht? Met welk doel?'

'Misschien is de verklaring heel simpel,' zei Ben. 'Ergens in 1944 of 1945 komt een grote groep industriëlen bijeen om een enorm kapitaal uit het Derde Rijk weg te sluizen. Ze verdelen de buit en worden nog rijker. Waarschijnlijk vonden ze dat ze er recht op hadden. Zo zijn die types.'

Anna leek perplex. 'Oké, maar dan klopt er toch iets niet. Het gaat om mensen die tot aan hun dood regelmatig grote bedragen op hun rekening kregen bijgeschreven. Telegrafisch. Bedragen die varieerden van een kwart tot een half miljoen dollar.'

'Telegrafisch? Waar vandaan?'

'Witgewassen geld. We weten niet waar het geld vandaan kwam. We kennen alleen de allerlaatste schakels in de keten: de Cayman Eilanden, de Turks en Caicos Eilanden, dat soort plaatsen.'

'Belastingparadijzen,' zei Ben.

'Precies. Verder kom je gewoon niet.'

'Soms wel,' zei Ben. 'Het ligt eraan wie je kent. En of je bereid bent de wet te ontduiken – bepaalde mensen wat steekpenningen toe te stoppen.'

'Wij ontduiken de wet niet,' verklaarde agent Navarro met een bijna hooghartige trots.

'Daarom weet u dus geen flikker over dat geld.'

Ze keek hem geschrokken aan, alsof hij haar een klap in haar gezicht gegeven had. Toen lachte ze. 'Wat weet ú over het witwassen van geld?'

'Ik doe het niet zelf, als u dat soms denkt, maar mijn bedrijf heeft wel een buitenlandse divisie die fondsen beheert, om belastingen en overheidsregels te vermijden, dat soort dingen. Bovendien heb ik cliënten die hun bezittingen heel handig weten te verbergen voor mensen zoals u. En ik heb contacten die informatie kunnen loskrijgen van buitenlandse banken. Daar zijn ze in gespecialiseerd. Het kost je een vermogen, maar ze kunnen bijna overal ter wereld financiële gegevens boven water krijgen, via persoonlijke connecties, omdat ze weten wie ze daarvoor moeten betalen.'

Na een paar seconden zei ze: 'Wat zou u ervan denken om met mij samen te werken in deze zaak? Officieus, natuurlijk.'

'Wat bedoelt u precies?' vroeg Ben verbaasd.

'Informatie uitwisselen. Onze motieven overlappen elkaar. U wilt weten wie uw broer heeft vermoord en waarom. Ik wil weten wie die oude mannen uit de weg heeft geruimd.'

Hij vroeg zich af of hij haar kon vertrouwen. Of was het een truc? Wat wilde ze écht?

'Denkt u dat het dezelfde mensen zijn, de moordenaars van mijn broer en van die mannen op uw lijst?'

'Dat weet ik nu wel zeker. Het maakt allemaal deel uit van hetzelfde patroon, hetzelfde mozaïek.'

'En wat schiet ik daarmee op?' Hij keek haar achterdochtig aan, maar met een grijns om de scherpe kantjes te verdoezelen.

'Niets officieels, dat zeg ik u meteen. Misschien onze bescherming. Laat ik het zo stellen... Ze hebben al een paar keer geprobeerd u te vermoorden. U hebt steeds geluk gehad, maar dat kan niet eeuwig duren.'

'En als ik bij u in de buurt blijf, ben ik veilig?'

'Een beetje veiliger, misschien. Hebt u soms een beter idee? U bent zélf naar mijn hotel gekomen. En de politie heeft uw wapen in beslag genomen, niet?'

Dat was waar. 'U begrijpt ook wel dat ik aarzel. Vanmiddag wilde u me nog laten opsluiten.'

'Hoor eens, u bent vrij om terug te gaan naar uw hotel. Welterusten.'

'Ja, u hebt gelijk, het is een mooi aanbod. Het zou dom van me zijn om nee te zeggen, maar... ik weet het niet.'

'Slaap er dan een nachtje over.'

'Over slaap gesproken...'

Haar blik gleed door de kamer. 'Ik...'

'Ik zal de receptie wel bellen of ze nog een kamer voor me hebben.'

'Dat zal niet lukken, vrees ik. Er is hier een of andere conferentie en ze zitten helemaal vol. Ik heb zelf een van de laatste kamers gekregen die ze nog hadden. Maar u kunt hier wel slapen, op de bank.'

Hij keek haar snel aan. Had die zakelijke agent Navarro hem zojuist uitgenodigd de nacht met haar door te brengen? Nee, hij vergiste zich. De onuitgesproken signalen van haar lichaamstaal maakten één ding duidelijk: ze bood hem alleen de kans om zich hier schuil te houden en verder helemaal niets.

'Bedankt,' zei hij.

'Maar ik zeg erbij dat de bank nogal smal is en misschien te kort.'

'Ik heb wel beroerder geslapen, geloof me.'

Ze stond op, liep naar een kast en gaf hem een deken. 'Ik kan roomservice vragen een tandenborstel te brengen. Morgenochtend moeten we uw kleren en bagage uit uw hotel halen.'

'Ik ga niet terug.'

'Heel verstandig. Ik regel wel wat.' Ze scheen te beseffen dat ze te dicht bij hem stond en deed snel een stap terug; een pijnlijk moment. 'Nou, ik ga slapen,' zei ze.

Opeen schoot hem iets te binnen, een idee dat hem al had beziggehouden sinds zijn bezoek aan de villa van Lenz. 'Die oude nazijager, Jakob Sonnenfeld, woont toch hier in Wenen?' vroeg hij.

Ze draaide zich weer naar hem toe. 'Dat is waar.'

'Ik heb ergens gelezen dat hij wel oud is, maar nog altijd zo scherp als een scheermes. Bovendien heeft hij uitgebreide dossiers. Ik vroeg me af...'

'Denkt u dat hij u zal willen ontvangen?'

'Ik kan het allicht proberen.'

'Maar wees voorzichtig. Neem voorzorgsmaatregelen. Let erop dat u niet wordt gevolgd, terwille van zijn eigen veiligheid.'

'Ik laat me graag adviseren, als u nog tips hebt.'

Terwijl zij zich gereedmaakte om te gaan slapen, belde Ben nog eens met Bedford op zijn mobiele telefoon.

Mevrouw Walsh nam op. Ze klonk overstuur. 'Nee, Benjamin, ik heb nog helemaal niets gehoord. Geen woord! Hij lijkt spoorloos verdwenen. Ik heb... nou, ik heb toch de politie maar gewaarschuwd. Ik wist echt niet wat ik anders moest.'

Ben voelde de doffe hoofdpijn, die een tijdje naar de achtergrond was verdwenen, weer in alle hevigheid opkomen. Doodmoe en ellendig mompelde hij een paar loze woorden van geruststelling en verbrak de verbinding. Toen trok hij zijn jasje uit en hing het over de rugleuning van de bureaustoel. Gekleed in zijn broek en zijn overhemd strekte hij zich op de bank uit en trok de deken over zich heen.

Wat betekende dat, zijn vader die zonder één woord te zeggen plotseling was verdwenen? Hij was vrijwillig in de limousine gestapt; het was geen ontvoering geweest. Waarschijnlijk had hij geweten waar hij heen ging. Maar waarheen?

Ben probeerde een gemakkelijke houding te vinden op de bank. Navarro had gelijk, hij was net tien centimeter te kort om er goed op te kunnen slapen. Hij zag dat ze zelf nog zat te lezen in bed, bij het schijnsel van het kleine lampje. Haar zachte bruine ogen glansden in de poel van licht.

'Ging dat over uw vader?' vroeg ze. 'Sorry, ik wilde niet meeluisteren, maar...'

'Dat geeft niet. Ja, mijn vader is een paar dagen geleden verdwenen. Hij is in een limousine naar het vliegveld gestapt en daarna heeft niemand meer iets van hem gehoord.'

Ze legde het dossier neer en rechtte haar rug. 'Dat is een mogelijke ontvoering, en dus een politiezaak.'

Hij slikte, met droge mond. Zou Max werkelijk zijn gekidnapt?

'Vertel me alles wat u weet,' zei ze.

Een paar uur later schrokken ze allebei wakker van de telefoon.

Anna nam op. 'Ja?'

'Anna Navarro?'

'Ja. Met wie?'

'U spreekt met Phil Ostrow van de Amerikaanse ambassade hier in de stad. Ik hoop dat ik niet te laat bel.' Een tongval uit het Midden-Westen met klinkers uit Chicago.

'Ik moest toch mijn bed uit om op te nemen,' zei ze droog. 'Wat kan ik voor u doen?' Welke idioot van de buitenlandse dienst belde nou om middernacht?

'Ik... eh, Jack Hampton zei dat ik u moest bellen.' Hij liet een veelzeggende stilte vallen.

Hampton was onderdirecteur operaties van de CIA en iemand die Anna meer dan eens had geholpen bij vorige opdrachten. Een goede vent, zo eerlijk als je hen tegenkwam in een wereld van leugens en bedrog. Ze herinnerde zich Bartletts woorden over het 'kromme hout van de mensheid'. Maar Hampton was uit ander hout gesneden.

'Ik heb wat informatie over de zaak waaraan u werkt.'

'Wat is uw... Wie bent u precies, als ik vragen mag?'

'Dat vertel ik liever niet over de telefoon. Ik ben een collega van Jack.'

Ze wist wat dat betekende: CIA. Vandaar de connectie met Hampton. 'En wat hebt u voor informatie? Of wilt u daar liever niet op ingaan?'

'Laten we het erop houden dat het belangrijk is. Zou u morgenochtend meteen bij me langs kunnen komen, op kantoor? Is zeven uur te vroeg?'

Anna vroeg zich af wat er zo dringend kon zijn. 'Jullie beginnen wel voor dag en dauw. Maar goed, ik zal er zijn.'

'Oké, tot morgenochtend dan. U bent hier al eerder geweest?'

'Op de ambassade?'

'Tegenover de consulaire afdeling, aan de overkant van de straat.' Hij gaf haar nog wat aanwijzingen.

Verbaasd hing ze op.

'Alles in orde?' vroeg Ben vanaf de andere kant van de kamer.

'Ja, hoor,' zei ze, niet erg overtuigend. 'Geen probleem.'

'We kunnen hier natuurlijk niet blijven,' zei hij.

'Nee. Morgen moeten we allebei iets anders zoeken.'

'U klinkt bezorgd, agent Navarro.'

'Ik ben altijd bezorgd,' zei ze. 'Zo sta ik in het leven. En zeg maar Anna.'

'Vroeger maakte ik me nooit ergens zorgen over,' zei hij. 'Welterusten, Anna.'

28

Ben werd wakker van het geluid van een föhn. Na een paar momenten van slaperige verwarring herinnerde hij zich weer dat hij in een hotelkamer in Wenen lag. Zijn rug deed pijn van de ongemakkelijke houding op de bank. Hij boog zijn nek, werd beloond met het geluid van krakende wervels en voelde zich wat minder stijf.

De badkamerdeur ging open en het licht viel door de halve kamer. Anna Navarro droeg een bruin tweedpakje, een beetje saai maar wel charmant. Ze had zich al opgemaakt.

'Over een uurtje ben ik terug,' zei ze energiek. 'Ga maar weer slapen.'

Recht tegenover de consulaire sectie van de Amerikaanse ambassade stond een kleurloos, modern kantoorgebouw, zoals Ostrow haar had beschreven. Op het bord in de lobby werd een aantal Amerikaanse en Oostenrijkse firma's vermeld, met op de tiende verdieping het kantoor van de Amerikaanse handelsattaché, de dekmantel voor het Weense filiaal van de CIA. Zo'n uitnodiging van een dienst waarnaar ze een onderzoek instelde, was niet ongewoon en leverde soms goede aanknopingspunten op.

Anna stapte de onopvallende receptie binnen, waar een jonge vrouw achter een standaardbureau zat, onder het grootzegel van de Verenigde Staten. Ze was aan het telefoneren, typte wat op een toetsenbord en keek niet op. Anna noemde haar naam. De receptioniste drukte op een knop en kondigde haar aan.

Binnen een minuut verscheen er een man met het bleke gezicht van de echte bureaucraat. Hij had acne-littekens op zijn ingevallen gezicht en zijn kastanjebruine haar begon al grijs te worden. Hij had kleine, grijze ogen achter een bril met een draadmontuur en grote glazen.

'Mevrouw Navarro?' zei hij, terwijl hij zijn hand uitstak. 'Ik ben Phil Ostrow.'

De receptioniste bediende de deur waardoor hij naar buiten was gekomen en Ostrow ging haar voor naar een kleine vergaderzaal waar een slanke, donkere, knappe man aan een formicatafel met imitatiehoutnerf zat. Hij had stug, kortgeknipt zwart haar, met hier en daar wat grijs, en bruine ogen met lange zwarte wimpers. Achter in de dertig, schatte Anna hem. Afkomstig uit het Midden-Oosten. Ostrow en Anna gingen aan weerskanten van hem zitten.

'Yossi, dit is Anna Navarro. Mevrouw Navarro, dit is Yossi.'

Yossi had een gebruind gezicht, met diepe lijnen rond zijn ogen – de sporen van een zwaar leven of veel tegen de zon in turen. Zijn kin was vierkant, met een kuiltje. Zijn gezicht had iets moois, maar zijn verweerde huid en zijn baardstoppels maakten het toch mannelijk.

'Prettig kennis te maken, Yossi,' zei Anna. Ze knikte hem voorzichtig toe, zonder een lachje, en hij deed hetzelfde. Hij gaf haar geen hand.

'Yossi is contactofficier... dat mag ik haar toch wel vertellen, Yossi?' vroeg Ostrow. 'Hij werkt diep undercover in de zakenwereld hier in Wenen. Een goede dekmantel. Toen hij tegen de twintig was, is hij uit Israël naar Amerika geëmigreerd. Iedereen houdt hem nu voor een Israëli. Als hij in problemen komt, krijgt iemand anders dus de schuld,' grinnikte Ostrow.

'Zo is het genoeg, Ostrow. Daar laten we het bij,' zei Yossi. Hij had een hese bariton en sprak Engels met een Hebreeuws accent en een harde 'r'. 'Laten we de zaak even samenvatten. De afgelopen weken is er een aantal oude mannen dood aangetroffen, in verschillende delen van de wereld. U stelt een onderzoek in naar die sterfgevallen. U weet dat die mannen zijn vermoord, maar niet wie erachter zit.'

Anna staarde hem zwijgend aan.

'Gisteren hebt u Benjamin Hartman verhoord op het *Sicherheitsbüro* en sindsdien hebt u nog nader contact met hem gehad. Dat klopt allemaal?'

'Waar wilt u naar toe?'

'We willen een interdepartementaal verzoek bij u indienen om Hartman aan ons over te dragen,' verklaarde Ostrow.

'Wat krijgen we nou?'

'U zult uw vingers branden aan deze zaak, agent Navarro.' Ostrow keek haar strak aan.

'Ik weet niet wat u bedoelt.'

'Hartman is een veiligheidsrisico. Een bigamist. Oké?'

Anna kende het jargon van de dienst: een bigamist was een dubbelspion, een Amerikaanse agent die voor de tegenpartij werkte. 'Ik begrijp hier niets van. Wilt u beweren dat Hartman een van uw agenten is?' Wat een waanzin. Tenminste... Het zou wel een verklaring zijn voor een paar vreemde dingen, bijvoorbeeld hoe hij zo gemakkelijk illegaal door Europa kon reizen. En was zijn dekmantel als internationaal financier niet ideaal voor allerlei spionagewerk? Het boegbeeld van een bekende financiële instelling – geen enkele verzonnen achtergrond kon zo veelzijdig en overtuigend zijn.

Yossi en Ostrow wisselden een blik. 'Niet een van onze agenten, strikt genomen...'

'O nee? Bij wie hoort hij dan?'

'Wij vermoeden dat hij werkt voor iemand van onze dienst die... voor zichzelf is begonnen, laat ik het zo zeggen. Hij kan dus onder valse voorwendsels zijn ingehuurd.'

'U laat me hier komen om over vermoedens te praten?'

'We willen hem terugbrengen naar Amerikaans grondgebied. Gelooft u ons, agent Navarro, u hebt geen idee met wie u te maken hebt.'

'Ik heb te maken met iemand die behoorlijk van streek is door wat er is gebeurd en nog steeds in een halve shocktoestand verkeert door de dood van zijn tweelingbroer, die is vermoord.'

'Ja, dat weten we ook. Is het ooit bij u opgekomen dat Hartman mogelijk zijn eigen broer heeft gedood?'

'Dat meent u niet.' De implicaties waren ongelooflijk en afschuwelijk. Zou het waar kunnen zijn?

'Wat weet u eigenlijk van Benjamin Hartman?' vroeg Ostrow geïrriteerd. 'En ik zal u nog iets vragen: Hoe denkt u dat uw lijst van potentiële slachtoffers is uitgelekt? Zulke informatie is niet gratis, agent Navarro. Zulke informatie is peperduur. En iemand als Benjamin Hartman heeft het geld ervoor.'

Wat steekpenningen betalen... Hartman had het letterlijk zo gezegd.

'Maar waarom? Wat wil hij dan?'

'Dat zullen we nooit weten zolang hij kriskras door Europa reist, is het wel?' Ostrow wachtte even. 'Yossi hoort weleens dingen van zijn ex-landgenoten. De Mossad heeft ook agenten in deze stad. Er is een mogelijke connectie met uw slachtoffers.'

'Een splintergroepering?' vroeg ze. 'Of hebt u het over de Kidon?' Ze doelde op de moordbrigade van de Mossad.

'Nee, niets officieels. Het is allemaal privé.'

'Maar er zijn wel Mossad-agenten bij betrokken?'

'En wat freelancers die ze hebben ingehuurd.'

'Maar deze moorden passen totaal niet bij de werkwijze van de Mossad.'

'Alstublieft,' zei Yossi met een minachtende uitdrukking op zijn gezicht, 'wees niet zo naïef. U denkt toch niet dat mijn broeders hun visitekaartje achterlaten? Dat doen ze alleen als ze de eer willen opeisen. Toe nou, dame.'

'Dus in dit geval willen ze de eer niet.'

'Natuurlijk niet. Dit ligt veel te gevoelig. Het kan een tijdbom zijn in het huidige politieke klimaat. Israël wil daar niets mee te maken hebben.'

'Voor wie werken ze dan?'

Yossi keek even naar Ostrow, toen weer naar Anna, en haalde zijn schouders op.

'Niet voor de Mossad, bedoel je?'

'De Mossad kan niet zomaar opdracht geven om mensen te elimineren. Daar zijn procedures voor, een heel intern draaiboek. De "executielijst" moet persoonlijk door de premier worden getekend. Er wordt pas actie ondernomen als hij zijn paraaf bij elke naam op die lijst heeft gezet. Er zijn mensen bij de Mossad en de Shin Bet ontslagen omdat ze executies hebben uitgevoerd zonder toestemming van de top. Daarom zeg ik u dat dit geen officiële sancties zijn.'

'Ik vraag het u nog eens: Voor wie werken ze dan?'

Weer wierp Yossi een snelle blik naar Ostrow, maar deze keer leek het een aansporing.

'U weet dit niet van mij,' zei Ostrow.

Anna kreeg kippenvel. 'Dat meent u niet,' fluisterde ze doodsbleek.

'De CIA kan zelf geen vuile handen maken,' zei Ostrow. 'Die dagen zijn voorbij. In de goeie ouwe tijd aarzelden we geen moment om een of andere dictator van een bananenrepubliek om zeep te helpen als zijn gezicht ons niet aanstond. Maar nu hebben we presidentiële richtlijnen en toezichtcommissies en CIA-directeuren zonder kloten. Jezus, we zijn al benauwd om iemand een verkoudheid te bezorgen.'

Er werd geklopt. Een jongeman stak zijn hoofd naar binnen. 'Langley op lijn drie, Phil,' zei hij.

'Zeg maar dat ik er nog niet ben.' De deur ging dicht en Ostrow rolde met zijn ogen.

'Begrijp ik het nou goed?' zei Anna tegen hem. 'Jullie hebben informatie doorgespeeld aan een stel freelancers van de Mossad?'

'Iémand heeft dat gedaan, meer weet ik ook niet. En volgens de geruchten was Ben Hartman de koerier.'

'Hebt u daar bewijzen voor?'

'Yossi kan u een paar interessante details noemen,' zei Ostrow rustig. 'Er zijn genoeg "watermerken" en "sanitaire procedures" die bewijzen dat dit een rechtstreekse CIA-operatie moet zijn. Ik heb het over dingen die je niet kunt verzinnen, codes en signalen die dagelijks worden gewijzigd.'

Anna kon ook tot tien tellen. Yossi was dus een Amerikaanse penetratieagent geweest, diep undercover, en had voor de CIA bij de Mossad gespioneerd. Ze overwoog het rechtstreeks te vragen, maar dat leek een inbreuk op de beroepsetiquette. 'Om wie in Langley gaat het dan?' vroeg ze.

'Dat weet ik niet, zoals ik al zei.'

'Dat weet u niet of dat wilt u me niet vertellen?'

Yossi, die toeschouwer was bij dit stierengevecht, glimlachte voor het eerst. Het was een verblindende lach.

'U kent me niet,' zei Ostrow, 'maar iedereen die me kent weet dat ik genoeg ambitie heb en handig genoeg ben om zo'n klootzak in Langley een hak te zetten. Als ik zijn naam wist, zou ik u die wel noemen, zodat u hem zelf te grazen zou kunnen nemen.'

Dat geloofde ze meteen. Het was de natuurlijke reactie van elke streber binnen de dienst. Maar ze liet hem niet merken dat hij haar had overtuigd. 'Wat voor motief steekt er dan achter? Of zitten er fanatici bij de CIA?'

Ostrow schudde zijn hoofd. 'Ik ben bang dat ik niemand ken die ergens fanatiek over is, behalve over zijn vrije dagen.'

'Wat is het dan? Wat kan de reden zijn?'

'Zal ik eens raden? Luister.' Ostrow zette zijn bril af en poetste de glazen schoon tegen zijn hemd. 'Er is dus een lijst van schurken en kapitalisten, kleine jongens die voor grote jongens werken. Vlak na de oorlog hadden de CIA en de nazi's heel wat onfrisse geheimen te begraven. Mijn theorie? Iemand in een hoge positie... een héél hoge positie... kreeg in de gaten dat er namen van lang geleden dreigden uit te lekken.'

'Wat bedoelt u?'

Hij zette zijn bril weer op. 'Namen van oude mannen die de CIA ooit had gebruikt en betaald. Namen die in de nevelen van de geschiedenis leken te zijn opgelost. Maar opeens dook die lijst weer op, met het risico dat een stel oudgedienden van de CIA – die hand- en spandiensten hadden verleend – zouden worden aangeklaagd. En misschien konden er nog andere zaken uitlekken: financiële manipulaties, mensen die hun hand in de kas hadden gestoken. Als die oude mannen werden beschuldigd, zouden ze onmiddellijk hun contacten binnen de CIA erbij lappen. Iemand moest hun dus het zwijgen opleggen. En wie kun je dat beter toevertrouwen dan die fanatieke Israëli's? Een snelle, schone oplossing. Spoken uit de Tweede Wereldoorlog, een verzonnen verhaaltje over wraak en vergelding, en de grote jongens waren gered. Iedereen blij.'

Ja, dacht ze grimmig. Iedereen blij.

'Hoor eens, we hebben een gemeenschappelijk belang. U probeert een serie moorden op te lossen, wij stellen een onderzoek in naar een serie lekken. Maar we kunnen die zaak niet tot een goed einde brengen zonder Ben Hartman. Ik zal u vertellen wat ik denk. Er is een goede kans dat hij nu achterna wordt gezeten door dezelfde mensen voor wie hij werkt. Als je eenmaal met een schoonmaakactie begint, is het eind zoek, dat is het probleem.'

Een schoonmaakactie, dacht Anna. Was zij daar nu ook mee bezig?

Ostrow leek de aarzeling op haar gezicht te zien. 'We willen gewoon de waarheid vinden.'

'Hebt u de papieren?' vroeg Anna.

Ostrow tikte met een stompe vinger op een stapel geniete documenten. Een opschrift in hoofdletters trok meteen haar aandacht: BESCHERMENDE HECHTENIS. 'Ja, ik heb de papieren. Nu alleen de man zelf nog. Jack Hampton zei dat we op uw begrip konden rekenen.'

'Hoe moet ik hem overdragen?'

'We zitten met een diplomatiek probleem...'

'Ik mag hem dus niet hier naar toe brengen.'

'Nee, dat klopt. Wij komen wel bij u langs. Als u hem de handboeien omlegt en ons belt, staan we meteen bij u op de stoep. Als u liever schone handen houdt, ook goed. Noem ons dan de tijd en de plaats, bij voorkeur een beetje afgelegen...'

'... dan doen wij de rest.' Yossi klonk weer somber.

'Jezus. Stelletje cowboys,' merkte Anna op.

'Bureauridders, eigenlijk,' zei Ostrow zuur. 'Maar we kunnen nog wel een exfiltratie regelen als het nodig is. Niemand loopt klappen op – een snelle, chirurgische operatie.'

'Chirurgie kan heel pijnlijk zijn.'

'Niet te diep op doorgaan. Het is de enige juiste oplossing. En zo krijgen we de zaak tenminste rond.'

'Ik zal erover denken,' zei Anna met een grimas.

'Denk hier dan ook maar over na.' Ostrow pakte een vel met de vertrektijden van rechtstreekse vluchten van Wenen naar de vliegvelden Dulles International bij Washington en Kennedy bij New York. 'De tijd dringt.'

In een donker kantoor op de eerste verdieping in de Wallnerstrasse gooide de gezette *Berufsdetektiv* Hans Hoffman de hoorn op de haak en vloekte luid. Het was tien uur 's ochtends en hij had de Amerikaan al vier keer gebeld in zijn hotel, zonder succes. Op het bericht dat hij de vorige avond had achtergelaten was ook al niet gereageerd. Het hotel had geen ander telefoonnummer voor Hartman en wilde niet eens zeggen of hij de nacht daar had doorgebracht.

De privédetective moest hem zo snel mogelijk bereiken. Het was dringend. Hij had de Amerikaan op het verkeerde been gezet, hem een totaal verkeerd advies gegeven. En wat je ook van Hans Hoffman kon zeggen, niemand zou ontkennen dat hij zijn werk gewetensvol deed. Het was van het grootste belang dat hij Hartman nog zou bereiken voordat de Amerikaan op bezoek ging bij Jürgen Lenz.

Want wat de detective de vorige middag laat nog had ontdekt, was niet minder dan sensationeel. Het routineonderzoek dat hij naar Lenz had ingesteld had de meest onverwachte, verbazingwekkende resultaten opgeleverd.

Hoffman wist dat dr. Lenz geen praktijk meer uitoefende, maar hij had zich afgevraagd waarom. Dus had hij bij de *Ärztekammer* – het register waar alle informatie over Oostenrijkse artsen werd bewaard – een kopie aangevraagd van Lenz' doktersbul. Die was nergens te vinden. En was er ook nooit geweest.

Dat was toch niet mogelijk? dacht Hoffman. Had Lenz gelogen? Had hij nooit een artsenpraktijk gehad?

Volgens Lenz' officiële biografie, gratis verstrekt door het kantoor van de Lenz Stichting, was hij afgestudeerd aan de medische faculteit in Innsbrück, dus besloot Hoffman daar navraag te doen.

Jürgen Lenz had nooit medicijnen gestudeerd in Innsbrück.

Brandend van nieuwsgierigheid was Hoffman vervolgens naar de universiteit van Wenen gegaan, waar alle uitslagen van artsenexamens in Oostenrijk te vinden waren.

Niets.

Hans Hoffman had zijn cliënt de naam en het adres bezorgd van een man met een fantasieverleden. Hier was iets mis. Ernstig mis.

Hoffman had zich over de aantekeningen in zijn laptop gebogen en geprobeerd de feiten op een andere, zinvolle manier te rangschikken. Nu staarde hij opnieuw naar het scherm en liet de lijst van archieven die hij had geraadpleegd over het beeld rollen. Had hij iets over het hoofd gezien? Een belangrijk feit dat deze vreemde situatie zou kunnen verklaren?

Hij schrok op van een luide zoemtoon. Iemand had aangebeld bij de voordeur beneden. Hij stond op en liep naar de intercom aan de muur.

'Ja?'

'Ik zoek een meneer Hoffman.'

'Ja?'

'Mijn naam is Leitner. Ik heb geen afspraak, maar ik wilde een belangrijke zaak bespreken.'

'Wat voor een zaak?' vroeg Hoffman. Geen verkoper, hoopte hij.

'Een vertrouwelijke opdracht. Ik heb zijn hulp nodig.'

'Komt u maar boven. Eerste verdieping.' Hoffman drukte op de knop die automatisch de voordeur van het gebouw opende.

Hij sloeg het Lenz-bestand op, sloot zijn laptop en opende de deur van zijn kantoor.

Een man in een zwartleren jack, met staalgrijs haar, een kort baardje en een oorknopje in zijn linkeroor stond voor de deur. 'Meneer Hoffman?'

'Ja?' Hoffman nam hem op, zoals hij met alle potentiële cliënten deed, om in te schatten hoeveel geld de man te besteden had. Hij had een glad gezicht, zonder rimpels, bijna strak rond de jukbeenderen. Ondanks het staalgrijze haar leek hij niet ouder dan veertig. Fysiek een indrukwekkende figuur, maar zijn gezicht was heel onopvallend en doodgewoon, afgezien van de dode grijze ogen. Een serieuze man.

'Komt u binnen,' zei Hoffman vriendelijk. 'Wat kan ik voor u doen?'

Het was pas negen uur 's ochtends toen Anna terugkeerde in het hotel.

Toen ze de sleutelkaart in de gleuf boven de deurknop stak, hoorde ze het geluid van stromend water. Snel stapte ze naar binnen, hing haar jas in de kast bij de deur en liep naar de slaapkamer. Ze zou een belangrijk besluit moeten nemen en op haar intuïtie moeten afgaan.

Even later hoorde ze dat de kraan van de douche werd dichtgedraaid. Ben verscheen in de deuropening van de badkamer. Blijkbaar had hij haar niet horen binnenkomen.

Het water droop nog van hem af en hij had een handdoek losjes om zijn middel geslagen. Ben Hartman had een afgetraind lichaam, flink gespierd op een manier die lichamelijke arbeid verried, maar ook het voorrecht van een persoonlijke trainer en een actief sportleven. Met een klinische blik beoordeelde Anna het resultaat van zijn inspanningen: een platte, harde buik, een borstkas als twee aansluitende schilden, en rollende biceps. Het water vormde druppels op zijn gebruinde huid. Hij had het verband van zijn schouder gehaald, waar nog steeds een gemene rode vlek te zien was.

'Je bent terug,' zei hij, toen hij haar ontdekte. 'Nog wat gebeurd?'

'Laat ik eerst even naar die schouder kijken,' zei ze, en hij kwam naar haar toe. Was haar belangstelling voor hem wel zuiver professioneel? Een steekje in haar onderbuik deed haar twijfelen.

'De wond is bijna geheeld,' verklaarde ze en streek met een vinger rond de rode plek. 'Dat verband is niet meer echt nodig. Een dun laagje bacitracine, misschien. Ik heb een eerstehulpkistje in mijn bagage.'

Ze ging het halen. Toen ze terugkwam, droeg hij een boxershort en had zich afgedroogd. Maar hij stond nog met ontbloot bovenlijf.

'Gisteren zei je iets over de CIA,' zei ze, terwijl ze met de tube zalf bezig was.

'Misschien vergis ik me wel. Ik weet het niet meer,' zei hij. 'Lenz had zijn verdenkingen, maar ik geloof hem niet erg.'

Zou hij liegen? Had hij haar de vorige avond ook belazerd? Het leek niet waarschijnlijk. Het druiste in tegen al haar instincten en intuïtie. Ze kon geen bravoure bij hem ontdekken, geen spanning in zijn stem, niets dat leugens en bedrog verried.

Toen ze de antiseptische zalf op zijn schouder smeerde, stonden ze met hun gezichten heel dicht bij elkaar. Ze rook de zeep, de appeltjesgeur van de hotelshampoo en nog iets anders, de lucht van frisse aarde, die bij de man zelf leek te horen. Ze haalde diep en on-hoorbaar adem. Toen, overmand door een stortvloed van emoties, deed ze snel een stap terug.

Werd haar radar, haar oordeel over zijn betrouwbaarheid, beïn-vloed door andere gevoelens? Dat kon ze zich niet veroorloven in haar positie, zeker niet in deze omstandigheden.

Maar aan de andere kant: Stel dat de CIA-agenten zich vergisten? Wie was hun bron geweest? Een contactofficier was afhankelijk van zijn informanten. Anna wist net zo goed als iedereen hoe feilbaar het systeem kon zijn. En als de CIA erbij betrokken was, moest ze hem dan uitleveren aan diezelfde CIA? Er was zoveel onzekerheid in haar wereld. Ze moest haar eigen instincten vertrouwen, anders was ze reddeloos verloren.

Ze belde Walter Heisler. 'Ik wil je een gunst vragen,' zei ze. 'Ik heb Hartmans hotel gebeld, maar hij schijnt te zijn vertrokken zon-der zich uit te schrijven. Er was een schietpartij. Zijn bagage ligt er nog. Die zou ik op mijn gemak willen doorzoeken.'

'Zodra we een onderzoek starten, is die bagage officieel ons ei-gendom, weet je.'

'Zijn jullie al met een onderzoek begonnen?'

'Nog niet, maar...'

'Zou je me dan een groot plezier willen doen en zijn bagage naar me toe laten brengen, in mijn hotel?'

'Nou, dat moet dan maar,' zei Heisler een beetje nors. 'Maar het is nogal... ongebruikelijk.'

'Bedankt, Walter!' zei ze warm en hing weer op.

Ben kwam naar haar toe, nog steeds in niets anders dan zijn boxershort. 'Dat noem ik nog eens service!' zei hij grijnzend.

Ze gooide hem een hemd toe. 'Het is fris buiten,' zei ze met dro-ge keel.

Ben Hartman stapte het hotel uit en keek zenuwachtig om zich heen. Gedoucht en geschoren voelde hij zich redelijk opgefrist, ook al droeg hij nog dezelfde gekreukte kleren waar hij in geslapen had. Zijn blik gleed over de brede, drukke boulevard en het groene Stadt-park aan de overkant. Hij voelde zich onbeschermd en kwetsbaar. Toch sloeg hij rechtsaf en ging op weg naar het eerste district.

Hij had het afgelopen halfuur besteed aan een serie telefoontjes. Eerst had hij een kennis – een vriend van een vriend – op de Cay-man Eilanden uit zijn bed gebeld. De kennis had een tweemans 'on-derzoeksbureau' dat zogenaamd de antecedenten van sollicitanten controleerde in opdracht van multinationals. In werkelijkheid werd het bureau meestal ingehuurd door rijke particulieren of internationale bedrijven die zo nu en dan de geheimhouding van de plaatselijke banken wilden omzeilen.

O'Connor Security Investigations was een streng geheime onderneming van een Ierse emigrant en voormalige politieman, Fergus O'Connor, die ooit als bewaker bij een Britse bank naar de Cayman Eilanden was gekomen en nooit meer was weggegaan. Hij was beveiligingsman geworden en daarna hoofd beveiliging. Toen hij besefte dat zijn kennis en zijn netwerk van contacten geld waard waren – hij kende alle andere veiligheidschefs, wist wie er te koop was en wie niet, en hoe het systeem in de praktijk werkte – was hij voor zichzelf begonnen.

'Ik hoop dat dit verdomd belangrijk is,' gromde Fergus in de telefoon.

'Dat weet ik niet,' antwoordde Ben, 'maar wel heel lucratief.'

'Zo mag ik het horen,' zei Fergus, verzoend.

Ben las een lijst van routingcodes en overboekingsnummers voor en zei dat hij aan het eind van de dag zou terugbellen.

'Dat gaat wel langer duren, vriend,' protesteerde Fergus.

'En als we je gewone honorarium verdubbelen? Gaat het dan sneller?'

'Reken maar.' Het bleef even stil. 'Weet je trouwens dat ze de vreselijkste dingen over je beweren?'

'Wat bedoel je?'

'Grote onzin, natuurlijk. Je weet hoe het met geruchten gaat. Ze zeggen dat je een hele serie mensen zou hebben vermoord.'

'Dat meen je niet.'

'En dat je je eigen broer om zeep hebt geholpen.'

Ben gaf geen antwoord. Hij voelde zich misselijk worden. School er niet een kern van waarheid in die beschuldiging?

'Dat soort flauwekul. Het is mijn terrein niet, maar ik weet wel hoe mensen geruchten verspreiden in de financiële wereld, om onrust te stoken. Grote onzin, zoals ik al zei. Maar het is veelbetekenend dat iemand de moeite neemt om die geruchten de wereld in te helpen.'

Jezus. 'Bedankt voor de tip, Fergus,' zei Ben, met een minder vaste stem dan hem lief was.

Hij haalde een paar keer diep adem om weer kalm te worden en belde toen het volgende nummer: een jonge vrouw van een heel ander soort onderzoeksbureau in New York. Dit was een groot, internationaal, legaal bedrijf waar veel voormalige FBI-agenten en zelfs een paar ex-CIA-officieren werkten. Knapp Incorporated was gespecialiseerd in het onderzoek naar de kredietwaardigheid van potentiële zakenpartners in opdracht van bedrijven, en het oplossen van witteboordencriminaliteit, verduistering en bedrijfsdiefstallen – een soort detectivebureau op internationale schaal. Hartman Capital Management had hen weleens ingehuurd.

Een van de beste rechercheurs van Knapp was Megan Cosby, die rechten had gestudeerd aan Harvard en bedrijven kon doorlichten zoals niemand anders dat kon. Ze had een ongelooflijk talent voor het ontwarren van sluwe, complexe bedrijfsstructuren die bedoeld waren om de overheid, argwanende beleggers en concurrenten zand in de ogen te strooien. Je kon het rustig aan Megan overlaten om erachter te komen wie de werkelijke eigenaars waren en wie er achter welke lege BV zat. Hoe ze dat precies deed, vertelde ze niet aan haar cliënten. Een goochelaar verklapt nooit zijn trucs. Ben was een paar keer met Megan gaan lunchen en omdat hij haar soms vanuit Europa moest bellen had ze hem haar privénummer gegeven.

Ze nam de telefoon op met: 'Het is drie uur in de nacht! Wie is dit?'

'Megan, met Ben Hartman. Neem me niet kwalijk, maar het is belangrijk.'

Megan was meteen klaarwakker voor haar winstgevende cliënt. 'Geen punt, Ben. Wat kan ik voor je doen?'

'Ik zit midden in een belangrijke bespreking in Amsterdam,' legde hij uit, terwijl hij zijn stem liet dalen. 'Ik heb informatie nodig over een kleine biotechfirma, Vortex Laboratories in Philadelphia.' Anna, die graag zijn hulp wilde, had hem de naam Vortex genoemd. 'Ik wil weten wie de eigenaars zijn, met wie ze stilzwijgend samenwerken, dat soort dingen.'

'Ik zal mijn best doen,' zei ze, 'maar ik kan je niets beloven.'

'Tegen het einde van de dag. Zou dat kunnen?'

'Jezus.' Ze wachtte even. 'Het einde van wélke dag? Daar of hier? Die extra zes uur maken wel verschil.'

'Het einde van jouw dag dan maar. Doe wat je kunt.'

'Oké,' zei ze.

'O, nog één ding. Er is een vent in Parijs, een zekere Oscar Peyaud. Hartman Capital Management heeft hem eens gebruikt om de kredietwaardigheid van een Frans bedrijf na te gaan. Hij werkt ook voor jullie. Kun je me zijn nummer geven?'

Tegen tien uur wemelde het in de Graben, een van de grote voetgangerspromenades van Wenen, van zakenmensen, toeristen en winkelend publiek. Ben sloeg af naar de Kohlmarkt en kwam langs het Café Demel, de beroemde banketbakkers, waar hij even bleef staan voor een blik in de overdadige etalages. In de ruit zag hij iemand weerspiegeld die naar hem keek en snel zijn ogen weer neersloeg.

Een lange, beetje onguur ogende man met een slecht zittende donkerblauwe regenjas. Hij had dik, warrig zwart haar, met hier en daar wat grijs, een rood gezicht en de zwaarste wenkbrauwen die Ben ooit had gezien, een peper-en-zoutkleurig tapijt van minstens twee centimeter dik. De wangen van de man vertoonden de blos van de stevige drinker, het spinnenweb van gebarsten haarvaatjes dat het gevolg is van te veel drank.

Ben wist dat hij de man al eerder had gezien. Hij was er zeker van. Sinds zijn aankomst in Wenen, twee dagen geleden, was hij die man met zijn rode wangen en zijn dikke wenkbrauwen ergens tegengekomen. In een menigte. Maar waar?

Of vergiste hij zich? Begon hij paranoïde te worden? Zag hij nu overal gezichten en beeldde hij zich in dat de vijand op hem loerde?

Ben draaide zich nog eens om, maar de man was verdwenen.

'Mijn beste mevrouw Navarro,' zei Alan Bartlett, 'ik begin me af te vragen of wij niet heel verschillende ideeën hebben over uw opdracht. Ik ben bijzonder teleurgesteld, moet ik zeggen. Ik had hoge verwachtingen van u.'

Anna had naar Robert Polozzi van de ID-sectie gebeld, maar was zonder enige waarschuwing doorverbonden met Bartlett zelf.

'Hoor eens,' protesteerde ze, met de telefoon tussen haar kin en haar linkerschouder geklemd, 'ik denk dat ik op het punt sta om...'

Bartlett liet haar niet uitspreken. 'U hoort zich regelmatig te melden, agent Navarro, in plaats van zomaar te verdwijnen als een student met carnaval.'

'Als u hoort wat ik heb ontdekt...' begon Anna ongeduldig.

'Nee, luister goed, agent Navarro. U had instructies deze zaak af te wikkelen, en dat gaat u nu ook doen. We hebben gehoord dat Ramago al is vermoord. Rossignol was onze laatste en beste kans. Ik weet niet wat voor middelen u hebt gebruikt om hem op te sporen, maar het resultaat was in elk geval dat hij werd vermoord. Blijkbaar heb ik me ernstig vergist in uw discretie.' Bartletts stem klonk ijzig.

'Maar de Sigma-lijst...'

'U had het over surveillance en voorzorgsmaatregelen in verband met Rossignol. U had er niet bij gezegd dat u hem tot schietschijf wilde maken. Hoe vaak heb ik u niet op het hart gedrukt dat dit een gevoelige kwestie was? Hoe vaak?'

Anna had het gevoel of ze een stomp in haar maag gekregen had. 'Het spijt me als ik door mijn optreden op de een of andere manier...'

'Nee, agent Navarro, de schuld ligt helemaal bij mijzelf. Ik heb u voor deze opdracht uitgekozen. Ik kan niet zeggen dat niemand mij heeft gewaarschuwd. Het was mijn eigen koppigheid. Ik heb te veel vertrouwen in u gesteld. Daar neem ik de volledige verantwoordelijkheid voor.'

'Ach, klets toch niet.' Anna had er opeens genoeg van. 'U hebt geen enkel bewijs voor dit soort beschuldigingen.'

'U kunt op administratieve sancties rekenen. Ik verwacht u morgenmiddag om vijf uur op mijn kantoor, en geen minuut later. Voor mijn part chartert u een privéjet om hier te komen.'

Het duurde een paar seconden voordat Anna besefte dat hij had opgehangen. Haar hart bonsde in haar keel en het bloed was naar haar wangen gestegen. Als hij geen einde aan het gesprek zou hebben gemaakt, had ze hem waarschijnlijk de huid volgescholden en was haar carrière naar de knoppen geweest.

Nee, dacht ze toen. Over haar carrière hoefde ze zich toch al geen illusies meer te maken. Als Dupree erachter kwam dat ze problemen had bij de Internal Compliance Unit, zou hij binnen vijf minuten haar privileges intrekken. Nou ja, in elk geval zou ze niet geruisloos van het toneel verdwijnen.

Ze had een heerlijk gevoel van onontkoombaarheid. Alsof ze in een op hol geslagen trein zat waar ze niet meer uit kon. Dan maar genieten van de kick.

29

Het kantoor van de legendarische en wereldvermaarde Jakob Sonnenfeld – de nazi-jager bij uitstek, die op het omslag van talloze tijdschriften had gestaan, die onderwerp was geweest van talloze artikelen en documentaires en zelfs een paar rolletjes in films had gespeeld – bevond zich in een klein, somber, vrij modern gebouw in de Salztorgasse, een lelijke straat met discountzaken en troosteloze cafés. Sonnenfelds telefoonnummer stond gewoon in de telefoongids van Wenen, maar zonder adres. Ben had het nummer die ochtend omstreeks halfnegen gebeld en was eigenlijk verbaasd geweest dat er werd opgenomen. Een bruuske vrouwenstem vroeg wat er van zijn dienst was en waarover hij de grote man wilde spreken.

Ben zei haar dat hij de zoon was van een overlevende van de holocaust en naar Wenen was gekomen om persoonlijk onderzoek te doen naar het nazi-regime. Hij probeerde zo dicht mogelijk bij de waarheid te blijven, dat leek hem het beste. Zijn verbazing werd nog groter toen de vrouw nog diezelfde ochtend een afspraak voor hem maakte met Sonnenfeld zelf.

De vorige avond had Anna Navarro hem een paar tips gegeven om mogelijke achtervolgers af te schudden. Daarom had hij een ingewikkelde route genomen, vooral nadat hij de man met het rode gezicht had opgemerkt. Hij was een paar keer teruggegaan, onverwachts de straat overgestoken en abrupt een boekwinkel binnengestapt, waar hij een tijdje tussen de boeken had staan wachten. Maar blijkbaar was hij zijn schaduw kwijtgeraakt of wilde de man zich niet meer laten zien, om welke reden dan ook.

Ten slotte belde hij aan bij het kantoorgebouw in de Salztorgasse. De voordeur ging automatisch open. Hij nam de lift naar de derde verdieping, waar een eenzame bewaker hem doorliet. De deur van het kantoor werd geopend door een jonge vrouw die hem een harde stoel wees in een gang waarvan de muren vol hingen met plaquettes, oorkondes en getuigschriften op Sonnenfelds naam.

Terwijl hij zat te wachten, pakte hij zijn mobiele telefoon en liet een bericht na voor Oscar Peyaud, de onderzoeker in Parijs. Daarna belde hij het hotel waar hij de vorige avond zo overhaast was vertrokken.

'Ja, meneer Simon,' zei de telefoniste op nogal vertrouwelijke toon, 'we hebben nog een bericht voor u. Als u even wilt wachten... ja, van een meneer Hans Hoffman. Het is dringend, zei hij.'

'Dank u,' zei Ben.

'Meneer Simon, wilt u even aan de lijn blijven? De manager geeft me een teken dat hij u wil spreken.'

De manager van het hotel meldde zich. Ben negeerde zijn eerste opwelling om de verbinding te verbreken. Het was nuttig om te weten hoeveel de bedrijfsleiding van het hotel precies wist en in hoeverre ze misschien medeplichtig waren.

'Meneer Simon,' zei de manager met een luide, autoritaire basstem, 'een van onze kamermeisjes heeft me verteld dat u haar zou hebben bedreigd. Bovendien is er gisteren in het hotel geschoten. De politie vraagt u om onmiddellijk hier naar toe te komen zodat ze u enkele vragen kunnen stellen.'

Ben drukte op de *End*-toets.

Natuurlijk wilde de manager hem spreken. Er was schade aangericht in het hotel. De bedrijfsleiding had de politie moeten waarschuwen. Maar hij hoorde iets in de stem van de man, de zelfverzekerde toon van iemand die het officiële gezag achter zich weet. En dat beviel Ben niet. En wat had Hoffman, de privédetective, hem te zeggen dat zo dringend was?

De deur van Sonnenfelds kantoor ging open en een kleine oude man met kromme schouders stapte naar buiten en nodigde Ben met een zwak handgebaar uit om binnen te komen. Hij begroette Ben met een bevende handdruk en nam plaats achter een rommelig bureau. Jakob Sonnenfeld had een borstelige grijze snor, een vlezig gezicht, grote oren en roodomrande, geloken, waterige ogen. Hij droeg een weinig modieuze, onhandig geknoopte das over een mottig bruin dichtgeknoopt vest met een geruit jasje eroverheen.

'Veel mensen willen mijn archief raadplegen,' viel Sonnenfeld met de deur in huis. 'Soms met een goede reden, soms ook niet. Waar is het u om te doen?'

Ben schraapte zijn keel, maar Sonnenfeld ging door. 'U zegt dat uw vader de holocaust heeft overleefd. Nou en? Zo zijn er duizenden. Waarom bent u zo geïnteresseerd in mijn werk?'

Ben vroeg zich af of hij open kaart kon spelen met deze man. 'U maakt al tientallen jaren jacht op nazi-misdadigers,' begon hij abrupt. 'U moet een diepe haat tegen hen koesteren, net als ik.'

Sonnenfeld maakte een wegwerpgebaar. 'Haat speelt geen rol. Ik had dit werk nooit vijftig jaar kunnen volhouden als haat mijn motief was geweest. Dan zou ik door mijn eigen haatgevoelens zijn verteerd.'

Ben ergerde zich een beetje aan die vrome houding en geloofde er niet veel van. 'Ik vind dat oorlogsmisdadigers niet vrijuit mogen gaan.'

'O, maar het zijn geen oorlogsmisdadigers. Een oorlogsmisdadiger begaat zijn misdrijven in dienst van een oorlog, nietwaar? Hij vermoordt en martelt mensen om die oorlog te kunnen winnen. Maar vertelt u me eens waarom de nazi's miljoenen onschuldige mensen moesten vergassen en vermoorden? Om de oorlog te winnen? Natuurlijk niet. Dat gebeurde uitsluitend uit ideologische motieven. Om de wereld te zuiveren, zoals zij dachten. Het was volstrekt onnodig, een soort bijverschijnsel. Het betekende zelfs een aanslag op middelen en voorzieningen die voor de oorlogsvoering nodig waren. Die genocide vormde juist een belemmering voor hun oorlogsinspanningen. Nee, je kunt die nazi's geen oorlogsmisdadigers noemen.'

'Hoe noemt u ze dan wel?' vroeg Ben, die het eindelijk begreep. Sonnenfeld glimlachte een paar gouden kiezen bloot. 'Monsters.'

Ben haalde diep adem. Hij zou de oude nazi-jager moeten vertrouwen. Dat was de enige manier om zijn medewerking te krijgen. Sonnenfeld was te slim om zich te laten bedotten. 'Dan zal ik open kaart met u spelen, meneer Sonnenfeld. Mijn broer – mijn tweelingbroer, mijn beste vriend in de hele wereld – is vermoord door mensen van wie ik vermoed dat ze iets met die monsters te maken hebben.'

Sonnenfeld boog zich naar voren. 'Daar begrijp ik niets van,' zei hij nadrukkelijk. 'U en uw broer zijn toch veel en veel te jong om de oorlog te hebben meegemaakt?'

'Ik praat over iets dat niet veel langer dan een week geleden is gebeurd,' zei Ben.

Sonnenfeld fronste zijn voorhoofd en kneep ongelovig zijn ogen samen. 'Wat bedoelt u? Dat is onzinnig.'

Haastig legde Ben hem uit wat Peter had ontdekt. 'Dat document trok zijn aandacht omdat een van de oprichters onze eigen vader bleek te zijn.' Hij wachtte even. 'Max Hartman.'

Een verbijsterde stilte. 'Ik ken die naam,' zei Sonnenfeld toen. 'Hij geeft veel geld aan goede doelen.'

'Een van die goede doelen in 1945 was blijkbaar een bedrijf. Een bedrijf met de naam Sigma,' vervolgde Ben onverstoorbaar. 'Tot de andere oprichters behoorde een groot aantal westerse industriëlen en een handvol hoge nazi-functionarissen. Een van hen was de boekhouder, een Obersturmführer die Max Hartman heette.'

Sonnenfeld keek hem aan zonder met zijn waterige oogjes te knipperen. 'Ongelooflijk. "Sigma", zei u toch? God sta ons bij.'

'Het is het oude verhaal, ben ik bang,' zei de bezoeker in het zwartleren jack.

'Uw vrouw,' vermoedde Hoffman, de privédetective, met een knipoog.

De man grijnsde schaapachtig.

'Ze is jong en mooi, neem ik aan?'

Een zucht. 'Ja.'

'Dat zijn de ergsten, jong en mooi,' zei Hoffman, op een toon van mannen onder elkaar. 'Als ik u een goede raad mag geven: vergeet haar maar. U zult haar nooit kunnen vertrouwen.'

De blik van de bezoeker bleef rusten op Hoffmans mooie nieuwe laptopcomputer. 'Dat ziet er goed uit,' zei de man.

'Ik weet niet hoe ik het ooit zonder heb gedaan,' zei Hoffman. 'Ik ben niet zo technisch, maar dit wijst zich vanzelf. Wie heeft nog archiefkasten nodig? Alles zit in dit dingetje!'

'Mag ik hem eens bekijken?'

Hoffman aarzelde. Iemand die zomaar van de straat kwam zou ook een ordinaire dief kunnen zijn. Hij keek nog eens naar de man, met zijn brede schouders, zijn slanke middel, zonder een onsje vet op zijn strakke lijf. Geruisloos trok hij de lange metalen bureaula naast zijn stoel een eindje open en controleerde of zijn Glock onder handbereik lag.

'Een andere keer misschien,' zei Hoffman. 'Al mijn vertrouwelijke dossiers zitten erin. Geef me het signalement maar van uw mooie jonge vrouw en de klootzak met wie ze het nest in duikt.'

'Zet die computer eens aan,' zei de bezoeker. Hoffman keek abrupt op. Het was geen vraag, maar een bevel.

'Wat is de bedoeling?' snauwde Hoffman, voordat hij besefte dat hij in de loop van een Makarov met geluiddemper staarde.

'Zet die computer aan,' herhaalde de man zacht. 'En open uw bestanden.'

'Ik zal u één ding zeggen. Dit document is nooit voor publicatie bestemd geweest,' zei Sonnenfeld. 'Het was een juridische formaliteit voor intern gebruik door de Zwitserse banken. Uitsluitend bedoeld voor de rentmeesters in Zürich.'

'Dat begrijp ik niet.'

'Sigma is een legendarische naam. Er gaan al jaren geruchten zonder dat er ooit een schijn van bewijs is gevonden voor het bestaan van zo'n organisatie. Als dat er was, had ik het geweten, geloof me.'

'Maar dat ligt nu anders, neem ik aan?'

'Het heeft er alle schijn van,' beaamde hij zacht. 'Het is duidelijk een fictieve onderneming, een façade, een constructie – een manier voor grote industriëlen uit beide kampen om een afzonderlijke vrede te sluiten, wat de voorwaarden van de wapenstilstand ook zouden zijn. Het vel papier dat uw broer heeft ontdekt, is misschien wel het enige tastbare bewijs van de hele onderneming.'

'U zegt dat Sigma een legendarische naam is. Wat is de legende dan?'

'Dat machtige zakenmensen en politici elkaar in het geheim zouden hebben getroffen om immense gestolen overheidsfondsen uit het Derde Rijk weg te sluizen. Niet iedereen die zich tegen Hitler verzette was een held, dat zeg ik u maar meteen. Er waren heel veel kille opportunisten onder. Ze wisten dat Duitsland de oorlog zou verliezen en wie daar schuld aan had. Ze waren meer geïnteresseerd in de kans op repatriëring en nationalisatie. Ze hadden hun eigen imperia om voor te zorgen. Zakelijke imperia. Er zijn genoeg bewijzen voor het bestaan van zulke plannen. Maar we hebben altijd gedacht dat het bij plannen was gebléven. En bijna alle betrokkenen uit die tijd zijn inmiddels overleden.'

'Bíjna alle betrokkenen, zegt u,' reageerde Ben scherp. 'Maar hoe staat het met enkele directieleden die rechtstreeks tot uw werkterrein behoren? De nazi's onder de oprichters. Mensen als Gerhard Lenz en Josef Strasser.' Hij wachtte even voordat hij de laatste naam noemde. 'Max Hartman.'

Sonnenfeld zweeg. Hij steunde zijn hoofd in zijn grote, gegroefde handen. 'Wie zijn die mensen?' mompelde hij, zuiver retorisch. 'Dat is uw vraag. En zoals altijd heb ik een wedervraag: Wie bent u? En waarom wilt u dat weten?'

'Leg dat pistool neer,' zei Hoffman. 'Doe geen domme dingen.'

'Schuif die la weer dicht,' zei de indringer. 'Ik hou u scherp in de gaten. Eén verkeerde beweging en ik zal niet aarzelen om u te doden.'

'Dan krijgt u nooit toegang tot mijn bestanden,' zei Hoffman triomfantelijk. 'De computer is uitgerust met een biometrische beveiliging die mijn vingerafdrukken scant. Zonder die vingerafdrukken kan niemand inloggen. Het zou dus heel dom van u zijn om mij te doden.'

'O, zo ver wilde ik ook niet gaan,' zei de bezoeker rustig. 'Nog niet.'

'Maar kende u de waarheid over mijn vader?' vroeg Ben. 'Ik zou denken dat u wel een dossier hebt aangelegd over zo'n bekende overlevende en... neem me niet kwalijk... potentiële donateur van uw eigen stichting. U was in een unieke positie om zijn leugens te doorzien. U beschikt over alle lijsten van concentratiekampslachtoffers, een groter archief dan wie ook ter wereld. Daarom vraag ik het u opnieuw: Kende u de waarheid over mijn vader?'

'U wel?' reageerde Sonnenfeld scherp.

'Ik heb de waarheid nu gezien, zwart op wit.'

'U hebt íéts gezien, zwart op wit, maar niet de waarheid. Dat is de fout van een amateur. Neemt u me niet kwalijk, meneer Hartman, maar deze dingen zijn nooit zwart-wit. U bent geconfronteerd met een situatie waarvan de tegenstrijdige elementen mij maar al te bekend voorkomen. Ik ken maar een klein deel van het verhaal van uw vader, maar zo zijn er duizenden. We hebben hier te maken met bijzonder complexe morele vragen – ethische dilemma's van grote schimmigheid. Laten we beginnen met het simpele feit dat een jood met geld altijd met de nazi's kon onderhandelen. Dat is een van de onsmakelijke geheimen van de oorlog waar mensen zelden over praten. Joden met geld konden dikwijls een vrijgeleide kópen. De nazi's accepteerden goud, juwelen, effecten, noem maar op. Dat was afpersing, niets meer en niets minder. Ze hanteerden zelfs een prijslijst: driehonderdduizend Zwitserse frank voor een mensenleven! Een van de Rothschilds kon zijn leven kopen met zijn staalfabrieken, die hij aan de Hermann Göring Fabrieken overdroeg. Maar daar lees je nooit over. Daar wordt niet over gesproken. Zo was er de steenrijke Hongaars-joodse familie Weiss, die bedrijven bezat in drieëntwintig landen op de wereld. Zij hebben hun hele fortuin aan de ss geschonken, in ruil voor een vrijgeleide naar Zwitserland.'

Ben kon dat allemaal niet zo snel verwerken. 'Maar een Obersturmführer...'

'Een joodse Obersturmführer? Zou dat mogelijk zijn? Ik vraag nog even uw geduld.' Sonnenfeld zweeg een moment voordat hij verder ging. 'Ik zal u iets vertellen over een ss-kolonel, Kurt Becher, die dit soort zaken regelde voor Eichmann en Himmler. Becher gooide het ook op een akkoordje met een Hongaar, dr. Rudolf Kastner: zeventienhonderd joden voor duizend dollar per hoofd. Een hele trein vol. Joden in Boedapest vochten om aan boord van die trein te kunnen komen. U weet toch dat uw familie geld had voor de oorlog? Het was dus heel simpel, als je Max Hartman heette. Op een dag staat Obergruppenführer Becher op de stoep. Je sluit een overeenkomst. Wat heb je immers aan al je geld als je toch moet sterven? Dus betaal je een losgeld voor je hele familie. Je zusters en jezelf. Dat is geen moreel dilemma; je doet gewoon alles om aan de dood te ontsnappen.'

Ben had zich zijn vader nooit voorgesteld als een angstige, wanhopige jongeman. Het duizelde hem. Zijn tante Sarah was gestorven voordat hij werd geboren, maar hij kon zich nog wel zijn tante Leah herinneren, die overleed toen hij op de middelbare school zat: een kleine, rustige, lieve vrouw die een onopvallend leven had geleid als bibliothecaresse in Philadelphia. Ze had echt van haar broer gehouden, maar ze was zich ook bewust geweest van zijn overheersende karakter en had in alles zijn mening gevraagd. Als er een geheim moest worden bewaard, zou ze dat zeker hebben gedaan. Maar zijn vader... wat zou hij nog meer hebben verborgen?

'Als het waar is wat u zegt, waarom heeft hij ons dat dan nooit verteld?' vroeg Ben.

'Dacht u dat hij daarmee te koop zou lopen?' Er klonk iets van minachting in Sonnenfelds stem. 'En zou u het hebben begrepen? Miljoenen mensen vergast en vermoord, terwijl Max Hartman rustig naar Amerika kon emigreren omdat hij gelukkig genoeg geld had? Mensen in zijn situatie spraken daar niet over, mijn vriend. Ze wilden zelf het liefst vergeten. Ik weet die dingen omdat het mijn werk is, maar je kunt er beter niet over praten.'

Ben wist niet wat hij moest zeggen en hield dus zijn mond.

'Zelfs Churchill en Roosevelt hebben in mei 1944 nog een aanbod gekregen van Himmler zelf. Himmler was bereid de geallieerden alle joden in de nazi-kampen te verkopen als de geallieerden één vrachtwagen per honderd joden wilden betalen. Dan zouden de nazi's de gaskamers ontmantelen en onmiddellijk stoppen met het uitmoorden van de joden – in ruil voor de trucks die ze zo hard nodig hadden tegen de Russen. De joden waren te koop, maar er waren geen kopers! Roosevelt en Churchill weigerden omdat ze hun ziel niet aan de duivel wilden verkwanselen. Dat konden zij makkelijk zeggen, nietwaar? Ze hadden een miljoen Europese joden kunnen redden, maar nee. Er waren joodse leiders die wanhopig op dit aanbod wilden ingaan. Dus als we het over morele dilemma's hebben... zo eenvoudig lag dat niet.' Sonnenfelds toon was bitter. 'Achteraf kun je gemakkelijk over schone handen praten. Maar het gevolg is wel dat u nu tegenover mij zit. U bent ter wereld gekomen omdat uw vader op een bedenkelijke manier zijn eigen leven heeft gered.'

Ben dacht weer aan zijn vader: de oude, breekbare man in Bedford en de energieke, keurig verzorgde jongeman op die oude foto. Wat hij had moeten doorstaan om die lange weg af te leggen, kon Ben nauwelijks bevroeden. Maar had hij daar echt niet over durven spreken? Wat had hij dan verder nog verzwegen? 'Dat is nog geen verklaring voor zijn naam op dat document,' hield Ben vol. 'Of hoe hij bij de ss terechtkwam...'

'Alleen in naam, dat weet ik zeker.'

'Wat bedoelt u?'

'Hoeveel weet u eigenlijk van uw vader?'

Goede vraag, dacht Ben. 'Steeds minder, heb ik het gevoel.' Max Hartman, die krachtig en imponerend een directievergadering voorzat met het zelfvertrouwen van een gladiator; die Ben als jochie van zes hoog de lucht in tilde; die aan het ontbijt *The Financial Times* zat te lezen, afstandelijk en ondoorgrondelijk.

Hoe had Ben getracht zijn liefde en respect te winnen! En wat een warm gevoel het was geweest, die zeldzame keren dat hij Max' waardering had afgedwongen. De man was altijd een raadsel voor hem gebleven.

'Ik kan u wel één ding vertellen,' zei Sonnenfeld onbewogen. 'Zelfs als jongeman was uw vader al een legende in Duitse financiële kringen. Hij werd een genie genoemd. Maar hij was een jood. In het begin van de oorlog, toen de joden werden afgevoerd, kreeg hij de kans om voor de Reichsbank te werken en ingewikkelde financiële constructies te ontwerpen waarmee de nazi's de geallieerde blokkades konden omzeilen. Die ss-rang kreeg hij als een soort dekmantel.'

'Dus in zekere zin heeft hij geholpen het nazi-regime te financieren,' zei Ben toonloos. Dat was eigenlijk geen verrassing, maar toch kwam de bevestiging hard aan.

'Helaas wel. Ik weet zeker dat hij zijn redenen had. Hij stond onder druk, hij had geen keus. Het was onvermijdelijk dat hij bij het Sigma-project betrokken werd.' Sonnenfeld wachtte weer even en keek Ben strak aan. 'Ik geloof dat u moeite hebt met het onderscheiden van grijstinten.'

'Een vreemde opvatting voor een nazi-jager.'

'Dat is een etiket dat de pers me heeft opgeplakt,' zei Sonnenfeld. 'Ik vecht voor gerechtigheid en in die strijd moet je onderscheid kunnen maken tussen menselijke zwakheid en verdorvenheid, tussen het gewone en het buitengewone kwaad. Maakt u zich geen illusies: ontberingen brengen nooit het beste in de mens naar boven.'

De kamer leek langzaam om hem heen te draaien. Ben sloeg zijn armen om zich heen en haalde een paar keer diep adem om weer kalm en helder te worden.

Opeens zag hij zijn vader in zijn donkere studeerkamer, in zijn comfortabele lievelingsstoel, luisterend naar Mozarts *Don Giovanni.* 's Avonds na het eten zat Max daar vaak, met het licht uit en *Don Giovanni* op de stereo. Hoe eenzaam moest de man zich hebben gevoeld, hoe angstig dat zijn bedenkelijke verleden ooit aan het licht zou komen. Ben stond verbaasd over de tederheid die hij opeens voelde. *De oude man heeft zoveel van me gehouden als hij maar van iemand kón houden. Hoe kan ik hem verachten?* De werkelijke reden waarom Lenz zijn vader was gaan haten, besefte Ben, was niet zozeer zijn afkeer van het nazisme als het feit dat de man hen in de steek had gelaten.

'Vertelt u me eens over Strasser,' zei Ben, die van onderwerp wilde veranderen om dat gevoel van duizeligheid kwijt te raken.

Sonnenfeld sloot zijn ogen. 'Strasser was wetenschappelijk adviseur van Hitler. *Gevalt*, hij was een onmens, maar wel een briljant geleerde. Hij was een van de directeuren van I.G. Farben, u weet wel, het grote bedrijf dat volledig door de nazi's werd gecontroleerd. Daar hielp hij bij de ontwikkeling van een nieuw gas in korrelvorm, Zyklon-B. Als je die korrels schudde, kwam er gas vrij. Een soort goocheltruc! Ze testten het eerst in de douches van Auschwitz. Een geweldige uitvinding. Het gifgas steeg op in de gaskamers. Naarmate het hoger kwam, gingen de langere slachtoffers op de anderen staan om nog lucht te krijgen. Maar binnen vier minuten was iedereen dood.'

Sonnenfeld zweeg en staarde voor zich uit. In de lange stilte hoorde Ben het tikken van een mechanische klok.

'Heel efficiënt,' vervolgde Sonnenfeld ten slotte. 'Dat hadden we dus te danken aan dr. Strasser. En u weet dat Allen Dulles, uw CIA-directeur in de jaren vijftig, de Amerikaanse advocaat en trouwe pleitbezorger van I.G. Farben was? Zo is het.'

Ben had dat al eens eerder gehoord, maar het bleef hem verbazen. Langzaam zei hij: 'Dus Strasser en Lenz waren partners, in zekere zin.'

'Ja. Twee van de meest briljante en verderfelijke wetenschappers van de nazi's. Lenz met zijn experimenten op kinderen, op tweelingen. Een briljante man, die zijn tijd ver vooruit was. Hij was vooral geïnteresseerd in de stofwisseling van kinderen. Sommigen liet hij verhongeren om te zien hoe hun groei vertraagde en tot staan kwam. Anderen liet hij bevriezen, om het effect op hun groei te bestuderen. Hij zorgde ervoor dat alle kinderen die leden aan progeria, een afschuwelijke vorm van vroegtijdig oud worden, naar hem toe werden gestuurd, zodat hij hen kon onderzoeken. Een prettig mens, doctor Lenz,' vervolgde hij bitter. 'Hij stond dicht bij het opperbevel, uiteraard. Als wetenschapper genoot hij meer vertrouwen dan de meeste politici. Hij had immers "zuivere motieven". En dan was er nog dr. Strasser. Ook Lenz vluchtte naar Buenos Aires, zoals zoveel nazi's na de oorlog. Bent u er weleens geweest? Een prachtige stad, werkelijk waar. Het Parijs van Zuid-Amerika. Geen wonder dat al die nazi's daar wilden wonen. Lenz is er gestorven.'

'En Strasser?'

'Misschien dat Lenz' weduwe nog weet waar Strasser woont, maar vraag het haar niet, want ze zal het u nooit vertellen.'

'Lenz' weduwe?' vroeg Ben. Hij veerde overeind. 'Ja. Jürgen Lenz zei dat zijn moeder daar was gaan wonen.'

'Hebt u met Jürgen Lenz gesproken?'

'Ja. U kent hem, neem ik aan?'

'Ja. Een ingewikkeld verhaal, Jürgen Lenz. Ik moet toegeven dat ik in het begin moeite had om geld aan te nemen van die man. Zonder giften zouden we dit instituut natuurlijk moeten sluiten. In dit land, waar ze de nazi's altijd hebben beschermd en nog steeds beschermen, krijg ik geen subsidie. Geen cent! Al in meer dan twintig jaar hebben ze hier geen enkele nazi meer berecht. Ik ben hier jarenlang staatsvijand nummer één geweest. Vroeger werd ik bespuwd op straat. En Lenz... dat geld van hem leek zo duidelijk een poging om zijn schuld af te kopen. Maar toen ik de man ontmoette, moest ik mijn mening snel herzien. Hij probeert oprecht iets goeds te doen. Hij is bijvoorbeeld de enige financier van de progeria-stichting in Wenen. Ongetwijfeld wil hij rechtzetten wat zijn vader heeft misdaan. We mogen hem niet verantwoordelijk houden voor de misdrijven van zijn vader.'

Sonnenfelds woorden klonken na in Bens hoofd. De misdrijven van zijn vader... Hoe bizar dat Lenz in dezelfde situatie verkeerde als hij, dacht Ben.

'De profeet Jeremia zegt ons: "In die dagen zullen zij niet meer zeggen: De vaders hebben onrijpe druiven gegeten, en der kinderen tanden zijn stomp geworden." En Ezechiël leert ons: "En de zoon zal niet dragen de zonde des vaders." Het is heel duidelijk.'

Ben zweeg een tijdje. Toen: 'U zei dat Strasser misschien nog leeft.'

'Of misschien is hij dood,' antwoordde Sonnenfeld snel. 'Wie zal het zeggen, bij zulke oude mannen? Ik heb het nooit kunnen verifiëren.'

'U hebt toch wel een dossier over hem?'

'Kom me niet met dat soort ideeën aan. U beeldt zich toch niet in dat u dat schepsel zult kunnen vinden en dat hij u zal vertellen wat u wilt horen, als een geest uit de fles?' Sonnenfeld klonk ontwijkend. 'Jarenlang ben ik lastig gevallen door jonge fanatici die wraak wilden nemen, die hun eigen onrust wilden stillen met het bloed van een verklaard misdadiger. Dat is puberaal gedoe dat altijd slecht afloopt voor iedereen. Ik had de indruk gekregen dat u niet zo was. Maar Argentinië is een ander land en de ellendeling zal wel dood zijn.'

De jonge vrouw die Ben had binnengelaten kwam de kamer binnen en overlegde zachtjes met Sonnenfeld. 'Ik moet even telefoneren. Het is dringend,' zei hij verontschuldigend en verdween naar een achterkamer.

Ben keek naar de grote, donkergrijze archiefkasten om zich heen. Sonnenfeld had duidelijk afhoudend gereageerd toen het onderwerp van Strassers huidige verblijfplaats ter sprake kwam. Verzweeg hij soms iets? En zo ja, waarom?

Aan Sonnenfelds houding te oordelen kon het een lang telefoontje worden. Misschien lang genoeg om Ben de kans te gunnen voor een kijkje in het archief. In een opwelling stond Ben op en liep naar een enorme dossierkast met vijf laden met de aanduiding R-S. De laden zaten op slot, maar de sleutel lag op de kast. Van een echte beveiliging was geen sprake, constateerde Ben. Hij opende de onderste la, die helemaal vol zat met vergeelde dossiermappen en omkrullende papieren. Stefans, Sterngeld, Streitfeld.

Strasser! In bruine inkt, al enigszins verbleekt. Hij haalde de map eruit en kreeg een idee. Hij liep naar de laden voor de letters K-M. Er zat een dik dossier bij over Gerhard Lenz, maar dat was niet wat hij zocht. Het ging hem om de dunne map ernaast, met de gegevens over de weduwe.

Het dossier zat klem. Op dat moment hoorde hij voetstappen. Sonnenfeld kwam terug, eerder dan Ben had verwacht! Hij gaf een ruk aan de map en wrikte hem heen en weer tot hij losschoot tussen de andere. Snel pakte hij zijn regenjas, die hij op een stoel had gelegd, schoof de vergeelde dossiers eronder en zat weer op zijn plaats toen Sonnenfeld binnenkwam.

'Het is gevaarlijk om de rust van oude mannen te verstoren,' verklaarde Sonnenfeld terwijl hij naar zijn bureau liep. 'U denkt misschien dat het tandeloze, verschrompelde grijsaards zijn, en dat is ook wel zo. Maar ze hebben een machtig netwerk om zich heen, zelfs nu nog. Zeker in Zuid-Amerika, waar ze veel aanhangers bezitten. Boeven, zoals het *Kameradenwerk*. Ze worden beschermd zoals wilde dieren de oudere, zwakke dieren in de groep beschermen. En als het nodig is zullen ze de vijand doden, zonder aarzelen.'

'In Buenos Aires?'

'Daar vooral, meer nog dan ergens anders. Nergens zijn ze nog zo machtig.' Hij keek vermoeid. 'Daarom moet u daar nooit naar oude Duitsers informeren.'

Sonnenfeld stond onzeker op. Ben volgde zijn voorbeeld. 'Zelfs nu heb ik nog altijd een bewaker. Het is niet veel, maar meer kunnen we ook niet betalen.'

'Toch blijft u wonen in een stad waar ze niet houden van vragen over het verleden,' zei Ben.

Sonnenfeld legde een hand op Bens schouder. 'Ja, maar ziet u, meneer Hartman, wie malaria wil bestuderen, moet in het moeras gaan wonen.'

Julian Bennett, plaatsvervangend adjunct-chef veiligheidszaken van de National Security Agency, zat tegenover Joel Skolnik, de adjunct-directeur van het ministerie van Justitie, in de kleine directie-eetzaal op het hoofdkwartier van de NSA in Fort Mead. Hoewel Skolnik, slungelig en kalend, een hogere rang had op de ambtenarenschaal, leek Bennett de leiding te hebben van het gesprek. De National Security Agency was zodanig gestructureerd dat mensen als Bennett zich weinig hoefden aan te trekken van de bureaucratie buiten hun eigen dienst. Dat leidde tot een zekere arrogantie en Bennett was niet iemand om dat te verbergen.

Een doorbakken lamskotelet met gestoomde spinazie lag op het bord voor Skolnik, nog grotendeels onaangeroerd. Zijn eetlust was verdwenen. Ondanks een dun vernisje van beleefdheid straalde Bennett een subtiele dreiging uit, en zijn boodschap was alarmerend.

'Het ziet er niet goed voor je uit,' merkte Bennett op, niet voor het eerst. Met zijn kleine, ver uiteen geplaatste ogen en zijn lichte wenkbrauwen had hij enigszins een varkenskop.

'Dat begrijp ik wel.'

'Je hoort je zaakjes voor elkaar te hebben,' zei Bennett. Zijn eigen bord was al leeg. Hij had zijn porterhouse-steak met een paar snelle happen naar binnen gewerkt: duidelijk een man die alleen at om brandstof binnen te krijgen. 'En we horen bijzonder verontrustende berichten.'

'Dat zei je al,' antwoordde Skolnik en schaamde zich meteen voor zijn eigen toon – eerbiedig, bijna kruiperig. Hij wist dat het verkeerd was om angst te tonen tegenover een man als Bennett. Dat werkte als bloed op een haai.

'De roekeloosheid waarmee jullie met de nationale veiligheid omspringen kan ons allemaal in problemen brengen. Als ik zie hoe jouw mensen zich gedragen, weet ik niet of ik lachen of huilen moet. Wat heeft het voor zin om de voordeur te vergrendelen als de achterdeur heen en weer klappert in de wind?'

'Laten we het gevaar van ontdekking nou niet overdrijven op dit punt,' vond Skolnik. Maar zijn droge woorden klonken veel te defensief, ook in zijn eigen oren.

'Ik wil je garantie dat de rotte plek beperkt is gebleven tot die mevrouw Navarro bij jullie.' Bennett boog zich over de tafel en gaf Skolnik een klopje op zijn arm, half vertrouwelijk en half dreigend, 'en dat je alles zult doen wat in je vermogen ligt om die vrouw terug te halen.'

'Dat spreekt vanzelf,' zei de man van Justitie, en hij slikte even.

'Opstaan,' beval de man met het baardje, zwaaiend met de Makarov in zijn linkerhand.

'Je schiet er niets mee op. Ik leg mijn vinger toch niet op de sensor,' zei de privédetective, Hans Hoffman. 'En nou wegwezen, voordat er dingen gebeuren waar je spijt van krijgt.'

'Ik krijg nooit spijt,' zei de man onverstoorbaar. 'Opstaan!'

Hoffman kwam met tegenzin overeind. 'Ik zeg het nog eens...'

De indringer stond ook op en liep op hem toe.

'Ik zeg het nog eens,' herhaalde Hoffman, 'het heeft geen zin om me dood te schieten.'

'Dat is ook niet nodig,' zei de man onbewogen. En hij maakte een flitsende beweging in Hoffmans richting.

De detective zag een metaalachtige glinstering, nog voordat hij een onvoorstelbare pijn voelde in zijn hand. Hij keek omlaag. Er zat een stompje op de plaats waar zijn wijsvinger had gezeten. Het was een perfecte snee. Aan de wortel van zijn vinger, vlak naast het dikke deel van de duim, zag hij een witte cirkel van bot binnen een grotere cirkel van vlees. In de milliseconde voordat hij begon te schreeuwen, ontdekte hij het vlijmscherpe jagersmes in de hand van de man. Verdoofd en gefascineerd staarde hij naar de afgehakte vinger op het kleed, als een waardeloos kippenbotje dat bij een slordige poelier van de slachtbank was gevallen.

Hoffman schreeuwde, een hoge, kermende kreet van ongeloof, angst en een ondraaglijke, onbegrijpelijke pijn. 'O, mijn god! O, mijn god! O, mijn god!'

Trevor raapte de afgehouwen vinger op en hield hem omhoog. Het bloed sijpelde nog uit de onderkant.

30

Anna belde met David Denneen.

'Ben jij dat, Anna?' vroeg hij korzelig. Zijn gebruikelijke warmte had plaatsgemaakt voor een vreemde behoedzaamheid. 'Het is helemaal mis.'

'Laat horen, David. Wat is er aan de hand, verdomme?'

'Dat geloof je niet. Ze zeggen dat je...' Hij zweeg.

'Wat?'

'Ach, grote waanzin. Bel je via een veilige lijn?'

'Natuurlijk.'

Het bleef even stil. 'Luister, Anna. Het departement heeft opdracht gekregen een P-47 op je los te laten. Al je post en telefoontjes worden onderschept.'

'Jezus christus!' zei Anna. 'Wat krijgen we nou?'

'Dat is nog niet alles. Sinds vanochtend is er zelfs een 12-44 tegen je uitgevaardigd, een order om je onmiddellijk in hechtenis te nemen, met alle ten dienste staande middelen. Jezus, ik weet niet wat je hebt uitgevreten, maar ze noemen je al een nationaal veiligheidsrisico. Ze zeggen dat je al jaren door vijandige groeperingen wordt betaald. Ik mag helemaal niet met je praten.'

'Wát?'

'Volgens de geruchten heeft de FBI geld en juwelen bij je thuis gevonden. Dure kleren, rekeningen in het buitenland...'

'Leugens!' viel Anna uit. 'Allemaal leugens. Jezus!'

Het bleef een hele tijd stil. 'Dat wist ik ook wel, Anna, maar toch ben ik blij om het uit je eigen mond te horen. Iemand is bezig je tot de grond toe af te breken. Maar waarom?'

'Waarom?' Anna sloot een moment haar ogen. 'Om te voorkomen dat ik bepaalde dingen ontdek. Dat zal de reden wel zijn.'

Wat had dit te betekenen? Hadden 'Yossi' of Phil Ostrow haar zwartgemaakt bij Bartlett? Ze had hen nooit teruggebeld. Misschien was Bartlett kwaad dat ze iets te weten waren gekomen over haar onderzoek, ook al kon zij daar niets aan doen. Of misschien had hij juist de pest in dat ze Hartman niet aan hen had uitgeleverd, zoals ze hadden gevraagd.

Opeens drong het tot haar door dat geen van de agenten een woord had gezegd over Hans Vogler, de huurmoordenaar die ooit voor de Stasi had gewerkt. Zou 'Yossi' niets van hem weten? En mocht ze daaruit afleiden dat Vogler in elk geval niet was ingehuurd door de freelancers van de Mossad? Ze pakte het kaartje van Phil

Ostrow en belde zijn nummer. Ze kreeg de voicemail, maar liet geen bericht achter.

Misschien wist Jack Hampton er meer van. Ze belde hem thuis, in Chevy Chase. 'Jack,' begon ze, 'je spreekt met...'

'Jezus christus, *jij* toch niet?' viel Hampton haar meteen in de rede. 'Je bent toch niet zo achterlijk om je vrienden te bellen en hun veiligheidsstatus in gevaar te brengen?'

'Word je dan afgeluisterd?'

'Aan mijn kant?' Hampton aarzelde even. 'Nee. Uitgesloten. Daar zorg ik wel voor.'

'Dan is er niets aan de hand. Ik bel via een veilig toestel. Dit gesprek kan onmogelijk worden getraceerd.'

'Zelfs áls je gelijk hebt, Anna,' zei hij weifelend, 'dan breng je me toch in een lastig parket. Volgens de geruchten ben je zo fout als het maar kan, een soort combinatie tussen Ma Barker en Mata Hari, met de garderobe van Imelda Marcos.'

'Allemaal gelul, dat weet je ook wel.'

'Misschien, Anna. Maar misschien ook niet. De bedragen die ik heb horen noemen zijn wel verdomd verleidelijk. Daar kun je een mooi stukje grond voor kopen op Virgin Gorda. Al dat roze zand, een stralend blauwe lucht, elke dag zwemmen...'

'Jezus, Jack!'

'Ik heb een goede raad voor je. Geen buitenlands geld aannemen en geen Zwitserse bankiers meer vermoorden.'

'O, zeggen ze dat?'

'Onder andere. En nog een heleboel meer. Het is de grootste paniek sinds Wen Ho Lee. Het klinkt allemaal wat overdreven, dat geef ik toe. Ik bedoel, wie heeft er in godsnaam zoveel geld om uit te geven? Rusland is zo bankroet dat de meeste Russische kerngeleerden zijn geëmigreerd om als taxichauffeur in New York te werken. En in China is het ook geen vetpot – dat is een soort Zambia, maar dan met kernraketten. Laten we nou wel wezen.' Hamptons toon werd wat milder. 'Maar waar bel je voor? Wil je onze laatste raketcodes, om aan de Chinezen door te geven? Ik zal je faxnummer noteren.'

'Ach, sodemieter op.'

'Zo ken ik je weer,' plaagde hij haar. Hij voelde zich wat meer op zijn gemak.

'Val dood. Hoor eens, voordat deze ellende begon, had ik een gesprek met je vriend Phil Ostrow...'

'Ostrow?' vroeg Hampton. 'Waar?'

'In Wenen.'

Zijn woede flakkerde weer op. 'Wat klets je nou, Navarro?'

'Hè? Wat bedoel je?'

'Belazer je me, of heeft iemand jóú belazerd?' Iets in zijn toon verontrustte haar.

'Ostrow zit niet in Wenen?' vroeg ze voorzichtig.

'Hij is met O-15.'

'En dat betekent?'

'Dat hij officieel nog wel op het werkrooster staat, maar in werkelijkheid met verlof is. Zo zaaien we verwarring bij de tegenpartij. Wat zijn we toch slim, niet?'

'Met verlof? Hoezo?'

'Hij is al een paar maanden terug in Amerika. Een depressie, als je het weten wilt. Daar had hij vroeger ook wel last van, maar het werd steeds erger. Hij is opgenomen in het Walter Reed ziekenhuis.'

'Dus daar ligt hij nu?' Anna voelde haar hoofdhuid prikken. Ze probeerde een paniekaanval te onderdrukken.

'Daar is hij nu, ja. Triest, maar waar. Hij zit op zo'n afdeling waar alle verpleegkundigen zijn gescreend.'

'Als ik zeg dat Ostrow een klein kereltje is, met bruin grijzend haar, een bleek gezicht en een bril met een draadmontuur...?'

'Dan zou ik zeggen dat je de verkeerde medicijnen slikt. Ostrow lijkt meer een oude surfer: lang, slank, blond haar, een knappe vent.'

Het bleef een paar seconden stil.

'Anna, wat is er in godsnaam aan de hand?'

31

Verbijsterd liet ze zich terugzakken op het bed.

'Wat is er?' vroeg Ben.

'Dat kan ik je niet vertellen.'

'Als het iets te maken heeft met die zaak waar we allebei aan werken...'

'Nee. Dit is iets anders. De klootzakken!'

'Wat is er dan gebeurd?'

'Alsjeblieft!' riep ze uit. 'Laat me even nadenken!'

'Mij best.' Een beetje geïrriteerd haalde Ben zijn mobieltje uit de zak van zijn jasje.

Geen wonder dat 'Phil Ostrow' haar de vorige avond pas zo laat had gebeld, te laat voor haar om de Amerikaanse ambassade nog te bellen om navraag te doen. Maar met wie had ze dán gesproken op het CIA-kantoor? Wás het wel een CIA-kantoor? En wie waren 'Ostrow' en 'Yossi'?

Ze hoorde Ben een rap verhaal houden in het Frans. Toen zweeg hij en luisterde een tijdje. 'Oscar, je bent een genie,' zei hij ten slotte.

Een paar minuten later zat hij weer te bellen. 'Megan Cosby, alstublieft.'

Als 'Phil Ostrow' een bedrieger was, had hij zijn rol verdomd goed gespeeld. Maar met welk doel? 'Yossi' had inderdaad een Israëli kunnen zijn, of een Arabier; moeilijk te zeggen.

'Megan, met Ben,' zei hij.

Wie wáren die twee, vroeg ze zich af.

Ze pakte de telefoon en belde Jack Hampton nog eens. 'Jack, ik moet het nummer hebben van het CIA-kantoor.'

'Ben ik een telefoonboek?'

'Het zit toch in dat gebouw tegenover het consulair bureau?'

'Het CIA-kantoor zit in het hoofdgebouw, Anna.'

'Nee, in het bijgebouw. Een gewoon kantoor aan de overkant van de straat. Onder de dekmantel van het bureau van de Amerikaanse handelsattaché.'

'Ik weet niet waar je het over hebt. De CIA heeft helemaal geen andere kantoren dan hun eigen bureau op de ambassade. Voor zover ik weet, tenminste.'

Ze hing op, nu hevig in paniek. Als het geen CIA-kantoor was geweest waar ze Ostrow had ontmoet, wat dan wel? De omgeving, de inrichting, het klopte allemaal, tot in de kleinste details. Misschien een beetje té goed, té overtuigend.

'Dat meen je niet,' hoorde ze Ben zeggen. 'Jezus, jij bent snel.'

Wie had geprobeerd haar te manipuleren? En waarvoor? Blijkbaar had iemand... of een groep... geweten dat ze in Wenen was, aan welke zaak ze werkte en in welk hotel ze logeerde.

Als Ostrow een bedrieger was, moest zijn verhaal over de Mossad ook een verzinsel zijn. En dus was ze bijna het slachtoffer geworden van een fraai stukje toneel. Ze hadden Hartman willen ontvoeren en haar bijna zo ver gekregen dat ze hem zelf aan hen had uitgeleverd. Ze voelde zich duizelig en stuurloos.

In gedachten ging ze alles nog eens na, van 'Ostrows' telefoontje tot het kantoor waar ze hem en 'Yossi' had ontmoet. Wat het echt mogelijk dat die hele toestand in scène was gezet?

'Goed,' hoorde ze Hartman zeggen, 'ik zal het even noteren. Goed werk, meid. Geweldig.'

Dus het verhaal over de Mossad, compleet met alle geruchten en onbewezen insinuaties, was niets anders geweest dan een leugen, opgebouwd uit plausibele elementen? Godallemachtig, wat zou er dan nog waar zijn van de andere feiten die ze al had verzameld? Wie probeerde haar op een dwaalspoor te brengen, en waarom? *Wat was de waarheid?* Lieve god, waar zou ze de waarheid kunnen vinden?

'Ben...' zei ze.

Hij stak zijn wijsvinger op als teken dat ze nog even moest wachten. Toen zei hij snel iets in de telefoon en klapte het toestel dicht. Maar inmiddels was Anna alweer van gedachten veranderd en besloot ze Ben toch niet in vertrouwen te nemen. Nog niet. In plaats daarvan vroeg ze: 'Ben je iets te weten gekomen van Sonnenfeld?'

Hartman vertelde haar wat Sonnenfeld had gezegd. Anna onderbrak hem zo nu en dan als ze iets niet begreep of wat meer wilde weten.

'Dus je wilt zeggen dat je vader toch geen nazi was.'

'Volgens Sonnenfeld niet, nee.'

'Wist hij ook iets over Sigma?'

'Niet veel meer dan wat ik zei. Hij deed nogal vaag. En over Strasser was hij erg ontwijkend.'

'En de reden waarom je broer was vermoord?'

'Blijkbaar uit vrees dat er iets aan het licht zou komen. Iemand, of een hele groep, was bang dat die namen bekend zouden worden.'

'Of dat het bestaan van Sigma aan de grote klok zou worden gehangen. Er zijn grote financiële belangen in het spel, dat is duidelijk. En dat betekent dat die oude mannen...' Ze zweeg abrupt. 'Natuurlijk! Dat witgewassen geld! Die oude mannen kregen zwijggeld. Misschien werden ze betaald door een van de leiders van de organisatie die ze ooit samen hadden opgericht.'

'Ja. Zwijggeld in de betekenis van steekpenningen,' zei Ben, 'of gewoon hun aandeel, zoals was afgesproken: een percentage van de winst.'

Anna stond op. 'Als je die mensen uit de weg ruimt, hoef je ze niet meer te betalen. Dan ben je verlost van die overboekingen aan een stel mummelende oude baasjes. Wie er ook achter die moorden zit, hij moet er *financieel* beter van worden. Dat kan niet anders. Iemand zoals Strasser, of zelfs je eigen vader.' Ze keek hem aan. Ze kon het niet bij voorbaat uitsluiten, ook al wilde Hartman het niet horen. Zijn vader was misschien een moordenaar en had bloed aan zijn handen, of in elk geval zou hij áchter de moorden kunnen zitten.

Maar wat was dan de verklaring voor dat ingewikkelde bedrog van Ostrow, de zogenaamde CIA-agent? Had hij soms connecties met de erfgenamen van een gigantisch, verborgen fortuin?

'Theoretisch zou mijn vader een van de schurken kunnen zijn,' gaf Ben toe, 'maar toch geloof ik dat niet.'

'Waarom niet?' Ze wist niet hoe ver ze hierin kon gaan tegenover hem.

'Omdat mijn vader al meer geld heeft dan hij ooit zou kunnen uitgeven. Hij is wel een harde zakenman, en misschien ook een leugenaar, maar na mijn gesprek met Sonnenfeld begin ik te geloven dat hij in zijn hart niet echt slecht kan zijn.'

Anna had niet de indruk dat Hartman iets voor haar verborgen hield, maar hij had natuurlijk de neiging zijn vader te beschermen. Ben leek haar een loyale zoon. Loyaliteit was een mooie eigenschap, maar kon je soms verblinden voor de waarheid.

'Eén ding begrijp ik niet,' ging Hartman verder. 'Die mannen zijn allemaal oud en zwak. Waarom zou je dan een huurmoordenaar op hen afsturen? Dat lijkt me het risico niet waard.'

'Tenzij je bang bent dat een van hen zijn mond voorbij zal praten over die financiële regeling – wat het ook mag zijn.'

'Maar als ze al een halve eeuw hun mond hebben gehouden, waarom zouden ze dan nu opeens gaan praten?'

'Misschien onder druk van de autoriteiten nu die lijst boven water is gekomen. Als ze worden gedreigd met juridische stappen, zullen ze misschien de waarheid vertellen. Of Sigma is aan een nieuwe fase begonnen, een overgangsfase, en voelt zich daarom kwetsbaar.'

'Het zijn allemaal gissingen,' zei hij. 'We hebben harde feiten nodig.'

Ze wachtte even. 'Wie had je net aan de telefoon?'

'Een bedrijfsanalist. Iemand met wie ik wel vaker heb samengewerkt. Ze heeft heel interessante dingen ontdekt over de achtergrond van Vortex Laboratories.'

Anna zat opeens rechtop. 'O ja?'

'Vortex is volledig eigendom van Armakon AG, een Europees technologie- en chemieconcern. Een Oostenrijks bedrijf.'

'Oostenrijks...' mompelde ze. 'Dat is interessant.'

'Die grote technologiebedrijven kopen altijd startende hightech-ondernemingen op, in de hoop de rechten binnen te slepen op vindingen die buiten hun eigen laboratoria zijn ontwikkeld.' Hij wachtte even. 'En dan nog iets. Mijn vriend op de Cayman Eilanden heeft een paar van die overboekingen getraceerd.'

Jezus. Terwijl haar eigen man bij Justitie niets had kunnen vinden. Anna probeerde haar opwinding te verbergen. 'Laat horen.'

'Het geld is overgemaakt door een lege BV op de Kanaaleilanden, maar het was afkomstig uit Liechtenstein, van een *Anstalt*, een bedrijf met aandelen aan toonder, een volstrekt anonieme onderneming dus.'

'Maar de namen van de werkelijke eigenaren moeten toch ergens zijn geregistreerd?'

'Nou, dat valt tegen. Een ANSTALT wordt meestal beheerd door een agent, dikwijls een advocaat of notaris. Het zijn in feite loze bedrijfjes, die alleen op papier bestaan. Een agent in Liechtenstein kan wel duizenden van zulke ondernemingen beheren.'

'Maar heeft die vriend van je ook de naam van de agent van die ANSTALT achterhaald?'

'Ik geloof het wel. Maar je zult die agenten moeten martelen voordat ze ooit iets zullen prijsgeven over de ANSTALTS die ze beheren. Ze kunnen het zich niet veroorloven hun reputatie te grabbel te gooien. Maar mijn vriend is er nog mee bezig.'

Anna grijnsde. Ze begon Ben Hartman steeds meer te mogen.

De telefoon ging. Anna nam op. 'Navarro.'

'Anna, met Walter Heisler. Ik heb wat uitkomsten voor je.'

'Uitkomsten?'

'Het pistool dat is achtergelaten bij die schietpartij in Hietzing – de vingerafdrukken waar je naar had gevraagd. We hebben afdrukken gevonden die pasten bij een digitale afdruk in het bestand van Interpol. Afkomstig van een Hans Vogler, een voormalige Stasi-agent. Misschien denkt hij dat hij altijd raak schiet, of houdt hij geen rekening met de politie, want hij draagt geen handschoenen.'

Heislers informatie was geen nieuws, maar de vingerafdrukken vormden wel een belangrijk bewijs.

'Geweldig, Walter. Luister, ik wil je nog een gunst vragen.'

'Je klinkt niet erg verbaasd,' zei Heisler, een beetje in zijn wiek geschoten. 'Hij werkte voor de *Stasi*, dat is de voormalige Oost-Duitse inlichtingendienst!'

'Ja, Walter, dat begrijp ik wel. Goed werk. Ik sta versteld.' Ze was weer te bruusk, te zakelijk, dus veranderde ze van toon. 'Heel erg bedankt, Walter. En dan nog iets...'

'Ja?' Het klonk vermoeid.

'Eén seconde.' Ze legde haar hand over het mondstuk en zei tegen Ben: 'Heb je Hoffman nog niet bereikt?'

'Nee. Niets gehoord. En hij neemt ook niet op. Heel vreemd.'

Ze haalde haar hand weg. 'Walter, kun je de gegevens voor me opvragen over een privédetective hier in Wenen, een zekere Hans Hoffman?'

Stilte.

'Hallo?'

'Ja, Anna, ik ben er nog. Waarom vraag je naar Hans Hoffman?'

'Ik heb wat hulp nodig van buitenaf,' zei ze, terwijl ze snel nadacht. 'En iemand had zijn naam genoemd...'

'Je kunt beter iemand anders zoeken.'

'Hoezo?'

'Ongeveer een uur geleden kreeg het *Sicherheitsbüro* een telefoontje van een medewerkster van *Berufsdetektiv* Hans Hoffman. De vrouw, een rechercheur die voor zijn bureau werkt, had het lijk van haar baas gevonden toen ze op kantoor kwam. Hij was van korte afstand door het hoofd geschoten. En vreemd genoeg was zijn rechterwijsvinger afgehakt. Kan dat de Hoffman zijn die je bedoelt?'

Ben staarde haar ongelovig aan toen Anna hem vertelde wat ze had gehoord. 'Jezus, ze zijn steeds één stap op ons achter, wat we ook doen,' mompelde hij.

'Eén stap op ons voor, zul je bedoelen.'

Ben masseerde zijn slapen met de vingertoppen van twee handen. Ten slotte zei hij zacht: 'De vijand van mijn vijand is mijn vriend.'

'Wat bedoel je?'

'Sigma is duidelijk bezig zijn eigen mensen te elimineren. Die slachtoffers achter wie jij aan zit, hebben allemaal iets met mij gemeen: dezelfde vijand. We kennen nu het patroon – angstige oude mannen die op hun oude dag nog moeten onderduiken, soms zelfs een schuilnaam moeten aannemen. Ze weten wat er aan de hand is, dat kan haast niet anders. Onze enige hoop is dus dat we iemand van die lijst kunnen vinden die nog in leven is en die met ons wil praten. Iemand met wie ik contact kan krijgen, die ik ervan kan overtuigen dat we hetzelfde belang hebben, dat hij ons moet helpen om zichzelf te beschermen.'

Anna stond op en begon te ijsberen. 'Als er nog iemand in leven is, Ben.'

Hij keek haar een hele tijd zwijgend aan. De vastberadenheid in zijn ogen maakte weer plaats voor twijfel. Ze zag dat hij haar net zo graag wilde vertrouwen als zij hem. Zachtjes, aarzelend antwoordde hij: 'Ik heb een gevoel... een beredeneerd gevoel... dat er nog minstens één in leven moet zijn.'

'Wie dan?'

'Een Fransman, een zekere Georges Chardin.'

Ze knikte langzaam. 'Georges Chardin... Ik heb die naam op de Sigma-lijst gezien, maar hij is al vier jaar dood.'

'Maar het feit dat zijn naam in het Sigma-dossier voorkwam betekent dat Allen Dulles hem om de een of andere reden heeft gescreend.'

'In de jaren vijftig, ja. Maar vergeet niet dat de meesten van die mensen al jaren dood zijn. Ik heb me geconcentreerd op de groep die het slachtoffer was van die recente moorden – of nog op het punt stond vermoord te worden. Chardin behoort tot geen van beide categorieën. Hij is ook niet een van de namen op jouw stichtingsakte. De Sigma-lijst bevat meer namen dan alleen het lijstje van oorspronkelijke oprichters.' Ze keek hem scherp aan. 'Dus vraag ik me af hoe jij zijn naam eigenlijk kent. Hou je iets voor me achter?'

Ben schudde zijn hoofd.

'We hebben geen tijd voor spelletjes,' zei Anna. 'Georges Chardin ken ik alleen als een naam op een vel papier. Hij is niet beroemd; ik had nog nooit van hem gehoord. Waarom zou hij dan belangrijk zijn?'

'Vanwege zijn baas, een legendarische Franse industrieel, een man die wél op de foto staat als een van de oorspronkelijke oprichters. Hij heette Émil Ménard en was een van de grote zakenmensen van zijn tijd. In 1945 was hij trouwens al op leeftijd, een nestor. Hij is allang overleden.'

'Ja, hem ken ik wel. Hij was de man achter Trianon, dat algemeen als het eerste moderne conglomeraat wordt beschouwd. Correct?'

'Ja. Trianon is een van de grootste concerns van Frankrijk. Émil Ménard heeft er een petrochemische gigant van gemaakt waarbij vergeleken zelfs Schlumberger maar een buurtwinkeltje leek.'

'En die Georges Chardin werkte dus voor de legendarische Émil Ménard?'

'Of hij voor hem werkte? Hij haalde zowat adem voor hem. Chardin was zijn adjudant, zijn vertrouweling, zijn factotum, wat je maar wilt. Hij was bijna letterlijk zijn rechterhand. Chardin kwam bij het bedrijf in 1950, toen hij nog pas twintig was, maar als groentje wijzigde hij binnen een paar jaar het systeem van kostenbeheersing, ontwikkelde een nieuwe manier om het rendement van investeringen te berekenen en wist op basis daarvan het hele bedrijf te reorganiseren. Hij was zijn tijd ver vooruit. Een belangrijke figuur.'

'In jouw wereld, misschien.'

'Dat is waar. Het punt is dat de oude man al gauw bijna alles aan zijn jonge protégé overliet. Chardin kreeg de feitelijke leiding over dat enorme zakelijke imperium. Na 1950 deed Ménard geen stap meer zonder Chardin. Ze zeggen dat Chardin de boeken van de firma letterlijk uit zijn hoofd kende. Hij was een wandelende computer.' Ben haalde de vergeelde foto van de Sigma Groep te voorschijn, legde hem voor Anna neer en wees naar het gezicht van Émil Ménard. 'Wat valt je daaraan op?'

'Ménard ziet er nogal bleekjes uit, eerlijk gezegd. Niet echt gezond.'

'Klopt. Hij was toen al ernstig ziek. De laatste tien jaar van zijn leven heeft hij gevochten tegen kanker, hoewel hij tot aan zijn dood een imponerende figuur is gebleven. En hij stierf in de vaste wetenschap dat zijn bedrijf gezond was en zou blijven groeien, dank zij zijn briljante jonge *directeur général du département des finances*, zijn financieel directeur.'

'Dus jij denkt dat hij Georges Chardin ook in vertrouwen heeft genomen over het geheim van de Sigma Groep?'

'Daar ben ik van overtuigd. Chardin bleef natuurlijk op de achtergrond, maar hij was Ménards schaduw, waar de man ook ging. Het is ondenkbaar dat Chardin niet volledig op de hoogte zou zijn geweest van Sigma – wat het doel en de methoden van die onderneming ook waren. En bekijk het eens vanuit het standpunt van Sigma zelf. Om te blijven voortbestaan, ongeacht haar ware bedoelingen, moest Sigma nieuwe rekruten aantrekken om de oorspronkelijke oprichters op te volgen. Dus Chardin zal zeker een belangrijke rol hebben gespeeld, waarschijnlijk als lid van de binnenste cirkel. Daar heeft Ménard wel voor gezorgd.'

'Goed, je hebt me overtuigd,' zei Anna ongeduldig. 'Maar wat schieten we daarmee op? We weten dat Chardin al vier jaar dood is. Dacht je dat hij dossiers, papieren of zo heeft nagelaten?'

'Wij dénken dat Chardin al vier jaar dood is. Hij is verongelukt omstreeks dezelfde tijd dat mijn broer Peter zijn zogenaamde dood in scène had gezet. Stel dat Chardin hetzelfde heeft gedaan: dat hij is ondergedoken omdat hij wist dat de moordenaars ook achter hém aanzaten?'

'Toe nou, Ben! Dat zijn wilde gissingen, daar komen we niet verder mee!'

'Volgens jouw gegevens is hij omgekomen bij een brand, nietwaar? En het lichaam was "onherkenbaar verbrand", zeker? Net als dat van mijn broer. Sorry, daar trappen we niet meer in.' Hij zag hoe sceptisch ze keek. 'Luister nou eens. Je hebt het zelf gezegd. Het gaat om een groep oude mannen die zijn vermoord omdat iemand hen waarschijnlijk als een bedreiging zag: Sigma, of de erfgenamen, of de mensen op de achtergrond. Laten we nu eens nadenken. Waarom zou een stel oude kerels op de drempel van de dood zo'n groot gevaar vormen dat iemand de moeite neemt om hen te vermoorden?' Hij stond op en begon te ijsberen. 'Kijk, de fout die ik steeds heb gemaakt was dat ik Sigma voor een façade aanzag, een lege huls, in plaats van een échte onderneming.'

'Wat bedoel je?'

'Het ligt zo voor de hand! Ik kan je honderd voorbeelden geven uit mijn tijd in Wall Street. In 1992 wist iemand bij Time Warner zijn rivaal beentje te lichten om zelf de hoogste functie te bemachtigen, en wat was het eerste dat hij deed? Alle vijandige elementen uit de raad van bestuur wegzuiveren. Want dat doe je als management: je tegenstanders lozen!'

'Maar die directeur van Time Warner zal zijn concurrenten toch niet om zeep hebben gebracht, neem ik aan,' zei Anna droog.

'In Wall Street hebben we andere methoden om vijanden te elimineren,' zei Ben met een scheef lachje. 'Maar het gebeurt wel. Zo gaat het altijd bij een plotselinge machtswisseling.'

'Aha, dus jij denkt dat er een machtswisseling heeft plaatsgevonden bij Sigma.'

'Precies. Een zuivering van dissidente bestuursleden, zou je kunnen zeggen.'

'Rossignol, Mailhot, Prosperi en de rest... allemaal dissidenten? Tegenstanders van het nieuwe regime?'

'Zoiets, ja. En Georges Chardin was briljant, dat wist iedereen. Hij heeft het natuurlijk zien aankomen en tijdig zijn eigen verdwijning georganiseerd.'

'Misschien. Of niet. Het blijft natuurlijk een wilde theorie.'

'Niet helemaal,' zei Ben zacht. Hij draaide zich om en keek Anna recht aan. 'Volgens het aloude principe van "volg de geldstroom" heb ik een Franse onderzoeker ingehuurd die we bij Hartman Capital Management al eens eerder hadden gebruikt: Oscar Peyaud, een sluwe vos. Hij had voor ons onderzoek gedaan naar de kredietwaardigheid van bedrijven in Parijs en we waren onder de indruk van de snelheid en kwaliteit van zijn werk – en van de hoogte van zijn rekening, maar dat is een ander verhaal.'

'Fijn dat je me zo op de hoogte houdt van alles wat je doet,' zei Anna met zwaar sarcasme. 'Ik dacht dat we partners waren.'

'Luister nou. Een mens kan niet leven zonder geld, dus vroeg ik me af waar je zou uitkomen als je de executeur van Chardins nalatenschap zou kunnen opsporen, om te zien in welke vorm hij zijn bezittingen had achtergelaten en hoe hij daar nog bij kon komen.' Hij zweeg en haalde een opgevouwen vel papier uit de zak van zijn jasje. 'Een uur geleden ontving ik dit uit Parijs, van Oscar Peyaud.'

Het vel was blanco, afgezien van een kort adres:

Rogier Chabot
1554 rue des Vignoles
Paris 20

Anna keek op, verbaasd maar ook opgewonden. 'Chabot?'

'Een pseudoniem van Chardin, durf ik te wedden. Ik denk dat we onze man hebben gevonden. Nu moeten we hem alleen nog te pakken zien te krijgen, voordat Sigma dat doet.'

Een uur later ging de telefoon op het bureau van Walter Heisler, twee keer kort: een interne lijn. Heisler nam een diepe haal van zijn sigaret – het was al zijn derde pakje Casablanca's van die dag – en nam op. Hij liet een stilte van twee seconden vallen en zei toen: 'Heisler.'

Het was de technicus in het kleine kamertje op de vierde verdieping. 'Heb je het bericht gekregen over die Amerikaanse, Navarro?'

'Welk bericht?' Heisler liet de warme rook langzaam door zijn neusgaten kringelen.

'Het kwam net binnen.'

'Dan heeft het waarschijnlijk de hele morgen op het distributiecentrum gelegen.' Het distributiecentrum van het *Sicherheitsbüro*, dat volgens Heisler net zo efficiënt opereerde als een derdewereldland, was een nagel aan zijn doodskist. 'Wat is er aan de hand? Of moet ik naar de radio luisteren om erachter te komen?' Dat was zijn vaste klacht. Eén keer had hij werkelijk de verblijfplaats van een voortvluchtige verdachte via het plaatselijke radiostation gehoord, omdat het distributiecentrum het faxbericht van die ochtend ergens op weg naar zijn bureau was kwijtgeraakt.

'Ze schijnt corrupt te zijn. Ze heeft ons gebruikt. De Amerikaanse regering heeft een aanhoudingsbevel tegen haar laten uitgaan. Het is mijn afdeling niet, maar ik vond dat iemand je moest waarschuwen.'

'Jezus!' zei Heisler en zijn sigaret viel uit zijn mond in zijn beker koffie. Hij hoorde het sissen van de uitdovende peuk. 'Shit! Nou staan we dus voor lul.'

'Misschien wat minder als je haar persoonlijk zou arresteren,' opperde de technicus voorzichtig.

'Ik ga vertrekken. Kamer 1423,' zei Anna tegen de receptionist beneden, die het veel te druk had. Ze legde haar twee elektronische sleutelkaarten op de zwartgranieten balie.

'Eén momentje, alstublieft. Mag ik uw handtekening op de laatste rekening?' De man keek vermoeid. Hij was rond de veertig, met holle wangen en vuilblond haar – geverfd? – dat naar voren was gekamd, plat tegen zijn hoofd, in een poging om wat jeugdiger te lijken. Hij droeg een keurig uniformjasje van bruine synthetische stof, met enigszins rafelige epauletten. Anna zag opeens een visioen van de man na zijn werk, gekleed in zwart leer, zwaar besprenkeld met een muskusachtige bodylotion, op jacht in nachtclubs waar hij in het slechte licht misschien nog een kans zou hebben bij de *schöne Mädchen.*

'Natuurlijk,' zei Anna.

'We hopen dat u een prettig verblijf hebt gehad, mevrouw Navarro.' Hij typte wat cijfers op een toetsenbord en grijnsde zijn enigszins gele tanden bloot. 'Neemt u me niet kwalijk. Het kost even tijd om de gegevens op te roepen. Een technisch probleem met de computer.' Hij lachte nog breder, alsof hij iets geestigs had gezegd. 'Een prachtige uitvinding, computers. Ze nemen je heel wat werk uit handen. Als ze het doen. Ik zal even de bedrijfsleider waarschuwen.' Hij pakte een rode telefoon en zei een paar woorden in het Duits.

'Wat is er aan de hand?' vroeg Ben, die achter haar stond.

'Een computerstoring, zegt hij,' mompelde Anna.

Achter de balie dook een kleine man met een dikke buik op, in een donker pak met een das. 'Ik ben de bedrijfsleider. Onze excuses voor de vertraging,' zei hij tegen Anna. Hij wisselde een blik met de receptionist. 'Een technische storing. Het zal een paar minuten kosten om de gegevens op te roepen. We moeten even bellen. Maar de nota komt eraan, dan kunt u hem persoonlijk controleren. We willen u immers niet de telefoongesprekken van kamer 1422 in rekening brengen, wel? Dat gebeurt soms met dit nieuwe systeem. Een wonder van moderne technologie.'

Er was iets ernstig mis, maar niet met de computer. De bedrijfs-leider bleef joviaal, geruststellend en overdreven vriendelijk, maar er parelde zweet op zijn voorhoofd, hoewel het vrij koel was in de lobby. 'Gaat u maar even in mijn kantoortje zitten terwijl we dit oplossen. U hoeft hier niet te blijven staan. U moet naar het vlieg-veld? En hebt u al vervoer geregeld? Het hotel kan u wel brengen, met onze complimenten. Dat is wel het minste dat we kunnen doen voor het ongerief.'

'Heel vriendelijk van u,' zei Anna, die dit type wel kende uit haar jarenlange ervaring – de man die onder spanning in een spraakwa-terval veranderde. Hij had orders om hen tegen te houden, dat was duidelijk.

'Helemaal niet, helemaal niet. Komt u maar mee, dan laat ik een lekkere kop koffie voor u komen. De Weense koffie is tenslotte de beste die er is, nietwaar?'

Waarschijnlijk had niemand hem verteld waaróm hij hen moest tegenhouden en of ze misschien gevaarlijk waren. Hij moest na-tuurlijk de politie waarschuwen, maar die was nog niet gearriveerd, anders zou hij niet zo zenuwachtig zijn. Anna wilde vroeger uit het hotel vertrekken dan ze hadden verwacht. Dat betekende... dat er meer dan één mogelijkheid was. Misschien was er pas kortgeleden besloten om haar – hem, hen? – op te pakken en waren nog niet al-le voorbereidingen getroffen.

'Hoor eens,' zei ze, 'zoek het nou rustig uit, op uw gemak, en stuur me later de rekening maar. Geen punt.'

'Een paar minuten, dat is alles,' zei de bedrijfsleider, maar zon-der haar aan te kijken. In plaats daarvan maakte hij oogcontact met een bewaker aan de andere kant van de lobby.

Anna keek nadrukkelijk op haar horloge. 'Je familie zal zich wel afvragen waar we blijven,' zei ze tegen Ben. 'We moeten weg.'

De bedrijfsleider liep om de balie heen en legde een klamme hand op haar arm. 'Nog een paar minuten,' zei hij. Van dichtbij rook hij onaangenaam naar gesmolten kaas en haarolie.

'Houd uw handen thuis,' gromde Anna zachtjes maar dreigend. Ben schrok van de onverwachte staalharde klank in haar stem.

'We kunnen u overal naar toe brengen,' protesteerde het man-netje, meer smekend dan agressief.

De bewaker aan de overkant kwam met lange, snelle passen op hen toe.

Anna slingerde haar garderobetas over haar schouder en draaide zich om naar de deur. 'Kom mee,' zei ze tegen Ben.

Haastig liepen ze naar de uitgang. Anna wist dat de bewaker eerst met de bedrijfsleider moest overleggen voordat hij hen ook tot buiten het hotel zou kunnen volgen.

Op de stoep voor de ingang keek ze scherp om zich heen. Aan het eind van de straat zag ze een politieman in een portofoon praten, waarschijnlijk om zijn positie door te geven. Dat betekende dat hij als eerste bij het hotel was gearriveerd.

Ze gooide haar tas naar Ben toe en stapte recht op de agent af.

'Jezus, Anna!' snauwde Ben.

Anna hield de politieman aan en zei op luide, officiële toon: 'Spreekt u Engels?'

'Ja,' zei de agent aarzelend. 'Engels, jawel.' Hij had stekeltjeshaar en was atletisch gebouwd. Anna schatte hem ergens achter in de twintig.

'Ik werk bij het Federal Bureau of Investigation,' zei ze. 'Het Federal Bureau of Investigation, begrijpt u? De FBI. We zijn op zoek naar een Amerikaanse verdachte en ik moet uw hulp inroepen. De naam van de vrouw is Anna Navarro.' Snel liet ze hem haar OSI-pasje zien, terwijl ze zijn blik vasthield. Hij kreeg niet de tijd voor meer dan een vluchtige glimp.

'Anna Navarro?' herhaalde de politieman met iets van herkenning en opluchting in zijn stem. 'Ja. Dat weten we. Ze logeert toch in dat hotel?'

'Ze heeft zich in haar kamer verschanst,' zei Anna. 'Op de dertiende verdieping, kamer 1423. En ze reist in het gezelschap van iemand anders.'

De politieman haalde zijn schouders op. 'Anna Navarro is de naam die we hebben,' zei hij.

Anna knikte. Dat was belangrijke informatie. 'Ik heb twee agenten daar. Als waarnemers. Wij kunnen geen actie ondernemen op Oostenrijks grondgebied. Ik moet het aan jullie overlaten. Neem de dienstingang aan de zijkant en de lift naar de dertiende verdieping. Duidelijk?'

'Ja, ja,' zei de agent.

'En geef het bericht door. Oké?'

Hij knikte gretig. 'We krijgen haar wel te pakken. Oostenrijk is een land van... hoe zeg je dat... orde en gezag.'

Anna schonk hem haar warmste glimlach. 'We rekenen op u.'

Een paar minuten later zaten Ben en Anna in een taxi op weg naar het vliegveld.

'Daar was lef voor nodig,' zei Ben zacht. 'Om naar die politieman toe te stappen.'

'Niet echt. Ik ken die mensen. Ik neem aan dat ze net bericht hadden gekregen, anders zouden ze wel beter zijn voorbereid. Ze hadden nog geen idee hoe ik eruitzag. Ze wisten alleen dat ze op zoek waren naar een Amerikaanse, in opdracht van de Amerikanen zelf. Ze wisten niet of ik bij de jagers of het wild hoorde.'

'Als je het zo stelt...' Ben schudde zijn hoofd. 'Maar waarom zitten ze achter je aan?'

'Dat weet ik nog niet. Ik denk dat iemand het gerucht heeft verspreid dat ik niet meer te vertrouwen ben. Dat ik staatsgeheimen heb verkocht, of god weet wat. De vraag is alleen: wie, hoe en waarom?'

'Zo te horen wendt Sigma al zijn invloed aan. Zelfs de politie werkt nu voor hen.'

'Daar lijkt het wel op.'

'Niet zo mooi,' vond Ben. 'Straks hebben we de hele Europese politie op onze hielen, plus die psychopaten van Sigma zelf. Dat is een forse streep door de rekening.'

'Zo kun je het stellen,' zei Anna.

'We hebben geen schijn van kans meer.'

'Niet zo somber.' Anna haalde haar schouders op. 'Eén ding tegelijk, vind je niet?'

'Wat nu dan?'

'Ben Hartman en Anna Navarro boeken een vlucht vanaf Graz, ongeveer honderdvijftig kilometer ten zuiden van hier, naar München.'

'En wat gaan we in München doen?'

'We gaan helemaal niet naar München. Ik heb jouw creditcards al laten signaleren. Die geest kan ik helaas niet meer in de fles terugduwen. Als jij een card op je eigen naam gebruikt, wordt er onmiddellijk alarm geslagen in Washington en alle filialen.'

'Dus we zitten klem.'

'Nee, we moeten daar juist gebruik van maken. Denk na, Ben. Je broer heeft reispapieren laten vervalsen voor zichzelf en Liesl, voor het geval ze incognito zouden moeten vluchten. Voor zover wij weten zijn die documenten nog bruikbaar, ook de creditcard. Robert en Paula Simon nemen tickets voor de volgende vlucht uit Wenen naar Parijs. Twee doodgewone Amerikanen, tussen tienduizend anderen, die elke dag op dat vliegveld aankomen of vertrekken.'

'Goed,' zei Ben. 'Oké. Sorry, Anna, maar ik kan niet helder denken. Het is natuurlijk niet zonder gevaar?'

'Nee. Wat we ook doen, alles heeft risico's. Maar als we nu vertrekken, is er een goede kans dat ze nog geen foto's hebben verspreid om ons aan te houden en dat ze niet op zoek zijn naar een meneer en mevrouw Simon. We moeten gewoon kalm blijven, geen fouten maken en improviseren als het nodig is.'

'Natuurlijk,' zei Ben, maar het klonk niet overtuigend.

Ze keek hem aan. Op de een of andere manier leek hij opeens veel jonger. Zijn brutaliteit was verdwenen en hij had behoefte aan geruststelling, merkte ze. 'Na alles wat jij hebt doorgemaakt, weet ik zeker dat je niet in paniek zult raken. Dat is nog niet gebeurd. En dat is op dit moment het belangrijkste.'

'Chardin te spreken krijgen, dat is het belangrijkste.'

'We vinden hem wel,' zei Anna en vastberaden klemde ze haar kaken op elkaar. 'We vinden hem wel.'

Zürich

Matthias Deschner drukte zijn handen tegen zijn gezicht, in de hoop op een moment van licht in de duisternis. Een van de creditcards die Liesls vriend via zijn kantoor had aangevraagd en gekregen, was eindelijk gebruikt. Het was een formaliteit. Omdat de rekening al een tijd in onbruik was, had een medewerker van een controleafdeling hem gebeld om vast te stellen dat de card niet gestolen was.

Peter had de jaarlijkse kosten automatisch laten afschrijven. De naam, het telefoonnummer en het postadres hoorden bij een bedrijf dat Matthias voor hem had opgericht. Alle correspondentie ging naar Deschner, als juridisch vertegenwoordiger. Deschner was er wel tevreden over. Juridisch gesproken was het op zijn minst een aanvechtbare constructie, maar Liesl had hem dringend om hulp gevraagd en Matthias had zijn best gedaan. Achteraf had hij er natuurlijk nooit zijn vingers aan moeten branden. Deschner zag zichzelf als een fatsoenlijk mens, maar hij had geen illusies over zijn heldhaftigheid.

Nu had zich binnen een paar dagen alweer een dilemma voorgedaan. Die vervloekte Ben Hartman. En zijn broer.

Deschner had zijn woord willen houden tegenover Peter en Liesl, en probeerde zelfs nog loyaal te blijven nu ze allebei dood waren. Maar dat was een feit en daarmee eindigde zijn verplichting. Andere overwegingen waren nu belangrijker. Zijn eigen leven, bijvoorbeeld.

Bernard Suchet van de Handelsbank was te slim om hem te geloven toen hij had beweerd dat hij niet wist waar Peter Hartman bij betrokken was. Het was meer een kwestie van niet wíllen weten, onder het motto: wat niet weet, dat niet deert. Dat ging nu niet meer op.

Hoe langer hij erover nadacht, des te kwader hij werd. Liesl was een lieve meid geweest – hij kreeg een brok in zijn keel toen hij besefte dat hij de verleden tijd gebruikte – maar toch had ze hem nooit bij haar zaken mogen betrekken. Dat was misbruik geweest van familietrouw. In gedachten voerde hij een discussie met zijn dode nicht. Dat had ze niet mogen doen, dacht hij nog eens. Hij had nooit iets met haar kruistocht te maken willen hebben. Had ze wel enig idee wat ze hem had aangedaan?

Hij hoorde haar stem weer in zijn hoofd: *We hebben je hulp nodig. We kunnen ons tot niemand anders wenden.* Deschner herinnerde zich haar stralende, helderblauwe ogen, als een diep bergmeer – ogen die een besef van rechtvaardigheid uitstraalden dat Liesl ook van anderen had verwacht.

Deschner voelde een zware hoofdpijn opkomen. De jonge vrouw had te veel van hem gevraagd, dat was alles. Misschien ook van de wereld, maar zeker van hém.

Ze had de strijd aangebonden met een organisatie die mensen vermoordde met de onverschilligheid waarmee een parkeerwachter bonnen uitdeelde. Nu was Liesl dood en het had er alle schijn van dat ze hem in de dood zou meeslepen.

Ze zouden snel genoeg weten dat de card was geactiveerd. En dat dr. Matthias Deschner daarvan op de hoogte was gesteld, maar had verzuimd het te melden. Dat zou het einde betekenen van dr. Matthias Deschner. Hij dacht aan zijn dochter Alma, die over twee maanden ging trouwen. Alma verheugde zich zo op haar gang naar het altaar aan de arm van haar vader. Deschner slikte een paar keer en stelde zich voor hoe Alma in haar eentje door de kerk zou lopen. Nee, dat mocht niet gebeuren. Dat zou niet alleen roekeloos maar ook zelfzuchtig van hem zijn.

De bonzende pijn achter zijn ogen wilde niet wijken. Hij trok zijn bureaula open, pakte een buisje Panadol en slikte een bittere, kalkachtige tablet, zonder water. Toen keek hij op de klok. Hij zou melden dat de card gebruikt was. Maar niet meteen. Over een paar uur pas. Dan zou hij bellen. Die vertraging zou niemand hem kunnen aanrekenen en ze zouden hem dankbaar zijn dat hij hen toch gewaarschuwd had. Natuurlijk.

En misschien, heel misschien, zouden die paar uur voldoende zijn om Ben Hartman een voorsprong te geven. In elk geval zou het zijn leven wat langer rekken. Dat was hij hem wel verschuldigd, vond Deschner. Maar meer ook niet.

32

Parijs
Het twintigste arrondissement van Parijs, de oostelijkste en lelijkste wijk, ligt tegen een helling langs de ringweg rond de stad, de *Périphérique*, die de grenzen markeert. In de achttiende eeuw lag hier nog een dorpje van wijnbouwers, Charonne. In de loop van de jaren hadden de wijngaarden plaatsgemaakt voor kleine huizen, die na een tijdje waren verdrongen door onaantrekkelijke, grauwe betonbunkers. Tegenwoordig deden straatnamen als de Rue des Vignoles belachelijk aan in deze sombere buitenwijk.

De reis naar Parijs was zenuwslopend geweest. Elke toevallige blik was een bedreiging, de onverschilligheid van *les douaniers* leek toneelspel, het voorspel tot hun arrestatie. Maar Anna had ervaring met internationale opsporingsverzoeken en wist hoe de weerbarstige bureaucratie van al die grensbewakingsdiensten een efficiënte uitvoering van de veiligheidsrichtlijnen in de weg stond. Het verbaasde haar daarom niet dat ze door de mazen van het net waren geglipt. Maar ze wist ook dat het waarschijnlijk niet nog een keer zou lukken.

Pas in de anonieme drukte van de uitpuilende RER vanaf De Gaulle durfden ze weer opgelucht adem te halen. Even later kwamen ze de metrohalte Gambetta uit, langs het grote gerechtsgebouw, en liepen de Rue Vitruve af naar de Rue des Orteaux. Daar sloegen ze linksaf. Tegenover hen, aan weerskanten van de Rue des Vignoles, liepen verscheidene smalle straatjes die nog de indeling volgden van de oude wijngaarden die hier ooit hadden gelegen.

De omgeving van Charonne, ten zuiden van Belleville, was het minst karakteristiek van alle Parijse wijken. Er woonden niet alleen Fransen, maar ook Afrikanen, Spanjaarden en Antillianen. Maar nog vóór de laatste immigratiegolf had de buurt al de minachting van de Parijse burgerij geoogst. Het was een vergaarbak voor armoedzaaiers en criminelen, een plaats waar het verzet van de Pa-

rijse Commune, aangewakkerd door de chaos van het Tweede Kei-
zerrijk, steun had gevonden onder de bevolking. Een plaats van het
ontevreden, verwaarloosde gepeupel. Het enige waar het twintigste
arrondissement zich op kon beroemen was Père Lachaise, een begraafplaats van vierenveertig hectare. Vanaf de negentiende eeuw
hadden Parijzenaars die zich anders nooit verwaardigden dit arrondissement te bezoeken, laat staan er te gaan wonen, zich hier laten begraven.

In de vrijetijdskleding van Amerikaanse toeristen lieten Anna en
Ben hun blik over de omgeving glijden. Ze snoven het aroma op
van falafelkraampjes, hoorden het dreunende ritme van Noord-Afri-
kaanse popmuziek uit de open ramen en zagen straatventers die sokken en beduimelde exemplaren van *Paris Match* verkochten. Alle
huidskleuren en alle accenten waren hier vertegenwoordigd. Ze zagen jonge kunstenaars met ingewikkelde bodypiercings, die zichzelf
ongetwijfeld beschouwden als de wettige nazaten van Marcel
Duchamp. Er waren immigranten uit de Mahgreb, die genoeg geld
hoopten te verdienen om hun familie in Tunesië of Algerije te kunnen onderhouden. En uit sommige deuropeningen kwam de lucht
van pot of hasj, rijk en harsachtig.

'Je kunt je moeilijk voorstellen dat een succesvol zakenman zich
in deze buurt zou terugtrekken,' zei Anna. 'Waren de appartementen aan de Côte d'Azure soms uitverkocht?'

'Het is bijna ideaal, natuurlijk,' wierp Ben peinzend tegen. 'Als
je wilt onderduiken, zou je geen betere plaats kunnen verzinnen.
Niemand let hier op iemand anders, niemandként zelfs iemand anders. Als je in deze stad wilt blijven, is dit de meest chaotische plek
die je kunt vinden, wemelend van buitenlanders, immigranten, kunstenaars en allerlei vreemde vogels.' Ben kende de stad beter dan
Anna en dat gaf hem het zelfvertrouwen dat hij nodig had.

Anna knikte. 'Veiligheid in de massa.'

'Bovendien heb je hier vervoersknooppunten, een labyrint van
straten, een sneltrein naar buiten de stad, en de *Périphérique*. Een
gunstige situatie als je snel wilt kunnen vluchten.'

Anna glimlachte. 'Je leert snel. Geen trek in een baantje als rechercheur? We kunnen je een salaris bieden van vijfenvijftigduizend
dollar, plus je eigen parkeerplek.'

'Verleidelijk,' zei Ben.

Ze kwamen langs *La Flèche d'Or*, het restaurant met het rode
dak, boven een roestige, ongebruikte spoorlijn. Daarna nam Ben de
volgende straat, naar een klein Marokkaans café, waar de lucht

vochtig was en het naar koeskoes rook. 'Ik kan niet instaan voor het eten,' zei hij, 'maar het uitzicht is geweldig.'

Door het raam zagen ze de stenen driehoek van de Rue des Vignoles nummer 1554. Het gebouw was zeven verdiepingen hoog en stond op een vrijliggend eiland, aan drie kanten ingesloten door smalle straten. De gevel was zwart van de uitlaatgassen en besmeurd met vogelpoep. Anna tuurde omhoog en kon nog net de restanten van de anachronistische waterspuwers ontwaren. Door de erosie van de elementen leken ze gesmolten in de zon. De marmeren richels, ornamentele steunmuren en balustrades leken de fantasie van een bouwmeester van lang geleden, de herinnering aan een tijd toen sommige mensen nog droomden van een mooie toekomst voor dit arrondissement. Hoe onopvallend het gebouw in veel opzichten ook was, het ademde wel het nostalgische verval van verwaarlozing en onverschilligheid.

'Volgens mijn bron, Peyaud, staat onze man bekend als L'Ermite, de Kluizenaar. Hij heeft de hele bovenverdieping. Zo nu en dan maakt hij wat lawaai, dus weten ze dat hij er woont. En er worden boodschappen bezorgd. Maar zelfs de boodschappenjongens krijgen hem niet te zien. Ze leggen de spullen in een goederenlift en krijgen hun geld als de lift weer omlaag komt. De paar mensen die iets van hem weten, noemen hem een echte excentriekeling. Maar daarvan zijn er zoveel in deze wijk.' Hij begon met smaak aan zijn lam-tagine.

'Hij leidt dus een teruggetrokken leven.'

'Héél teruggetrokken. Hij mijdt niet alleen de boodschappenjongens, maar *niemand* hier heeft hem ooit gezien. Peyaud heeft gesproken met de vrouw op de benedenverdieping. Net als de andere bewoners houdt ze hem voor een bejaarde, paranoïde, ziekelijk schuwe rentenier. Een voorbeeld van vergevorderde pleinvrees. Ze weten natuurlijk niet dat hij de eigenaar is van het hele gebouw.'

'En jij denkt dat we gewoon kunnen binnenstappen bij zo'n misschien wel gestoorde, misschien wel paranoïde, misschien wel gevaarlijke en absoluut onaangepaste en angstige figuur, in de hoop dat hij ons een kopje décafé zal serveren en ons zal vertellen wat we willen weten?'

'Nee, dat zeg ik niet.' Ben grijnsde haar geruststellend toe. 'Ik heb het woord décafé niet in de mond genomen.'

'Je hebt wel erg veel vertrouwen in je eigen charme, dat moet ik zeggen.' Anna keek weifelend naar haar vegetarische koeskoes. 'Spreekt hij Engels?'

'Vloeiend, zoals de meeste Franse zakenmensen. Dat onderscheidt hem van de Franse intellectuelen.' Hij veegde zijn mond af met een dun papieren servetje. 'Nou, ik heb mijn werk gedaan. Ik heb ons hier gebracht. Neem jij het maar over, jij bent de professional. Wat zeggen de handboeken? Wat doe je in zo'n situatie? Wat is de aanbevolen modus operandi?'

'Laat me even nadenken. De werkwijze bij een vriendschappelijk bezoekje aan een psychoot die officieel allang is overleden en die volgens jou het geheim kent van een levensgevaarlijke internationale organisatie? Dat vind je vast niet in het handboek, Ben.'

De lam-tagine begon hem zwaar op de maag te liggen.

Ze pakte zijn hand toen ze opstonden. 'Volg mij maar.'

Thérèse Broussard staarde somber uit het raam naar het voetgangersverkeer in de Rue des Vignoles, zeven verdiepingen beneden haar. Ze keek ernaar zoals ze naar een haardvuur had kunnen staren, als haar schoorsteen niet al jaren geleden was dichtgemetseld. Ze keek ernaar zoals ze naar haar kleine televisie had kunnen staren als die niet al een maand *détraquée* was. Ze keek om haar zenuwen te bedwingen en haar verveling te doorbreken. Ze keek omdat ze niets beters te doen had. Bovendien was ze al tien minuten bezig met het strijken van haar ruim bemeten ondergoed, en dus nam ze even pauze.

Thérèse, een dikke vrouw van vierenzeventig met een pafferig gezicht, varkensoogjes en sluik, zwartgeverfd haar, zei nog altijd tegen mensen dat ze coupeuse was, hoewel ze al in geen tien jaar meer een schaar in een lap stof had gezet en er ook nooit veel talent voor had gehad. Ze was opgegroeid in Belleville, op haar veertiende van school gegaan en nooit aantrekkelijk genoeg geweest voor een man die haar had kunnen onderhouden. Dus had ze een vak moeten leren. Toevallig had haar grootmoeder een vriendin die coupeuse was en het meisje wel in de leer wilde nemen. De handen van de oude vrouw waren stijf van de reumatiek en haar ogen gingen achteruit. Thérèse kon haar helpen, hoewel de oude vrouw – Tati Jeanne, moest Thérèse haar noemen – haar altijd met tegenzin de paar franken van haar weekloon betaalde. Tati Jeannes kleine klantenkring begon af te brokkelen en daarmee ook haar inkomsten. Het kostte haar moeite om zelfs maar een klein deel daarvan met iemand anders te delen.

Op een dag in 1945 viel er een bom op de Porte de la Chapelle, vlak bij de plaats waar Thérèse liep. Ze bleef ongedeerd, maar de explosie bezorgde haar nachtmerries en hield haar uit de slaap. Die nervositeit werd in de loop van de jaren steeds erger. Ze schrok van het kleinste geluid en begon steeds meer te eten, als ze daar het geld voor had. Toen Tati Jeanne stierf, nam Thérèse de rest van haar klanten over, maar ze kon er nauwelijks van leven.

Ze bleef alleen, zoals ze altijd had gevreesd, maar ze had ook geleerd dat er ergere dingen waren. Dat had ze aan Laurent te danken. Kort na haar vijfenzestigste verjaardag had ze Laurent ontmoet in de Rue Ramponeau, recht tegenover de Soeurs de Nazareth, waar ze haar wekelijkse voedselpakket ophaalde. Laurent, die ook in Ménilmontant woonde, was tien jaar ouder dan zij, en zag er zelfs nog ouder uit. Hij was kaal, had kromme schouders en droeg een leren jack met te lange mouwen. Hij liet een klein hondje uit, een terriër, en Thérèse had gevraagd hoe het dier heette. Zo waren ze in gesprek geraakt. Hij vertelde haar dat hij zijn hond, Poupée, eerst voerde voordat hij zelf aan eten toekwam. De hond had eerste keus. Zij vertelde hem over haar paniekaanvallen en het feit dat de sociale dienst, *l'Assedic*, zich over haar had ontfermd. Ze hadden een uitkering voor haar geregeld van vijfhonderd frank per week. Zodra hij dat hoorde, nam Laurents interesse in Thérèse onmiddellijk toe. Een maand later waren ze getrouwd. Hij trok bij haar in, in haar flat bij Charonne. Voor een buitenstaander was het misschien een klein, kaal en somber appartementje, maar het was een heel stuk beter dan zijn eigen onderkomen, vooral omdat zijn huisbaas hem de huur had opgezegd. Kort na het huwelijk zette Laurent haar onder druk om weer naaiwerk aan te nemen. Ze hadden het geld nodig, de voedselpakketten van de Soeurs waren na een halve week al op en de uitkering van *l'Assedic* was hopeloos ontoereikend. Ze zei toch tegen iedereen dat ze coupeuse was? Waarom maakte ze dan geen jurken? Ze protesteerde, eerst nog bedeesd, en liet hem haar dikke, stompe vingers zien, die nergens meer toe in staat waren. Hij hield vol, wat minder bedeesd. Thérèse begon nu ook te schreeuwen en wierp hem voor de voeten dat hij zelfs het eenvoudigste baantje nog niet kon houden en dat ze nooit met hem zou zijn getrouwd als ze had geweten wat een zuiplap hij was. Zeven maanden later, midden in een van hun ruzies, die steeds heftiger werden, zakte Laurent in elkaar. Zijn laatste woorden tegen haar waren: 'T'es grasse comme une truie' – Vet varken dat je bent. Thérèse wachtte een paar minuten tot haar woede was gezakt voordat ze een ziekenwagen belde. Later hoorde ze dat haar man was geveld door een zware hersenbloeding, een aneurysma diep in zijn hoofd.

Een overwerkte arts had haar verteld dat bloedvaten net binnenbanden waren en dat een zwakke plek in de wand opeens kon scheuren. Thérèse vond het jammer dat Laurents laatste woorden tegen haar niet wat vriendelijker waren geweest.

Tegenover haar schaarse vrienden beschreef ze haar man als een heilige, maar ze wisten wel beter. In elk geval had het huwelijk haar iets geleerd. Een groot deel van haar leven had ze gedacht dat een echtgenoot haar bestaan compleet zou maken. Laurent had haar laten zien hoe onbetrouwbaar mannen zijn. Terwijl ze naar de mensen op de straathoek bij de gietbetonnen steenklomp van haar huurkazerne keek, fantaseerde ze over hun heimelijke afwijkingen. Wie van die mannen was een junk? Wie een dief? Wie sloeg zijn vriendin?

Ze werd in haar overpeinzingen gestoord toen er luid en dringend op de deur werd geklopt. *Je suis de l'Assedic, laissez-moi entrer, s'il vous plaît!* Een man van de sociale dienst die binnen wilde komen.

'Waarom hebt u beneden niet gebeld?' blafte Madame Broussard.

'Dat heb ik gedaan, een paar keer. Maar de bel doet het niet. En de deur gaat ook niet meer automatisch open. Of wist u dat niet?'

'Maar wat komt u doen? Er is niets veranderd in mijn situatie,' protesteerde ze. 'Mijn uitkering...'

'... wordt opnieuw bekeken,' vulde de man gewichtig aan. 'Ik denk dat we er wel uitkomen als we er even over praten. Anders moeten we de betalingen stopzetten, en dat zou ik niet graag doen.'

Thérèse liep met zware tred naar de deur en tuurde door het kijkgaatje. De man had de bekende hooghartigheid van alle *fonctionnaires* van de Franse staat – ambtenaren die zichzelf heel belangrijk vonden, mannen die een vingerhoedje macht bezaten en zich als despoten gedroegen. Iets in zijn stem, zijn tongval, deed wat vreemd aan. Misschien was hij Belgisch. Thérèse hield niet van *les Belges*.

Ze keek nog eens goed. De man van de sociale dienst droeg het dunne wollen jasje en de goedkope das die bij zijn werk leken te horen. Hij had peper-en-zoutkleurig haar en was heel onopvallend, afgezien van zijn gladde, rimpelloze gezicht. Je zou het een babyhuidje kunnen noemen als het vel niet zo strak had gestaan.

Thérèse schoof de twee grendels terug en maakte de ketting los voordat ze de sleutel omdraaide en de deur opende.

Terwijl Ben achter Anna het café verliet, hield hij nummer 1554 aan de Rue des Vignoles scherp in het oog en probeerde de geheimen van het gebouw te ontsluieren. Het was een toonbeeld van alledaags verval, te armoedig om de aandacht te trekken, maar niet zo armoedig dat het opviel. Wie goed keek – en dat had niemand in jaren gedaan, veronderstelde Ben – zou de contouren ontdekken van een appartementencomplex dat ooit heel aantrekkelijk moest zijn geweest. Dat bleek wel uit de erkerramen met hun bewerkte zandstenen lijsten die nu overal scheuren en butsen vertoonden. Het bleek uit de geprononceerde hoeken van het gebouw, waar de sluitstenen om en om waren gelegd. Het bleek uit het mansardedak, met zijn lage, afbrokkelende borstwering. En het bleek uit de smalle richels die ooit als balkon hadden gediend voordat de ijzeren leuning was verwijderd, ongetwijfeld omdat hij was doorgeroest en een gevaar begon te vormen voor de omgeving. Een eeuw geleden was er aan dit gebouw veel zorg besteed, die zelfs tientallen jaren van verwaarlozing niet helemaal hadden kunnen uitwissen.

Anna's instructies waren duidelijk. Ze zouden met een andere groep voorbijgangers de straat oversteken, in hetzelfde tempo, om niet op te vallen tussen mensen die op weg waren naar de drank- en tabakswinkel of het shoarmatentje ernaast, waar een groot, vet ovaal stuk vlees aan een spies ronddraaide, zo dicht bij de straat dat je het kon aanraken – met zwermen vliegen er omheen. Wie uit het raam keek, zou niets bijzonders zien aan de stroom voetgangers. Pas als ze bij de voordeur kwamen zouden Anna en Ben blijven staan om naar binnen te gaan.

'Bellen we aan?' vroeg Ben toen ze voor de hoofdingang van het gebouw stonden.

'Als we aanbellen, komen we niet onaangekondigd. En dat was de bedoeling.' Anna keek snel om zich heen, stak een dun plaatje staal in het slot en prutste er even mee. Niets.

Ben voelde een lichte paniek. Tot dat moment hadden ze hun best gedaan zich aan de andere voetgangers aan te passen. Maar nu stonden ze hier stil en zou iedereen kunnen zien dat er iets niet klopte, dat ze hier niet thuishoorden.

'Anna!' mompelde hij, zacht maar dringend.

Zenuwachtig boog ze zich over haar werk. Ben zag het zweet op haar voorhoofd. 'Pak je portefeuille en tel je geld,' fluisterde ze. 'Pak je mobieltje en controleer je berichten. Doe iets! Rustig, langzaam en vooral ontspannen.'

Terwijl ze het zei, hoorde hij het knarsen van metaal tegen metaal.

Toen, eindelijk, gaf het slot toe. Anna draaide aan de kruk en opende de deur. 'Soms hebben die sloten wat zorg en liefde nodig. Het is niet zo zwaar beveiligd hier.'

'Hij heeft zich verborgen in het zicht van iedereen. Dat lijkt me zijn strategie.'

'Verborgen, ja. Je zei toch dat niemand hem ooit gezien had?'

'Dat is ook zo.'

'Als hij nog niet gek was toen hij hiermee begon, is hij het misschien nu wel geworden. Heb je daar wel aan gedacht? Dat kan het gevolg zijn als je je voor de wereld afsluit.' Anna liep voor hem uit naar de armoedige lift. Ze drukte op de knop, voordat ze het geluid van een rammelende ketting hoorden en besloten dat de trap misschien veiliger was. Zo geruisloos mogelijk beklommen ze de zeven trappen.

Op de bovenste verdieping strekte een gang met vuilwitte tegels zich voor hen uit. Tot hun verbazing zwaaide de deur van het enige appartement op die etage al open.

'Monsieur Chabot,' riep Anna.

Geen antwoord.

'Monsieur *Chardin!*' riep ze toen, en wisselde een blik met Ben.

In de donkere deuropening was vaag een beweging te zien.

'Georges Chardin!' riep Anna weer. 'Wij komen met informatie die belangrijk voor u kan zijn.'

Het bleef een paar seconden stil, gevolgd door een oorverdovende knal. *Wat was er gebeurd?*

Een blik op de muur tegenover de open deur maakte veel duidelijk: hij zat vol kogelgaten van een dodelijk schot hagel. Wie er ook achter die deur stond, hij had het vuur geopend.

'Ik weet niet wat jullie mankéért,' zei Thérèse Broussard, met een blos van verontwaardiging. 'Er is helemaal niets veranderd in mijn situatie sinds mijn man gestorven is. Helemaal níéts, zeg ik toch?'

De man liep met een grote zwarte koffer naar het raam toe, zonder op haar te letten. Een vreemde figuur.

'Mooi uitzicht,' zei de man.

'Er komt nooit direct zonlicht,' antwoordde Thérèse verachtelijk. 'Het grootste deel van de dag blijft het donker. Je zou hier foto's kunnen ontwikkelen.'

'Voor sommige dingen is dat een voordeel.'

Er klopte iets niet. Zijn accent veranderde. Hij sprak niet langer op dat afgemeten ambtenarentoontje van de sociale dienst, maar veel slordiger, veel minder *Frans*, op de een of andere manier.

Thérèse deed een paar stappen bij de man vandaan. Haar hart bonsde in haar keel toen ze opeens aan de berichten dacht over een verkrachter die vrouwen had overvallen in de omgeving van de Place de la Réunion. Daar waren ook oudere vrouwen bij. Deze man moest een bedrieger zijn, besloot ze. Al haar instincten vertelden haar dat. Iets in de manier waarop hij zich bewoog, met die ingehouden kracht van een reptiel, bevestigde haar verdenking dat hij de verkrachter van de Réunion moest zijn. *Mon dieu!* Hij had eerst het vertrouwen van zijn slachtoffers gewonnen, ging het verhaal, zodat ze hem in de veilige beschutting van hun eigen woning hadden uitgenodigd!

Haar hele leven hadden mensen haar verteld dat ze aan *une maladie nerveuse* leed. Thérèse wist wel beter. Ze zag en voelde dingen die anderen ontgingen. Maar nu, op dit belangrijke moment, had haar antenne haar in de steek gelaten. Hoe had ze zo dom kunnen zijn? In paniek keek ze om zich heen, zoekend naar iets waarmee ze zichzelf zou kunnen beschermen. Ze pakte een zware stenen pot met een verschrompelde ficus.

'Ga onmiddellijk mijn huis uit!' zei ze met trillende stem.

'Madame, spaar u de moeite,' zei de man met het gladde gezicht rustig. Hij keek haar kalm en dreigend aan – een zelfverzekerd roofdier dat wist dat hij zijn prooi volledig in zijn macht had.

Ze ving een glimp van glinsterend zilver op toen hij een lang krom mes uit een schede haalde. Met al haar kracht smeet ze de pot naar hem toe, maar het ding was te zwaar voor haar; ze kon hem niet ver gooien. Hij raakte alleen de benen van de man, waardoor hij een paar passen naar achteren werd geworpen, maar verder ongedeerd bleef. *Jésus Christ!* Wat kon ze verder nog gebruiken? Haar kleine, kapotte televisie! Ze tilde het toestel van de eetbar, bracht het met veel moeite boven haar hoofd en smeet het naar hem toe alsof ze op het plafond mikte. De man glimlachte slechts en deed een stap opzij voor het primitieve projectiel. Het kwam met een klap tegen de muur terecht en viel op de grond. De plastic kast en de beeldbuis spatten uit elkaar.

Lieve god, nee! Was dat alles wat ze had? Nee, het strijkijzer op de strijkplank! Had ze het al uitgezet? Thérèse deed een sprong naar het strijkijzer, maar de indringer zag wat ze van plan was.

'Blijf staan, lelijke ouwe koe!' riep de man, met een uitdrukking van walging op zijn gezicht. '*Putain de merde!*' Bliksemsnel greep hij een ander, kleiner mes en gooide het door de kamer. Het schuin geslepen staal vormde een vlijmscherpe snede langs de hele lengte van het pijlvormige lemmet, met het holle heft als een gestroomlijnd tegenwicht.

Thérèse zag het mes niet eens aankomen, maar voelde de klap toen het zich diep in haar rechterborst begroef. Eerst dacht ze nog dat het was afgeketst, maar toen ze omlaag keek, zag ze het stalen heft uit haar blouse steken. Vreemd, dacht ze, dat ze helemaal niets merkte. Maar toen begon zich een gevoel te verspreiden als van een ijspegel, en kleurde de omgeving van het staal zich rood. Haar angst verdween, om plaats te maken voor pure woede. Deze man dacht dat zij zijn zoveelste slachtoffer zou worden, maar daar had hij zich in vergist. Ze herinnerde zich de nachtelijke bezoekjes van haar dronken vader, die waren begonnen toen ze veertien was en hij zich met een adem als van zure melk over haar heen had gebogen, zijn stompe vingers in haar vlees had gegraven en haar met zijn ruwe nagels had verwond. Ze dacht aan Laurent en zijn laatste woorden tegen haar. De verontwaardiging spoelde over haar heen als water uit een ondergrondse put, van al die keren in haar leven dat ze was getreiterd, bedrogen, uitgescholden en misbruikt.

Brullend van woede vloog ze de smerige indringer aan, met het volle gewicht van haar honderd kilo.

Door de vaart die ze had liep ze hem ondersteboven en werkte hem tegen de grond.

Ze had trots kunnen zijn op wat ze had gepresteerd, *truie grasse* of niet, als de man haar niet had doodgeschoten, een fractie van een seconde voordat haar lichaam tegen hem aan sloeg.

Trevor rilde van afschuw toen hij het vette, levenloze lijf van zich af duwde. De vrouw was dood nauwelijks minder walgelijk dan levend, dacht hij toen hij zijn pistool met geluiddemper weer in de holster stak en de hitte van de loop tegen zijn dijbeen voelde. Het dubbele kogelgat in haar voorhoofd was als een tweede paar ogen. Hij sleepte haar bij het raam vandaan. Achteraf had hij haar natuurlijk meteen moeten neerschieten toen hij binnenkwam, maar wie had kunnen weten dat ze zo tekeer zou gaan? Er gebeurde altijd wel iets onverwachts. Daarom genoot hij zo van zijn roeping. Het was nooit helemaal routine, hij moest altijd rekening houden met verrassingen, een nieuwe uitdaging. Geen probleem voor hem, natuurlijk. Er was nog nooit iets gebeurd waar de Architect geen raad mee wist.

'Jezus,' fluisterde Anna. Het schot hagel had haar op niet veel meer dan een halve meter gemist. 'Ik geloof niet dat we welkom zijn.'

Maar waar was de schutter? Uit het donkere appartement klonk een gestaag salvo. Blijkbaar vuurde de bewoner door de kier tussen de zware stalen deur en de deurpost.

Ben voelde zijn hart in zijn keel kloppen. 'Georges Chardin!' riep hij. 'We hebben geen kwaad in de zin. We willen u helpen en we hebben uw hulp nodig. Wilt u alstublieft naar ons luisteren? Geef ons een kans!'

Uit de donkere krochten van het appartement kwam een bizar raspend geluid, een huiverende kreet van angst, als het nachtelijk gekerm van een gewond dier. Maar de man bleef nog steeds onzichtbaar, verscholen in het duister. Ze hoorden de klik van een patroon die in de kamer van een buks werd geschoven en ze drukten zich plat tegen de muur, aan weerskanten van de lange gang.

Nog een explosie. Een salvo van hagelkorrels uit de deuropening versplinterde het houtwerk in de gang en trok grillige sporen door het pleisterwerk van de muren. Er hing een doordringende geur van cordiet. De hele gang leek een oorlogszone.

'Luister, alstublieft!' riep Ben tegen hun onzichtbare tegenstander. 'We schieten niet terug, dat merkt u toch wel? We zijn niet gekomen om u kwaad te doen.' Het bleef even stil. Had de man in het appartement eindelijk gehoord wat hij zei? 'We zijn hier om u te beschermen tegen Sigma!'

Stilte. De man luisterde! Het was de naam Sigma, het symbool van die oude, diep verborgen samenzwering, die zijn uitwerking niet miste.

Op dat moment zag Ben dat Anna hem een teken gaf. Ze beduidde hem dat hij op zijn plaats moest blijven, terwijl zij naar Chardins appartement toesloop. Wat was ze van plan? Uit zijn ooghoek zag hij het grote dubbele tuimelraam in de gang. Geruisloos opende Anna de zware spanjolet, en een koude luchtstroom kwam de gang binnen. Ze wilde het raam uit klimmen, besefte hij tot zijn schrik, om over de smalle richel aan de buitenkant naar een van de ramen van Chardins appartement te lopen. Dat was waanzin! De angst kneep zijn keel dicht. Eén onverwachte windstoot en ze zou haar dood tegemoet vallen. Maar het was al te laat om te protesteren. Anna had het raam geopend en stond nu op de richel. *Jezus christus!* wilde hij roepen. *Niet doen!*

Eindelijk klonk er een vreemde, diepe bariton uit het appartement: 'Dus deze keer hebben ze een Amerikaan gestuurd.'

'Wij worden niet gestuurd, Chardin,' antwoordde Ben. 'We zijn maar met ons tweeën.'

'En wie bent u dan?' vroeg de stem, druipend van achterdocht.

'Wij zijn Amerikanen, dat is waar, maar... we hebben persoonlijke redenen waarom we uw hulp willen vragen. Sigma heeft mijn broer vermoord.'

Weer viel er een lange stilte. Toen: 'Ik ben niet achterlijk. Je wilt dat ik naar buiten kom, om me in de val te lokken en me levend in handen te krijgen. Dat zal je niet lukken.'

'Er zijn wel betere manieren, als we dat hadden gewild. Laat ons alstublieft binnen om met u te praten. Een minuutje maar. U mag ons onder schot houden.'

'Waarom wilt u me spreken?'

'We hebben uw hulp nodig om ze te verslaan.'

Een stilte. Toen een korte, scherpe, honende lach. 'Wilt u Sigma verslaan? Uitgesloten! Ik heb altijd gedacht dat je maar één ding kon doen en dat was onderduiken. Tot nu toe. Hoe hebt u me gevonden?'

'Door heel slim recherchewerk. Maar ik heb de grootste bewondering voor u. U hebt uw sporen uitstekend verborgen, moet ik zeggen. Heel goed gedaan. Het is heel moeilijk om familiebezit op te geven, dat begrijp ik. Daarom hebt u een *fictio juris* gebruikt, een agent op afstand. Een goed idee. Maar u bent altijd al een groot strateeg geweest. Het was niet voor niets dat u het bij Trianon tot *directeur général du département des finances* hebt geschopt.'

Nog een lange stilte, gevolgd door het schrapen van een stoel ergens in het appartement. Was Chardin nu toch bereid zijn gezicht te laten zien? Ben keek angstig de gang door en zag Anna voorzichtig, voetje voor voetje, over de richel schuiven, terwijl ze zich met twee handen aan het muurtje vasthield. Haar haar wapperde in de wind. Het volgende moment was ze uit het gezicht verdwenen.

Hij moest Chardins aandacht afleiden, zodat hij Anna niet zou zien opduiken voor zijn raam. *Hij moest Chardin bezighouden.*

'Wat wilt u van me?' klonk Chardins stem. Zijn toon leek nu neutraal. In elk geval luisterde hij; dat was een eerste stap.

'Monsieur Chardin, wij hebben informatie die heel belangrijk voor u kan zijn. We weten heel wat over Sigma. Over de erfgenamen, de nieuwe generatie die de leiding heeft overgenomen. De enige bescherming, voor u en voor ons, is feitenkennis.'

'Je kunt je niet tegen hen beschermen, idioot.'

Ben verhief zijn stem. 'Verdomme! U was ooit legendarisch om uw analytische geest! Als u niet meer rationeel kunt denken, dan hébben ze al gewonnen, Chardin! Beseft u zelf niet hoe onredelijk u zich gedraagt?' Op wat mildere toon vervolgde hij: 'Als u ons wegstuurt, zult u zich altijd afvragen wat wij te vertellen hadden. Zolang u die kans nog krijgt, tenminste...'

Opeens klonk er het geluid van brekend glas vanuit het appartement, onmiddellijk gevolgd door een luide klap en wat gekletter.

Was Anna veilig door het raam in Chardins appartement geland? Een paar seconden later hoorde hij Anna's stem, luid en duidelijk: 'Ik heb zijn geweer! En ik hou het op hem gericht.' Dat was niet alleen voor Ben bedoeld, maar ook voor Chardin.

Ben liep snel naar de open deur en stapte de nog donkere ruimte binnen. Het was moeilijk iets anders te onderscheiden dan wat schimmen. Toen zijn ogen na een paar seconden aan de schemer gewend waren geraakt, zag hij Anna's vage silhouet tegen de achtergrond van een dik gordijn. Ze had een geweer met een lange loop in haar handen. Een man in een merkwaardige zware mantel met een kap kwam langzaam en bevend overeind. Hij leek niet sterk, een echte kluizenaar.

Het was duidelijk wat er was gebeurd. Anna had zich door het raam naar binnen laten vallen, was boven op de lange, grove buks terechtgekomen en had het wapen tegen de vloer geklemd. Door de klap moest Chardin achterover zijn geslagen.

Heel even stonden ze alle drie zwijgend tegenover elkaar. Chardins ademhaling klonk zwaar en moeizaam, bijna benauwd. Zijn gezicht ging schuil in de schaduw van de capuchon.

Terwijl hij Chardin scherp in de gaten hield – misschien had de man nog een ander wapen tussen de plooien van zijn monnikspij verborgen – tastte Ben naar het lichtknopje. Op het moment dat de lamp aanging, draaide Chardin zich abrupt bij hen vandaan, met zijn gezicht naar de muur. Wilde hij een ander geweer grijpen?

'Blijf staan!' blafte Anna.

'Denk nou na, Chardin,' zei Ben. 'Als we u hadden willen doden, hadden we dat al gedaan. Daar komen we dus niet voor!'

'Draait u zich weer om. Naar ons toe,' beval Anna.

Chardin zweeg een moment. 'Weet wel wat u vraagt,' zei hij schor.

'Nu meteen, verdomme!'

Als in slow motion gehoorzaamde Chardin aan het bevel. Toen

de realiteit van wat hij zag eindelijk tot Ben doordrong, voelde hij zijn maag omhoogkomen en moest hij bijna braken. Ook Anna kon haar schrik niet verbergen en slaakte een onderdrukte kreet. Het was een onbeschrijflijk gruwelijke aanblik.

Ze staarden in een bijna onherkenbare massa littekenweefsel, heel verschillend van structuur. Op sommige plaatsen leek het gekarteld, bijna golvend; op andere plekken was het wilde vlees glad en glanzend, alsof het was gelakt of met cellofaan bedekt. De haarvaatjes lagen zo dicht aan de oppervlakte dat het ovaal dat ooit een menselijk gezicht was geweest nu een agressieve rode kleur vertoonde, behalve waar spataderen donkerpaarse kringen hadden veroorzaakt. De starende, grijs omfloerste ogen leken er niet bij te horen, als twee grote knikkers die door een slordig kind op een gladde asfaltweg waren achtergelaten.

Ben wendde zijn blik af, maar beheerste zich toen en dwong zich om weer te kijken. Hij kon nu wat meer details onderscheiden. Een afschuwelijk spinnenweb van gerimpeld weefsel vormde een centrale holte in het gezicht, met twee neusgaten, veel hoger dan normaal. Daaronder zat een mond die weinig meer was dan een spleet, een wond binnen een wond.

'O, lieve god,' hijgde Ben langzaam.

'Bent u verbaasd?' vroeg Chardin. Het was moeilijk te zien of de woorden echt afkomstig waren uit de spleet van zijn mond. Hij sprak als een buiksprekpop, ontworpen door een waanzinnige sadist. Hij lachte rochelend. 'De berichten over mijn dood waren niet ver bezijden de waarheid, op één ding na: ik had het overleefd. "Onherkenbaar verbrand", dat klopte wel. Ik had moeten omkomen in het vuur. Vaak heb ik gewenst dat het zo gelopen was. Mijn redding was een griezelig toeval. Een enormiteit. Het ergste lot dat een mens kan treffen.'

'Ze hebben geprobeerd u te vermoorden,' fluisterde Anna, 'maar dat is mislukt.'

'O nee, in veel opzichten is het wel degelijk gelukt,' zei Chardin met een grimas: een vreemde trek van een donkerrode spier rond een van zijn oogbollen. Het was duidelijk dat zelfs spreken hem pijn en moeite kostte. Hij articuleerde overdreven nauwkeurig, maar door de schade aan zijn gezicht bleven sommige medeklinkers erg vaag. 'Een vertrouweling van mij vermoedde dat ze zouden proberen me te elimineren. Er was sprake van een zuivering van de *angeli rebelli*. Hij kwam naar mijn landhuis, maar het was al te laat. Er was niet veel meer van over dan as, verkoolde balken en geblakerde muren – en mijn lichaam, of wat er van over was, net zo zwart als de rest. Maar mijn vriend meende toch een polsslag te voelen. Dus bracht hij me naar een klein provinciaal ziekenhuis, dertig kilometer verderop, verzon een verhaal over een omgevallen petroleumlamp en gaf hun een valse naam op. Heel slim van hem. Hij begreep dat mijn vijanden een nieuwe poging zouden doen als ze erachter kwamen dat ik het had overleefd. Ik heb maanden in die kleine kliniek gelegen. Ik had brandwonden over vijfennegentig procent van mijn lichaam. Niemand dacht dat ik het zou redden.' Hij sprak met horten en stoten, maar het was fascinerend om te horen: een volstrekt nieuwe taal. Ten slotte ging hij op een rechte houten stoel zitten, schijnbaar uitgeput.

'Maar u hebt het overleefd,' zei Ben.

'Het ontbrak me aan kracht om op te houden met ademen,' zei Chardin. Hij wachtte weer even. De herinnering aan de pijn maakte de pijn nog erger. 'Ze wilden me naar een ziekenhuis in de grote stad overbrengen, maar daar stak ik natuurlijk een stokje voor. Ik was toch niet meer te helpen. Kunt u zich voorstellen wat het is als je bewustzijn niets anders meer is dan je bewust zijn van pijn?'

'Maar toch hebt u het *overleefd*,' herhaalde Ben.

'De pijn was erger dan de menselijke soort ooit bedoeld was te ondergaan. Wondverband was een onbeschrijflijke marteling. Ik werd misselijk van de stank van mijn eigen afstervende vlees en meer dan één broeder moest braken als hij mijn kamer binnenkwam. Daarna, toen het granulatieweefsel zich had gevormd, lag er een nieuwe kwelling op de loer: krimp. De littekens trokken samen en de pijn begon weer van voren af aan. Zelfs nu nog is de mate van pijn waarmee ik elke dag moet leven heftiger dan wat ik ooit in mijn leven heb meegemaakt – toen ik nog een leven hád. Het is onverdraaglijk voor u om naar mij te kijken, nietwaar? Zo is het voor iedereen. Ook ik kan mezelf niet aanzien.'

Anna onderbrak hem omdat ze besefte dat het noodzakelijk was het menselijk contact te herstellen. 'De kracht die u hebt opgebracht... moet ongelooflijk zijn geweest. Geen enkel medisch handboek zou dit kunnen verklaren. Het instinct tot overleven. U bent uit die brand gekomen, iemand heeft u gered. En iets in uzelf bleef vechten voor het leven. Dat móét toch een reden hebben gehad!'

'Iemand vroeg een dichter eens wat hij zou redden als zijn huis in brand zou staan,' zei Chardin zacht. 'En hij antwoordde: "Ik zou het vuur redden. Zonder vuur is er niets mogelijk."' Hij lachte met een diep, verontrustend geluid. 'Vuur ligt uiteindelijk aan de wortel van de beschaving. Maar het kan net zo goed een instrument zijn van barbarij.'

Anna gaf de buks aan Chardin terug, nadat ze de laatste patroon uit de kamer had gehaald. 'We hebben uw hulp nodig,' zei ze dringend.

'Zie ik eruit als iemand die in een positie is om hulp te bieden? Ik kan mezelf niet eens helpen.'

'Als u uw vijanden ter verantwoording wilt roepen, zijn wij misschien uw beste kans,' zei Ben somber.

'Er bestaat geen wraak voor iets als dit. Ik heb het niet overleefd door de gifbeker van de razernij leeg te drinken.' Hij haalde een kleine plastic verstuiver uit de plooien van zijn pij en sproeide wat vocht in zijn ogen.

'Jarenlang hebt u aan het roer gestaan van een groot petrochemisch bedrijf. Trianon,' drong Ben aan. Hij moest Chardin duidelijk maken dat ze de fundamentele situatie kenden en dat ze hem wilden *inlijven*. 'Dat was een toonaangevend concern en dat is het nog steeds. U was de rechterhand van Émile Ménard, het brein achter de reorganisatie van Trianon in de jaren vijftig. Ménard behoorde tot de oprichters van Sigma. En in de loop van de tijd moet u daar ook een belangrijke figuur zijn geworden.'

'Sigma,' herhaalde hij met trillende stem. 'Daar is het allemaal mee begonnen.'

'En ongetwijfeld hebt u met uw financiële inzicht een steentje bijgedragen aan het grote plan om het kapitaal van het Derde Rijk weg te sluizen.'

'Wat? Dacht u echt dat het dáárom ging? Dat was niets, een onbeduidende exercitie. Het grote project... *le grand projet...*' Hij zweeg even. 'Dat was iets van een heel andere orde. Iets dat u onmogelijk zult kunnen begrijpen.'

'Probeer het eens,' zei Ben.

'En de geheimen prijsgeven die ik mijn hele leven heb moeten bewaren?'

'U zei het zelf al: wélk leven?' Ben deed een stap naar hem toe en onderdrukte zijn walging om oogcontact met de man te kunnen houden. 'Wat hebt u nog te verliezen?'

'Eindelijk zegt u iets zinnigs,' zei Chardin zacht. Zijn naakte ogen draaiden in zijn hoofd en staarden Ben doordringend aan.

Een paar seconden was het stil. Toen begon hij te spreken, langzaam, hypnotiserend.

'Het verhaal begint al voor mijn tijd. En het zal mij zeker overleven. Maar de oorsprong ligt in de laatste maanden van de Tweede Wereldoorlog, toen een consortium van enkelen van de machtigste industriëlen ter wereld in Zürich bijeenkwam om de richting te bepalen die de naoorlogse wereld moest inslaan.'

Ben dacht aan de mannen op de foto, met hun staalharde blik.

'Ze waren boos en verontwaardigd,' vervolgde Chardin. 'Ze hadden gehoord wat de ziekelijke Franklin Roosevelt van plan was: Stalin laten merken dat hij zich niet zou verzetten tegen een grote gebiedsuitbreiding van de Sovjet-Unie. En zo gebeurde het ook, voordat hij stierf. In feite schonk hij de communisten half Europa! Een ongelooflijke vorm van verraad! Die industriëlen wisten dat ze weinig konden uitrichten tegen dat bedenkelijke akkoord tussen Amerika en de Sovjets in Jalta. Dus vormden ze een organisatie die als bruggenhoofd kon fungeren en enorme bedragen kon vrijmaken om de communisten te bestrijden en de wilskracht van het Westen te vergroten. De volgende wereldoorlog was begonnen.'

Ben keek naar Anna en staarde toen voor zich uit, gebiologeerd en verbijsterd door Chardins woorden.

'Die kapitalistische leiders voorzagen heel scherp dat de mensen in Europa, verbitterd en walgend van het fascisme, zich als reactie in de armen van links zouden werpen. De industriële leiders beseften dat de nazi's een tactiek van de verschroeide aarde hadden gevolgd, en zonder een massale injectie van kapitaal op de juiste momenten zou het communisme snel om zich heen grijpen, eerst in Europa en dan in de rest van de wereld. Zij zagen het als hun missie om de industriële staat te behouden en te versterken. En dus moesten ze ook hun tegenstanders monddood maken. Was hun angst overdreven? Nee, zeker niet. Deze ondernemers wisten hoe de slingerbeweging van de geschiedenis werkt. En als een fascistisch regime zou worden gevolgd door een communistisch bewind, dreigde Europa werkelijk verloren te gaan, zo zagen zij het.

Het leek alleen maar verstandig om de hulp in te roepen van een paar vooraanstaande nazi's, die wisten uit welke hoek de wind waaide en bovendien het stalinisme wilden bestrijden. En zodra het syndicaat een politieke en financiële basis had, begon het de wereldpolitiek te manipuleren en politieke partijen te financieren – in het geheim, uiteraard. Daar slaagden ze wonderwel in! Met de juiste financiële ondersteuning wist De Gaulle in Frankrijk zijn Vierde Republiek te vestigen en bleef in Spanje het rechtse bewind van Franco aan de macht. In latere jaren werden in Griekenland de kolonels in het zadel geholpen om een eind te maken aan de linkse regering die het volk had gekozen. In Italië voerde Operatie Gladio een voortdurende campagne van subtiele sabotage tegen alle pogingen van links om greep te krijgen op de nationale politiek. Er lagen zelfs plannen klaar voor de *carabinieri*, de paramilitaire politie, om zo nodig de radio- en tv-zenders over te nemen. We hadden uitvoerige dossiers over politici, vakbondsleiders en priesters. Ultrarechtse partijen, waar dan ook, werden in het geheim gesponsord vanuit Zürich, waardoor de gewone conservatieven opeens heel redelijk en gematigd leken. Verkiezingen werden beïnvloed, steekpenningen betaald, linkse politieke leiders vermoord. En al die tijd waren het de poppenspelers in Zürich die in het diepste geheim aan de touwtjes trokken. Ze gaven geldelijke steun aan politici zoals senator Joseph McCarthy in Amerika en ze financierden coups in heel Europa, Afrika en Azië. Er werden zelfs extreem linkse groepen georganiseerd als *agents provocateur*, om het gewone publiek tegen hen in het harnas te jagen.

Deze kliek van industriëlen en bankiers zorgde ervoor dat het kapitalisme weer kon gedijen in de wereld. Uw president Eisenhower, die waarschuwde tegen de opkomst van het militair-industriële complex, zag nog maar het topje van de ijsberg. In werkelijkheid is een groot deel van de wereldgeschiedenis van de afgelopen halve eeuw gedicteerd door deze mannen in Zürich en hun opvolgers.'

'Jezus!' viel Ben hem in de rede. 'U bedoelt...'

'Ja,' zei Chardin, en hij knikte met dat afschuwelijke hoofd zonder gezicht. 'Hun kliek heeft de koude oorlog veroorzaakt. Dat was hun werk. Of misschien moet ik zeggen: óns werk. Begint u het nu te begrijpen?'

Trevors vingers bewogen zich snel toen hij zijn koffer opende en het .50-kaliber geweer in elkaar zette, een aangepaste versie van de BMG AR-15. Voor hem was het een voorwerp van grote schoonheid, een nauwkeurig scherpschutterswapen met betrekkelijk weinig bewegende delen en een bereik tot zevenhonderdveertig meter. Van dichterbij was de slagkracht echt ongelooflijk. Het kon een zeven centimeter dikke staalplaat doorboren, of een complete auto, of een hoek uit een gebouw slaan. Metselwerk was geen enkel probleem. De kogel had een snelheid van meer dan duizend meter per seconde. Rustend op een statief en voorzien van een Leupold Vari-X-vizier met thermische beeldvorming, was het wapen voldoende nauwkeurig voor zijn doel. Hij glimlachte toen hij het geweer op het statief legde. Het was bepaald geen bescheiden uitrusting voor deze klus.

Vooral niet omdat zijn doelwit gewoon aan de overkant van de straat zat.

33

'Dit is ongelooflijk,' zei Anna. 'Gewoon niet te... bevatten.'

'Ik heb er al zo lang mee geleefd dat het voor mij heel gewoon is,' zei Chardin. 'Maar ik begrijp ook wel hoeveel onrust er zou ontstaan als andere mensen zouden beseffen dat de geschiedenis van hun tijd grotendeels in scène is gezet door een groep mannen zoals ik: ondernemers, financiers en industriëlen, via hun wereldwijde concerns. In scène gezet door Sigma. Alle geschiedenisboeken zouden herschreven moeten worden. Zinvolle levens zouden opeens niets anders lijken dan de gehoorzame bewegingen van een marionet. Het verhaal van Sigma laat zien hoe de machtigen zijn gevallen en de gevallenen zelf de macht hebben gegrepen. Het is een verhaal dat nooit bekend mag worden. Begrijpt u? Nóóit.'

'Maar wie zou zo hondsbrutaal, zo krankzinnig, zijn geweest om aan zo'n waagstuk te beginnen?' Bens blik bleef rusten op Chardins zachte bruine pij. Nu pas begreep hij de fysieke noodzaak van die vreemde wijde kleding.

'U moet zich eerst verplaatsen in het visionaire, triomfantelijke gevoel waarvan de grote bedrijven halverwege deze eeuw waren doortrokken – bijna alsof ze een heilige missie hadden,' zei Chardin. 'Wij hadden het bestaan van de hele mensheid veranderd, vergeet dat niet. Mijn god... de auto, het vliegtuig en niet veel later ook het straalvliegtuig. De mens kon zich nu over land bewegen met snelheden die onvoorstelbaar waren geweest voor onze voorouders. En de mens kon vliegen! Radio- en geluidsgolven gaven ons een zesde zintuig, we konden beelden zien die vroeger ondenkbaar waren geweest. Berekeningen konden automatisch worden uitgevoerd. En de doorbraak in de materiaaltechniek was niet minder spectaculair: metallurgie, kunststoffen, productietechnieken die nieuwe vormen van rubber, lijmstoffen, textiel en honderden ander toepassingen opleverden. Het landschap van ons alledaagse leven was totaal veranderd. Op alle terreinen van de moderne industrie had een revolutie plaatsgevonden.'

'Een tweede industriële revolutie,' zei Ben.

'Een tweede, derde, vierde én vijfde,' antwoordde Chardin. 'De toekomst lag open. De mogelijkheden van die moderne bedrijven leken onbegrensd. En met de komst van de kernfysica... wat zouden we allemaal niet kunnen bereiken als we ons ervoor inspanden? Je had Vannevar Bush, Lawrence Marshall en Charles Smith van Raytheon, die pionierswerk deden op allerlei terreinen, van microgolven tot raketgeleidingssystemen en radarapparatuur. Zoveel vindingen die in latere jaren doodgewoon leken – fotokopieën, magnetrons, binaire computers, solid-state elektronica – waren al in eerste aanleg ontwikkeld door Bell Labs, General Electric, Westinghouse, RCA, IBM en noem maar op. De materiële wereld leek zich te onderwerpen aan onze wil. Waarom de politiek dan niet?'

'En waar was ú in die tijd?' vroeg Ben.

Chardin staarde voor zich uit. Hij haalde de verstuiver uit de plooien van zijn pij om zijn ogen nog eens te bevochtigen. Toen wreef hij met een witte zakdoek over de huid onder de grillige spleet van zijn mond, die nat was van het speeksel. En zo, eerst nog aarzelend, begon hij zijn verhaal.

'Ik was een kind van acht toen de oorlog uitbrak. Ik zat op een armoedige provincieschool, het Lycée Beaumont, in de stad Lyon. Mijn vader was ingenieur bij de gemeente, mijn moeder was onderwijzeres. Ik had geen broers of zusters en was een soort wonderkind. Toen ik twaalf was, volgde ik al lessen in toegepaste wiskunde aan de *École Normale Supérieure de Lyon*, een pedagogische academie. Ik had daar echt talent voor, maar het onderwijs trok me niet. Ik wilde iets anders. De ijle sferen van de getallentheorie spraken me niet aan. Ik was meer geïnteresseerd in de echte wereld, de wereld van alledag. Ik loog over mijn leeftijd toen ik voor het eerst solliciteerde bij de boekhouding van Trianon. Émile Ménard werd toen al beschouwd als een profeet onder de grote ondernemers, iemand met visie. Hij had zijn concern opgebouwd uit verschillende elementen, waartussen niemand anders ooit enig verband had gezien. Maar door die combinatie van afzonderlijke disciplines kon je een industriële macht scheppen die veel groter was dan de som van de delen. Ménard besefte dat. En in mijn ogen, als financieel expert, was Trianon een waar meesterwerk, de Sixtijnse kapel van het bedrijfsleven.

Binnen een paar maanden was mijn financiële talent ook doorgedrongen tot de chef van de afdeling waar ik werkte, Monsieur Arteaux. Hij was een oudere heer met weinig hobby's, die Ménards idealen met hart en ziel was toegedaan. Sommige collega's vonden mij een koele kikker, maar niet Monsieur Arteaux. Wij konden met elkaar praten als twee voetbalfans. Urenlang discussieerden we over de voor- en nadelen van interne kapitaalmarkten of een andere berekening van *equity risk premiums* – onderwerpen waar de meeste mensen niets van begrijpen, maar die te maken hadden met de architectuur van het kapitaalverkeer, met verantwoorde beslissingen over investeringen en herinvesteringen en de spreiding van risico's. Arteaux, die al tegen zijn pensionering liep, stak zijn nek uit door mij voor te stellen aan de grote man zelf, achter de rug van de bureaucratie om. Ménard had wel plezier in zo'n jong ventje en stelde me neerbuigend een paar vragen. Ik gaf heel serieus antwoord, maar ook uitdagend, op het onbeleefde af. Arteaux schrok zich een ongeluk. Maar Ménard vond mijn reactie juist interessant. Dat had niemand verwacht, maar het tekende zijn grootheid. Later zei hij tegen me dat mijn combinatie van intelligentie en onbeschoftheid hem aan zichzelf had doen denken, op mijn leeftijd. Hij was ongelooflijk egocentrisch, maar met reden. Mijn eigen arrogantie, die ik als kind al had, was misschien ook niet onterecht. Nederigheid is mooi voor priesters, maar een verstandig mens kent zijn eigen capaciteiten. Ik had een groot talent om financiële constructies op waarde te schatten, dus waarom zou ik mezelf niet kunnen beoordelen? Mijn eigen vader werd gehinderd door een te grote bescheidenheid. Hij schatte zijn eigen talent niet hoog genoeg in, waardoor anderen dat ook niet deden. Die fout wilde ik niet maken.

Binnen een paar weken was ik Ménards persoonlijke assistent en week ik niet meer van zijn zij. Niemand wist of ik zijn boodschappenjongen of zijn adviseur was. Eerlijk gezegd was ik allebei; daar had ik geen probleem mee. De grote man behandelde me meer als een aangenomen zoon dan als werknemer. Ik was zijn enige protégé, de enige die in zijn schoenen kon staan. Ik deed voorstellen, soms heel gedurfd, en kwam zelfs met suggesties die jaren van planning op hun kop zetten. Zo stelde ik voor om een oliemaatschappij af te stoten waar zijn managers ongelooflijk veel tijd in hadden gestoken. Het leek me beter om veel geld te investeren in de nieuwste, nog onbekende technologieën. En als hij mijn suggesties opvolgde, was Ménard meestal bijzonder tevreden met de resultaten. Begin jaren vijftig kreeg ik zelfs een bijnaam: *L'ombre de Ménard*, de schaduw van Ménard. En toen hij de strijd aanbond met zijn ziekte, de lymfklierkanker waaraan hij uiteindelijk zou overlijden, begonnen hij en Trianon steeds meer op mij te leunen. Mijn ideeën waren stoutmoedig, ongehoord en schijnbaar krankzinnig. Het duurde niet lang of iedereen nam ze over. Ménard bestudeerde mij net zo goed als ik hém bestudeerde, zowel afstandelijk als met echte affectie. We waren nu eenmaal mannen die zulke eigenschappen zonder frictie in zich konden verenigen.

Maar ondanks alle privileges die ik genoot, had ik al een tijdje in de gaten dat er één heiligdom was waar hij me nog niet had toegelaten. Hij ging soms op reis zonder nadere verklaring en hij deed stortingen die ik niet begreep maar waarover geen discussie mogelijk was. Ten slotte kwam de dag waarop hij besloot om me te introduceren in een wereld waar ik niets vanaf wist, een organisatie die u kent als Sigma.

Ik was nog steeds Ménards wonderkind, begin twintig, een financieel genie, maar totaal onvoorbereid op wat ik te zien en te horen zou krijgen op mijn eerste bijeenkomst. Die vond plaats in een Zwitsers château op het platteland, een prachtig oud kasteel op een uitgestrekt, afgelegen terrein dat eigendom was van een van de bestuursleden. De veiligheidsmaatregelen waren buitengewoon. Zelfs de indeling van de tuin, de plaatsing van de struiken en de bomen rond het kasteel, moest het de gasten mogelijk maken nog onopvallender te arriveren of te vertrekken. Die eerste keer zag ik dus niemand aankomen. Bovendien was er een systeem van krachtige hoge en lage elektronische pulsen, de nieuwste technologie in die dagen, waar geen enkele vorm van afluisterapparatuur tegen bestand was. Alles van metaal moest worden opgeborgen in containers van dik osmium, anders zou zelfs een eenvoudig horloge onmiddellijk zijn stilgezet door die pulsen. Ménard en ik kwamen 's avonds aan en werden meteen naar onze kamers gebracht – hij naar een prachtige suite met uitzicht op een klein gletsjermeer, ik naar een aangrenzende kamer, wat minder luxueus, maar van alle gemakken voorzien.

De besprekingen begonnen de volgende ochtend. Ik kan me niet meer precies herinneren wat er werd gezegd. De gesprekken sloten aan op eerdere bijeenkomsten waar ik niets van wist. Voor een nieuwkomer was het dus lastig om de draad op te pakken. Maar ik kende sommigen van de mannen rond de tafel van gezicht. Het was werkelijk een surrealistische ervaring, een soort toneelstuk. Ménard was een man die voor bijna niemand hoefde onder te doen in rijkdom, industriële macht of visie. Maar de schaarse rivalen die hij had, zaten allemaal in deze zaal. De directeuren van twee machtige, concurrerende staalgiganten. De president van het grootste Amerikaanse elektronicaconcern. Zware industrie, petrochemie, technologie... alles was vertegenwoordigd. De mannen die verantwoordelijk waren voor de zogenaamde Amerikaanse eeuw. En hun collega's uit Europa. De beroemdste mediatycoon ter wereld. De bestuursvoorzitters van de meest uiteenlopende beleggingsfirma's. Mannen die gezamenlijk een kapitaal beheerden dat groter was dan het bruto nationaal product van de meeste landen ter wereld samen.

Die dag viel mijn wereldbeeld voorgoed aan scherven. Kinderen leren in geschiedenislessen de namen en gezichten van politieke en militaire leiders. Dit is Winston Churchill, dat is Dwight Eisenhower, dit zijn Franco en De Gaulle, Atlee en Macmillan. Belangrijke mensen, dat staat vast, maar feitelijk niet meer dan woordvoerders. In een bepaald licht gezien waren ze persvoorlichters, gewone werknemers. Daar zorgde Sigma wel voor. De mannen die de werkelijke macht hadden, zaten rond die lange, mahoniehouten tafel. Zij waren de poppenspelers.

Naarmate de uren verstreken en we koffie dronken met gebak erbij, besefte ik wat zich voor mijn ogen voltrok. Het was een directievergadering van één reusachtig consortium dat alle andere bedrijven bestuurde. Een raad van bestuur die de hele westerse geschiedenis bepaalde!

Wat me vooral bijbleef was hun houding, hun perspectief, meer nog dan wat ze zeiden. Want dit waren professionele managers, die geen tijd hadden voor nutteloze emoties of irrationele sentimenten. Ze geloofden in de ontwikkeling van de productiviteit, in het handhaven van de orde, in de rationele concentratie van kapitaal. Eenvoudiger gezegd, ze geloofden dat de geschiedenis – het lot van de mensheid zelf – gewoon te belangrijk was om aan de massa van het volk over te laten. De ellende van twee wereldoorlogen had hun dat wel geleerd. De geschiedenis had behoefte aan goede managers, die zakelijk en professioneel de noodzakelijke beslissingen namen. En de opkomst van het communisme, met zijn chaos en de verdeling van eigendommen die het propageerde, betekende een reële dreiging, waardoor het hele project nog meer haast kreeg. Het ging niet om een utopie, maar om de afwending van een concreet gevaar.

Ze overtuigden elkaar van de noodzaak om een wereld te scheppen waarin de ware ondernemersgeest veilig zou zijn voor de afgunst en hebzucht van de grote massa. Wie immers zou een wereld met de stinkende wonden van het fascisme en het communisme aan zijn kinderen willen nalaten? Het moderne kapitaal wees ons de weg, maar de toekomst van de industriële staat moest worden beschermd en beschut tegen stormen. Dat was het visioen. En hoewel de wortels van dat visioen teruggingen tot de economische crisis van voor de Tweede Wereldoorlog, had het extra nadruk gekregen door de verwoestingen die de oorlog had aangericht.

Ik zei die dag niet veel, niet omdat ik van nature zo zwijgzaam ben, maar omdat ik letterlijk met stomheid was geslagen. Ik was daar een dwerg tussen reuzen, een boer die met keizers mocht dineren. Ik kon het nauwelijks bevatten en had grote moeite om mijn gezicht in de plooi te houden, zoals mijn grote mentor, die alles onverstoorbaar aanhoorde. Dat waren dus mijn eerste uren bij Sigma, en mijn leven zou nooit meer hetzelfde zijn. Het dagelijkse leesvoer van de kranten – staking hier, partijvergadering daar, moordaanslag ergens anders – was niet langer een aaneenschakeling van losse gebeurtenissen. Achter die gebeurtenissen zag ik nu een patroon, de complexe machinaties van een ongelooflijk ingewikkeld apparaat.

O zeker, de oprichters en grondleggers van Sigma profiteerden op een enorme schaal. Al hun bedrijven floreerden, terwijl zoveel andere, die niet het geluk hadden om tot Sigma te behoren, verlies draaiden of failliet gingen. Maar het werkelijke motief was toch die grote visie: het Westen moest beschermd worden tegen de gemeenschappelijke vijand, anders zou het week worden en ten ondergaan. Maar de bescherming van die vesting moest discreet en voorzichtig gebeuren. Een te agressieve, overhaaste aanpak kon een gevaarlijke terugslag veroorzaken. Hervormingen moesten subtiel worden bijgestuurd. De ene afdeling concentreerde zich op aanslagen: de eliminatie van linkse ideologen. Een andere divisie smeedde... die term is heel juist... het type links-extremistische groeperingen als de Baader-Meinhof groep en de Rode Brigades, waar ook gematigd links niets van moest hebben.

De westerse wereld en talloze andere landen zouden zich door Sigma in de luren laten leggen en geloof hechten aan de verzinsels die over deze gebeurtenissen de wereld in werden gestuurd. In Italië organiseerden we een netwerk van twintigduizend "burgercomités" om geld naar de Christen-Democraten te sluizen. Ook het Marshall-plan was bedacht door Sigma, zoals zoveel andere projecten. Vaak stelde Sigma zelf de teksten op van wetten die door het Amerikaanse Congres werden geloodst en aangenomen! Alle Europese hulpprogramma's, instanties voor economische samenwerking, en uiteindelijk ook de NAVO, waren slechts afdelingen van Sigma zelf, dat onzichtbaar bleef omdat het alomtegenwoordig was. Raderen binnen raderen, zo werkten we. In alle geschiedenisboeken vind je de standaardverhalen over de wederopbouw van Europa, met een foto van generaal Marshall erbij. Maar alle details waren allang door óns bepaald, door óns uitgevoerd.

Toch kwam niemand op de gedachte dat het Westen in feite werd bestuurd door een geheim consortium. Dat zou immers ondenkbaar zijn! Want als het waar was, zou dat betekenen dat meer dan de helft van de wereld een filiaal was van één enkel mammoetbedrijf: Sigma.

In de loop van de tijd overleden de oorspronkelijke oprichters en werden ze vervangen door jongere protégés. Sigma bleef bestaan, met de noodzakelijke aanpassingen. Wij waren immers geen ideologen, maar pragmatici. Sigma probeerde slechts de hele moderne wereld te hervormen. Sigma eiste niets minder dan de controle over de geschiedenis zelf.

En Sigma slaagde daarin.'

Trevor Griffiths tuurde door het thermische vizier van zijn geweer. De zware verduisteringsgordijnen waren optisch ondoorzichtig, maar vormden geen obstakel voor een thermische kijker. Menselijke gestalten bewogen zich door het beeld als vage groene schimmen, klodders kwik, die van vorm veranderden als ze langs pilaren of meubels liepen. De zittende gedaante was zijn voornaamste doelwit. De anderen zouden bij de ramen vandaan lopen, met de illusie dat ze dan veilig waren. Trevor zou hen dwars door de muur neerschieten – de eerste kogel om het gat te slaan, de tweede om het doelwit te vernietigen. Met de rest van zijn patronen zou hij het karwei kunnen afmaken.

'Als het waar is wat u zegt...' begon Ben.

'Mannen liegen vooral om hun gezicht te redden. Dat kan bij mij geen motief meer zijn, zoals u ziet.' De uiteinden van de snee die Chardins mond was bewogen zich wat omhoog, in een grimas of een glimlach. 'Ik heb u gewaarschuwd dat u moeite zou hebben om te bevatten wat ik u vertelde. Maar misschien begrijpt u de situatie toch wat beter nu. Een groot aantal machtige mannen in allerlei landen heeft nog altijd een belangrijke reden om de waarheid verborgen te houden. Meer dan ooit zelfs. Want Sigma is de afgelopen jaren een nieuwe koers ingeslagen, deels dankzij zijn eigen succes. Het communisme vormde niet langer een gevaar, dus leek het zinloos om nog miljarden dollars in de organisatie van civiele acties en politieke manoeuvres te blijven pompen. Vooral niet omdat er misschien een effectievere manier was om Sigma's doelstellingen te verwezenlijken.'

'Sigma's doelstellingen...' herhaalde Ben.

'Het bevorderen van stabiliteit, het onderdrukken van dissidente ideeën, het "afvoeren" van onruststokers en andere figuren die de industriële staat bedreigen. Toen Gorbatsjov lastig werd, hebben wij zijn ondergang georkestreerd. Toen regimes rond de Pacific problemen maakten, zorgden wij voor een abrupte, massale vlucht van buitenlands kapitaal, waardoor ze in een economische recessie terechtkwamen. Toen de leiders van Mexico niet wilden meewerken, regelden we een wisseling van de wacht.'

'Mijn god,' zei Ben met droge mond. 'Moet u eens horen wat u zegt...'

'O, zeker. Dan werd er een vergadering belegd en een besluit genomen, dat niet veel later werd uitgevoerd. Wij waren daar heel goed in, eerlijk gezegd. We konden de regeringen van deze wereld bespelen als een draaiorgel. En het hielp natuurlijk dat Sigma zelf een groot aantal bedrijven verwierf, uiteraard via besloten vennootschappen die als dekmantel dienden. Maar een kleine harde kern kwam steeds meer tot de overtuiging dat we in deze nieuwe tijd niet langer de waan van de dag moesten volgen of steeds terugkerende crises moesten bezweren. Zij vonden dat we een stabiel leiderschap nodig hadden voor de lange termijn. Daarom kwam de afgelopen jaren één bijzonder project van Sigma steeds meer op de voorgrond te staan. Als het zou slagen, zou het een revolutie betekenen in de wijze waarop de wereld werd bestuurd. Het zou niet meer gaan om de toewijzing van fondsen of de toepassing van middelen. In plaats daarvan ging het alleen nog om de simpele vraag wie de "uitverkorenen" waren. En daar verzette ik me tegen.'

'U kwam in conflict met Sigma,' zei Ben. 'U werd een doelwit. Maar toch bewaarde u het geheim.'

'Ik herhaal het nog eens, als de waarheid ooit bekend zou worden, als de wereld zou beseffen hoeveel van de belangrijkste gebeurtenissen uit de naoorlogse tijd in het geheim waren gemanipuleerd en georkestreerd door deze kliek, zou daar een gewelddadige reactie op volgen. Rellen op straat.'

'Maar waarom zo'n golf van activiteit, opeens?' vroeg Ben. 'U praat over iets dat al tientallen jaren aan de gang was!'

'Nee, we praten over dágen,' antwoordde Chardin.

'En u wist dit allemaal?'

'Het verbaast u dat een kluizenaar als ik op de hoogte blijft van wat er zich afspeelt? Je leert de signalen interpreteren. Je móét wel, als je in leven wilt blijven. Bovendien is er weinig anders om me bezig te houden in deze afzondering. Ik heb jaren in hun gezelschap doorgebracht en dus hoor ik dingen die voor u niets anders zijn dan achtergrondgeruis.' Hij wees naar de zijkant van zijn hoofd. Ondanks de capuchon zag Ben toch dat de man geen uitwendig oor meer had, maar slechts een kanaal in een woekering van wild vlees.

'En dat is de verklaring voor die plotselinge uitbarsting van moordaanslagen?'

'Het gaat zoals ik u heb gezegd. Sigma heeft de afgelopen tijd een definitieve verandering ondergaan; een verschuiving binnen het management, zo u wilt.'

'En daar hebt u zich tegen verzet.'

'Ja. Lang voordat de meeste anderen het nog in de gaten hadden. Sigma heeft zich altijd het recht voorbehouden om "sancties" uit te voeren tegen leden die niet volstrekt loyaal leken. In mijn arrogantie besefte ik niet dat mijn hoge positie daartegen geen bescherming bood; integendeel, zelfs. Maar de zuivering, de eliminatie van dissidenten, is pas de laatste weken goed op gang gekomen. Ieder van ons – en onze vroegere medewerkers – die zich niet leek neer te leggen bij de nieuwe lijn, werd als een afvallige beschouwd. Wij werden de *angeli rebelli* genoemd, de opstandige engelen. Als u bedenkt dat de oorspronkelijke *angeli rebelli* tegen God Almachtig in het geweer waren gekomen, krijgt u een idee van de macht en de grootheidswaan van de huidige leiders van Sigma. Of leider, moet ik eigenlijk zeggen, omdat het consortium inmiddels onder gezag staat van maar één... geduchte figuur. En voor Sigma is het nu vijf voor twaalf, om het zo maar te zeggen.'

'Vijf voor twaalf? Wat bedoelt u?' riep Ben uit. Hij had nog zoveel vragen.

'We praten over dagen,' zei Chardin nog eens. 'Of minder. Het is nogal dwaas van u om naar mij toe te komen alsof de waarheid u nog iets zou kunnen helpen. Om naar mij toe te komen op het moment dat de tijd verstreken is en het laatste uur geslagen heeft!'

'Waar hébt u het over?'

'Daarom dacht ik dat ze u hadden gestuurd. Omdat ze weten dat ze nooit zo kwetsbaar zijn als vlak voor de laatste, beslissende slag. Zoals ik u al zei, is dit het moment van de grote schoonmaak, de zuivering, de opruiming, de vernietiging van alle bewijzen die naar hen kunnen leiden.'

'Dat vraag ik het opnieuw: Waarom nú?'

Chardin pakte de verstuiver en bevochtigde zijn troebele grijze ogen nog eens. Op hetzelfde moment klonk er een onverwachte explosie, een klap die door merg en been ging. Chardin werd uit zijn stoel tegen de grond gesmeten. Ben en Anna sprongen overeind en staarden vol afgrijzen naar het vijf centimeter grote, ronde gat in de gepleisterde muur tegenover hen, alsof iemand een zware boor op de stenen had gezet.

'Weg daar!' schreeuwde Anna.

Waar was het projectiel – het leek veel te zwaar voor een gewone kogel – vandaan gekomen? Ben dook naar de ene kant van de kamer, Anna naar de andere. Meteen draaide hij zich weer om en staarde naar het slappe lichaam van de legendarische financier. Hij dwong zichzelf opnieuw naar die afschuwelijke ravijnen en spelonken van littekenweefsel te kijken en zag dat Chardins ogen waren weggedraaid in zijn hoofd, zodat alleen het wit nog zichtbaar was.

Er kringelde wat rook uit een verschroeid gedeelte van zijn capuchon en Ben besefte dat zich een enorme kogel dwars door zijn schedel had geboord. De man zonder gezicht, de man die met een ongelooflijke wilskracht jaren van onbeschrijflijke pijn had overleefd, was dood.

Wat was er gebeurd? En hoe? Ben wist alleen dat ze onmiddellijk dekking moesten zoeken, omdat zij anders zelf aan de beurt zouden zijn. Maar waar konden ze heen, hoe konden ze ontsnappen aan een aanval als ze niet wisten waar die vandaan kwam? Hij zag Anna naar de verste hoek van de kamer rennen en zich daar plat tegen de grond werpen. Ben deed hetzelfde.

Meteen volgde een tweede explosie. De kogels boorde zich door de zware buitenmuur en het stucwerk van de binnenmuur. Ben zag een cirkeltje daglicht door de stenen. De schoten kwamen van buiten!

Waar de schutter ook mee vuurde, de kogels sloegen door een stenen muur alsof het een kralengordijn was. De laatste kogel kwam gevaarlijk dicht in Anna's buurt. Ze waren nergens veilig.

'O, mijn god!' riep Anna. 'We moeten hier weg!'

Ben draaide zich haastig om en keek uit het raam. In het gereflecteerde zonlicht zag hij het gezicht van een man achter een raam, recht aan de overkant van de smalle straat. *Dat gladde, rimpelloze gezicht, die hoge jukbeenderen.* De moordenaar bij de villa van Lenz. De moordenaar bij de auberge in Zwitserland... *De man die Peter had vermoord.*

Ben voelde een geweldige woede in zich opkomen en slaakte een luide kreet, van ongeloof, van woede of als waarschuwing. Anna en hij stormden op hetzelfde moment naar de uitgang van het appartement. Weer een oorverdovende knal en een gat in de buitenmuur. Ben en Anna renden naar de trap. Deze projectielen zouden zich niet in je vlees graven of je huid verzengen; ze zouden door je lichaam snijden als een speer door een spinnenweb. Het moesten antitankgranaten zijn. De verwoestingen die ze aan het oude gebouw toebrachten, waren ongelooflijk.

Ben rende achter Anna aan en daalde met grote sprongen de trap af terwijl het salvo aanhield. Achter zich hoorden ze het pleisterwerk en de stenen verpulveren. Eindelijk kwamen ze struikelend in de kleine lobby aan. 'Deze kant op!' fluisterde Anna en ze sprintte naar een deur die niet uitkwam in de Rue des Vignoles, maar in een zijstraat, waar de moordenaar hen moeilijker onder schot kon nemen. Ze stapten naar buiten en keken in paniek van links naar rechts.

Gezichten, overal om hen heen. Op de hoek van de Rue des Orteaux stond een blonde vrouw in denim en imitatiebont. Op het eerste gezicht leek ze een hoertje of een junk, maar er klopte iets niet aan haar. Ben wist niet precies wat. Eén ding wist hij wel: hij had dat gezicht al eerder gezien. Maar waar?

Opeen zag hij weer de Bahnhofstrasse voor zich: Een duur geklede blondine met de plastic tassen van een trendy boetiek. Een snelle, flirterige blik.

Het was dezelfde vrouw. Een spion van het consortium? Tegenover haar, aan de andere kant van de straat, liep een jonge jongen in een gescheurd t-shirt en jeans. Ook hij leek bekend, hoewel Ben hem niet kon plaatsen. Allemachtig, nog één?

Aan het einde van de straat stond een man met een verweerd gezicht, rode wangen en dikke wenkbrauwen. *Ook al bekend.*

Drie huurmoordenaars van het consortium, op strategische plaatsen om hen heen? Professionals die ervoor moesten zorgen dat ze niet konden ontsnappen?

'We zijn omsingeld,' zei hij tegen Anna. 'Minstens één van hen aan beide kanten van de straat.' Ze bleven staan, aarzelend hoe het nu verder moest.

Anna keek speurend de straat door. 'Luister, Ben. Je zei dat Chardin een goede reden had gehad om deze wijk en deze straat te kiezen. We weten niet wat voor plannen hij had, welke vluchtroutes hij al van tevoren had bedacht, maar hij moet rekening hebben

gehouden met deze situatie. Hij was te slim om niet voldoende uitwegen te hebben.'

'Uitwegen?'

'Kom maar mee.'

Ze rende recht naar de huurkazerne toe waar de schutter zich op
de zesde verdieping had geïnstalleerd. Ben zag het en protesteerde:
'Ben je gek geworden?' Maar hij volgde haar toch.

'Nee,' antwoordde Anna. 'De voet van dit gebouw is de enige
plek die hij niet onder schot kan nemen.' Het steegje was donker
en smerig. Vluchtende ratten vormden het bewijs dat het vuilnis hier
al in geen weken was opgehaald. Een gesloten metalen hek kwam
bij de Rue des Halles uit.

'Er overheen?' Ben keek weifelend naar de bovenkant van het
vier meter hoge hek, dat was voorzien van scherpe punten.

'Ga je gang. Ik niet,' zei Anna. Ze trok haar Glock, schoot met
een paar goed gerichte schoten het slot kapot, en het hek zwaaide
open. 'Die vent gebruikt een .50-kaliber geweer,' zei Anna. 'Daarvan zijn er heel wat overgebleven na operatie Desert Storm. Ze waren populair, want met de juiste munitie kon je er een Iraakse tank
mee lek schieten. Als je zo'n geweer hebt, kunnen de huizen in een
stad net zo goed van bordkarton zijn gebouwd.'

'Shit. Dus wat doen we nu?' vroeg Ben.

'Zorg dat je niet geraakt wordt,' antwoordde Anna kortaf en ze
begon te rennen, met Ben dicht op haar hielen.

Zestig seconden later hadden ze de Rue de Bagnolet bereikt en
stonden ze voor het restaurant La Flèche d'Or. Opeens stak Ben de
straat over. 'Blijf vlak bij me.'

Een beer van een man stapte net van een Vespa, een van die scoo-
tertjes die berucht waren bij Franse automobilisten.

'Monsieur,' zei Ben. 'J'ai besoin de votre scooter. Pardonnez-moi,
s'il vous plaît.'

De zwaargebouwde man staarde hem ongelovig aan. Ben richtte
zijn pistool en griste hem de sleuteltjes uit zijn hand. De eigenaar
deed geschrokken een stap terug toen Ben op de kleine scooter
sprong en gas gaf. 'Achterop!' riep hij naar Anna.

'Je bent niet wijs,' protesteerde ze. 'Als we op de *Périphérique*
komen, zijn we een gemakkelijk doelwit voor iedereen in een auto.
Deze dingetjes kunnen niet harder dan tachtig kilometer per uur.
Dat wordt een schiettent!'

'We gaan niet naar de *Périphérique*,' zei Ben. 'Of welke weg dan
ook. Snel!'

Anna gehoorzaamde verbaasd en stapte op de buddy.

Ben reed om La Flèche d'Or heen en daalde hobbelend een betonnen talud af naar de oude spoorlijn. Het restaurant was daadwerkelijk boven het spoor gebouwd, zag Anna.

Ben stuurde de roestige spoorbaan op. Ze reden een tunnel door en kwamen op een open stuk. Grote stofwolken dwarrelden achter de Vespa omhoog, maar in de loop van de jaren waren de bielzen bijna helemaal in de grond verdwenen en na een tijdje werd de route vlakker. De Vespa maakte snelheid.

'En als we een trein tegenkomen?' riep Anna, die zich stevig aan hem vasthield toen ze over het spoor raasden.

'Er rijden hier al een halve eeuw geen treinen meer.'

'Je bedenkt wel steeds iets nieuws.'

'Het product van een nutteloze jeugd,' riep Ben naar achteren. 'Ik heb hier een tijdje rondgehangen toen ik jong was. Dit is een ongebruikte spoorlijn, de *Petite Ceinture*, de kleine gordel, die helemaal om de stad heen loopt. Een spooklijn. La Flèche d'Or is eigenlijk een oud station uit de negentiende eeuw. Vroeger verbond die spoorlijn twintig stations in een lus rondom Parijs: Neuilly, Porte Maillot, Clichy, Villette, Charonne, noem maar op. Met de komst van de auto was het afgelopen, maar de gemeente heeft dat spoor nooit weggehaald. Het is nu een soort niemandsland. Ik probeerde te bedenken waarom Chardin voor deze buurt had gekozen en herinnerde me toen de spooklijn. Een nuttig overblijfsel van vroeger.'

Ze reden nog een ruime tunnel door en kwamen weer in de openlucht.

'Waar zitten we ergens?' vroeg Anna.

'Moeilijk te zeggen, omdat je hier vandaan geen herkenningspunten kunt zien,' antwoordde Ben. 'In de buurt van Ford d'Obervillier, denk ik. Of Simplon. Een heel eind weg, in elk geval. Het centrum van Parijs is niet zo groot, zo'n honderd vierkante kilometer. Als we ongezien bij de metro kunnen komen en onderduiken in die massa van een paar honderdduizend Parijzenaars, kunnen we op weg gaan naar onze volgende afspraak.'

De Flann O'Brien – de naam van de pub stond in gedraaide neonletters op de gevel en in krulletters op de ramen – lag in de Rue Bailleul in het eerste arrondissement, bij de halte Louvre-Rivoli. Het was een donkere kroeg met veel gegroefd oud hout en een donkere houten vloer die in de loop van de jaren heel wat Guinness had opgezogen.

'Hebben we een afspraak in een Ierse pub?' vroeg Anna. In een reflex keek ze haastig rond om de omgeving te verkennen, bedacht op elk gevaar.

'Oscar heeft gevoel voor humor, meer kan ik er niet van zeggen.'

'Waarom weet je ook alweer zo zeker dat hij te vertrouwen is?'

Ben werd weer ernstig. 'We nemen een verantwoord risico, dat hadden we afgesproken. We maken ons niet druk over wat er mógelijk verkeerd kan gaan. Tot nu toe is hij betrouwbaar gebleken. Sigma is zo gevaarlijk omdat het bestaat uit fanatieke gelovigen. Oscar is veel te materialistisch om een gelovige te zijn. We hebben hem altijd goed betaald en dat is voor hem het belangrijkste.'

'Het eergevoel van de cynicus.'

Ben haalde zijn schouders op. 'Ik moet op mijn instinct vertrouwen. Ik mag Oscar graag en dat is wederzijds, dacht ik.'

De herrie in de Flann O'Brien was oorverdovend, zelfs op dit uur. Het duurde even voordat hun ogen aan het schemerdonker gewend waren.

Oscar zat op een bankje achterin, een kleine man met grijs haar, achter een enorme pul stroperige stout. Naast de pul lag een keurig opgevouwen krant met een half ingevulde kruiswoordpuzzel. Hij had een geamuseerde uitdrukking op zijn gezicht, alsof hij op het punt stond te knipogen, maar Anna merkte al snel dat hij altijd zo keek. Hij wuifde even om het tweetal te begroeten.

'Ik zit hier al veertig minuten,' zei hij, terwijl hij Ben krachtig en vriendschappelijk de hand schudde. 'En de teller loopt door.' Die uitdrukking scheen hem wel te bevallen.

'Onze vorige afspraak liep een beetje uit,' zei Ben korzelig.

'Ik kan het me voorstellen.' Oscar knikte naar Anna. 'Madame,' zei hij. 'Ga zitten, alstublieft.'

Ben en Anna lieten zich op het bankje zakken, aan weerszijden van de Fransman.

'Madame,' zei hij, nu met zijn volle aandacht op haar gericht, 'u bent nog mooier dan op de foto.'

'Sorry?' zei Anna verbaasd.

'Mijn collega's bij de Sûreté hebben pas een serie foto's van u ontvangen. Digitale fotobestanden. Ik heb zelf ook een setje. Heel handig.'

'Voor zijn werk,' legde Ben uit.

'Mijn *artisans*,' zei Oscar. 'Heel goed, maar ook heel duur.' Hij tikte Ben op zijn arm.

'Ik zou niets anders verwachten.'

'Jouw foto's doen je trouwens ook geen recht, Ben. Die paparazzi weten nooit je beste kant te vinden, wel?'

Bens glimlach verdween. 'Waar heb je het over?'

'Ik ben heel trots op mezelf dat ik de kruiswoordpuzzel van de *Herald Tribune* kan oplossen. Dat lukt niet iedere Fransman, dat moet je toegeven. Ik ben bijna klaar met deze. Ik zoek alleen nog een woord van vijftien letters, de naam van een internationaal gezochte crimineel.'

Hij draaide de krant om. 'Benjamin Hartman, zou dat kloppen?'

Ben keek naar de voorpagina van de *Tribune* met een gevoel alsof hij een duik in ijswater had genomen. SERIEMOORDENAAR GEZOCHT, luidde de kop. Daaronder stond een onscherpe foto van hem, blijkbaar genomen met een bewakingscamera. Zijn gezicht lag in de schaduw en het beeld was korrelig, maar hij was goed herkenbaar.

'Nooit geweten dat mijn vriend zo'n beroemdheid was,' zei Oscar en hij draaide de krant weer om. Toen begon hij luid te lachen. Na een tijdje lachte Ben maar met hem mee. Het was de enige manier om niet op te vallen in een kroeg met drank en vrolijkheid.

Aan het volgende tafeltje probeerde een Fransman 'Danny Boy' te zingen, maar nogal vals en met een zwaar accent: '*Oh, Danny Boy, ze pieps, ze pieps are caaalling.*'

'Een probleem,' zei Ben, die zijn bezorgde toon verborg achter een theatrale grijns. Zijn ogen gingen weer naar de krant. 'Een probleem zo groot als de Eiffeltoren.'

'Ik lach me rot!' zei Oscar, terwijl hij Ben op zijn rug sloeg alsof hij zojuist een geweldige grap had gemaakt. 'Mensen die beweren dat slechte publiciteit niet bestaat, hebben nog nooit slechte publiciteit gehád,' verklaarde hij. Toen haalde hij een pakketje onder het kussen van de bank vandaan. 'Hier,' zei hij.

Het was een witte plastic tas met felgekleurde letters, van een of andere souvenirwinkel. *I love Paris in the Springtime* stond erop, met een hartje in plaats van het woord 'love'. Hij had zo'n stugge plastic handgreep die je dicht kon klikken.

'Voor ons?' vroeg Anna weifelend.

'Geen enkele toerist kan zonder,' zei Oscar lachend, maar zijn ogen stonden ernstig.

'*Tiez I'll be here in sunshine or in shadow.*
Oh, Danny Boy, I love you sooo.'

De drie kameraden van de dronken Fransman aan het andere tafeltje zongen nu met hem mee, in verschillende toonsoorten.

Ben zakte onderuit op zijn bankje toen de volle ernst van zijn situatie tot hem doordrong. Oscar stootte hem tegen zijn arm; het was speels bedoeld, maar het deed pijn. 'Niet zo wanhopig in elkaar zakken,' fluisterde hij. 'Vooral niet schichtig kijken, geen oogcontact vermijden en niet proberen om niet op te vallen. Dat is hetzelfde als een filmster die een zonnebril opzet om bij Fred Siegel te gaan winkelen, *tu comprends?*'

'*Oui,*' zei Ben.

'En nu...' zei Oscar, 'hoe zeggen jullie dat in Amerika ook alweer zo charmant? Als de sodemieter wegwezen.'

Nadat ze inkopen hadden gedaan bij een paar kraampjes op straat, liepen ze terug naar de metro – voor de toevallige voorbijganger niet meer dan een stel toeristen die met grote ogen om zich heen keken.

'We moeten iets bedenken. Hoe het nu verder moet,' zei Ben.

'Verder? We hebben niet veel keus,' zei Anna. 'Strasser is de enige nog levende getuige die we kennen, een van de oorspronkelijke oprichters van Sigma. We moeten op de een of andere manier contact met hem opnemen.'

'Wie zegt dat hij nog leeft?'

'Laten we daar nou maar van uitgaan. Wat moeten we anders?'

'Je beseft toch wel dat ze elke terminal en elke pier van alle vliegvelden in de gaten houden?'

'Dat is bij me opgekomen, ja,' antwoordde Anna. 'Je begint al te denken als een professional. En je leert snel.'

'Ik word ook meteen in het diepe gegooid.'

Tijdens de lange metrorit naar een van de *banlieues*, de eentonige buitenwijken rond Parijs, zaten ze zachtjes met elkaar te praten en maakten plannen – als geliefden. Of vluchtelingen.

Ze stapten uit bij La Courneuve, een ouderwetse arbeidersbuurt. Het lag maar een paar kilometer verder, maar het was een heel andere wereld: huizen met twee verdiepingen en eenvoudige winkels die gebruiksartikelen verkochten, geen luxe. Achter de ramen van de restaurants en kruideniers hingen affiches voor Rode Ster, het voetbalteam uit de tweede divisie. La Courneuve, pal ten noorden van Parijs, lag niet zo ver van de luchthaven Charles de Gaulle, maar dat was niet hun doel.

Ben wees naar een felrode Audi aan de overkant van de straat. 'Wat dacht je daarvan?'

Anna haalde haar schouders op. 'Liever een die minder opvalt.'

Een paar minuten later zagen ze een blauwe Renault. De auto was een beetje smerig en op de vloer lagen gele verpakkingen van junkfood en wat kartonnen koffiebekertjes.

'Ik durf te wedden dat de eigenaar vanavond niet meer van huis gaat,' zei Ben. Anna ging aan het werk met haar loper en binnen een minuut was het portier open. Het kostte wat meer tijd om de starter aan de stuurkolom te demonteren, maar ten slotte sloeg de motor aan en reden ze de straat uit. Ze hielden zich keurig aan de maximumsnelheid.

Tien minuten later bereikten ze de A1, op weg naar het vliegveld Lille-Lesquin in Nord-Pas de Calais. Het was een urenlange rit en niet zonder risico, maar ze durfden de gok wel aan. Autodiefstal was niets bijzonders in La Courneuve en de politie zou eerst wel een praatje gaan maken met de bekende autodieven uit de buurt. Waarschijnlijk zouden ze de zaak niet doorgegeven aan de *Police Nationale*, die langs de snelwegen patrouilleerde.

Ze reden een halfuur in stilte, verdiept in hun eigen gedachten.

'Dat hele verhaal dat Chardin vertelde,' zei Anna ten slotte, 'is onmogelijk te bevatten. Iemand beweert dat alles wat je van de moderne geschiedenis weet een verzinsel is. Het zet de hele werkelijkheid op zijn kop. Dat kan toch niet?' Ze hield haar ogen op de weg gericht en klonk net zo uitgeput als Ben zich voelde.

'Ik weet het niet, Anna. Voor mij hield alle logica al op na die schietpartij op de Bahnhofplatz.' Ben probeerde zich te verzetten tegen een gevoel van diepe ontreddering. De kick van hun geslaagde ontsnapping had al lang plaatsgemaakt voor onzekerheid en angst.

'Een paar dagen geleden was ik nog bezig met een moordonderzoek, niet met de grondvesten van de moderne tijd. Dat geloof je toch niet?'

Ben gaf geen antwoord. Wat moest hij zeggen? 'Die moorden...' zei hij, met een vage onrust. 'Je zei dat het was begonnen met Mailhot in Nova Scotia, de man die in dienst was geweest bij Charles Highsmith, een van de oprichters van Sigma. En daarna kwam Marcel Prosperi, ook een belangrijke figuur, net als Rossignol.'

'Drie punten bepalen een vlak,' zei Anna. 'Elementaire schoolmeetkunde.'

Er klikte iets in Bens hoofd. 'Rossignol leefde nog toen jij op weg ging naar hem toe, maar hij was dood toen je arriveerde. Klopt?'

'Ja, maar...'

'Hoe heet de man van wie jij je opdrachten krijgt?'

Ze aarzelde. 'Alan Bartlett.'

'En je had hem verteld dat je Rossignol in Zürich had opgespoord?'

'Ja, meteen,' zei Anna.

Ben kreeg een droge mond. 'Natuurlijk! Daarom heeft hij jou erbij gehaald.'

'Wat bedoel je?' Ze draaide haar hoofd opzij en keek hem aan.

'Begrijp je het niet, Anna? Jij was zijn instrument. Hij heeft je gebruikt!'

'Gebruikt? Maar hoe dan?'

Ben ging de volgorde van de gebeurtenissen nog eens na. 'Denk dan na, verdomme! Dat is precies de manier waarop je een jachthond gebruikt. Alan Bartlett heeft je de geur gegeven. Hij weet hoe je werkt. Dus wist hij ook dat je hem zou vragen om...'

'... om die lijst,' voltooide Anna, met holle stem. 'Is dat mogelijk? Die zogenaamde onwil van hem – een toneelstukje voor mij, omdat hij wist dat ik dan juist zou doorzetten? Net als die klotestreek met die auto in Halifax. Misschien wist hij dat zoiets me nog fanatieker zou maken.'

'En toen kreeg je die lijst van namen. Namen van mensen die iets met Sigma te maken hadden, mensen die waren ondergedoken en die Sigma niet kon opsporen zonder zich te verraden. Niemand van Sigma kon hen vinden, anders zouden ze allang dood zijn geweest.'

'Omdat...' begon Anna langzaam, 'omdat al die slachtoffers *angeli rebelli* waren: afvalligen, dissidenten. Mensen die ze niet langer vertrouwden.'

'En Chardin vertelde ons dat Sigma met een moeilijke overgang bezig was, een tijd waarin ze heel kwetsbaar waren. Dus móésten de dissidenten worden uitgeschakeld. En het lukte jou wel om iemand als Rossignol te vinden, omdat je gewoon zei wie je was. Je probeerde echt zijn leven te redden. En Rossignol kon je achtergrond gemakkelijk verifiëren. Maar zonder dat je het zelf wist, was je toch geprogrammeerd!'

'Dus daarom had Bartlett mij gekozen,' zei Anna, steeds luider, nu het tot haar doordrong. 'Om de laatste *angeli rebelli* voor hem te vinden.' Ze sloeg met haar hand tegen het dashboard.

'Waarna Bartlett ervoor zorgde dat ze werden vermoord. *Omdat Bartlett voor Sigma werkt.*' Hij vond het vreselijk dat zijn woorden haar moesten kwetsen, maar opeens werd alles veel duidelijker.

'En ik ook, in zekere zin! Wel verdomme, *ik ook!*'

'Zonder dat je het wist,' herhaalde Ben nog eens. 'Je was een pion. En toen hij je niet meer in de hand had, probeerde hij je van de zaak af te halen. Ze hadden Rossignol gevonden, dus ze hadden jou niet meer nodig.'

'Jezus!' zei Anna.

'Natuurlijk is het maar een theorie,' zei Ben, hoewel hij ervan overtuigd was dat het klopte.

'Een theorie, ja. Maar het lijkt zo logisch!'

Ben gaf geen antwoord. Dat de werkelijkheid logisch zou moeten zijn, was allang een vreemde luxe voor hem. Hij dacht weer aan de woorden van Chardin, net zo gruwelijk als het gezicht van de man die ze had gesproken: *Raderen binnen raderen, zo werkten we... afdelingen van Sigma, dat zelf onzichtbaar bleef... Elk detail was al door ons uitgewerkt... lang daarvoor... niemand kwam op de gedachte dat het Westen werd bestuurd door een geheim consortium. Dat zou immers ondenkbaar zijn! Want als het waar was, zou dat betekenen dat meer dan de helft van de wereld een filiaal was van één enkel mammoetbedrijf: Sigma.*

Weer zwegen ze tien minuten, totdat Ben toonloos opmerkte: 'We moeten een reisroute uitwerken.'

Anna bestudeerde het artikel in de *Herald Tribune* nog eens. '"De verdachte schijnt de namen Robert Simon en John Freedman te gebruiken als hij op reis is." Dus die papieren zijn ook nutteloos geworden.'

Hoe was dat mogelijk? Ben herinnerde zich Liesls verklaring dat de creditcards actueel werden gehouden, omdat Peter alles had geregeld via die betrouwbare achterneef van haar. 'Deschner,' zei Ben met een strakke mond. 'Ze hebben hem te pakken gekregen.' Na een tijdje voegde hij eraan toe: 'Ik begrijp niet waarom ze mijn echte naam niet noemen – wel de schuilnamen, maar niet Benjamin Hartman.'

'Dat is juist handig. Ze weten dat je niet onder je eigen naam reist. Als ze je echte naam prijsgeven, krijgen ze misschien problemen. Dan wordt je oude schooljuf geïnterviewd, die zegt dat de Benny die zij kende nooit zoiets zou hebben gedaan. En de Zwitsers hebben een kruitspooranalyse waaruit blijkt dat jij... dat wil zeggen Ben Hartman... de dader niet kunt zijn. Als je iemand probeert te vangen, kun je het beter simpel houden.'

Vlak bij het stadje Croisilles zagen ze het bord van een motel en stopten ze voor een modern laag gebouw, in een stijl die Ben omschreef als Internationaal Smakeloos.

'Eén nachtje maar,' zei Ben en hij telde een paar honderd franken uit.

'Paspoort?' vroeg de receptionist toonloos.

'Die zitten nog in de koffers,' zei Ben verontschuldigend. 'Ik kom ze straks wel brengen.'

'Eén nacht maar?'

'Of minder,' zei Ben, met een overdreven wellustige blik naar Anna. 'We zijn in Frankrijk op huwelijksreis.'

Anna kwam naast hem staan en legde haar hoofd op zijn schouder. 'Dit is zo'n prachtig land,' zei ze tegen de receptionist. 'En zo beschaafd. Ik kan het gewoon niet geloven.'

'Op huwelijksreis,' herhaalde de receptionist, en voor het eerst glimlachte hij.

'Als u het niet erg vindt, we hebben haast,' zei Ben. 'We hebben uren gereden en we willen graag uitrusten.' Hij knipoogde.

De receptionist gaf hem een sleutel met een zware rubberbal eraan. 'Aan het einde van de gang. Kamer 125. Als u iets nodig hebt, belt u maar.'

De kamer was karig gemeubileerd, op de grond lag een vlekkerig dofgroen tapijt en de airco verspreidde een opdringerige kersengeur die de vage, maar onmiskenbare schimmellucht niet kon verdrijven.

Zodra de deur achter hen dichtviel, gooiden ze de plastic zak die ze van Oscar hadden gekregen op het bed leeg, naast hun andere aankopen. Anna pakte een EU-paspoort. Het was haar foto, maar digitaal aangepast. Anna sprak haar nieuwe naam een paar keer uit om gewend te raken aan de onbekende klanken.

'Ik geloof nog steeds niet dat dit lukt,' zei Ben.

'Zoals je vriend Oscar al zei: ze delen je al in voordat ze je echt goed bekeken hebben. Ze letten alleen op je "profiel". Als je geen verdachte indruk maakt, kijken ze nauwelijks naar je pas.' Anna pakte een lippenstift en een spiegel en werkte zorgvuldig haar lippen bij. Ze veegde de lipstick een paar keer weg voordat ze tevreden was met het resultaat.

Tegen die tijd stond Ben al in de badkamer. Zijn haar was plakkerig van de stroperige, schuimende haarverf, die naar teer en ammoniak rook. Volgens de gebruiksaanwijzing moest hij twintig minuten wachten voordat hij zijn haar mocht uitspoelen. Er stond ook een waarschuwing bij om zijn wenkbrauwen niet te verven, vanwege het gevaar van blindheid. Ben nam toch het risico maar. Met een dot watten bracht hij de dikke vloeistof op zijn wenkbrauwen aan, terwijl hij met tissues zijn ogen beschermde tegen het lekken.

Die twintig minuten leken wel twee uur. Ten slotte stapte hij onder de douche, besproeide zich met de harde straal en deed zijn ogen pas open toen hij zeker wist dat alle peroxide door het putje was weggestroomd.

Toen kwam hij de douche weer uit en bekeek zichzelf in de spiegel. Zijn blonde haar kwam vrij natuurlijk over.

'Zeg maar hallo tegen David Paine,' zei hij tegen Anna.

Ze schudde haar hoofd. 'Je haar is te lang.' Ze hield een verchroomde elektrische tondeuse met een doorschijnende rubberen handgreep omhoog. 'Daar hebben we deze jongen voor.'

Tien minuten later was hij zijn krullen kwijt en trok hij het keurig geperste Amerikaanse legeruniform aan dat Oscar Peyaud voor hem had geregeld. Met zijn blonde stekeltjeshaar was hij op en top de officier, compleet met insignia, epauletten en de strepen voor buitenlandse dienst op zijn groene uniformjasje genaaid. Officieren van het Amerikaanse leger droegen hun naam op hun borst als ze per vliegtuig reisden, wist hij. Dat was bepaald niet anoniem, maar juist door op bescheiden wijze de aandacht te trekken kon je mensen op het verkeerde been zetten. En dat zou zijn leven kunnen redden.

'Laten we opschieten,' zei Anna. 'Hoe sneller we dit land uit zijn, des te veiliger ik me zal voelen. De tijd werkt in hún voordeel, niet het onze.'

Met al hun spullen liepen ze de gang door en de deur uit naar het parkeerterrein. Ze gooiden Anna's reistas op de achterbank van de blauwe Renault, met de witte plastic tas die ze van Oscar hadden gekregen. In de tas zaten de lege bus haarverf en nog wat ander afval dat ze niet wilden achterlaten. Zelfs het kleinste detail zou hen nu kunnen verraden.

'Zoals gezegd, we hebben nog maar één kaart over, een laatste troef,' zei Anna toen ze weer op de snelweg zaten en naar het noorden reden. 'Strasser behoorde tot de oprichters. We moeten hem vinden.'

'Als hij nog leeft.'

'Stond er geen enkele aanwijzing in Sonnenfelds dossier?'

'Ik heb het vanochtend nog eens doorgelezen,' zei Ben. 'Eerlijk gezegd: nee. En volgens Sonnenfeld was het heel goed mogelijk dat Strasser gestorven was, misschien al jaren geleden.'

'Of misschien niet.'

'Nee. Je bent een onverbeterlijke optimist. En waarom denk je dat ze ons niet onmiddellijk zullen arresteren in Buenos Aires?'

'Nou, je zei zelf dat allerlei beruchte nazi's daar al tientallen jaren openlijk wonen. De plaatselijke politie lijkt me onze minste zorg.'

'En Interpol?'

'Daar dacht ik ook aan, ja. Misschien kunnen ze ons helpen Strasser te vinden.'

'Ben je gek geworden? Je kop in de muil van de leeuw steken? Je naam zal toch wel op een lijst staan van mensen die ze zoeken?'

'Jij weet dus niets over de manier waarop het Interpolbureau daar werkt. Niemand vraagt ooit naar een legitimatie. Je bent wie je zegt dat je bent. Niet echt efficiënt, laat ik het zo maar zeggen. Of heb jij een beter idee?'

'Sonnenfeld zei dat de weduwe van Gerhard Lenz misschien nog leefde,' zei Ben peinzend. 'Zou zij iets weten?'

'Alles is mogelijk.'

'Ik zal mijn best doen dat te onthouden,' zei Ben. 'Denk je dat het ons zal lukken om onopgemerkt het land uit te komen?'

'Er vertrekken geen transatlantische vluchten vanaf dit vliegveld. Maar we kunnen wel naar een Europese hoofdstad vliegen. Ik stel voor om apart te reizen. Er is een redelijke kans dat ze op zoek zijn naar een man en een vrouw samen.'

'Natuurlijk,' zei hij. 'Ik ga via Madrid. Neem jij maar Amsterdam.'

Ze zwegen weer een tijd, minder gespannen en meer kameraadschappelijk. Zo nu en dan merkte Ben dat zijn blik naar Anna dwaalde. Ondanks alles wat ze vandaag hadden doorstaan, zag ze er nog fantastisch uit. Op een gegeven moment kruisten hun blikken elkaar. Anna overwon hun verlegenheid met een scheve grijns.

'Sorry, maar ik moet nog wennen aan je nieuwe Arische uiterlijk,' zei ze.

Een tijdje later viste Anna haar mobieltje uit haar handtas en toetste een nummer.

De stem van David Denneen klonk blikkerig en kunstmatig helder over de codetelefoon. 'Anna!' zei hij. 'Alles oké?'

'David, hoor eens, je móét me helpen. Jij bent de enige die ik kan vertrouwen.'

'Ik luister.'

'David, ik heb alle informatie nodig die je kunt vinden over Josef Strasser. Hij was, zeg maar, Mengeles slimmere oudere broer.'

'Ik zal mijn best doen,' antwoordde Denneen aarzelend en verbaasd. 'Natuurlijk. Waar moeten de antwoorden naar toe?'

'BA.'

Hij begreep dat ze Buenos Aires bedoelde. 'Maar ik kan het dossier niet via de ambassade sturen, neem ik aan.'

'Ik dacht aan het kantoor van American Express,' zei Anna, en ze gaf hem de naam die hij kon gebruiken.

'Goed. Als je je maar gedeisd houdt, daar.'

'Ja, dat begrijp ik. Hoe ernstig is het?'

'Een geweldig land en geweldige mensen. Maar ze vergeten niet gauw. Wees heel voorzichtig, Anna. Ik ga voor je aan het werk.' En Denneen hing op.

Het douanekantoor op het vliegveld Lille-Lesquin was een somber gebouw zonder ramen, met een laag plafond van akoestische tegels en een wit projectiescherm aan één kant van de kamer. Kleurenfoto's van internationaal gezochte criminelen hingen onder een zwart-wit-bordje met de tekst DÉFENSE DE FUMER. Negen douane- en immigratieambtenaren zaten op klapstoeltjes van metalen buizen en beige plastic, terwijl hun chef, Bruno Pagnol, hoofd veiligheidszaken, hen op de hoogte bracht van de nieuwe richtlijnen. Marc Sully was een van de luisteraars en hij probeerde zijn verveling te verbergen. Hij hield niet echt van zijn baantje, maar hij wilde het ook niet kwijt.

De afgelopen weken, riep Pagnol hen in herinnering, hadden ze zeven jonge Turkse vrouwen aangehouden die uit Berlijn waren gekomen met smokkelwaar in hun buik. Ze waren geronseld als koeriersters en hadden condooms ingeslikt, gevuld met China White. Dat ze die zeven drugssmokkelaarsters hadden gevonden was voor een deel geluk geweest, maar ook het werk van Jean-Daniel Roux, die zo alert was geweest de eerste van het stel aan te houden. (Roux knikte even, met half dichtgeknepen ogen, blij met het compliment, maar vastbesloten dat niet te laten merken.) De vrouw had een nogal wazige indruk gemaakt. Naar later bleek, was een van de dichtgeknoopte condooms in haar dikke darm gaan lekken. De vrouw had bijna een overdosis opgelopen door haar smokkelwaar. In het ziekenhuis hadden ze vijftien kleine bolletjes gevonden, dubbel verpakt in latex en vastgebonden met vissnoer, die elk een paar gram zuivere heroïne hadden bevat.

'Hoe hebben ze dat uit haar lichaam gekregen?' vroeg een van de douanemensen.

Marc Sully, die achterin zat, liet een scheet. 'Van achteren,' zei hij.

De anderen lachten.

Het hoofd veiligheidszaken, een man met een rood gezicht, fronste even. Hij zag er de humor niet van in. 'De koerierster is bijna bezweken. Dit zijn wanhopige vrouwen. Ze zijn overal toe bereid. Hoeveel denken jullie dat ze hiervoor kreeg betaald? Duizend frank, dat is alles. En het was bijna haar dood geworden. Nu kan ze jaren de gevangenis in. Die vrouwen zijn een soort wandelende koffers. Ze verbergen drugs in hun eigen stront. En het is ons werk dat gif buiten de grenzen te houden. Of willen jullie dat je kinderen verslaafd raken? Zodat zo'n vette Aziaat slapend rijk wordt? Ze denken maar dat ze ons aan alle kanten voorbij kunnen lopen. Wordt het geen tijd om ze uit de droom te helpen?'

Marc Sully zat al vier jaar bij de *police aux frontières* en had honderden van dit soort briefings meegemaakt. Elk jaar werd Pagnols gezicht wat roder en zat zijn boordje wat strakker. Niet dat Sully recht van spreken had. Zelf was hij bepaald niet mager, maar dat kon hem niet schelen. Hij beet ook op zijn nagels en had zijn pogingen om daarmee te stoppen maar opgegeven. De baas had weleens gezegd dat hij er 'slonzig' bij liep, maar toen Marc hem vroeg waarom, had Pagnol zijn schouders opgehaald. Goed, dan zetten ze hem maar niet op het wervingsaffiche.

Marc wist dat hij niet populair was bij sommigen van zijn jongere collega's, van die types die elke dag een douche namen, bang om naar een menselijk wezen te ruiken in plaats van naar een geparfumeerd stuk zeep. Ze paradeerden met hun frisgewassen kuifjes en glimlachten tegen knappe vrouwelijke passagiers, alsof ze hoopten op een afspraakje na hun werk. Marc vond het een onnozel stelletje. Dit was een baan zonder toekomst. Fouilleren was misschien een kick, vooral als je op een derdewereldkont viel, maar zo kreeg je echt geen vrouwen mee naar huis.

'Hier heb ik twee nieuwe instructies van de DCPAF.' De *Direction Centrale de la Police aux Frontières* was het nationale bureau waar hun orders vandaan kwamen. Pagnol drukte op een paar toetsen om een serie foto's rechtstreeks uit de computer te projecteren. 'Hoogste prioriteit. Dit is een Amerikaanse van Mexicaanse afkomst. Een professional. Als je haar ziet, wees dan heel voorzichtig. Net zo voorzichtig als met een schorpioen, oké?'

Er werd instemmend gebromd.

Sully tuurde naar de foto's. Die zou wel een hapje van zijn *baguette* mogen nemen.

'En de volgende,' zei de chef. 'Blanke man, halverwege de dertig. Krullend bruin haar, groene of hazelnootbruine ogen, lengte ongeveer een meter vijfenzeventig. Mogelijk een seriemoordenaar.

Ook een Amerikaan, vermoedelijk. Heel gevaarlijk. Er zijn redenen om aan te nemen dat hij nu in het land is en zal proberen de grens over te komen. We zullen de foto's bij jullie ophangen, maar kijk alvast heel goed. Als blijkt dat ze via Lille-Lesquin het land hebben verlaten, dat jullie hen door je vingers hebt laten glippen, is het niet alleen míjn baan die gevaar loopt. Heeft iedereen dat goed begrepen?'

Sully knikte, net als zijn collega's. Het irriteerde Sully dat Roux, die lul met zijn appelwangen, in een goed blaadje stond omdat hij toevallig geluk had gehad met die *Gastarbeiter*-teef. Maar wie weet, misschien was het vandaag Sully's grote dag. Hij keek nog eens naar de foto's.

Ben zette Anna af bij een halte van de pendelbus naar het vliegveld en liet de blauwe Renault achter op het langparkeerterrein van het *aéroport* Lille-Lesquin. Ze zouden apart op het vliegveld arriveren en verschillende vluchten nemen.

Binnen tien uur moesten ze elkaar weer in Buenos Aires treffen. Als alles goed ging.

Anna keek naar de Amerikaan met zijn blonde stekeltjeshaar en was ervan overtuigd dat niemand hem zou herkennen. Maar ondanks haar dappere woorden tegen Ben voelde ze zich zelf veel minder zeker. Ze had haar haar niet geknipt of geverfd. Het was uitgekamd en ze had andere kleren aangetrokken, maar verder berustte haar hele camouflage maar op een klein detail. Ze had een angstig gevoel in haar maag, dat vanzelf groter werd, omdat ze wist dat niets haar zo snel zou verraden als juist haar eigen angst. Ze moest zich concentreren. Haar gebruikelijke scherpe aandacht voor haar omgeving zou nu juist haar ondergang kunnen zijn. Voordat ze de vertrekhal binnenging, moest ze de laatste restjes angst en zenuwen zien kwijt te raken. Ze stelde zich voor dat ze door velden met wuivend gras en paardenbloemen wandelde. Ze stelde zich voor dat ze hand in hand liep met iemand die sterk en betrouwbaar was. Dat zou iedereen kunnen zijn – het was gewoon een mentale oefening, zoals ze heel goed wist – maar toch was het Ben die in haar gedachten naast haar liep.

Sully hield de passagiers die zijn post passeerden scherp in de gaten, speurend naar tekenen van zenuwen of agitatie, mensen die te veel of te weinig bagage bij zich hadden, gezichten die pasten bij de foto's die ze van de DCPAF hadden gekregen.

Een man, de derde van voren in de rij, trok zijn aandacht. Hij had ongeveer de lengte van de man die ze zochten, met krullend bruin haar, en hij rammelde met zijn sleutels in zijn zak, een zenuwtic. Een Amerikaan, aan zijn kleren te zien. Misschien had hij reden om nerveus te zijn.

Sully wachtte tot de man zijn ticket en zijn paspoort aan de veiligheidsofficier van de luchtvaartmaatschappij liet zien en deed toen een stap naar voren.

'Mag ik u een paar vragen stellen, meneer?' zei Sully en hij keek de man doordringend aan.

'Mij best,' zei de Amerikaan.

'Komt u even mee,' zei Sully, en hij loodste hem naar zijn post bij de ticketbalie. 'Wat brengt u naar Frankrijk?'

'Een medisch congres.'

'U bent arts?'

Een zucht. 'Ik ben verkoper bij een farmaceutisch bedrijf.'

'Ach, u bent drugsdealer!' Sully glimlachte, maar zijn ogen stonden achterdochtig.

'Zo zou je het kunnen zeggen,' antwoordde de man vermoeid. Hij keek alsof hij iets smerigs rook.

Amerikanen waren geobsedeerd door hygiëne. Sully nam hem nog eens op. De man had wel hetzelfde hoekige gezicht, de vierkante kin en het krullende haar, maar verder leek hij toch niet op de foto. Zijn hoofd was te klein. En Sully hoorde geen echte stress in zijn stem toen hij de vragen beantwoordde. Hij stond hier zijn tijd te verdoen.

'Oké,' zei hij. 'Goede reis verder.'

Sully liep terug naar zijn post om de rij in de gaten te houden. Een blonde vrouw met een donkere huid viel hem op. Misschien had ze haar haar geverfd, maar de andere details klopten. Hij slenterde naar haar toe.

'Mag ik uw paspoort zien, mevrouw?' vroeg hij.

Ze keek hem niet-begrijpend aan.

'*Votre passeport, s'il vous plaît, madame.*'

'*Bien sûr. Vous me croyez être anglaise? Je suis italienne, mais tous mes amis pensent que je suis allemande ou anglaise ou n'importe quoi.*'

Volgens haar paspoort woonde ze in Milaan en het leek Sully erg onwaarschijnlijk dat een Amerikaanse Frans zou kunnen spreken met zo'n zwaar Italiaans accent.

Niemand anders in de rij leek erg veelbelovend. Een Aziatische met twee blèrende kinderen stond voor de blonde Italiaanse. Wat Sully betrof kon haar soort niet gauw genoeg opdonderen. In het tempo waarin al die Aziaten het land binnenkwamen zou kip vindaloo binnenkort het nationale gerecht zijn. De moslims waren natuurlijk nog erger, maar die Aziaten met hun onuitsprekelijke namen waren ook een ramp. Vorig jaar, toen zijn arm uit de kom was geschoten, had de Indiase dokter in het ziekenhuis botweg geweigerd hem een pijnstiller te geven. Alsof hij de pijn maar moest verbijten met transcendente meditatie, net als zo'n fakir. Als zijn arm er niet zo slap bij had gehangen, zou hij de vent op zijn smoel hebben geslagen.

Sully wierp een ongeïnteresseerde blik op het paspoort van de vrouw en wuifde haar door, met haar snotterende kroost. Die Aziatische teef stonk zelfs naar saffraan.

Een jonge Rus met acne. Zijn achternaam was Duits, dus waarschijnlijk een jood. *Mafiya?* Dat was zijn probleem nu niet.

Een goudeerlijke Fransman en zijn vrouw, die met vakantie gingen.

Nog zo'n Aziatische, in een sari. Gayatri heette ze, en daarna nog iets onuitsprekelijks. Een kerrie-*cul*.

Geen van de andere mannen paste bij het signalement: te oud, te dik, te jong, te klein.

Jammer. Misschien was het toch zijn geluksdag niet.

Anna liet zich op haar stoel in de toeristenklasse zakken, terwijl ze haar sari rechttrok en in gedachten nog een paar keer haar naam repeteerde: Gayatri Chandragupta. Ze mocht er zelf niet over struikelen als iemand haar ernaar vroeg. Ze droeg haar lange zwarte haar nu sluik naar achteren en ze had moeite zichzelf te herkennen toen ze haar spiegelbeeld in het raampje zag.

34

Buenos Aires
Anna keek nerveus door de ruit van het kantoor van American Express aan de rustige, met bomen omzoomde Plaza Libertador General San Martín. Het park, ooit een stierenvechtersarena en een slavenmarkt, werd nu gedomineerd door het grote bronzen standbeeld van generaal José de San Martín op zijn paard. De zon brandde meedogenloos. Binnen was het rustig en de airco hield het ijzig koel.

'Señorita Acampo?'

Ze draaide zich om naar een slanke man met een strak zittende blauwe blazer en een modieuze bril met een zwaar, zwart montuur. 'Het spijt me erg, señorita, maar we kunnen het pakje niet vinden.'

'Dat begrijp ik niet.' Ze ging over in het Spaans, zodat er geen misverstanden konden ontstaan. '*Está registrado que lo recibió?*'

'We hebben het wel ontvangen, mevrouw, maar het is verdwenen.'

Heel frustrerend, maar in elk geval zat er schot in. De vorige baliemedewerker had categorisch ontkend dat er ooit een pakje was binnengekomen op haar naam.

'U bent het kwijt, bedoelt u?'

Hij haalde snel zijn schouders op, als een zenuwtic. 'Volgens onze computers is het verstuurd uit Washington D.C., en hier gistermiddag aangekomen, maar het is niet duidelijk waar het nu is. Als u dit formulier invult, gaan we onmiddellijk op zoek in het hele systeem. En als het niet zou worden gevonden, hebt u recht op een volledige vergoeding van de waarde.'

Verdomme! Het leek wel erg onwaarschijnlijk dat de envelop zomaar verdwenen was. Hij moest gestolen zijn. Maar door wie? En waarom? Wie wist wat er in zat? Wie wist waar hij moest zoeken? Had Denneen haar aangegeven? Dat kon ze niet geloven. Misschien werd zijn telefoon afgeluisterd, zonder dat hij het wist. Er waren zoveel mogelijke verklaringen, maar ze veranderden niets aan dat ene feit: Als het pakje inderdaad gestolen was, wist de dief nu wie zij was en wat ze hier te zoeken had.

Het kantoor van Interpol Argentinië was ondergebracht in het hoofdbureau van de *Policía Federal Argentina* in Suipacha. Interpol werd in Buenos Aires vertegenwoordigd door Miguel Antonio Peralta, de *Jefe Seccion Operaciónes*. Hij had een plaquette op zijn deur met de tekst SUBCOMISARIO DEPARTAMENTO INTERPOL. Peralta was een gezette man met ronde schouders en een groot rond hoofd. De schaarse zwarte haren die hij over zijn hoofd heen had geplakt, accentueerden zijn kaalheid eerder dan die te verbergen.

Zijn met hout gefineerde kantoor hing vol met verwijzingen naar zijn werk voor Interpol. De muren waren behangen met plaquettes en bordjes van dankbare politiekorpsen overal ter wereld, afgewisseld met crucifixen, oorkonden, heiligenplaatjes en een ingelijste apostolische zegen voor zijn familie van de paus persoonlijk. Minstens zo prominent was een zilveren lijst met een sepiakleurige foto van zijn vader, die ook politieman was geweest.

Peralta's reptielenogen stonden slaperig achter de zuiver ronde glazen van zijn schildpadbril. Op zijn glanzende lege bureau lag een pistool in een oude leren holster, dat met liefde werd onderhouden. Hij was vriendelijk, correct en hoffelijk. 'U weet dat wij altijd bereid zijn te helpen in naam van de gerechtigheid,' verklaarde hij.

'Zoals mijn assistente u al vertelde, bevinden wij ons bij CBS in een sterk concurrerende positie,' zei Anna. 'De mensen van *Dateline* staan blijkbaar op het punt deze man op te sporen en aan de schandpaal te nagelen. Als zij hem het eerst weten te vinden, het zij zo. Maar ik ben niet geworden wat ik nu ben door me de kaas van het brood te laten eten. Ik werk samen met een plaatselijke Argentijnse producent, die ervan overtuigd is dat wij het verhaal nog eerder kunnen krijgen, met een beetje hulp van u.'

'In Argentinië is voetbal – soccer, zegt u toch? – de nationale sport. In Amerika hebben de tv-stations die rol, geloof ik.'

'Zo zou je het kunnen zeggen.' Anna beloonde hem met een stralende glimlach en sloeg haar benen over elkaar. 'En ik heb alle respect voor mijn collega's van *Dateline*. Maar we weten allebei wat voor een verhaal zij ervan zouden maken. Het oude liedje: Argentinië als een achterlijk land dat onderdak biedt aan smerige criminelen. Dat wordt een goedkope, sensationele reportage, heel anders dan wij zoiets benaderen. Wij hebben een veel subtielere aanpak in gedachten, die de feiten meer recht zal doen. Wij willen het níeuwe Argentinië laten zien, waar mensen zoals u zich met hart en ziel voor de rechtsstaat inzetten. Een land met een modern juridisch apparaat en respect voor de democratie...' ze maakte een vaag handgebaar, 'en dat soort dingen.' Weer een brede lach. 'En natuurlijk zou u voor uw medewerking een vorstelijk honorarium als consulent opstrijken. Dus wat denkt u ervan, meneer Peralta? Kunnen we zaken doen?'

Peralta glimlachte zuinig. 'Als u bewijzen hebt dat Josef Strasser in Buenos Aires woont, moet u die aan mij overleggen. Ik wil eerst harde feiten zien.' Hij priemde met een zilveren Cross-pen in de lucht om te benadrukken hoe simpel het allemaal was. 'Dat is alles.'

'Meneer Peralta, iemand zal dit verhaal naar buiten brengen. Als ik het niet doe, doet de concurrentie het wel.' Anna's glimlach verdween. 'De enige vraag is hóé. Het kan een reportage worden over uw successen of over uw mislukkingen. Toe nou, natuurlijk hebt u een dossier met aanwijzingen over Strassers verblijfplaats,' zei Anna. 'Ik bedoel, u twijfelt er toch ook niet aan dat hij gewoon in Buenos Aires woont?'

Peralta leunde naar achteren in zijn stoel, die even kraakte. 'Mevrouw Reyes,' zei hij, op de toon van een man die een kostelijke roddel gaat vertellen, 'een paar jaar geleden kreeg mijn bureau een geloofwaardige tip van een vrouw uit Belgrano, een van onze duurste buitenwijken. Zij had Alois Brunner, Hauptsturmführer bij de ss, uit een van de buurhuizen zien komen. Wij lieten het huis onmiddellijk vierentwintig uur per dag in de gaten houden. De vrouw had gelijk. Het gezicht van de oude man klopte met de foto's van Brunner in ons dossier. We besloten hem aan te houden. Verontwaardigd liet hij zijn oude Duitse paspoort zien, met de adelaars van het Derde Rijk en een grote J voor jood. Zijn naam was Katz.' Peralta boog zich naar voren in zijn stoel totdat hij weer rechtop zat. 'Hoe moet je je verontschuldigen tegenover zo'n man, die in de kampen had gezeten?'

'Ik begrijp het,' zei Anna onverstoorbaar. 'Dat zal heel pijnlijk zijn geweest. Maar onze informatie over Strasser is waterdicht. *Dateline* is op dit moment al bezig met het filmen van de achtergronden voor hun reportage. Zij zijn dus honderd procent zeker van de feiten.'

'*Dateline, 60 Minutes, 20-20*, ik ken al die nieuwsshows wel. Als u er zo van overtuigd bent dat Josef Strasser nog leeft en in Argentinië woont, zou u hem toch allang hebben gevonden?' Zijn reptielenogen keken haar strak aan.

Ze kon hem onmogelijk de waarheid vertellen: dat ze niet in Strassers nazi-verleden was geïnteresseerd, maar in zijn activiteiten toen hij afscheid had genomen van de Führer en zich had aangesloten bij de onzichtbare architecten van de naoorlogse periode. 'Waar zou ik dan mijn onderzoek moeten beginnen, volgens u?'

'Dat kan ik u niet zeggen! Als wij wisten dat hier een oorlogsmisdadiger woonde, zouden we hem wel aanhouden. Maar ik zeg u eerlijk: ze zijn er niet meer!' En met een beslist gebaar legde hij zijn pen op zijn bureau.

'O nee?' Ze maakte een paar zinloze aantekeningen op haar notitieblok.

'De tijden zijn veranderd in Argentinië. Die verwerpelijke situatie van vroeger, toen een man als Josef Mengele hier openlijk kon wonen onder zijn eigen naam, bestaat niet meer. De dagen van de dictatuur van Perón zijn voorbij. Argentinië is een democratie. Josef

Schwammberger is uitgewezen. Erich Priebke is uitgewezen. Ik kan me niet herinneren wanneer we hier voor het laatst een nazi hebben aangehouden.'

Ze streepte haar gekrabbel door met een ferme streek van haar pen. 'En de immigratiebestanden? Gegevens over mensen die in de jaren veertig en vijftig het land zijn binnengekomen?'

Hij fronste. 'Misschien zijn die gegevens nog te vinden in het Nationaal Register van het departement van Migratie. Maar dat zijn systeemkaarten die nog met de hand zijn ingevoerd. En onze kustlijn is duizenden kilometers lang. Wie weet hoeveel sleepboten, roeiboten en treilers ooit hebben aangelegd bij een van die honderden *estancias* – boerderijen – zonder dat er een haan naar kraaide? En dan die honderden kilometers kustlijn in Patagonië, waar helemáál niemand woont om te zien wat zich daar afspeelt?'

Hij priemde weer met zijn pen in de lucht. 'In 1949 heeft Perón een algehele amnestie afgekondigd voor iedereen die het land was binnengekomen onder een valse naam. Het is dus heel onwaarschijnlijk dat er nog dossiers bestaan op naam van Josef Strasser, zelfs áls hij hier zou wonen. U kunt natuurlijk naar Bariloche gaan, het skioord, om navraag te doen. De Duitsers zijn dol op Bariloche, omdat het hen doet denken aan hun geliefde Beieren. Maar ik geef u niet veel kans. Het spijt me verschrikkelijk dat ik u moet teleurstellen.'

Anna Navarro was nog geen twee minuten uit het kantoor van Interpol vertrokken toen Miguel Antonio Peralta zijn telefoon pakte. 'Mauricio,' zei hij in de hoorn, 'ik heb heel interessant bezoek gehad.'

In een modern kantoorgebouw in Wenen keek een onopvallende man van middelbare leeftijd zonder veel belangstelling toe hoe de gipsplaatwanden en het tapijt van de 'receptie' en de 'vergaderkamer' door een groep bouwvakkers werden weggehaald en naar een goederenlift gebracht. Daarna volgden een formica-vergadertafel, een eenvoudig metalen bureau en wat kantoorapparatuur, waaronder een neptelefooncentrale en een werkende computer.

De bebrilde man was een Amerikaan die de afgelopen tien jaar overal ter wereld allerlei klussen had opgeknapt waarvan hij zelf het doel niet kende. Hij had de directeur van het bedrijf nog nooit ontmoet en kende de man ook niet. Het enige dat hij wist was dat de geheimzinnige leider van de onderneming een zakenrelatie was van de eigenaar van dit gebouw, die hem graag de tiende verdieping had uitgeleend.

Het was als het afbreken van een toneeldecor. 'Hé,' riep de bebrilde Amerikaan, 'haal dat bord in de lobby ook even weg. En geef dat Amerikaanse grootzegel maar aan mij; dat hebben we misschien nog eens nodig.'

New York
Dr. Walter Reisinger, voormalig minister van Buitenlandse Zaken, ontving het telefoontje achter in zijn limousine toen hij door de ochtendspits in de East Side van Manhattan kroop.

Dr. Reisinger hield niet van de telefoon, wat slecht uitkwam omdat hij de laatste tijd bijna al zijn wakende uren bellend doorbracht. Met zijn internationale consultancy-kantoor, Reisinger Associates, had hij het tegenwoordig nog drukker dan in zijn tijd als minister.

Diep in zijn hart was hij bang geweest dat hij na zijn ministersperiode en het schrijven van zijn memoires langzamerhand naar de marge zou verdwijnen, met alle eerbetoon van een grijze eminentie, die zo nu en dan nog eens werd uitgenodigd voor een optreden in *Nightline* of voor een stukje op de opiniepagina van de *New York Times*.

In plaats daarvan was hij nog beroemder geworden en in elk geval nog rijker. Hij was vaker op reis dan in de tijd dat hij zich nog met pendeldiplomatie in het Midden-Oosten bezighield.

Hij drukte op de spreektoets. 'Ja?'

'Dr. Reisinger,' zei de stem aan de andere kant, 'u spreekt met Holland.'

'Ach, goedemorgen, meneer Holland,' zei Reisinger joviaal. De twee mannen spraken een tijdje met elkaar totdat Reisinger zei: 'Het lijkt me geen probleem. Ik heb goede vrienden in bijna alle regeringen ter wereld, maar de kortste route lijkt me via Interpol. Kent u de secretaris-generaal? Een bijzonder interessante man. Ik zal hem bellen.'

Patiënt Achttien lag met gesloten ogen in een ziekenhuisbed. Hij had een infuus in zijn linkerarm en hij beefde over zijn hele lichaam, al sinds het moment dat de behandeling was begonnen. Hij was misselijk en braakte geregeld in een ondersteek naast het bed. Een verpleegster en een technicus waakten bij hem.

De arts die Löfquist heette kwam de onderzoekskamer binnen en liep naar de verpleegster toe. 'Hoe staat het met de koorts?' vroeg hij. Ze spraken Engels, omdat zijn Engels nog altijd beter was dan zijn Duits, hoewel hij al zeven jaar in deze kliniek werkte.

'Nog niet gezakt,' antwoordde de verpleegster nerveus.

'En de misselijkheid?'

'Hij moet steeds braken.'

Dr. Löfquist verhief zijn stem naar Patiënt Achttien: 'Hoe voelt u zich?'

De patiënt kreunde. 'Zelfs mijn ógen doen pijn, godverdomme.'

'Ja, dat is normaal,' zei dr. Löfquist. 'Uw lichaam verzet zich ertegen. Dat zien we voortdurend.'

Patiënt Achttien begon te kokhalzen en boog zich over de ondersteek om weer te kotsen. De verpleegster veegde zijn mond en kin af met een vochtig washandje.

'De eerste week is altijd de moeilijkste,' zei dr. Löfquist opgewekt. 'Maar verder gaat het heel goed met u.'

35

Onze Lieve Vrouwe van Barmhartigheid, *Nuestra Señora de la Merced*, was een basiliek in Italiaanse stijl, aan de rand van de drukke Calle Defensa, tegenover een onthutsend modern kantoor van de Banco de Galicia. De granieten gevel van de kerk begon al af te brokkelen. Een smeedijzeren hek gaf toegang tot een voorhof geplaveid met versleten en gebarsten zwartbonte plavuizen, waar een zigeunermoeder en haar kroost om aalmoezen bedelden.

Ben keek naar de moeder, die jeans droeg en haar zwarte haar in de nek had gebonden. Ze zat op de trappen tegen de verbrokkelde sokkel van een pilaar met kinderen op haar schoot en aan haar voeten. Wat verderop in de voorhof zat een oude man in een jasje met een stropdas half te slapen. Zijn kale hoofd was bruinverbrand en zijn ene arm rustte op een kruk.

Precies om kwart over een, zoals was afgesproken, slenterde Ben naar de kerk en ging de houten klapdeuren binnen. Het donkere voorportaal rook naar aarde, bijenwas en zweet. Toen zijn ogen aan het schemerdonker gewend waren, liet hij zijn blik door de immense, indrukwekkende maar armoedige ruimte glijden. De kerk had hoge Romaanse gewelven en de vloer bestond uit oude, gebrande tegels met prachtige motieven. Het zangerige Latijn van een priester schalde elektronisch versterkt vanaf de preekstoel. De gelovigen antwoordden gedwee. Gebed en koor. Verheft u allen.

Het was een doordeweekse middag om één uur, maar tot Bens verbazing zat de kerk nog halfvol voor de middagdienst. Argentinië was natuurlijk een katholiek land, besefte hij. Hier en daar hoorde hij zaktelefoons afgaan. Hij oriënteerde zich en ontdekte de kapel aan de rechterkant.

Er stonden een paar rijen banken voor een met glas beschermde tabernakel met een bebloede Christus en de woorden HUMILIDAD Y PACIENCIA. Links daarvan stond nog een beeld van Jezus, vrijstaand, onder het opschrift SAGRADO CORAZÓN EN VOS CONFIO. Ben ging op de eerste rij zitten en wachtte.

Een priester in soutane zat te bidden bij een geblondeerde jonge vrouw met een minirok en hoge hakken. De klapdeuren zwaaiden piepend open en sloegen weer dicht. Het luide grommen van een motor drong tot de kerk door. Elke keer draaide Ben zich om en keek. Wie was het? Een zakenman met een mobieltje kwam het voorportaal binnen, sloeg een kruisje en kwam naar de nis. Was hij het? Maar de man raakte het beeld van Jezus aan, sloot zijn ogen en prevelde een gebed. Nog meer gezang van de gelovigen, nog meer elektronisch versterkt Latijn, en Ben wachtte af. Hij was bang, maar vastbesloten dat niet te laten blijken.

Een paar uur eerder had hij een nummer gebeld dat hij in Sonnenfelds dossiers had gevonden: een telefoonnummer dat ooit had toebehoord aan de weduwe van Lenz. Het was nog steeds haar nummer.

De vrouw verborg zich dus niet, maar ze was ook niet zelf aan de telefoon gekomen. Een bruuske baritonstem had geantwoord: haar zoon, zei hij. De broer van Jürgen Lenz? Een halfbroer, misschien?

Ben had zich bekendgemaakt als een advocaat uit New York die naar Buenos Aires was gekomen om een omvangrijke nalatenschap te regelen. Nee, hij kon de naam van de overledene niet prijsgeven. Hij wilde alleen zeggen dat Vera Lenz een groot bedrag had geërfd, maar de rest moest hij persoonlijk met haar bespreken.

Er volgde een lange stilte, terwijl de zoon besloot wat hij moest doen. Ben zei er nog iets bij wat ogenschijnlijk niet van belang leek maar toch de doorslag gaf: 'Ik kom net uit Oostenrijk.' Hij noemde geen namen en sprak niet over Jürgen. Geen specifieke informatie om op door te gaan of bezwaar tegen te maken. Hoe minder er gezegd werd, hoe beter.

'Ik ken u niet,' zei de zoon ten slotte.

'Ik u ook niet,' antwoordde Ben onverstoorbaar. 'Als het u of uw moeder niet goed uitkomt...'

'Nee nee,' zei hij haastig en sprak toen af dat hij Ben – 'meneer Johnson' – zou ontmoeten in een bepaalde kerk, een bepaalde kapel, op een bepaalde rij.

Dus zat Ben nu met zijn rug naar de ingang en draaide zich om bij elk geluid dat van buiten doordrong, elke keer dat de deuren zich openden.

Een halfuur verstreek. Was het een valstrik? De priester keek hem aan en bood hem zwijgend een paar waskaarsen aan om aan te steken. 'Nee, dank u,' zei Ben en draaide zich weer om naar de deur.

Een groepje toeristen met camera's en reisgidsen. Ben keek naar het Jezusbeeld achter glas en zag de priester naar hem toe komen. Hij was donker en lang, een sterke man van rond de vijftig, met een kaal hoofd en een zware borstkas.

'Komt u maar mee, meneer Johnson,' zei hij met een zachte bariton tegen Ben.

Ben stond op, volgde hem de kapel uit en het schip door, voordat ze bij een lege rij bankjes rechtsaf sloegen naar een smalle gang die evenwijdig liep aan het schip, langs een stenen muur, tot vlak bij de apsis.

Ze bleven staan bij een kleine, halfverborgen houten deur. De priester maakte hem open. De kamer erachter was aardedonker, muf en vochtig. De priester haalde een schakelaar over en een geel schijnsel viel door de ruimte, die als vestiaire werd gebruikt. Er stond een kledingrek met soutanes naast een rij versleten houten stoelen.

De priester richtte een revolver op hem. Ben schrok.

'Hebt u iets bij zich?' vroeg de priester met onverwachte hoffelijkheid. 'Een wapen of elektronische apparatuur?'

Bens schrik maakte plaats voor woede. 'Alleen een zaktelefoon, als u dat een dodelijk wapen vindt.'

'Geef die maar aan mij, alstublieft. U krijgt hem later weer terug.'

Ben gaf hem zijn mobieltje. De priester liet zijn vrije hand over de voor- en achterkant van Bens jasje glijden, onder zijn schouders, langs zijn middel, zijn benen en zijn enkels. Hij werd snel en vakkundig gefouilleerd.

'Ik moet uw paspoort zien of een andere legitimatie.'

Ben haalde zijn paspoort op naam van Michael Johnson te voorschijn, met een bijbehorend visitekaartje. Eerder die ochtend was hij als voorzorg langs een print-en-copyshop aan de Avenue 9 de

Julio gegaan en had er vijftig besteld, met een extra bonus als ze snel klaar waren. Een uur later had hij plausibele visitekaartjes voor Michael Johnson, partner bij een verzonnen advocatenkantoor in Manhattan.

De priester wierp er een blik op. Ben probeerde een ongeduldige toon aan te slaan. 'Hoor eens,' zei hij, 'ik heb geen tijd voor dit gedoe. En berg die revolver weer op, verdomme.'

De priester negeerde dat verzoek en wees naar de deur. 'Deze kant op.'

Hij opende de deur. Het felle zonlicht viel over een kleine binnenplaats waar een zwart busje stond geparkeerd met open schuifdeuren.

'Alstublieft.' Een gebaar met de loop van de revolver. Instappen, bedoelde hij.

'Sorry,' zei Ben. Dus dit was de zoon van de weduwe? Hij kon het nauwelijks geloven. De man leek totaal niet op Jürgen, die toch in elk geval zijn halfbroer moest zijn. 'Vergeet het maar.'

De ogen van de priester schoten vuur. 'U bent natuurlijk vrij om te gaan. Maar als u mijn moeder wilt spreken, kan dat alleen op mijn manier.' Zijn stem klonk wat milder toen hij vervolgde: 'Mensen komen nog steeds naar Buenos Aires om haar te zien. Journalisten, maar ook allerlei premiejagers, gestoorde figuren met een wapen. Agenten van de Mossad misschien. Vroeger wilden ze haar dwingen om te vertellen waar Lenz werkelijk zat. De mensen hebben een hele tijd niet willen geloven dat hij dood was. Net als bij Mengele dachten ze dat het bedrog was. Dus breng ik nu niemand meer naar haar toe die ze niet kent, tenzij ik voor hen kan instaan.'

'U zegt "Lenz". Is hij niet uw vader?'

De man keek nijdig. 'Mijn vader is getrouwd met de weduwe van Lenz, maar ze heeft haar beide echtgenoten overleefd. Een sterke vrouw. Ik zorg nu voor haar. Stap in, alstublieft.'

Een risico. Hij was niet zo ver gekomen om nu terug te krabbelen. Misschien zou de man hem eindelijk naar de waarheid kunnen leiden. Ben keek de raadselachtige priester nog eens aan, nam toen een besluit en stapte achter in het busje.

De priester schoof de deuren dicht met het geluid van aanzwellend onweer. Het enige licht kwam van het lampje in het dak. Op een paar klapstoeltjes na was het busje leeg. *Een risico.* Ben vroeg zich af wat hij had gedaan.

De motor sloeg aan en protesteerde toen de bestuurder naar de eerste versnelling schakelde.

Zo werden mensen geëxecuteerd, dacht Ben. Hij had geen idee wie de man was, priester of niet. Hij kon wel tot een van die groepen behoren die Sonnenfeld had genoemd: de knokploegen die de ex-nazi's verdedigden en beschermden.

Na een minuut of twintig stopte het busje. De deuren schoven open en Ben zag een klinkerstraatje in het gevlekte licht dat door een bladerdak van bomen viel. De rit was zo kort geweest dat ze nog steeds in Buenos Aires moesten zijn, maar de straat zag er heel anders uit dan wat hij tot nu toe van de stad had gezien. Het was er sereen en stil, afgezien van de geluiden van de vogels – en, heel vaag, pianomuziek. *Nee, ik geloof niet dat ze me willen vermoorden.*

Hij vroeg zich af wat Anna ervan zou vinden. Natuurlijk zou ze kwaad zijn dat hij zo'n risico had genomen. En terecht.

Ze stonden voor een stenen huis van twee verdiepingen, met een dak van kokerpannen, niet erg groot, maar wel sierlijk. De houten luiken voor alle ramen zaten dicht. De pianomuziek leek van binnen te komen: een sonate van Mozart. Om het hele huis en de kleine tuin liep een hoog, slingerend hek van smeedijzer.

De priester nam Ben bij de elleboog en hielp hem uitstappen. Hij had zijn wapen verborgen of – nog waarschijnlijker – in het busje achtergelaten. Bij het hek toetste hij een nummer in op een paneel. Er klonk een zoemer en het hek ging elektronisch open.

In het huis was het koel en donker. De opname van Mozart kwam uit een kamer recht voor hen uit. Er zat een valse noot tussen en de passage begon overnieuw. Nu pas besefte Ben dat het geen opname was, maar dat iemand met veel talent zelf zat te spelen. De oude vrouw?

Hij volgde de priester naar de kamer waaruit de muziek klonk. Het was een kleine zitkamer, met oosterse tapijten op de grond en boekenkasten langs de muren. Een oude vrouw, breekbaar als een klein vogeltje, zat over het klavier van een Steinway-vleugel gebogen. Ze scheen niet te merken dat ze binnenkwamen. De priester en Ben gingen op een ruige, ongemakkelijke bank zitten en wachtten in stilte.

Toen ze aan het einde van de sonate kwam, hield ze haar handen in de lucht, roerloos boven de toetsen, en liet ze langzaam in haar schoot zakken. De gemaaktheid van een concertpianiste. Langzaam draaide ze zich om. Ze had een klein gezichtje als een pruim, met diepliggende ogen en een rimpelige nek. Ze moest minstens negentig zijn.

Ben applaudisseerde even.

'*¿Quién es éste?*' vroeg ze met een hese, bevende stem.

'Moeder, dit is meneer Johnson,' zei de priester. 'Meneer Johnson, mijn stiefmoeder.'

Ben liep naar haar toe en nam haar tere hand in de zijne.

'En ik ben Francisco,' zei de priester tegen Ben.

'*Póngame en una silla cómoda,*' zei de oude vrouw.

Francisco legde een arm om zijn stiefmoeder heen en hielp haar naar een stoel. 'Komt u uit Oostenrijk?' vroeg ze in redelijk Engels.

'Ik ben net in Wenen geweest, ja.'

'Waar komt u voor?'

Ben wilde antwoorden, maar ze viel hem angstig in de rede: 'Komt u van het bedrijf?'

Het bedrijf? Bedoelde ze Sigma? Als dat zo was, móést hij haar aan de praat zien te krijgen.

'Frau... Frau Lenz, ik ben bang dat ik onder valse voorwendsels hier binnen ben gekomen.'

Francisco draaide bliksemsnel zijn hoofd naar Ben toe. 'Ik vermoord je!' zei hij woedend.

Ben negeerde hem. 'Weet u, Jürgen Lenz heeft me gevraagd om naar u toe te gaan,' zei hij, zonder nadere uitleg. Hij had Oostenrijk genoemd en gesuggereerd dat hij het vertrouwen genoot van Jürgen Lenz. Als ze aandrongen, zou hij wel improviseren. Daar werd hij steeds beter in. 'Hij vroeg me om hierheen te komen en u te waarschuwen om heel voorzichtig te zijn. Uw leven loopt misschien gevaar.'

'Ik bén Frau Lenz niet,' zei ze uit de hoogte. 'Dat ben ik al dertig jaar niet meer, of langer. Ik ben señora Acosta.'

'Neemt u me niet kwalijk, señora.'

Maar de hooghartigheid van de oude vrouw had plaatsgemaakt voor angst. 'Waarom heeft Lenz u gestuurd? Wat wil hij?'

'Señora Acosta,' begon Ben. 'Hij heeft me gevraagd...'

Ze verhief haar broze stem. 'Waarom?' vroeg ze. 'Waaróm? Komt u van Semmering? We hebben niets verkeerds gedaan! We hebben niets gedaan om de afspraak te schenden. Laat ons met rust!'

'Nee! Stil toch, moeder!' riep de priester.

Waar had ze het over? *De afspraak...* Was dat wat Peter had ontdekt?

'Señora Acosta, uw zoon heeft me nadrukkelijk gevraagd...'

'Mijn zoon?' vroeg de oude vrouw schor.

'Ja.'

'Mijn zoon in Wenen, bedoelt u?'

'Ja. Uw zoon Jürgen.'

De priester stond op. 'Wie bent u?' vroeg hij.

'Vertel het hem, Francisco,' zei de oude vrouw. 'Francisco is mijn stiefzoon, uit mijn tweede huwelijk. Ik heb zelf nooit kinderen gehad.' Haar gezicht was verwrongen van angst. *Ik heb geen zoon.*'

De priester stond dreigend over Ben heen gebogen. 'Je bent een leugenaar,' blafte hij. 'Eerst zeg je dat je als advocaat komt, voor een nalatenschap, en nu lieg je weer!'

Ben kon het niet meer volgen, maar probeerde de situatie nog te redden. 'U hebt geen zoon? Dan ben ik blij dat ik gekomen ben. Dan heb ik mijn tijd en het geld van mijn kantoor niet verspild door naar Buenos Aires te komen.'

De priester staarde hem woedend aan. 'Wie heeft u hier naar toe gestuurd?'

'Hij komt niet van het bedrijf,' zei de stiefmoeder met krassende stem.

'Dit is precies het soort fraude dat ik wilde ontrafelen,' zei Ben, met gespeelde triomf in zijn stem. 'Dus die Jürgen Lenz in Wenen... beweert dat hij uw zoon is, maar dat is hij niet? *Wie is hij dan wel?*'

De priester draaide zich om naar zijn stiefmoeder, die op het punt leek te staan om antwoord te geven. 'Nee!' beval hij haar. 'Niets zeggen! Vertel hem niets!'

'Ik kan niet over hem praten,' zei de oude vrouw. En toen, tegen haar stiefzoon: 'Waarom vraagt hij naar Lenz? Waarom heb je hem hier uitgenodigd?'

'Hij is een leugenaar, een bedrieger!' zei de priester. 'Wenen zou u wel hebben gewaarschuwd als ze een afgezant hadden gestuurd!' Hij tastte achter zich, haalde zijn revolver te voorschijn en richtte die op Bens voorhoofd.

'Wat voor priester bent u?' vroeg Ben zacht. *Geen echte priester, in elk geval. Die zou geen revolver op iemand richten.*

'Ik ben een man van God, die zijn familie beschermt. Verdwijn uit dit huis!'

Opeens kreeg Ben een ingeving, de enig logische verklaring. 'Uw man had nog een ander gezin,' zei hij tegen de oude vrouw. 'Een zoon bij een andere vrouw.'

'U bent niet welkom in dit huis,' zei de priester en hij maakte een beweging met zijn wapen. 'Eruit!'

'Gerhard Lenz had geen kinderen,' riep de oude vrouw.

'Stil!' donderde de priester. 'Genoeg! Geen woord meer.'

'Hij doet zich voor als de zoon van Gerhard Lenz,' zei Ben, half bij zichzelf. 'Waarom in godsnaam zou hij zich willen uitgeven voor de zoon van een... monster?'

'Sta op!' beval de priester.

'Gerhard Lenz is hier niet gestorven, is het wel?' zei Ben.

'Wat zégt u?' hijgde de stiefmoeder.

'Als je niet verdwijnt, schiet ik je neer,' dreigde de priester.

Ben kwam gehoorzaam overeind, maar keek nog steeds naar de oude vrouw, diep weggedoken in haar leunstoel. 'Dus de geruchten kloppen,' zei hij. 'Gerhard Lenz is hier niet in 1961 begraven op het kerkhof van Chacarita. Hij is uit Buenos Aires gevlucht, ontkomen aan zijn achtervolgers...'

'Hij is hier doodgegaan!' protesteerde de oude vrouw in paniek. 'Hij is hier begraven. Ik heb zelf de aarde op zijn kist gegooid!'

'Maar u hebt nooit zijn lichaam gezien,' zei Ben.

'Eruit!' blafte de priester weer.

'Waarom zegt hij die dingen tegen me?' huilde de vrouw.

Op dat moment ging de telefoon, die op een kast achter de priester stond. Met zijn revolver nog steeds op Ben gericht, tastte hij naar rechts en griste de hoorn van de haak. '*Sí?*'

Hij luisterde scherp. Ben maakte gebruik van zijn verdeelde aandacht om heel voorzichtig naar hem toe te schuifelen. 'Ik moet Josef Strasser spreken,' zei hij tegen de oude vrouw.

Ze spuwde hem het antwoord bijna toe. 'Als u echt uit Oostenrijk komt, zou u wel weten waar u hem moest vinden. U bent een leugenaar!'

Dus Strasser leefde nog!

Ben schoof nog wat dichter naar de priester toe, terwijl hij tegen de stiefmoeder bleef praten. 'Ze hebben ook tegen míj gelogen. Ze hebben me in de val gelokt!' Het klonk niet erg logisch wat hij zei, zonder een nadere verklaring, maar hij wilde de oude vrouw alleen maar provoceren en nog verder in de war brengen.

'Nu weten we het zeker,' zei Francisco toen hij ophing. 'Dat was Wenen. Deze man is een bedrieger.' Hij keek Ben aan. 'U hebt ons voorgelogen, meneer *Hartman!*' Hij draaide heel even zijn hoofd om en meteen deed Ben een uitval. Hij greep de rechterpols van de priester, draaide de hand met de revolver weg en ramde zijn andere hand tegen Francisco's keel, met duim en wijsvinger in een harde V. De oude vrouw gilde van angst. Totaal verrast slaakte de priester een kreet van pijn. De revolver viel uit zijn hand en kletterde tegen de vloer.

Met een geweldige krachtsinspanning dwong Ben de priester tegen de grond en sloot zijn handen om de hals van de man. Hij voelde het kraakbeen van de luchtpijp meegeven. Francisco wilde schreeuwen, maar het geluid werd gesmoord toen hij languit op de tegels terechtkwam, met zijn hoofd in een onnatuurlijke hoek. Hij probeerde zich op te richten en zijn vrije linkerhand te gebruiken, maar die zat bekneld tegen zijn borstkas. Hij verzette zich uit alle macht, happend naar lucht. De oude vrouw sloeg haar handen voor haar gezicht in een vreemd beschermend gebaar.

De revolver! Hij moest de revolver grijpen! Ben drukte zijn linkerhand nog harder tegen de keel van de priester en ramde hem een knie in zijn buik, mikkend op het middenrif. Francisco blies opeens al zijn adem uit en Ben wist dat hij doel getroffen had. Francisco's donkere ogen draaiden weg, zodat alleen het wit nog zichtbaar was. Hij was even versuft door de trap. Ben griste de revolver van de grond, zwaaide hem opzij en drukte hem tegen het voorhoofd van de priester.

Toen spande hij de haan. 'Eén beweging en je bent er geweest!'

Meteen voelde Ben het lichaam van de man verslappen. 'Nee!' kreunde Francisco.

'Geef antwoord. Vertel me de waarheid als je wilt blijven leven.'

'Nee, alstublieft... ik ben een man van God!'

'Goed,' snauwde Ben minachtend. 'Hoe kom ik in contact met Josef Strasser?'

'Hij is... ik weet het niet... *alstublieft*... mijn keel!'

Ben liet zijn greep wat verslappen, zodat de man weer kon ademen en spreken. 'Waar is Strasser?' brulde hij.

De priester snakte naar adem. 'Strasser... ik weet niet hoe u Strasser kunt bereiken. Hij woont in Buenos Aires, dat is alles wat ik weet.' Een straaltje urine verscheen op de vloer, tussen Francisco's benen.

'Gelul!' schreeuwde Ben. 'Ik wil een adres of een telefoonnummer horen, anders heeft je stiefmoeder straks niemand meer om voor haar te zorgen!'

'Nee, alstublieft!' hijgde de oude weduwe, nog steeds weggekropen in haar stoel.

'Als u... als u me vermoordt,' kreunde de priester, 'komt u nooit levend uit Buenos Aires vandaan. Ze zullen u vinden en... dingen met u doen... zodat u zou wensen dat u dood was!'

'Strassers adres!'

'Dat heb ik niet,' zei de priester. 'Alstublieft! Ik weet niet hoe ik Strasser moet bereiken!'

'Lieg toch niet,' zei Ben. 'Jullie kennen elkaar allemaal. Jullie zitten allemaal in hetzelfde netwerk. Als je Strasser moest spreken, zou je hem wel weten te vinden.'

'Ik ben helemaal niets! Als u me vermoordt, kan het ze niets schelen. Maar ze zullen u wel vinden!'

Ben vroeg zich af wie die 'ze' waren. In plaats daarvan vroeg hij: 'Wie is Jürgen Lenz?' Hij drukte de loop van de revolver nog harder tegen het voorhoofd van de priester en zag wat bloed; de scherpe rand had de huid geschaafd.

'Hij... alstublieft... hij is een machtig man. Hij is de eigenaar van haar huis, van alles wat ze heeft, de man die zichzelf Jürgen Lenz noemt...'

'Wie is hij dan werkelijk?'

'*Leg die revolver neer en laat hem gaan!*'

Een zachte, kalme stem met een Spaans accent. In de deuropening achter Ben stond een lange man met een buks met een afgezaagde loop. Hij droeg een groene broek van zware stof en een denimshirt. Een sterke vent met een brede borstkas. Ben schatte hem eind twintig of begin dertig.

'Roberto, help!' riep de weduwe. 'Red mijn Francisco! Zorg dat die man hier verdwijnt!'

'Señora, moet ik deze indringer doden?' vroeg Roberto.

Zijn houding maakte duidelijk dat hij zonder aarzelen zou schieten. Ben aarzelde wat hij moest doen. De priester was een gijzelaar zolang Ben nog de revolver tegen zijn voorhoofd hield gedrukt, maar hij wist ook dat hij nooit de trekker zou overhalen. En zelfs áls hij dat deed, zou de man met de afgezaagde buks hem binnen een oogwenk hebben neergeschoten. Maar hij kon natuurlijk bluffen...

'Roberto!' riep de oude vrouw schor. 'Nu!'

'Leg die revolver neer, anders schiet ik,' zei de jongeman. 'Het kan me niet schelen wat er met deze klootzak gebeurt.' Hij knikte naar de priester.

'Nee, maar de señora wel,' zei Ben. 'We zullen allebei op hetzelfde moment onze wapens laten zakken.'

'Goed,' stemde de jongeman toe. 'Haal die revolver bij zijn hoofd vandaan, sta op en verdwijn, als u hier levend vandaan wilt komen.' Hij liet de loop van de buks zakken toen Ben de revolver bij het voorhoofd van de priester weghaalde. Langzaam stond hij op, met zijn wapen nog steeds naar de grond gericht.

'En loop nu naar de deur,' zei de man.

Ben liep achteruit, met de revolver in zijn rechterhand geklemd, terwijl hij met zijn andere hand achter zich tastte naar obstakels waarover hij kon struikelen. De jongeman liep met hem mee de gang in, met de loop van zijn geweer nog steeds omlaag.

'Ik wil gewoon dat je oplazert,' zei de jongeman kalm. 'Als je ooit nog in de buurt van dit huis komt, word je zonder pardon neergeschoten.' De priester had zich moeizaam overeind gehesen en zat weer rechtop, uitgeput en vernederd. Ben stapte achterwaarts naar buiten – de priester had de deur opengelaten of Roberto was langs deze weg binnengekomen – en trok de deur achter zich dicht. Het volgende moment zette hij het op een lopen.

Anna betaalde de taxi en ging het kleine hotel binnen. Het lag in een rustige straat in La Recoleta, een wijk van Buenos Aires waar een jonge vrouw die in haar eentje reisde niet echt onopgemerkt kon blijven, dacht ze bezorgd.

De receptioniste begroette haar bij haar naam, wat haar nog meer verontrustte. Eerder die dag waren zij en Ben hier ieder afzonderlijk gearriveerd, een paar uur na elkaar. Ze hadden ook apart en op verschillende momenten een kamer gereserveerd. Het was uit praktische overwegingen verstandig om in hetzelfde hotel te logeren, maar het bracht ook risico's met zich mee.

Het karretje van het kamermeisje stond voor de deur van haar kamer. Vervelend, vond Anna. Ze was liever alleen geweest om haar dossiers door te nemen en een paar mensen te bellen. Nu zou ze moeten wachten. Toen ze binnenkwam, zag ze het kamermeisje over haar geopende koffer gebogen staan. *Ze haalde dossiers uit Anna's leren map.*

Anna verstijfde. Het meisje keek op, zag Anna en liet haastig de dossiers en de map weer in de koffer vallen.

'Wat moet dat?' vroeg Anna en ze deed een paar stappen naar haar toe.

Het meisje protesteerde verontwaardigd in het Spaans en ontkende hooghartig alle beschuldigingen. Anna liep achter haar aan de gang in en eiste een verklaring. '*Eh, ¿qué haces? ¡Vení para acá! ¿Qué cuernos haces revisando mi valija?*'

Anna probeerde het naamplaatje van het meisje te lezen, maar opeens ging ze ervandoor en rende de gang uit.

Het kamermeisje had niet zomaar staan te snuffelen. Ze had doelbewust naar Anna's papieren gezocht. Misschien kon ze helemaal geen Engels lezen, maar dat deed er niet toe. Waarschijnlijk had iemand haar betaald om Anna's dossiers en aantekeningen te stelen. Maar wie? Wie kon weten dat Anna hier was of wat voor onderzoek ze deed? Ze werd in de gaten gehouden, maar door wie?

Wie weet dat ik hier ben? Denneen, ja. Zou hij het aan iemand hebben doorgegeven, een collega misschien?

Of had Peralta, de man van Interpol, ontdekt wie ze werkelijk was? Zou dat kunnen?

Op het moment dat ze haar hand uitstak naar de telefoon bij het bed, begon hij te rinkelen. De manager, om zich te verontschuldigen? Of Ben?

Ze nam op. 'Hallo?'

Stilte, verder niets. Ja, toch wel: het bekende ruisen van een bandje. De lijn werd afgeluisterd. Daarna het geluid van vage stemmen, die langzaam aanzwollen en duidelijker werden.

Anna voelde een stoot adrenaline. 'Met wie spreek ik?'

Iemand zei iets: '*En de immigratiebestanden? Gegevens over mensen die in de jaren veertig en vijftig het land zijn binnengekomen?*' Het was haar eigen stem. Daarna hoorde ze een man. Peralta.

Aan de andere kant van de lijn werd een bandje afgespeeld van haar gesprek met Peralta. Ze hadden alles opgenomen – wie die 'ze' ook waren – en ze wisten precies wie ze was en wat ze hier deed.

Anna ging op de rand van het bed zitten, angstig en ontsteld. Het stond nu wel vast dat ze wisten dat Anna in het land was, ondanks alle voorzorgsmaatregelen die ze had genomen. Het was geen toeval geweest dat het kamermeisje tussen haar spullen had staan snuffelen.

Weer ging de telefoon. Bevend van de zenuwen griste ze de hoorn van de haak. 'Ja?'

'*Wij willen het niéuwe Argentinië laten zien, waar mensen zoals u zich met hart en ziel voor de rechtsstaat inzetten. Een land met een modern juridisch apparaat en respect voor de democratie...*' Haar eigen stem, blikkerig maar goed verstaanbaar via de afluisterapparatuur die ze hadden gebruikt.

Een klik.

In haar haast had ze de kamerdeur opengelaten. Ze rende erheen om hem dicht te doen. Niemand op de gang. Ze draaide de sleutel twee keer om en schoof de ketting ervoor.

Toen liep ze haastig naar het raam. De zware gordijnen waren open. Anna besefte hoe kwetsbaar ze was, een ideaal doelwit voor een scherpschutter achter een van de ramen van de hoge gebouwen aan de overkant. Ze trok de gordijnen dicht om zich te verbergen.

Weer ging de telefoon. Ze liep er langzaam naar toe, drukte de hoorn tegen haar oor, maar zei niets. '*Maar ik ben niet geworden wat ik nu ben door me de kaas van het brood te laten eten...*'

Ten slotte dwong ze zichzelf te reageren. 'Blijf bellen,' zei ze met gespeelde kalmte. 'We traceren de gesprekken.'

Maar niemand luisterde. Ze hoorde alleen het ruisen van het afluisterbandje.

Anna verbrak de verbinding en belde zonder neer te leggen de receptie van het hotel. 'Ik krijg obscene telefoontjes,' zei ze in het Engels.

'Obsceen...?' herhaalde de receptionist aarzelend.

'*Amenazas*,' zei ze. '*Palabrotas*.'

'O, dat spijt me verschrikkelijk, señorita. Zal ik de politie bellen?'

'Nee. Maar houd al mijn telefoontjes tegen.'

'Natuurlijk, mevrouw. Absoluut.'

Ze dacht een tijdje na en haalde toen een papiertje uit haar tas dat ze van een blocnote in de vertrekhal van Schiphol had afgescheurd. Ze had er het nummer op genoteerd van een plaatselijke privédetective die Denneen haar had aanbevolen – betrouwbaar, vakkundig, goudeerlijk en met goede contacten binnen de overheid, had hij gezegd.

Ze toetste het nummer en liet het toestel bellen. Ten slotte kreeg ze een antwoordapparaat. Sergio Machado noemde zijn naam en die van zijn bureau. Na de piep liet ze haar naam en telefoonnummer achter en verwees naar Denneen. Daarna belde ze de centrale van het hotel nog eens om te zeggen dat alleen ene Sergio Machado mocht worden doorverbonden.

Ze had iemand nodig die haar kon helpen, die over voldoende mogelijkheden beschikte en die vooral betrouwbaar was. In geen enkel land kon je iets bereiken of dingen te weten komen zonder goede connecties binnen de bureaucratie, en die had Anna niet.

Ze ging naar de badkamer en plensde wat water over haar gezicht, eerst koud, toen warm.

De telefoon ging. Langzaam, halfverdoofd, liep ze naar het nachtkastje. Er werd opnieuw gebeld. En nog eens.

Ze bleef bij het bed staan, starend naar de telefoon, aarzelend wat te doen. Eindelijk nam ze op, zonder iets te zeggen. Ze wachtte. Stilte.

'Hallo?' zei een mannenstem ten slotte. 'Is daar iemand?'

'Ja?' vroeg ze zachtjes, met droge mond.

'Spreek ik met Anna Navarro?'

'Wie bent u?' Ze probeerde haar stem neutraal te houden.

'U spreekt met Sergio Machado. U had me gebeld? Ik was even mijn post ophalen. U vroeg me om terug te bellen.'

Ze slaakte een zucht van opluchting. 'God, neem me niet kwalijk. Ik kreeg net een paar obscene telefoontjes, dus ik was bang dat het weer raak was.'

'Wat bedoelt u met obsceen? Een hijger of zo?'

'Nee, dat niet. Het is een lang verhaal.'

'Bent u in moeilijkheden?'

'Nee. Ja. Ik weet het eigenlijk niet. In elk geval ben ik blij dat u terugbelt. David Denneen dacht dat u me misschien zou kunnen helpen.'

'Natuurlijk. Hebt u trek in koffie? Echte koffie, bedoel ik, niet het bocht dat ze in Amerika drinken.'

'Ja. Oké, heel graag.' Anna voelde de spanning weer zakken.

Ze spraken af om elkaar vroeg in de avond te treffen voor een café-restaurant, niet ver van zijn kantoor. 'Ik zal doen wat ik kan,' zei hij. 'Meer kan ik niet beloven.'

'Meer vraag ik ook niet,' zei ze.

Ze hing op, bleef nog even bij de telefoon staan en keek ernaar alsof het een buitenaards wezen was dat haar kamer was binnengedrongen.

Ze zouden een ander hotel moeten nemen, Ben en zij. Misschien was ze gevolgd na haar bezoekje aan Peralta. Of misschien wel vanaf het vliegveld. In elk geval wist de tegenpartij nu waar ze zat en wat ze hier kwam doen. Dat was de werkelijke boodschap van die telefoontjes. Ze wist dat ze als dreigement waren bedoeld.

Er werd op de deur geklopt. Weer golfde de adrenaline door haar heen. Haastig liep ze naar de deur. De ketting zat erop, dus hij kon niet met een sleutel worden geopend. Tenminste...

Er was geen kijkgaatje.

'Wie is daar?' vroeg ze.

Een mannenstem antwoordde, een heel vertrouwde stem. Ze had niet gedacht dat ze ooit nog zo blij zou zijn die stem te horen.

'Ben,' zei hij.

'Goddank,' mompelde ze.

36

Hij zag er verfomfaaid uit, met zijn das scheef en zijn haar in de war.

'Een ketting op de deur?' vroeg hij. 'Heb jij ook in East New York gewoond?'

Ze staarde hem aan. 'Wat is er met jou gebeurd?'

Nadat ze allebei verslag hadden gedaan van de afgelopen paar uur, zei Anna: 'We moeten hier weg.'

'Je hebt gelijk,' zei Ben. 'Ik weet een hotel in de binnenstad, in het *centro*, een beetje haveloos, maar met een zekere charme. Het heet de Sphinx en het wordt gedreven door een paar geëmigreerde Britten.' Op het vliegveld had hij een Zuid-Amerikaanse reisgids gekocht, die hij nu doorbladerde tot hij het adres gevonden had. 'We vertrekken meteen. We kunnen daar gewoon naar binnen stappen of eerst bellen vanuit de straat, met mijn mobieltje. Niet vanuit dit hotel.'

Anna knikte. 'Misschien moeten we nu één kamer nemen, als man en vrouw.'

'Jij bent de expert,' zei hij. Zag ze een geamuseerde glinstering in zijn ogen?

'Ze zoeken naar een Amerikaanse man en vrouw die wel samen reizen maar aparte kamers hebben,' legde ze uit. 'Hoe lang zouden ze nodig hebben om ons te vinden?'

'Je zult wel gelijk hebben. Hoor eens, ik heb iets voor je.' En hij haalde een opgevouwen vel papier uit de binnenzak van zijn jasje.

'Wat is dat?'

'Een fax.'

'Van wie?'

'Van mijn speurneus in New York. Het zijn de namen van de raad van bestuur van Armakon AG in Wenen, de eigenaars van dat kleine biotechlaboratorium in Philadelphia waar het gif vandaan kwam waarmee die oude mannen zijn vermoord.' Hij gaf het haar.

'Jürgen Lenz!' hijgde ze.

'Een van de directeuren. Is dat geen interessant toeval?'

Arliss Dupree boog zich weer over zijn papieren maar kon zijn aandacht er niet bij houden. Het was een lang rapport van de adjunct-directeur van het Executive Office for U.S. Trustees, dat toezicht hield op de afwikkeling van faillissementen. Volgens het rapport was er sprake van corruptie bij de federale faillissementsrechtban-

ken. Dupree las dezelfde zin drie keer voordat hij het rapport weg-
legde en nog een kop bijna ranzige koffie nam uit het sputterende
apparaat in de gang.

Hij had andere dingen aan zijn hoofd, dat was het probleem.
Dupree ergerde zich aan de gebeurtenissen rond agent Navarro.
Hoewel 'ergeren' nog te zwak was uitgedrukt. Het kon hem geen
reet schelen hoe het haar verging, maar als ze echt een gevaar was
voor de staatsveiligheid, zou dat ook terugslaan op zijn eigen departement en dat was niet terecht. Volgens hem was het allemaal
begonnen met die griezel van een Bartlett en zijn spionnen bij de Internal Compliance Unit. Wat was daar in godsnaam aan de hand?
Hij had al een paar keer om inlichtingen gevraagd, heel netjes volgens de regels, maar had steeds de pin op de neus gekregen. Alsof
hij een onbeduidende figuur was bij het Office of Special Investigations! Alsof het osi geen fatsoenlijk antwoord waard was! Als
Dupree er lang over nadacht kreeg hij het zo benauwd dat hij zijn
das moest lostrekken. Dit ging echt te ver.

Eerst was dat wijf van Navarro uit zijn team gehaald en de hele
wereld over gestuurd. Daarna kwam het bericht dat ze niet deugde
en informatie had verkocht aan drugssmokkelaars, vijandige regeringen en god mocht weten wie nog meer. Als dat klopte, was Navarro inderdaad een gevaar en kwam haar vroegere baas Arliss Dupree in een slecht daglicht te staan, hoe je het ook bekeek. Als Dupree enig besef had hoe de wind waaide – en op dat besef was zijn
hele carrière gebaseerd – zag het er niet best voor hem uit.

Maar Dupree verdomde het om zich beentje te laten lichten door
Navarro's verraad, of door Bartletts gelul, want al die beschuldigingen klonken hem nogal vreemd in de oren. Dupree gaf het zo
snel niet op.

Als je wilde overleven, moest je soms de stier bij de horens vat-
ten. Dupree had zijn eigen vrienden die hem belangrijke informatie
konden toespelen. En misschien moest hij zelf maar eens een bezoekje brengen aan Bartlett om de oude man met zijn neus op de
feiten te drukken. Hij werd dan wel de 'Geest' genoemd en leek bijna ongrijpbaar, maar hij had veel macht binnen de dienst, als een
J. Edgar Hoover in het klein. Dupree zou hem voorzichtig moeten
aanpakken. Maar Bartlett moest goed beseffen dat Dupree niet met
zich liet spotten. De Geest was wel de hele dag bezig met het controleren van zijn collega's, maar wanneer had iemand voor het laatst
gecontroleerd wat hij zélf in zijn schild voerde?

Dupree scheurde een paar suikerzakjes open en goot ze leeg in zijn beker. De koffie smaakte nog steeds smerig, maar hij dronk hem toch op. Er lag nog een heleboel werk op hem te wachten. Met een beetje geluk zou Alan Bartlett een koekje krijgen van eigen deeg.

De kamers van de Sphinx waren groot en licht. Er stond een tweepersoonsbed, waar ze allebei een behoedzame blik op wierpen. Afspraken over het slaaparrangement konden wel wachten.

'Wat ik nog steeds niet begrijp,' zei Anna, 'is hoe iemand wist dat ik hier was, en waaróm.'

'Die man van Interpol...'

'Die heb ik pas gesproken nadat dat pakje al was gestolen bij American Express.' Ze stond bij de hoge ramen en frunnikte aan de glanzende vitrage. 'Toen ze dat pakje in handen hadden, wist de tegenpartij dat ik op zoek was naar Strasser. De vraag is dus: Hoe wisten ze dat ze juist dát pakje moesten hebben? Jij hebt toch tegen niemand gezegd dat je met mij naar Buenos Aires ging?'

Haar insinuatie beviel hem niet, maar hij slikte zijn boosheid in. 'Nee. Maar heb jij soms gebeld vanuit het hotel?'

Ze zweeg een moment. 'Ja. Eén keer, met Washington.'

'Het is niet zo moeilijk om een hoteltelefoon af te luisteren als je de juiste connecties hebt.'

Ze keek hem aan, zichtbaar onder de indruk. 'Dat zou een verklaring kunnen zijn voor die zogenaamde CIA-agenten. Ja. Heb jij Jürgen Lenz enige aanwijzing gegeven...'

'Ik heb hem nooit gezegd dat ik erover dacht om naar Buenos Aires te gaan, omdat het nog niet bij me was opgekomen.'

'Ik wou dat we Lenz' vingerafdrukken hadden om ze met een paar databases te vergelijken en te zien wat dat oplevert. Misschien heeft hij zelfs een strafblad. Heeft hij je niets gegeven, een visitekaartje of wat dan ook?'

'Nee, voor zover ik me kan herinneren niet. Ik heb hem wel die foto laten zien die ik in Peters kluisloket in Zürich had gevonden.'

'Hoeveel mensen hebben die foto in handen gehad?'

'Jij. Een historicus van de universiteit van Zürich. Liesl. En Lenz. Verder niemand.'

'En hij heeft hem echt aangepakt?'

'Ja, reken maar. Hij heeft hem zelfs een paar keer omgedraaid. Zijn vingerafdrukken moeten erop staan.'

'Geweldig. Dan laten we er een kopie van maken en sturen het origineel naar het lab.'

'Hoe dan? Ik heb het idee dat je niet veel meer te vertellen hebt bij Justitie.'

'Denneen wel. Als ik hem die foto stuur, geeft hij hem wel door aan een vriend bij een andere dienst, waarschijnlijk de FBI. Hij verzint wel wat.'

Ben aarzelde. 'Nou, als we daardoor meer te weten komen over Lenz of over de moordenaars van Peter...'

'Heel goed. Bedankt.' Ze keek op haar horloge. 'We praten wel verder onder het eten. We hebben een afspraak met die privédetective Sergio-nog-wat, in La Boca. Dan kunnen we gelijk een hapje eten.'

De taxichauffeur was een vrouw van middelbare leeftijd met vlezige armen en een topje. Tegen het dashboard was een lijstje met een kleurenfoto van een kind geplakt, waarschijnlijk haar eigen kind. Aan het spiegeltje bungelde een kleine leren mocassin.

'Een priester met een revolver,' zei Anna peinzend. 'En ik vond die dominicaanse nonnen in de kerk al eng.' Ze had een grijze plooirok aangetrokken met een witte blouse en een parelkettinkje om haar slanke hals. Ze rook naar frisse bloemen. 'Zei hij tegen je dat Jürgen Lenz de eigenaar was van haar huis?'

'Nou, hij had het over "de man die zich Jürgen Lenz noemt".'

Ze reden een armoedige arbeiderswijk in het uiterste zuiden van Buenos Aires binnen. Links stroomde het Riachuelokanaal, een stinkend stuk water met roestige schuiten, baggermolens en halfgezonken wrakken. Langs de kade stonden pakhuizen en fabrieken waar vlees werd verpakt.

'Zei ze dat Gerhard Lenz helemaal geen kinderen hád?' Anna fronste haar voorhoofd en dacht diep na. 'Ontgaat me iets?'

'Hm. Hij is Lenz, maar ook weer niet.'

'De man die jij in Wenen hebt ontmoet en die door iedereen voor Jürgen Lenz wordt aangezien, is dus een bedrieger?'

'Daar lijkt het wel op.'

'Maar wie hij ook is, de oude vrouw en haar stiefzoon zijn doodsbang voor hem.'

'Dat staat vast.'

'Maar waarom zou Jürgen Lenz zich in godsnaam voordoen als de zoon van zo'n beruchte oorlogsmisdadiger als hij dat niet is?' vroeg ze. 'Dat slaat nergens op.'

'We hebben het niet over een Elvis-imitator, dat is waar. Het punt is dat we nog niet veel weten over de opvolging binnen Sigma. Misschien was het zijn manier om een voet tussen de deur te krijgen, door zich uit te geven voor een directe erfgenaam van een van de oprichters. Dat was mogelijk zijn enige kans om binnen te komen.'

'Aangenomen dat Jürgen Lenz bij Sigma hoort.'

'Op dit moment is dat een veiliger uitgangspunt dan het tegendeel. En als we Chardin moeten geloven, is het bij Sigma niet de vraag waar ze wél een vinger in de pap hebben, maar waar níét.'

Het was inmiddels donker. Ze bereikten een deel van de stad met veel drukte, slechte verlichting en een onheilspellende sfeer. De huizen waren opgetrokken uit plaatijzer, met golfplaatdaken – roze, okergeel of turquoise geschilderd.

De taxi stopte voor een café-restaurant waar luidruchtige stamgasten aan krakende houten tafeltjes of aan de bar zaten te praten en te lachen. Op een prominente plaats achter de bar hing een kleurenfoto van Eva Perón. Plafondventilatoren draaiden langzaam rond.

Ze bestelden *empanadas*, een cabernet sauvignon San Telmo en een fles *agua mineral gaseosa*. De wijnglazen hadden een zweetgeur van oude sponzen. De servetjes waren van glad, vetvrij papier.

'De weduwe dacht dat jij van "Semmering" kwam,' zei Anna toen ze zich hadden geïnstalleerd. 'Wat zou ze daarmee hebben bedoeld? Een plaats, of een bedrijf?'

'Ik weet het niet. Een plaats, denk ik.'

'Maar ze had het wel over een "bedrijf".'

'Ik dacht dat ze Sigma bedoelde.'

'Maar er is nog een andere firma. Jürgen Lenz, wie hij ook mag zijn, zit in de directie van Armakon.'

'Hoeveel wil je die Machado vertellen van wat wij weten?'

'Niets,' antwoordde ze. 'Ik zal hem alleen vragen of hij Strasser kan vinden.'

Ze besloten met een paar *humitas*, romig gebak van zoete maïs in maïsblad verpakt, met koffie.

'Die man van Interpol was tijdverspilling, neem ik aan?' zei Ben.

'Het was onmogelijk dat Strasser hier nog woonde, beweerde hij. Nogal verdacht. Interpol is een tijdje door de nazi's geregeerd, vlak voor de Tweede Wereldoorlog, en volgens sommige mensen is er nooit een echte zuivering geweest. Het zou mij niets verbazen als die man met de neo-nazi's samenwerkt. En die gewapende priester van jou...'

'Mijn gewapende priester hield vol dat hij niet wist waar Strasser te bereiken was, maar ik geloof hem niet.'

'Een redelijke kans dat hij Strasser heeft gebeld zodra jij verdwenen was.'

Ben dacht na. 'Als hij dat gedaan heeft... zouden wij dan op de een of andere manier aan de telefoongegevens van de weduwe kunnen komen?'

'We kunnen het Machado vragen. Misschien weet hij een mogelijkheid of kent hij iemand.'

'Over Machado gesproken, weet je eigenlijk hoe hij eruitziet?'

'Nee, maar we hebben hier voor de deur afgesproken.'

Het was druk, luidruchtig en enerverend op straat. Er stonden speakerkasten die rock produceerden, en uit een naburige kroeg klonken opera-aria's, afgewisseld met tangomuziek. *Porteños* slenterden over de keitjes van de Caminito, een voetgangerspromenade met overal kraampjes. Mensen liepen het restaurant in en uit en botsten herhaaldelijk tegen Ben en Anna op, zonder een woord van excuus.

Ben zag een groepje jonge knullen van rond de twintig, acht of meer ongure types, naar hen toe komen. Ze schreeuwden en lachten, dronken van alcohol en testosteron. Anna mompelde iets tegen Ben dat hij niet kon verstaan. Een paar jongens staarden naar hem en Anna met meer dan oppervlakkige interesse, en het volgende moment had het groepje hen omsingeld.

'Rennen!' riep Ben, maar meteen kreeg hij een vuistslag in zijn maag.

Hij beschermde zijn buik met twee armen toen hij een schop tegen zijn linkernier kreeg. Hij dook naar voren om de aanval af te weren en hoorde Anna gillen, maar het leek van heel ver weg te komen. Hij zat in de val en zijn tegenstanders leken goed getraind, hoe jong ze ook waren. Ben kon geen kant meer op en een regen van vuistslagen daalde op hem neer. Vanuit zijn ooghoek zag hij dat Anna een van de aanvallers met verrassende kracht opzij smeet, voordat ze door een ander stel werd overvallen. Ben probeerde zich los te rukken, maar stuitte op een barrière van slagen en schoppen.

Hij zag de glinstering van metaal en een mes raakte zijn heup. Het voelde als een hete naald, gevolgd door een explosie van pijn. Hij greep de hand die het mes vasthield, wrong hem naar achteren en hoorde een kreet. Hij schopte naar zijn aanvaller, maaide met zijn vuisten, raakte zo nu en dan een tegenstander, maar kreeg toen een elleboog tegen zijn borst en een knie in zijn maag. Happend naar lucht zakte hij hulpeloos in elkaar. Een schoen trof hem in zijn ballen en hij klapte dubbel van pijn.

Toen hoorde hij het geluid van een sirene en Anna's stem die riep: 'Hier naar toe! Hier! O, goddank.' Ben kreeg nog een schop tegen de zijkant van zijn hoofd en proefde bloed. Hij stak zijn handen uit, half beschermend, half in een poging om nog een tegenstander te pakken te krijgen en een eind te maken aan het pak slaag. Maar het volgende moment hoorde hij nieuwe stemmen en hees zich moeizaam overeind. Een paar politiemensen stonden tegen zijn aanvallers te schreeuwen.

Een van de agenten legde een arm om hem heen en riep: '¡Vamos, vamos por acá, que los vamos a sacar de acá!' Kom mee, hierheen, we halen u hier vandaan! Een andere agent trok Anna mee naar de politiewagen. Op de een of andere manier wist hij de auto te bereiken, zag het portier opengaan, voelde een duw en viel naar binnen. Het portier sloeg achter hem dicht en het gejoel van de menigte klonk opeens gedempt.

'Gaat het?' vroeg een van de agenten vanaf de voorbank.

Ben kreunde.

'Gracias!' zei Anna. Ben zag dat haar blouse was gescheurd en haar parelkettinkje was verdwenen. 'Wij zijn Amerikanen...' begon ze en scheen toen even na te denken. 'Mijn handtas,' zei ze. 'Shit! Daar zat mijn geld in.'

'En je paspoort?' wist Ben met moeite uit te brengen.

'Dat ligt nog op de kamer.' De auto kwam in beweging. Ze draaide zich naar hem toe. 'Mijn god, wat was dat allemaal? Gaat het een beetje, Ben?'

'Ik weet het niet.' De loeiende pijn in zijn kruis begon wat af te nemen. Hij voelde een kleverige warme plek waar het mes hem had geraakt. Hij drukte zijn hand tegen zijn zij. Bloed.

De wagen draaide het verkeer in en stormde weg. 'Dat was niet zomaar een overval,' zei Anna. 'Dat was opzettelijk. Afgesproken werk.'

Ben staarde haar versuft aan. 'Dank u,' zei hij tegen de politieman voorin.

Er kwam geen antwoord. Hij zag dat er een plexiglas ruit tussen de voor- en de achterbank omhoog was gekomen en hij hoorde Anna zeggen: 'Waar komt die ruit vandaan?'

De scheidingswand had er niet gezeten toen ze instapten. Hij was nu pas dichtgeschoven. En Ben hoorde geen politieradio, of het geluid moest door het plexiglas worden tegengehouden.

Anna scheen op hetzelfde moment tot dezelfde conclusie te zijn gekomen, want ze boog zich naar voren en klopte op het plexiglas. De twee agenten reageerden niet.

Met een klik gingen de achterportieren automatisch op slot.

'O, mijn god,' hijgde Anna. *'Het zijn geen politiemensen!'*

Ze probeerden de portierhendels, maar die gaven niet mee. Ze rukten aan de knoppen van de vergrendeling, maar die zaten vast.

'Waar is je pistool?' fluisterde Ben.

'Dat héb ik niet!'

Koplampen van tegenliggers flitsten voorbij toen de auto snelheid maakte over een vierbaansweg. Ze hadden de stad nu achter zich gelaten. Ben beukte met twee vuisten op de scheidingswand, maar de twee mannen voorin leken het niet eens te merken.

De auto nam een afslag en binnen een paar minuten reden ze over een donkere tweebaansweg, tussen hoge bomen, tot ze onverwachts een zijweg insloegen die doodliep bij een bosje hoge struiken.

De motor zweeg en een paar seconden bleef het stil, afgezien van de geluiden van de schaarse auto's op de hoofdweg.

De twee mannen voorin leken te overleggen. Toen stapte de bijrijder uit en liep om de auto heen. De kofferbak sprong open.

Even later kwam hij terug naar de zijkant van de auto, met in zijn linkerhand iets dat op een lap stof leek. In zijn rechterhand had hij een pistool. De bestuurder kwam nu ook naar buiten en trok een pistool uit een schouderholster. De achterportieren gingen open.

De chauffeur, die blijkbaar de leiding had, trok het portier aan Anna's kant open en gebaarde met zijn wapen. Ze stapte langzaam uit, met haar handen boven haar hoofd. De man deed een stap terug en smeet met zijn vrije linkerhand het portier weer dicht. Ben bleef achter in de auto.

De verlaten landweg, de wapens... het was een klassieke executie.

De andere nep-agent – of misschien wáren het wel politiemensen, wat maakte het uit? – liep naar Anna toe, die nog steeds haar handen in de lucht had, en begon haar te fouilleren op wapens, te beginnen bij haar onderarmen. Zijn handen namen de tijd voor haar borsten. Toen gleden ze langs haar heupen omlaag naar haar kruis, waar zijn vingers ook te lang bleven. Ten slotte betastte hij de binnenkant van haar benen en haar enkels, voordat hij zich weer oprichtte, blijkbaar gerustgesteld. Daarna pakte hij een jutezak, trok die over haar hoofd en bond hem dicht om haar nek.

De bestuurder blafte een bevel en Anna liet zich op haar knieën vallen, met haar handen achter haar rug.

Ben zag vol afgrijzen wat er ging gebeuren. '*Nee!*'

De bestuurder riep nog een commando. De jongere agent opende het portier en richtte zijn wapen op Ben. 'Kom naar buiten. Rustig aan,' zei hij in vloeiend Engels.

Er was geen enkele kans om naar de weg te ontsnappen of Anna te grijpen om haar in veiligheid te brengen. Niet tegenover twee mannen met pistolen. Ben stapte uit en stak zijn handen in de lucht. De jongere agent fouilleerde hem, veel ruwer dan Anna.

'*No está enfierrado,*' verklaarde de man. Ben had geen wapens.

'Geen onverwachte bewegingen of we schieten je neer,' zei hij luchtig tegen Ben. 'Begrepen?'

Ja, ik begrijp het. Ze maken ons allebei af.

Ook Ben kreeg een jutezak over zijn hoofd. De zak stonk naar een paardenstal en werd zo strak om zijn nek geknoopt dat hij bijna stikte. Hij zag alleen nog duisternis. 'Hé, voorzichtig!' kreunde hij.

'Kop dicht,' zei een van de mannen; de oudste, zo te horen. 'Anders schiet ik je kop eraf en duurt het nog dagen voor ze je lichaam vinden. Hoor je me?'

'Hou je maar rustig,' hoorde hij Anna fluisteren. 'We hebben geen keus.'

Ben voelde iets tegen zijn achterhoofd. 'Knielen,' zei een stem.

Hij knielde en legde zijn handen op zijn rug zonder dat het hem was gezegd. 'Wat willen jullie?' vroeg hij.

'Kop dicht!' riep een van hen weer en hij kreeg een klap tegen zijn achterhoofd. Hij kreunde van pijn.

Ze kregen geen woord uit hun ontvoerders. Ze zouden hier sterven, op een godverlaten veldje langs een donkere weg in een land dat hij niet kende. Ben dacht terug aan hoe het allemaal was begonnen, op de Bahnhofplatz in Zürich, waar hij bijna was vermoord. Of ging het nog verder terug, tot Peters verdwijning? Hij herinnerde zich zijn angst en paniek toen Peter was vermoord in die afgelegen herberg in Zwitserland, maar in plaats van hem te ontmoedigen gaf die herinnering hem juist nieuwe kracht. Als hij hier werd gedood, had hij in elk geval de voldoening dat hij alles had gedaan wat in zijn macht lag om de moordenaars van zijn broer te vinden. En als het hem niet lukte om hen voor de rechter te slepen of hun motieven te ontdekken, was hij toch een heel eind in de richting gekomen. Hij liet geen vrouw of kinderen na, en na een tijdje zou hij grotendeels worden vergeten door zijn vrienden. In de geschiedenis

van de wereld is het leven van een mens niet meer dan het snel do-
vende lichtje van een vuurvlieg in een zomernacht, en Ben had geen
medelijden met zichzelf.

Hij dacht aan zijn vader, die zo spoorloos was verdwenen, en
had alleen spijt dat hij nooit de hele waarheid over de man zou kennen.

Uit het donker klonk opeens een stem. De oudste van de twee
mannen.

'Nu geven jullie antwoord op een paar vragen. Wat willen jullie
van Josef Strasser?'

Dus ze wilden toch praten. Deze gorilla's maakten deel uit van
Strassers lijfwacht.

Ben wachtte of Anna iets wilde zeggen, maar toen ze zweeg antwoordde hij: 'Ik ben jurist. Een Amerikaanse advocaat. Ik wikkel
een nalatenschap af. Strasser heeft recht op een deel van die erfenis.'

Een harde klap tegen de zijkant van zijn hoofd.

'De waarheid, man! Niet dat gelul!'

'Ik vertel jullie de waarheid.' Bens stem trilde. 'En laat deze vrouw
erbuiten. Ze is alleen maar mijn vriendin. Ze heeft er niets mee te
maken. Ik heb haar meegesleept. Ze is nog nooit in Buenos Aires
geweest, en...'

'Kop dicht!' brulde een van hen. Ben kreeg iets hards tegen zijn
rechternier en tuimelde opzij. Zijn hoofd, in de jutezak, sloeg tegen
de grond. De klap was zo hevig dat hij niet eens kon kreunen. Daarna schoot er een verblindende pijn door hem heen toen een vuist of
een voet hem met volle kracht in zijn gezicht raakte. Hij rook en
proefde bloed. De wereld explodeerde achter zijn ogen.

'Hou op!' schreeuwde hij. 'Wat willen jullie? Ik zal jullie wel vertellen wat je wilt horen!'

Hij kromp in elkaar, hield zijn handen beschermend voor zijn gezicht en hijgde van de pijn. Bloed druppelde uit zijn mond. Hij zette zich schrap voor de volgende klap, maar die kwam niet.

Toen hoorde hij weer de stem van de oudere man, heel rustig en
zakelijk, alsof hij een redelijk argument naar voren bracht in een
prettige conversatie. 'De vrouw is niet zomaar je vriendin. Ze is
agent Anna Navarro en werkt voor het Amerikaanse ministerie van
Justitie. Dat weten we al. We willen alleen nog weten wie jíj eigenlijk bent.'

'Ik help haar,' wist Ben met moeite uit te brengen. Hij kromp ineen en meteen kwam de volgende klap of schop, tegen de andere

kant van zijn hoofd. Een bliksemschicht schoot dwars door zijn ogen. De pijn was nu zo hevig en constant dat hij dacht dat hij eraan zou bezwijken.

Weer een stilte, een korte pauze in de marteling. De mannen schenen te wachten tot hij verder zou gaan.

Bens gedachten gingen veel te traag. Wie... wie had deze mannen gestuurd? Jürgen Lenz? Sigma zelf? Daarvoor leek hun werkwijze wat te primitief. Het *Kameradenwerk*? Dat leek waarschijnlijker. Maar welk antwoord zou hen tevreden kunnen stellen? Hoe zou hij een einde kunnen maken aan de afranseling, de executie kunnen uitstellen?

Eindelijk zei Anna iets. Er zat een bloedprop in Bens oren en hij had moeite haar te verstaan. 'Als jullie Strasser proberen te beschermen,' zei ze met verrassend vaste stem, 'moeten jullie ook weten wat ik hier doe. Ik ben naar Buenos Aires gekomen om hem te waarschuwen, niet om zijn uitlevering gedaan te krijgen.'

Een van de mannen lachte, maar Anna ging door. Haar stem leek heel ver weg. 'Weten jullie dat een aantal van Strassers kameraden de afgelopen paar weken is vermoord?'

Er kwam geen antwoord. 'Wij hebben informatie dat Strasser de volgende is op de lijst. Het Amerikaanse ministerie van Justitie is niet van plan hem aan te houden, anders was dat lang geleden al gebeurd. Wat voor afschuwelijke dingen hij ook heeft gedaan, officieel wordt hij niet gezocht wegens oorlogsmisdaden. Ik probeer te voorkomen dat hij wordt vermoord omdat ik met hem wil praten.'

'Leugens!' schreeuwde een van de mannen. Er klonk een doffe klap en Anna gilde.

'Hou op!' riep ze, en haar stem brak. 'Jullie kunnen controleren of ik de waarheid spreek! Wij moeten naar Strasser toe om hem te waarschuwen. Als jullie ons doden, bewijs je hem een slechte dienst!'

'Anna!' schreeuwde Ben. Hij wilde contact met haar. 'Anna, gaat het nog? Zeg me dat je niks mankeert!'

Zijn keel leek te scheuren en de pijn in zijn hoofd werd nog erger door de inspanning van het schreeuwen.

Stilte. Toen haar gedempte stem: 'Ik mankeer niets.'

Het was het laatste dat hij hoorde voordat alles zwart werd.

37

Ben werd wakker in een grote, onbekende kamer met een hoog plafond en hoge ramen, die uitkeken over een straat in een stad die hij niet herkende. Het was avond. Buiten klonken verkeersgeluiden en glinsterden lichtjes.

Een slanke vrouw met donkerbruin haar en bruine ogen, gekleed in een T-shirt en een zwarte lycra wielrenbroek lag loom in een stoel naar hem te kijken, met haar benen onder zich getrokken.

Anna.

Zijn hoofd bonsde.

Heel rustig zei ze: 'Hé.'

'Hé,' zei Ben. 'Ik leef nog.' De herinneringen aan de nachtmerrie kwamen weer boven, maar hij wist niet meer wanneer hij het bewustzijn had verloren.

Ze glimlachte. 'Hoe voel je je?'

Daar dacht hij even over na. 'Als iemand die van de bovenste verdieping van een wolkenkrabber valt, terwijl een andere man zijn hoofd uit het raam van de tiende verdieping steekt en vraagt hoe het met hem gaat. "Nou, tot nu toe gaat het goed," antwoordt die eerste man.'

Anna grinnikte.

'Ik heb een soort sluimerende koppijn.' Hij draaide zijn hoofd van links naar rechts en voelde de pijn opvlammen achter zijn oogbollen. 'Nu niet zo sluimerend meer.'

'Je bent behoorlijk in elkaar geslagen. Ik was eerst bang dat je een hersenschudding had, maar dat lijkt me toch niet. Voor zover ik er iets van weet.' Ze zweeg een moment. 'Ze hebben mij ook wel een paar klappen verkocht, maar ze concentreerden zich op jou.'

'Echte heren.' Hij dacht even na, nog steeds versuft. 'Hoe ben ik hier teruggekomen?'

'Ik denk dat ze er genoeg van kregen om je af te tuigen. Of misschien werden ze bang toen je bewusteloos raakte. In elk geval hebben ze ons weer teruggebracht naar de stad en ons ergens in La Boca de auto uit gezet.'

Het enige licht in de kamer kwam van een lamp naast het bed waarop hij lag. Hij werd zich bewust van het verband om zijn voorhoofd en zijn zij. 'Wie heeft dat gedaan?'

'Wat bedoel je – wie die mannen waren of wie je heeft verbonden?'

'Dat laatste.'

'*Moi*,' zei ze en boog bescheiden haar hoofd. 'Met de eerstehulpkist van de Sphinx, voornamelijk peroxide en betadine.'

'Bedankt.' Zijn gedachten waren nog steeds wazig en traag. 'Maar wie wáren die lui?'

'We leven nog,' zei Anna, 'dus ik vermoed dat het plaatselijke zware jongens waren. *Pistoleiros*, noemen ze die hier. Een knokploeg.'

'Maar die politiewagen...'

'De Argentijnse politie is berucht corrupt. Veel agenten verdienen er wat bij als *pistoleiros*. Maar ik denk niet dat ze iets te maken hadden met Sigma. Het *Kameradenwerk* of zoiets: bendes die de oude Duitsers beschermen. Het plaatselijke netwerk kan op allerlei manieren zijn gewaarschuwd. Ik heb onze vriend van Interpol wel een valse naam opgegeven, maar misschien heeft hij toch een foto van me gezien met mijn echte naam. Of het was dat pakketje dat ze bij American Express hebben gestolen. Of de privédetective die ik had gebeld, Machado. Of jouw priester met zijn pistool. Vragen genoeg. Maar eerst moet je rusten.'

Hij probeerde rechtop te gaan zitten, kreeg een steek van pijn in zijn zij en ging weer liggen. Hij herinnerde zich dat ze hem in zijn buik, zijn kruis en zijn nieren hadden geschopt.

Zijn ogen vielen steeds dicht, de kamer werd wazig en al gauw lag hij weer te slapen.

Toen hij wakker werd, was het nog avond. De kamer was bijna donker. Het enige licht kwam nu van buiten, maar het was voldoende om de vrouw naast hem in bed te kunnen zien. Hij rook haar lichte parfum. Nu was ze bereid zijn bed te delen, dacht hij.

De volgende keer dat hij wakker werd, was het weer licht. Het deed pijn aan zijn ogen. Uit de badkamer kwam het geluid van stromend water. Moeizaam hees hij zich overeind.

Anna kwam naar buiten in een wolk van stoom, met een badhanddoek om zich heen.

'Kijk, hij is wakker,' zei ze. 'Hoe voel je je?'

'Een beetje beter.'

'Mooi zo. Zal ik koffie bestellen bij roomservice?'

'Hebben ze dat hier?'

'Ja, je voelt je beter, ik hoor het al,' zei ze lachend. 'Je gevoel voor humor komt terug.'

'Ik heb honger.'

'Dat begrijp ik. We hebben gisteravond niet gegeten.' Ze draaide zich weer om naar de badkamer.

Hij droeg een schoon T-shirt en een boxershort. 'Wie heeft me die kleren aangetrokken?'

'Ik.'

'De short ook?'

'Mm. Je zat onder het bloed.'

Nou, nou, dacht hij geamuseerd, ons eerste intieme moment en ik ben er dwars doorheen geslapen.

Ze ging haar tanden poetsen en kwam een paar minuten later terug, opgemaakt, in een wit T-shirt en een violet sportbroekje.

'Wat denk je dat er is gebeurd?' vroeg hij. Zijn hoofd was nu wat helderder. 'Zou je telefoontje met die privédetective, hoe heet hij, zijn onderschept?'

'Mogelijk.'

'Van nu af aan gebruiken we alleen nog mijn mobieltje. Laten we er maar van uitgaan dat zelfs de centrale van de Sphinx wordt afgeluisterd.'

Ze legde twee kussens in zijn rug. Ze had nu geen parfum op, maar rook lekker naar zeep en shampoo. 'Mag ik het gebruiken om ons vorige hotel te bellen? Mijn vriend in Washington denkt dat ik daar nog zit en heeft misschien geprobeerd me te bereiken.' Ze gooide hem de *International Herald Tribune* toe. 'Probeer uit te rusten. Lezen, slapen, wat dan ook.'

'Controleer of hij opgeladen is. Misschien moet je hem inpluggen.'

Hij leunde naar achteren en bladerde de krant door. Een aardbeving in de Indiase staat Gujarat. Een nutsbedrijf in Californië dat een proces van zijn aandeelhouders kon verwachten. Wereldleiders bijeen voor het International Children's Health Forum. Hij legde de krant weer weg en sloot zijn ogen, maar alleen om wat te rusten. Hij had genoeg geslapen. Hij hoorde haar met het hotel in La Recoleta spreken. Haar stem werkte kalmerend. Ze had een levendige, aanstekelijke lach.

Anna leek haar scherpe kantjes, haar defensieve houding, te hebben verloren. Ze maakte een zelfverzekerde indruk, maar zonder die afstandelijkheid. Misschien was het zijn zwakte die haar de kans gaf sterk te zijn. Misschien had ze een verzorgende kant. Misschien kwam het door alles wat ze samen hadden doorgemaakt, of zijn bezorgdheid om haar, of haar medeleven met wat hem overkomen was, of een misplaatst schuldgevoel. Misschien wel allemaal.

Ze maakte een eind aan het telefoontje. 'Heel interessant.'

'Wat?' Hij opende zijn ogen. Ze stond naast het bed, haar haar los, haar borsten geaccentueerd in het witte katoenen T-shirt. Hij voelde een begin van opwinding.

'Ik heb een bericht van Sergio, de detective. Hij verontschuldigt zich omdat hij te laat was. Een zaak waar hij aan werkte was uit-gelopen. Het klonk heel onschuldig.'

'Dan zal je telefoontje in het hotel zijn onderschept.'

'Ik heb een afspraak met hem gemaakt.'

'Ben je gek geworden? Ben je niet vaak genoeg in de val gelopen nu?'

'Op mijn voorwaarden. Ik heb het zelf geregeld.'

'Niet doen.'

'Ik weet wat ik doe. Het kan fout gaan – dat gebeurt mij ook weleens – maar eigenlijk ben ik wel goed in mijn werk.'

'Daar twijfel ik niet aan. Maar jouw werk heeft niets te maken met georganiseerde misdaad of drugs. Je hebt geen ervaring met vuurgevechten. Ik denk dat we hier geen van beiden tegen opge-wassen zijn.'

Hij voelde zich vreemd beschermend tegenover haar, hoewel ze ongetwijfeld veel beter kon schieten dan hij en beter in staat was zich te verdedigen. Nog vreemder was het dat hij zich inderdaad veiliger voelde met haar in de buurt.

Ze kwam naar hem toe en ging naast hem op bed zitten. Hij schoof wat opzij om haar ruimte te geven. 'Ik stel je bezorgdheid op prijs,' zei ze, 'maar ik ben goed getraind en ik heb wel degelijk ervaring als agent.'

'Sorry, ik bedoelde niet...'

'Het geeft niet. Je hoeft geen excuses te maken.'

Hij keek haar snel aan. *God, wat ben je mooi*, wilde hij zeggen, maar hij wist niet hoe ze zou reageren. Ze leek nog steeds erg de-fensief.

'Doe je dit voor je broer of voor je vader?' vroeg ze.

Dat overviel hem. Zo'n directe vraag had hij niet verwacht. En hij besefte dat het antwoord niet eenvoudig was. 'Misschien voor allebei,' zei hij. 'Maar het meest voor Peter, natuurlijk.'

'Hoe innig waren Peter en jij met elkaar?'

'Ken jij tweelingen?' vroeg hij.

'Niet goed.'

'Ik denk dat het de innigste relatie is die er bestaat, hechter dan veel huwelijken, hoewel ik daar zelf geen ervaring mee heb. Maar wij beschermden elkaar. We konden bijna elkaars gedachten lezen. Zelfs als we ruzie maakten – en dat kwam ook voor, geloof me –

voelden we ons achteraf eerder schuldig dan kwaad. We wedijverden wel in sport en zo, maar verder eigenlijk niet. Als hij gelukkig was, was ik dat ook. Als hem iets leuks overkwam, leek het alsof het míj was overkomen. En omgekeerd.'

Tot zijn verbazing zag hij tranen in haar ogen. En om de een of andere reden maakte hem dat ook aan het huilen.

'Als ik zeg dat we heel innig waren,' ging hij verder, 'is dat eigenlijk te zwak uitgedrukt. Je bent ook niet "innig" met je been of met je hand, toch? Hij was gewoon een deel van mezelf.'

En opeens kwam het allemaal weer bij hem boven, een stortvloed van herinneringen, of eigenlijk beelden. De moord op Peter, zijn onthutsende terugkeer, zij samen als jongetjes, lachend en rennend door het huis. Peters begrafenis.

Gegeneerd draaide hij zich om, met een hand over zijn gezicht, niet in staat de snik te onderdrukken die bij hem opwelde.

Hij hoorde een zacht geluid en besefte dat Anna ook zat te huilen, wat hem verbaasde en diep ontroerde. Ze nam zijn hand in de hare en kneep erin. Haar wangen glinsterden van de tranen. Zachtjes legde ze een arm om zijn schouders, toen allebei haar armen, en omhelsde hem. Ze drukte haar natte gezicht tegen hem aan, voorzichtig om hem geen pijn te doen. Het was een moment van intimiteit dat hem verbaasde maar tegelijk ook heel natuurlijk aanvoelde: een deel van die complexe, hartstochtelijke Anna die hij langzamerhand steeds beter leerde kennen. Hij vond troost bij haar en zij bij hem. Hij voelde haar warmte, het bonzen van haar hart tegen het zijne. Ze tilde haar hoofd op van zijn schouder en drukte haar lippen tegen zijn mond, eerst heel voorzichtig, met gesloten ogen. Ze kusten elkaar langzaam, eerst teder en daarna diep en heftig. Hij omhelsde haar soepele lichaam en verkende haar met zijn vingers, terwijl zijn mond en tong hetzelfde deden. Ze waren een onzichtbare grens overgestoken die ze allebei een tijd geleden heel duidelijk hadden getrokken – een barrière, een hoge muur tussen natuurlijke neigingen, om de elektriciteit te beheersen en te bevatten die nu knetterend tussen hen opvlamde. En toen ze met elkaar vreeën, leek het helemaal niet zo onwennig als hij gedacht had dat het zou zijn, die paar keer dat hij zich had toegestaan erover te fantaseren.

Ten slotte vielen ze uitgeput in slaap, een halfuur of zo, verstrengeld in elkaar.

Toen hij wakker werd, zag hij dat ze verdwenen was.

De man met het grijze haar parkeerde zijn gehuurde Mercedes en liep een paar honderd meter door Estomba, langs de klinkerstraatjes, tot hij het huis gevonden had. Het stond in het hart van Belgrano, een *barrio* van Buenos Aires, een van de rijkste woonwijken van de stad. Een jongeman kwam voorbij met zes honden aan de lijn. De man met het grijze haar en het goed gesneden blauwe pak glimlachte beleefd.

Het huis was zo'n honderd jaar oud en opgetrokken uit rode steen. Hij liep erlangs, leek de architectuur te bewonderen en slenterde toen terug. Hij zag het wachthuisje op de stoep voor het huis. Het was gebroken wit geschilderd en had één raam. In het hokje stond een man in uniform met een oranje oplichtend vest. In elke straat in deze buurt leek zo'n wachthuisje te staan.

Een heel rustige en veilige wijk, dacht Trevor Griffiths. Mooi zo. De bewaker nam hem aandachtig op. Trevor knikte beleefd en vriendelijk en liep toen naar het hokje alsof hij de bewaker iets wilde vragen.

Anna pakte Bens foto zorgvuldig in, bracht hem naar een DHL-kantoor en betaalde voor een spoedverzending naar Denneens thuisadres in Dupont Circle. Alles wat ze nu deed bracht risico met zich mee, maar ze had niets over DHL gezegd, niet door de telefoon en zelfs niet tegen Ben op hun kamer. En ze wist zeker dat niemand haar naar het kantoor was gevolgd. Er was dus een redelijke kans dat de foto veilig zou aankomen.

Nu stond ze in de portiek van een winkel onder een rood reclamebord van Lucky Strike, terwijl ze de ramen in de gaten hield van een café op de hoek van Junin en Viamonte, niet ver van de *Facultad Medecina*. De naam van het café, Entre Tiempo, was in dansende letters op de ruiten geschilderd, waarschijnlijk om een ludieke, vrolijke sfeer te suggereren. Stelletjes slenterden voorbij, in elkaar verdiept, groepjes studenten met rugzakken. Geel-zwarte taxi's passeerden het café.

Deze keer zou ze zich niet laten verrassen. Ze had de omgeving al van tevoren verkend. Sergio Machado zou haar hier om halfzeven ontmoeten, maar Anna was drie kwartier te vroeg. Een openbare plek, op klaarlichte dag. Ze had hem gevraagd een tafeltje bij het raam te nemen, als er een vrij was, of anders zo dicht mogelijk bij het raam. En hij moest zijn mobieltje meenemen. Machado leek eerder geamuseerd dan geërgerd door al die voorzorgsmaatregelen.

Om vijf voor halfzeven stapte een man met zilvergrijs haar, een blauwe blazer en een open, buttondown blauw hemd – het signalement dat hij haar over de telefoon had gegeven – het café binnen. Even later verscheen hij aan een tafeltje bij het raam, vanwaar hij de straat door keek. Anna ging de winkel binnen om niet gezien te worden en hield het café in het oog door de etalage van de zaak. Ze had al tegen de winkelier gezegd dat ze hier op haar man stond te wachten.

Om vijf over halfzeven wenkte Machado een ober. Een paar minuten later zette de ober een flesje Coca-Cola voor hem neer.

Als Machado medeplichtig was geweest aan de ontvoering van de vorige avond, moesten er nu anderen in de buurt zijn, maar Anna kon niemand ontdekken. Er slenterden geen verdachte figuren rond die de etalages bekeken of een krantje kochten bij de kiosk. Er stonden geen auto's met draaiende motor langs de stoep. Anna wist waar ze op moest letten. Machado was alleen. Of hadden er al mensen in het café gezeten om op haar komst te wachten? Misschien. Maar ook op die mogelijkheid was ze verdacht.

Om kwart voor zeven pakte ze Bens mobieltje en belde Machado. Na één keer overgaan nam hij al op: '*Si?*'

'Met Anna Navarro.'

'Bent u verdwaald?'

'God, je raakt hier zo snel de weg kwijt,' zei ze. 'Ik geloof dat ik het verkeerde café heb. Vindt u het heel erg om hier naar toe te komen? Anders verdwaal ik straks opnieuw!' Ze gaf hem de naam van een café een paar straten verderop.

Ze zag hem opstaan en wat geld neerleggen. Zonder zichtbare signalen of overleg met anderen in het café liep hij naar de deur en kwam naar buiten. Anna wist wel hoe híj eruitzag, maar hij zou haar waarschijnlijk niet herkennen.

Hij stak de straat over en liep vlak langs haar heen, zodat ze hem van dichtbij kon bekijken. Het zilvergrijze haar paste niet helemaal bij hem, want hij was pas in de veertig, met zachte bruine ogen en een prettige uitstraling. Hij had geen koffertje of dossiermap bij zich, alleen de zaktelefoon.

Anna wachtte een paar seconden en volgde hem toen. Hij had het café snel gevonden en ging naar binnen. Een minuutje later kwam Anna achter hem aan.

'Wilt u me misschien uitleggen waar dit allemaal goed voor is?' vroeg Machado.

Ze vertelde hem wat Ben en haar de vorige avond was overkomen en hield scherp zijn reactie in de gaten. Hij leek ontsteld.

Machado had het wat zwoele uiterlijk van een Italiaanse filmster uit de jaren zestig. Zijn huid was onberispelijk zongebruind, hij droeg een dun gouden kettinkje om zijn hals en nog een gouden ketting om zijn linkerpols. Tussen zijn dicht opeen geplaatste reeënogen zat een diepe verticale zorgenrimpel. Hij had geen trouwring om zijn vinger.

'De politie hier is totaal corrupt, daar hebt u gelijk in,' zei hij. 'Ze huren me weleens in bij een onderzoek, als adviseur van buiten, omdat ze hun eigen mensen niet vertrouwen!'

'Dat verbaast me niets.' De angst die haar nog van de ontvoering was bijgebleven sloeg om in woede.

'Weet u, hier in Argentinië hebben we geen politieseries op de televisie, zoals in Amerika, omdat politiemensen hier geen helden zijn. Het is tuig. Ik weet het, want ik heb zelf eenentwintig jaar bij de federale politie gezeten. Toen ik mijn pensioen had gehaald, ben ik vertrokken.'

Aan een lange tafel in de buurt barstte een groepje jongelui in lachen uit. Studenten, zo te zien.

'Iedereen hier is bang voor de politie,' vervolgde hij heftig. 'Ze maken zich schuldig aan wreedheden, ze laten zich betalen voor protectie, ze schieten met scherp als het hun uitkomt. Wat vindt u van de uniformen?'

'Ze lijken op die in New York.'

'Precies. Omdat ze de uniformen exact hebben gekopieerd van de New-Yorkse politie, maar dat is ook alles wat ze hebben overgenomen.' Met een innemende grijns vervolgde hij: 'Maar wat kan ik voor u doen?'

'Ik zoek een zekere Josef Strasser.'

Hij sperde zijn ogen open. 'Aha. U weet natuurlijk dat die oude schurk onder een andere naam leeft. Ik weet niet waar hij woont, maar ik kan navraag doen. Het zal niet meevallen. Gaat het om een uitleveringsverzoek?'

'Nee. Ik wil met hem praten.'

Hij ging rechtop zitten. 'O ja?'

'Misschien weet ik een manier om hem te vinden, maar daar heb ik uw hulp bij nodig.' Ze vertelde hem over Bens bezoek aan de weduwe Lenz. 'Als Vera Lenz of haar stiefzoon contact hebben met Strasser en hem hebben gebeld om hem te waarschuwen, zou u dan het nummer kunnen achterhalen dat ze hebben gebeld?'

'O, juist,' zei hij. 'Heel handig. Maar dat lukt natuurlijk alleen als u ook het nummer van señora Lenz hebt.'

Ze gaf hem een papiertje met het nummer.

'De telefoonmaatschappijen in Argentinië leggen het begin en het einde van alle gesprekken vast, de bijbehorende nummers en de lengte van het gesprek. Het Excalibur-systeem, noemen ze dat. Voor de juiste prijs kunnen mijn vrienden bij de politie alle gesprekken nagaan die vanaf dit nummer zijn gevoerd.'

Als om te demonstreren hoe eenvoudig dat was, belde hij zelf met iemand, overlegde even en las het nummer van het papiertje op.

'Geen probleem,' zei hij. 'We horen het zo meteen. Kom, dan bied ik u een biefstuk aan.'

Ze liepen een paar straten naar zijn auto, een witte Ford Escort waarvan om een of andere reden de achterbank was verwijderd. Hij nam haar mee naar een ouderwets restaurant bij het Cementerio de la Recoleta. Het heette Estilo Munich en aan de wanden hingen koppen van herten en wilde zwijnen. De vloer was van marmer, maar leek op smerig linoleum en het plafond bestond uit akoestische tegels. Vermoeide obers schuifelden langzaam tussen de tafeltjes door.

'Ik bestel een *bife de chorizo* voor u,' zei Machado. 'Met *chimichurri*-saus. *Jugoso*, oké?'

'Ja, niet doorbakken, graag. Heeft het nog een betekenis dat u me naar een restaurant hebt gebracht dat München heet?'

'Ze hebben de beste steaks van Buenos Aires en we zitten al in een stad die weet hoe je biefstuk moet bakken.' Hij keek haar samenzweerderig aan. 'Vroeger waren er heel veel restaurants in BA die München heetten. Toen was het in de mode; tegenwoordig niet meer zo.'

'Er zijn niet zoveel Duitsers meer?'

Hij nam een slok van de Carrascal. Zijn mobieltje ging. Hij sprak even en borg het weer op. 'Mijn vriendin,' zei hij verontschuldigend. 'Ik dacht dat het onderzoek al iets had opgeleverd, maar dat is niet zo.'

'Als Strasser hier zo lang heeft kunnen wonen zonder dat iemand hem vond, moet hij valse papieren hebben die heel overtuigend zijn.'

'Mensen zoals hij hebben altijd goede papieren. Het is jaren zo geweest dat alleen Jakob Sonnenfeld hen wist op te sporen. Het gerucht heeft lang de ronde gedaan dat Martin Bormann nog in Argentinië leefde, totdat zijn schedel in Duitsland werd gevonden – in 1972 in Berlijn. Ze waren bezig met de aanleg van een brug en vonden bij graafwerkzaamheden een schedel. Die bleek van Bormann te zijn.'

'Was dat echt zo?'

'Een paar jaar geleden hebben ze eindelijk een DNA-test gedaan. Hij was van Bormann, ja.'

'En de rest van het lichaam?'

'Dat is nooit gevonden. Ik denk dat hij hier in Bariloche is begraven en dat iemand de schedel naar Duitsland heeft gebracht om de nazi-jagers op een dwaalspoor te brengen.' Zijn ogen glinsterden geamuseerd. 'U weet dat Bormanns zoon hier nog woont? Hij is een katholieke priester. Echt waar.' Nog een slok van zijn Carrascat. 'Er gingen altijd geruchten over Bormann, net als over Josef Mengele. Toen hij werd begraven, dacht iedereen dat hij zijn eigen dood in scène had gezet. Dat gold ook voor Lenz. Nog jaren na zijn dood ging het verhaal dat hij nog leefde. Totdat ze zijn botten vonden.'

'Zijn die ook op DNA getest?'

'Dat geloof ik niet.'

'En niemand heeft zijn schedel ontdekt?'

'Nee, geen schedel.'

'Zou hij nog in leven kunnen zijn? Ergens?'

Machado lachte. 'Dan zou hij ouder dan honderdtwintig moeten zijn.'

'Nou, alleen de besten sterven jong. Hij is toch overleden aan een beroerte?'

'Dat is het officiële verhaal. Maar volgens mij is Lenz vermoord door Israëlische agenten. Toen Eichmann hier kwam, namen hij en zijn vrouw ook een valse naam aan, maar hun drie zoons bleven de naam Eichmann gebruiken! Op school kende iedereen die jongens onder hun echte naam. Maar er kwam niemand achter hen aan, begrijpt u? Dat gebeurde pas toen Sonnenfeld er werk van maakte.'

Hun steaks arriveerden. Ongelooflijk lekker, vond Anna. Ze was niet zo'n vleeseter, maar dit zou haar over de streep kunnen trekken.

'Mag ik vragen waarom u Strasser wilt spreken?' vroeg Machado.

'Sorry. Daar kan ik niets over zeggen.'

Hij scheen het zonder probleem te accepteren. 'Strasser was een van de uitvinders van Zyklon-B.'

'Het gas dat in Auschwitz werd gebruikt.'

'Maar het was zíjn idee om het op mensen toe te passen. Slimme jongen, die Strasser. Hij heeft de methode bedacht om zoveel joden efficiënt uit te moorden.'

Na het eten liepen ze een paar deuren verder naar een café dat

La Biela heette, in de Avenue Quintana. Het was al na elven en het café was druk en luidruchtig.

Bij de koffie vroeg ze: 'Kunt u een wapen voor me regelen?'

Hij keek haar sluw aan. 'Dat zal wel lukken.'

'Morgenochtend?'

'Ik zal zien wat ik kan doen.'

Zijn mobieltje ging weer.

Deze keer maakte hij aantekeningen op een papieren servetje.

'Zijn telefoon staat op naam van Albrecht,' zei Machado toen hij had opgehangen. 'Hij is van de juiste leeftijd. Hij heeft zelfs zijn werkelijke geboortedatum op de aanvraagformulieren gebruikt. Ik denk dat u uw man gevonden hebt.'

'Dus hij is inderdaad gebeld vanuit het huis van Lenz.'

'Ja. En via het telefoonnummer waren zijn naam en adres eenvoudig te achterhalen. Ik denk dat hij een hele tijd de stad uit is geweest, want de afgelopen vijf weken is er niet één keer gebeld vanuit zijn huis. Twee dagen geleden begonnen de telefoontjes weer.'

Dat zou verklaren waarom Strasser nog niet was geëlimineerd, zoals alle anderen, dacht ze. Hij was de stad uit geweest. Zo was hij in leven gebleven. 'Uw contactman,' zei ze, 'degene die al deze informatie voor u heeft gevonden... waarom denkt hij dat u geïnteresseerd bent?'

'Misschien denkt hij dat ik de man wil chanteren.'

'Hij zal Strasser niet waarschuwen dat u naar hem op zoek bent?'

'Mijn contacten bij de politie zijn veel te onnozel voor dat soort spelletjes.'

'Laten we het hopen.' Maar zo snel was ze niet overtuigd. 'En die zware jongens die ons hebben ontvoerd...?'

Hij fronste. 'Meestal zijn het zoons en kleinzoons van de vluchtelingen. Mij laten ze wel met rust. Ik heb te veel vrienden bij de politie, dus ben ik te gevaarlijk voor hen. Als ik dit soort opdrachten doe, vind ik wel eens Wagner op mijn antwoordapparaat als ik thuiskom. Een verhuld dreigement. Of ze lopen me op straat voorbij en maken een flitsfoto van me. Maar daar blijft het bij. Daar maak ik me niet druk om.' Hij stak nog een sigaret op. 'Wees maar niet bang.'

Niet bang? dacht ze. *Dat is makkelijk gezegd.*

'Ik vrees dat meneer Bartlett op dit moment geen tijd heeft, en ik heb ook geen afspraak voor u staan,' zei de receptioniste met een ijzig gezag.

'Dan máák ik een afspraak. Voor nu meteen,' zei Arliss Dupree. 'Zeg hem maar dat hij me graag zal spreken. Het gaat over een zaak van wederzijds belang. Een interdepartementale kwestie, oké?'

'Het spijt me erg, meneer Dupree, maar...'

'Doe geen moeite. Ik loop wel door naar zijn kamer. U kunt hem waarschuwen dat ik eraankom, of niet. Zijn kantoor is toch deze kant op?' Er gleed een grijns over Duprees rode vollemaansgezicht. 'Maak je niet druk, meisje. Het komt wel goed.'

De receptioniste sprak zacht maar dringend in de microfoon van haar headset en stond toen op. 'Meneer Bartlett zegt dat hij u graag wil ontvangen. Komt u maar mee.'

Even later stond Dupree in het Spartaans ingerichte kantoor van de directeur en voor het eerst voelde hij zich onrustig. Dit was niet het gebruikelijke, comfortabele hol van de typische carrièreman, de bureaucraat die zich omringde met foto's van zijn dierbaren en stapels nog ongelezen papier. De kamer toonde nauwelijks enig spoor van menselijke bewoning.

'En wat kan ik vandaag voor u doen, meneer Dupree?' Alan Bartlett stond op van achter zijn grote bureau, zo schoon dat het een toonzaalmodel van een fabrikant van kantoormeubilair had kunnen zijn. De beleefde glimlach van de man had iets ijzigs, vond Dupree, en de uitdrukking in zijn grijze ogen achter de vliegeniersbril was niet te peilen.

'Heel wat, zou ik denken,' antwoordde Dupree, terwijl hij zich zonder plichtplegingen in de licht gebeitste houten stoel tegenover Bartletts bureau liet vallen. 'Te beginnen met die hele Navarro-toestand.'

'Heel ongelukkig, de laatste onthullingen,' beaamde Bartlett. 'Het stelt ons allemaal in een ongunstig daglicht.'

'Zoals u weet, was ik niet blij met de overplaatsing die u had geregeld,' vervolgde Dupree, doelend op de beslissing om Anna Navarro tijdelijk bij de icu te detacheren.

'Dat had u al duidelijk gemaakt. Misschien wist u iets over haar dat u verzwegen hebt.'

'Nee, zo lag het niet.' Dupree probeerde zich niet te laten intimideren door Bartletts starende blik. Het was alsof je tegen een ijsberg praatte. 'Eerlijk gezegd ondermijnt het mijn gezag als er op die manier met een van mijn mensen wordt geschoven, zonder mijn voorkennis of instemming. Collega's denken dan al gauw dat het een soort promotie is.'

'Ik neem aan dat u hier niet zit om uw personeelsproblemen of uw stijl van management te bespreken, meneer Dupree.'

'Nee, zeker niet,' zei Dupree. 'Het gaat hierom. Bij Justitie hebben wij altijd de neiging om op veilige afstand te blijven van de ICU. Ik weet nooit wat jullie in je schild voeren en eerlijk gezegd wíl ik dat ook niet weten. Maar nu hebben jullie smerige vlekken gemaakt op mijn tapijt, zal ik maar zeggen. En ik zit ermee. Ik wil u nergens van beschuldigen, maar het zet me wel aan het denken.'

'En dat overkomt u niet vaak, begrijp ik. Goed oefenen, dan gaat het steeds makkelijker,' zei Bartlett met de hooghartigheid van een Chinese keizer.

'Ik mag dan geen intellectueel zijn,' zei Dupree, 'maar ik ben niet achterlijk.'

'Gelukkig maar.'

'En deze zaak stinkt.'

Bartlett snoof. 'Aqua Velva, geloof ik? Of Old Spice? In elk geval gaat uw aftershave u vooruit.'

Dupree schudde goedmoedig zijn hoofd, alsof hij er niets van begreep. 'Dus heb ik hier en daar eens navraag gedaan. En ik heb een paar dingen over u ontdekt, bijvoorbeeld waar u vandaan komt. Ik wist niet dat u zo'n groot stuk grond bezat aan de oostkust. Dat is niet gebruikelijk voor een gewone ambtenaar.'

'Mijn grootvader van moederskant was een van de oprichters van Holleran Industries. Mijn moeder heeft een deel van de bezittingen geërfd. Dat is geen geheim, maar ik loop er niet mee te koop, dat is waar. Een luxe leven interesseert mij niet veel. Ik geef de voorkeur aan een simpel bestaan en mijn smaak is over het algemeen heel bescheiden. Maar wat heeft dat hiermee te maken?'

'Inderdaad, uw moeder was erfgename van Holleran, dat heb ik ook ontdekt. Het verbaasde me nogal. Ik voelde me zelfs vereerd dat een multimiljonair zich verwaardigde om gewoon bij ons te komen werken.'

'Iedereen moet keuzes maken in het leven.'

'Daar hebt u gelijk in. Maar ik vroeg me wel af of er nog meer dingen waren die ik niet over Alan Bartlett wist. Heel wat, nietwaar? Al die reisjes naar Zwitserland, bijvoorbeeld. Dat viel me op, omdat wij van het OSI veel te maken krijgen met het witwassen van geld. Bij de naam Zwitserland gaat er bij mij altijd een belletje rinkelen. Dus ik vond die reizen nogal merkwaardig.'

Een korte stilte. 'Pardon?'

'U bent opvallend vaak in Zwitserland, of vergis ik me?'

'Hoe komt u daarbij?'

Dupree haalde een vel papier uit zijn binnenzak. Het was een beetje gekreukt, maar hij streek het glad toen hij het op Bartletts bureau legde. Er stond een verzameling stippen op, in een cirkelvorm. 'Neem me niet kwalijk dat het er zo knullig uitziet. Ik heb het zelf getekend.' Hij wees naar de bovenste stip. 'Hier hebben we München. Daaronder ligt Innsbruck en naar het zuidoosten Milaan. Dan Turijn, en wat verder naar het noorden Lyon, Dijon en Freiburg.'

'O, u volgt een avondcursus aardrijkskunde?'

'Nee,' zei Dupree. 'Het heeft wat tijd gekost om deze informatie te verzamelen. Ik had er de computers van de douane en de grote luchthavens voor nodig. En dat valt niet mee, geloof me. Maar dit zijn allemaal vliegvelden waar u de afgelopen vijftien jaar bent geweest. Vaak rechtstreeks vanaf Dulles, soms ook via Frankfurt of Parijs. Dat leverde dit schema op. En wat hebben ze met elkaar gemeen, al die troosteloze luchthavens?'

'Dat gaat u me nu vertellen, neem ik aan,' zei Bartlett, met een geamuseerde maar ijzige blik in zijn ogen.

'Jezus, kijk eens naar dat patroon! Wat zou u zelf concluderen? Het ligt nogal voor de hand. Het is een cirkel van punten binnen driehonderd kilometer van Zürich. Al die plaatsen liggen vlak bij de Zwitserse grens – dát hebben ze gemeen. Het zijn vliegvelden waar je naar toe gaat als je in Zwitserland moet zijn maar niet steeds een Zwitsers stempel in je paspoort wilt hebben. Eén van je paspoorten, in uw geval. Ik zag dat u twee officiële paspoorten bezit. Toe maar!'

'Dat is niet zo ongewoon voor mensen in mijn vak. Uw suggesties zijn absurd, meneer Dupree, maar laat ik het spelletje meespelen. Stel dat ik zo vaak in Zwitserland ben geweest, wat dan nog?'

'Ja, wat dan nog? Daar steekt toch geen kwaad in? Alleen... waarom ontkent u het dan?'

'Dit gesprek wordt wel heel onnozel, meneer Dupree, vindt u zelf ook niet? De volgende keer dat ik vakantieplannen maak, zal ik u onmiddellijk bellen. Ik moet zeggen dat uw gedrag ernstige twijfel oproept over uw vermogen om een afdeling te leiden. Bovendien balanceert het op de rand van insubordinatie, als ik het zeggen mag.'

'Jij bent mijn baas niet, Bartlett.'

'Dat klopt. Omdat u zeven jaar geleden, toen u bij ons solliciteerde, bent afgewezen omdat u niet geschikt was voor de icu.' Bartletts stem bleef koel, maar hij had nu toch een blos op zijn wangen. Dupree wist dat hij de man van zijn stuk had gebracht. 'En nu moet ik dit gesprek beëindigen, vrees ik.'

'Ik ben nog niet met je klaar, Bartlett,' zei Dupree, terwijl hij opstond.

De ander grijnsde als een doodskop. ' "Grote werken worden nooit voltooid, maar blijven liggen." Aldus Valéry.'

'Harper?'

'Tot ziens, meneer Dupree,' zei Bartlett onverstoorbaar. 'Het is een lange rit naar Arlington en ik neem aan dat u de avondspits vóór wilt zijn.'

Ben werd wakker, eerst door het zachte ochtendlicht, toen door Anna's zachte ademhaling. Ze hadden in één bed geslapen. Langzaam hees hij zich overeind, met een doffe pijn in zijn armen, zijn benen en zijn nek. Maar hij voelde de warmte van Anna's lichaam in haar nachtpon, zo dichtbij.

Hij liep langzaam naar de badkamer. De pijn werd ook wakker. Nu pas besefte hij dat hij een hele dag en nacht geslapen had. Hij was zwaar toegetakeld, maar hij wist ook dat het beter was om in beweging te blijven en zijn spieren te oefenen dan in bed te liggen. Hoe dan ook, het zou tijd kosten om goed te herstellen.

Hij liep terug naar de slaapkamer en pakte zachtjes zijn telefoon. Fergus O'Connor op de Cayman Eilanden verwachtte een reactie. Maar toen hij wilde bellen, bleek de batterij leeg. Anna was kennelijk vergeten om hem op te laden. Hij hoorde dat ze zich omdraaide in bed.

Hij stak de telefoon in de lader en belde Fergus.

'Hartman!' riep Fergus hartelijk, alsof hij op hem had zitten wachten.

'Laat horen,' zei Ben, terwijl hij naar het raam hinkte en neerkeek op het verkeer.

'Ik heb goed en slecht nieuws. Wat wil je het eerst?'

'Het goede, natuurlijk.'

Er klonk een piep op de lijn – een binnenkomend gesprek – maar hij negeerde het.

'Goed. Er is een schimmige advocaat in Liechtenstein die vanochtend op kantoor kwam en ontdekte dat er was ingebroken.'

'O, dat spijt me nou.'

'Ja. Vooral omdat een van zijn dossiers is verdwenen, over een *Anstalt* die hij beheert voor een anonieme opdrachtgever of opdrachtgevers in Wenen.'

'Wenen.' Ben voelde een steek in zijn maag.

'Geen namen, helaas. Een serie overboekinstructies, ID-codes en dat soort dingen. Maar alles leidt naar Wenen. De eigenaren houden hun naam zelfs verborgen voor hun advocaat – die overigens niet naar de politie van Liechtenstein zal gaan om de inbraak te melden, neem ik aan. Daarvoor is hij bij te veel illegale zaakjes betrokken.'

'Heel goed, Fergus. En wat is het slechte nieuws?'

'Ik heb aardig wat kosten gemaakt. Dat grapje in Liechtenstein kostte me alleen al vijftig mille. Die jongens zijn niet goedkoop. Pure geldklopperij.' Zelfs voor Fergus was dat een ernstige beschuldiging. Maar zijn informatie – die geen enkele overheidsdienst te pakken had kunnen krijgen – was de prijs meer dan waard.

'Ik krijg zeker geen bonnetje van je?' vroeg Ben.

Zodra hij de verbinding had verbroken, ging het toestel over. 'Ja?'

'Anna Navarro, alstublieft!' riep een mannenstem. 'Ik moet haar spreken!'

'Ze ligt... met wie spreek ik?'

'Zeg dat het Sergio is!'

'O, juist. Eén moment.'

Anna was al wakker geworden van de telefoon. 'Machado?' mompelde ze, met hese, slaperige stem. Ben gaf haar de telefoon.

'Sergio?' zei ze. 'Sorry, ik had de telefoon uitgeschakeld, geloof ik... Ja, geeft niet. Wat?... *Wat?*... Sergio, hallo? Ben je er nog? Hallo?'

Ze drukte op de uit-toets. 'Vreemd,' zei ze.

'Wat is er?'

Ze staarde hem aan, stomverbaasd. 'Hij zei dat hij de hele nacht had geprobeerd me te bereiken. Hij belde uit zijn auto, in een wijk die San Telmo heet. Hij wil dat ik naar de Plaza Dorrego Bar kom, als ik de naam goed heb verstaan. Hij heeft een wapen voor me.'

'Waarom klonk hij zo gejaagd?'

'Hij zei dat hij niets meer met het onderzoek te maken wil hebben.'

'Ze hebben hem gevonden.'

'Hij klonk echt angstig, Ben. Hij zei... hij zei dat hij was benaderd, bedreigd – maar niet door de plaatselijke onderwereld die de vluchtelingen beschermt.' Ze keek hem geschrokken aan. 'En opeens werd de verbinding verbroken, midden in een zin.'

Ze roken de brand al voordat ze bij de Plaza Dorrego kwamen. Toen hun taxi op enige afstand van de Plaza Dorrego Bar stopte, zagen ze een grote menigte, met ambulances, politiewagens en brandweerauto's.

De taxichauffeur zei iets in rap Spaans.

'Wat zegt hij?' vroeg Ben.

'Hij kan niet verder, zegt hij. Er is een ongeluk gebeurd. Kom mee.'

Ze vroeg de chauffeur om op hen te wachten en samen sprongen ze uit de auto en renden naar het plein. De rook was grotendeels opgetrokken, maar er hing nog een lucht van zwavel, koolstof en ontplofte benzine. De verkopers hadden hun kraampjes in het park midden op het plein in de steek gelaten. De koopwaar – goedkope sieraden en parfum – lag onbeheerd terwijl ze naar de ravage stonden te kijken. Bewoners hadden zich verzameld in de portieken van oude huurkazernes en keken gebiologeerd en geschrokken toe.

Het was meteen duidelijk wat er was gebeurd. Recht voor de Plaza Dorrego Bar had een auto gestaan, die was geëxplodeerd. Door de klap waren de ruit van de bar en de ramen aan de overkant van de straat gesprongen. Blijkbaar had de auto nog een hele tijd staan branden voordat de brandweer het vuur had kunnen blussen. Zelfs de witte zebrastrepen op de straat vlak bij het wrak waren zwartgeblakerd.

Een oude vrouw met wit haar en een bruine bloemetjesblouse gilde steeds maar weer: '*Madre de Dios! Madre de Dios!*'

Ben voelde dat Anna zijn hand greep en die stevig vasthield toen de hulpverleners met een zaag het uitgebrande karkas van de niet meer zo witte Ford Escort te lijf gingen om het verkoolde lichaam te bergen.

Hij voelde haar beven toen een van de hulpverleners een stuk metaal wegboog, waardoor een verbrande arm zichtbaar werd, met een geblakerde gouden ketting om de pols en een kleine mobiele telefoon in zijn verschroeide klauw geklemd.

38

Verbijsterd en ontzet zaten ze weer achter in de taxi. Pas toen ze een paar straten verder waren, vonden ze hun spraak weer terug.

'O, mijn god. Ben! O, lieve god!' Anna leunde naar achteren tegen de bank, met haar ogen dicht.

Hij legde een hand op haar schouder in een moment van troost. Er was niets wat hij tegen haar kon zeggen, niets wat enige betekenis had.

'Toen ik gisteren met Machado zat te eten,' vertelde ze, 'zei hij dat hij nooit bang was geweest in al die jaren dat hij dit werk nu deed. En dat ik me ook geen zorgen hoefde te maken.'

Ben wist niet wat hij moest antwoorden. Hij had de afschuwelijke aanblik van Machado's verkoolde lichaam nog niet verwerkt. De hand die de mobiele telefoon vasthield. *Sommigen zeggen dat de wereld zal vergaan door vuur.* Huiverend dacht hij terug aan Chardins verminkte gezicht, het verhaal van de man dat de gruwel van het overleven veel erger kon zijn dan de gruwel van de dood. Sigma leek een voorliefde te koesteren voor brandbare oplossingen. Zo voorzichtig mogelijk zei hij tegen haar: 'Anna, misschien moet ik in mijn eentje verder gaan.'

'Nee, Ben,' zei ze scherp. Ben zag haar ijzeren wilskracht. Ze staarde recht voor zich uit, met een grimmige blik en opeengeklemde kaken.

Het leek of de aanslag van daarnet haar vastberadenheid nog had versterkt in plaats van haar te ontmoedigen. Ze was vastbesloten Strasser te vinden, ongeacht de gevolgen, en het Sigma-complot tot op de bodem uit te zoeken. Misschien was het krankzinnig – misschien waren ze allebei krankzinnig – maar Ben wist dat hij zelf ook niet zou opgeven. 'Dacht je dat een van ons nog gewoon zijn oude leven zou kunnen opvatten na alles wat we hebben ontdekt? Dacht je dat we die káns zouden krijgen?'

Weer volgde er een lange stilte.

'We zullen eerst de omgeving verkennen,' zei ze, 'om er zeker van te zijn dat niemand het huis in de gaten houdt of in een hinderlaag ligt. Misschien denken ze dat het gevaar geweken is nu ze Machado hebben vermoord.' Hij meende opluchting in haar stem te horen maar wist het niet zeker.

De taxi zocht zich een weg door de drukke straten van Buenos Aires naar de dure wijk Belgrano. Ben bedacht wat een gruwelijke ironie het was dat een goede man net was gestorven zodat zij een verdorven mens het leven konden redden. Hij vroeg zich af of die gedachte ook bij Anna was opgekomen. Ze waren allebei bereid hun leven te wagen om een historische schurk tegen zijn moordenaars te beschermen.

En de werkelijke omvang van zijn verdorvenheid? Zouden ze dat ooit weten?

Weer kwamen die aangrijpende woorden bij hem boven: *Raderen binnen raderen, zo werkten we... Niemand kwam op de gedachte dat het Westen werd bestuurd door een geheim consortium. Dat zou immers ondenkbaar zijn! Want als het waar was, zou dat*

413

betekenen dat meer dan de helft van de wereld een filiaal was van
één enkel mammoetbedrijf: Sigma.

De afgelopen jaren kwam één bijzonder project van Sigma steeds
meer op de voorgrond te staan. Als het zou slagen, zou het een re-
volutie betekenen in de wijze waarop de wereld werd bestuurd. Het
zou niet meer gaan om de toewijzing van fondsen of de toepassing
van middelen. In plaats daarvan ging het alleen nog om de simpe-
le vraag wie de 'uitverkorenen' waren.

Was Strasser zelf een van de 'uitverkorenen'? Als hij nog niet dood
was...

'Ik heb met Fergus gebeld, op de Cayman Eilanden,' zei Ben. 'Hij
heeft de stortingen op die bankrekeningen kunnen traceren naar
Wenen.'

'Wenen,' herhaalde ze toonloos.

Verder zei ze niets. Hij vroeg zich af wat ze dacht, maar voordat
hij het kon vragen, stopte de taxi voor een roodstenen villa met witte luiken. Op de kleine oprit stond een witte stationcar geparkeerd.

Anna zei in het Spaans iets tegen de chauffeur en draaide zich om
naar Ben: 'Ik heb hem gezegd dat hij langzaam om het blok moet
rijden. Ik wil zien of er verdachte auto's staan, of er vreemde figuren rondslenteren – wat dan ook.'

Ben wist dat hij het opnieuw aan haar moest overlaten. Hij moest
erop vertrouwen dat Anna wist wat ze deed. 'Wat is onze strategie?' vroeg hij haar.

'We hoeven alleen maar binnen te komen en hem te waarschuwen dat zijn leven gevaar loopt. Ik heb mijn legitimatie van Justitie, dat moet voldoende overtuigend zijn.'

'Je kunt aannemen dat hij al is gewaarschuwd door het *Kameradenwerk*, die knokploeg, Vera Lenz of welk netwerk hij ook gebruikt. En stel dat zijn leven helemaal geen gevaar loopt? Stel dat
hij zelf de man achter al die moorden is? Heb je daar wel aan gedacht?'

Een korte stilte. 'Dat is een risico,' gaf ze toe.

Dat is een risico. Over understatement gesproken.

'Je hebt niet eens een wapen,' wees Ben haar terecht.

'We hebben maar heel even zijn aandacht nodig. Als hij de rest
van het verhaal wil horen, zegt hij dat wel.'

En als hij de man achter de moorden is? Maar het had geen zin
om met haar te discussiëren.

Toen ze helemaal om het blok waren gereden, stopte de taxi weer en stapten ze uit. Hoewel het een warme, zonnige dag was, voelde Ben toch een huivering over zijn rug glijden, ongetwijfeld van angst. Hij wist zeker dat Anna ook bang moest zijn, maar ze liet niets blijken. Hij had bewondering voor haar kracht.

Nog geen tien meter van Strassers huis stond een wachthuisje op de stoep. De bewaker was een kromme oude man met piekerig wit haar, een hangsnor en een blauwe pet bijna komisch boven op zijn hoofd. Als er ooit iets gebeurde op straat, zou deze man weinig nuttigs kunnen doen, dacht Ben. Toch leek het hem beter de bewaker niet te alarmeren, dus liepen ze zelfverzekerd langs hem heen, alsof ze hier thuishoorden.

Ze bleven staan voor Strassers huis, dat omgeven werd door een hek, zoals de meeste huizen in deze straat. Maar het was van donker gebeitst hout, niet van smeedijzer, en het kwam niet hoger dan Bens borst. Het was zuiver als versiering bedoeld en wekte de suggestie dat de bewoner van dit huis niets te verbergen had. Anna opende het houten hekje en ze stapten de kleine, goed onderhouden voortuin in. Achter zich hoorden ze voetstappen op de stoep.

Zenuwachtig draaide Ben zich om. Het was de bewaker die naar hen toe kwam. Hij was nog hooguit zes meter bij hen vandaan. Ben vroeg zich af of Anna een goede verklaring voor hun aanwezigheid had, want zelf wist hij niets te bedenken. De bewaker glimlachte. Zijn kunstgebit was geel en paste niet. Hij zei iets in het Spaans.

'Hij wil onze legitimatie zien,' mompelde Anna. En tegen de oude man zei ze: '¡Cómo no, señor!' Natuurlijk.

De bewaker stak zijn hand onder zijn jasje, een vreemd gebaar, alsof hij zelf ook naar een legitimatie zocht.

Uit zijn ooghoek zag Ben een beweging aan de overkant en hij draaide zich om. Er stond een man daar. Een lange man met een rood gezicht, zwart haar dat al grijs begon te worden, en dikke, borstelige wenkbrauwen. Ben had een onheilspellend gevoel van herkenning. Hij had die man al eerder gezien. Maar waar?

Parijs, de Rue des Vignoles. Wenen, de Graben. En zelfs nog eerder. Een van de moordenaars. En de man richtte een pistool op hen.

'Anna, liggen!' brulde Ben en hij wierp zich plat tegen het betonnen tuinpad. Anna dook naar links, uit de vuurlijn weg.

Er klonk een zachte plof en de borstkas van de bewaker explodeerde in een fontein van rood, terwijl hij achterover stortte op de tegels van de stoep. De man met het rode gezicht rende naar hen toe. Ze zaten gevangen in Strassers tuin.

De moordenaar had de bewaker neergeschoten! Ben en Anna waren weggesprongen en de arme bewaker had de kogel opgevangen. De volgende keer zou de schutter niet missen!

Ze konden nog maar één kant op, dacht Ben, recht in de armen van de moordenaar. En ze waren allebei ongewapend!

Hij hoorde de man iets schreeuwen in het Engels: 'Het is oké! Het is oké! Ik schiet niet op jullie!'

De man met het rode gezicht hield zijn pistool langs zijn zij terwijl hij naar hen toe rende.

'Hartman!' riep hij. 'Benjamin Hartman!'

Ben keek verbaasd op.

'Ik heb een pistool!' gilde Anna. 'Geen stap verder meer!'

Maar de man met het rode gezicht hief zijn wapen niet op. 'Het is oké! Ik zal niet schieten!' Hij smeet zijn wapen op de grond, voor zijn voeten, en spreidde zijn handen. 'Hij wilde jullie vermoorden,' zei de man met het rode gezicht, en hij boog zich over het lichaam van de oude bewaker. 'Kijk maar!'

Dat waren de laatste woorden die hij ooit sprak.

Als een marionet die schokkerig tot leven kwam, bewoog de oude bewaker zijn arm, trok een kleine revolver met geluiddemper achter zijn broekriem vandaan en richtte hem op de man met het rode gezicht, die over hem heen gebogen stond. Er klonk een *pfut* en een kogel met holle punt boorde zich in zijn voorhoofd en sloeg de achterkant van zijn schedel weg. *Wat gebeurde hier in godsnaam?*

De oude bewaker kwam overeind, hoewel zijn shirt doordrenkt was met bloed. Hij was gewond, misschien dodelijk, maar de arm met de revolver beefde niet eens.

Achter hen klonk een wilde kreet: 'Nee!'

Ben draaide zich om en zag nog een man, bij een eikenboom. Hij stond in een schuine lijn bij hen vandaan, aan hun eigen kant van de straat, maar twintig meter naar links. En hij had een groot geweer met een scherpschuttersvizier, een professioneel wapen. De partner van de moordenaar met het rode gezicht?

De loop wees ongeveer hun kant op. *Ze hadden geen tijd meer om aan een dodelijk schot te ontkomen.*

Op hetzelfde moment hoorde Ben de knal van het zware geweer. Hij lag verlamd van angst, niet in staat om zelfs maar ineen te krimpen. Twee, toen drie, kogels troffen de oude bewaker recht in zijn borst en hij zakte terug op de grond.

Opnieuw waren ze gespaard. Maar waarom? De schutter met zijn nauwkeurige vizier had zijn doelwit op die afstand nooit kunnen missen.

De man met het geweer – hij had glanzend zwart haar en een olijfkleurige huid – rende naar het ineengezakte, bloederige lichaam van de bewaker, zonder op Anna en Ben te letten.

Het sloeg nergens op. Waarom hadden hun aanvallers de oude bewaker gedood? Wie was hun werkelijke doelwit?

Ben stond langzaam op, zag dat de man onder het jasje van de bewaker tastte en nog een wapen te voorschijn haalde: een slanke automatische revolver met een geluiddemper op de loop geschroefd.

'O, lieve god,' zei Anna.

De man met de olijfkleurige huid greep het piekerige witte haar van de oude man en gaf een ruk. De pruik liet los als de pels van een konijn en het staalgrijze haar eronder kwam bloot.

Hij trok aan de witte snor, die net zo gemakkelijk losliet, en toen aan de losse huid van het oudemannengezicht, dat niets anders bleek te zijn dan een rimpelig, vleeskleurig stuk rubber.

'Een latexmasker,' zei de man. Hij trok de neus en de wallen onder de ogen weg en Ben herkende het gladde, rimpelloze gezicht van de man die had geprobeerd hem te doden voor het huis van Jürgen Lenz in Wenen – de man die op Chardin, Anna en hem had geschoten in Parijs. De moordenaar van zijn broer.

'De Architect,' hijgde Anna.

Ben verstijfde. Zijn mond viel open. Hij kon het niet geloven, maar het was waar.

'Hij had jullie allebei willen doden als hij vlakbij was,' zei de man. Ben keek naar zijn donkere huid, zijn opvallend lange wimpers en zijn vierkante kaak. De man had een vaag accent uit het Midden-Oosten. 'En dat zou hem zijn gelukt, want jullie keken niet door zijn vermomming heen.'

Ben herinnerde zich dat vreemde gebaar, toen de zwakke oude man op het laatste moment onder zijn jasje had getast, met een bijna verontschuldigende uitdrukking op zijn gezicht.

'Wacht eens even,' zei Anna. 'Jij bent "Yossi". Uit Wenen. De Israëli die voor de CIA werkte. Tenminste, dat beweerde je.'

'Verdomme, wie ben je?' vroeg Ben.

'Mijn naam is niet belangrijk,' antwoordde de man.

'Ja, voor mij wel. Wie ben je?'

'Yehuda Malkin.'

Die naam zei hem niets. 'Jullie zijn me gevolgd,' zei Ben. 'Ik heb je partner al in Wenen en Parijs gezien.'

'Ja, hij maakte een fout en je ontdekte hem. Hij had jullie de hele afgelopen week geschaduwd. Ik bleef op de achtergrond. Ik kan het je nu wel zeggen. We waren ingehuurd door je vader, Ben.'

Zijn vader had hen gehuurd? Waarvoor? 'Hij heeft jullie...?'

'Max Hartman heeft de vlucht van onze ouders uit nazi-Duitsland betaald, meer dan vijftig jaar geleden. En de man die nu dood is, was niet alleen mijn partner, maar ook mijn neef.' Hij sloot een moment zijn ogen. 'O, mijn god! Avi had niet mogen sterven. Het was zijn tijd nog niet. O, verdomme.' Hij schudde heftig zijn hoofd. De dood van zijn neef was nog niet echt tot hem doorgedrongen en hij liet dat ook niet toe. Dit was niet het juiste moment. Hij keek Ben doordringend aan en zag de verwarring op zijn gezicht. 'Avi en ik hadden alles aan je vader te danken. Ik denk dat hij contacten had met de nazi's, want hij heeft hetzelfde gedaan voor nog een hele groep andere joodse families in Duitsland.'

Max had joden gekocht? Had hen met zijn geld uit de kampen gered? Dan had Sonnenfeld dus toch gelijk gehad.

Anna mengde zich in het gesprek. 'Wie heeft jullie getraind? Niet de Amerikanen.'

De man draaide zich naar haar toe. 'Ik ben in Israël geboren, in een kibboets. Mijn ouders zijn naar Palestina vertrokken toen ze uit Duitsland waren gevlucht.'

'Heb je in het Israëlische leger gezeten?'

'Bij de paratroepen. In 1968 zijn we naar Amerika geëmigreerd, na de Zesdaagse Oorlog. Mijn ouders hadden genoeg van het vechten. Na de middelbare school ben ik in het Israëlische leger gegaan.'

'Dat hele CIA-toneelstukje in Wenen... wat was daar in godsnaam de bedoeling van?' wilde Anna weten.

'Een Amerikaanse vriend heeft me daarbij geholpen. We hadden opdracht Ben uit die gevaarlijke situatie weg te halen – hem naar Amerika terug te brengen, zodat we hem beter konden beschermen. Daar zou hij veilig zijn.'

'Maar hoe hebben jullie...' begon Anna.

'Hoor eens, we hebben hier geen tijd voor. Als jullie nog met Strasser willen spreken, kun je beter opschieten voordat de politie arriveert.'

'Oké,' zei Anna.

'Wacht nou eens,' viel Ben haar in de rede. 'Je zegt dat mijn vader jullie heeft ingehuurd. Wanneer dan?'

De man keek ongeduldig om zich heen. 'Ongeveer een week geleden. Toen belde hij Avi en mij en zei dat je in gevaar verkeerde. Je was in Zwitserland. Hij gaf me namen en adressen, plaatsen waar je misschien zou opduiken. We moesten alles doen wat we konden om je te beschermen. Hij wilde niet nog een zoon verliezen, zei hij.' Weer keek hij snel om zich heen. 'In Wenen werd je bijna onder onze neus vermoord. In Parijs opnieuw. En hier scheelde het ook niet veel.'

Ben had zoveel vragen dat hij niet wist waar hij moest beginnen. 'Waar is mijn vader gebleven?'

'Geen idee. Hij ging naar Europa, zei hij, maar niet waarheen. Het is een groot continent. Hij zou maanden niets van zich laten horen. Hij had geld achtergelaten voor onze onkosten.' Yehuda lachte grimmig. 'Veel meer dan we ooit nodig zouden hebben, eerlijk gezegd.'

Anna had zich over Voglers lichaam gebogen en een wapen uit een nylon schouderholster gehaald. Ze schroefde de geluiddemper eraf, borg die in de zak van haar jasje en stak de revolver achter de band van haar rok, zodat hij schuilging onder de blazer. 'Jullie zijn ons niet gevolgd hierheen, of wel?' vroeg ze.

'Nee,' gaf hij toe. 'Strassers naam stond op de lijst die ik van Max Hartman had gekregen, met zijn adres en schuilnaam.'

'Dus hij weet wat er gebeurt!' zei Ben. 'Hij weet wie de spelers zijn en hij ging ervan uit dat ik Strasser zou vinden.'

'Wij hebben Vogler geschaduwd, die er nauwelijks op lette of hij zelf ook werd gevolgd. Hij stapte op het vliegtuig naar Argentinië en wij hadden Strassers adres, dus...'

'En jullie hebben Strassers huis de afgelopen dagen in de gaten gehouden,' zei Anna. 'Tot Ben zou verschijnen.'

Yehuda keek weer om zich heen. 'Jullie moeten voortmaken.'

'Oké, maar nog één ding,' ging ze door. 'Jullie hebben Strasser in het oog gehouden. Is hij pas kortgeleden weer in Buenos Aires teruggekomen?'

'Blijkbaar. We hadden de indruk dat hij met vakantie was geweest. Hij had veel bagage bij zich.'

'En heeft hij nog bezoek gehad sinds hij terug is?'

Yehuda dacht even na. 'Ik heb niemand gezien. Behalve een verpleegster, die een halfuurtje geleden arriveerde...'

'Een verpleegster!' riep Anna uit. Ze keek naar de witte stationcar, die bij het huis stond geparkeerd. De auto had een embleem op de zijkant: PERMANENCIA EN CASA. 'Kom mee!' schreeuwde ze.

'O, jezus,' hijgde Ben toen ze naar de voordeur rende en dringend aanbelde.

'Shit,' kreunde ze. 'We zijn te laat.' Yehuda Malkin bleef schuin achter hen staan.

Binnen een minuut ging de deur langzaam open. Voor hen stond een stokoude man, krom en verweerd. Zijn zongebruinde, leerachtige gezicht was een netwerk van rimpels.

Josef Strasser.

'*¿Quién es éste?*' vroeg hij ontstemd. '*Se está metiendo en mis cosas – ya llegó la enfermera que me tiene que revisar.*'

'Hij zegt dat zijn verpleegster er is voor een controle,' zei Anna. Ze verhief haar stem. 'Nee, Herr Strasser! Blijf uit de buurt van die zuster. Ik moet u waarschuwen!'

Een witte gedaante dook op in het gangetje achter de Duitser. 'Anna! Achter hem!' riep Ben.

De verpleegster kwam naar de deur en sprak de oude man snel en berispend toe: '*¡Vamos, señor Albrecht, vamos para allá, que estoy apurada! ¡Tengo que ver al próximo paciente todavía!*'

'Ze zegt dat ze haast heeft,' vertaalde Anna. 'Ze moet nog naar een andere patiënt. Herr Strasser, deze vrouw is geen echte verpleegster. Vraagt u naar haar papieren.'

De vrouw in het witte uniform pakte de oude man bij zijn schouder en trok hem met kracht naar zich toe. '*¡Ya mismo,*' zei ze, '*vamos!*'

Met haar vrije hand greep ze de deur en wilde hem dichtgooien, maar Anna deed snel een stap naar voren en blokkeerde hem met haar knie.

Opeens gaf de verpleegster Strasser een zet. Met een snelle beweging stak ze haar hand in haar uniform en trok een pistool.

Maar Anna was nog sneller: 'Geen beweging!'

De verpleegster vuurde. Op hetzelfde moment draaide Anna zich half opzij en smeet Ben omver.

Terwijl Ben over de grond rolde, hoorde hij een schot, gevolgd door een dierlijk gebrul.

Hij begreep wat er was gebeurd. De verpleegster had op Anna geschoten, maar Anna was weggedoken en het schot had hun Israëlische beschermengel geraakt.

Een rode, ovale vlek verscheen op Yehuda's voorhoofd en bloed spoot uit de achterkant van zijn schedel, waar de kogel was uitgetreden.

Anna wist twee snelle schoten af te vuren. De 'verpleegster' wankelde naar achteren en zakte in elkaar.

En opeens, heel even maar, heerste er een doodse stilte. In de verte hoorde Ben een vogel zingen.

'Ben, alles oké?' vroeg Anna.

'Ja,' gromde hij.

'O, jezus,' zei ze, toen ze zich omdraaide om te zien wat er was gebeurd. Daarna keerde ze zich haastig weer naar de deuropening toe.

Strasser lag op de grond in zijn lichtblauwe badjas, met zijn handen voor zijn gezicht geslagen. Hij begon te jammeren.

'Strasser?' vroeg Anna.

'*Gott im Himmel*,' kreunde hij. '*Gott im Himmel. Sie haben mein Leben gerettet!*' Ze hadden zijn leven gered.

Beelden. Vage, schimmige beelden, zonder contouren of betekenis, omtrekken die oplosten in wolken van grijs en in het niets verdwenen als uitlaatgassen die werden weggeblazen op een winderige dag. Eerst was er niets anders dan bewustzijn, zonder zelfs het besef daarvan. Alleen dat hij het koud had. Zo vreselijk koud. Afgezien van de warmte in zijn borst, die zich verspreidde. En waar de warmte was, kwam nu ook de pijn. Dat was goed. Pijn was goed.

Pijn was een vriend van de Architect. Pijn kon hij wel aan, pijn kon hij negeren als het moest. En pijn betekende dat hij nog leefde.

Kou was niet goed. Het was een teken dat hij veel bloed verloren had, dat zijn lichaam in shocktoestand was overgegaan om nog meer bloedverlies te voorkomen. Zijn polsslag was lager, zijn hart klopte minder snel en de bloedvaten in zijn armen en benen trokken samen om de bloedtoevoer naar minder vitale lichaamsdelen te beperken.

Hij moest de schade opnemen. Hij lag roerloos op de grond. Hoorde hij nog wat? Heel even leek niets de diepe stilte in zijn hoofd te verstoren. Maar toen, alsof er een verbinding tot stand kwam, kon hij stemmen onderscheiden, vaag en gedempt, alsof ze uit een gebouw klonken... Uit een huis. Welk huis?

Hij moest veel bloed hebben verloren en had grote moeite zich de gebeurtenissen van het afgelopen uur te herinneren.

Argentinië. Buenos Aires. Strasser! Strassers huis. Waar hij Benjamin Hartman en Anna Navarro had opgewacht en waar hij... anderen... tegen het lijf was gelopen. Ook iemand met een scherpschuttersgeweer.

Hij was een paar keer in zijn borst geschoten. Dat overleefde geen mens. *Nee!* Meteen verdreef hij zulke gedachten. Die waren niet productief. Zo dacht een amateur.

Natuurlijk was hij niet neergeschoten. Hij mankeerde niets; hij was een beetje verzwakt, misschien, maar nog lang niet uitgeschakeld. Ze dáchten dat ze van hem af waren en daar kon hij zijn voordeel mee doen. De beelden trilden voor zijn ogen, maar heel even kreeg hij ze weer helder, als pasfoto's van zijn drie doelwitten: Benjamin Hartman, Anna Navarro, Josef Strasser.

Zijn brein functioneerde troebel en stroperig, als oude motorolie, maar alles werkte nog. Zoals altijd was het een kwestie van concentratie. Hij moest de verwondingen gewoon aan een ánder lichaam toedichten: die dubbelganger uit zijn levendige fantasie, die nu onder het bloed zat en in shock verkeerde, maar heel iemand anders was dan híj. Want hij mankeerde niets. Als hij zijn reserves had aangesproken, zou hij zich weer kunnen bewegen, zijn prooi besluipen om toe te slaan. Zijn wilskracht had altijd alle tegenslagen overwonnen en zo zou het nu ook gaan.

Als iemand bij het lichaam van Hans Vogler had gewaakt, zou hij dankzij al die geestelijke concentratie misschien een lichte beweging van een ooglid hebben waargenomen, maar verder niets. Elke fysieke inspanning zou nu vooraf zorgvuldig worden uitgedacht en bepaald – zoals een man die in de woestijn van dorst dreigde te sterven de slokjes uit zijn veldfles rantsoeneerde. Geen enkele beweging zou verspild zijn.

De Architect leefde om te doden. Dat was zijn specialiteit, zijn enige roeping. Nu zou hij opnieuw doden, al was het maar om te bewijzen dat hij nog leefde.

'Wie bent u?' vroeg Strasser met een hese, hoge stem.

Ben staarde naar de 'verpleegster' in haar bloeddoordrenkte witte uniform, bewegingloos op de vloer, toen naar de Architect die hen bijna had gedood, en ten slotte naar de twee mysterieuze lijfwachten die zijn vader had ingehuurd en die nu allebei levenloos op de rode aardewerktegels van de patio lagen.

'Herr Strasser,' zei Anna, 'de politie kan elk moment hier zijn. We hebben maar weinig tijd.'

Ben begreep wat ze bedoelde. De Argentijnse politie was niet te vertrouwen. Anna en hij moesten hier weg zijn voordat de politie arriveerde. Dus hadden ze niet veel tijd meer om de oude Duitser te ondervragen.

Strasser had een diepgegroefd gezicht, met veel strepen, lijnen en rimpels, die elkaar kriskras kruisten. Zelfs zijn leverkleurige lippen, waarvan de mondhoeken nu omlaag wezen in een grimas, waren gerimpeld, als langwerpige pruimen. Hij had een verweerde neus met brede, open neusvleugels, en diepliggende donkere ogen als rozijnen in een bal deeg. 'Ik ben Strasser niet,' protesteerde hij. 'U moet zich vergissen.'

'We kennen uw echte naam en uw schuilnaam,' zei Anna ongeduldig. 'Die verpleegster... kwam die hier altijd?'

'Nee. Mijn vaste verpleegster was ziek deze week. Ik heb bloedarmoede en ik krijg injecties.'

'Waar bent u de afgelopen twee maanden geweest?'

Strasser verplaatste zijn gewicht op zijn andere been. 'Ik moet gaan zitten,' hijgde hij en sleepte zich langzaam de gang door.

Ze volgden hem naar een grote, luxueuze kamer met veel boeken. Het was een bibliotheek, een kleine zaal van twee verdiepingen hoog, met kasten van glanzend mahonie.

'U leeft hier verborgen,' zei Anna, 'omdat u een oorlogsmisdadiger bent.'

'Dat ben ik níét!' siste Strasser. 'Ik ben zo onschuldig als een pasgeboren baby.'

Anna glimlachte. 'Als u geen oorlogsmisdadiger bent, waarom houdt u zich dan schuil?' vroeg ze.

Hij aarzelde, maar niet lang. 'Het is hier mode geworden om ex-nazi's uit te wijzen. En ik ben lid geweest van de Nationaal-Socialistische Partij, dat is waar. Argentinië tekent nu overeenkomsten met Israël, Duitsland en Amerika, omdat het zijn imago wil veranderen. Ze zijn bereid mij uit te leveren, in ruil voor een glimlach van de Amerikaanse president. En hier in Buenos Aires is het een lucratieve zaak geworden om jacht te maken op nazi's! Sommige journalisten hebben er een dagtaak aan; daar verdienen ze hun geld mee! Maar ik ben nooit een Hitler-aanhanger geweest. Hitler was een gevaarlijke gek, dat was in het begin van de oorlog al duidelijk. Hij zou ons allemaal te gronde richten. Mannen zoals ik wisten dat we tot een akkoord moesten komen. Mijn mensen hebben geprobeerd de man te doden voordat hij nog meer schade kon aanrichten aan onze industrie. En onze voorspellingen kwamen uit. Tegen het einde van de oorlog beschikte Amerika over driekwart van het investeringskapitaal in de wereld en over tweederde van de industriële capaciteit.' Hij wachtte even en glimlachte. 'Hitler was gewoon slecht voor de handel.'

'Als u een tegenstander van Hitler was, waarom wordt u dan nog steeds beschermd door het *Kameradenwerk*?' vroeg Ben.

'Dat is dom tuig,' zei Strasser minachtend. 'Ze hebben net zo weinig historisch besef als de wraakzuchtige bloedhonden die ze proberen tegen te houden.'

'Waarom was u de stad uit?' viel Anna hem in de rede.

'Ik heb gelogeerd op een *estancia* van de familie van mijn over-leden vrouw, in Patagonië. Aan de voet van de Andes, in de provincie Río Negro. Een bedrijf met rundvee en schapen, maar heel luxueus.'

'Komt u daar vaak?'

'Dit was de eerste keer. Mijn vrouw is vorig jaar gestorven, en... Waarom vraagt u dat allemaal?'

'Daarom konden ze u niet vinden om u te vermoorden,' zei Anna.

'Te vermoorden? Maar wíé dan?'

Ben keek Anna aan en gaf haar een teken om door te gaan.

'Het consortium,' antwoordde ze.

'Het consortium?'

'Sigma.'

Ben wist dat ze blufte, maar ze bracht het met overtuiging. Weer kwamen Chardins woorden bij hem op: *De westerse wereld en tal-loze andere landen zouden zich door Sigma in de luren laten leggen en geloof hechten aan de verzinsels die over deze gebeurtenissen de wereld in werden gestuurd.*

Strasser keek somber. 'Het nieuwe bestuur. Ja, dat moet het zijn. Ach, ja.' Zijn krentenoogjes glinsterden.

'Wat is het "nieuwe bestuur"?' drong Ben aan.

'Natuurlijk...' ging Strasser verder, alsof hij Ben niet had gehoord. 'Ze zijn bang dat ik dingen weet.'

'*Wie?*' riep Ben.

Strasser keek hem geschrokken aan. 'Ik heb hen geholpen bij de organisatie. Alford, Kittredge, Siebing, Aldridge, Holleran, Con-over, al die gekroonde hoofden van het internationale bedrijfsleven. Ze hadden minachting voor me, maar ze konden niet om me heen. Want ik had contacten in de hoogste kringen van de Duitse rege-ring. Als het geen echt multinationaal project zou worden, had het geen kans van slagen. Ik genoot het vertrouwen van de mannen aan de top. Zij wisten dat ik dingen voor hen had gedaan die me bui-ten de menselijke samenleving plaatsten. Ze wisten dat ik het ultie-me offer had gebracht. Ik was de boodschapper die door alle par-tijen werd vertrouwd. En nu is dat vertrouwen beschaamd, ont-maskerd als het bedrog dat het altijd is geweest. Nu is het duidelijk dat ze me gewoon voor hun eigen karretje hebben gespannen.'

'U had het over nieuwe leiders. Is Jürgen Lenz soms één van hen?' vroeg Anna dringend. 'De zoon van Gerhard Lenz?'

'Ik heb die Jürgen Lenz nooit ontmoet. Ik wist niet eens dat Lenz een zoon had, maar ik kende hem ook niet goed.'

'U was wetenschapper, net als hij,' zei Ben. 'U hebt toch het Zyklon-B uitgevonden?'

'Ik was lid van de groep die Zyklon-B heeft uitgevonden,' corrigeerde Strasser hem. Hij verschikte wat aan zijn armoedige blauwe badjas en trok hem recht bij de hals. 'Daarom vallen al die vrome betweters nu over me heen, maar ze begrijpen niet hoe elegant dat gas was.'

'Elegant?' herhaalde Ben. Even dacht hij dat hij het verkeerd verstaan had. *Elegant?* De man was walgelijk.

'Voor de uitvinding van Zyklon-B moesten soldaten de gevangenen één voor één doodschieten,' zei Strasser. 'Dat was een afschuwelijk bloedbad. Het gas was veel schoner en eenvoudiger. Elegant, ja. En door hen te vergassen hebben we de joden eigenlijk gespaard.'

'Gespáárd?' echode Ben. Hij voelde zich misselijk worden.

'Ja! Er heersten zoveel dodelijke ziekten in die kampen, waardoor ze een veel langzamere en pijnlijkere dood zouden zijn gestorven. Vergassen was de meest menselijke optie.'

Menselijk? Zo ziet de duivel er dus uit, dacht Ben. *Een oude man in een badjas die vrome verhalen vertelt.*

'Ach, wat aardig,' zei Ben.

'Daarom noemden we het ook een "speciale behandeling".'

'Jullie eufemisme voor massamoord.'

'Zoals u wilt.' Hij haalde zijn schouders op. 'Maar ik heb geen mensen voor de gaskamers geselecteerd, zoals Mengele of Lenz. Ze noemden Mengele de Engel des Doods, maar Lenz was nog erger. Hij was de ware Engel des Doods.'

'Maar u niet,' zei Ben. 'U was een wetenschapper.'

Strasser hoorde het sarcasme in zijn stem. 'Wat weet u van de wetenschap?' snauwde hij. 'Bent u een geleerde? Hebt u enig idee hoe ver wij, de nazi-wetenschappers, de rest van de wereld vooruit waren? Hebt u daar enig *idee* van?' Hij sprak met een hoge, bevende stem. Speeksel glinsterde in zijn mondhoeken. 'Ze hebben kritiek gehad op Mengeles studie naar tweelingen, maar zijn uitkomsten worden nog altijd geciteerd door de belangrijkste genetici ter wereld! De experimenten in Dachau met het bevriezen van mensen... ook die gegevens worden nog steeds gebruikt! Wat ze in Ravensbrück hebben ontdekt over de vrouwelijke menstruatiecyclus onder spanning – als vrouwen wisten dat ze geëxecuteerd gingen worden – was een wetenschappelijke doorbraak! Of het onderzoek van Lenz naar het ouder worden; de hongerexperimenten op de Russische krijgsgevangenen; de ledematentransplantaties, en zo kan ik wel doorgaan! Misschien is het geen beschaafd onderwerp, maar de resultaten spelen nog altijd een rol. U denkt liever niet aan de manier waarop die experimenten tot stand kwamen, maar u beseft niet dat we juist zoveel vorderingen konden maken omdát we proeven konden doen op levende mensen!'

Strassers gegroefde gezicht was nog bleker geworden terwijl hij sprak. Het was nu bijna lijkwit. Hij raakte buiten adem. 'De Amerikanen walgen van onze onderzoeksmethoden, maar zelf gebruiken jullie foetusweefsel van abortussen voor transplantaties, of niet soms? En dat mag wél?'

Anna ijsbeerde door de kamer. 'Ben, ga nou niet in discussie met dat monster.'

Maar Strasser was niet te stuiten. 'Natuurlijk waren er ook krankzinnige ideeën bij: meisjes in jongens veranderen, en jongens in meisjes.' Hij grinnikte. 'Of proberen Siamese tweelingen te produceren door de vitale organen van tweelingen met elkaar te verbinden. Dat was een totale mislukking. Zo zijn we heel wat tweelingen kwijtgeraakt...'

Anna viel hem in de rede. 'Hebt u nog contact gehouden met Gerhard Lenz toen Sigma was opgericht?'

Strasser draaide zich om, geïrriteerd door de interruptie. 'Natuurlijk. Lenz had mij nodig vanwege mijn kennis en contacten.'

'Wat bedoelt u?' vroeg Ben.

De oude man haalde zijn schouders op. 'Hij zei dat hij werk deed, onderzoek verrichtte, *moleculair* onderzoek, dat de wereld zou veranderen.'

'En vertelde hij waar het om ging, dat onderzoek?'

'Nee, niet aan mij. Lenz was een gesloten man, die nooit veel losliet. Maar ik herinner me nog dat hij eens zei: "Je kunt gewoon niet bevatten waar ik nu mee bezig ben." Hij vroeg me om geavanceerde elektronenmicroscopen, die toen heel moeilijk te krijgen waren. Ze waren nog maar pas uitgevonden. En hij had bepaalde chemische stoffen nodig, veel dingen waarop een embargo rustte vanwege de oorlog. Alles moest in kisten worden verpakt en naar een privékliniek gestuurd die hij had ingericht in een oud *Schloss*, een kasteel dat hij had ingepikt tijdens de bezetting van Oostenrijk.'

'Waar in Oostenrijk?' vroeg Anna.

'De Alpen.'

'Waar in de Alpen? Welk dorp, welke stad, weet u dat nog?' drong Anna aan.

'Hoe zou ik dat nog moeten weten, na al die jaren? Misschien heeft hij het me niet eens verteld. Ik herinner me alleen dat Lenz het de "Klokkenfabriek" noemde, want dat scheen het ooit te zijn geweest.'

Een wetenschappelijk project van Lenz. 'Een laboratorium, dus? Waarvoor?'

Strassers mondhoeken gingen omlaag. Hij zuchtte verwijtend. 'Om het onderzoek voort te zetten.'

'Wat voor onderzoek?' vroeg Ben.

Strasser zweeg, als in gedachten verzonken.

'Vooruit,' zei Anna. 'Wat voor onderzoek?'

'Dat weet ik niet. Er is een begin gemaakt met zoveel belangrijke experimenten tijdens het Derde Rijk. Gerhard Lenz werkte er hard aan.'

Gerhard Lenz... Wat had Sonnenfeld ook alweer gezegd over Lenz' gruwelijke experimenten in de kampen? Proeven op mensen, maar wat voor proeven?

'U kunt zich niet herinneren waar het om ging?'

'Nu niet meer. Wetenschap, politiek, het was allemaal hetzelfde voor die mensen. Sigma is vanaf het allereerste begin een manier geweest om steun te geven aan bepaalde politieke organisaties en andere te ondermijnen. De mannen over wie we spreken, hadden toen al een enorme invloed in de wereld. Als ze hun krachten bundelden, zou het effect veel groter zijn dan de som van de afzonderlijke delen. Sigma was het bewijs. Als ze samenwerkten, was er nauwelijks een terrein dat ze niet konden manipuleren en sturen. Maar Sigma was een levend organisme, en levende organismen ontwikkelen zich.'

'Ja,' zei Anna. 'Met geld van de grootste bedrijven ter wereld en fondsen die van de Duitse Reichsbank waren gestolen. We weten wie de oprichters waren. U bent de laatste overlevende van dat oorspronkelijke bestuur. Maar wie zijn uw opvolgers?'

Strasser staarde de gang door, met een verre blik.

'Wie zitten er nu in dat bestuur? Geef ons de namen!' riep Ben.

'Ik weet het niet!' Strassers stem brak. 'Mensen zoals ik hielden ze koest door ons regelmatig geld te sturen. Wij waren lakeien, die ten slotte uit het centrum van de macht werden verstoten. We hadden allemaal multimiljardairs moeten zijn. Ze hebben ons miljoenen betaald, maar het was een schijntje, de kruimels van de tafel.' Strassers lippen krulden zich in een afstotelijke grijns. 'Ze hebben me een schijntje betaald en nu willen ze van me af. Ze willen me vermoorden om me niet meer te hoeven betalen. Ze zijn zo hebzuchtig en daar schamen ze zich voor. Na alles wat ik voor hen heb gedaan, zien ze me nu als een blok aan het been. En een gevaar, omdat ze nog altijd bang zijn dat ik te veel weet, hoewel de deuren al zo lang voor me gesloten zijn. Ik heb alles mogelijk gemaakt waar ze nu mee bezig zijn, en wat is mijn beloning? Minachting!' Zijn oplaaiende woede – de opgekropte grieven van al die jaren – maakte zijn woorden hard en metaalachtig. 'Ze behandelen me als een arm familielid, een zwart schaap, een stinkende melaatse. Ze houden dure conferenties, doodsbang dat ik hun feestje zal verstoren als een rioolrat een theekransje. O, ik weet wel waar ze bijeenkomen. Zo dom, zo achterlijk ben ik nu ook weer niet. Maar ik zou nooit naar Oostenrijk gaan, al zouden ze het me vrágen.'

Oostenrijk.

'Waar hebt u het over?' vroeg Ben. 'Waar komen ze bijeen? Zeg het!'

Strasser keek hem aan met een behoedzame en tegelijk uitdagende blik. Het was duidelijk dat hij verder niets wilde zeggen.

'Geef antwoord, verdomme!'

'Jullie zijn allemaal hetzelfde,' snauwde Strasser. 'Je zou denken dat iemand van mijn leeftijd enig respect verdiende. Ik heb u niets meer te zeggen.'

Anna keek abrupt op. 'Ik hoor sirenes. Het is tijd, Ben. We moeten hier weg.'

Ben bleef recht voor Strasser staan. 'Herr Strasser, weet u wie ik ben?'

'Wie bent u dan?' stamelde de Duitser.

'Mijn vader is Max Hartman. Die naam zult u wel kennen, neem ik aan.'

Strasser keek hem loensend aan. 'Max Hartman... de jood? Onze boekhouder?'

'Precies. En ss-officier, als ik het goed begrijp.' *Maar volgens Sonnenfeld was dat maar een dekmantel geweest, een list.* Zijn hart bonsde in zijn keel, bang als hij was dat Strasser het verwerpelijke verleden van Max Hartmann aan de kaak zou stellen.

Maar Strasser lachte zijn slechte bruine tanden bloot. 'De ss!' riep hij uit. 'Hij was geen ss-er. We hebben hem valse ss-papieren gegeven, zodat ODESSA hem uit Duitsland naar Zwitserland kon smokkelen zonder dat er lastige vragen werden gesteld. Dat was de afspraak.'

Het bloed gonsde in Bens oren. De opluchting was een bijna fysieke sensatie.

'Bormann heeft hem persoonlijk uitgekozen voor de Duitse delegatie,' vervolgde Strasser. 'Niet alleen omdat hij zo handig geld kon rondsluizen, maar ook omdat we een... valse vlag nodig hadden.'

'Een boegbeeld.'

'Ja. Die industriëlen in Amerika en andere landen waren niet zo gelukkig met wat de nazi's hadden gedaan. Een jood zou onze delegatie meer legitimiteit geven – een bewijs dat wij goede Duitsers waren, geen fanatici, geen Hitler-vriendjes. En voor die rol is je vader goed beloond. Hij mocht zijn familie en nog een heleboel anderen uit de kampen halen, en hij kreeg veertig miljoen Zwitserse franken, bijna een miljoen Amerikaanse dollars. Heel veel geld.' Weer die afzichtelijke grijns. 'Nu beweert hij dat hij het "van krantenjongen tot miljonair" heeft geschopt. Een krantenjongen met een miljoen op zak? Laat me niet lachen.'

'Ben!' riep Anna. Snel liet ze haar leren portefeuille met haar pasje van Justitie zien. 'En wilt u weten wie ík ben, Herr Strasser? Ik ben hier uit naam van het Office of Special Investigations van het Amerikaanse ministerie van Justitie. Die naam zal u bekend zijn.'

'Ach, wat jammer,' zei Strasser. 'Het spijt me dat ik u teleur moet stellen, maar ik ben een Argentijnse burger die uw gezag niet erkent.'

Het geluid van de sirenes zwol aan. De politie was nog maar een paar straten bij hen vandaan.

Anna keerde zich weer om naar Strasser. 'We zullen zien hoe serieus de Argentijnse regering haar belofte neemt om oorlogsmisdadigers uit te leveren. We nemen de achterdeur, Ben.'

Strassers gezicht was rood van woede. 'Hartman,' zei hij schor. 'Vooruit, Ben!'

Strasser wenkte Ben met een kromme vinger. Ben kon de verleiding niet weerstaan. De oude man fluisterde iets. Ben knielde bij hem neer om het beter te kunnen horen.

'Hartman, weet je dat je vader een zwak mannetje was?' vroeg Strasser. 'Een slappeling zonder ruggengraat. Een lafaard en een bedrieger, die zich nu voordoet als een slachtoffer.' Strasser had zijn lippen vlak bij Bens oor. Zijn stem klonk opeens zangerig. 'En jij bent de zoon van een bedrieger, dat is alles. Dat is alles wat je voor me bent.'

Ben sloot zijn ogen en probeerde zich te beheersen. *De zoon van een bedrieger.* Was dat waar? Had Strasser gelijk?

De Duitser genoot zichtbaar van Bens verwarring.

'O, je zou me graag vermoorden, is het niet, Hartman?' zei Strasser. 'Maar dat doe je niet, want je bent een lafaard, net als je vader.'

Ben zag dat Anna al de gang door liep.

'Nee,' zei hij. 'Want ik zou liever zien dat je de rest van je dagen in een stinkende cel in Jeruzalem zou slijten. Ik wil je laatste dagen zo ellendig mogelijk maken. Het zou zonde zijn van de kogel om je dood te schieten.'

Toen rende hij de gang door, achter Anna aan, naar de achterkant van het huis, terwijl de sirenes steeds luider werden.

Kruipen, niet lopen. De Architect wist dat de inspanning om de orthostatische bloeddruk in zijn hoofd in stand te houden het veel moeilijker maakte om rechtop te staan. Dus probeerde hij dat zo lang mogelijk te vermijden. Het was een rationele beslissing en het feit dát hij die beslissing kon nemen was bijna net zo geruststellend als de Glock die hij nog in zijn enkelholster droeg.

De voordeur stond open en de gang was verlaten. Hij kroop als een infanterist het huis binnen, zonder zich iets aan te trekken van het brede bloedspoor dat hij achterliet doordat zijn shirt over de licht gebeitste houten vloer sleepte. Elke meter leek een kilometer, maar hij liet zich niet tegenhouden.

Je bent de beste. Hij was zeventien toen zijn instructeur dat tegen hem had gezegd, voor het front van het hele bataljon. *Je bent de beste.* Hij was drieëntwintig toen zijn commandant bij de Stasi dat tegen de jonge Hans had gezegd en het had genoteerd in een officieel rapport aan zijn meerdere. *Je bent de beste.* De waardering van het hoofd van het Stasi-directoraat toen hij was teruggekeerd van een 'jachtexpeditie' naar West-Berlijn, waar hij vier natuurkundigen – leden van een internationaal vermaard team van de universiteit van Leipzig die een dag eerder waren overgelopen – had geëlimineerd. *Je bent de beste.* Prijzende woorden van een van de hoogste bazen van Sigma, een Amerikaan met wit haar en een vleeskleurige bril, nadat hij een linkse politicus in Italië had vermoord door hem vanaf de overkant van de straat neer te schieten terwijl de man druk bezig was met een vijftienjarig Somalisch hoertje. En hij zou die woorden nog vaker horen. Steeds opnieuw. Omdat het de waarheid was.

En omdat het de waarheid was, kon hij nu niet opgeven, mocht hij niet bezwijken voor de bijna overweldigende aandrang om zich gewonnen te geven, te stoppen en te slapen.

Met de precisie van een robot bewoog hij zijn handen en knieën om zich door de gang te slepen. Eindelijk kwam hij bij een ruime, twee verdiepingen hoge kamer, met boeken langs de wanden. Met zijn reptielenogen verkende hij de ruimte. Zijn belangrijkste doelwit was er niet – een teleurstelling, maar geen verrassing.

De hijgende, zwetende slappeling Strasser was er wel: een verrader die niet minder de dood verdiende.

Hoeveel minuten van bewustzijn had de Architect nog over? Hij keek gretig naar Strasser, alsof hij zelf nieuwe energie kon krijgen door de levensvlam van de andere man te doven.

Bevend hees hij zich in schuttershouding overeind. Alle spieren in zijn lichaam dreigden te verkrampen, maar hij hield zijn armen onbeweeglijk stil. De kleine Glock leek zo zwaar als een kanon, maar toch wist hij het wapen op te tillen onder de juiste hoek.

Net op dat moment werd Strasser, misschien gewaarschuwd door de metaalgeur van bloed, zich eindelijk bewust van zijn aanwezigheid. De Architect zag dat de krentenoogjes zich opensperden en toen weer dichtvielen. Het overhalen van de trekker was als het optillen van een bureau met slechts één vinger. Maar toch zou het hem lukken. Lukte het hem. Tenminste...

Toen hij geen knal hoorde, was hij eerst bang dat hij zijn missie niet had volbracht. Tot hij besefte dat zijn gehoor en zijn andere zintuigen de reactie van het wapen niet meer registreerden.

Het werd snel donker in de kamer. Hij wist dat zijn hersencellen uitvielen, verstoken van zuurstof; dat zijn ogen en oren hem het eerst in de steek zouden laten en dat zijn bewustzijn niet veel later zou volgen.

Hij wachtte tot hij Strasser tegen de grond zag zakken voordat hij zijn eigen ogen sloot. Op hetzelfde moment besefte hij dat hij ze nooit meer zou openen. Toen was er niets meer.

Terug op hun hotelkamer bladerden Ben en Anna een stapel kranten door die ze onderweg haastig bij een kiosk hadden gekocht. Chardin had gezinspeeld op iets dat elk moment zou kunnen gebeuren. En de 'dure conferentie' in Oostenrijk waar Strasser het over had, riep herinneringen op aan iets dat ze nog kortgeleden hadden gelezen. Maar wat?

Het antwoord lag binnen handbereik. Het was Anna die het ontdekte in *El País*, de belangrijkste krant van Argentinië. Het was een kort artikel over het International Children's Health Forum, een bijeenkomst van wereldleiders over zaken van algemeen belang, met name gericht op de derde wereld. Maar deze keer viel haar oog vooral op de plaats waar de conferentie werd gehouden: Wenen, Oostenrijk.

Ze las verder. Er stond een lijst van sponsors bij vermeld, waaronder de Lenz Stichting. Ze vertaalde het stuk uit het Spaans en las het hardop voor aan Ben.

Er liep een huivering over zijn rug. 'Mijn god,' zei hij. 'Dat moet het zijn! Chardin zei dat het maar een kwestie van dágen was. Het moet iets te maken hebben met dit congres. Lees die lijst van sponsors nog eens voor.'

Anna deed het.

Ben pakte zijn telefoon en belde met een paar professionele stichtingen, die blij waren de stem van een belangrijke begunstiger te horen. Ben nam zijn vertrouwde rol weer op zich en sprak heel hartelijk met hen. Maar wat hij hoorde was verontrustend.

'Geweldige mensen, de Lenz Stichting,' zei Geoffrey Baskin, programmadirecteur van de Robinson Foundation, met zijn aangename tongval uit New Orleans. 'Het is eigenlijk hun idee, maar daar doen ze heel bescheiden over. Zij hebben het georganiseerd en betalen de meeste kosten. Het is niet helemaal eerlijk dat wij delen in de eer. Maar ik neem aan dat ze het een internationaal tintje willen geven. Heel sociaal, zoals ik al zei.'

'Blij het te horen,' zei Ben. Zijn stem klonk nog steeds opgewekt, hoewel de angst hem om het hart sloeg. 'We gaan misschien met hen samenwerken in een bijzonder project, daarom wilde ik graag jouw indruk van hen horen. Dat klinkt allemaal heel bemoedigend.'

Politieke en zakelijke leiders uit de hele wereld zijn in Wenen bijeen onder auspiciën van de Lenz Stichting...

Ze moesten naar Wenen. Dat was de enige plaats ter wereld waar ze juist níét hun gezicht moesten laten zien, maar ze hadden weinig keus.

Hij ijsbeerde met Anna door hun hotelkamer. Ze konden natuurlijk maatregelen nemen – maatregelen die inmiddels een tweede natuur voor hen waren: vermommingen, valse papieren, afzonderlijk vervoer. Maar de risico's leken nu nog veel groter.

'Als het geen spokenjacht is, moeten we aannemen dat elke lijnvlucht die in Wenen aankomt scherp in de gaten zal worden gehouden,' zei Anna. 'Het is groot alarm daar.'

Ben kreeg een ingeving. 'Wat zei je?'

'Dat het groot alarm is. Het zal niet meevallen om de grens over te komen. Dat wordt spitsroeden lopen.'

'Nee, daarvóór.'

'Ik zei dat elke lijnvlucht die in Wenen aankomt...'

'Ja, dat is het,' zei Ben.

'Wat?'

'Anna, ik waag het erop. Volgens mij is het een kleiner risico dan alle andere mogelijkheden.'

'Ik luister.'

'Ik ga iemand bellen, een zekere Fred McCallan. Dat is de ouwe knakker met wie ik eigenlijk zou gaan skiën in St. Moritz.'

'Je ging in St. Moritz skiën met een ouwe knakker?'

Ben bloosde. 'Nou ja, hij heeft een kleindochter en die kwam ook in beeld.'

'Ga door.'

'Maar nog belangrijker is dat er sprake was van een privéjet. Een Gulfstream. Ik heb er weleens in gezeten. Heel rood: rode stoelen, rood tapijt, een rode tv. Fred logeert daar nog in het Hotel Carlton, neem ik aan, en het vliegtuig staat waarschijnlijk op het kleine vliegveldje van Chur.'

'Dus jij wilt hem bellen om de sleuteltjes te vragen. Alsof je iemands stationcar wilt lenen voor de boodschappen.'

'Nou...'

Anna schudde haar hoofd. 'Het is waar wat ze zeggen: rijke mensen zijn een ander slag dan jij of ik.' Ze keek hem aan. 'Ik bedoel, een ander slag dan ik.'

'Anna...'

'Ik ben doodsbang, Ben. Dan maak ik slechte grappen. Hoor eens, ik ken die man niet. Als jij denkt dat je hem kunt vertrouwen... als je instinct dat zegt... kan ik ermee leven.'

'Want je hebt gelijk. Ze zullen juist de *lijnvluchten* in de gaten houden.'

Anna knikte nadrukkelijk. 'Zolang je niet uit landen komt als Colombia, doen ze meestal niet moeilijk over privévliegtuigen. Als de piloot die Gulfstream bijvoorbeeld naar Brussel zou kunnen vliegen...'

'Wij gaan rechtstreeks naar Brussel, aangenomen dat niemand iets weet van de identiteit die Oscar voor ons heeft geregeld. Daar stappen we over in Freds privéjet en vliegen zo naar Wenen. Dat is de manier waarop de leiders van Sigma zelf ook reizen. De kans is groot dat ze geen Gulfstream verwachten met twee vluchtelingen aan boord.'

'Oké, Ben,' zei Anna. 'Dat lijkt me het begin van een plan.'

Ben belde het Hotel Carlton en wachtte een minuutje tot de centrale hem had doorverbonden.

De zware stem van Fred McCallan dreunde dwars door de internationale verbindingen. 'Mijn god, Benjamin! Heb je enig idee hoe laat het is? Laat maar, ik neem aan dat je belt om je excuses te maken. Niet aan mij hoor, maar Louise was ontroostbaar. *Ontroostbaar.* En jullie hebben zoveel geméén.'

'Dat begrijp ik, Fred, en ik...'

'Maar ik ben blij dat je eindelijk belt. Weet je dat ze de meest krankzinnige dingen over je beweren? Een vent belde me op en hield een heel verhaal. Ze zeggen dat...'

'Je moet me geloven, Fred,' viel Ben hem in de rede, 'het is allemaal flauwekul wat ze beweren. Ik bedoel, moet je die beschuldigingen horen! Je gelooft me toch wel als ik zeg dat...'

'Ik heb hem in zijn gezicht uitgelachen!' riep Fred over Bens protesten heen. 'Dat krijg je van die verwijfde Engelse kostscholen, zei ik nog. Maar ik heb op Deerfield gezeten en nergens op Gods groene aarde zou ik...'

'Bedankt voor het vertrouwen, Fred. Het punt is...'

'Een tenniskampioen, zei ik hem. Dat was je toch?'

'Nou, eerlijk gezegd...'

'En atletiek? Ik heb zelf ook aan atletiek gedaan. Heb ik je ooit mijn bekers laten zien? Louise vindt het idioot dat ik daar vijftig jaar later nog mee loop te pronken, en daar heeft ze wel gelijk in. Ik ben nou eenmaal onverbeterlijk.'

'Fred, ik zou een heel grote gunst van je willen vragen.'

'Voor jou, Benny? Je bent bijna familie, dat weet je. En misschien word je nog eens écht familie. Zeg het maar, beste kerel. Ik ben altijd bereid om je te helpen.'

Zoals Anna had gezegd, was het een begin van een plan, maar meer ook niet. Helaas hadden ze geen tijd om het verder uit te werken. Want ze moesten zo snel mogelijk in Wenen zien te komen, nu ze nog tijd hadden. Als het al niet te laat was, zoals Chardin had beweerd.

39

Het hotel lag in het zevende district van Wenen en ze hadden het gekozen omdat het redelijk anoniem leek. Er logeerden voornamelijk Duitse en Oostenrijkse toeristen. Ben was het eerst in Brussel aangekomen, als David Paine, een paar uur later gevolgd door Anna, die voor het laatst haar identiteit als Gayatri Chandragupta had gebruikt en in Amsterdam was overgestapt. McCallans piloot, een joviale Ier die Harry Hogan heette, stond verbaasd over de vreemde uitmonstering van zijn passagiers, die hem bovendien niet van tevoren wilden vertellen waar ze naar toe gingen. Maar de oude Fred had hem nadrukkelijke instructies gegeven om precies te doen wat ze vroegen, zonder vragen te stellen.

Vergeleken bij de luxe van de Gulfstream en het hartelijke gezelschap van Harry Hogan, leek het hotel nogal saai en deprimerend. Vooral omdat Anna er nog niet was. Het leek te gevaarlijk om samen vanaf het vliegveld naar de stad te komen, dus hadden hun wegen zich daar weer gescheiden.

Eenzaam op zijn kamer voelde Ben zich opgesloten en nerveus. Het was een uur of twaalf 's middags en het weer was belabberd. De regen kletterde tegen de kleine ramen van de kamer en maakte zijn stemming nog somberder.

Hij dacht aan het leven van Chardin, aan de ongelooflijke manier waarop de geschiedenis van de westerse wereld was gemanipuleerd door die grote ondernemers. En hij dacht aan zijn vader. Slachtoffer, beul of allebei?

Max had mensen ingehuurd om hem te beschermen: lijfwachten, *babysitters*, verdomme. Dat was typerend voor de man. Als Ben de oude geheimen niet wilde laten rusten, vond Max wel een andere manier om hem onder de duim te houden. Het was roerend en ergerlijk tegelijk.

Toen Anna arriveerde – ze hadden een kamer genomen als meneer en mevrouw David Paineford – omhelsde hij haar. De spanning viel een beetje van hem af toen hij haar wang tegen de zijne voelde.

Ze besloten eerst te douchen om het onfrisse gevoel van de reis van zich af te spoelen. Anna nam er alle tijd voor en kwam ten slotte weer uit de badkamer in een badjas, met haar bruine haar steil naar achteren gekamd en een blos op haar wangen.

Toen ze naar haar koffer liep om kleren te pakken, zei Ben: 'Ik wil niet dat je in je eentje naar Lenz gaat.'

Ze keek niet op. 'O nee?'

'Anna,' zei hij vermoeid, 'we weten niet eens wie Jürgen Lenz werkelijk is!'

Met een blouse in haar ene en een marineblauwe rok in haar andere hand draaide ze zich naar hem toe. 'Dat maakt op dit moment niet zoveel uit. Ik móét gewoon met hem praten.'

'Wie hij ook is, we kunnen ervan uitgaan dat hij minstens betrokken is geweest bij de moord op acht oude mannen in verschillende landen. En op mijn broer. Het is een logische veronderstelling dat hij een belangrijke rol speelt in een samenzwering die, als Chardin gelijk heeft, geen grenzen kent. Lenz kent mijn gezicht en weet ongetwijfeld waar ik ben geweest. We kunnen dus aannemen dat hij ook weet dat ik in jouw gezelschap reis, dus heeft hij waarschijnlijk ook foto's van jou gezien. Het is levensgevaarlijk voor je om naar hem toe te gaan.'

'Dat weet ik wel, Ben, maar we hebben niet de luxe om te kiezen tussen een veilige en een gevaarlijke optie. Wat we ook doen, alles is riskant. Zelfs nietsdoen is niet veilig. En als ik word vermoord vlak nadat ik hem heb ondervraagd over een serie internationale moorden, zal hij meteen verdacht zijn – en dat wil hij niet, neem ik aan.'

'Waarom denk je dat hij je zal ontvangen?'

Ze legde de kleren op de rand van het bed.

'De beste manier om hem te bespelen is hem níét te bespelen.'

'Dat bevalt me niet erg.'

'Lenz is een man die eraan gewend is de touwtjes in handen te hebben, mensen en gebeurtenissen te manipuleren. Noem het arrogantie, noem het nieuwsgierigheid, maar hij zal me zeker willen spreken.'

'Luister nou eens, Anna...'

'Ben, ik kan heus wel op mezelf passen, echt waar.'

'Ja, natuurlijk,' protesteerde hij, 'maar...' Hij zweeg. Ze keek hem vreemd aan. 'Wat is er?'

'Jij bent het beschermende type, zeker?'

'Nou, beschermend? Dat weet ik niet zo net. Ik wil alleen...'

Ze kwam naar hem toe en keek hem onderzoekend aan, alsof hij een voorwerp in een museum was. 'Toen we elkaar ontmoetten, dacht ik dat je zo'n egoïstisch en verwend rijkeluiszoontje was.'

'Daar had je waarschijnlijk gelijk in.'

'Nee, dat denk ik niet. Was dat jouw rol in de familie, die van beschermer?'

Ben voelde zich verlegen en wist niet wat hij moest antwoorden. Misschien was het wel waar wat ze zei, maar om de een of andere reden wilde hij dat niet toegeven. In plaats daarvan trok hij haar tegen zich aan. 'Ik wil je niet kwijtraken, Anna,' zei hij zacht. 'Ik heb al te veel mensen verloren in mijn leven.'

Ze sloot haar ogen en sloeg haar armen stevig om hem heen. Ze waren allebei gespannen, nerveus en doodmoe, maar deze omhelzing was toch een moment van rust. Hij snoof haar subtiele bloemengeur op en voelde iets in zich smelten.

Voorzichtig maakte ze zich van hem los. 'We hebben een plan en daar moeten we ons aan houden, Ben,' zei ze zacht maar resoluut. Haastig kleedde ze zich aan. 'Ik moet nog iets ophalen bij het DHL-kantoor en daarna heb ik een zakelijke afspraak.'

'Anna...' zei Ben.

'Ik moet nu weg. We praten later wel.'

'O, *jezus christus!*' zei agent Burt Connelly. Hij patrouilleerde nog maar zes maanden langs hoofdweg 166 in Virginia en was nog niet gewend aan de gruwelijke aanblik van sommige verkeersongelukken. Zijn maag protesteerde en hij rende naar de berm om te kotsen. Hij spoog half over zijn blauwe uniform heen en maakte het schoon met een tissue, die hij weggooide.

Zelfs in de schemering van de vroege avond zag hij duidelijk het bloed over de hele voorruit en het hoofd van de man op het dashboard. Het was van de romp gescheiden en gruwelijk platgedrukt door de klap – de 'tweede botsing', zoals de politie het noemde: die van de inzittenden binnen de auto zelf.

Connelly's partner, agent Lamar Graydon, had al meer dan een jaar ervaring met dit werk. Hij had al een paar verschrikkelijke ongelukken meegemaakt en wist hoe hij zijn lunch binnen moest houden.

'Het ziet er niet best uit, Burt,' zei Graydon, terwijl hij naar zijn collega toeliep en hem op zijn rug klopte. Met een soort vermoeide bravoure in zijn bruine ogen voegde hij eraan toe: 'Maar ik heb het erger meegemaakt.'

'Heb je het hoofd van die vent gezien?'

'Gelukkig zijn er geen kleine kinderen bij betrokken. Ik zal je zeggen, vorig jaar was ik bij een ongeluk waarbij een baby door het open raampje van een Impala was gesmeten, tien meter de lucht in, als een ledepop. Dat was pas écht verschrikkelijk.'

Connelly hoestte een paar keer en richtte zich op. 'Sorry,' zei hij. 'Maar het gezicht van die man... Het gaat nou wel weer. Is de ambulance onderweg?'

'Hij moet er over tien minuten zijn. Niet dat het slachtoffer nog pijn voelt.' Graydon knikte naar de onthoofde bestuurder.

'Hoe is het gebeurd, denk je? Een eenzijdig ongeluk?' Eenzijdige ongevallen kwamen statistisch het meeste voor.

'Uitgesloten,' zei Graydon. 'Geen enkele vangrail kan zoiets aanrichten. Dit gebeurt als je tegen zo'n Kenworth autotransportwagen opknalt, en die rijden er hier genoeg. Dat soort monsters heeft een lage, open onderkant, met een vloer die plat ligt, als een vlijmscherp mes. Als je achter zo'n wagen rijdt en hij moet onverwachts remmen, kun je beter diep wegduiken, anders gaat je kop eraf. Dat is hier gebeurd, durf ik te wedden.'

'Maar hoe zit het dan met die truck? Waar is hij gebleven?' Connelly had zich weer een beetje in de hand. Hij kreeg zelfs honger, vreemd genoeg.

'Die had blijkbaar geen zin om te wachten,' zei Graydon.

'Gaan we er niet achteraan?'

'Ik heb het ongeluk gemeld. De centrale heeft alle informatie. Maar ik zou er geen geld op zetten, als ik jou was. Het eerste dat we nu moeten doen is die man identificeren. Zijn zakken doorzoeken.'

Hoewel het dak van de rode Taurus was vernield, ging het linkerportier nog gemakkelijk open. Connelly trok latexhandschoenen aan voordat hij de zakken van de onthoofde man doorzocht. Dat was voorschrift als de kleren van het slachtoffer met bloed waren doordrenkt.

'Geef me zijn naam maar, dan zal ik die doorgeven,' riep Graydon.

'Volgens zijn rijbewijs is het ene Dupree, Arliss Dupree,' antwoordde Connelly. 'Hij woont in Glebe Road, Arlington.'

'Meer hoeven we niet te weten,' zei Graydon. 'En blijf daar niet staan blauwbekken, Burt. We wachten wel in de wagen.'

Het gebouw waar de Lenz Stichting kantoor hield, was opgetrokken uit veel glas en marmer, in Bauhaus-stijl. De lobby baadde in het licht en was eenvoudig ingericht met witlederen stoelen en banken.

Anna vroeg de receptioniste het kantoor van de directeur te bellen. Dat hij aanwezig was, had ze al geverifieerd met een eerder telefoontje.

'Wie kan ik dr. Lenz zeggen dat er is?' vroeg ze.

'Mijn naam is Anna Navarro. Ik ben agent van het Amerikaanse ministerie van Justitie.'

Ze had overwogen om hem onder een valse naam te benaderen, maar daar toch van afgezien. Zoals ze tegen Ben had gezegd, leek het haar de beste manier om hem te bespelen door hem juist níet te

438

bespelen. Als Lenz navraag deed, zou hij al snel ontdekken dat Anna door haar eigen organisatie werd gezocht. Zou dat voor hem reden zijn om haar niet te ontvangen, of juist wel? Als hun theorie over Alan Bartlett klopte, wist Jürgen Lenz misschien al genoeg over haar. Maar hij wist niet – kón niet weten – wat ze inmiddels had ontdekt en al aan anderen had doorgegeven. Anna moest dus vertrouwen op Lenz' nieuwsgierigheid, zijn arrogantie en vooral zijn behoefte om de situatie te controleren. Hij zou willen weten of ze een bedreiging voor hem vormde en dat gevaar zelf willen inschatten.

De receptioniste sprak zachtjes in de telefoon op haar bureau en gaf de hoorn toen aan Anna. 'Alstublieft.'

De vrouw aan de andere kant van de lijn was beleefd maar beslist: 'Ik ben bang dat dr. Lenz vandaag een volle agenda heeft. Misschien wilt u een afspraak maken voor een andere dag? Iedereen hier heeft het erg druk vanwege het International Children's Health Forum.'

Hij ontweek haar dus, maar waarom? Vanwege het departement waarvoor ze werkte, of omdat hij haar naam al kende? Misschien had de vrouw het bericht niet eens doorgegeven.

'Het kan echt niet wachten,' zei Anna. 'Ik moet hem zo snel mogelijk spreken over een bijzonder dringende zaak.'

'Kunt u me dan vertellen waar het over gaat?'

Anna aarzelde. 'Zegt u hem maar dat het een persoonlijke kwestie is.'

Ze legde de telefoon neer en ijsbeerde zenuwachtig door de lobby.

Daar ben ik dan, in het hol van de leeuw, dacht ze. *De diepste duisternis, zo ruim en licht.*

De witte wanden van Carrara-marmer waren kaal, afgezien van een reeks grote foto's die een beeld gaven van alle humanitaire doelen die door de Lenz Stichting werden ondersteund.

Er was een foto bij van een paar generaties van een vluchtelingenfamilie: een kromme, tandeloze oude vrouw, een verweerde, verslagen echtgenoot met zijn vrouw en hun haveloze kinderen, met het simpele onderschrift KOSOVO. Wat betekende dat? Wat had de Lenz Stichting met vluchtelingen te maken?

Er hing een portret van een vreemd oud meisje met een scherpe neus, een verdroogde huid, uitpuilende ogen en lang haar dat duidelijk een pruik was. Ze glimlachte met een te groot en te onregelmatig gebit – tegelijk een jong meisje en een oude vrouw. De foto droeg het bijschrift SYNDROOM VAN HUTCHINSON-GILFORD, PRO-GERIA.

En er was de beroemde harde, shockerende foto van uitgemer-gelde concentratiekampslachtoffers die vanuit hun stapelbedden dof naar de camera staarden: DE HOLOCAUST.

Een vreemde combinatie van menselijk leed. Wat was het ver-band?

Anna merkte dat er iemand naast haar stond en ze keek op. Een wat oudere, degelijke dame met een leesbril aan een koordje om haar hals was in de lobby verschenen. 'Mevrouw Navarro,' zei ze, 'u mag van geluk spreken. Dr. Lenz heeft een paar minuten vrij kun-nen maken om u te spreken.'

Op een bewakingspost op de verdieping erboven zat een technicus over een paneel gebogen. Hij bediende een joystick om een van de veiligheidscamera's aan de muren te laten draaien en in te zoomen. Het licht getinte gezicht van de bezoekster vulde nu het platte plas-mascherm. De technicus drukte op een toets om het beeld te be-vriezen. Met behulp van een fysionomische identificatie van zeven-endertig punten kon het gezicht digitaal worden vergeleken met de foto's in de uitgebreide database van het systeem. Om de een of an-dere reden vermoedde de technicus dat het niet lang zou duren voor-dat hij de bijbehorende foto gevonden had.

Hij had gelijk. Een zacht elektronisch piepje waarschuwde hem dat het beeld overeenkwam met een dossier uit het bestand met ge-zochte personen. Terwijl een kolom met gegevens over het scherm rolde, pakte hij de telefoon en belde Lenz via een rechtstreekse lijn met het toestel op zijn bureau.

Jürgen Lenz was precies zoals Ben hem had beschreven: broodma-ger, met zilvergrijs haar, elegant en charmant. Hij droeg een perfect gesneden pak van donkergrijs flanel, een keurig geperst wit over-hemd en een zijden das. Hij zat tegenover haar in een stoel in Chip-pendale-stijl, met zijn handen in zijn schoot gevouwen.

'Nou hebt u me,' zei hij, terwijl hij Anna haar geloofsbrieven te-ruggaf.

'Pardon?'

'Ik ben heel nieuwsgierig. Ik kreeg het bericht dat er een dame van de Amerikaanse regering hier was om me te spreken over een "persoonlijke kwestie". Hoe kon ik daar weerstand aan bieden?'

Ze vroeg zich af hoeveel hij van haar wist. Ze constateerde nu al dat de man zo glad en hard was als een gepolijste steen.

'Bedankt dat u me wilde ontvangen.' Anna reageerde beleefd op Lenz' eigen hoffelijkheid. 'Ik heb een speciale missie in verband met het onderzoek naar een aantal moorden in verschillende landen...'

'Móórden?' vroeg hij. 'Wat zou ik u daar in vredesnaam over kunnen vertellen?'

Ze wist dat ze maar één kans had en dat ze hard moest toeslaan. Iedere zwakte, aarzeling of onzekerheid kon het einde betekenen van het gesprek. Dus moest ze zich tot één onderwerp beperken: de Sigma-moorden.

'De slachtoffers hadden allemaal iets te maken met een consortium dat bekendstaat als Sigma en dat ooit mede is opgericht door Gerhard Lenz. We hebben een rechtstreeks verband kunnen aantonen tussen de moorden en een dochteronderneming van het chemische concern Armakon. En aangezien u lid bent van de raad van bestuur van Armakon...'

Tot haar verbazing zag ze dat Lenz zich ontspande. Hij lachte diep en welluidend. 'Mevrouw Navarro, in al die jaren dat ik nu een kruistocht voer tegen het kwaad dat mijn vader heeft aangericht, ben ik beschuldigd van alles wat mooi en lelijk is – verraad aan mijn familie, ontrouw aan mijn land, opportunisme, leugens, noem maar op – maar nog nooit van móórd!'

Anna had dit wel verwacht: geen confrontatie, maar een beheerste, beleefde, ontwijkende reactie. Ze had geprobeerd al zijn mogelijke reacties te voorspellen, dus had ze haar antwoord klaar. 'Dr. Lenz,' zei ze, 'ik hoop dat u niet wilt ontkennen dat u in de raad van bestuur van Armakon zit.'

'Het is een erebaantje, meer niet.'

Anna aarzelde en zei toen: 'Ik zal niet onnodig beslag leggen op uw tijd. Zoals u weet is Armakon, in het verborgene, eigenaar van een beginnend biotechbedrijf in Philadelphia dat Vortex heet.'

Ze lette op zijn gezicht. Hij keek haar neutraal en behoedzaam aan. 'Ik neem aan dat Armakon een groot aantal kleine beginnende bedrijfjes bezit, in allerlei landen,' antwoordde hij. 'Wat is het belang daarvan?'

'Vortex,' vervolgde Anna, 'is de uitvinder en producent van een synthetische stof die bij fundamenteel wetenschappelijk onderzoek wordt gebruikt voor het markeren van moleculen. Maar het is ook een dodelijk gif dat een onmiddellijke hartstilstand veroorzaakt als het in de bloedbaan wordt geïnjecteerd, zonder sporen na te laten in het bloed.'

'Heel interessant,' zei Lenz effen.

'Dat gif is aangetroffen in het oogvocht van enkele slachtoffers van deze moorden.'

'Gaat dit nog ergens heen?'

'Jazeker,' antwoordde ze zacht, terwijl ze hem strak aankeek. Eén moment werd ze van haar stuk gebracht door wat ze in zijn ogen zag: een diepe, vernietigende minachting. 'Ik heb bewijzen die u rechtstreeks in verband brengen met deze moorden.'

Heel even was er niets anders te horen dan het tikken van een klok. Lenz vouwde somber zijn handen, als een Lutheraanse dominee. 'Agent Navarro, u komt hier met ernstige beschuldigingen. U beweert dat ik vreselijke dingen heb gedaan. Ik heb tijd vrijgemaakt op een bijzonder drukke dag – tijd die ik eigenlijk niet kan missen – omdat ik dacht dat wij elkaar zouden kunnen helpen. Misschien was er een vriend van mij in moeilijkheden of was er iemand anders die mijn hulp nodig had, of vice versa. In plaats daarvan komt u alleen om "een visje uit te gooien"... heet dat niet zo?' Hij stond op. 'Ik moet u verzoeken om te vertrekken.'

Niet zo snel, klootzak, dacht ze met bonzend hart. 'Ik ben nog niet klaar,' zei ze op een ferme toon die hem zichtbaar verraste.

'Agent Navarro, ik hóéf helemaal niet met u te praten. Als ik me niet vergis is een agent van een Amerikaanse overheidsdienst niet meer dan een gast in dit land. Als u mij wilt verhoren in verband met mijn vader, moet u de Oostenrijkse regering eerst om toestemming vragen, nietwaar? Hebt u dat gedaan?'

'Nee,' gaf ze blozend toe, 'maar laat ik duidelijk zijn...'

'Néé, mevrouw!' zei hij met stemverheffing. 'laat ík duidelijk zijn. U hebt onze regering niet benaderd omdat u niet langer in dienst bent van uw land. Sterker nog, u bent voor justitie op de vlucht. Laten we allebei onze kaarten op tafel leggen. U hebt met uw onderzoek de grenzen van de wet overschreden. Mijn secretaresse vertelde me dat een Amerikaanse agente mij dringend wilde spreken. Op mijn verzoek heeft ze een paar instanties gebeld om uw identiteit te verifiëren.' Hij keek haar nog steeds strak aan. 'Zo ontdekte ze dat u door uw eigen land wordt gezocht. Maar natuurlijk wist u ook wel dat wij uw achtergrond zouden natrekken. Toch bent u hier naar toe gekomen. En dat prikkelde mijn nieuwsgierigheid.'

'Elk verzetje is welkom op een saaie dag,' zei Anna.

'Denk u eens in mijn positie in, mevrouw Navarro. Een voortvluchtige Amerikaanse agente heeft grote belangstelling voor mij.

Dat gebeurt niet elke dag. Natuurlijk vroeg ik me af of u iets had ontdekt – iets of iemand – dat een bedreiging voor me kon zijn. Of misschien had u besloten uit de school te klappen en me te waarschuwen voor een vijandige intrige binnen de Amerikaanse inlichtingendienst? Ik weet dat we met ons onderzoek naar Operatie Paperclip vijanden hebben gemaakt in sommige Amerikaanse kringen. Wilde u me vertellen dat ik gevaar liep uit die richting? Alles was mogelijk. Ik had geen idee. Dus hoe kon ik weerstand bieden aan de verleiding om u te ontvangen? U wist dat ik door de knieën zou gaan.'

'We dwalen af,' viel Anna hem in de rede. 'Dit heeft allemaal niets...'

Lenz gaf haar de kans niet. 'Dus u begrijpt mijn teleurstelling toen ik merkte dat u alleen was gekomen om mij absurde, ongefundeerde en totaal onzinnige beschuldigingen naar het hoofd te slingeren. Als ik het zo hoor bent u niet licht gestoord, zoals uw landgenoten zeggen, maar compleet geflipt.' Hij wees naar zijn bureau. 'Ik hoef alleen maar de telefoon te pakken om een vriend van me te bellen bij ons ministerie van Justitie, en u wordt onmiddellijk overgedragen aan de goede zorgen van de Amerikaanse overheid.'

Als je ruzie wilt, kun je die krijgen, dacht Anna. Ze was niet van plan zich te laten intimideren. Daarvoor wist ze te veel van hem.

'U hebt volkomen gelijk,' zei ze kalm. 'U zou die telefoon kunnen pakken. Maar ik vraag me af of dat in uw eigen belang zou zijn.'

Lenz had haar zijn rug al toegekeerd en liep naar de deur. 'Mevrouw Navarro, ik heb geen interesse in uw vreemde spelletjes. Wilt u alstublieft vertrekken, anders zal ik genoodzaakt zijn...'

'Vlak voordat ik hier kwam, ben ik langs het kantoor van DHL gegaan, waar een envelop op me lag te wachten. Het was de uitslag van een onderzoek waarom ik had gevraagd. Ik had een setje van uw vingerafdrukken aan een laboratorium gegeven om ze te identificeren. Het heeft een tijd geduurd. Onze afdeling Latente Vingerafdrukken heeft heel diep in alle databases moeten graven voordat ze iets gevonden had. Maar het is ze wel gelukt.' Ze haalde diep adem. 'Dr. Lenz, ik weet wie u bent. Ik begrijp het niet erg. Eerlijk gezegd begrijp ik er helemaal níéts van, maar ik weet nu wie u bent.'

Ze was doodsbang, banger dan ze ooit in haar leven was geweest. Haar hart bonkte tegen haar ribben en het bloed gonsde in haar oren. Ze wist dat niemand haar nu nog kon helpen.

Lenz bleef abrupt staan, vlak bij de deur, maar deed hem weer dicht. Toen hij zich omdraaide, was zijn gezicht rood van woede.

40

Ben sloot zich aan bij het kleine groepje journalisten en camera-mensen die zich hadden verzameld voor de conferentiezaal van de Wiener Stadthalle, een groot gebouw van beigekleurige steen, waar het International Children's Health Forum werd gehouden. Hij maakte oogcontact met een man die het koud had en zich duidelijk niet prettig voelde. Hij was van middelbare leeftijd, met een buikje en een gerafelde bruine regenjas. Ben stak zijn hand uit. 'Ik ben Ron Adams,' zei hij. 'Van *American Philanthropy*, het tijdschrift. Sta je hier al lang?'

'Veel te lang,' bromde de verfomfaaide man. Hij had een cockney-accent. 'Jim Bowen, van de *Financial Times*. Europees correspondent en hopeloos geval.' Hij wierp Ben een half-komische, half-verbitterde blik toe. 'Mijn hoofdredacteur heeft me omgepraat om hier naar toe te gaan, met beloften van schnitzel, strudel en *Sachertorte*. Dat leek me wel wat. Maar Higgins zal het weten, als ik terugkom, dat beloof ik je. Ik sta hier al twee dagen in de ijskoude regen, mijn ballen vriezen eraf, ik ben aan mijn laatste sigaret toe en we krijgen precies dezelfde communiqués die ze naar alle persbureaus faxen.'

'Je ziet in elk geval de grote jongens naar binnen gaan. Ik heb de lijst van deelnemers gezien.'

'Nou, vergeet het maar. Ik weet niet waar ze uithangen, maar niet hier. Misschien hebben ze ook geen trek in dat programma en zijn ze er tussenuit geknepen om gezellig te gaan skiën. De mensen die ik hier heb gezien zijn allemaal van de tweede garnituur. Onze fotograaf is al aan de drank geraakt. Heel verstandig. Ik denk er zelf ook over om een pint te gaan pakken in de kroeg op de hoek. Alleen tappen ze het bier veel te koud in dit land. Is je dat ooit opgevallen? En het smaakt naar pis.'

Dus de belangrijke mensen waren hier niet? Zou dat betekenen dat de Sigma-conferentie ergens anders werd gehouden? De moed zonk Ben in de schoenen. Misschien had Strasser zich toch vergist. Of hadden Anna en hij ergens de verkeerde conclusies getrokken.

'Weet iemand waar onze wereldleiders dan wel uithangen?' vroeg Ben zo luchtig mogelijk.

De cockney-scribent snoof. 'Verdomme. Weet je waar het op lijkt? Zo'n nachtclub waar al het hippe volk naar een speciale ruimte worden gebracht en de burgermannetjes in een hok worden gedreven met stro op de vloer.' Hij zocht in een gekneusd en bijna leeg pakje Silk Cuts. 'Jezus christus.'

Ben dacht bliksemsnel na. Jürgen Lenz had alle touwtjes in handen. Blijkbaar was deze conferentie maar een dekmantel, waar niets bijzonders gebeurde. Het antwoord moest ergens te vinden zijn in de activiteiten van de Lenz Stichting. Een omtrekkende beweging zou waarschijnlijk het snelst resultaat opleveren, dacht Ben. Terug in het hotel pakte hij zijn telefoon, met één oog voortdurend op zijn horloge gericht. Hij wilde zoveel mogelijk informatie verzamelen voordat Anna en hij hun uitkomsten zouden vergelijken aan het eind van de dag.

'Kankerfonds Oostenrijk.'

'Ik zou graag de directeur fondsenwerving spreken,' zei Ben. Hij hoorde een klik, een paar seconden muzak – 'Geschichten aus dem Wiener Wald', natuurlijk – en toen een andere vrouwenstem: 'Schimmel.'

'Frau Schimmel, mijn naam is Ron Adams. Ik ben een Amerikaans journalist in Wenen en ik schrijf een stuk over Jürgen Lenz voor het blad *American Philanthropy*.'

De toon van de directeur veranderde meteen van behoedzaam in enthousiast. 'Maar natuurlijk! Waar kan ik u mee helpen?'

'Het gaat mij voornamelijk... In het licht van het International Children's Health Forum wilde ik wat informatie over zijn vrijgevigheid, zijn steun aan uw eigen stichting, zijn betrokkenheid, dat soort dingen.'

Die vage vraag leverde een nog vager antwoord op. Frau Schimmel hield een lang verhaal, tot Ben ten slotte gefrustreerd weer ophing. Hij had de Lenz Stichting gebeld en een lagere functionaris om een lijst gevraagd van alle goede doelen die ze steunden. De man had hem de lijst meteen gegeven. De Lenz Stichting was vrijgesteld van belastingen en daarom verplicht al haar giften openbaar te maken.

Ben had geen idee wat hij eigenlijk zocht. Hij probeerde maar wat, op goed geluk. Er moest een manier zijn om de façade van Jürgen Lenz, de grote filantroop, door te prikken. Maar hij kon geen logische lijn ontdekken in de doelen die door Lenz werden gesteund, geen grote gemene deler, geen duidelijk beleid. Kanker, Kosovo, progeria, de Duits-joodse dialoog? Dat waren de hoekstenen. Maar als er een verband bestond, ontging hem dat nog, hoewel hij al drie verschillende instellingen had gebeld.

Nog één poging, nam hij zich voor, dan zou hij wat anders moeten bedenken. Hij stond op van achter de schrijftafel in de hotelkamer, haalde een Pepsi uit de kleine koelkast, liep weer terug en belde het volgende nummer van de lijst.

'Met het Progeria Instituut.'

'Mag ik de directeur fondsenwerving?'

Een paar seconden verstreken.

'Met Meitner.'

'Frau Meitner, mijn naam is Ron Adams...'

Zonder veel hoop begon hij aan zijn standaardinterview. Zoals alle directeuren die hij had gesproken was ook deze dame een grote fan van Jürgen Lenz. In alle toonaarden zong ze zijn lof.

'Meneer Lenz is onze belangrijkste donateur,' zei ze. 'Zonder hem zouden we niet eens kunnen bestaan, denk ik. U weet dat dit een tragische en bijzonder zeldzame aandoening is?'

'Eigenlijk weet ik er niet veel van,' zei Ben beleefd. Dit was tijdverspilling, en hij had haast.

'Kort gezegd is het een vroegtijdig verouderingsproces. Wij spreken over progeria, maar officieel staat het bekend als het syndroom van Hutchinson-Gilford. Het leidt ertoe dat kinderen zeven of acht keer zo snel ouder worden als normaal. Een jochie van tien ziet er dus uit als een man van tachtig, met gewrichtsreuma, hartproblemen en alles wat bij die leeftijd hoort. De meesten sterven als ze dertien zijn, en ze worden zelden groter dan een gemiddeld kind van vijf.'

'Mijn god,' zei Ben, oprecht geschokt.

'Omdat het zo zeldzaam is, is het een "ondergeschoven kindje" onder de ziekten en wordt er maar heel weinig geld aan onderzoek besteed. De farmaceutische bedrijven hebben geen financieel motief om naar een behandeling te zoeken. Daarom is hulp zo verschrikkelijk belangrijk.'

Biotechbedrijven... Vortex.

'Waarom denkt u dat meneer Lenz zo'n persoonlijke belangstelling heeft voor dit onderwerp?'

Een aarzeling. 'Dat zou u hem zelf moeten vragen, denk ik.'

Hij hoorde een plotselinge kilte in haar stem. 'Als u me iets wilt vertellen dat vertrouwelijk moet blijven...'

Een stilte. 'Weet u wie de vader was van Jürgen Lenz?' vroeg de vrouw voorzichtig.

Wie niet? 'Gerhard Lenz, de nazi-arts,' antwoordde Ben.

'Juist. En in vertrouwen kan ik u wel zeggen, meneer Adams, dat Gerhard Lenz afschuwelijke experimenten heeft uitgevoerd op kinderen met progeria. Jürgen Lenz probeert nu goed te maken wat zijn vader heeft misdaan. Maar dat mag u niet schrijven.'

'Natuurlijk niet,' beloofde Ben haar. Maar als Jürgen Lenz niet de zoon van Gerhard was, waarom zou hij dan geïnteresseerd zijn in dat onderwerp? Wat was dit voor een bizarre maskerade?

'Weet u, meneer Lenz heeft zelfs een paar van die arme kinderen naar een privésanatorium in de Oostenrijkse Alpen gestuurd dat door zijn eigen stichting wordt beheerd.'

'Een sanatorium?'

'Ja. Ik geloof dat ze het de Klokkenfabriek noemen.'

Ben schoot overeind. De Klokkenfabriek, waar Strasser zijn elektronenmicroscopen voor Lenz senior naar toe had gestuurd? Als Jürgen Lenz werkelijk Gerhards zoon was, zou hij dat kasteel hebben geërfd. Maar gebruikte hij het inderdaad als sanatorium?

'En waar is dat?' vroeg hij, zo nonchalant mogelijk.

'In de Alpen. Ik weet niet precies waar; ik ben er nog nooit geweest. Het is heel exclusief, privé en luxueus. Een echte ontsnapping aan de drukte van de stad.'

'Ik zou graag eens met een kind praten dat er is geweest.' *Om erachter te komen wat zich daar werkelijk afspeelt.*

'Meneer Adams,' zei ze somber, 'de kinderen die daar worden uitgenodigd zijn meestal aan het eind van hun toch al korte leven. Eerlijk gezegd weet ik niet of er nog één van hen in leven is. Maar ik neem aan dat de ouders u graag zouden willen vertellen over het goede werk van meneer Lenz.'

Het appartement van de man lag op de derde verdieping, een portiekwoning in een troosteloos gebouw in het twaalfde district van Wenen. Het was klein en donker, en er hing een muffe lucht van sigarettenrook en braadvet.

Na de dood van hun geliefde zoon, die pas elf was, waren hij en zijn vrouw gescheiden, vertelde de vader. Hun huwelijk had de spanningen van de ziekte en het overlijden van hun zoon niet doorstaan. Op een opvallende plaats naast de bank stond een grote kleurenfoto van hun jongen, Christoph. Zijn leeftijd was moeilijk te bepalen; hij zou acht of tachtig kunnen zijn. De jongen was helemaal kaal, met een terugwijkende kin, een groot hoofd maar een klein gezichtje, en uitpuilende ogen – het verschrompelde kopje van een stokoude man.

'Mijn zoon is overleden in het sanatorium,' zei de vader. Hij had een volle grijze baard, een bril met dubbelgeslepen glazen en een krans van warrig haar om zijn kale schedel. Zijn ogen stonden vol tranen. 'Maar in elk geval is hij aan het einde van zijn leven nog gelukkig geweest. Dr. Lenz is een goed mens. Ik ben blij dat Christoph is gestorven als een gelukkig kind.'

'Bent u ooit bij hem op bezoek geweest, in de Klokkenfabriek?' vroeg Ben.

'Nee, ouders werden niet toegelaten. Het was alleen voor kinderen. Er was heel goed personeel voor alle medische problemen. Maar hij stuurde me wel ansichtkaarten.' De vader stond op en kwam een paar minuten later terug met een prentbriefkaart. Hij was beschreven met grote, kinderlijke hanenpoten. Ben draaide de kaart om en zag een kleurenfoto van een Alp en het onderschrift SEMMERING.

Die naam had de weduwe Lenz ook genoemd. En Strasser had hun verteld over een laboratorium van Gerhard Lenz in de Oostenrijkse Alpen. Zou het dezelfde plaats kunnen zijn? Semmering.

Hij moest die naam meteen aan Anna doorgeven.

Toen hij opkeek van de kaart, zag hij de vader geluidloos huilen. Het duurde even voordat de man weer iets kon zeggen. 'Dat hou ik mezelf altijd voor: dat mijn Christoph is gestorven als een gelukkig kind.'

Ze hadden afgesproken elkaar in het hotel te treffen, niet later dan zeven uur die avond.

Als Anna dan nog niet terug was, zou ze wel bellen, had ze gezegd. En als ze om een of andere reden niet kon bellen, omdat het niet veilig was, hadden ze een alternatief afgesproken: om negen uur in het Schweizerhaus in het Prater.

Om acht uur was ze nog steeds niet terug in het hotel en had ze ook geen bericht achtergelaten. Ze was al bijna de hele dag weg. Zelfs als Lenz bereid was geweest haar te ontvangen, wist Ben geen reden te bedenken waarom ze langer dan een uur of twee bij de stichting zou zijn geweest. Maar inmiddels had hij al bijna twaalf uur niets van haar gehoord. Twaalf uur.

Hij begon zich zorgen te maken. Toen ze om halfnegen nog niet had gebeld, vertrok hij naar het Schweizerhaus, aan de Strasse des Ersten Mai 2. Hij was nu op van de zenuwen, doodsbang dat haar iets overkomen was. Overdreef hij niet? Per slot van rekening hoefde ze hem geen rekenschap af te leggen van iedere stap die ze deed. Maar toch...

Het was een druk restaurant, bekend om zijn karbonades met mosterd en mierikswortelsaus. Ben zat in zijn eentje aan een tafeltje voor twee, met een Tsjechisch Budweiser-bier voor zich. Hij wachtte.

Het bier ontspande hem niet. Het enige waar hij aan kon denken was Anna en wat haar misschien was overkomen.

Tegen tien uur was ze nog steeds niet komen opdagen. Hij belde het hotel, maar daar was ze ook niet en ze had geen bericht achtergelaten. Regelmatig controleerde hij of zijn telefoon wel aan stond, zodat ze hem kon bereiken.

Hij bestelde een menu voor twee, maar tegen de tijd dat het eten kwam, had hij geen honger meer.

Omstreeks middernacht ging hij terug naar de lege hotelkamer. Hij probeerde een tijdje te lezen, maar kon zijn aandacht er niet bij houden.

Weer hoorde hij de stem van Chardin, als schuurpapier: *Raderen binnen raderen, zo werkten we.* Strasser: *... een kliek binnen een kliek... Lenz zei dat hij werk deed dat de wereld zou veranderen.*

Hij viel in slaap op het bed, nog aangekleed, met alle lampen aan. Hij sliep onrustig.

Hij lag samen met Peter op een brancard gebonden, naast elkaar. Over hen heen gebogen stond dr. Gerhard Lenz, in de groene jas en het maskertje van een chirurg. Aan zijn lichte ogen was hij duidelijk te herkennen. 'Van dit tweetal maken we er één,' zei hij tegen een assistent met een scherp gezicht. 'We zullen hun organen met elkaar verbinden, zodat de één nooit meer zal kunnen functioneren zonder de ander. Samen zullen ze overleven... of sterven.' Zijn gehandschoende hand zwaaide met een scalpel alsof het een strijkstok was, en stak hem met een zwierige, zelfverzekerde beweging in hun vlees. De pijn was ondraaglijk.

Worstelend tegen de riemen draaide hij zich om naar het gezicht van zijn broer en staarde hem aan, vol angst en afgrijzen.

'Peter!' riep hij uit.

Peters mond hing open en in het felle licht van de operatielampen zag hij dat Peters tong was uitgesneden. De zware lucht van ether vulde de zaal en Ben kreeg een zwart masker met kracht over zijn gezicht gedrukt. Maar hij verloor niet het bewustzijn. Integendeel, hij werd zich steeds scherper bewust van de martelingen die hij onderging.

Om drie uur 's nachts schrok hij wakker. Anna was nog steeds niet terug.

Het werd een lange, slapeloze nacht. Hij probeerde wat te dutten, maar dat lukte niet. Het was ellendig dat hij niemand kon bellen, niets kon doen om haar te vinden.

Hij ging overeind zitten, probeerde te lezen, maar kon zich niet concentreren. Hij dacht alleen aan Anna. *O, god, hij hield zo van haar.*

Om zeven uur, slaperig en verward, belde hij voor de vijfde keer de receptie om te horen of Anna in de loop van de nacht nog had gebeld. Geen bericht.

Hij stond op om zich te douchen en te scheren, en bestelde bij roomservice een ontbijt.

Hij wist dat er iets met Anna gebeurd moest zijn, daar was hij zeker van. Ze kon onmogelijk vrijwillig ergens naar toe zijn gegaan zonder hem te bellen. Er was haar iets overkomen.

Hij dronk een paar kopjes sterke zwarte koffie en dwong zich een hard broodje te eten. Hij was doodsbang.

In de Währinger Strasse was een internetcafé. Er stonden er nog meer in het telefoonboek van Wenen. Dit café noemde zich 'Internet Bar/Kaffeehaus' en bleek een tl-verlichte ruimte te zijn met een espressoapparaat en een paar iMacs op formicatafeltjes. De vloer was plakkerig en het rook er naar bier. Een halfuur internetten kostte vijftig Oostenrijkse schillingen.

Ben gaf de naam 'Semmering' aan een paar zoekmachines op en kreeg steeds hetzelfde resultaat: home pages van wintersportplaatsen, hotels en algemene toeristische en zakelijke informatie over een dorpje en skioord in de Oostenrijkse Alpen, ongeveer negentig kilometer van Wenen.

Hoewel hij wist dat het een fatale fout kon zijn, stapte hij in zijn wanhoop toch een telefooncel in en belde de Lenz Stichting. Het was de laatste plek waar ze was geweest, voor zover hij wist. Het was krankzinnig en bijna nutteloos om daar navraag te doen, maar wat moest hij anders?

Hij vroeg naar het kantoor van Jürgen Lenz en informeerde bij zijn secretaresse of er de vorige dag een Anna Navarro bij hen was geweest. Ze scheen Anna's naam meteen te herkennen, zonder aarzeling. Maar in plaats van antwoord te geven, wilde ze eerst zijn naam weten. Ben maakte zich bekend als 'attaché' van de Amerikaanse ambassade.

'Maar wat is uw naam?' hield de vrouw vol.

Hij gaf haar een valse naam.

'Dr. Lenz heeft me gevraagd het nummer te noteren. Hij zal u terugbellen.'

'Ik ben de rest van de dag niet meer op kantoor. Zou ik dr. Lenz nu kunnen spreken?' vroeg hij.

'Hij is niet beschikbaar op dit moment.'

'Weet u dan wanneer ik hem kan bereiken? Het is een belangrijke zaak.'

'Dr. Lenz is afwezig,' zei ze kil.

'Goed. Ik heb zijn privénummer, dan bel ik hem wel thuis.'

De secretaresse aarzelde. 'Dr. Lenz is niet in Wenen,' zei ze toen.

Niet in Wenen. 'De ambassadeur zelf had me gevraagd om met hem te overleggen,' zei Ben gladjes. 'Het was nogal dringend.'

'Dr. Lenz is lid van een speciale delegatie van het International Children's Health Forum. Hij heeft de andere leden meegenomen voor een rondleiding door ons complex. Dat is geen geheim. Had de ambassadeur daar bij willen zijn? Dan is hij te laat, vrees ik.' *Te laat.*

Na een korte stilte zei de secretaresse: 'Maar u bent bereikbaar via het centrale nummer van de Amerikaanse ambassade?'

Ben hing op.

41

De trein naar Semmering vertrok een paar minuten over negen van het Südbahnhof in Wenen. Ben had zijn hotel verlaten zonder zich uit te schrijven. Hij droeg jeans, gympen en zijn warmste skiparka. De rit van negentig kilometer was niet lang – veel sneller dan met een huurauto over die bochtige alpenwegen.

De spoorlijn liep door dichtbebost terrein en lange tunnels, langs hoge bergwanden boven steile passen, tussen zachtglooiende groene weiden, met witgepleisterde stenen huizen met rode daken, tegen de achtergrond van de staalgrijze bergen. Ten slotte klommen ze steeds hoger, over smalle viaducten, en kruisten adembenemende ravijnen van kalksteen.

De coupé was bijna verlaten. De lampjes wierpen een amberkleurig schijnsel over de hoge banken, die van een afgrijselijke oranje bekleding waren voorzien. Ben dacht aan Anna Navarro. Ze moest in gevaar verkeren, daar was hij van overtuigd. Hij dacht dat hij haar goed genoeg kende om te weten dat ze nooit uit vrije wil zou zijn verdwenen. Ze moest onverwachts ergens zijn gekomen waar ze niet kon bellen, of ze was ontvoerd. Maar waarheen?

Toen ze elkaar weer hadden getroffen in het hotel in Wenen, hadden ze een hele tijd over Lenz zitten praten. Ben herinnerde zich wat de weduwe Lenz had geroepen: *Waarom heeft Lenz u gestuurd? Komt u van Semmering?* En Strasser had hun verteld over elektronenmicroscopen die naar een oude kliniek in de Oostenrijkse Alpen moesten worden gestuurd, een kliniek die de Klokkenfabriek werd genoemd. Maar wat bevond zich in Semmering waar de oude vrouw zo bang voor was geweest? Er moest iets aan de hand zijn dat misschien verband hield met die serie moorden.

Anna was vastbesloten geweest die kliniek in de Alpen op te sporen. Ze wist zeker dat ze daar de antwoorden zou vinden. Mogelijk was ze op zoek gegaan naar de Klokkenfabriek. En als hij zich vergiste, als ze daar niet was, zou hij misschien toch een stap dichter bij haar zijn gekomen.

Hij bestudeerde de kaart van Freytag & Berndt van het district Semmering-Rax-Schneeberg, die hij voor zijn vertrek in Wenen had gekocht, en probeerde een plan te maken. Maar zonder te weten waar de kliniek of het laboratorium zich bevond, had hij geen idee hoe hij er binnen zou moeten komen.

Het station van Semmering was een bescheiden gebouwtje van twee verdiepingen. Buiten stonden een groen bankje en een cokeautomaat. Zodra hij uitstapte sloeg een ijzige wind hem in het gezicht. Het klimaatverschil tussen Wenen en de Alpen in het zuiden was schrikbarend. Het was hier bijtend koud. Ben ging op weg over de steile, bochtige weg naar het dorp en binnen een paar minuten begonnen zijn oren en wangen te tintelen van de kou.

Onder het lopen kwamen de eerste twijfels boven: Wat deed hij hier? Stel dat Anna er niet was, wat moest hij dan beginnen?

Semmering was een klein dorp, eigenlijk maar één straat, de Hochstrasse, met pensions en cafés aan weerskanten. Het lag tegen de zuidwand van een berg, met daarboven een paar grote, luxueuze hotels en sanatoria. In het noorden lag het Höllental, het 'Helse dal': een diep ravijn, uitgesleten door het riviertje de Schwarza.

Boven de bank in de Hochstrasse was de plaatselijke vvv, bemand door een onaantrekkelijke jonge vrouw. Ben legde uit dat hij een voettocht wilde maken rond Semmering en vroeg naar een gedetailleerde *Wanderkarte*. De vrouw, die duidelijk niets anders te doen had, haalde er een uit het rek en nam alle tijd om hem de mooiste routes te wijzen. 'Als u wilt, kunt u ook de historische Semmering-spoorlijn volgen. Er is een prachtig uitkijkpunt waar u de trein door de Weinzettlwand Tunnel kunt zien rijden. En verderop hebben ze de foto gemaakt voor het oude biljet van twintig schilling. U hebt ook een mooi uitzicht op de ruïnes van het kasteel van Klamm.'

'O ja?' vroeg Ben, met geveinsde belangstelling. Nonchalant voegde hij eraan toe: 'Er schijnt hier ook een beroemde privékliniek te liggen, een oud *Schloss*. De Klokkenfabriek heet het, als ik me niet vergis.'

'De Klokkenfabriek?' herhaalde ze niet-begrijpend. '*Die Uhrwerke?*'

'Een privékliniek, of eigenlijk een onderzoekscentrum, een wetenschappelijk instituut... een sanatorium voor zieke kinderen.'

Hij meende een blik van herkenning in de ogen van de vrouw te zien – of verbeeldde hij het zich? – maar ze schudde haar hoofd. 'Ik weet niet wat u bedoelt, meneer. Het spijt me.'

'Iemand zei me dat die kliniek eigendom was van dr. Jürgen Lenz...?'

'Het spijt me,' herhaalde ze, net iets te vlug. 'Er is geen kliniek hier in de buurt.'

Hij liep de Hochstrasse door tot hij bij een soort Gasthaus-annex-kroeg belandde. Voor de deur stond een groot zwart schoolbord met een groen bordje van Wieninger Bier en een uitnodiging op een geschilderde perkamentrol eronder: '*Herzlich Willkommen*'. De specialiteiten van de dag stonden in grote witte krijtletters op het bord vermeld.

Binnen was het donker en rook het naar bier. Hoewel het nog geen middag was, zaten drie dikke mannen al aan een houten tafeltje achter glazen pullen bier. Ben slenterde naar hen toe.

'Ik zoek een oud *Schloss* hier in de omgeving, waar een onderzoekscentrum en kliniek gevestigd is. De eigenaar is een zekere Jürgen Lenz. De oude Klokkenfabriek.'

De mannen keken hem achterdochtig aan. Een van hen mompelde iets tegen de anderen, die wat terugfluisterden. Ben ving de woorden 'Lenz' en '*Klinik*' op. 'Nee, dat zouden we niet weten.'

Weer was Ben zich bewust van een vijandige sfeer. Hij wist zeker dat de mannen iets verborgen, daarom legde hij een paar briefjes van duizend schilling op het tafeltje en speelde er wat mee. Hij had geen tijd voor een subtiele aanpak. 'Geeft niet. Bedankt.' Hij draaide zich half om, alsof hij wilde vertrekken, maar zei nog over zijn schouder: 'Als jullie toevallig iemand kennen die wel iets over die kliniek weet, zeg dan dat ik er geld voor over heb. Ik ben een Amerikaanse ondernemer en ik zoek een goede belegging.'

Hij stapte naar buiten en bleef even voor het café staan. Een groepje mannen in jeans en leren jacks kwam voorbij, met hun handen in hun zakken. Ze spraken Russisch. Het had weinig zin hun iets te vragen.

Een paar seconden later tikte iemand hem op de schouder. Het was een van de mannen uit het café. 'Eh, hoeveel is die informatie u waard?'

'Tweeduizend schilling, als het klopt.'

De man keek schichtig om zich heen. 'Eerst het geld.'

Ben nam hem even op en gaf hem toen twee briefjes. De man liep een paar meter voor hem uit de straat door en wees toen omhoog naar de steile berg. Tegen de wand van de besneeuwde top, omringd door een dicht bos van witte dennen, als dikke grassprieten tegen elkaar aan gedrukt, lag een oud, middeleeuws kasteel met een barokke gevel en een vergulde klokkentoren. Semmering. De kliniek waar Hitlers wetenschappelijke adviseur, Josef Strasser, tientallen jaren geleden kisten met laboratoriumapparatuur naar toe had verstuurd. Waar Jürgen Lenz een paar uitverkoren kinderen met een afschuwelijke ziekte had laten logeren. Waar – als hij zijn eigen informatie met de mededelingen van Lenz' secretaresse combineerde – een delegatie van wereldleiders en andere vooraanstaande figuren nu een bezoek bracht. En waar Anna zich misschien bevond. Was dat mogelijk?

Mogelijk was het wel. En het was het enige aanknopingspunt dat hij had.

De Klokkenfabriek was er altijd geweest, verborgen in het zicht van iedereen. Hij had het kasteel zelf gezien toen hij uit het station kwam. Het was verreweg het grootste gebouw in de hele omtrek.

'Geweldig,' zei Ben zacht. 'Kent u iemand die er ooit binnen is geweest?'

'Nee, er wordt geen mens toegelaten. Er is een heel strenge beveiliging. Het is privé, je komt er niet in.'

'Er werken toch wel mensen uit het dorp?'

'Nee. Al het personeel wordt per helikopter uit Wenen overgevlogen en woont in het gebouw zelf. Er is een heliplatform; je kunt het zien als je goed kijkt.'

'Wat doen ze daar dan? Enig idee?'

'Alleen wat ik hoor.'

'Zoals?'

'Er gebeuren daar vreemde dingen, zeggen ze. Er komen bussen met kinderen die er heel raar uitzien...'

'Weet u wie de eigenaar is?'

'Zoals u al zei, die Lenz. Zijn vader was een nazi.'

'Hoe lang heeft hij dat kasteel al?'

'Heel lang. Misschien was het al van zijn vader, na de oorlog. In de oorlog werd het door de nazi's gebruikt als commandocentrum. Toen heette het nog Schloss Zerwald; dat is de oude, middeleeuwse naam voor Semmering. Het is in de zeventiende eeuw gebouwd door een van de Esterházy-vorsten. Aan het eind van de vorige eeuw heeft het een tijdje leeggestaan en daarna is het ongeveer twintig jaar een klokkenfabriek geweest. De oude mensen hier noemen het nog steeds *Die Uhrwerke*. Hoe zegt u dat?'

'Het uurwerk.' Ben haalde nog een briefje van duizend schilling te voorschijn. 'Nog een paar vragen.'

Een man boog zich over haar heen, een man in een witte jas, met een gezicht dat ze maar niet goed scherp kon krijgen. Hij had grijs haar en sprak heel zacht. Hij glimlachte zelfs. Hij leek wel vriendelijk en ze zou graag hebben verstaan wat hij zei.

Ze vroeg zich af wat haar mankeerde dat ze niet rechtop kon zitten. Had ze een ongeluk gehad? Een beroerte? Opeens raakte ze in paniek.

Ze hoorde de man iets zeggen: '... om u dat aan te doen, maar we hadden geen keus.'

Een accent... Duits of Zwitsers, misschien.

Waar ben ik?

Hij ging verder: '... dissociatieve tranquillizer.'

Iemand die Engels tegen haar sprak met een Midden-Europees accent.

'... zo gemakkelijk mogelijk te maken, terwijl we wachten tot de ketamine uw lichaam heeft verlaten,' vervolgde hij.

Ze begon zich vaag iets te herinneren. De plaats waar ze nu was deugde niet. Ze was er ooit heel nieuwsgierig naar geweest, maar daar had ze nu spijt van.

Ze herinnerde zich iets van een worsteling, een paar sterke kerels die haar hadden gegrepen, de scherpe prik van een naald. En toen niets meer.

De man met het grijze haar – die ook wel niet zou deugen, vreesde ze – was verdwenen. Anna sloot haar ogen.

Toen ze ze weer opende, was ze alleen. Haar hoofd was veel helderder. Ze voelde overal blauwe plekken en ze lag vastgebonden op een bed. Ze tilde haar hoofd zo ver mogelijk op – niet erg ver, omdat er een band over haar borst liep. Maar het was genoeg om de handboeien en riemen te zien waarmee ze was vastgemaakt aan een ziekenhuisbrancard. Het waren boeien van kunststof, die ook in leer bestonden en in psychiatrische inrichtingen werden gebruikt om de gewelddadigste en gevaarlijkste patiënten in te tomen. 'Humane beperkingen' noemden ze die en ze had ze zelf tijdens haar opleiding ook gebruikt.

Haar polsen waren geboeid en met een lange ketting vastgemaakt aan een riem om haar middel, die ook vastzat. Hetzelfde met haar enkels. Haar armen waren geschaafd en deden pijn. Blijkbaar had ze zich hevig verzet.

De boeien hadden een kleurcode: rood voor de polsen, blauw voor de enkels. Ze waren moderner dan de leren versie die zij zelf ooit had gebruikt, maar het slot was waarschijnlijk niet veranderd. Ze herinnerde zich het sleuteltje: klein, plat en zonder tanden, recht aan de ene kant en schuin toelopend aan de andere, als een wig.

Dat slotje was vrij gemakkelijk open te krijgen als je wist hoe. Maar dan had ze wel een paperclip nodig of iets dergelijks: een rechte, stijve metaaldraad.

Ze draaide haar hoofd opzij en bestudeerde het grote anesthesie-apparaat naast het bed. Aan de andere kant stond een metalen karretje, buiten haar bereik. Heel frustrerend.

Het karretje had acht laden. Bovenop lagen medische hulpmiddelen, verband, tangen, scharen en een pakje steriele veiligheidsspelden. Maar ze kon er niet bij.

Ze probeerde naar links te schuiven, in de richting van het glimmende karretje, hopend dat de boeien wat zouden meegeven, maar dat deden ze niet. Ze gaf een flinke ruk naar links, maar dat hielp ook niet. Het enige dat bewoog was het bed zelf, dat waarschijnlijk op wieltjes stond. *Wieltjes.*

Ze bleef een moment stil liggen, luisterend of er voetstappen naderden. Toen gooide ze zich weer naar links, tegen haar boeien aan en voelde het bed nog iets verschuiven. Een centimeter of vijf, schatte ze. Het was maar een kleine vordering, maar het gaf haar hoop en ze deed nog een poging. Het bed reed een paar centimeter opzij, maar het karretje leek nog net zo ver en onbereikbaar als een fata morgana voor een dorstige man in een woestijn.

Ze rustte even uit. Ze kreeg kramp in haar nek. Daarna verzamelde ze haar krachten weer, probeerde niet aan de bijna onoverbrugbare afstand te denken en gooide zich tegen de boeien. Twee centimeter. Een paar centimeter op een afstand van twee meter. Het was als één voetstap in de marathon van New York.

Ze hoorde geluiden in de gang, stemmen die dichterbij kwamen. Meteen bleef ze doodstil liggen en gunde haar pijnlijke nek wat rust. De stemmen gingen voorbij.

Weer een ruk naar links en de brancard reed nog een stukje. Ze dacht er niet eens aan wat ze precies wilde doen als ze het karretje had bereikt. Dat zag ze dan wel weer. Eén stap tegelijk. Centimeter voor centimeter.

Nog een stukje. En nog wat. Het karretje stond nog bijna een halve meter bij haar vandaan. Ze gooide zich weer naar links, het bed reed twee centimeter verder en een man met zilvergrijs haar kwam de kamer binnen.

Jürgen Lenz, zoals hij zich noemde. Maar Anna kende de onthutsende waarheid. Jürgen Lenz die Jürgen Lenz niet was.

42

Aan het eind van de Hochstrasse vond Ben een sportzaak met een groot assortiment voor de toerist en de sportliefhebber. Hij huurde een paar langlaufski's en vroeg waar hij een auto kon huren. Nergens in de wijde omgeving.

Naast de winkel stond een BMW-motor die oud en aftands maar nog wel bruikbaar leek. Hij onderhandelde even met de jeugdige eigenaar van de sportzaak en de motor was van hem.

Met de ski's op zijn rug gebonden vertrok hij naar de Semmeringpas tot hij bij een smalle, naamloze zandweg kwam die zich steil door een ravijn omhoogslingerde naar het *Schloss*. De weg zat vol kuilen, was halfbevroren en spekglad. Hij was kennelijk nog kortgeleden door trucks en andere zware wagens gebruikt.

Toen hij bijna een halve kilometer had gereden, zag hij een rood bord met de tekst BETRETEN VERBOTEN – PRIVATBESITZ.

Een eindje achter het bord was een slagboom met reflecterende geel-zwarte strepen. Hij werd vermoedelijk elektrisch bediend, maar Ben sprong er moeiteloos overheen en trok de motor er schuin onderdoor. Er gebeurde niets. Geen alarm, geen sirenes.

Hij reed verder over de weg, door een dicht, besneeuwd bos, en kwam een paar minuten later bij een hoge stenen muur met kantelen. Hij leek eeuwen oud, maar nog recent gerestaureerd.

Boven op de muur waren dunne, horizontale draden gespannen, die van een afstand niet zichtbaar waren, maar hier wel. Waarschijnlijk stonden ze onder stroom. Ben was niet van plan de muur te beklimmen om het te testen.

In plaats daarvan volgde hij de muur een meter of vijftig, tot hij bij een poort kwam van prachtig bewerkt smeedijzer, ongeveer twee meter breed en drie meter hoog. Bij nadere beschouwing bleek het hek van staal te zijn, beschilderd om het op smeedijzer te laten lijken. Bovendien zat er fijn gevlochten gaas achter. Het was goed beveiligd tegen indringers. Ben vroeg zich af of het was bedoeld om mensen buiten of binnen te houden.

Was Anna op de een of andere manier hier binnengedrongen? Zou dat kunnen? Of werd ze hier gevangengehouden?

De zandweg eindigde een paar honderd meter voorbij het hek. Daarachter begon de glinsterende sneeuw. Hij parkeerde de motor, bond zijn ski's onder en vertrok over de sneeuw, dicht langs de muur.

Zijn plan was de hele omtrek van het terrein te verkennen, of zoveel als mogelijk was, in de hoop een zwakke plek in de beveiliging te ontdekken waar hij misschien binnen zou kunnen komen. Maar het zag er niet hoopvol uit.

De sneeuw was zacht en diep. Hij zakte erin weg en de hogere sneeuwduinen en bergjes maakten het skiën nog lastiger. En toen hij de techniek eenmaal onder de knie had, werd het terrein opeens veel steiler en het skiën nog zwaarder.

De grond langs de muur liep op en al gauw kon Ben eroverheen kijken.

Hij kneep zijn ogen halfdicht tegen de weerkaatsing van de zon in de sneeuw, maar zag nu het *Schloss*: een groot, grillig gebouw, meer horizontaal dan verticaal. Op het eerste gezicht leek het een toeristische attractie, maar toen ontdekte hij een paar bewakers in paramilitaire uniformen, die gewapend met machinepistolen over het terrein patrouilleerden. Wat er ook binnen deze muren gebeurde, het was geen zuiver wetenschappelijk onderzoek.

Opeens zag hij iets dat hem diep schokte. Hij begreep niet wat het betekende, maar binnen de muren liepen kinderen, tientallen haveloos geklede kinderen, zomaar buiten in de kou. Ben keek nog eens goed, turend tegen de schittering van de sneeuw.

Wie waren die kinderen? En wat deden ze daar? Dit was geen sanatorium, dat stond vast. Hij vroeg zich af of ze gevangenen waren.

Hij skiede weer een eindje de berg op om wat dichterbij te komen en meer te kunnen zien, maar niet zo dichtbij dat de muur hem het zicht op het terrein benam.

Achter de muur was een afgesloten gebied ter grootte van een straat. Er stonden een paar grote militaire tenten, afgeladen met kinderen. Het leek wel een sloppenwijk, een tentendorp, uitsluitend bewoond door kinderen uit een of ander Oost-Europees land. Het stalen hek eromheen was aan de bovenkant voorzien van rollen prikkeldraad.

Het was een vreemde aanblik. Ben schudde zijn hoofd alsof hij een spookbeeld wilde verjagen, en keek toen nog eens. Ja. Het waren allemaal kinderen, in leeftijd variërend van kleuters tot pubers, de jongens ongeschoren en onverzorgd, rokend en schreeuwend, de meisjes met hoofddoekjes, armoedige boerenjurken en versleten jassen. Hele zwermen kinderen.

Hij kende tv- en filmbeelden van zulke kinderen. Wie ze ook waren en waar ze ook vandaan kwamen, ze pasten in dat stereotiepe beeld van straatarme jongeren die door een oorlog van huis en haard verdreven waren: Bosnische vluchtelingen, kinderen die voor de strijd in Kosovo en Macedonië waren gevlucht, etnische Albanezen, misschien.

Had Lenz hier een vluchtelingenkamp ingericht, op het terrein van zijn eigen kliniek? Bood Jürgen Lenz, de grote filantroop, hier onderdak aan vluchtelingen en zieke kinderen? Heel onwaarschijnlijk. Want dit was geen onderkomen. Deze boerenkinderen waren zonder voorzieningen in dit tentendorp bijeengedreven, met te dunne kleren, halfbevroren in de kou. En dan waren er die gewapende bewakers. Het leek wel een interneringskamp.

Opeens hoorde hij een schreeuw uit het kamp, de stem van een opgeschoten jongen. Iemand had hem ontdekt. Een ander kind slaakte nu ook een kreet, totdat een hele groep kinderen naar hem stond te roepen en te schreeuwen. Ze wenkten hem, ze riepen hem. En Ben begreep heel goed wat ze bedoelden. Ze wilden hier weg.

Ze vroegen zijn hulp om te ontsnappen. Ze zagen hem als een redder, iemand van buiten die hen kon helpen te vluchten. Zijn maag draaide om en hij huiverde, maar niet van de kou. *Wat gebeurde er met die kinderen?*

Plotseling klonk er een schreeuw vanaf de andere kant en een van de bewakers richtte zijn wapen op Ben. Een paar andere bewakers begonnen ook te schreeuwen en gebaarden naar hem dat hij moest verdwijnen. Het dreigement was duidelijk. Dit is privéterrein. Als je niet snel weg bent, wordt er geschoten.

Hij hoorde een salvo van geweervuur. Toen hij zich omdraaide, zag hij een regen van kogels in de sneeuw, een meter links van hem. Ze maakten geen grapjes, en ze hadden weinig geduld.

Die vluchtelingenkinderen zaten hier dus gevangen. En Anna? Zat Anna ook in dat kasteel? *Lieve god, laat haar niets mankeren! Laat haar nog in leven zijn.* Hij wist niet of hij moest bidden dat ze daar binnen was, of juist niet.

Ben draaide zich om en skiede de helling af.

'Ik zie dat u weer bij bewustzijn bent,' zei Lenz met een stralende lach. Hij bleef staan aan de voet van haar bed en vouwde zijn handen voor zijn lichaam. 'Misschien wilt u me nu vertellen aan wie u mijn werkelijke identiteit hebt onthuld.'

'Val dood,' zei ze.

'Dat dacht ik al,' zei hij onverstoorbaar. 'Als de ketamine is uitgewerkt...' hij keek op zijn gouden horloge, 'en dat duurt nog hooguit een halfuur, zult u een injectie krijgen van ongeveer vijf milligram van een krachtig opiaat, Versed. Hebt u daar ervaring mee? Misschien tijdens een operatie?'

Anna keek hem niet-begrijpend aan.

'Vijf milligram,' ging hij rustig verder, 'is ongeveer de dosis waarbij een mens zich ontspant, maar nog wel reageert. U ondergaat een lichte roes, maar die is binnen tien seconden voorbij en dan voelt u zich kalmer dan u zich ooit hebt gevoeld. Alle spanning zal uit u geweken zijn. Dat is een heerlijke sensatie.'

Hij hield zijn hoofd schuin, als een vogel. 'Als we u nu met een ampul van deze drug zouden injecteren, zou u stoppen met ademen en waarschijnlijk ter plekke overlijden. Dus moeten we u de dosis geleidelijk toedienen, verspreid over acht tot tien minuten. We zouden niet willen dat u iets overkwam.'

Anna bromde iets dat tegelijk sceptisch en sarcastisch bedoeld was. Ondanks haar chemisch opgewekte kalmte was ze nog steeds doodsbang.

'Uiteindelijk zult u dood worden aangetroffen in het wrak van uw huurauto, als de zoveelste automobilist die dronken achter het stuur is gekropen.'

'Ik heb geen auto gehuurd,' zei ze met dubbele tong.

'O, jawel. Dat wil zeggen, iemand heeft dat op uw naam gedaan, met uw creditcard. U bent gisteravond aangehouden in een dorp hier vlakbij. U had een alcoholpromillage in uw bloed van twee punt vijf – geen wonder dat u een ongeluk had veroorzaakt. Ze hebben u een hele nacht in de cel gehouden en u toen weer vrijgelaten. Maar u weet hoe het gaat met probleemdrinkers: ze leren het nooit.'

Anna reageerde niet. Maar ze dacht koortsachtig na om een uitweg te vinden uit dit labyrint. Er móést een zwakke plek in zijn plan zitten, maar waar?

'Versed, ziet u, is het meest effectieve waarheidsserum dat ooit is uitgevonden,' vervolgde Lenz, 'hoewel het daar niet voor bedoeld was. Alle drugs die de CIA heeft uitgeprobeerd, zoals natriumpenthotal of scopolamine, werkten nooit echt goed. Maar met de juiste dosis Versed zult u al uw remmingen verliezen en me alles vertellen wat ik weten wil. En het mooiste is dat u zich daar achteraf niets van zult herinneren. U zult blijven praten en praten, maar zodra het infuus wordt aangelegd, weet u niets meer.'

Een verpleegster kwam de kamer binnen, een vrouw van middelbare leeftijd, klein en dik, met brede heupen. Ze had een karretje met instrumenten bij zich – slangen, bloeddrukmanchetten, naalden – en stelde de installatie op. Ze keek Anna achterdochtig aan toen ze een paar spuiten vulde uit kleine ampullen en de voorgedrukte etiketten erop plakte.

'Dit is Gerta, uw verpleegkundige en anesthesiste. Een van onze beste mensen. U bent in goede handen.' Lenz zwaaide even naar Anna toen hij de kamer verliet.

'Hoe voelt u zich?' vroeg Gerta plichtmatig, met een strenge alt, terwijl ze een zak helder vocht aan de infuusstandaard links van Anna's bed hing.

'Een beetje... suf...' zei Anna. Haar stem stierf weg en haar ogen vielen dicht, maar ze was klaarwakker. Eindelijk had ze een plan, of het begin ervan.

Gerta deed iets met plastic slangen, zo te horen. Na een paar seconden zei ze: 'Goed, ik kom straks terug. De dokter wil wachten tot de ketamine grotendeels uit uw lichaam is. Als we nu met de Versed beginnen, stopt u misschien met ademen. Ik moet nog even naar de anesthesiekamer, want deze naald is niet goed.' Ze deed de deur achter zich dicht.

Anna opende haar ogen en gooide zich krachtig naar links, zo hard als ze kon. Ze versterkte het effect nog door haar geboeide armen ook in de strijd te werpen. Het was een beweging die ze steeds beter onder de knie kreeg. Het bed leek meer dan vijf centimeter naar het karretje toe te rijden. Ze had geen tijd om uit te rusten. Nog één keer, en het moest genoeg zijn.

Ze tilde haar schouders zo ver als de riemen toelieten en drukte haar gezicht tegen de koude bovenrand van het karretje. Uit haar linker ooghoek zag ze de veiligheidsspelden waarmee het verband werd vastgespeld. Ze lagen vlakbij, in hun kleine, vierkante blisters, steriel verpakt. Nog steeds buiten haar bereik.

Als ze haar nek zo ver mogelijk naar links draaide, zag ze het pakje spelden bijna recht voor zich. De pezen van haar nek en haar bovenrug spanden zich zo hevig dat ze begonnen te trillen. De pijn was haast niet meer te harden.

Toen, als een plagerig kind, stak ze haar tong uit, zo ver als ze kon. Kleine steekjes van pijn schoten door de wortel van haar tong. Ten slotte gleed ze met het puntje van haar tong over het bovenblad van het wagentje, alsof het een laadschop was. Ze raakte het plastic pakje en trok langzaam haar hoofd terug. De spelden schoven mee, naar de rand van het blad. Vlak voordat ze op de grond konden vallen, greep ze het pakje tussen haar tanden. Ze hoorde voetstappen, en de deur van haar kamer ging open.

Snel als een ratelslang ging ze weer op haar rug liggen, met het kleine pakje sluitspelden onder haar tong. De scherpe randen sneden in haar vlees. *Zou ze het hebben gezien?* De verpleegster kwam naar haar bed toe. Anna moest bijna kokhalzen, maar ze hield haar mond dicht, met het pakje in een plas speeksel.

'Ja,' zei Gerta, 'je wordt soms misselijk van ketamine. Ik zie dat u wakker bent.'

Anna kreunde klaaglijk, met haar lippen op elkaar geklemd, en sloot haar ogen. Speeksel verzamelde zich achter haar voortanden. Ze dwong zichzelf om te slikken.

Gerta kwam rechts van haar staan en verstelde iets aan het hoofdeinde van het bed. Anna probeerde haar ademhaling zo regelmatig mogelijk te houden. Een paar minuten later verliet Gerta de kamer weer en trok de deur zachtjes achter zich dicht. Ze zou nu veel sneller terugkomen, wist Anna.

Ze had bloed in haar mond waar het pakketje het zachte weefsel had opengescheurd. Anna werkte het met haar tong naar haar lippen toe en spuwde het uit. Het landde precies op de rug van haar linkerhand. Ze bracht haar handen naar elkaar toe, boog haar rechterwijsvinger over haar andere hand en trok het pakje met sluitspelden in haar vuist.

Nu moest ze snel zijn. Ze wist wat ze deed, omdat ze deze sloten meer dan eens had geforceerd als ze de sleutel kwijt was en zich schaamde om een reservesleuteltje te vragen.

Het viel niet mee om de blister open te krijgen, maar daarna was het geen probleem om de veiligheidsspeld helemaal open te buigen.

Eerst de linker handboei. Ze stak de punt van de speld in het slotje, drukte het binnenwerk eerst naar links, toen naar rechts en het slot klikte open. Haar linkerhand was vrij!

Een gevoel van triomf sloeg door haar heen. Nog sneller bevrijdde ze nu ook haar rechterhand. Daarna maakte ze de riem los waaraan haar polsen waren bevestigd.

De deur piepte zachtjes en ging open. Gerta was terug. Anna stak haar handen weer in de plastic handboeien, zodat het leek of ze nog was vastgebonden, en sloot haar ogen.

Gerta kwam naar het bed toe. 'Ik hoorde u bewegen.'

Anna's hart bonsde zo luid dat het te horen moest zijn. Ze deed langzaam haar ogen open en keek zo wazig mogelijk.

'Zo is het wel genoeg,' zei Gerta dreigend. 'U doet maar alsof.' En zachtjes mompelde ze: 'We moeten het risico maar nemen.'

God, nee.

Ze legde een rubberen tourniquet om Anna's linkerarm tot de ader uitpuilde, stak de naald erin en draaide zich om naar het infuus om de klem in te stellen. Met een bliksemsnelle beweging trok Anna haar handen uit de boeien en probeerde geruisloos de tourniquet los te maken. *Zachtjes! Geen geluid!* Maar Gerta had het rubber horen losschieten en draaide zich om. Op hetzelfde moment kwam Anna zo ver overeind als de riem over haar borst het toeliet en klemde de nek van de verpleegster onder haar rechter elleboog in een vreemd gebaar van affectie. Tegelijk draaide ze de rubberslang hard om Gerta's nek.

Een kreet. Gerta sloeg met haar handen, tastte naar haar hals, probeerde haar vingers onder de wurgslang te krijgen, krabde met haar nagels in haar eigen vlees en probeerde zich los te wurmen. Haar gezicht werd rood, toen paars. Ze opende haar mond en hapte naar lucht. De bewegingen van haar handen werden trager. Ze begon het bewustzijn te verliezen.

Binnen een paar minuten had Anna, halfverdoofd van uitputting, de zuster aan de stang van het bed vastgebonden en haar een prop in de mond geduwd. Toen maakte ze haar enkelboeien los, liet zich met een licht gevoel van het bed zakken en bond Gerta voor de zekerheid nog aan het anesthesieapparaat vast, dat zich niet zo gemakkelijk van zijn plaats zou laten halen. Ten slotte haalde ze de sleutelbos van Gerta's ceintuur en wierp een blik op het anesthesiekarretje.

Het lag vol met wapens. Ze nam een handvol verpakte naalden en glazen ampullen met verschillende middelen, tot ze zich herinnerde dat ze een ziekenhuispyjama zonder zakken droeg.

In de voorraadkast hingen twee witte katoenen doktersjasjes. Ze trok er een aan, propte de gestolen spullen in de schuine zakken en rende de kamer uit.

43

Het kadaster van Semmering en omgeving was ondergebracht in een klein souterrain in een gebouw in Beierse stijl waar nog meer gemeentelijke diensten waren gehuisvest. Er stonden rijen groene archiefkasten, gerangschikt naar kavelnummer.

'Het Schloss Zerwald is niet toegankelijk voor het publiek,' zei de vrouw met het witte haar die de leiding had. 'Het hoort bij de kliniek van Semmering. Het is privé.'

'Dat begrijp ik,' zei Ben, 'maar het gaat mij om de oude kaarten.' Toen hij uitlegde dat hij een historicus was die onderzoek deed naar de kastelen van Duitsland en Oostenrijk, keek ze enigszins afkeurend, alsof ze iets smerigs rook. Maar ze gaf haar assistente, een zenuwachtige puber, toch opdracht om de kaarten uit een van de laden langs de zijwand van de kamer te halen. Het leek een ingewikkeld systeem, maar de vrouw met het witte haar wist precies waar ze de stukken moest vinden die Ben zocht.

De kaart dateerde uit het begin van de negentiende eeuw. De eigenaar van het perceel grond, dat in die tijd nog een groot deel van de berghelling besloeg, stond aangeduid als J. Esterházy. Door het perceel liep een reeks vreemde lijnen.

'Wat zijn dat?' vroeg Ben wijzend.

De oude vrouw keek hem ontstemd aan. 'De grotten,' zei ze. 'De kalksteengrotten in de berg.'

Grotten. Dat was een mogelijkheid.

'Lopen die grotten ook door het terrein van het *Schloss*?'

'Ja, natuurlijk,' zei ze ongeduldig.

Dus onder het kasteel door.

Ben probeerde zijn opwinding te verbergen en vroeg: 'Kunt u een kopie voor me maken van deze kaart?'

Een vijandige blik. 'Voor twintig schilling.'

'Goed,' zei hij. 'En kunt u me zeggen of er nog ergens een plattegrond van het *Schloss* te vinden is?'

De jonge verkoper bij de sportwinkel bestudeerde de kaart alsof het een onoplosbaar wiskundeprobleem was. Toen Ben uitlegde dat de lijnen een serie grotten aanduidden, beaamde hij dat snel.

'Ja, die oude grotten lopen recht onder het kasteel door,' zei hij. 'Ik geloof dat je vroeger zelfs vanuit de grotten in het *Schloss* kon komen, maar dat is al lang geleden. Die ingang zal wel afgesloten zijn.'

'Bent u wel eens in de grotten geweest?'

De jongeman keek geschrokken op. 'Nee, natuurlijk niet.'

'Kent u iemand die er is geweest?'

Hij dacht even na. 'Ja, ik geloof het wel.'

'Zou hij me ernaar toe willen brengen, als mijn gids?'

'Dat denk ik niet.'

'Kunt u het voor me vragen?'

'Ik zal het doen, maar ik geef u niet veel kans.'

Ben had niet een man van achter in de zestig verwacht, maar die stapte een halfuurtje later toch de winkel binnen. Hij was klein en pezig, met bloemkooloren, een lange scheve neus, een kippenborst en magere armen. Hij zei snel en geërgerd iets tegen de verkoper toen hij binnenkwam, maar zweeg toen hij aan Ben werd voorgesteld.

'Hallo,' zei Ben. De man knikte.

'Hij lijkt me wat te oud, eerlijk gezegd,' zei Ben tegen de verkoper. 'Weet u niet iemand die jonger en sterker is?'

'Jonger wel, sterker niet,' zei de oude man zelf. 'En niemand kent de grotten beter dan ik. Maar ik weet eigenlijk niet of ik hier wel zin in heb.'

'O, u spreekt Engels,' zei Ben verbaasd.

'De meesten van ons hebben Engels geleerd in de oorlog.'

'Hebben de grotten nog steeds een ingang naar het *Schloss*?'

'Vroeger wel. Maar waarom zou ik u helpen?'

'Ik moet in het *Schloss* zien te komen.'

'Dat gaat niet. Het is een privékliniek.'

'Toch moet ik naar binnen.'

'Waarvoor?'

'Laten we zeggen, om persoonlijke redenen, die me heel veel geld waard zijn.' Hij vertelde de oude Oostenrijker wat hij bereid was te betalen voor zijn hulp.

'We hebben wel een uitrusting nodig,' zei de man. 'Kunt u klimmen?'

Zijn naam was Fritz Neumann en hij zwierf al langer door de grotten van Semmering dan Ben op deze aarde rondliep. Bovendien was hij ongelooflijk sterk, maar ook lenig en behendig.

Toen hij een jongen van acht was, tegen het einde van de oorlog, vertelde hij, hadden zijn ouders zich aangesloten bij een geheime katholieke verzetsgroep tegen de nazi's die hun deel van Oostenrijk hadden bezet. De oude Klokkenfabriek was door de nazi's in bezit genomen en als regionale commandopost ingericht.

Hoewel de nazi's in het *Schloss* woonden en werkten, wisten ze niet dat er onder het oude kasteel een kruipruimte lag met een smalle uitgang naar een kalksteengrot die onder het hele gebouw doorliep. Het *Schloss* was zelfs opzettelijk over deze spelonk heen gebouwd, omdat de oorspronkelijke bewoners een geheime vluchtroute wilden voor het geval de burcht zou worden belegerd. Maar in de loop van de eeuwen was die uitgang langzamerhand in de vergetelheid geraakt.

In de oorlog, toen de nazi's de Klokkenfabriek hadden gevorderd, besefte het verzet dat ze iets wisten waardoor ze de vijand konden bespioneren en saboteren. En als ze behoedzaam te werk gingen, zouden de nazi's niet eens begrijpen wat er gebeurde.

Zo was de verzetsgroep erin geslaagd tientallen gevangenen uit het *Schloss* te bevrijden, zonder dat de Duitsers de vluchtweg ooit ontdekten.

Als jochie van acht had Fritz Neumann zijn ouders en hun vrienden geholpen, en nog altijd kende hij het ingewikkelde gangencomplex als zijn broekzak.

Fritz Neumann stapte als eerste van de skilift, meteen gevolgd door Ben. De skihelling lag tegen de noordwand van de berg. Het *Schloss* stond op de zuidhelling, maar volgens Neumann was de ingang van de grot vanaf deze kant beter te bereiken.

Hun ski's hadden Randonee-bindingen, waardoor de hak vrij kon bewegen bij het langlaufen en kon worden vastgeklikt bij de afdalingen. Nog belangrijker was dat ze bij deze bindingen bergschoenen konden dragen in plaats van skischoenen. Neumann had voor de spullen gezorgd: flexibele twaalfpunts stijgijzers die alpinisten meestal op hard ijs gebruikten, helmen, Petzl-helmlampen, pickels met polsbanden, een klimgordel, haken en musketons. Alles verkrijgbaar in de winkel.

De wapens die Ben wilde, waren niet zo eenvoudig te krijgen. Maar het was een jachtgebied en heel wat vrienden van de oude man hadden pistolen en jachtgeweren, en een van hen was bereid geweest tot een handeltje.

Met wollen bivakmutsen, winddichte broeken, lange kousen, rugzakken en dunne handschoenen van polypropyleen klommen ze langlaufend naar de top en zetten de bindingen toen vast voor de lange afdaling van de zuidhelling. Ben vond zichzelf een goede skier, maar Neumann was de absolute top en Ben had grote moeite de oude man bij te houden over de maagdelijke sneeuw. De felle kou deed pijn aan het onbeschermde deel van Bens gezicht. Hij begreep niet hoe Neumann de weg wist te vinden langs routes die nauwelijks routes waren, tot hij hier en daar rode stippen op de berken ontdekte, die blijkbaar de juiste richting markeerden.

Ze hadden twintig minuten geskied toen ze bij een kloof kwamen ter hoogte van de boomgrens. Even later bereikten ze een diep ravijn. Ze hielden halt op ongeveer drie meter van de rand, bonden hun ski's af en verborgen ze in een bosje.

'Die grot is heel lastig te bereiken, zoals ik al zei,' begon Neumann. 'We moeten ons aan touwen laten zakken. Maar u hebt ervaring?'

Ben knikte en inspecteerde de rotswand. Het was een afdaling van dertig meter, misschien minder. Van hieruit kon hij het *Schloss* van Lenz al zien, zo ver beneden hen dat het een maquette leek.

Neumann pakte een keurige rol touw. Tot zijn opluchting zag Ben dat het een gevlochten kunststoflijn was met een kern.

'Elf millimeter,' zei Neumann. 'Oké?'

Ben knikte weer. Uitstekend voor een afdaling als deze. Hij was tot alles bereid om Anna te vinden.

Vanuit deze hoek was de ingang van de grot niet te zien. Ben veronderstelde dat het een opening in de rotswand moest zijn.

Neumann knielde bij de rand, naast een overhangend stuk rots en sloeg de haken op hun plaats met een hamer die hij uit een holster haalde. Elke haak gaf een geruststellend zingend geluid dat zwaarder werd naarmate hij dieper in de steen verdween. Ze zaten goed verankerd. Ten slotte gooide hij de lijn om de grootste steen en trok hem door de haken.

'Het is niet gemakkelijk om bij de ingang van de grot te komen,'

zei hij nog eens. 'We klimmen omlaag en moeten een beetje slingeren om de opening te bereiken. Eerst doen we onze klimgordels en
de stijgijzers aan.'

'En de pickels?'

'Die hebben we hier niet nodig; er is niet veel ijs. We gebruiken
ze pas in de grot.'

'Is er ijs in de grotten?'

Maar Neumann was bezig met het uitpakken van de spullen en
gaf geen antwoord.

Ben en Peter waren in hun jeugd wel de grotten in gegaan bij de
Greenbriar, maar dat waren niet meer dan kruipgaten. Hij had geen
enkele ervaring met ijs. Heel even voelde hij een steek in zijn maag.
Tot dat moment was hij op de been gehouden door adrenaline, woede en angst. Hij had maar één doel voor ogen: Anna bevrijden uit
de kliniek van Jürgen Lenz, want hij twijfelde er niet meer aan dat
ze daar gevangenzat.

Nu vroeg hij zich af of dit wel de beste methode was. Klimmen
was niet zo riskant als je het goed deed, en hij had vertrouwen in
zijn eigen capaciteiten, maar zelfs ervaren spelologen waren wel verongelukt.

Hij had ook overwogen om de hoofdingang te bestormen en zich
door de bewakers te laten grijpen om zo de aandacht van Jürgen
Lenz te trekken. Maar de kans was groot dat de bewakers hem zouden doden. Hoe vervelend ook, de route via de grot was het enige
alternatief.

Ze bonden de neopreenbanden van de stijgijzers om de Vibram-
zolen van hun verweerde bergschoenen. Zo werden de zolen en neu-
zen van hun schoenen van twaalf scherpe punten voorzien die voor
voldoende grip op de rotswand moesten zorgen. Daarna bonden ze
de nylon klimgordels om hun middel en waren ze klaar voor vertrek.

'We doen het in *dulfersitz*, oké?' zei Neumann. Dat was de Oostenrijkse term voor het abseilen zonder *rappel rack* – een kort lad-
dertje – waarbij ze met hun eigen lichaam het tempo van de afdaling moesten bepalen.

'Geen rack?'

Neumann glimlachte, alsof hij plezier had in Bens aarzeling. 'Ach,
wat heb je eraan?'

Zonder rack zou de afdaling bijzonder onprettig zijn, maar het
voordeel was dat ze het rack niet hoefden mee te slepen. Maar zo
waren ze ook niet aan de lijn gezekerd, waardoor het nog gevaar-
lijker werd.

'Ik ga eerst,' zei Neumann, terwijl hij een dubbele acht aan één kant van de lijn knoopte en hem om zijn schouder, zijn middel en door zijn kruis trok. Voorzichtig liep hij achterwaarts naar de afgrond, tilde de lijn wat op, spreidde zijn benen en verdween over de rand.

Ben zag de oudere man vrij in de lucht bungelen, langzaam heen en weer zwaaiend, met zijn gezicht naar de rotswand toe, tot hij een plek had gevonden voor zijn voeten. Toen zette hij spanning op de lijn en 'wandelde' naar beneden. Even later hing hij weer vrij, zwaaide wat heen en weer, totdat Ben een krakende bons hoorde, gevolgd door een kreet: 'Oké, kom maar!'

Ben greep het touw op dezelfde manier, liep achterwaarts naar de afgrond, hield zijn adem in en liet zich over de rand vallen.

De lijn schuurde meteen langs zijn kruis, wat een branderige schaafwond veroorzaakte, zelfs door zijn winddichte broek heen. Nu wist hij weer waarom hij zo'n hekel had aan de *dulfersitz*. Met zijn rechterhand als rem daalde hij langzaam af, zoekend naar houvast voor zijn voeten, manoeuvrerend met de lijn. Binnen een paar seconden ontdekte hij zijn doel: een kleine, donkere ellips. Dat moest de ingang van de grot zijn. Hij bewoog zijn voeten nog een paar meter omlaag, tot hij bij de opening kwam en zijn benen naar binnen zwaaide.

Dit zou niet zo gemakkelijk gaan als hij had gehoopt. Hij kon zich niet zomaar in de grot laten zakken. Dat lukte niet, omdat de ingang zich verticaal in de rotswand bevond.

'Nog wat verder naar binnen toe!' riep Neumann. 'Naar bínnen, zei ik!'

Ben begreep meteen wat hij bedoelde. Er zat daar een kleine richel waarop hij kon landen. Hij mocht nu geen fouten maken. De richel was maar een halve meter breed. Neumann zat daar gehurkt en hield zich met één hand aan de rotswand vast.

Toen Ben zich naar voren zwaaide, de grot in, kantelde hij automatisch ook naar achteren. Daardoor verloor hij zijn evenwicht en moest hij zich met al zijn kracht aan het touw vastklampen totdat hij weer stilhing. Ten slotte liet hij de lijn wat vieren, remmend met zijn rechterhand. Hij zwaaide de opening in, en weer naar buiten. Maar eindelijk, toen hij laag genoeg en ver genoeg naar binnen hing, liet hij zich op de richel vallen, met gebogen knieën om de klap op te vangen.

'Goed zo!' riep Neumann.

Nog steeds met de lijn in zijn handen boog Ben zich in de donkere grot naar voren en tuurde omlaag. Bij het zonlicht, dat onder een schuine hoek naar binnen viel, zag hij hoe gevaarlijk het was. De eerste dertig meter van de ingang van de grot bestond uit een steile helling met een dikke ijslaag – waterijs, spekglad en levensgevaarlijk. Zoiets had hij nog nooit gezien.

'Nou,' zei Neumann na een paar seconden, 'we kunnen niet de hele dag op die richel blijven staan, wel?' Hij voelde Bens tegenzin haarscherp aan.

Ervaring of niet, die lange ijshelling was geen prettig vooruitzicht. 'Vooruit dan maar,' zei Ben, met al het enthousiasme dat hij kon opbrengen.

Ze zetten hun lichtgewichthelmen op, maakten het klittenband onder hun kin vast en bevestigden de helmlampen. Neumann gaf Ben twee hightechpickels van harde kunststof, met een kromme bijl. Ze konden met lussen aan de pols worden gehangen en bungelden als nutteloze verlengstukken onder Bens armen.

Met een knikje draaide Neumann zijn gezicht naar de ingang. Ben volgde zijn voorbeeld. De zenuwen gierden door zijn lijf. Ze deden allebei een stap naar achteren, van de smalle richel af, en hun stijgijzers boorden zich in het ijs. De eerste paar stappen waren onwennig. Ben probeerde zijn evenwicht te bewaren, dreef zijn stijgijzers diep in de ijswand en daalde ver genoeg af om zijn pickels te grijpen en ze in het glinsterende oppervlak te slaan. Hij zag Neumann de steile wand afdalen alsof hij een trap afliep. De oude man was een geboren klimgeit.

Ben volgde hem aarzelend, als een spin, met zijn buik tegen het ijs gedrukt en zijn hele gewicht aan de lussen van de pickels. Het enige geluid was het knerpen van hun schoenen en het hakken van de pickels, steeds opnieuw. Tegen de tijd dat Ben het juiste ritme te pakken had, was hij al beneden, waar het ijs overging in kalksteen.

Neumann draaide zich om, ontdeed zich van zijn pickels en stijgijzers en begon aan de volgende helling, die minder steil was. Ben volgde hem op de voet.

Het was een geleidelijke afdaling, een soort wenteltrap door de rotsen. Onderweg scheen het licht van Bens helmlamp over de openingen van talloze zijgangen aan weerskanten, routes die hij misschien genomen zou hebben als hij Neumann niet bij zich had gehad. Hier waren geen markeringen in rode verf te vinden, geen enkele manier om onderscheid te maken tussen de juiste weg en al die dwaalsporen. Fritz Neumann vertrouwde op zijn geheugen.

Het leek hier warmer dan buiten, maar Ben wist dat dit bedrieglijk was. De wanden van de grot waren bedekt met permanent ijs, dus moest het hier vriezen, en door het water dat dieper in de berg liep zou het al gauw veel kouder aanvoelen. Bovendien was het extreem vochtig.

De bodem van de grot lag bezaaid met stenen, in een laagje water. Ben moest uitkijken om niet uit te glijden als het puin op de bodem begon te schuiven. De gang verbreedde zich al snel tot een galerij en Neumann bleef even staan. Langzaam draaide hij zijn hoofd van links naar rechts, waardoor het licht van zijn helmlamp over adembenemende rotsformaties viel. Sommige stalactieten leken op dunne limonaderietjes, teer en breekbaar, uitlopend in punten zo scherp als breinaalden. Maar er waren ook stompe, in lagen opgebouwde stalagmieten van calciet, en hier en daar een zuil waar een stalactiet en een stalagmiet aan elkaar waren vastgegroeid. Water droop van de wanden en sijpelde langs de stalactieten. Het gestage gedruppel op de bodem van de grot was het enige geluid in de griezelige stilte. Uitgeharde kalksteen vormde terrassen en aan de zoldering hingen doorschijnende gordijnen van calciet, als draperieën, met scherpe kartelranden. Overal hing de doordringende ammoniakstank van vleermuizenmest.

'Kijk!' zei Neumann. Ben draaide zich om en zag het perfect geconserveerde skelet van een beer. Opeens klonk het ritselende onweer van honderden klapwiekende vleugels: een groep vleermuizen was in hun winterslaap gestoord.

Ben begon de kou te voelen. Ondanks zijn voorzorgsmaatregelen was er op de een of andere manier toch water in zijn schoenen gekomen en hij kreeg natte sokken.

'Kom mee,' zei Neumann. 'Deze kant op.'

Hij ging voorop door een smalle gang, een van de tunnels die in de galerij uitkwamen, nauwelijks verschillend van de andere. De bodem liep langzaam omhoog en de wanden kwamen naar elkaar toe, bijna in een flessenhals. De doorgang was nauwelijks manshoog. Als Ben langer zou zijn geweest dan zijn een meter tachtig, had hij moeten bukken. De wanden waren glibberig van het ijs, het water onder hun voeten steenkoud.

Bens tenen raakten verdoofd, maar de lenige Neumann beklom de steile gang met verbazend gemak. Ben volgde hem wat langzamer en stapte voorzichtig over de scherpe stenen heen. Als hij hier zijn evenwicht verloor, zou hij een gemene val maken.

Eindelijk leek de bodem weer vlak te worden. 'We zijn nu ongeveer op dezelfde hoogte als het *Schloss*,' zei Neumann.

Opeens, zonder enige waarschuwing, liep de gang dood. Ze bleven staan bij een blinde wand met een stapel puin ervoor, blijkbaar de restanten van een oude instorting.

'Jezus,' zei Ben. 'Zijn we verdwaald?'

Zonder een woord schoof Neumann met zijn schoen wat steentjes opzij, waardoor een roestige ijzeren stang zichtbaar werd van ruim een meter lang. Met een zwierig gebaar tilde hij de stang van de grond.

'Daar is niemand aan geweest,' zei de Oostenrijker. 'U hebt geluk. Die doorgang is in geen jaren meer gebruikt. Niemand heeft hem ontdekt.'

'Waar hebt u het over?'

Neumann wrikte de ijzeren stang onder een rotsblok en leunde er met zijn volle gewicht op tot de steen van zijn plaats kwam. Daaronder lag een klein, onregelmatig gangetje van niet meer dan zestig centimeter hoog en een meter breed.

'In de oorlog legden we die steen ervoor om de toegang te verbergen.' Hij wees op de groeven in het rotsblok, die tientallen jaren oud moesten zijn. 'Verder zoekt u het zelf maar uit. Ik ga terug. Dit is een smalle doorgang, heel erg laag, maar u komt er wel doorheen, denk ik.'

Ben boog zich ernaar toe en bestudeerde de opening met interesse en afgrijzen. Paniek greep hem bij de keel.

Dit lijkt wel een doodskist, verdomme. Dat lukt me nooit.

'De tunnel is ongeveer tweehonderd meter lang. Het grootste deel is vlak, maar aan het eind begint hij te klimmen. Als hij niet is ingestort sinds mijn jeugd moet u ten slotte bij de uitgang komen. Een soort sleutelgat.'

'En dan ben ik in het *Schloss*?'

'Nee, natuurlijk niet. Er zit een hek voor. Misschien is het wel op slot; die kans is groot.'

'En dat vertelt u me nú?'

Neumann haalde een roestige loper uit een zak van zijn oude groene parka. 'Ik kan niet garanderen dat hij nog past, maar de laatste keer dat ik het probeerde deed hij het nog.'

'En dat is vijftig jaar geleden?'

'Langer nog,' gaf Neumann toe. Hij stak zijn hand uit. 'Hier neem ik afscheid,' zei hij plechtig. 'Ik wens u veel succes.'

44

Het ging maar net. Die verzetsmensen moesten heel moedig en vastberaden zijn geweest om naar het *Schloss* te kruipen, en dat meer dan eens, dacht Ben. Geen wonder dat ze een klein jochie als Fritz Neumann hadden gebruikt, die zich gemakkelijk door zo'n tunnel kon wurmen.

Ben was wel vaker door zulke gaten gekropen, in de grotten van White Sulphur Springs, maar nooit langer dan een paar meter, voordat ze zich weer verbreedden. Deze benauwde gang was honderden meters lang.

Nu pas begreep hij wat ervaren spelologen bedoelden als ze zeiden dat ze op hun onderaardse tochten hun oerangsten konden overwinnen: de angst voor het donker, een val in de diepte, verdwaald raken in een doolhof, levend begraven worden.

Maar hij had geen keus, zeker niet nu. Hij dacht alleen aan Anna en schraapte al zijn moed bij elkaar.

Voorover dook hij het gat in en voelde meteen een koude luchtstroom. De opening van de passage was ongeveer een halve meter hoog, dus kon hij alleen maar op zijn buik kruipen, als een aardworm.

Hij deed zijn rugzak af, zette zich af met zijn voeten, trok zich naar voren met zijn armen en duwde zijn rugzak voor zich uit. Op de bodem van de tunnel stond een paar centimeter ijskoud water. Zijn broek was al snel doorweekt. De gang maakte een scherpe hoek naar één kant, toen naar de andere, waardoor hij zich in een vreemde bocht moest wringen.

Maar eindelijk werd de tunnel wat breder en steeg de zoldering tot een hoogte van zo'n één meter twintig, zodat hij zijn gevoelloze buik uit het water kon tillen om gebukt verder te lopen.

In die houding kreeg hij al gauw pijn in zijn rug. In plaats van door te gaan besloot hij even te rusten. Hij legde de rugzak neer en steunde met zijn handen op zijn dijen.

Toen hij weer op weg ging, zag hij dat de zoldering weer daalde tot een meter en nog lager. Hij liet zich op handen en voeten zakken en kroop verder als een krab.

Maar niet lang. Zijn knieschijven waren niet bestand tegen de rotsachtige bodem. Eerst probeerde hij de druk te verminderen door zijn gewicht op zijn ellebogen en tenen te laten rusten. Toen hij daar moe van werd, ging hij kruipend verder. De zoldering werd steeds lager. Ben draaide zich op zijn zij, zette zich met zijn voeten af en trok zich aan zijn armen vooruit, de bochtige tunnel door. De gang was nu geen halve meter hoog meer, de stenen schraapten langs zijn rug en hij wachtte even om een golf van paniek te onderdrukken. Hij kroop weer op zijn buik, maar zag nergens een einde meer. Zijn helmlamp scheen een meter of zes voor hem uit, maar de benauwde doodskist van de tunnel leek eindeloos. De wanden kwamen steeds verder naar elkaar toe.

Ondanks zijn angst viel het hem op dat de gang zich geleidelijk omhoog leek te slingeren. Er lag geen water meer op de bodem, hoewel die nog vochtig was, en de stenen schaafden niet alleen meer langs zijn rug, maar nu ook tegen zijn buik.

Nog steeds duwde hij zijn rugzak voor zich uit. De tunnel was nog maar dertig centimeter hoog.

Ben zat in de val. Niet letterlijk – nog niet – maar zo voelde het wel. De angst kneep zijn keel dicht. Hij moest zich dwingen om verder te gaan. Zijn hart bonsde luid, de paniek werd hem te machtig en hij bleef weer even liggen.

De paniek zelf was het grootste gevaar, besefte hij. Daardoor raakte je verkrampt en kon je niet meer goed bewegen. Hij zoog de lucht in zijn longen en ademde heel diep uit om zijn borstomvang te verkleinen, zodat hij zich door de nauwe opening kon wringen.

Zwetend en klam kroop hij verder, terwijl hij zich probeerde te concentreren op waar hij heen ging, waarom, en hoe belangrijk dat was. Hij maakte al plannen voor wat hij moest doen zodra hij het *Schloss* was binnengedrongen.

De tunnel klom nu nog steiler. Ben haalde diep adem en voelde de wanden tegen zijn borstkas drukken. Ze belemmerden hem zijn longen met lucht te vullen. Dat veroorzaakte een golf van adrenaline, die zijn ademhaling snel en oppervlakkig maakte. Hij dacht dat hij zou stikken en moest weer even wachten.

Niet nadenken. Proberen te ontspannen.

Niemand anders dan Neumann wist dat hij hier was. Hij zou levend begraven worden in deze inktzwarte hel, waar geen daglicht meer bestond. Maar hij weigerde dat onheilspellende stemmetje in zijn hoofd te geloven. Zijn dappere, betere ik kreeg weer de overhand. Zijn hart klopte nu wat rustiger, de heerlijke koele lucht drong tot diep in zijn longen door en hij voelde een kalmte door zich heen trekken als inkt die zich over een vloeiblad verspreidt.

Rustig en met innerlijke overtuiging wrong en wrikte hij zich verder, zonder acht te slaan op de scherpe stenen die zijn rug openschaafden.

Opeens verhief de zoldering zich. De gang werd snel breder en Ben kon zich op handen en knieën hijsen om de steile helling te beklimmen. Hij kwam uit in een schemerige spelonk, waar hij helemaal rechtop kon staan. Nog nooit had hij beseft wat een zegen dat was.

Ergens ontdekte hij een lichtpuntje. Het was maar zwak en ver weg, maar in zijn ogen leek het een stralenkrans, net zo inspirerend als de zonsopkomst van een mooie dag.

Recht tegenover hem lag de uitgang van de grot. Het leek inderdaad op een sleutelgat, zoals Neumann had gezegd. Ben klauterde een berg van steentjes op en hees zich met stijve armen naar de opening.

Daar zag hij een hek van roestige tralies, dicht opeen. Het zat verankerd in de onregelmatige uitgang van de tunnel, net zo onwrikbaar als het deksel van een mangat. Hij kon niet zien wat erachter lag, behalve een rechthoek van licht, die onder een deur door leek te komen.

Hij pakte de loper die hij van Neumann had gekregen, stak hem in het slot en draaide hem om.

Probeerde hem om te draaien. Maar dat lukte niet. Er was geen beweging in te krijgen. Het slot zat vastgeroest, dat moest het zijn. Het was al tientallen jaren niet vervangen en langzamerhand veranderd in één brok roest. Hij wrikte de sleutel heen en weer, maar tevergeefs.

'O, mijn god,' zei Ben hardop.

Dit was het einde. Het enige probleem dat Neumann en hij niet hadden voorzien. Er was geen andere manier om binnen te komen. Zelfs als hij het gereedschap zou hebben gehad, had hij het hek niet kunnen uithakken. Het zat te stevig in de rots. Zou hij de hele weg weer terug moeten kruipen?

Of misschien... Misschien was een van de tralies zo ver doorgeroest dat hij hem kon verbuigen. Hij probeerde het. Met zijn gehandschoende hand beukte hij net zo lang tegen de ijzeren staven tot de pijn niet meer te harden was. Maar tevergeefs. Het hek gaf geen krimp. De roest was maar oppervlakkig.

In zijn wanhoop greep hij de tralies en begon er woedend aan te rukken, als een tot levenslang veroordeelde gevangene in San Quentin. Opeens hoorde hij een metaalachtig geluid. Een van de scharnieren was afgebroken.

Hij rukte nog harder, tot er weer een scharnier de geest gaf. Hij ging door, uitzinnig van vreugde, tot ten slotte het derde en laatste scharnier afbrak.

Ben greep het hek met twee vuisten beet, tilde het omhoog, duwde het naar voren en liet het voorzichtig op de grond zakken. Hij was binnen.

45

Bens handen raakten iets hards. Het was glad en stoffig: een zware ijzeren deur met een stevige grendel. Hij tilde de grendel op en duwde tegen de deur, die even piepte, hoog en hard. Blijkbaar was hij in geen tientallen jaren meer open geweest. Ben legde zijn schouder er tegenaan en de deur gaf kreunend mee.

Hij bevond zich in een grotere ruimte, maar nog betrekkelijk klein. Zijn ogen, gewend aan het donker, konden vormen en schimmen onderscheiden. Hij volgde de smalle streep licht naar een volgende deur, waar hij aan beide kanten naar een lichtknopje tastte. Hij vond de schakelaar en het licht ging aan: een kaal peertje in het plafond.

Het moest een kleine voorraadkast zijn, zag hij. Aan de stenen muren hingen stalen planken in een onbestemde beige kleur. Op de planken stonden oude kartonnen dozen, houten kisten en ronde metalen tanks.

Ben zette zijn helm en zijn wollen muts af, slingerde zijn rugzak van zijn schouders en haalde de twee halfautomatische pistolen eruit. Toen legde hij alles op een plank, behalve de wapens. Een van de pistolen stak hij achter de band van zijn dikke broek, tegen zijn rug aan. Het andere hield hij in zijn vuist, terwijl hij de fotokopie van de plattegrond bestudeerde. Natuurlijk zou het kasteel zijn verbouwd sinds de tijd van de klokkenfabriek, maar het basisplan kon niet veel veranderd zijn. Niemand zou de zware muren hebben verplaatst.

Hij probeerde de deurknop, die meteen meegaf. De deur ging open. Ben kwam uit in een helder verlichte gang met een stenen vloer en een gewelfd plafond. Niemand te zien.

Op goed geluk sloeg hij rechtsaf. De Vibram-zolen van zijn bergschoenen dempten zijn voetstappen. Het natte leer maakte een zacht zuigend geluid, meer niet.

Hij was nog niet ver gekomen toen er iemand opdook aan het einde van de gang en recht op hem afkwam. *Kalm blijven*, dacht hij. *Doen alsof je hier thuishoort.*

Dat viel niet mee voor iemand in natte, bemodderde klimspullen en zware schoenen, met een gezicht dat nog onder de blauwe plekken en schrammen zat van het incident in Buenos Aires.

Snel nu. Links was een deur. Hij bleef staan, luisterde even en deed de deur open, in de vurige hoop dat de kamer verlaten was.

Op het moment dat hij naar binnen dook, kwam de andere man voorbij, gekleed in een witte tuniek of overall. Hij had een pistool op zijn heup. Een bewaker, veronderstelde Ben.

De kamer was misschien zes meter lang en vijf meter breed. Bij het licht vanuit de gang zag hij dat het ook een voorraadruimte moest zijn, met metalen kasten langs de muren. Hij vond een schakelaar en deed het licht aan.

Wat hij zag, was te afschuwelijk voor woorden. Eén moment wist hij zeker dat het een nachtmerrie moest zijn, of een gruwelijke vorm van gezichtsbedrog. Maar dat was het niet. Godallemachtig, dacht hij. Dit was onmogelijk.

Hij kon het niet aanzien, maar was evenmin in staat zijn ogen ervan af te wenden. Op de planken stonden rijen stoffige glazen flessen, sommige zo klein als de weckflessen die mevrouw Walsh had gebruikt om compote te maken, andere ruim een halve meter hoog. Elke pot bevatte een soort vloeistof, waarschijnlijk een conserveringsmiddel, zoals formaline, een beetje nevelig door ouderdom en onzuiverheden. En in die vloeistof dreven, als augurken in het zuur, één per fles...

Nee, dit kon niet! Hij huiverde over zijn hele lichaam. *In elke fles dreef een mensenbaby.*

En de flessen waren met spookachtige precisie opgesteld. In de kleinste zaten embryo's in de vroegste fase, kleine bleekroze garnalen, doorschijnende insecten met groteske grote hoofden en staarten. Daarna kwamen foetussen die niet veel groter waren dan een centimeter of drie: ineengedoken, met stompe armpjes en grote hoofden, drijvend in de mantel van hun vruchtwaterzak.

Ernaast stonden foetussen die niet veel groter maar wel veel menselijker waren, met gebogen beentjes en zwaaiende armpjes, ogen als zwarte krenten, zwevend in een volmaakt ronde zak met de grillige stralenkrans van het buitenste vruchtvlies. Minikindjes, met gesloten ogen, hun duim in de mond en piepkleine maar perfect gevormde ledematen.

Naarmate de flessen groter werden, groeide ook de inhoud, totdat hij bij de laatste kwam, met voldragen baby's, klaar om geboren te worden, hun oogjes dicht en hun armen en benen gespreid, hun vuistjes open of dichtgeklemd, de doorgesneden navelstreng drijvend in het vocht, tussen doorschijnende kringeltjes vruchtwater.

Er moesten hier minstens honderd flessen met embryo's, foetussen en baby's staan. Elke fles had een etiket in het Duits, in keurig schoonschrift, met een datum (wanneer ze uit de moederschoot waren gerukt?), de prenatale leeftijd, het gewicht in grammen en de grootte in centimeters. De data liepen van 1940 tot 1954. *Gerhard Lenz had experimenten gedaan op baby's en kinderen.*

Het was nog erger dan Ben zich ooit had kunnen voorstellen. De man was een onmens geweest, een monster... *Maar waarom stonden deze lugubere bewijzen hier nog?*

Hij had grote moeite om een schreeuw te onderdrukken. Ontzet wankelde hij naar de deur. Tegen de muur ernaast stonden glazen tanks, van een halve meter tot bijna anderhalve meter hoog en een halve meter doorsnee. En in die tanks dreven geen foetussen, maar kleine kinderen. Kleine kinderen met oude gezichtjes, van pasgeboren baby's tot kleuters tot kinderen van zeven of acht jaar oud. Kinderen, vermoedde hij, die waren getroffen door het syndroom van vroegtijdige veroudering, bekend als progeria. Gezichtjes van oude mannen en vrouwen staarden hem aan. Zijn nekharen kwamen overeind. Kinderen. Dode kinderen...

Hij dacht aan die arme vader van Christoph in zijn sombere appartement. *Mijn Christoph is gestorven als een gelukkig kind.*

Een privésanatorium, had de vrouw van de stichting gezegd. Exclusief, besloten, en heel luxueus.

Ben draaide zich om, met een duizelig gevoel, en wilde vertrekken. Toen hoorde hij voetstappen. Voorzichtig keek hij door een kier en zag nog een bewaker in een witte overall naderen. Snel trok hij zich in de kamer terug en verborg zich achter de deur. Op het moment dat de bewaker passeerde, schraapte hij luid zijn keel. De voetstappen hielden halt. De bewaker stapte de kamer binnen, zoals Ben had verwacht. Snel als een cobra sloeg hij toe en liet de kolf van zijn pistool op het achterhoofd van de man neerdalen. De bewaker zakte in elkaar.

Ben deed de deur dicht, legde zijn vingers tegen de hals van de bewaker en voelde zijn slagader. Nog levend, maar bewusteloos, en dat nog wel een tijdje, concludeerde Ben. Hij pakte de holster van de man, haalde de Walther PPK eruit en trok hem zijn witte overall uit. Snel ontdeed hij zich van zijn eigen klamme kleren en trok het uniform aan. Het was hem te wijd, maar het ging. De schoenen pasten gelukkig wel. Met zijn duim drukte hij tegen de pal van de pa-

478

troonhouder op de linkerkant van de Walther en haalde het magazijn eruit. Alle acht koperen patronen zaten er nog in.

Hij had nu drie vuurwapens, een heel arsenaal. Hij doorzocht de zakken van de overall, maar vond alleen een pakje sigaretten en een sleutelkaart, die hij meenam.

Toen stapte hij weer de gang in en wachtte even om zich ervan te overtuigen dat er niemand meer in de buurt was. Verderop in de gang stuitte hij op de matglanzende stalen deuren van een grote lift, heel modern voor zo'n oud gebouw. Hij drukte op de knop.

Er klonk een belletje en de deuren gingen open. De binnenkant van de lift was met een beschermende grijze laag gecapitonneerd. Hij stapte naar binnen, bekeek het paneel en zag dat er een sleutelkaart nodig was om de lift in beweging te krijgen. Hij gebruikte de kaart van de bewaker en drukte op de knop van de begane grond. De deuren sloten zich snel, de lift ging met een schokje omhoog en opende zich even later in een totaal andere wereld.

Ben zag een helder verlichte, ultramoderne gang die niet zou hebben misstaan op het hoofdkantoor van welke multinational ook.

Op de vloer lag een neutraal grijs kantoortapijt en de wanden bestonden niet uit de oude stenen van beneden, maar uit gladde, witte tegels. Een paar mannen in witte jassen, artsen of laboranten misschien, liepen voorbij. Een van hen duwde een metalen karretje. De ander wierp een blik op Ben, maar keek dwars door hem heen.

Zelfbewust liep hij de gang door. Twee jonge Aziatische vrouwen, ook in witte jasjes, stonden bij de open deur van wat eruitzag als een laboratorium en spraken een taal die Ben niet herkende. Ze waren zo verdiept in hun gesprek dat ze hem niet opmerkten.

Daarna kwam hij in een grote aula, verlicht door een combinatie van zacht tl-licht en de amberkleurige late middagzon die door hoge kerkramen naar binnen viel. Dit moest ooit de grote ontvangstzaal van het *Schloss* zijn geweest, die smaakvol tot een moderne lobby was verbouwd. Een sierlijke stenen trap slingerde zich naar boven. Er kwam een aantal deuren op de lobby uit, elk voorzien van een nummer en een letter, in zwart op een wit bordje. De deuren waren voorzien van sloten met een kaartlezer en gaven waarschijnlijk toegang tot verschillende gangen.

Een stuk of tien mensen liepen heen en weer, op weg naar de gangen, de trap of de liften. De meesten droegen laboratoriumjassen, witte slobberbroeken, witte schoenen of gympen. Alleen de bewakers in hun witte overalls hadden stevige zwarte schoenen aan. Een man in een witte jas kwam langs de twee Aziatische vrouwen en zei iets tegen hen. De vrouwen draaiden zich om en liepen terug naar het laboratorium. Blijkbaar had de man een hogere functie, een zeker gezag.

Twee broeders droegen een brancard de hal door. Er lag een bewegingloze oude man op, in een lichtblauw ziekenhuishemd. Een andere patiënt in een ziekenhuispyjama stak de lobby over van gang 3A naar gang 2B. Het was een krachtig uitziende man van een jaar of vijftig, die hinkte alsof hij erg veel pijn had.

Wat had dit allemaal te betekenen? En als Anna hier was, waar kon hij haar dan vinden?

De kliniek was veel groter en veel drukker dan hij had verwacht. Wat ze hier ook deden, wat de functie ook was van die afzichtelijke specimens in de kelder – áls ze tenminste iets te maken hadden met het werk dat hier werd gedaan – in elk geval waren er heel wat mensen bij betrokken: patiënten, doktoren en laboranten.

Ze moet hier ergens zijn, ik voel het.

Maar was ze veilig? Leefde ze nog? Als ze had ontdekt wat voor gruwelijke dingen hier gebeurden, zouden ze haar dan in leven hebben gelaten?

Hij moest verder. En snel. Ben liep haastig de hal door, met een streng gezicht: een bewaker die zijn ronde deed. Hij bleef staan bij gang 3B en stak zijn sleutelkaart in het slot, in de hoop dat het de goede kaart zou zijn.

De deur klikte. Hij stapte een lange witte gang binnen – een gewone, onopvallende ziekenhuisgang. Onder de mensen die hij tegenkwam was een vrouw in een wit uniform, waarschijnlijk een verpleegster, die een klein kind aan een lijn bij zich had. Het leek alsof ze een grote, gehoorzame hond uitliet.

Ben keek scherp naar het kind en zag aan de perkamentachtige huid en het gerimpelde, verschrompelde gezichtje dat het een jongetje moest zijn dat aan progeria leed. Hij leek sterk op het kind op de foto's in het appartement van de vader waar hij pas geweest was. Hij leek ook op de volgroeide kinderen die in tanks met formaldehyde dreven, in die gruwelkamer beneden.

De jongen liep als een oud mannetje, schokkerig en wijdbeens. Bens fascinatie sloeg om in een ijzige woede.

De jongen bleef staan voor een deur en wachtte geduldig tot de vrouw die de riem vasthield de deur had geopend met een sleutel aan een koordje om haar nek. De deur gaf toegang tot een grote, door glas omgeven ruimte die vanuit de gang goed te zien was.

De lange kamer achter de glaswand had een kinderafdeling van een ziekenhuis kunnen zijn, afgezien van het feit dat alle kinderen hier aan progeria leden. Ben zag zeven of acht van die kleine, vroeg-oude kinderen. Eerst dacht hij dat ze ook aan een riem lagen, maar bij nadere beschouwing bleken ze een doorschijnende plastic slang in hun rug te hebben. De slangen waren verbonden met glimmende metalen cilinders. Blijkbaar kreeg ieder kind via de slang een intraveneus infuus toegediend. Ze hadden geen wenkbrauwen of wimpers en hun hoofdjes waren klein en verschrompeld, met een huid als crêpepapier. De paar kinderen die rondliepen, schuifelden als oude mannetjes. Een paar anderen zaten op de grond gehurkt, verdiept in een spelletje of puzzel. Twee kinderen speelden samen, met hun slangetjes in elkaar verstrengeld. Een klein meisje met een blonde pruik slenterde doelloos rond. Ze zong of praatte in zichzelf, maar ze was niet te verstaan.

De Lenz Stichting. Elk jaar werden een paar uitverkoren kinderen in de kliniek uitgenodigd. Bezoek was niet toegestaan.

Dit was geen zomerkamp, geen herstellingsoord. Deze kinderen werden behandeld als dieren. Ze moesten proefpersonen in een of ander experiment zijn, dat kon niet anders.

Die kinderen in de kelder, op sterk water gezet. Kinderen die als honden aan een riem werden uitgelaten.

Een privésanatorium... Dit was evenmin een sanatorium als een kliniek, wist Ben. Maar wat dan wel? Wat voor 'wetenschap' werd hier bedreven?

Half misselijk draaide hij zich om en liep de gang uit. Helemaal aan het eind, aan de linkerkant, was een rode deur die op slot zat. Er was weer een sleutelkaart voor nodig. Anders dan de meeste deuren in de gang had deze geen ruitje. Er stond geen enkele aanduiding op, maar Ben wist dat hij moest ontdekken wat erachter lag. Hij stak de sleutelkaart van de bewaker in het slot, maar er gebeurde niets. Blijkbaar vroeg deze deur om een andere legitimatie.

Net toen hij zich omdraaide, ging de deur open. Een man in een witte jas kwam naar buiten, met een klembord in zijn hand en een bungelende stethoscoop in zijn borstzakje. Een arts. De man keek ongeïnteresseerd naar Ben, knikte even en hield de deur voor hem open. Ben stapte naar binnen. Hij was totaal niet voorbereid op wat hij daar zag.

Hij bevond zich in een zaal met een hoog plafond, als een basketbalveld. De gewelfde stenen zoldering en de gebrandschilderde kerkramen leken het enige dat nog over was van de oorspronkelijke architectuur. Volgens de plattegrond was deze reusachtige ruimte ooit een privékapel geweest, zo groot als een kerk. Ben vroeg zich af of de zaal later misschien als werkvloer van de fabriek was gebruikt. De ruimte was meer dan dertig meter lang, ongeveer net zo breed, en zeker tien meter hoog.

Het was nu een medische afdeling, dat was duidelijk. Maar tegelijkertijd deed het denken aan een fitnessclub, goed uitgerust maar ook Spartaans.

In één hoek van de zaal stond een rij ziekenhuisbedden met gordijnen ertussen. Een paar bedden waren leeg, maar in vijf of zes ervan lagen patiënten op hun rug, verbonden met monitors en infusen. In een andere hoek zag Ben een lange rij zwarte loopmachines, voorzien van een ECG-monitor. Enkele oude mannen en vrouwen renden op de loopband, met elektronen en sondes op hun armen, benen, nek en hoofd.

Hier en daar waren verpleegstersposten ingericht, met beademings- en anesthesieapparatuur. Een stuk of tien artsen en verpleegkundigen hielden toezicht, hielpen de patiënten of deden ander werk. Rond de hele ruimte liep een loopbrug, ongeveer zes meter boven de vloer en drie meter vanaf het plafond.

Ben besefte dat hij te lang bij de deur was blijven staan. In zijn bewakersuniform moest hij de indruk wekken dat hij nuttig bezig was. Dus stapte hij rustig maar zelfverzekerd naar binnen en keek scherp naar links en rechts.

Een oude man zat in een moderne stoel van zwart staal en leer. Hij had een plastic slangetje in zijn arm, dat met een infuus was verbonden. De man zat te telefoneren, met een stapel papieren op zijn schoot. Hij was kennelijk een patiënt, maar hij zat toch te werken.

Op verschillende plaatsen was zijn haar zo donzig als van een pasgeboren baby. Opzij was het grover, dichter en dikker, met witte of grijze punten, maar bruin of zwart bij de wortels.

De man leek bekend. Zijn gezicht had vaak op het omslag van *Forbes* of *Fortune* gestaan, dacht Ben: een zakenman of investeerder, een beroemdheid.

Ja, hij wist het. Ross Cameron! Het 'orakel uit Santa Fe', zoals ze hem noemden. Een van de rijkste mannen ter wereld.

Ross Cameron. Geen twijfel mogelijk.

Naast hem zat een veel jongere man, die Ben meteen herkende. Het kon niemand anders zijn dan Arnold Carr, de softwaremiljardair en oprichter van Technocorp. Hij was ergens in de veertig. Het was bekend dat Cameron en Carr bevriend waren. Cameron was altijd Carrs mentor of goeroe geweest; ze hadden een soort vader-zoonrelatie. Ook Carr was verbonden met een infuus en zat te telefoneren, bezig met zijn zaken, maar zonder papieren.

Twee legendarische miljardairs, die hier gezellig naast elkaar zaten als twee vrienden bij de kapper. In een 'kliniek' in de Oostenrijkse Alpen. Terwijl er een vloeistof in hun lichaam werd gepompt. Werden ze soms onderzocht? Of ergens voor behandeld? Er gebeurde hier iets bizars, iets dat zo geheim en belangrijk was dat het een strenge beveiliging vereiste en dat er zelfs mensen voor waren vermoord.

Een derde man kwam naar Cameron toe om hem te begroeten. Ben herkende de voorzitter van de Federal Reserve, de Amerikaanse centrale bank, inmiddels in de zeventig en een van de meest eerbiedwaardige figuren in Washington.

Een eindje verderop was een verpleegster bezig de bloeddruk op te nemen van... dat moest Sir Edward Downey zijn, hoewel hij er nog steeds uitzag als dertig jaar geleden, toen hij nog minister-president van Engeland was.

Ben liep door tot hij bij de loopmachines kwam, waar een man en een vrouw naast elkaar op de loopband renden, pratend en hijgend. Ze droegen allebei een grijs joggingpak, een grijs sweatshirt en witte sportschoenen, en ze hadden allebei elektroden op hun voor- en achterhoofd, hun nek, hun armen en hun benen. De kronkelende snoeren van de elektroden liepen naar achteren en omhoog, zodat ze niet in de weg zaten. Ze waren verbonden met Siemens-monitors die zo te zien hun hartfunctie registreerden.

Ben herkende hen allebei. De man was dr. Walter Reisinger, de professor van Yale die minister van Buitenlandse Zaken was geweest. In werkelijkheid zag Reisinger er veel gezonder uit dan op de televisie of op foto's. Zijn huid had een frisse gloed, hoewel dat misschien door de inspanning kwam, en zijn haar leek donkerder, hoewel het misschien was geverfd. De vrouw op de loopband naast hem met wie hij praatte leek op een rechter van het Hooggerechtshof, Miriam Bateman. Maar van rechter Bateman was bekend dat ze bijna krom liep door gewrichtsreuma. Tijdens de State of the Union, als de leden van het Hooggerechtshof binnenkwamen, was rechter Bateman altijd de langzaamste. Ze liep met een stok. Deze vrouw... déze rechter Bateman... jogde als een Olympische atlete in training.

Waren deze mensen soms dubbelgangers van bekende figuren,

vroeg Ben zich af. Maar dat vormde geen verklaring voor de infusen en de oefeningen. Het moest iets anders zijn.

Hij hoorde de kloon van dr. Reisinger iets tegen de kloon van rechter Bateman zeggen over 'de uitspraak van het hof'. Het wás geen kloon. Het moest rechter Miriam Bateman zijn, en niemand anders. Maar wat was dit dan voor een kliniek? Een soort kuuroord voor beroemde mensen met veel geld?

Ben had wel van die plaatsen gehoord, in Arizona, New Mexico en Californië, en soms in Zwitserland of Frankrijk. Herstellingsoorden waar de rijken naar toe gingen om bij te komen van plastische chirurgie, een drank- of drugsverslaving, of om vijf of tien kilo af te vallen.

Maar dit...? De elektroden, de infuusslangen, de ECG-schermen...? Die beroemde mensen – allemaal oud, behalve Arnold Carr – werden medisch gecontroleerd, maar waarom?

Ben kwam langs een rij StairMasters. Op een ervan rende een oude man op topsnelheid op en neer, zoals Ben ook regelmatig deed op zijn sportschool. Ook deze man – Ben kende hem niet – droeg een grijs joggingpak. De voorkant van zijn sweatshirt was doordrenkt van het zweet.

Ben kende jonge sportmensen van in de twintig die zo'n hoog tempo niet langer dan een paar minuten zouden volhouden. Hoe was het in vredesnaam mogelijk dat deze oude man, met zijn gegroefde gezicht en zijn handen vol levervlekken, daar wél toe in staat was?

'Hij is zesennegentig,' klonk een diepe mannenstem. 'Heel bijzonder, vindt u niet?'

Ben keek om zich heen en toen omhoog. De man die de woorden had gesproken stond op de loopbrug, recht boven Ben. Het was Jürgen Lenz.

46

Een zacht, diep geklingel klonk door de ruimte, melodisch en rustgevend. Jürgen Lenz, onberispelijk gekleed in een antracietgrijs pak met een blauw overhemd en een zilverkleurige das onder een gesteven witte doktersjas, kwam de smeedijzeren trap af naar de zaal. Zijn blik gleed over de loopmachines en StairMasters. De rechter van het Hooggerechtshof, de ex-minister van Buitenlandse Zaken en de meeste anderen ronddden hun oefeningen af en stapten van hun apparaten. Verpleegkundigen maakten de snoeren van hun lichaam los.

'Dat is het signaal voor de volgende helikoptervlucht naar Wenen,' zei Lenz tegen Ben. 'Tijd om terug te keren naar het International Children's Health Forum, waarvan ze zo bereidwillig wat tijd hebben vrijgenomen. Onnodig te zeggen dat het drukbezette mensen zijn, ondanks hun leeftijd. Misschien wel dánkzij hun leeftijd. Allemaal hebben ze de wereld nog zoveel te geven. Daarom heb ik hen ook geselecteerd.'

Hij maakte een subtiel handgebaar. Opeens werd Ben van achteren bij zijn armen gepakt. Twee bewakers hielden hem vast, terwijl een derde hem vakkundig fouilleerde en hem zijn drie wapens afnam. Lenz wachtte ongeduldig terwijl de pistolen in beslag werden genomen, als een causeur tijdens een diner die in zijn verhaal wordt gestoord door het opdienen van de salades.

'Wat hebt u met Anna gedaan?' vroeg Ben vlijmscherp.

'Dat wilde ik ú juist vragen,' antwoordde Lenz. 'Ze stond erop de kliniek te inspecteren en natuurlijk kon ik dat niet weigeren. Maar ergens onderweg zijn we haar kwijtgeraakt. Blijkbaar is ze heel handig in het ontwijken van beveiligingssystemen.'

Ben nam Lenz aandachtig op en probeerde te bepalen wat er waar was van wat hij zei. Was dat zijn manier om tijd te rekken, om te weigeren haar naar hem toe te brengen? Probeerde hij te onderhandelen? Ben voelde een golf van paniek opkomen.

Staat hij te liegen? Verzint hij een verhaal waarvan hij weet dat ik het zal geloven, dat ik het wíl geloven? Heb je haar vermoord, vuile klootzak met je leugens?

Aan de andere kant was het best mogelijk dat Anna was verdwenen om te onderzoeken wat zich afspeelde in de kliniek. 'Ik waarschuw je. Als haar ook maar íéts overkomt...'

'Er zal haar niets gebeuren, Benjamin. Helemaal niets.' Lenz stak zijn handen in zijn zakken en boog zijn hoofd. 'Dit is immers een kliniek die in dienst staat van het leven.'

'Ik ben bang dat ik al te veel heb gezien om dat nog te geloven.'

'Maar hoeveel heb je begrépen van wat je hebt gezien?' vroeg Lenz. 'Als je eenmaal begrijpt wat voor werk we hier doen, zul je het belang ervan wel inzien.' Hij gaf de bewakers een teken om Ben te laten gaan. 'Dit is de bekroning van een levenswerk.'

Ben zei niets. Ontsnappen was onmogelijk. Maar eigenlijk wilde hij hier ook blijven.

Je hebt mijn broer vermoord. En Anna? Haar ook?

Lenz was weer aan het woord. 'Het was de grote obsessie van Adolf Hitler, weet je. Het Duizendjarige Rijk en al die nonsens... hoe lang heeft het helemaal geduurd? Twaalf jaar? Hij had een theorie dat de bloedlijn van het Arische ras was vervuild, vertroebeld, door vermenging. Zodra het zogenaamde 'meesterras' was gezuiverd, zouden Ariërs heel lang kunnen leven. Onzin, natuurlijk. Maar ik moet die oude gek wel één ding nageven. Hij was vastbesloten te ontdekken hoe hij en de andere leiders van het Reich langer konden leven, dus gaf hij een handjevol van zijn beste wetenschappers de vrije teugel en onbeperkte middelen. Ze mochten experimenteren op concentratiekampgevangenen. Alles was toegestaan.'

'Mogelijk gemaakt door de goedgeefse medewerking van het grootste monster van de twintigste eeuw,' zei Ben op snijdende toon.

'Een krankzinnige despoot, daar zijn we het over eens. En zijn gebral over een duizendjarig rijk was belachelijk. Hitler was een ernstig gestoord man, die een tijdperk van duurzame stabiliteit beloofde. Maar de combinatie van de twee dingen die hij wilde, een lang leven en stabiliteit, was niet zo onzinnig.'

'Dat begrijp ik niet.'

'Wij mensen zijn in één opzicht heel slecht ontworpen. Van alle soorten op deze planeet kennen wij de langste dracht en kindertijd – de langste ontwikkelingsfase. En dat geldt zowel voor onze verstandelijke als voor onze lichamelijke ontwikkeling. We hebben twintig jaar nodig om fysiek volwassen te worden en vaak nog eens tien jaar om ons gekozen vakgebied onder de knie te krijgen. Iemand met een werkelijk ingewikkeld beroep, zoals een chirurg, kan ruim boven de dertig zijn voordat hij zijn vak volledig beheerst. Hij blijft doorgaan met leren en zich specialiseren, maar wat gebeurt er tegen de tijd dat hij op de top van zijn kunnen staat? Dan worden zijn ogen slechter en raken zijn vingers hun precisie kwijt. De gevolgen van het ouder worden beroven hem van waar hij zijn halve leven naar toe heeft gewerkt. Het lijkt wel een slechte grap. Wij zijn als Sisyfus. Zodra we het rotsblok naar de top van de heuvel hebben geduwd, rolt het weer naar beneden. Ik heb gehoord dat je ooit voor de klas hebt gestaan. Bedenk eens hoeveel tijd de menselijke samenleving besteedt aan het simpelweg herhalen van zichzelf: het doorgeven van haar instellingen, kennis en vaardigheden, als de pijlers van onze beschaving. Het is een ongelooflijk compliment voor onze vastberadenheid dat we toch nog vorderingen maken op de lange duur. Maar hoeveel verder had onze soort zich kunnen ontwikkelen als de leiders, zowel op politiek als intellectueel terrein, zich hadden kunnen concentreren op vooruitgang en niet op hun eigen opvolging? Hoeveel verder zouden we zijn als sommigen van ons in staat zijn om door te gaan, steeds meer te leren en zich te specialiseren, zonder te hoeven stoppen! Hoeveel verder zouden we zijn als de besten en knapsten onder ons dat rotsblok naar boven konden blíjven duwen in plaats van tegen het verzorgingshuis of het graf te moeten strijden tegen de tijd dat de top in zicht komt?'

Een somber lachje. 'Gerhard Lenz was een briljante geest, wat we verder ook van hem mogen denken,' vervolgde Lenz. Ben maakte in gedachten een aantekening: Was Jürgen Lenz echt Gerhards zoon? 'De meeste van zijn theorieën hebben nooit ergens toe geleid, maar hij was ervan overtuigd dat het geheim van hoe en waarom mensen ouder worden in onze cellen te vinden moest zijn. En dat was nog voordat Watson en Crick het DNA ontdekten, in 1953! Een bijzondere man, en dat meen ik. Hij had een vooruitziende blik, in zoveel opzichten. Hij wist dat de nazi's zouden verliezen, dat Hitler zou verdwijnen en dat de fondsen zouden opdrogen. Hij wilde gewoon doorgaan met zijn werk. En weet je waarom dat zo belangrijk was, Benjamin? Mag ik Benjamin zeggen?'

Maar Ben was met zijn aandacht ergens anders. Hij staarde verbijsterd om zich heen in dat grote laboratorium, en gaf geen antwoord. Omdat hij aanwezig was, maar toch ook niet. Hij lag verstrengeld met Anna, hun lichamen vochtig en warm. Hij zag haar huilen toen hij haar over Peter had verteld. Hij zat in een afgelegen auberge in Zwitserland met Peter. En hij stond over het bebloede lichaam van zijn broer gebogen.

'Een bijzondere onderneming vraagt bijzondere middelen. Hitler zwetste over stabiliteit, terwijl hij die stabiliteit zelf vernietigde, en zo ging het ook met andere dictators in andere delen van de wereld. Maar Sigma zou wérkelijk kunnen bijdragen aan de pacificatie van de wereld. De oprichters wisten wat nodig was. Ze waren maar één geloof toegedaan: de rede. De unieke vorderingen die wij de afgelopen eeuw in de technologie hadden gemaakt, moesten worden gekoppeld aan vorderingen in het gezag over onze soort, het menselijk ras. Wetenschap en politiek konden niet langer van elkaar worden gescheiden.'

Eindelijk luisterde Ben weer. 'Wat je zegt, slaat nergens op. De technologie was juist een hulpmiddel voor de waanzin. De totalitaire staat was afhankelijk van massacommunicatie. En wetenschappers hebben de holocaust mogelijk gemaakt.'

'Des te meer reden voor het bestaan van Sigma, als een bolwerk tegen dat soort waanzin. Dat begrijp je toch wel? Eén enkele gek had Europa aan de rand van de anarchie gebracht. Aan de andere kant van het continent had een klein groepje agitatoren het uitgestrekte rijk van Peter de Grote in een heksenketel veranderd. De waanzin van de massa versterkte de gekte van het individu. Dat had die eeuw ons wel geleerd. De toekomst van de westerse beschaving was veel te belangrijk om aan de meute over te laten. De nasleep van de oorlog had een vacuüm achtergelaten, een gevaarlijk vacuüm. Overal verkeerde de burgermaatschappij in chaos. Dus was het aan een kleine, goed georganiseerde groep machtige mannen om de orde te herstellen en een indirect gezag te vestigen. De hefbomen van de macht moesten worden gemanipuleerd, hoewel die manipulatie zorgvuldig moest worden verborgen achter de façade van een officiële overheid. Er was behoefte aan een verlicht leiderschap – maar achter de schermen.'

'En wie garandeerde dat dat leiderschap verlicht zou zijn?'

'Dat zei ik je al. Lenz was een man met visie, net als de grote ondernemers met wie hij een verbond sloot. Het komt steeds weer neer op dat huwelijk tussen wetenschap en politiek. Het één moest het ander genezen en versterken.'

Ben schudde zijn hoofd. 'Ook dat klopt natuurlijk niet. Die ondernemers waren volkshelden, een groot aantal van hen. Waarom zouden ze gemene zaak hebben gemaakt met types als Strasser en Gerhard Lenz?'

'Ja, het was een bijzonder omvangrijke groep. En vergeet vooral de onmisbare rol van je vader niet.'

'Een jood.'

'Dubbel onmisbaar, zou je kunnen zeggen. Er werden grote sommen geld uit het Derde Rijk weggesluisd en het was een werkelijk onvoorstelbare uitdaging om dat geheim te houden. Jouw vader, die een genie was op financieel gebied, besloot die uitdaging aan te nemen. En het was een nuttige bijkomstigheid dat hij een jood was, omdat we zo onze geallieerde collega's gerust konden stellen dat dit niet een van die krankzinnige plannetjes van de Führer was. Het was een zakelijke onderneming, waar we allemaal beter van konden worden.'

Ben keek hem sceptisch aan. 'Je hebt me nog steeds niet uitgelegd wat de speciale aantrekkingskracht van Gerhard Lenz was voor die zakenmensen.'

'Lenz had hun iets te bieden. Of eigenlijk was het nog maar een belofte. In kringen van ondernemers ging het gerucht dat Lenz een belangrijke wetenschappelijke doorbraak had bewerkstelligd op een gebied dat van persoonlijk belang was voor hen allemaal. Op basis van eerdere successen dacht Lenz dat hij al grotere vorderingen had gemaakt dan toen nog het geval was. Maar hij was heel enthousiast en dat werkte aanstekelijk. Uiteindelijk zouden de oprichters van de onderneming zelf niet meer profiteren van zijn onderzoek, hoewel ze waardering verdienen omdat ze het mogelijk hebben gemaakt. Achter de schermen zijn miljarden dollars in zijn research gestoken – een onderneming waarbij vergeleken het Manhattan Project niet meer was dan een scheikundeproefje op de middelbare school. Maar nu komen we op zaken die je begrip misschien te boven gaan.'

'Probeer het eens.'

'Jouw interesse is natuurlijk zuiver academisch?' vroeg Lenz droog. 'Net als die van mevrouw Navarro?'

'Wat heb je met haar gedaan?' vroeg Ben nog eens. Hij draaide zich om naar Lenz alsof hij uit een verdoving ontwaakte. Zijn woede had hij al achter zich gelaten. Hij bevond zich nu op een andere, kalmere plaats. Hij speelde met de gedachte om Jürgen Lenz te vermoorden en besefte met een vreemd soort voldoening dat hij het inderdaad in zich had een ander mens te doden.

En hij probeerde te bedenken hoe hij Anna moest vinden. *Ik zal naar je luisteren, klootzak. Ik zal beleefd en vriendelijk blijven en je laten praten totdat je me naar haar toe hebt gebracht. En daarna maak ik je dood.*

Lenz keek hem strak aan en ging toen verder met zijn uitleg. 'De basisfeiten ken je al, neem ik aan. Het komt er simpel gezegd op neer dat dit onderzoek de grenzen van onze sterfelijkheid wilde verkennen. Een mens kan honderd jaar worden, als hij geluk heeft. Muizen worden maar twee jaar oud. Maar de schildpadden op de Galápagos-eilanden leven wel *tweehonderd* jaar. Waar komt dat door? Heeft de natuur die arbitraire grenzen bepaald?'

Lenz liep langzaam heen en weer voor Ben. Zijn lijfwachten bleven in de buurt. 'Hoewel mijn vader gedwongen werd naar Zuid-Amerika te verhuizen, hield hij op afstand de leiding van zijn laboratorium hier. Een paar keer per jaar reisde hij op en neer. Eind jaren vijftig deed een van zijn wetenschappers een intrigerende ontdekking: steeds als een menselijke cel zich deelt, worden de chromosomen, die kleine strengen DNA, iets korter! Het is maar een microscopisch klein verschil, maar het valt niet te ontkennen. De vraag was dus wát er nu eigenlijk korter werd. Het kostte jaren om dat antwoord te vinden.' Hij glimlachte weer. 'Vader had gelijk. Het geheim ligt inderdaad in onze cellen.'

'De chromosomen,' zei Ben. Hij begon het te begrijpen. *Vader had gelijk.* Hij kreeg een vermoeden waar Max naar toe was gegaan.

'Eigenlijk maar een heel klein deeltje van de chromosomen – het uiterste puntje, dat een beetje lijkt op die plastic hulsjes aan het einde van een schoenveter. Die dingetjes waren al in 1938 ontdekt en worden "telomeren" genoemd. Ons team ontdekte dat bij elke celdeling die kleine puntjes korter en korter worden, tot de cel begint af te sterven. Dan valt ons haar uit, dan worden onze botten broos, dan krijgen we een kromme rug, dan wordt onze huid slap en rimpelig. De ouderdom treedt in.'

'Ik heb gezien wat je met die kinderen hebt gedaan,' zei Ben. 'De progeria-patiëntjes. Jullie doen zeker experimenten op hen?' *En op wie nog meer?* 'De buitenwereld denkt dat ze worden uitgenodigd voor een vakantie. Fijne vakantie.' Nee, dacht hij toen, hij moest kalm blijven. Met moeite wist hij zich te beheersen en zijn woede te verbergen. Het was beter om te luisteren, de man uit zijn tent te lokken.

'Nee, het is geen vakantie voor hen,' beaamde Lenz. 'Maar die arme kinderen hebben ook geen vakantie nodig, maar goede zorg! Het is heel fascinerend, weet je, die vroegoude kinderen. Ze worden al oud gebóren. Als je een cel neemt van een pasgeboren progerisch kind en die onder een microscoop naast een cel van een man van negentig legt, kan zelfs een moleculair bioloog het verschil niet zien! Bij progerische kinderen zijn de puntjes van die chromosomen al kort. Korte telomeren betekenen een kort leven.'

'Maar wat doen jullie met hen?' vroeg Ben. Hij merkte dat zijn kaak pijn deed omdat hij al zo lang op zijn tanden beet. In gedachten zag hij weer die kinderen in de flessen.

Dr. Reisinger en rechter Miriam Bateman, Arnold Carr en de anderen verlieten in groepjes de zaal, druk in gesprek.

'Die kleine schoenveterbusjes zijn net kleine kilometertellers, of tijdklokken. Wij hebben honderd biljoen cellen in ons lichaam en elke cel heeft tweeënnegentig telomeren. Dat zijn tien quadriljoen kleine klokken die ons lichaam vertellen wanneer onze tijd erop zit. Onze dood is van tevoren geprogrammeerd!' Lenz kon zijn opwinding niet verbergen. 'Maar stel dat we die tijdklok op de een of andere manier kunnen beïnvloeden? Stel dat we kunnen voorkomen dat die telomeren korter worden? Dat was de kunst. En het bleek

dat sommige cellen – bepaalde hersencellen, bijvoorbeeld – een chemische stof aanmaken, een enzym, dat hun korte telomeren weer
herstelt en opbouwt. Al onze cellen zijn daar in principe toe in staat,
maar om de een of andere reden doen ze dat niet. Dat vermogen is
meestal uitgeschakeld. Maar als we die functie nu konden ínscha-
kelen, zodat onze tijdklok rustig verder tikte? Een simpele en elegante oplossing. Ik zou natuurlijk liegen als ik beweerde dat dat
eenvoudig ging. Zelfs met al het geld in de wereld en een selectie
van de beste geleerden om aan dat onderzoek te werken, zijn er nog
tientallen jaren en verschillende wetenschappelijke vondsten – zoals gensplitsing – voor nodig geweest.'
    Dus dat was het motief voor de moorden. Hoe ironisch, dacht
Ben. Mensen waren vermoord om andere mensen de kans te geven
langer te leven dan de natuur had bedoeld.
    *Laat hem maar praten. Laat hem uitweiden. Beheers je woede.
Verlies je doel niet uit het oog.*
    'En wanneer was de grote doorbraak?' vroeg Ben.
    'Zo'n vijftien, twintig jaar geleden.'
    'En waarom heeft niemand anders dat ontdekt?'
    'O, er zijn natuurlijk ook anderen die onderzoek doen op dit ter-
rein. Maar wij hebben een grote voorsprong.'
    'Onbeperkte middelen.' Dank zij Max Hartman, dacht Ben.
    'Dat helpt, zeker. Plus het feit dat wij er al sinds de jaren veertig
bijna onafgebroken mee bezig zijn. Maar dat is nog niet het hele
verhaal. Het grote verschil ligt vooral in onze experimenten op mensen, experimenten die in alle "beschaafde" landen ter wereld verboden zijn. Maar wat kun je in godsnaam te weten komen uit proeven op ratten of fruitvliegjes? Wij hebben onze eerste resultaten ge-
boekt door experimenten op kinderen met progeria, een aandoening die in de hele dierenwereld niet voorkomt. En we gebruiken
die kinderen nog steeds om ons inzicht in de relevante moleculaire
processen te vergroten. Ooit zullen we hen niet meer nodig hebben,
maar er valt nog zoveel te leren.'
    'Proeven op mensen,' zei Ben, die zijn walging nauwelijks kon
onderdrukken. Er was dus geen enkel verschil tussen Jürgen Lenz
en Gerhard Lenz. Voor hen allebei waren mensen – zieke kinderen,
vluchtelingen, concentratiekampgevangenen – niet meer dan labo-
ratoriumratten. 'Zoals die vluchtelingenkinderen in dat tenten-
kamp?' zei Ben. 'Die heb je hier zeker naar toe gehaald onder het
mom van "humanitaire hulp"? Maar hun leven is niets waard voor
jullie.' Hij herinnerde zich de woorden van Georges Chardin en zei

ze nu hardop: 'Moord op onschuldigen.'

Lenz reageerde geïrriteerd. 'Dat zeiden sommigen van de *angeli rebelli*, ja. Maar dat is demagogie,' zei hij. 'Zo belemmer je een rationele afweging. Toegegeven, er moeten mensen sterven zodat anderen kunnen leven. Heel verontrustend, dat weet ik wel. Maar als je het niet door zo'n sentimentele bril bekijkt, kun je de harde waarheid zien. Die ongelukkige kinderen zouden anders toch worden gedood in de oorlog, of overlijden aan armoedeziekten. En waarvoor? Nu kunnen ze anderen rédden en de wereld veranderen. Is het soms ethischer om hun huizen te bombarderen of toe te laten dat ze door machinegeweren worden neergemaaid en een zinloze dood sterven, omdat de "beschaafde wereld" niet ingrijpt? Of kunnen we hun beter een kans geven om de loop van de geschiedenis te wijzigen? Kijk, de vorm van het telomerisch enzym dat wij voor onze behandeling nodig hebben, kan het best worden geïsoleerd uit de weefsels van het centrale zenuwstelsel: de cellen van het cerebrum en cerebellum. Die hoeveelheden zijn veel groter en rijker bij jonge kinderen. Helaas is er nog geen synthetische versie beschikbaar. Het is een complex eiwit, en de vorm en structuur ervan zijn cruciaal. Zoals veel van dergelijke complexe proteïnen kan het niet kunstmatig worden geproduceerd. Dus moeten we het bij mensen... oogsten.'

'Moord op onschuldigen,' herhaalde Ben.

Lenz haalde zijn schouders op. 'Jij hebt misschien problemen met dat offer, maar de rest van de wereld niet.'

'Wat bedoel je?'

'Je kent ongetwijfeld de statistieken – het feit dat er jaarlijks twintigduizend kinderen spoorloos verdwijnen. Dat weet iedereen, maar de wereld zit er niet mee. We hebben het geaccepteerd. Misschien zou het een troost zijn om te weten dat een deel van die kinderen niet voor niets is gestorven. Het heeft ons jaren gekost om onze analyses, technieken en doseringen te perfectioneren. Er was gewoon geen andere manier en die zal er in de afzienbare toekomst ook niet komen. Wij hebben dat weefsel nodig. En het moet menselijk weefsel zijn, van kinderen of pubers. De hersens van een kind van zeven – anderhalve liter trillende gelei – zijn nauwelijks kleiner dan van een volwassene, maar leveren tien keer zoveel telomerisch enzym op. Het is de belangrijkste, meest waardevolle bron op aarde, nietwaar? Zonde om te verspillen, zoals jouw landgenoten zeggen.'

'En dus laten jullie kinderen "verdwijnen". Elk jaar weer. Duizenden en duizenden kinderen.'

'Vooral uit oorlogsgebieden, waar hun levensverwachting toch al niet hoog is. Op deze manier sterven ze tenminste niet voor niets.'

'Niet voor niets, nee. Ze sterven voor jullie ijdelheid. Zodat jij en je vriendjes het eeuwige leven kunnen krijgen.' Lenz was geen man om mee te discussiëren, maar Ben vond het steeds moeilijker om zich in te houden.

Lenz keek smalend. 'Eeuwig? Hoor eens, niemand heeft het eeuwige leven. Het enige dat we doen is het ouderdomsproces tot staan brengen – of zelfs omkeren, in sommige gevallen. Met dit enzym kunnen we een groot deel van de schade herstellen aan de huidweefsels en de gevolgen van hartaandoeningen ongedaan maken. Maar die therapie kan ons slechts in zeldzame gevallen de bloei van onze jeugd teruggeven. En het kost ongelooflijk veel tijd om iemand van mijn leeftijd weer het lichaam te geven van een veertigjarige...'

'Die mensen,' zei Ben, 'komen hier dus allemaal voor een... verjongingskuur.'

'Sommigen van hen. De meesten zijn publieke figuren, die hun uiterlijk niet drastisch kunnen veranderen zonder dat het opvalt. Dus komen ze hier, op mijn uitnodiging, om de veroudering te stóppen en misschien wat schade te herstellen die al is aangericht.'

'Publieke figuren?' herhaalde Ben spottend. 'Rijk en machtig, zul je bedoelen.' Hij begon te begrijpen wat Lenz hier deed.

'Nee, Benjamin. Grote leiders. Belangrijke figuren in onze maatschappij, onze cultuur. Mensen die onze beschaving een stap verder kunnen brengen. De stichters van Sigma hebben dat goed begrepen. Zij beseften dat de beschaving kwetsbaar was en dat er maar één manier bestond om de continuïteit te garanderen. De toekomst van de industriële natie moest worden beschermd – beschut tegen zware stormen. Onze samenleving zou alleen vorderingen kunnen maken als we de horizon van de menselijke sterfelijkheid konden terugdringen. Jaar na jaar heeft Sigma al zijn middelen aangewend en nu kunnen de oorspronkelijke doelstellingen worden gerealiseerd met andere, veel effectievere middelen. Goeie god, dit heeft veel meer nut dan miljarden dollars weg te smijten aan staatsgrepen of politieke actiegroepen. We hebben het hier over de vorming van een stabiele, duurzame elite.'

'Dus dit zijn de leiders van onze beschaving...?'

'Precies.'

'En jij bent de man die leiding geeft aan de leiders?'

Lenz glimlachte zuinig. 'Alsjeblieft, Benjamin, dat theatrale idee van een "grote leider" spreekt me echt niet aan. Maar elke organisatie heeft een... coördinator nodig.'

'En dat kan er maar één zijn.'

Een stilte. 'Ja, dat is waar.'

'En wat gebeurt er met de tegenstanders van jouw "verlichte" regime? Die worden weggezuiverd uit de politieke leiding, neem ik aan?'

'Een lichaam moet nu eenmaal het gif uitdrijven om te overleven, Benjamin,' zei Lenz met verrassende tederheid in zijn stem.

'Wat jij beschrijft is geen Utopia, Lenz, maar een slachthuis.'

'Dat is een makkelijk en loos commentaar,' antwoordde Lenz. 'Het leven is een kwestie van afwegingen, Benjamin. Je leeft in een wereld waarin veel grotere bedragen aan medicijnen tegen erectieproblemen worden besteed dan aan de behandeling van tropische ziekten die elk jaar miljoenen levens kosten. En hoe staat het met je persoonlijke beslissingen? Als je een fles Dom Perignon koopt, geef je een bedrag uit waarmee je een heel dorp in Bangladesh had kunnen vaccineren en die mensen tegen verwoestende ziekten had kunnen beschermen. Mensen stérven, Benjamin, als gevolg van jouw beslissing, jouw prioriteiten, jouw koopgedrag. Ik meen het serieus. Je kunt moeilijk ontkennen dat je met de negentig dollar voor die fles Dom Perignon gemakkelijk vijf mensenlevens had kunnen redden, of misschien meer. Denk daar eens over na. Die fles geeft je zeven of acht glazen wijn. Elk van die glazen vertegenwoordigt een stervend mens, zou je kunnen zeggen.' Zijn ogen glinsterden, als van een wetenschapper die een vergelijking had opgelost en verder ging met de volgende. 'Daarom zijn zulke afwegingen onontkoombaar. Als je dat eenmaal begrijpt, ga je ook vragen stellen van een hogere orde: kwalitatief, niet kwantitatief. Wij hebben hier de kans om de nuttige levensduur van een groot leider of denker aanzienlijk te verlengen – iemand die een onbetwiste bijdrage kan leveren aan het algemeen belang. Wat stelt het leven van een Servische geitenhoeder daarbij voor? Of van een ongeletterd kind dat overdag als zakkenrolster de toeristen in Florence berooft en 's avonds de luizen uit haar haar plukt? Jij hebt geleerd dat een mensenleven heilig is, maar elke dag neem je beslissingen die bewijzen dat je het ene leven belangrijker vindt dan het andere. Ik treur om de kinderen die hun leven hebben gegeven voor een hoger nut, dat meen ik. Ik zou echt willen dat hun offer niet nodig was geweest. Maar ik weet ook dat elke grote stap in de geschiedenis van onze soort ten koste is gegaan van mensenlevens. "Er bestaat geen document van beschaving dat niet tegelijk een document is van barbarij." Een grote denker heeft dat gezegd, een denker die veel te jong gestorven is.'

Ben knipperde met zijn ogen, sprakeloos.

'Kom mee,' zei Lenz. 'Er is iemand die je graag wil begroeten. Een oude vriend van je.'

Ben staarde hem met open mond aan. 'Professor Godwin!'

'Ben.'

Het was zijn oude mentor van de universiteit. Godwin was al lang met emeritaat, maar zijn houding leek rechter en zijn rimpelige gezicht was nu glad en roze. Hij leek *tientallen* jaren jonger dan zijn tweeëntachtig jaar. John Barnes Godwin, gezaghebbend historicus van het Europa in de twintigste eeuw, leek weer een man in de kracht van zijn leven. Zijn handdruk was ferm.

'Lieve god,' zei Ben. Als hij Godwin niet had gekend, zou hij hem begin vijftig hebben geschat.

Godwin was een van de uitverkorenen. Natuurlijk. Hij was een mannetjesmaker achter de schermen, iemand met macht en uitstekende connecties.

De Godwin die voor hem stond was het verbijsterende bewijs van Lenz' prestatie. Ze bevonden zich in een klein kantoortje bij de grote hal, comfortabel ingericht met divans en fauteuils, kussens en leeslampen, en rekken met kranten en tijdschriften in verschillende talen.

Godwin leek blij met Bens verbazing. Jürgen Lenz straalde.

'Je weet niet wat je ervan moet denken, zie ik,' zei Godwin.

Het kostte Ben een paar seconden om een antwoord te vinden. 'Zo zou je het kunnen zeggen.'

'Het is ongelooflijk wat dr. Lenz tot stand heeft gebracht. We zijn hem allemaal erg dankbaar. Maar we zijn ons ook bewust van de betekenis, de érnst, van zijn geschenk. In feite heeft hij ons het leven teruggegeven; niet zozeer onze jeugd, als wel een... tweede kans. Een uitstel van de dood.' Hij fronste peinzend. 'Druist dat tegen de natuur in? Misschien. Zoals een geneesmiddel tegen kanker ook tegen de natuur indruist. Je herinnert je misschien dat Emerson de ouderdom "de enige ziekte" heeft genoemd?'

Zijn ogen straalden. Ben luisterde ontsteld. Op de universiteit had Ben hem altijd aangesproken met 'professor Godwin', maar nu liet hij die aanspreekvorm maar weg en vroeg alleen: 'Waarom?'

'Waarom? Persoonlijk, bedoel je? Moet je dat nog vragen? Ik heb nog een leven erbij gekregen. Misschien wel twéé levens.'

'Willen de heren me excuseren?' kwam Lenz ertussen. 'De eerste helikopter gaat vertrekken en ik moet afscheid nemen.' Haastig, bijna in looppas, verliet hij de kamer.

'Ben, als je zo oud bent als ik, koop je geen groene bananen,' ging Godwin verder. 'Je begint niet aan boeken die je niet meer af krijgt. Maar denk je eens in wat ik nu nog allemaal kan doen. Totdat dr. Lenz me belde, had ik het gevoel dat ik tientallen jaren had gewerkt en gestudeerd om te komen waar ik nú was, te weten wat ik nú wist, het inzicht te bereiken dat ik nú had – om dat elk moment weer te kunnen verliezen. "Als de jeugd alles maar wist en de ouderdom alles maar kon", nietwaar?'

'Zelfs als dat waar is...'

'Je ziet het toch met je eigen ogen? Kijk dan, man! Ik kwam niet eens meer de trap op in de Firestone Library en nu neem ik hem met twee treden tegelijk!' Godwin was niet alleen een geslaagd experiment, besefte Ben, maar ook een van de samenzweerders, een medeplichtige van Lenz. Of wist hij soms niets van de wreedheden, de moorden?

'Maar u hebt toch gezien wat hier gebeurt? Die vluchtelingenkinderen op het terrein – duizenden ontvoerde kinderen? Of kan dat u niets schelen?'

Godwin keek opeens gepijnigd. 'Ik geef toe dat er bepaalde aspecten zijn waar ik liever niets van afweet. Dat heb ik altijd gezegd.'

'We hebben het over de moord op duizenden kinderen! En dat gaat nog steeds door!' zei Ben. 'Dat is noodzakelijk voor de behandeling. "Oogsten", noemt Lenz dat: een eufemisme voor een systematische slachting.'

'Het is...' begon Godwin. 'Nou, het is een lastige morele kwestie. "*Honesta turpitudo est pro causa bona.*"'

'"Voor een goede zaak kan verdorvenheid heel nuttig zijn",' vertaalde Ben. 'Publilius Syrus. Dat hebt u me zelf geleerd.'

Dus Godwin ook al. Hij was overgelopen, had zich aangesloten bij Lenz. 'Het gaat erom dat het een zegen is voor de mensheid.' Godwin liep naar een leren sofa. Ben ging tegenover hem zitten op een andere bank.

'Was u vroeger ook al betrokken bij Sigma?'

'O ja. Al tientallen jaren. En ik voel me bevoorrecht dat ik deze hele nieuwe fase nog mag meemaken. Onder Lenz' leiding zal het allemaal heel anders gaan.'

'Maar niet al uw collega's dachten er zo over.'

'Nee. De *angeli rebelli*, zoals Lenz hen noemt: de opstandige engelen. Er was inderdaad een handjevol mensen dat zich verzette, uit ijdelheid of kortzichtigheid. Ze hebben Lenz nooit vertrouwd of ze hadden moeite met de nieuwe leiding. Sommigen van hen hadden misschien gewetensbezwaren tegen de... offers die noodzakelijk waren. Bij elke machtswisseling heb je wel een paar dissidenten. Maar een paar jaar geleden, toen Lenz aankondigde dat zijn project spoedig in het stadium van concrete tests zou komen, maakte hij het collectief wel duidelijk dat iedereen zijn leiderschap zou moeten erkennen. En dat was geen eigenbelang. Er moesten nu eenmaal moeilijke beslissingen worden genomen over wie zou worden... toegelaten tot het programma, tot de permanente elite. Het risico van kliekjesvorming was te groot. Lenz was de leider die we nodig hadden, dat zagen de meesten van ons wel in. Een paar anderen dus niet.'

'Is het eigenlijk de bedoeling dat deze behandeling beschikbaar komt voor iedereen, ook voor het grote publiek? Of blijft het beperkt tot de "grote figuren", zoals hij hen noemt?'

'Dat is een serieus punt. Ik voelde me heel gevleid dat Jürgen mij had geselecteerd als een soort keuzeheer voor deze vooraanstaande groep van... verlichte geesten, zal ik maar zeggen. De *Wiedergeborenen*, zegt dr. Lenz. Dat zijn er veel meer dan de oude kern van Sigma. Ik heb ook Walter erbij gehaald, en mijn oude vriendin Miriam Bateman... rechter Bateman. Het is mijn taak om diegenen te helpen die de behandeling waardig lijken. En we selecteren mensen uit de hele wereld: China, Rusland, Europa, Afrika, noem maar op, zonder enig onderscheid. Het enige criterium is hun verdienste, uiteraard.'

'Maar Arnold Carr is niet veel ouder dan ik...'

'Hij heeft precies de goede leeftijd om met de behandelingen te beginnen. Hij kan de rest van zijn lange, lange leven gewoon tweeënveertig blijven, als hij dat wil, of zich laten verjongen tot tweeëndertig.' De historicus sperde vol verwondering zijn ogen open. 'We zijn nu met een groep van veertig.'

'Ik begrijp het,' viel Ben hem in de rede, 'maar...'

'Luister nou eens, Ben! Het andere lid van het Hooggerechtshof dat we hebben gekozen, een geweldig jurist en tevens zwart, is de zoon van een keuterboer die de rassenscheiding én de integratie heeft meegemaakt. Hoeveel wijsheid heeft hij in zijn leven niet opgedaan? Wie zou hem ooit kunnen vervangen? Een schilder die nu al een revolutie heeft veroorzaakt in de kunstwereld... hoeveel spectaculaire doeken heeft hij nog in zich? Stel je voor, Ben, dat de grootste componisten, schrijvers en beeldend kunstenaars van deze wereld, mensen als Shakespeare, Mozart of...'

Ben boog zich naar voren. 'Dit is waanzin!' viel hij uit. 'Wie rijk en machtig is, mag dus twee keer zo lang leven als de arme, machteloze massa! Het is niets anders dan een samenzwering van de elite, verdomme!'

'En áls dat nou zo is?' snauwde Godwin terug. 'Plato schreef al over de wijsgeer-koning, het bewind van de intelligentsia. Hij begreep dat onze beschaving een slingerbeweging vertoont, steeds opnieuw. Nooit leren we iets van het verleden. De grote tragedies uit de geschiedenis herhalen zich steeds opnieuw: de holocaust en de massamoorden die later plaatsvonden, alsof we alles weer vergeten waren. Wereldoorlogen, dictaturen, valse messiasfiguren, onderdrukking van minderheden. We lijken ons maar niet te ontwíkkelen. Maar nu, voor het eerst, kunnen we daar verandering in brengen. We kunnen het menselijk ras transformeren!'

'Hoe dan? Met zoveel mensen zijn jullie niet.' Ben sloeg zijn armen over elkaar. 'Dat is ook het probleem van een elite.'

Godwin staarde Ben even aan en grinnikte toen. ' "Wij, de uitverkorenen, een kleine groep van broeders..." Ja, dat lijkt niet genoeg om zulke grote veranderingen teweeg te brengen. Maar de mensheid ontwikkelt zich niet door een proces van collectieve verlichting. De mensheid gaat vooruit omdat een individu of een kleine groep ergens een doorbraak tot stand brengt waar iedereen van profiteert. Drie eeuwen geleden, in een gebied met veel analfabetisme, ontdekte één man – of eigenlijk twee – de algebra, waardoor de loop van de geschiedenis voorgoed werd veranderd. Een eeuw geleden ontdekte één man de relativiteitstheorie en daarna werd alles anders. Vertel eens, Ben, weet jij precies hoe een verbrandingsmotor werkt? Zou je hem in elkaar kunnen zetten als ik je de onderdelen gaf? Weet je hoe je rubber moet vulkaniseren? Natuurlijk niet. Maar toch profiteer je van het bestaan van de auto. Zo gaat dat. In een primitieve wereld – neem me niet kwalijk, ik weet dat we zulke woorden niet meer mogen gebruiken – weet het ene lid van de stam niet veel meer dan het andere. In de westerse wereld ligt dat heel anders. Verdeling van arbeid is een kenmerk van de beschaving: hoe groter de arbeidsverdeling, des te moderner de beschaving. En de belangrijkste verdeling is die op intellectueel gebied. Er werkten maar heel weinig mensen aan het Manhattan Project, maar toch werd de wereld er ingrijpend door veranderd. De afgelopen tien jaar waren een paar kleine teams bezig met de ontcijfering van het menselijk genoom. Het maakt niet uit dat het grootste deel van de mensheid het verschil niet weet tussen propaan en propyleen – ze zullen het toch gebruiken. Overal werken mensen nu met personal computers hoewel ze geen regel computertaal kennen en niets weten van geïntegreerde schakelingen. Die kennis behoort toe aan een kleine elite, maar de grote massa profiteert ervan. De mensheid gaat niet vooruit door grote gezamenlijke inspanningen, zoals de joden die de piramiden bouwden. Nee, het gaat via individuen, kleine elites, die het vuur, het wiel of de microchip uitvinden en zo het landschap van ons leven veranderen. En wat geldt voor de wetenschap en de technologie, geldt in wezen ook voor de politiek. Alleen is de leercurve hier nog langer. Tegen de tijd dat wij van onze fouten hebben geleerd, zijn we al vervangen door snotneuzen die weer precies dezelfde vergissingen maken. We leren niet genoeg omdat we niet lang genoeg léven. De grondleggers van Sigma herkenden dat als een wezenlijke beperking die de mens eerst zou moeten overwinnen om te kunnen overleven. Begrijp je het een beetje, Ben?'

'Ga door,' zei Ben, als een aarzelende student.

'De inspanningen van Sigma, onze pogingen om de naoorlogse politiek te matigen, waren slechts het begin. Nu kunnen we het aanzien van de wereld veranderen! We kunnen universele vrede, welvaart en veiligheid tot stand brengen door een verstandig bestuur en een goed beheer van alle grondstoffen. Als je dat een samenzwering van de elite noemt, is dat dan zo erg? Als een paar ellendige vluchtelingen hun Schepper voortijdig onder ogen moeten komen om de wereld te kunnen redden, is dat dan zo tragisch?'

'Dit is alleen bedoeld voor mensen die volgens jullie in aanmerking komen, begrijp ik?' zei Ben. 'Dan krijgen we dus twee klassen mensen.'

'Heersers en onderdanen. Maar dat is onvermijdelijk, Ben. Je krijgt een verlicht bestuur en de grote massa. Dat is de enige manier om een levensvatbare samenleving op te bouwen. De wereld is al overbevolkt. Een groot deel van Afrika heeft niet eens schoon drinkwater. Als iederéén twee of drie keer zo lang zou leven, zou dat rampzalig zijn. Dan zou alles ineenstorten. Daarom beseft Lenz in zijn wijsheid ook wel dat deze behandeling voorbehouden moet blijven aan een paar uitverkorenen.'

'En de democratie? De wil van het volk?'

Godwin liep rood aan. 'Spaar me je sentimentele retoriek, Ben. De onmenselijkheid van de mens loopt als een rode draad door de geschiedenis: volksmassa's die in blinde woede vernietigden wat de adel met zorg had opgebouwd. De belangrijkste taak van de politiek is altijd geweest de mensen tegen zichzelf te beschermen. Die mening zal niet populair zijn bij studenten, maar het *principe* van de aristocratie is altijd onaantastbaar gebleven: *aristos, kratos*, de heerschappij van de besten. Het probleem was alleen dat de aristocratie niet altijd het beste te bieden had. Maar stel je voor dat je voor het eerst in de menselijke geschiedenis het hele systeem kon rationaliseren, een verborgen aristocratie kon scheppen, gebaseerd op werkelijke verdienste, met *Wiedergeborenen* als hoeders van de beschaving.'

Ben stond op en begon te ijsberen. Het duizelde hem. Ondanks zijn mooie praatjes was Godwin gewoon bezweken voor de lokroep van de bijna-onsterfelijkheid.

'Hoe oud ben je nu, Ben? Vijf- of zesendertig? Nu denk je nog dat je het eeuwige leven hebt. Dat dacht ik ook toen ik zo oud was. Maar stel je voor dat je vijfentachtig of negentig bent, als God je tijd van leven gunt. Je hebt een familie, kinderen en kleinkinderen. Je hebt een gelukkig leven gehad en nuttig werk gedaan, en hoewel je de normale ouderdomsverschijnselen vertoont...'

'Ik zou gewoon willen sterven,' zei Ben kort.

'Natuurlijk. Als je er net zo aan toe bent als de meeste mensen van die leeftijd. Maar je hoeft je nooit negentig te vóélen. Als je nu met deze therapie begint, blijf je altijd in de kracht van je leven, tussen de dertig en de veertig. God, wat zou ik niet willen geven om weer zo jong te zijn! En vertel me nou niet dat je daar ethische bezwaren tegen hebt.'

'Ik weet niet wat ik ervan moet denken,' zei Ben, terwijl hij Godwin scherp observeerde.

De professor scheen hem te geloven.

'Goed. Je houdt alle opties open. Ik zou graag willen dat je je bij ons aansloot – bij de *Wiedergeborenen*.'

Ben liet zijn hoofd op zijn armen rusten. 'Het is een verleidelijk aanbod, dat is waar.' Zijn stem klonk gedempt. 'U hebt een paar goede argumenten genoemd...'

'Ben je hier nu nog, John?' hoorden ze de stem van Lenz, luid en enthousiast. 'De laatste helikopter staat op het punt om te vertrekken!'

Godwin kwam haastig overeind. 'Ik moet met die heli mee,' zei hij verontschuldigend. 'Ik hoop dat je nog eens goed zult nadenken over ons gesprek.'

Lenz kwam binnen met zijn arm om een gebogen oude man geslagen. Jakob Sonnenfeld.

'Hebben jullie verstandig met elkaar gesproken?' vroeg Lenz.

Nee! Niet hij ook. 'Maar u...' riep Ben vol afkeer tegen de oude nazi-jager.

'Ik geloof dat we een nieuwe rekruut hebben,' zei Godwin somber, met een korte maar veelbetekenende blik naar Lenz.

Ben draaide zich om naar Sonnenfeld. 'U hebt hun verteld waar ze ons konden vinden in Buenos Aires, nietwaar?'

Sonnenfeld keek wat beschaamd en sloeg zijn ogen neer. 'Er zijn momenten in het leven dat je partij moet kiezen,' zei hij. 'Als mijn behandeling begint...'

'Kom, heren,' onderbrak Lenz hen opnieuw, 'we moeten voortmaken.'

Ben hoorde het geratel van rotorbladen toen Godwin en Sonnenfeld naar de deur liepen.

'Benjamin,' zei Lenz zonder zich om te draaien, 'blijf waar je bent. Het doet me groot plezier dat je misschien belangstelling hebt voor ons project. Het wordt tijd dat we eens samen praten.'

Ben kreeg een klap van achteren en voelde koud staal tegen zijn polsen. Handboeien. Vluchten kon niet meer.

De bewakers sleepten hem de grote zaal door, langs de fitness-apparatuur en de medische instrumenten. Hij schreeuwde zo hard als hij kon en hield zich helemaal slap. Als er nog *Wiedergeborenen* waren achtergebleven, zouden ze in elk geval zien hoe hij werd afgevoerd en zeker protesteren. Het waren geen boosaardige mensen. Maar er was niemand meer, voor zover hij zag.

Een derde bewaker hielp zijn collega's en greep Ben bij zijn bovenarm. Zijn benen en knieën hobbelden over de stenen vloer, wat pijnlijke schaafwonden veroorzaakte. Ben schopte en vocht. Een vierde man kwam erbij, zodat ze hem elk bij een arm of een been konden pakken, hoewel Ben zich in alle bochten wrong om het hen zo lastig mogelijk te maken. En hij bleef schreeuwen.

Ze droegen hem een lift in. Een van de bewakers drukte op de knop van de eerste verdieping. Een paar seconden later gingen de liftdeuren weer open in een kale witte gang. Toen hij naar buiten werd gesleept – hij verzette zich nu niet meer; wat had het voor zin? – staarde een verpleegster hem met open mond aan en keek toen snel een andere kant op.

Ze brachten hem naar een kamer die eruitzag als een verbouwde operatiezaal en tilden hem op een bed. Een broeder die hem blijkbaar verwachtte (hadden ze hem per radio gewaarschuwd?) maakte gekleurde riemen aan zijn polsen en enkels vast. Pas toen hij stevig op het bed was vastgesnoerd, deden ze hem de handboeien af.

Uitgeput en roerloos bleef hij liggen. Alle bewakers, op één na, verlieten de kamer. Hun werk was gedaan. De overgebleven man hield de wacht bij de dichte deur, met een uzi schuin voor zijn borst.

De deur ging open en Jürgen Lenz kwam binnen. 'Je hebt het slim aangepakt. Mijn complimenten,' zei hij. 'Ik had de verzekering gekregen dat de oude grot was afgesloten of in elk geval ontoegankelijk. Bedankt dat je me op dat veiligheidsrisico hebt gewezen. Ik heb de ingang al met dynamiet laten opblazen.'

Ben vroeg zich af of Godwin hem werkelijk had gevraagd zich bij Sigma aan te sluiten. Of had zijn oude mentor alleen geprobeerd hem te neutraliseren? Lenz was veel te achterdochtig om Ben ooit te vertrouwen. Tenminste...

'Godwin vroeg me om aan het project mee te doen,' zei Ben.

Lenz reed een metalen karretje naar het bed toe en pakte een injectienaald.

'Godwin vertrouwt je,' zei Lenz, en hij draaide zich om. 'Ik niet.'

Ben keek hem aan. 'O nee? In welk opzicht?'

'De noodzaak tot geheimhouding. De vraag wat jij of je nieuwsgierige vriendin al aan anderen heeft verteld.'

Daar was hij dus kwetsbaar! 'Als je haar ongedeerd laat gaan, kunnen jij en ik tot een akkoord komen,' zei Ben. 'Dan krijgen we allebei wat we willen.'

'Ik moet er zeker op vertrouwen dat jij je woord houdt?'

'Dat is in mijn eigen belang,' zei Ben.

'Mensen handelen niet altijd in hun eigen belang. Als ik dat was vergeten, hebben de *angeli rebelli* me er wel aan herinnerd.'

'Laten we het simpel houden. Mijn belang is dat Anna Navarro wordt vrijgelaten. Jouw belang is geheimhouding van jullie project. Die belangen gaan goed samen.'

'Misschien,' zei Lenz sceptisch, 'maar eerst wil ik wat chemische eerlijkheid bij je opwekken, voor het geval je van nature niet zo openhartig bent.'

Ben probeerde een golf van paniek te onderdrukken. 'Wat betekent dat?'

'Niets schadelijks. Het is zelfs een heel prettige ervaring.'

'Volgens mij heb je hier geen tijd voor. De politie kan hier elk moment arriveren. Dit is je laatste kans om iets te regelen.'

'Mevrouw Navarro is hier in haar eentje,' zei Lenz. 'Ze heeft niemand anders te hulp geroepen. Dat heeft ze me zelf verteld.' Hij hield een injectienaald omhoog. 'En ik verzeker je dat ze de waarheid sprak.'

Houd hem aan de praat. Leid zijn aandacht af.

'Hoe weet je dat je de wetenschappers van je team kunt vertrouwen?'

'Dat weet ik niet. Maar al het materiaal – de computers, de sequencers, de dia's, de formules, de infusen – is hier.'

Ben hield vol. 'Toch ben je kwetsbaar. Iemand zou kunnen inbreken in de opslag van je gegevens. En elke code kan worden gekraakt.'

'Daarom hebben we geen gegevensopslag,' zei Lenz met duidelijke voldoening nu hij de lacunes in Bens redenering kon aantonen. 'Dat risico kan ik niet nemen. Eerlijk gezegd ben ik niet gekomen waar ik nu ben door een overdreven vertrouwen te stellen in de medemens.'

'Nu we allebei toch zo eerlijk zijn... heb ik een vraag voor je.'

'Ja?' Lenz tikte op Bens linkeronderarm tot er een ader opkwam.

'Waarom heb je mijn broer laten vermoorden?'

Met onnodig geweld ramde Lenz de naald in Bens arm. 'Dat had nooit mogen gebeuren. Dat was het werk van fanatici onder mijn veiligheidsmensen en daar heb ik veel spijt van. Een afschuwelijke fout. Ze waren bang dat zijn ontdekking van de oorspronkelijke raad van bestuur van Sigma ons werk in gevaar zou brengen.'

Bens hart dreunde tegen zijn ribben en weer had hij moeite zich te beheersen. 'En mijn vader? Hebben jouw "fanatici" hem ook vermoord?'

'Max?' Lenz keek verbaasd. 'Max is een genie. Ik heb grote bewondering voor die man. Nee, ik zou hem nooit een haar krenken.'

'Waar is hij dan?'

'Is hij verdwenen?' vroeg Lenz onschuldig.

Doorgaan.

'Waarom heb je al die andere oude mannen vermoord...?'

Een lichte zenuwtic onder Lenz' linkeroog. 'Grote schoonmaak. We hebben het voornamelijk over mensen die een persoonlijke band met Sigma hadden en zich tegen het onvermijdelijke wilden verzetten. Ze klaagden dat ik de macht binnen Sigma had overgenomen en voelden zich buitenspel gezet door mijn rol. O, al onze leden werden heel genereus behandeld...'

'Afgekocht, bedoel je. Betaald voor hun stilzwijgen.'

'Zoals je wilt. Maar dat was niet langer genoeg. Ze hadden gebrek aan visie, daar komt het op neer. Ze bleven weigeren om zich bij het programma neer te leggen, laat ik het zo zeggen. En er waren ook mensen die echt lastig werden, mogelijk indiscreet, en de organisatie allang niets meer te bieden hadden. Het waren losse draden en de tijd was gekomen om ze weg te knippen. Dat klinkt misschien hard, maar als er zoveel op het spel staat, is het niet voldoende om mensen flink toe te spreken, hen op de vingers te tikken of hen even "apart" te nemen, begrijp je? Dan neem je afdoende maatregelen.'

Niet opgeven, dacht Ben. *Houd hem bezig.*

'Het vermoorden van die oude mannen lijkt me nogal een dom risico. Die sterfgevallen wekten natuurlijk achterdocht.'

'Toe nou. Ze leken allemaal een natuurlijke dood gestorven te zijn, en zelfs als het gif was ontdekt, ging het om mannen met zoveel persoonlijke vijanden...'

Lenz hoorde het geluid op hetzelfde moment als Ben. Een salvo van machinegeweervuur, niet ver weg. En opnieuw, nog dichterbij. Een schreeuw.

Lenz draaide zich om naar de deur, met de injectiespuit nog in zijn hand. Hij zei iets tegen de bewaker in de hoek.

De deur vloog open in een regen van kogels. De bewaker slaakte een kreet en zakte in elkaar in een poel van bloed. Lenz dook naar de grond. *Anna!*

Bens opluchting was niet te beschrijven. *Ze leeft nog. Op de een of andere manier heeft ze het overleefd!*

'Ben!' riep ze, terwijl ze de deur achter zich dichtsmeet en op slot draaide. 'Ben, alles in orde?'

'Ja!' riep hij terug.

'Sta op!' schreeuwde ze tegen Lenz. 'Godvergeten klootzak!'

Ze kwam naar hem toe, met het machinepistool gericht. Ze droeg een korte witte doktersjas.

Lenz kwam overeind. Zijn gezicht was rood en zijn zilvergrijze haar zat in de war. 'Mijn bewakers komen eraan.' Zijn stem trilde.

'Ik zou er niet op rekenen,' antwoordde Anna. 'Ik heb de hele vleugel afgegrendeld en de deuren aan de buitenkant geblokkeerd.'

'Je hebt die man daar doodgeschoten, denk ik,' zei Lenz, weer met enige bravoure in zijn stem. 'Ik dacht dat Amerikaanse agenten alleen uit zelfverdediging doodden.'

'Had je het niet gehoord? Ik werk voor mezelf,' zei Anna. 'Handen bij je lichaam vandaan! Waar is je wapen?'

'Dat heb ik niet,' zei Lenz verontwaardigd.

Anna kwam dichterbij. 'Je vindt het niet erg als ik dat controleer? Handen omhoog, zei ik!'

Langzaam deed ze een stap naar Lenz toe en stak haar vrije hand in zijn jasje. 'Even kijken,' zei ze. 'Ik hoop dat het lukt zonder dat dat machinepistool afgaat. Ik ben niet zo vertrouwd met die dingen.'

Lenz verbleekte.

Met een zwierig gebaar toverde ze een klein pistool uit Lenz' pak, als een goochelaar die een konijn uit een hoge hoed haalde.

'Nou, nou,' zei ze. 'Niet gek voor zo'n oude man, Jürgen. Of noemen je vrienden je nog altijd Gerhard?'

47

'O, mijn god,' hijgde Ben.

Lenz kneep zijn lippen samen en glimlachte toen, vreemd genoeg. Anna stak Lenz' pistool in haar zak. 'Het heeft heel lang geduurd voordat ik het begreep,' zei ze. 'Het federale lab had zijn vingerafdrukken gecontroleerd, maar kon ze nergens terugvinden, in welke database ze ook zochten. Ze hebben de militaire inlichtingendienst geprobeerd, maar dat leverde ook niets op. Tot ze teruggrepen op die oude kaarten uit de oorlog en vlak daarna, nog met tien afdrukken erop. Die waren nooit digitaal verwerkt. Waarom zouden ze ook? Lenz' ss-afdrukken zaten in het militaire archief, waarschijnlijk omdat hij was ontsnapt.'

Lenz keek haar geamuseerd aan.

'De laboranten dachten dat het misschien oude afdrukken waren die ik hun had gestuurd, hoewel het huidvet, het zweetresidue, zoals ze het noemen, nog vers was. Ze begrepen er niets van.'

Ben keek naar Lenz. Ja, hij leek op de Gerhard Lenz op de foto met Max Hartman. Dat was in 1945 geweest, toen hij halverwege de veertig was. Hij moest dus nu al boven de honderd zijn. Dat leek onmogelijk.

'Ik was zelf mijn eerste geslaagde proefpersoon,' zei Gerhard Lenz rustig. 'Ongeveer twintig jaar geleden lukte het me voor het eerst om mijn ouderdomsproces te stoppen en later zelfs terug te draaien. Pas een paar jaar geleden hebben we een formule ontwikkeld die betrouwbaar werkt voor iedereen.' Hij staarde in de verte, met een vage blik. 'Dat betekende dat alles waar Sigma voor stond nu eindelijk kon worden gerealiseerd.'

'Goed,' viel Anna hem in de rede. 'Geef me het sleuteltje van de riemen.'

'Dat heb ik niet. De broeder...'

'Laat maar.' Ze nam het machinepistool over in haar rechterhand en haalde een paperclip uit haar zak waarmee ze Ben bevrijdde. Ze gaf hem een lang plastic voorwerp, dat hij even bekeek en meteen begreep.

'Geen beweging!' snauwde Anna en richtte de uzi weer op Lenz. 'Ben, pak de riemen en maak die klootzak aan iets stevigs vast.' Ze keek snel om zich heen. 'We moeten hier zo snel mogelijk weg, en...'

'Nee,' zei Ben vastberaden.

Verbaasd draaide ze zich om. 'Wat bedoel je?'

'Hij houdt hier gevangenen vast, kinderen in die tenten buiten en zieke kinderen in minstens een van de zalen hier. Die moeten we eerst bevrijden!'

Anna begreep het meteen. Ze knikte. 'De snelste manier is het alarm uitschakelen. De stroom van de hekken halen, de sloten openen...' Ze keek naar Lenz en richtte het machinepistool. 'In jouw kantoor zit een controlepaneel waarmee je alles kunt besturen. Wij gaan een eindje wandelen.'

Lenz keek flegmatiek. 'Ik heb geen idee waar u het over hebt. Alle beveiligingsinstallaties van de kliniek worden bestuurd vanuit de centrale wachtpost op de begane grond.'

'Sorry,' zei Anna, 'ik heb al een "gesprekje" gehad met een van je bewakers.' Ze wees met de uzi naar een gesloten deur, een andere dan waardoor ze waren binnengekomen. 'Lopen.'

Lenz' kantoor was groot en donker als een kathedraal. Een bleek licht werd gefilterd door de smalle ramen in de stenen muren hoog boven hun hoofd. Het grootste deel van de kamer lag in de schaduw, behalve een kleine lichtcirkel van een leeslamp met een groene kap, midden op Lenz' grote notenhouten bureau.

'Ik mag zeker wel het licht aandoen om te zien wat ik doe?' zei Lenz.

'Sorry,' zei Anna. 'Nergens voor nodig. Loop naar de andere kant van je bureau en druk op de knop waardoor het controlepaneel omhoogkomt. Maak het niet te moeilijk.'

Lenz aarzelde maar een seconde en volgde toen haar instructies op. 'Dit is zinloos,' zei hij met vermoeide minachting toen hij om zijn bureau heen liep. Anna volgde zijwaarts, met het wapen voortdurend op hem gericht. Ben kwam vlak achter haar aan. Een tweede paar ogen voor het geval Lenz iets zou proberen, en daar was hij van overtuigd.

Lenz drukte op een weggewerkte knop in de voorkant van zijn bureau. Er klonk een metaalachtig gerammel en een lang, vlak blad kwam midden uit zijn bureau omhoog als een horizontale grafsteen. Het was een matglanzend stalen instrumentenpaneel dat totaal niet paste bij het gotische bureau. In het staal zat een vlak plasmascherm verwerkt, met negen kleine vierkantjes, die ijzig blauw oplichtten, in rijen van drie. Elk vierkantje toonde een deel van het interieur en de buitenkant van het *Schloss*. Onder het scherm zat een reeks verchroomde tuimelschakelaars.

Op een van de schermpjes waren de progerische kinderen te zien, die zaten te spelen, vastgemaakt aan hun zuilen. Op een ander scherm liepen de vluchtelingetjes rond hun tenten in de sneeuw en rookten sigaretten. Bewakers stonden bij de verschillende ingangen. Andere bewakers patrouilleerden over het terrein. Rode lichtjes knipperden om de paar meter langs het schrikdraad op de oude stenen muren, waarschijnlijk als bewijs dat het systeem nog werkte.

'Opschieten,' beval Anna.

Lenz boog gedwee zijn hoofd en haalde alle schakelaars over, van links naar rechts. Er gebeurde niets, geen enkel teken dat de beveiliging werd uitgeschakeld. 'We vinden wel andere progerische kinderen,' zei Lenz, toen hij de apparatuur uitzette. 'En er is een eindeloze aanvoer van jonge oorlogsvluchtelingen, kinderen zonder ouders die de wereld toch niet mist. Er is altijd wel ergens een oorlog aan de gang.' Die gedachte leek hem te amuseren.

De knipperlichtjes doofden. Een groepje kinderen deed een spelletje bij een van de hoge ijzeren poorten. Een van hen wees. Hij had gezien dat de rode lichtjes niet meer knipperden! Een ander kind rende naar de poort en trok eraan. De poort ging langzaam open. Voorzichtig liep het kind er doorheen, keek om naar de anderen en wenkte hen. Langzaam kwam een ander kind naar hem toe, door de poort, op weg naar de vrijheid. Toen riepen ze de rest, hoewel er geen geluid te horen was via het scherm.

Weer een groepje kinderen. Een haveloos meisje met klitten in haar krullen. En een kleine jongen. Steeds meer. De drukte nam toe. De kinderen wrongen zich door de poort, duwend en trekkend.

Lenz keek toe met een ondoorgrondelijke uitdrukking op zijn gezicht. Anna verloor hem geen moment uit het oog en hield hem onder schot met haar uzi.

Op een ander scherm stond de deur van de kinderafdeling nu wijd open. Er verscheen een verpleegster, die de kinderen naar buiten leek te wenken terwijl ze schichtig om zich heen keek.

'Zij ontsnappen wel,' zei Lenz, 'maar dat zal jullie niet lukken. Die achtenveertig bewakers zijn erop getraind om elke indringer neer te schieten die ze zien. Jullie komen hier nooit vandaan.' Hij stak zijn hand uit om een grote lamp van bewerkt koper aan te doen. Ben verstijfde, ervan overtuigd dat Lenz met de lamp wilde gooien of slaan, maar hij trok aan een laatje in de voet van de lamp en haalde er een klein langwerpig voorwerp uit dat hij meteen op Ben richtte. Het was een compact pistool met een koperen handgreep, heel slim verborgen.

'Laat vallen!' riep Anna.

Ben stond een paar meter opzij van Anna en Lenz kon hen niet allebei onder schot nemen. 'Leg onmiddellijk uw wapen neer,' zei Lenz, 'dan gebeuren er geen ongelukken.'

'Vergeet het maar,' zei Anna. 'We zijn niet bepaald aan elkaar gewaagd.'

Lenz bleef onbewogen en zei zakelijk: 'Maar als u op mij zou vuren, schiet ik uw vriend hier dood. U moet dus beslissen hoe belangrijk het is om mij te doden – of dat het wel waard is.'

'Laat dat speelgoedpistooltje vallen, verdomme!' zei Anna, hoewel Ben zag dat het zeker geen speelgoed was.

'Zelfs als u mij doodt, zal dat niets veranderen. Mijn werk gaat ook wel door zonder mij. Maar uw vriend Benjamin overleeft het niet.'

'Nee!' klonk een schorre kreet. De stem van een oude man.

Lenz draaide zich bliksemsnel om.

'*Lassen Sie ihn los! Lassen Sie meinen Sohn los!* Laat hem gaan!'

De stem kwam uit een hoek van de grote kamer die in het donker lag. Lenz richtte zijn wapen die kant op, scheen zich toen te bedenken en zwaaide het terug naar Ben.

Weer die stem: 'Laat mijn zoon gaan!'

In het schemerlicht kon Ben een zittende gestalte onderscheiden. *Zijn vader.* Ook met een vuurwapen in zijn hand.

Eén moment kon Ben geen woord uitbrengen. Hij dacht dat het misschien gezichtsbedrog was door het vreemde, schuin invallende licht. Maar toen hij nog eens keek, wist hij dat het geen illusie was.

Wat zachter zei Max: 'Laat hen allebei gaan.'

'Ach, Max, mijn vriend,' riep Lenz op luide, hartelijke toon. 'Misschien kun jij dit tweetal tot rede brengen.'

'Genoeg moorden,' zei Max. 'Genoeg bloedvergieten. Het is voorbij.'

Lenz verstijfde. 'Je bent een dwaze oude man,' zei hij.

'Dat is waar,' antwoordde Max. Hij bleef zitten, maar met zijn pistool nog steeds op Lenz gericht. 'En ik ben ooit een dwaze jonge man geweest. Ik heb me toen door jou in de luren laten leggen, net als nu. Mijn hele leven ben ik bang geweest voor jou en je mensen. Voor je dreigementen, je chantage.' Zijn stem schoot uit, verstikt van woede. 'Wat ik ook opbouwde, wat ik ook bereikte, jij was er altijd.'

'Laat je wapen maar zakken, mijn vriend,' zei Lenz vriendelijk. Hij hield Ben nog steeds onder schot, maar draaide zich een fractie van een seconde naar Max toe.

Ik kan hem overvallen en tegen de grond sleuren, dacht Ben. *De volgende keer dat zijn aandacht wordt afgeleid.*

Max ging verder alsof hij het niet gehoord had en er niemand anders in de kamer was dan Lenz. 'Zie je niet dat ik niet langer bang voor je ben?' Zijn stem weerkaatste tegen de stenen muren. 'Ik zal mezelf nooit vergeven wat ik heb gedaan voor jou en die beulsknechten van je. Ik heb een pact gesloten met de duivel. Ooit vond ik dat de beste keuze, voor mijn familie, voor mijn toekomst en die van de wereld. Maar ik heb mezelf voorgelogen. Wat je met mijn zoon hebt gedaan, mijn Peter...' Zijn stem brak.

'Maar dat had nooit mogen gebeuren, dat wéét je!' protesteerde Lenz. 'Dat was het werk van mijn overijverige veiligheidsmensen, die buiten hun boekje gingen.'

'Genoeg!' bulderde Max. 'Geen woord meer! Genoeg van je vervloekte leugens!'

'Maar het projéct dan, Max? Mijn god, man, ik geloof niet dat je het begrijpt...'

'Nee, jíj begrijpt het niet. Dacht je dat ik me iets gelegen liet liggen aan jouw droom om voor God te spelen? Dat het me ooit iets had geïnteresseerd?'

'Ik heb je hier uitgenodigd als een gunst, om iets goed te maken. Wat probeer je me te zeggen?' Lenz' stem klonk beheerst, maar het kostte hem moeite.

'Goedmaken? Dit is gewoon een voortzetting van de nachtmerrie. Je hebt alles en iedereen opgeofferd aan je droom van het eeuwige leven.' Hij haalde moeizaam adem. 'En nu wil je me mijn enig overgebleven kind ontnemen! Na alles wat je me verder al afgenomen hebt.'

'Dus jouw houding was gewoon bedrog. Nu begin ik het te begrijpen. Toen je je bij ons aansloot was je al van plan ons te verraden.'

'Het was de enige manier waarop ik toegang kon krijgen tot een ommuurde stad. De enige manier waarop ik alles van binnenuit kon volgen.'

'Het is altijd mijn fout geweest om te denken dat anderen net zo filantropisch zijn als ik, net zo bekommerd om het algemeen belang,' zei Lenz, half bij zichzelf. 'Je stelt me teleur. En na alles wat we samen hebben doorgemaakt, Max.'

'Ach wat!' riep Max. 'Je beweert dat je geïnteresseerd bent in de menselijke vooruitgang. En je noemt míj een dwaze oude man! Je praat over anderen als *Untermenschen* maar je hebt zelf niets menselijks!'

Lenz keek weer even naar Max, in zijn donkere hoek. Op het moment dat Ben zich schrapzette om toe te slaan, hoorde hij een hol *plop*, het geluid van een klein-kaliber pistool. Lenz keek meer verbaasd dan geschrokken toen er een kleine, snel uitdijende rode cirkel verscheen op de borstzak van zijn witte laboratoriumjasje, vlak bij zijn rechterschouder. Lenz zwaaide zijn wapen naar Max toe en haalde drie keer de trekker over, zonder goed te richten.

Een tweede rode bloem ontvouwde zich op Lenz' borst. Zijn rechterarm viel slap en nutteloos opzij en zijn pistool kletterde tegen de vloer.

Anna liet de loop van de uzi enigszins zakken en hield hem in de gaten. Opeens deed Lenz een sprong naar Anna toe en werkte haar tegen de grond. De uzi vloog weg. Zijn hand ging naar haar keel en hij nam haar strottenhoofd in een ijzeren greep. Ze probeerde hem van zich af te gooien, maar hij ramde haar hoofd tegen de vloer met een harde klap. Weer sloeg hij haar hoofd tegen de stenen, voordat Ben in blinde woede boven op hem sprong, met de plastic cilinder die Anna hem had gegeven. Ben brulde van inspanning en woede toen hij zijn rechterhand omhoogbracht en de injectienaald recht in Lenz' nek priemde.

Lenz schreeuwde van pijn. Ben had zijn slagader geraakt, merkte hij, of hij zat er heel dichtbij. Hij drukte de zuiger omlaag. De uitdrukking van afgrijzen leek bevroren op Lenz' gezicht. Zijn handen vlogen naar zijn nek, vonden de spuit en trokken hem eruit. Hij las het etiket. '*Verdammt nochmal! Scheisse! Jesus Christus!*'

Een druppel speeksel vormde zich in zijn mondhoek. Opeens viel hij naar achteren als een standbeeld dat opzij stortte. Zijn mond ging open en dicht alsof hij wilde schreeuwen, maar hij hapte slechts naar lucht. Toen verkrampte hij. Zijn ogen staarden Ben woedend aan, maar de pupillen waren groot en star.

'Ik denk dat hij dood is,' hijgde Ben buiten adem.

'Ik weet het wel zeker,' zei Anna. 'Dat is het krachtigste opiaat dat er bestaat. Ze hebben hier een paar heel sterke middeltjes in hun medicijnkast. En nu moeten we hier wég!' Ze keek even naar Max Hartman. 'Allemaal.'

'Ga maar,' fluisterde Bens vader vanuit zijn stoel. 'Laat mij maar hier. Jullie moeten weg. De bewakers...'

'Nee,' zei Ben, 'u gaat mee.'

'Verdomme,' zei Anna tegen Ben. 'Ik heb de helikopter horen opstijgen, dus dat lukt niet. Hoe ben jij trouwens hier binnengekomen?'

'Door een grot onder het kasteel, die in de kelder uitkomt. Maar die hebben ze gevonden.'

'Lenz had gelijk. We zitten in de val. We komen hier nooit uit.'

'Jawel,' zei Max met zwakke stem.

Ben rende naar hem toe, geschokt door wat hij zag.

Max, gekleed in een lichtblauwe ziekenhuispyjama, hield zijn zwakke handen tegen zijn keel gedrukt, waar een kogel hem had getroffen, besefte Ben. Bloed droop tussen zijn trillende vingers door. Een zwart cijfer achttien stond op zijn dunne katoenen jasje gedrukt.

'Nee!' riep Ben.

De man had een kogel opgevangen om Lenz te kunnen doden – en zijn enig overgebleven zoon te redden.

'Lenz' privéhelikopter,' fluisterde Max. 'Die kun je bereiken door de gang aan de achterkant, helemaal links...' Hij mompelde nog wat instructies. 'Zeg me dat je het begrijpt,' zei hij ten slotte. Zijn ogen stonden smekend. Hij was nog maar nauwelijks te verstaan toen hij het herhaalde: 'Zeg me dat je het begrijpt.'

'Ja,' antwoordde Ben, met dichtgeknepen keel. *Zeg me dat je het begrijpt.* Zijn vader had het over de aanwijzingen, maar Ben voelde dat de vraag ook dieper ging. *Zeg me dat je het begrijpt.* Zeg me dat je begrip hebt voor de moeilijke beslissingen die ik in mijn leven heb genomen, hoe verkeerd ook. *Zeg me dat je het begrijpt. Dat je begrijpt wie ik werkelijk ben.*

Met een gebaar van overgave haalde Max zijn handen van zijn keel. Het bloed spoot naar buiten in het trage, regelmatige ritme van zijn hartslag. *Zeg me dat je het begrijpt.*

'Ja,' zei Ben tegen hem, en hij meende het, in elk geval op dat moment. *Ik begrijp het.*

Een paar seconden later zakte zijn vader levenloos in elkaar. Levenloos, maar een toonbeeld van gezondheid. Ben knipperde zijn tranen weg en zag dat zijn vader tientallen jaren jonger leek. Zijn haar begon weer te groeien, donker en glanzend, en zijn huid was stevig en glad. Nog nooit had Max zo springlevend geleken als in de dood.

48

Ben en Anna renden de gang door. Overal werd geschoten. De patronengordel kletterde dof tegen de loop van haar uzi onder het lopen. Elk moment konden ze worden aangevallen, maar de bewakers beseften dat ze zwaarbewapend waren en bleven dus voorzichtig. Anna wist dat geen enkele betaalde veiligheidsman, hoe loyaal ook, nodeloos zijn leven op het spel zou zetten.

Max' aanwijzingen waren helder en betrouwbaar. Nog een keer rechtsaf en ze kwamen bij een trappenhuis. Ben opende de stalen deur en Anna joeg een salvo voor zich uit, zodat iedereen op de overloop meteen dekking zou zoeken. Op het moment dat ze naar binnen stormden, hoorden ze een oorverdovend salvo: een bewaker op de verdieping beneden hen, die het vuur opende in de smalle ruimte tussen de trappen. Maar vanuit die hoek kon hij niet zuiver richten. Het grootste gevaar was door een ketsende kogel te worden geraakt.

'Naar boven!' fluisterde Anna tegen Ben.

'Max zei dat die helikopter beneden staat,' protesteerde Ben zacht.

'Doe wat ik zeg. Rennen! Naar boven, met veel lawaai.'

Hij begreep het nu en deed wat ze zei. Zijn schoenen dreunden de trap op. Anna drukte zich plat tegen de muur, uit het zicht van de overloop beneden haar. Even later kwam de bewaker naar boven. Hij had Ben de trap op horen stormen en rende achter zijn prooi aan.

De seconden leken uren. In gedachten zag Anna de man de trap op rennen, haar kant op. Ze moest dat beeld vasthouden, vertrouwend op de geluiden van zijn bewegingen. Zodra ze zelf zichtbaar zou zijn voor de man, had ze geen enkel ander voordeel dan haar snelheid. Ze moest zich tot het laatste moment verborgen houden en dan bliksemsnel reageren.

Ze sprong de lucht in en vuurde waar ze de bewaker in haar gedachten zag. Ze haalde de trekker al over op het moment dat hij in het zicht kwam en ze zijn positie kon bevestigen.

De man had zijn machinepistool recht op haar gericht. Leven of dood was een kwestie van milliseconden. Als ze had gewacht met vuren tot ze hem daadwerkelijk had gezien, zou hij in het voordeel zijn geweest. Maar nu zag ze zijn tuniek exploderen in een fontein van bloed, terwijl zijn wapen nutteloos over haar heen vuurde, voordat hij met veel lawaai van de trap af stortte.

'Anna?' riep Ben van boven.

'Nu!' antwoordde ze. Hij rende de twee trappen weer af en even later stonden ze voor de deur van de helihangar. De grijze deur had een grendel en ging naar buiten open.

Ze stapten hangar nummer 7 binnen, de kille buitenlucht in, en zagen hem staan: een glimmende helikopter in het laatste licht. Een grote glanzende metalen vogel. Het was een zwarte, gestroomlijnde Agusta 109, splinternieuw, van Italiaanse makelij, met wielen in plaats van sleden.

'Kun je dit ding echt besturen?' vroeg Anna toen ze allebei aan boord waren geklommen.

Ben bromde bevestigend en installeerde zich in de cockpit. In werkelijkheid had hij maar één keer eerder in een helikopter gevlogen, een trainingstoestel, met een bevoegde piloot aan de dubbele instrumenten. Hij had genoeg ervaring met gewone vliegtuigen, maar dit was iets heel anders, iets dat tegen de intuïtie van een vleugelpiloot indruiste. In de schemerige cockpit bestudeerde hij de instrumenten.

Heel even leek het ingewikkelde besturingspaneel voor zijn ogen te vervagen. Het beeld van het ineengezakte lichaam van zijn vader drong zich op. Ben zag Max Hartman op de leeftijd waarop hij er ongeveer zo moest hebben uitgezien: een jonge bankier in een land dat werd geteisterd door haat en geweld. Max Hartman, die wanhopig een uitweg had gezocht en een verwerpelijk verbond had gesloten met een verachtelijk regime om nog zoveel mogelijk families uit die hel te redden. Een man gewend om te bevelen, maar nu niet meer dan een pion.

Hij ving een glimp op van zijn vader als emigrant, een opgejaagde man met geheimen. Zijn moeder had hem ontmoet en was verliefd op hem geworden, op Max Hartman, Bens vader.

Ben schudde krachtig zijn hoofd. Hij moest nadenken. Als hij zich niet concentreerde, zouden ze het niet overleven en was alles voor niets geweest.

De hangar was een open ruimte. Het geweervuur van de bewakers leek dichterbij te komen.

'Anna, houd je uzi bij de hand als ze ons proberen neer te schieten,' zei Ben.

'Ze zullen niet schieten,' zei Anna, met meer hoop dan overtuiging. 'Ze weten dat het de helikopter van Lenz is.'

'Precies,' zei een stem achterin, beschaafd en afgemeten. 'Dacht u dat Lenz geen passagiers aan boord had, mevrouw Navarro?'

Ze waren niet alleen.

'Een vriend van je?' vroeg Ben zacht aan Anna.

Ze draaiden zich om en zagen de passagier ineengedoken achterin: een man met wit haar maar een krachtig postuur, die een grote bril droeg met een doorschijnend vleeskleurig montuur. Hij was onberispelijk gekleed in een Glenn-Urquhartpak in King-Edwardstijl, een fris wit overhemd en een strakgeknoopte olijfgroene zijden das. In zijn hand hield hij een automatisch wapen met een korte loop, dat niet bij zijn stijlvolle kleding paste.

'Alan Bartlett!' hijgde Anna.

'Geef me dat geweer, mevrouw Navarro. Ik heb u onder schot en uw wapen is niet gericht. Ik zou niet graag de trekker overhalen, want dan zou ik de voorruit versplinteren en waarschijnlijk ook schade toebrengen aan de romp. En dat zou jammer zijn, want we hebben deze helikopter nodig om hier vandaan te komen.'

Langzaam liet Anna de uzi op de vloer zakken en schoof hem naar Bartlett toe. Hij raapte hem niet op, maar leek tevreden dat het wapen buiten haar bereik was.

'Dank u, mevrouw Navarro,' zei Bartlett. 'Mijn erkentelijkheid aan u kent geen grenzen. Had ik u al bedankt omdat u Gaston Rossignol voor ons had gevonden, en zo snel? Die sluwe oude vogel stond op het punt om ons flink wat schade toe te brengen.'

'Klootzak,' zei Anna zacht. 'Je hebt me gebruikt, vuile schoft.'

'Neem me niet kwalijk, dit is niet de tijd of de plaats voor een functioneringsgesprek, mevrouw Navarro, maar het is heel jammer dat u er na zo'n veelbelovend begin zo'n puinhoop van hebt gemaakt. Waar is dr. Lenz?'

Het was Ben die antwoord gaf: 'Dood.'

Bartlett zweeg een moment. Er flikkerde iets in zijn grijze, uitdrukkingsloze ogen. 'Dood?' Hij klemde zijn automatische geweer nog steviger vast terwijl hij dat verwerkte. 'Stelletje idioten!' Zijn stem schoot uit. 'Barbaren zijn jullie! Vernielzuchtige kinderen die iets kapot hebben gemaakt waarvan ze de schoonheid nooit hadden kunnen begrijpen. Wat heeft jullie het récht gegeven hem te doden, het récht om dat besluit te nemen?' Hij zweeg weer even. 'Jullie zullen branden in de hel!' siste hij toen, bevend van woede.

'Na jou, Bartlett,' snauwde Ben.

'Ach, u moet Benjamin Hartman zijn. Jammer dat we in deze omstandigheden moeten kennismaken. Maar dat is natuurlijk mijn eigen schuld. Ik had u op hetzelfde moment moeten laten vermoorden als uw broer. Dat zou niet zo moeilijk zijn geweest. Blijkbaar word ik sentimenteel op mijn oude dag. Ik vrees dat jullie me voor een paar moeilijke beslissingen hebben geplaatst, mijn jonge geliefden.'

De zware loop van Bartletts geweer werd vaag weerspiegeld in de ruit van de cockpit. Ben hield hem in de gaten.

'Maar één ding tegelijk,' vervolgde Bartlett na een korte stilte. 'Ik moet vertrouwen op uw capaciteiten als piloot. Er ligt een klein vliegveldje bij Wenen. Ik zal u erheen loodsen.'

Ben wierp nog een blik op Bartletts automatische wapen en haalde de startschakelaar over. Hij hoorde het tikken van de vonkende bougies, toen het janken van de startmotor, dat langzaam aanzwol. De besturing was grotendeels automatisch, besefte Ben, wat het vliegen veel eenvoudiger zou maken.

Binnen tien seconden volgde de ontsteking en kwam de motor bulderend tot leven. De rotorbladen begonnen te draaien.

'Trek je gordels strak,' mompelde Ben tegen Anna. Met zijn linkerhand trok hij de knuppel van de collectieve spoed omhoog en hij hoorde de rotors vertragen. Toen klonk er een soort sirene en liep het geluid van de motor terug.

'Verdomme,' zei hij.

'Weet u wel wat u doet?' vroeg Bartlett. 'Want anders heb ik niets aan u. En ik hoef u niet uit te leggen wat dat betekent.'

'Ik moet even wennen,' antwoordde Ben. Zijn handen gingen naar het gas, de twee sticks die van boven de voorruit naar beneden kwamen, en drukte ze naar voren. De motor begon weer te brullen en de staart- en hoofdrotor maakten snelheid. De helikopter sprong naar voren, zwalkend naar links en rechts.

Ben nam meteen gas terug en de helikopter hield in. Hij en Anna werden tegen de riemen gedrukt, maar zoals Ben had gehoopt schoot Bartlett naar voren, tegen het metalen hek van de cockpit. Op het moment dat hij het geweer tegen de vloer hoorde kletteren rukte Ben zijn gordel los en kwam in actie. Hij zag dat Bartlett even verdoofd was door de klap; een straaltje bloed droop uit zijn linkerneusgat. Met de snelheid van een luipaard draaide Ben zich om van zijn stoel, greep Bartlett met twee vuisten vast en drukte zijn schouders tegen het profiel van de stalen vloer. De man bood geen weerstand. Was hij bewusteloos geraakt door de klap? Was hij misschien al dood? Ben nam geen enkel risico.

'Ik heb een extra stel riemen bij me,' zei Anna. 'Als je zijn polsen tegen elkaar houdt...'

In de kortste tijd had ze zijn handen en benen vastgebonden en lag haar voormalige chef als een opgerold tapijt achter in het toestel.

'Jezus,' zei Anna. 'We hebben geen tijd meer. We moeten hier weg. De bewakers komen eraan!'

Ben drukte de twee sticks naar voren en trok de collectieve spoed omhoog terwijl hij de cyclische onder controle hield. De eerste regelde de stijging van de helikopter, de tweede bestuurde de horizontale beweging. De neus van de helikopter draaide naar rechts, de staart naar links, en het toestel reed de hangar uit, het besneeuwde grasveld op, dat werd beschenen door het koele maanlicht.

'Shit!' schreeuwde Ben en drukte de collectieve spoed omlaag om kracht terug te nemen en de helikopter stabiel te houden. Langzaam trok hij hem omhoog, gaf gas en voelde het toestel omhoogkomen. Hij drukte de stick nog een paar centimeter naar voren. De neus ging omlaag. Nog wat meer vermogen. Ze waren onderweg.

De helikopter taxiede over de sneeuw. De collectieve spoed was halverwege. Opeens, bij een snelheid van vijfentwintig knopen, sprong de Agusta omhoog. Ze waren van de grond. Hij trok de knuppel weer terug voor meer vermogen en de neus ging naar rechts. Ze bleven klimmen.

Kogels sloegen tegen de cabine. Een paar bewakers renden schreeuwend op hen af, met hun machinepistolen op de helikopter gericht.

'Ik dacht dat ze niet op het toestel van Lenz zouden schieten?'

'Het nieuws over de brave dokter is blijkbaar doorgedrongen,' zei Anna. 'Hé, laten we de moed erin houden, oké?' Ze stak de loop van haar uzi uit het open zijraampje en vuurde een salvo af. Een van de bewakers stortte neer. Ze vuurde opnieuw, wat langer nu. Ook de andere bewaker ging neer.

'Goed,' zei ze. 'We zijn weer even veilig. Voorlopig.'

Ben trok de knuppel door de middenpositie en de neus herstelde zich. Hoger. Nog hoger. Ze vlogen nu recht boven het *Schloss* en de helikopter voelde wat stabieler aan. Ben kon hem nu besturen als een gewoon vliegtuig.

Uit zijn ooghoek zag hij een beweging. Op het moment dat hij zich omdraaide voelde hij een hevige, scherpe pijn onder aan zijn nek. Het leek of er een zenuw bekneld zat, maar dan honderd keer erger. Anna gilde.

Aan de hete adem vlak bij zijn gezicht merkte Ben wat er was gebeurd. Ondanks zijn vastgebonden armen en benen had Bartlett zich op Ben geworpen met het enige wapen dat hij nog had: zijn tanden. Grommend uit zijn keel als een gevaarlijk roofdier beet Bartlett steeds harder in Bens blote nek en schouders.

Het was dus nog niet voorbij! Anna wist dat ze niet kon schieten, omdat ze anders Ben zou kunnen raken. Dus greep ze Bartlett bij zijn sluike witte haar en probeerde met al haar kracht zijn hoofd weg te rukken. Zijn haar liet los en het bloed droop uit zijn schedel, maar hij gaf niet op. Het leek alsof hij al zijn levenskracht in zijn kaken had geconcentreerd. Hij groef zijn tanden in Bens vlees met de spierkracht van zijn hele lichaam. Het was het enige dat hij nog kon doen, de enige kans van een gewond dier om te overleven, of in elk geval zijn vijand mee te slepen in de dood.

Ben zat te kronkelen van pijn en beukte met zijn vuisten tegen Bartletts hoofd, maar dat hielp niet. *Was het mogelijk dat ze zo ver waren gekomen, zoveel hadden overleefd, om op het laatste moment van hun ontsnapping nog te stranden?*

Bartlett ging tekeer als een maniak, ongevoelig voor pijn – een man met stijl en élégance, die nu was teruggevallen tot het niveau van een grommend dier. Hij had een hyena kunnen zijn op de vlakten van de Serengeti, die zijn hoektanden in een ander schepsel boorde in de hoop dat maar één van hen de volgende dag nog zou meemaken.

Terwijl hij zijn kaken als een bankschroef om Bens nek en schouders geklemd hield, schopte en sloeg hij om zich heen en schokte zijn hele lijf. Hij trapte naar Anna met twee voeten, smeet haar bijna uit haar stoel en wist zich half los te worstelen uit haar greep. IJzige lucht stroomde opeens de helikopter binnen. Met zijn wilde, kronkelende bewegingen had Bartlett de deur aan Anna's kant open geschopt. Met een volgende trap raakte hij de pedalen die de staartrotors bedienden, en de helikopter begon naar links te draaien, eerst nog langzaam, maar toen sneller. Door de toenemende middelpuntvliedende kracht gleed Anna gevaarlijk dicht naar de open deur toe. Ze klauwde naar Bartletts gezicht. Zijn vlees was nog haar enige houvast. Ze werd zelf misselijk van wat ze deed, maar ze had geen keus. Steeds dieper en harder drukte ze haar vingers in zijn oogkas.

'Laat los, smerige klootzak!' gilde ze, terwijl ze het zachte vlees openscheurde tot Bartlett, met een bloedstollende kreet, zijn kaken opende.

Wat er daarna gebeurde, ging te snel om het te kunnen volgen. Anna en Bartlett schoven allebei naar de open deur toe, waar de afgrond gaapte. Het volgende moment voelde Anna een ijzeren greep om haar pols. Bens arm was uitgeschoten en hij hield haar nu vast, terwijl de helikopter nog steeds om zijn as draaide in een hoek van vijfenveertig graden. Bartlett begon te schreeuwen, tot hij zich niet meer tegen de zwaartekracht kon verzetten en over de rand naar buiten stortte.

Zijn doodskreten stierven weg toen hij omlaag viel naar het *Schloss*, ver beneden hen. Maar zou de helikopter hem achternagaan? Anders dan een gewoon vliegtuig viel een helikopter die de limiet van zijn juiste hoek had overschreden, als een baksteen uit de lucht. De draaiende helikopter kantelde angstwekkend en de lift liep gevaarlijk terug.

Om hun positie te herstellen had Ben handen en voeten nodig. Koortsachtig rukte hij aan de cyclische en de collectieve spoed, terwijl hij met zijn voeten de pedalen bewerkte om de staart- en hoofdrotor te coördineren.

'Ben!' gilde Anna, die met moeite de deur weer had dichtgetrokken. 'Doe iets!'

'Jezus!' brulde hij over het gejank van de rotorbladen uit. 'Ik weet niet of het lukt!'

Opeens dook het toestel omlaag en voelde Anna haar maag omhoogkomen, maar tijdens de val merkte ze al dat de helikopter weer in de juiste stand kwam. Als het toestel zich op tijd herstelde en de hoek terugvond die nodig was voor voldoende lift, hadden ze nog een kans.

Met al zijn concentratie bediende Ben de knuppels en pedalen. Ze wisten instinctief dat de Agusta nog maar een paar seconden over had voordat de snelheid van de val niet meer te keren zou zijn. Een verkeerde beslissing was nu fataal.

Anna voelde het al voordat ze het zag. Het toestel kreeg weer lift. Aan de horizon kon ze zien dat de helikopter weer recht kwam. Voor het eerst in heel lange tijd nam haar paniek wat af. Behendig scheurde ze een reep stof van haar blouse en drukte die tegen Bens nek, waar Bartlett zijn tanden in had gezet. Hij had diepe voren nagelaten in het vlees, maar het waren compressiewonden, die niet zo hevig bloedden; een geluk bij een ongeluk. Er waren geen vitale aders geraakt. Ben had medische behandeling nodig, maar het was geen noodgeval.

Ze keek weer uit het raampje. 'Daar!' riep ze. Recht beneden hen zag ze het speelgoedkasteel met het slingerende hek eromheen. Aan de voet van de berg vluchtte een grote groep mensen, dicht opeen.

'Daar zijn ze!' riep Anna. 'Ik geloof dat ze zijn ontkomen!'

Ze hoorden een explosie en opeens verscheen er een grote krater in de bodem naast het Schloss. Een klein gedeelte van de oude stenen burcht vlak bij de klap stortte in alsof het gesponnen suiker was.

'Het dynamiet!' zei Ben.

Ze vlogen nu op een hoogte van driehonderd meter, met een kruissnelheid van 140 knopen. 'Die idioten hebben de ingang van de grot met dynamiet opgeblazen. Veel te dicht bij het kasteel. Moet je de schade zien. Jezus!'

Anna zag een witte wolk rond de top van de berg, die als een dichte mist van de helling afrolde. Een witte wolk van sneeuw, een vernietigende golf, de harde natuurwet van een lawine in de Oostenrijkse Alpen. Het was van een vreemde schoonheid.

Afgezien van de tientallen kinderen die veilig het terrein van het *Schloss* waren ontvlucht, waren er geen overlevenden.

Zevenendertig mensen, verspreid over de hele wereld, vooraanstaande mannen en vrouwen veelal, leiders op hun eigen vakgebied, lazen diep geschokt het overlijdensbericht van de Weense filantroop Jürgen Lenz, die was omgekomen in de lawine die het Alpenkasteel had verwoest dat hij van zijn vader had geërfd. Zevenendertig mannen en vrouwen, die allemaal in opmerkelijk goede gezondheid verkeerden.

49

De Metropolis Club besloeg een mooie hoek van East Sixty-eighth Street in Manhattan. Het was een statig ontwerp van McKim, Mead & White uit het einde van de negentiende eeuw, voorzien van kalkstenen balustrades en subtiele medaillons. In het gebouw zelf liep de gebogen smeedijzeren leuning van de dubbele trap langs marmeren zuilen en gestucte medaillons naar de ruime Schuyler Hall.

Driehonderd stoelen stonden nu in rijen op het ruitmotief van de zwart-witte vloer. Ondanks zijn bedenkingen moest Ben toegeven dat het geen ongeschikte ruimte was voor de rouwdienst voor zijn vader. Marguerite, al twintig jaar Max Hartmans privésecretaresse, had erop gestaan alles te organiseren en het resultaat was onberispelijk, zoals altijd. Ben knipperde een paar keer met zijn ogen en keek naar de zee van gezichten, tot de groep uiteenviel in individuen.

Op die verzameling stoelen zat een merkwaardig gezelschap van begrafenisgasten. Ben herkende de zorgelijke gezichten van de nestors van de New-Yorkse bankwereld: verweerde mannen met onderkinnen en kromme schouders, die wisten dat de financiële wereld waaraan zij hun leven hadden gewijd nu snel veranderde. Technisch vernuft nam de plaats in van persoonlijke connecties. Dit waren bankiers die nog hun grootste zaken hadden gedaan op de golfbaan en nu beseften dat de toekomst van hun bedrijfstak toebehoorde aan snotneuzen met een slechte kapper en een ingenieurstitel in elektronica, snotneuzen die een putter niet van een ijzer-9 konden onderscheiden.

Dan waren er de modieus geklede voorzitters van de grote charitatieve instellingen. Ben had even oogcontact met de directeur van de New York Historical Society, een vrouw die haar weelderige haar in een strak knotje droeg. Haar gezicht leek wat uitgerekt, in een diagonaal die van haar mondhoeken tot achter haar oren liep – de bekende sporen van een recente facelift, nogal slordig uitgevoerd. In de rij achter haar ontdekte Ben de voorzitter van de Grolier Society, een man met wit haar en een marineblauw pak. Naast hem zaten de onberispelijke directeur van het Metropolitan Museum en een vrouw die zich als een neohippie kleedde en voorzitter was van de Coalition for the Homeless. Er waren directeuren en rectoren van vooraanstaande scholen en universiteiten, die elkaar op veilige afstand hielden en Ben sombere blikken toewierpen. Op de voorste rij zat de charismatische nationale directeur van United Ways Charities, in een wat verfomfaaid pak. Zijn bruine hondenogen stonden oprecht droevig.

Zoveel gezichten, die eerst vervaagden en dan weer opdoemden. Ben zag ruziënde echtparen, strakke vrouwen en pafferige mannen, die hun status in het societyleven van New York te danken hadden aan de hulp van Max Hartman bij al hun liefdadigheidsfeestjes tegen analfabetisme en aids, of voor vrijheid van meningsuiting en natuurbehoud. Hij zag oude buren uit Bedford, de hoofdredacteur van het softbalblad in een opvallend gestreept shirt, zijn handels-merk. Verderop zat een man met een lang gezicht, de wat armoe-dige vertegenwoordiger van een vooraanstaande oude familie die ooit een college egyptologie had georganiseerd aan een van de be-tere universiteiten. En de jonge man die een bedrijf had opgericht dat kruidentheeën produceerde met kleurrijke new-age-namen en progressieve spreuken op de doosjes. Later had hij zijn onderne-ming aan een groot concern verkocht.

Versleten gezichten, frisse gezichten, vertrouwd of onbekend. Na-tuurlijk waren er mensen van Hartman Capital Management en ge-waardeerde cliënten, zoals die goeie ouwe Fred McCallan, die een paar keer met een zakdoek zijn ogen droogde. Ben zag voormalige collega's uit de tijd dat hij nog les had gegeven in East New York en nieuwere collega's van de al even armoedige school in Mount Vernon waar hij zojuist een baan had aangenomen. Er waren men-sen die hem en Anna door hun moeilijke tijd heen hadden gehol-pen. En natuurlijk, in de allereerste plaats, zag hij Anna, zijn ver-loofde, zijn vriendin, zijn minnares.

Tegenover al die mensen stond Ben nu achter een lessenaar op een podium voor in de zaal, waar hij probeerde iets te zeggen over zijn vader. Het afgelopen uur had een uitstekend strijkkwartet – ooit gesponsord door Max Hartman – een adagietto van Mahler gespeeld, een bewerking van een deel uit zijn vijfde symfonie. Voor-malige collega's en gunstelingen van Max hadden de man beschre-ven zoals zij hem hadden gekend. Nu was het de beurt aan Ben, die zich afvroeg of hij wel tot de zaal sprak of eigenlijk meer tegen zich-zelf.

Hij probeerde iets te vertellen over Max Hartman zoals híj hem had meegemaakt, hoewel hij betwijfelde of hij zijn vader ooit had gekend of had kúnnen kennen. Zijn enige zekerheid was dat hij hier hoorde te staan. Hij slikte een paar keer en ging weer verder: 'Een kind denkt dat zijn vader almachtig is. Wij zien de trots, de brede schouders en de greep op het leven, en kunnen ons onmogelijk voor-stellen dat ook die kracht zijn grenzen heeft. Het besef van die ver-gissing is misschien het ware bewijs van volwassenheid.' Ben kreeg een brok in zijn keel en moest even wachten voordat hij verder kon.

'Mijn vader was een sterke man, de sterkste die ik ooit heb ge-kend. Maar de wereld is ook machtig, machtiger dan wie ook, hoe stoutmoedig en vastberaden je ook bent. Max Hartman heeft de donkerste jaren van de twintigste eeuw doorstaan. Hij leefde in een tijd waarin de mensheid liet blijken hoe zwart haar hart kan zijn.

In zijn beleving heeft dat inzicht hem bezoedeld, denk ik. Ik weet dat hij met die kennis moest leven en een gezin moest grootbrengen, in de hoop dat het verleden niet zo'n schaduw over ons leven zou werpen als het over het zijne had gedaan. Tegenover dat besef past welke vergiffenis?' Weer zweeg Ben een moment, haalde diep adem en ging weer door.

'Mijn vader was een gecompliceerd mens, de meest complexe man die ik kende. En ook zijn ervaringen waren onvoorstelbaar ingewikkeld. Een dichter heeft ooit geschreven:

Bedenk wel,
de geschiedenis kent vele sluwe gangen en kronkels,
met vele vragen; ze bedriegt ons met fluisterende ambitie,
en leidt ons aan de hand van ijdelheid.

Mijn vader zei graag dat hij alleen vooruitkeek, nooit achterom. Dat was een leugen, een dappere leugen waarmee hij de werkelijkheid trotseerde. Zijn bestaan werd volledig bepaald door de geschiedenis, waartegen hij zijn hele leven heeft gevochten – een geschiedenis die zeker niet zwart-wit was. Kinderen kunnen scherp zien, maar die blik wordt met de jaren vager. Toch is er iets dat juist kinderen moeilijk kunnen onderscheiden: de tussentinten, de grijstonen. De jeugd heeft een zuiver hart, nietwaar? De jeugd kent geen compromissen, is resoluut en fanatiek. Dat is het voorrecht van hun gebrek aan levenservaring, het voorrecht van een morele zuiverheid die nog nooit op de proef is gesteld of vertroebeld door de smerige realiteit.

Stel dat je geen andere keus hebt dan met het kwaad te heulen om het kwaad te bestrijden? Moet je je dierbaren redden, voor zover je dat kunt, of schone handen houden? Ik weet dat ik nooit voor die keuze heb gestaan. En ik weet nog iets anders. De handen van een ware held zitten vol eelt, vol schrammen, sneden en littekens. Schoon zijn ze maar zelden. Ook die van mijn vader niet. Hij leefde met het besef dat hij in zijn strijd tegen het kwaad ook werk heeft moeten doen in dienst van datzelfde kwaad. Uiteindelijk betekende dat een te zware last voor zijn brede schouders, een schuldgevoel dat geen van zijn goede daden ooit kon uitwissen. Hij kon nooit vergeten dat hij het had overleefd terwijl zoveel vrienden en familie nooit waren teruggekomen. Dus vraag ik nog eens: Tegenover dat besef past welke vergiffenis? In elk geval heeft hij dubbel zo hard gewerkt om te proberen nog iets goed te maken. Pas kortgeleden heb ik begrepen dat ik nooit dichter bij hem en zijn eigen missie heb gestaan dan toen ik dácht dat ik rebelleerde tegen hem en zijn verwachtingen van mij. Een vader wil bovenal dat zijn kinderen niets zal overkomen. Maar dat is juist het enige waar geen enkele vader invloed op heeft.'

Ben keek een paar seconden naar Anna en vond troost in de rustige, begripvolle blik van haar vochtige bruine ogen.

'Ooit, als God het wil, zal ik zelf vader zijn en ongetwijfeld deze les vergeten. Dan zal ik hem opnieuw moeten leren. Max Hartman was een filantroop in de letterlijke betekenis van het woord: hij hield van mensen. Toch was hij zelf geen gemakkelijke man om van te houden. Elke dag stelden zijn zoons zich de vraag of ze zijn waardering of zijn afkeuring zouden verdienen. Nu pas besef ik dat hij zelf ook gebukt ging onder die vraag: zouden wij, zijn kinderen, trots op hem zijn of ons voor hem schamen?

Peter, meer dan alles zou ik hebben gewild dat jij hier bij had kunnen zijn om te luisteren en te spreken.' Tranen sprongen in zijn ogen. 'Peter, dit valt weer onder "raar maar waar", zoals je zelf altijd zei. Vader is altijd bang geweest voor óns oordeel.'

Ben boog een moment zijn hoofd. 'Ik zeg dat mijn vader bang was dat ik hem zou oordelen, hoe vreemd dat ook lijkt. Hij vreesde dat een kind dat in luxe en luiheid was opgevoed zich een oordeel zou aanmatigen over een man die de vernietiging had moeten meemaken van alles wat hem dierbaar was.'

Ben rechtte zijn schouders, verhief zijn stem en zei op hese, droevige toon: 'Hij was bang dat ik hem zou oordelen. *En dat doe ik.* Ik oordeel hem een sterfelijk mens. Ik oordeel hem onvolmaakt. Ik oordeel hem een man die koppig en gecompliceerd was, moeilijk om van te houden en voorgoed getekend door een geschiedenis die haar stempel heeft gedrukt op iedereen die erbij betrokken was.

En ik oordeel hem een held. Een goed mens. Juist omdat hij zo moeilijk van zich liet houden, heb ik dat des te heviger gedaan...'

Ben zweeg. De woorden wilden niet komen. Hij wist niets meer te zeggen, en misschien was alles al gezegd. Hij keek nog eens naar Anna en zag de tranen op haar wangen toen ze huilde om hen beiden. Langzaam liep hij bij de lessenaar vandaan, naar het einde van de zaal. Even later voegde Anna zich bij hem en bleef naast hem staan terwijl de honderden gasten hem condoleerden toen ze de zaal verlieten en in groepjes bleven staan praten in de ruimte ernaast. Er waren woorden van medeleven en van liefdevolle herinnering. Vriendelijke oude mannen gaven hem een kneepje in zijn schouder en herinnerden zich hem nog als kind, de helft van die leuke Hart-man-tweeling. Langzamerhand kwam Ben weer tot zichzelf. Hij voelde zich uitgewrongen, maar een deel van wat er uit hem was gewrongen was de last van het verdriet.

Toen iemand – het hoofd van de fiscale divisie van HCM – hem tien minuten later een grappige anekdote over zijn vader vertelde, merkte Ben dat hij hardop lachte. Op de een of andere manier voelde hij zich lichter dan hij zich in weken of misschien jaren had gevoeld. Na een tijdje, toen de zaal wat leger werd, kwam er een lange man met een vierkante kin en zandkleurig haar naar hem toe en gaf hem een stevige hand.

'We hebben elkaar nooit ontmoet,' zei de man, en keek toen naar Anna.

'Ben, dit is iemand die een heel goede vriend is geweest voor ons allebei,' zei Anna met warmte. 'Ik wil je voorstellen aan de nieuwe directeur van de Internal Compliance Unit op het ministerie van Justitie: David Denneen.'

Ben schudde hem hartelijk de hand. 'Ik heb veel over je gehoord,' zei hij. 'En mag ik je bedanken dat je ons uit de nesten hebt gered? Of hoort dat bij je taakomschrijving?' Ben wist dat het grotendeels Denneen was die Anna's naam had gezuiverd. Hij had behendig het verhaal laten 'uitlekken' dat Anna deel had uitgemaakt van een undercover-operatie, met valse berichten over haar 'wandaden' om zo de ware schuldigen uit hun tent te lokken. Ze had zelfs een officiële brief van de regering gekregen om haar te bedanken voor haar 'toewijding en moed', hoewel nadere details discreet achterwege waren gelaten. In elk geval had het haar geholpen om een baan te krijgen als vice-president risicovermijding bij Knapp Incorporated.

Denneen boog zich naar Anna toe en kuste haar op de wang. 'Ik ben jullie juist veel verschuldigd,' zei hij tegen Ben. 'Zoals je heel goed weet. Trouwens, tegenwoordig ben ik bij de ICU voornamelijk bezig met inkrimpen. Als mijn moeder me ooit vraagt wat ik voor de kost doe, wil ik het haar graag kunnen vertellen.'

'En, Ben?' Anna pakte de arm van een kleine man met een bruine huid die met Denneen was meegekomen. 'Nog een goede vriend aan wie ik je wil voorstellen: Ramon Perez.'

Een krachtige handdruk. Ramon glimlachte zijn stralend witte tanden bloot. 'Vereerd,' zei hij met een knikje.

Hij grijnsde nog steeds toen hij met Anna in een hoekje stond te praten.

'Je kijkt als de kat die de kanarie heeft verschalkt,' zei Anna. 'Wat nou? Wat is er zo grappig?' Haar vochtige ogen glinsterden van plezier.

Maar Ramon schudde zijn hoofd. Hij keek eens naar haar verloofde, aan de andere kant van de zaal, en toen weer naar Anna, nog steeds met die glimlach op zijn gezicht.

'O!' zei ze eindelijk. 'Ik weet wat je denkt. "Wat een verspilling." Of niet?'

Ramon haalde zijn schouders op, maar ontkende het niet.

Anna keek naar Ben totdat hun ogen elkaar ontmoetten. 'Nou, geloof me,' zei ze tegen Ramon, 'aan mij is hij niet verspild.'

Na afloop stond er een Lincoln Town Car van HCM op hen te wachten voor de Metropolis. Toen de chauffeur hen naar buiten zag komen, sprong hij in de houding voor de auto, klaar om het achterportier open te houden. Ben nam Anna's hand zachtjes in de zijne toen ze naar de auto liepen die hen naar huis zou brengen. Een lichte motregen deed de straten glinsteren in de avondschemer.

Opeens schrok Ben. Zijn hart begon sneller te kloppen door een stoot adrenaline. De chauffeur leek merkwaardig jeugdig, bijna jong, met een sterk, compact postuur. Ben zag opeens allerlei beelden, nachtmerries uit het recente verleden. Hij kneep hard in Anna's hand.

De man keek hem aan en het schijnsel van de boogramen van de Metropolis viel over zijn gezicht. Het was Gianni, Max' chauffeur tijdens de laatste twee jaar van zijn leven: een jongensachtige, vrolijke vent met een spleetje tussen zijn tanden. Gianni zette zijn pet af en zwaaide ermee.

'Meneer Hartman!' riep hij.

Ben en Anna stapten in en Gianni sloot het portier met een efficiënte klik voordat hij achter het stuur schoof.

'Waarheen, meneer Hartman?' vroeg Gianni.

Ben keek op zijn horloge. De avond was nog jong en de volgende dag had hij geen les. Hij draaide zich naar Anna toe. 'Waarheen, mevrouw Navarro?' vroeg Ben.

'Maakt niet uit,' zei ze. 'Zolang we maar samen zijn.' Haar hand vond weer de zijne en ze legde haar hoofd tegen zijn schouder.

Ben haalde diep adem, voelde de warmte van haar gezicht tegen het zijne en kwam eindelijk tot rust. Het was een vreemd, onwennig gevoel.

'Rijden maar,' zei Ben. 'Oké, Gianni? Maakt niet uit. Rijden maar.'

50

USA TODAY
BRONNEN SPECULEREN OVER NIEUWE KANDIDAAT HOOGGERECHTSHOF

Met de verklaring dat hij het besluit van rechter Miriam Bateman om aan het einde van de voorjaarszitting terug te treden uit het Amerikaanse Hooggerechtshof 'bijzonder betreurt maar volledig begrijpt', kondigde president Maxwell aan dat hij en zijn adviseurs alle tijd zullen nemen om 'een verantwoorde en goed overdachte' beslissing te nemen over haar opvolging. 'Het zal voor elke kandidaat een moeilijke opgave zijn om de rechtschapenheid en wijsheid van rechter Bateman te evenaren, daarom treden wij deze opgave met nederigheid tegemoet en houden alle opties open,' zei de president tijdens een persconferentie. Deskundigen hebben echter al een korte lijst opgesteld van namen die vermoedelijk in aanmerking komen...

THE FINANCIAL TIMES
FUSIEBESPREKINGEN TUSSEN ARMAKON EN TECHNOCORP

Het lijkt een ongebruikelijke combinatie van twee giganten uit de nieuwe economie, maar zegslieden van zowel het agrarische en biotechnologische bedrijf Armakon in Wenen als de belangrijke softwareproducent Technocorp in Seattle bevestigen dat de twee concerns verkennende besprekingen voeren over een mogelijk samengaan. 'De biotechnologie heeft steeds meer met computers te maken en software steeds meer met toepassingen,' aldus Arnold Carr, bestuursvoorzitter van Technocorp. 'We hebben in het verleden al strategische overeenkomsten gesloten, maar een formele consolidatie zou naar onze mening de langetermijngroei van beide bedrijven ten goede komen.' Een vooraanstaand lid van de raad van bestuur van Technocorp, ex-minister van Buitenlandse Zaken dr. Walter Reisinger, verklaarde dat beide directies volledig achter het besluit van het management staan. Volgens Reinhard Wolff, algemeen directeur van Armakon, zou de fusie de noodzaak van kostbare outsourcing van programmering overbodig maken en een besparing van miljarden kunnen opleveren. Hij prees de besturen van beide ondernemingen om de 'verstandige en verantwoorde' wijze waarop de onderhandelingen zijn gevoerd.

Grootaandeelhouders van de twee concerns schijnen zich achter de fusie te scharen. 'Eenheid maakt macht,' aldus Ross Cameron, die met zijn Santa Fe Group 12,5 procent van de aandelen van Technocorp bezit, in een officiële bekendmaking. 'Wij zijn ervan overtuigd dat deze twee ondernemingen samen de wereld heel veel te bieden hebben.'

Een gezamenlijk persbericht van de bedrijven stelt dat de nieuwe gigant een leidende positie kan innemen op het terrein van de medische wetenschap.

'Gezien de uitvoerige ervaring van Armakon met biotechnologisch onderzoek en de aanzienlijke middelen waarover Technocorp beschikt,' aldus Wolff, 'zal het fusiebedrijf in staat zijn de grenzen van de medische wetenschap te verleggen op een wijze die wij nu nog niet kunnen voorzien.'

Op Wall Street werd door beleggers sterk verdeeld gereageerd op de voorgestelde fusie...